中国古典小说丛书

罗通扫北
薛仁贵征东

[清]无名氏 著

江西美术出版社
全国百佳出版单位

图书在版编目（CIP）数据

罗通扫北　薛仁贵征东/（清）无名氏著. -- 南昌：江西美术出版社，2018.10
ISBN 978-7-5480-6178-6
Ⅰ.①罗… Ⅱ.①无… Ⅲ.①章回小说—小说集—中国—清代 Ⅳ.①I242.4
中国版本图书馆CIP数据核字（2018）第139057号

出 品 人：周建森
企　　划：江西美术出版社北京分社
　　　　　（北京江美长风文化传播有限公司）
责任编辑：楚天顺　朱鲁巍　康紫苏
责任印制：谭勋

罗通扫北　薛仁贵征东
LUOTONG SAOBEI　XUE RENGUI ZHENGDONG
（清）无名氏　著

出版发行：江西美术出版社
社　　址：南昌市子安路66号　江美大厦
网　　址：http：//www.jxfinearts.com
电子信箱：jxms@jxfinearts.com
电　　话：010-82293750　0791-86566124
邮　　编：330025
经　　销：全国新华书店
印　　刷：天津兴湘印务有限公司
版　　次：2018年10月第1版
印　　次：2018年10月第1次印刷
开　　本：690mm×960mm　1/16
印　　张：28.25
Ｉ Ｓ Ｂ Ｎ：978-7-5480-6178-6
定　　价：66.00元

本书由江西美术出版社出版，未经出版者书面许可，不得以任何方式抄袭、复制或节录本书的任何部分。
版权所有，侵权必究
本书法律顾问：江西豫章律师事务所　晏辉律师

"中国古典小说丛书"出版说明

所谓"古典小说"云者，其义有二焉：一曰，但凡古代之小说，皆可谓之"古典小说"；一曰，但凡技法未受泰西影响之小说，亦可谓之"古典小说"。然此特就今人之观念言之耳。

揆诸坟典，"小说"一词，出自《庄子·外物篇》，其言曰："饰小说以干县令，其于大达亦远矣。"由此观之，庄子所谓"小说"，不过琐屑之言，以其无关道术，故以小说名之耳。

炎汉成、哀之世，刘向、刘歆父子典校秘书，检讨百家学说，取桓谭《新论》"小说家合丛残小语，近取譬论，以作短书，治身治家，有可观之辞"之意，把《伊尹说》《鬻子说》诸书，归为"小说家"之书，而《汉书·艺文志》（以下简称《汉志》）继之。夷考其说，"小说家者流，盖出于稗官，街谈巷语，道听途说者之所造也"（语出《汉志》），此亦非后世之小说也。

唐修《隋书》，其《经籍志》立论本诸《汉志》，以小说为"街谈巷语之说"（《隋书·经籍志》语）。当此之时，小说之名虽同，而其类目稍广，举凡《燕丹子》《世说》《迩说》之属，皆可入诸小说名下。

后晋修《唐书》，其《经籍志》立论与《隋志》无异，以《博物志》隶小说，此为"神异志怪之书"入小说之始。

天水一朝，欧阳文忠公撰《新唐书·艺文志》（以下简称《新唐志》），以《列异传》《甄异传》《续齐谐记》《感应传》《旌异记》等"史部·杂传类"之书移于"小说类"。至是，小说之部类日梦。

及元脱脱修《宋史》，《艺文志·小说类》承《新唐志》之旧而增广之。

明胡应麟以小说繁夥，派别滋多，于是综核大凡，分小说为六类：一曰"志怪"，一曰"传奇"，一曰"杂录"，一曰"丛谈"，一曰"辩订"，一曰"箴规"。至此，小说一类已蔚为大观，脱《汉志》"街谈巷语"之成规。

清修"四库"，《总目提要》（以下简称《提要》）别小说为三派，"其一叙述杂事……其一记录异闻……其一缀辑琐语"，而又损益之。考诸《提要》，则损益可知：一曰，进"丛谈""辩订""箴规"为"杂家"；一曰，隶《山海经》《穆天子传》诸书于小说。小说范围，至是乃稍整洁矣。其分目虽殊，而论述则袭诸旧志。

曩者宋元明清之史志，难觅"平话""演义"之书，此特士夫习气，鄙其为末流所使然也。史家成见，一至于斯。今人刻书，自当脱古人窠臼。

说部诸书，以文体分，有"白话""文言"之别；以体裁分，有"话本""传奇""演义"之别；以内容分，有"佳话""世情""侠义""家将""神魔"之别。细玩其文，既有劝世之良言，亦有"诲淫诲盗"之糟粕，而抉择去取，转成读说部书之第一要务。以此之故，编者特于说部诸书择其精者，辑之而为"中国古典小说丛书"，凡百余种。

然说部之书浩如烟海，其精者又何限于区区百十之数？此次出版，难免遗珠之憾。然能俾读者因之而省择取之劳，进而得窥说部精要，示人以津梁，则尚不违出版"中国古典小说丛书"之初心。

说部之书，多出自书坊，脱误错乱，在所难免，故于"取其精华，去其糟粕"外，尚需广施校雠，始得成其为可读之书。以此之故，编者多方搜罗以定底本，精排其版以美其观，躬自校雠以正讹误，然后付诸枣梨，装订成书，以飨读者。

限于编者学力有限，书中疏漏之处，在所难免，尚祈广大方家、读者诸君不吝批评斧正。凡能指出书中一二谬误者，皆为吾师，吾人不胜感激之至。

戊戌仲夏上浣，邵鹏军序于丰台晓月里

目　　录

第一回
秦元帅兴兵定北　唐贞观御驾亲征……001

第二回
白良关刘宝林认父　杀刘方梅夫人明节……009

第三回
秦琼兵进金灵川　宝林枪挑伍国龙……017

第四回
铁板道土遁野马川　屠炉女夜弃黄龙岭……025

第五回
贞观被困木阳城　叔宝大战祖车轮……033

第六回
程咬金长安讨救　小英雄比夺帅印……041

第七回
老夫人诉说祖父冤　小罗通统兵为元帅……049

第八回
罗仁私出长安城　铁牛大败磨盘山……057

第九回
白良关银牙逞威　铁蹄牌大胜唐将……065

第十回
八宝铜人败罗通　罗仁双锤救兄长……073

第十一回
罗仁祸陷飞刀阵　公主喜订三生约……081

第十二回
苏定方计害罗通　屠炉女怜才相救……089

第十三回
破番营康王奔逃　杀定方伸雪父仇························· 097

第十四回
贺兰山知节议亲　洞房中公主尽节························· 105

第十五回
龙门县将星降世　唐天子梦扰青龙························· 113

第十六回
胜班师罗通配丑妇　不齐国差使贡金珠····················· 121

第十七回
举金狮叔宝伤力　见白虎仁贵倾家························· 129

第十八回
大王庄薛仁贵落魄　怜勇士柳金花赠衣····················· 137

第十九回
富家女逃难托乳母　贫穷汉有幸配淑女····················· 145

第二十回
射鸿雁薛礼逢故旧　赠盘缠周青同投军····················· 153

第二十一回
樊家庄三寇破获　薛仁贵二次投军························· 161

第二十二回
樊绣花愿招豪侠婿　薛仁贵怒打出山虎····················· 169

第二十三回
金钱山老将荐贤　赠令箭三次投军························· 177

第二十四回
尉迟恭征东为帅　薛仁贵活擒董逵························· 185

第二十五回
白袍将巧摆龙门阵　唐天子爱慕英雄士····················· 193

第二十六回
小将军献平辽论　瞒天计贞观过海························· 201

第二十七回
金沙滩鞭打独角兽　思乡岭李庆红认弟…… 209

第二十八回
薛礼三箭定天山　番将惊走凤凰城…… 217

第二十九回
汗马城黑夜鏖兵　凤凰山老将破获…… 225

第三十回
尉迟恭囚解建都　薛仁贵打猎遇帅…… 233

第三十一回
唐贞观被困凤凰山　盖苏文飞刀斩众将…… 241

第三十二回
薛万彻杀出番营　张士贵妒贤伤害…… 249

第三十三回
梅月英法逞蜈蚣术　李药师仙赐金鸡旗…… 257

第三十四回
盖苏文大败归建都　何宗宪袍幅冒功劳…… 265

第三十五回
尉迟恭犒赏查贤士　薛仁贵月夜叹功劳…… 273

第三十六回
番将力擒张志龙　周青怒锁先锋将…… 281

第三十七回
薛仁贵病挑安殿宝　尉迟恭怒打张士贵…… 289

第三十八回
火头军仙救藏军洞　唐天子驾困越虎城…… 297

第三十九回
护国公魂游天府　小爵主挂白救驾…… 305

第四十回
秦怀玉冲杀四门　老将军阴灵显圣…… 313

目　录　003

第四十一回
孝子大破飞刀阵　唐王路遇旧仇星……………………………… 321

第四十二回
雪花鬃飞跳养军山　应梦臣得救真命主……………………… 329

第四十三回
银銮殿张环露奸脸　白玉关薛礼得龙驹……………………… 337

第四十四回
长安城活擒反贼　说帅印威重贤臣…………………………… 345

第四十五回
卖弓箭仁贵巧计　逼才能二周归唐…………………………… 353

第四十六回
猩猩胆飞砣伤唐将　红幔幔中戟失摩天……………………… 361

第四十七回
宝石基采金进贡　扶余国借兵围城…………………………… 369

第四十八回
程咬金诱惑盖苏文　摩天岭讨救薛仁贵……………………… 377

第四十九回
薛招讨大破围城将　盖苏文失计飞刀阵……………………… 385

第五十回
扶余国二次借兵　朱皮仙播弄神通…………………………… 393

第五十一回
香山弟子除妖法　唐国元戎演阵图…………………………… 401

第五十二回
盖苏文误入龙门阵　薛仁贵智灭东辽帅……………………… 409

第五十三回
唐天子班师回朝　张士贵欺君正罪…………………………… 417

第五十四回
平辽王建造王府　射怪兽误伤婴儿…………………………… 425

第五十五回
王敖祖救活世子　平辽王双美团圆…………………………… 433

第一回

秦元帅兴兵定北　唐贞观御驾亲征

诗曰：

> 欲笑周文歌燕镐，还轻汉武乐横汾。
> 岂知玉殿生三秀，讵有铜龙出五云。
> 陌上尧尊倾北斗，楼前舜乐动南薰。
> 共欢天意同人意，万岁千秋奉圣君。

话说真主登了龙位，改唐太宗贞观天子年号。真个风调雨顺，国泰民安，四方宁静，百姓沾恩，君民安享三年。忽一日，贞观天子临朝，文武百官朝见已毕，分班站立。有黄门官启奏道："臣黄门官有事奏闻陛下。""奏来。""今有北番使臣官要见陛下，现在午门外候旨。"太宗说："既有外邦使臣，快宣上殿来见寡人。"黄门官领旨传宣。你看这个使臣，怎生模样？只见他头戴圆翅乌纱狐狸冠顶，身穿大红补子宫袍。腰围金带，圆面短腮，海下胡须，手捧本章，上殿俯伏金阶。说："南朝圣主在上，有外邦使臣周纲见驾。愿陛下圣寿无疆。"太宗说："爱卿到朕驾前，可是进贡与寡人么？"使臣回奏道："臣奉狼主赤壁宝康王，罗寨汉七十二岛、流国山川红袍大力子大元帅祖车轮之旨令到来，有表本献与万岁龙目亲观。"太宗传旨："什么表章，献上来。"周纲把表章双手呈献，旁边侍臣接上龙案，揭开抽封，龙目一看，只见数行字在上面写着：

北番赤壁宝唐王，大将先锋谁敢当。立帝三年民尽怨，故我兴兵伐尔邦。唐篡隋朝该一罪，杀父专权到处扬。欺兄灭弟唐童贼，自长威光压众邦。生擒敬德来养马，活捉秦琼挟将刀。若要我邦兵不至，只消岁岁过来朝。

那太宗不看也罢了，一见数行言辞，不觉龙颜大怒，说："啊唷唷！罢了，罢了。可恶那北番蝼蚁之邦，擅敢如此无礼，前来欺负寡人！"吩咐把使臣官绑出午门枭首，前来缴旨。"嗄！"两旁一声答应，唬得周纲魂不附体，说："啊呀！南朝圣主饶命。狼主冒犯天颜，与使臣官何罪，望赦蝼蚁之命。"爬起金阶大叫。那两班文武百官，多不解其意。早有徐茂功出班说："臣启陛下，不知这赤壁宝康王表章上说些什么？万岁龙颜如此大怒？"太宗说："徐先生，你拿去观看就知。"茂功上前取过表章一看，说道："陛下，这赤壁宝康王命使臣官来投战书了，难道天邦反惧了他不成？况两国相争，不斩来使，今陛下若斩其臣，北番反道陛下惧怕番邦了，请万岁命他使臣官报个信去，说我国随后就去征服你们。"太宗听了茂功之言，把龙首颠颠说："先生之言有理。也罢，把使臣官周纲割下两耳，恕其一死。"传旨末了，早有两旁武将一声答应，割去两耳，弄做了一个冬瓜将军，喊声："啊唷，谢南朝圣主不斩之恩。"太宗喝道："你快快回去，对那个赤壁宝康王，罗窠汉听讲，叫他脖子颈候长些，只在百日之内，天兵到来取他首级，剿灭鸟巢。"周纲说声："是！领南朝圣主旨意。"周纲退出午朝门外，把绢袄包满了耳伤之所，当日上马。见北番狼主之话，非一日之工夫，我且不表。

单说唐贞观天子开言说道："徐先生，北番康王如此无礼，寡人这里不发兵去征剿他,他倒反来讨战,寡人该是怎么样?"军师徐茂功道:"陛下,从来只有中国去征服小邦,哪里小邦反打战书到中国来?这叫作来者不善,善者不来。臣昨夜仰观天象,见北方杀气腾空,必有一番血战之事,不想今日果有使臣官打战书到来。百日之内,就要提兵前去平服北番,方除后患。若是迟延,他兵一到,就难抵了。"太宗道:"依徐先生之言,如此迟延不得了。"便对叔宝道:"秦王兄,寡人命你明日起,要在教场之内,把团营总兵大小三军武职们等,操演半个月,演好了然后就此发兵。"叔宝道:"臣领陛下旨意,下教场操演便了。"那秦琼出了午朝门,回到自己府中,就要发令与合府总兵官,明日大小三军在教场中伺候操演,这话且慢表。

单讲徐茂功说:"陛下,这北番那些兵将,一个个多是能人,厉害不过的,必须要御驾亲征才好。"太宗道:"徐先生要寡人亲领兵前去么?"军师道:"正是要御驾亲征,才平定得来。"太宗道:"也罢了。父王在位,寡人领兵惯的。今日北番作乱,原是寡人领兵,今降朕旨意与户部尚书,催趱各路钱粮。"朝廷把龙袍一展,驾退回宫,珠帘高卷,群臣散班。一宵晚话不表。

单讲次日清晨,秦叔宝在教场操演三军,好不热闹。那朝廷在朝中,也是忙乱兜兜,降许多旨意,专等秦琼演熟三军,就要选黄道吉日,兴兵前去。不觉过了半月,叔宝上金銮复旨说:"陛下,三军已操演得精熟。"太宗就向军师道:"徐先生,几时起兵?"茂功道:"臣已选在明日起兵。"朝廷叫声:"秦王兄,你回衙周备,明日就要发兵了。"叔宝领了旨意,退回衙署,自有一番忙碌。这些各位公爷,多是当心办事,到了明日五更三点,驾发龙位,只有文官在两班了。这些武将,多在教场内,有护国公秦叔宝戎装上殿,当驾前挂了帅印。皇上御手亲赐三杯御酒,与叔宝饮了。叔宝谢恩,退出午门,跨上雕鞍,豁喇喇往教场来了。早有众公爷在那里候接。多是戎装披挂,跨剑悬鞭,也有铁箔头、乌金锁,狮子盔、黄金甲,獬豸盔、红铜铠,银箔头、青铜甲。这班公爷，上前说道："元帅在上，末将们等在此候接。"元帅叔宝道："诸位将军，何劳远迎，随本帅进教场内来。"众公爷齐声应道："是。"一同随元帅进教场来。只见有团营总兵官、游击、千把总、参谋、百户、都司、守备这一班武职们，也都是顶盔贯甲，跪接元帅。秦琼吩咐站立两旁，又见合教场大小三军，齐齐跪下，送帅爷登了帐，点明队伍，一共二十万大队人马。点咬金带一万人马为头站先锋："须要逢山开路，遇水成桥。此去北番人马甚是骁勇，一到边关停住扎营，待本帅大兵到了，然后开锋打仗。若然私自开兵，本帅一到，就要取你首级。"先锋一声答应："是，得令。"那鲁国公程咬金，好不威风，头戴乌金开口狮豸盔，身穿乌油黑铁甲，内衬皂罗袍，左悬弓，右插箭，手提开山大斧，须髯多是花白的了。若讲到扫北这一班公爷们，多有五六旬之外，尽是鬓发苍苍年老的了。这叫作：

年老长擒年少将，英雄哪怕少年郎。

只看程咬金有六旬外年纪，上马还与天神相似，这般厉害得狠。他领了精壮人马一万前去，逢山开路，遇水成桥，竟往河北幽州大路而行，我且慢表。回言要讲到太宗龙驾，命左丞相魏征料理国家大事，托殿下李治权掌朝纲。贞观天子同军师徐茂公，出了午朝门，跨上日月骒骊马，一竟到教军场来。有秦琼接到御驾，遂命宰杀牛羊，奠旗纛神祇。皇上御奠三杯，有元帅秦叔宝祭旗已毕，吩咐发炮起营。那一时轰隆隆三声炮起，拔寨起兵，前面有二十万人马摆开阵伍，秦元帅戎装打扮，保住了天子龙驾，底下有二十九家总兵官，多是弓上弦，刀在鞘，有文官送天子起程，回衙不表。

单讲那些人马离了长安，正往河北进发，好不威灵震赫。这些地方百姓人家，多是家家下闩，户户关门。正是：

太宗登位有三年，风调雨顺国平安。康王麾下车元帅，表中差使进中原。辱骂贞观天子帝，今日兴兵御驾前。旗幡五色惊神鬼，剑戟毫光映日天。金盔银铠多威武，宝马龙驹锦绣鞍。南来将士如神助，马到成功定北番。

这个唐太宗人马，旌旗招扬，正往北路进发。后有解粮驸马小将军，名唤薛万彻，其人惯使双锤，骁勇无敌，所以护送粮草来往。贞观天子起了二十万足数精壮人马，前去定北平番，我且不表。

单说那北方外邦，第一关叫作白良关，却对中原雁门关。白良关远雁门关有二百里，多是荒山野地之处。雁门关外一百里，是中原地方；白良关外一百里，是北番地方。在此处各分疆界，若是大唐人马到来，必须要穿过雁门关而至白良关。前日使臣官周纲，被太宗皇帝割去两耳，早已回番，见过狼主，故此北番狼主传令各关守将，日夜当心防备，又差探子远远在那里打听。那北番第一关上，有位镇守总兵老爷，你道什么人？他乃姓刘名方，字国贞，其人身长一丈，平顶圆头，犹如笆斗，膊阔一庭，腰大十围。生一张黑威威脸面，短腮阔口，兜风一双大耳，两眼如铜铃，朱砂浓眉，两臂有千斤之力。他若出阵，善用一条丈八蛇矛，其人利害不过，若讲到北番之将，多是：

上山打虎敲牙齿，下水擒龙剥项鳞。

说不尽关关有好汉，寨寨有能人。此一番定北不打紧，只怕要征战得一个：

头落犹如瓜生地，血涌还同水泛江。

当下刘国贞正在私衙与偏正牙将们讲究兵法，忽有小番儿报进来了，说道："启上平章爷，不好了，小将打听得南朝圣主太宗唐皇帝，御驾亲领二十万大队人马，有护国公大元帅秦琼，带了数十员战将，手下有合营总兵官，前来攻打白良关了。"刘国贞闻言，不觉骇然说："唐朝天子亲领人马来了，可打听得明白？""小番在雁门关探听得明明白白的，故来通报。"国贞道："既是明白的，可晓他人马离此有多少路了？""小番探得他此时头站先锋，差不多出雁门关了。"那国贞哈哈大笑道："好好好，送死的来了。"这一班众将连忙问道："大老爷为何闻说南朝起兵前来，反是这等大笑？"国贞说："诸位将军，你们有所不知，俺们狼主千岁，欲取中原花花世界，锦绣江山，所以前日命周纲打战书与太宗唐王。若是唐童不起兵来，到也奈何他不得。如今那唐王御驾，亲领人马前来，也算我狼主洪福齐天，大唐的万里山河稳稳是我狼主的了，岂不快活。"众将道："大老爷，何以见得稳取中原，如此容易？"国贞道："列位将军，岂不晓那唐童全靠秦叔宝、尉迟恭厉害。他只道北番没有能人，所以御驾亲自领兵前来征剿我们，他还不晓得北番狼主驾前，关关多是英雄豪杰，何惧叔宝、敬德乎？待唐兵到来，必然攻打白良关。待本镇去活捉唐朝臣子以献狼主，岂非本镇之功。"诸将大喜，叫声："平章爷须要小心。小将们别过了。"不表这班花知鲁达们回衙，单讲刘国贞吩咐把都儿，关上多加些灰瓶石子，蹋弓弩箭，若唐兵一到，速来报本镇知道。把都儿一声答应，自去紧守关头，我且不表。

单讲那先锋程咬金领了一万人马，从河北一带地方出了雁门关，又是两日路程，有军士报说："启上先锋爷，前面是白良关北番地方了。"咬金道："既到番地，吩咐安营，扣关下寨，放炮定营。"众将一声得令，顷刻把营盘扎住。咬金吩咐小军打听，大兵一到，速来报我。军士答应自去。如今要说到贞观天子，统领大队人马，过了雁门关，一路下来。早有程咬金远远相接说："元帅，小将在此候接帅爷、龙驾。前面已是白良关了，不敢抗违帅令，等候三天，一同开兵。"元帅说："本帅自令北番早定，马到成功。"吩咐大小三军扎下营盘，走进御营。天子说："秦王兄，行兵在路辛苦，明日开兵吧。"秦琼说：

"此来定北,非一日一月之功,要看日时开兵吉利的成日。"天子道:"秦王兄之言甚善。"按下唐营君臣之事,再讲关内小番报进:"启上平章爷,唐兵已到关下了。"刘国贞说:"方才关外放炮之声,想必唐兵到来扎营,若有唐将讨战,前来报我。"小番得令,自往关上观望不表。

再说唐营元帅说:"诸位将军,今当出兵吉日,哪一个出去讨战?"一言未了,早有程咬金闪出说:"元帅,小将愿往。"元帅说:"你是没用的,北番番将不是当耍的,甚是厉害,第一场开兵,须要取他之胜,才晓得我们大唐将军的厉害。若是你出马杀败了,反为不美。"程咬金最胆小的,一闻元帅之言,只得退立旁边去了。只见部中又闪出一将道:"元帅,待小将出去讨战吧。"元帅一看,原来是尉迟恭,便说:"将军出阵,须要小心。"尉迟恭一声:"得令。"上马提枪,挂剑悬鞭,顶盔贯甲,一声炮响,大开营门,鼓声啸动,豁喇喇一马冲出,直奔白良关下。那小番儿看见,好一个恶相的唐将,待我放箭。"吠!下面的蛮子,少催坐骑。看箭!"说时迟,射时快,啊唷唷,只见乱纷纷箭如雨点一般射下来。尉迟恭不慌不忙,把长枪乱使,如雪花飞舞相似,把乱箭尽行撇开。上面小番看呆了,箭也不射下来了。那尉迟大叫一声,说道:"吠!关上的,快报你主将得知,今天兵到了,太宗皇帝御驾亲征,叫他早早出关受死。"

不表尉迟恭关下大叫,单讲小番飞报进衙说:"启上平章爷,有南朝蛮子在关外讨战。"刘国贞听报,立起身来:"待我去擒南蛮。"吩咐备马抬枪,脱下袍服,顶好盔,穿好甲,端住枪,跨上马,出了总府衙门,来到关上,望下一瞧,说:"啊唷!好一个蛮子。"但见他头戴闹龙铁箔头,面如锅底,浓眉豹眼,海下胡髯,身穿锁子乌金铠。左悬弓,右悬箭,坐在马上,好不威风。国贞就命把都儿发炮开关。只听一声炮响,关门大开,放下吊桥。刘国贞出得关门,后拥三百攒箭手,射住阵脚。尉迟恭抬头一看,只见一个番将,向吊桥冲来,好不可怕，但见他头上戴顶双分凤翅金盔，顶大红缨，面如纸钱灰，狮子口，大鼻子，朱砂眉，一双怪眼，短短一捧连鬓胡须。身上穿一领腥腥血染大红袍，外罩龙鳞红铜铠。左悬弓，右插箭，手执一条射苗枪，坐下一匹点子昏红马，直奔上前，把枪一起。尉迟恭也举乌缨枪架住，说道："吠！那守关将留下名来。"国贞道："你要问本镇之名么？乃赤壁宝康王狼主御驾前，红袍大力子大元帅祖麾下加为镇守白良关总兵，大将军刘国贞。你可晓得本镇枪法利害之处么！"敬德说："不晓得你这无名之辈！今天兵已到，你们一国的蝼蚁，多要杀个干干净净，何在你这个霸番奴，把住白良关，阻我们天兵去路。"

正是让我者生，若还挡我者死。

要知两员勇将交战如何，且听下回分解。

第二回

白良关刘宝林认父　杀刘方梅夫人明节

诗曰：

威风独占尉迟恭，定北先夸第一功。
谁料宝林能胜父，当锋一战定英雄。

再说尉迟恭大叫："番奴快快献关，方免一死。若有半声不肯，那时死在枪尖之下，只怕悔之晚矣。"国贞听言大怒，喝道："你这狗蛮子有多大本事，如此无礼，擅自夸能！魔家这枪不挑无名之将，你也通下名来，魔家好挑你这狗蛮子。"尉迟恭大怒，喝声："番奴！你要问俺家之名么？洗耳恭听：某乃唐太宗天子驾前，护国大元帅秦麾下，加为保驾大将军，鄂国公，复姓尉迟，名恭，字敬德，难道你不闻某家之名么！"刘国贞呼呼冷笑道："原来你就是尉迟蛮子，中原有你之名，魔家只道是三头六臂的，原来也止不过如此，可晓得魔家的枪法么？唐童尚要活擒，何况你这蛮子。"尉迟恭亦呵呵冷笑道："休得多言，照某家的枪罢。"把枪一摆，月内穿梭，直望刘方面门挑进来了。国贞说声："不好！"把枪一架，却把膊子震了两震，在马上两三晃:"啊唷!果然名不虚传,好厉害的尉迟蛮子。"尉迟恭大笑道:"你才晓得俺家尉迟将军的厉害骁勇么?照枪吧!"又是一枪,劈前心挑进来了。嗒啷一声响,逼在旁首,马交肩过去,闪背回来,二人大战。好一似:

北海双蛟争战水,南山二虎斗深林。

战到十余合,国贞只好招架。他勉强又战了几合,看看敌不住尉迟恭了。那敬德看见刘方面上失色,心中大喜,扯起了竹节钢鞭,亮在手中,才得交肩过来,喝声:"照打吧!"一鞭打在国贞背心,刘方大喊一声,口吐鲜血,伏在马上,大败而走。尉迟恭说:"你要往哪里走,我来取你之命也!"催开坐骑,豁喇喇迫上来,国贞败过吊桥,小番儿把吊桥扯起,放起乱箭射来。尉迟恭只得扣住马,喝声:"关上的,快叫他早早献关就罢了,如若闭关不出,定当打破,我老爷且是回营。"转马,回营来了。军士上前拢住了马,抬过了枪,就进中营说:"元帅,末将打败了守将刘国贞,前来缴令。"秦元帅大喜,说:"好一位尉迟将军,第一阵交战胜了北番,白良关一定破得成了。明日再到关前讨战。"不表。

再说刘国贞败进关内,到衙门下了马,有小番扶进书房坐定。说:"啊唷唷,打坏了。"把盔甲卸下,靠在桌子上。里面走出一个小厮来,面如锅底,黑脸浓眉。豹眼阔口,大耳钢牙,海下无须,年纪只十六七岁,身长九尺余长,足穿皮靴,打从刘国贞背后走过,叫声:"爹爹。"那刘方抬起头来说:"我儿,你来到为父面前做什么?"原来这个就是刘国贞的儿子刘宝林,他便回说:"爹爹,闻得大唐人马来攻打白良关,爹爹今日开兵胜败若何?"国贞见问,说道:"嗳,我儿!不要说起。中原尉迟蛮子骁勇,为父的与他战不数合,被他打了一鞭,吐血而回,心里好不疼痛。"宝林大惊,说道:"爹爹被南朝蛮子伤了一鞭,待孩儿出马前去,与爹爹报一鞭之仇。"刘方说:"我的儿,怎么说动也动不得,那个尉迟老蛮子伤了一鞭,厉害非凡。为父的尚难取胜,何在于你。"宝林说:"爹爹不妨,从来说将门之子,未及十岁就要与皇家出力,况且孩儿年纪算不得小,正在壮年,不去与父报恨,谁人肯与爹爹出力。"国贞说:"我儿虽然如此,只是你年轻力小,骨肤还嫩,枪法未精,那尉迟狗蛮子年纪虽老,枪法精通,只怕你不是他的对手。"宝林道:"不瞒爹爹说,孩儿日日在后花园中操演枪法鞭法,件件皆精,哪怕尉迟蛮子,一定还他一鞭之报,今日就要出马。"说罢,就去顶盔贯甲,把一条铁钢鞭,骑一匹乌骓马,手执乌金枪,说:"爹爹,孩儿前去开兵。"刘方道:"我儿慢走,须要小心,待为父的到关上与你掠阵。带马来!"国贞跨上马,军士一同来到关上,说:"我儿,不可莽撞,为父的鸣金就退。"宝林应声道:"是。爹爹不妨。"放炮开关,一声炮响,大开关门,一马冲到唐营,喝声:"快报与尉迟蛮子知道,今有小将军在此,要报方才一鞭之恨,叫他早早出来会我。"

这一声大叫,有军士报与元帅得知,说:"启上元帅,营门外有北番小番儿,坐名要尉迟千岁出去,要报方才一鞭之恨,开言辱骂。请元帅爷定夺。"元帅说:"诸位将军,方才尉迟将军打败番将,如今又有小番儿讨战,谁可出去会他?"闪出程咬金道:"元帅,如今第二阵不妨事的了,待小将去会他一会。"元帅尚未出令,旁边又闪出尉迟恭来,叫声:"元帅,既是这小番儿坐名要某家去会战,原待某家出去会他。"元帅说:"将军出去,须要小心。"尉迟说:"不妨。"军士们带马抬枪。程咬金说:"老黑,你把我头功夺去,第二阵应该让我立功,你又来夺去,少不得与你算账的。"尉迟恭叫声:"老千岁,听得小番儿坐名要某家,故而出去会他。倘胜他,第二功算你的如何?"程咬金说:"老黑,你拿稳的么?只怕如今必败,休要逞能。待程老子与你掠阵,看你又胜得他么。"尉迟恭跨上了马,手提枪,放炮一声,冲出营门。程咬金来到营门外，抬头一看说："啊唷，好一个小番儿！"只见他铁盔铁甲，锅底脸，悬鞭提枪，单少胡须，不然是小尉迟无二的了。便叫声："老黑，这个小番儿倒像你的儿子。"尉迟恭道："呔！老千岁，休得乱讲，讲某家啸鼓！"

那番战鼓发动了，拍马豁喇喇喇冲到刘宝林面前，把枪一起，那边乌金枪嗒啷一声响，架定了，叫声："来的就是尉迟蛮子么？"应道："然也！你这小番儿，既知我老将军大名，何苦出关送死？"刘宝林听说："啊呀！我想你这狗蛮子，怎么把我爹爹打了一鞭，所以我小将军出关要报一鞭之恨，不把你一枪挑个前心后透，誓不为人。"尉迟恭呵呵冷笑说："方才刘国贞被我打得抱鞍吐血，几乎丧命，何况你这小小番儿。想是你活不耐烦了。"宝林说："狗蛮子不必多言，看家伙。"劈面一枪过来，尉迟恭嗒啷一声架住了枪，说："你留个名儿，好挑你下马。"宝林说："你要问我名字么，方才打坏老将军是俺小将军的父亲。我叫刘宝林，可知道小爷爷的本事厉害？你可下马受死，免我动手。"尉迟恭大怒，拍马冲来，劈面一枪，宝林不慌不忙，把乌金枪嗒啷一声架过了。一连几枪，都被宝林架住在旁边。这一场大战，枪架叮当响，马过踢踏声。老小二英雄，战到五十回台，马交过三十个照面，直杀个平交，还不肯住。又战了几个回合，只见日色西沉，宝林大叫一声："啊唷！果然好厉害的老蛮子。"尉迟恭道，"呔！小番儿，你有本事再放出来。"宝林也说："呔！哪个怯你，有本事大家放下枪，鞭对鞭，分个高下。"尉迟恭冷笑道："你这小番儿也会使鞭？难道某家阻了你么？"放下枪，宝林也放下枪，两边军士各自接过了枪，二人腰边取出铁钢鞭，拿在手中。两条是一样的，叫一声："那个走的不足为奇，照小爷爷的鞭吧。"打将下来。尉迟恭急架相迎，这一鞭名曰"摹云盖顶实堪夸"，那一鞭叫作"黑虎偷丹真难挡"。两下鞭来鞭架，鞭去鞭迎，好杀哩。只见杀气腾腾，不分南北；阵云霭霭，莫辨东西。狂风四起，天地生愁；飞沙遍野，日月埋光。二人又战了三十个回合，直杀到黄昏时候，不分胜败。关头上刘国贞看见天色已晚，不见输赢，就吩咐鸣金。宝林把枪架住说："老蛮子，本待要取你首级，奈何父亲鸣金，造化了你多活了一夜，明日取你性命吧。"尉迟恭也叫声："小番儿，你老子道你今夜死了，故而鸣金。也罢，明日取你命吧。"两骑马一个进关，一个进营。尉迟恭来见元帅，说："方才出战的小番儿，果然厉害，与我只杀得平交，难以取胜。"叔宝说："方才本帅闻报，尉迟将军与小番儿战个敌手，不道北番原有这样能人。"敬德说："少不得某家明日要取他首级。"

不表唐营之事，再讲那刘宝林进关说："爹爹，尉迟蛮子果然厉害，不能取胜，明日孩儿出马，定要伤他之命。"刘方说："儿，今日开兵辛苦了，为父的虽做总兵，倒没有你这样本事，与老蛮子战到百十余合，亏你好长力。"宝林说："爹爹，英雄所以出于少年之名，如今爹爹年迈了，自然战不过这狗蛮子了。"父子一路讲论，到衙门下了马，卸下盔甲，来到书房。国贞说："我儿，你开兵辛苦，母亲内房去吧，明日再与那狗蛮子相杀。"宝林应道："是。"来到内房，只见那些番女说："夫人且免愁烦，公子进来了。"宝林走近前来，只见老夫人坐在榻上，眼眶哭得通红，在那里下泪，便叫声："母亲，孩儿日日在房中见你忧愁不快，今日又在下泪，不知有甚事情，孩儿今日到要问个明白。"夫人说："啊呀，我那儿啊，做娘的要问你，今日出兵与唐将哪一个交战，快快说与做娘的知道。"宝林说："母亲，孩儿出阵，那中原有一个尉迟老蛮子十分骁勇，爹爹出战，被他打得抱鞍吐血而回，所以孩儿不忍，出马前去，要与爹爹报仇。谁想尉迟蛮子，孩儿与他战到百十余合，只杀得个平手，不得取胜，少不得明日孩儿要取他的命。"梅氏夫人听说，大惊道："我儿，那中原尉迟蛮子，可通名与你，叫什么名字？"宝林说："啊！母亲，他叫'尉迟恭'。"那夫人听了"尉迟恭"名字，不觉眼中珠泪索落落滚个不住。宝林一见，好似黑漆皮灯笼，冬瓜撞木钟，急问："母亲为着何事，可与孩儿说明,总有千难万难之事,有孩儿在此去做。"夫人带泪道:"啊呀!儿啊。你虽有此言,只怕未必做得来。做娘的为了你,有二十年冤屈之事,谁人知道。到今朝孩儿长大成人,不思当场认父,报母之仇,反与仇人出力。"宝林连忙跪下叫声:"母亲说话不明,犹如昏镜,此冤屈从何说起,孩儿心内不明,乞母亲快快说与孩儿知道。"夫人道:"儿啊,做娘的今日与你说明,报仇不报仇由你,我做娘的如今就死黄泉也是瞑目的。"宝林说:"母亲到底怎么样?"梅氏夫人说:"我的儿,今日交兵的尉迟恭,你道是何人?""孩儿不知道。"夫人看见丫环们在此,说道:"你们外边去看,老爷进来,报我知道。"丫环应声走出。夫人见无人在此,叫声:"我儿,那书房中刘国贞,这奸贼你道是谁人?"宝林说:"是我爹爹。母亲,中原尉迟恭,有甚瓜葛?"夫人喝道:"吥,我想你这不孝的畜生,怎么生身之父也不认得?"宝林道:"啊呀,母亲此言差矣,我爹爹现在书房,何见得不认生身之父。"夫人说:"我儿,今日对敌的尉迟恭,是你父亲。刘国贞这天杀的奸贼,与做娘是冤仇,你还不知么?"宝林大惊道:"母亲,孩儿不信如此,乞母亲细细说明此事。"夫人说:"你不信这也怪你不得,方才这鞭,你快拿过来就知。"宝林拿过鞭来,叫声:"母亲,鞭在此。"夫人叫声:"我儿,这一条鞭名曰雄鞭。你可见那嫡父手中乃是一条雌鞭,还有四个字嵌在柄上,你也不当心去看他一看,自己名字可姓刘么?"宝林把鞭轮转一看,果然有四个字在上面,刻着尉迟宝林四个细字。"啊呀!母亲,看这鞭上姓名,实不姓刘,反与中原尉迟恭同姓,母亲又是这等讲,不知其中委屈之事到底是怎样的?一一说与孩儿明白。"夫人说:"我儿,今日做娘的对你说明白,看你良心。说起来,真正可恼可恨,做娘的当日同你嫡父在朔州麻衣县中,做了四五年的夫妻,打铁为活。从那一年隋属大唐,那唐王招兵,你父往太原投军,做娘再三阻挡,你父不听,我身怀六甲,有你在腹,要你父亲留个凭信,日后好父子相认。你父亲说,'我有雌雄鞭两条,有敬德两字在上，自为兵器，随身所带乃是雌鞭，这雄鞭上有宝林二字在上，你若生女，不必提起；倘得生男，就取名尉迟宝林，日后长大成人，叫他拿此鞭来认父。'不想你父亲一去投军，数载杳无音信回来，却被这奸贼刘国贞掳抢做娘的到番邦，欲行一逼。那时为娘要寻死路，因你尚在母怀，故犹恐绝了尉迟家后代，所以做娘的只得毁容立阻，含忍到今，专等你父前来定北平番，好得你父子团圆，所以为娘的含冤负屈，抚养你长大成人，好明母之节，以接尉迟宗嗣，做娘就死也安心的了。"宝林听罢，不觉大叫一声："母亲，如此说起来，今日与孩儿大战之人，乃我嫡父亲也。啊唷，尉迟宝林啊，你好不孝，当场父亲不认，反与仇人出力！罢、罢、罢，待孩儿先往书房斩了刘国贞这贼，明日再去认父便了。"就在壁上抽下一口宝剑，提在手中，正欲出房，夫人连忙阻住说道："我儿不可造次，动不得的。"宝林说："母亲，为什么？"夫人说："我儿，我那刘国贞在书房中，心腹伴当甚多，你若仗剑前去，似画虎不成反类其犬，被他拿住，我与你母子的性命反难保了。如今做娘的有一个计较在此，你只做不知，明日出关交战，与你父亲当场说明，会合营中诸将，你诈败进关，砍断吊桥索子，引进唐兵诸将，杀到衙内，共擒贼子，碎尸万段。一来全孝，与母报仇；二来做娘受你父之托，不负你父子团圆；三来扫北第一关是你父子得了头功，岂不为美。"宝林听了叫声："母亲此言虽是，但我孩儿哪里忍耐得这一夜？"母子说话多端，也不能睡。

　　再讲那刘国贞在私衙与偏将等议论退敌南朝人马，就调养书房，直到天明。尉迟宝林叫声："母亲，孩儿就此出去，勾引父亲进关，同杀奸贼。"夫人说："我儿须要小心。"宝林应道："晓得。"连忙顶盔贯甲，悬鞭出房，来到书房。国贞看见，叫声："我儿，你昨日与大唐蛮子大战辛苦，养息一天，明日开兵吧。"那宝林不见那对方开口，倒也走过了；因见他问了一声，不觉火冒大恼，恨不得把他一刀劈为两段，只得且耐定性子，随口应声："不妨得。"出了书房，吩咐带马抬枪，小番答应，齐备，宝林上马，竟是去了。国贞看宝林自去，因自己打伤要调养，吩咐小番把都儿当心掠阵："倘小将军有些力怯，你就鸣金收军。"把都儿一应得令。再表尉迟宝林来到关前，吩咐把都儿放炮开关。只听一声炮响，大开关门，放下吊桥，一阵当先，冲出营前，大叫："快报与尉迟老蛮子，叫他早早儿出来会俺。"军士报进唐营："启上元帅爷，营外有小番将，口出大言，原要尉迟老千岁出去会他。"尉迟恭在旁听得，走上前来叫声："元帅，某家昨日对他说过，今日大家决一个高下。"叔宝说："务必小心。"尉迟恭得令而行，有分教：

  北番顷刻归唐主，父子团圆又得功。

要知尉迟恭出战如何，且看下回分解。

第三回

秦琼兵进金灵川　宝林枪挑伍国龙

诗曰：

老少英雄武艺高，旗开马到见功劳。
太宗唐祚兴隆日，父子勋名麟阁标。

再讲尉迟恭出来，跨上雕鞍，提枪悬鞭，冲出营门，两边战鼓震动，大喝道："呔！小番儿，你还不服某老将军手段么？管叫你命在旦夕。"宝林心中一想，把乌金枪一起，喝声："老蛮子，不必多言，照枪吧。"兜回就刺，尉迟恭急架相迎，两人战到六七回合，宝林把金枪虚晃一晃，叫声："老蛮子果然枪法厉害，小爷让你。"拨马落荒而走。尉迟恭心中大喜，大叫道："你往哪里走，老爷来取你命了。"把马一催，豁喇喇追上来了。宝林假败下来，往山凹内一走，回头不见了白良关，把马呼一带转来。尉迟恭到了面前喝声："还不下马受死。"嚓的一枪，直到面门。宝林把乌金枪嗒啷一声响，迎住叫声："爹爹，休得发枪，孩儿在这里。"连忙跳下雕鞍，跪拜于地。尉迟恭见他口叫爹爹，下马跪拜，倒收住了枪，说："小番儿，你不必这等惧怕，只要献关投顺，就免你一死。"宝林说："爹爹，当真孩儿在此相认父亲。"尉迟恭说："岂有此理，你认错了。某家在中原为国家大臣，哪里有什么儿子在于北番外邦。没有的，没有的。"宝林叫声："爹爹你可记得二十年前在朔州麻衣县打铁投军，与梅氏母亲分离，孩儿还在腹内。一去之后，并无音信，到今二十余年，才得长成相认父亲。难道爹爹就忘了么？"尉迟恭一听此言，犹如梦中惊醒，不觉两泪交流说："是有的。那年离别之后，我妻身怀六甲，叫我留信物一件，以为日后相认，只是你无信物，未可深信，一定认错了。"宝林叫声："爹爹，怎么没有信物？"抽起一条水铁钢鞭，提与尉迟恭说道："爹爹，你还认得此鞭么？"敬德把鞭接在手中仔细一看，柄上还刻着"尉迟宝林"四字，认得自己亲造雌雄二鞭。昔年留于妻子之处，叫他抚养孩儿长大成人，拿鞭前来认我，谁想到今方见此鞭，果然是我孩儿了。那时便滚鞍下马，说道："我儿，今日为父得见孩儿之面，真乃万幸也。为父与你母亲分别后，也受了许多苦楚，才蒙主上加封，差人到麻衣县相接你母亲，并无下落。那时为父思想了十多年，差人四处察访，音信绝无，岂知孩儿反在北番。因何到此，母亲何在？"宝林叫声："啊呀！爹爹。自从别离之后，母亲在家苦守，不想被番奴刘国贞这贼虏在北番，屡欲强逼，我母亲欲要全节而亡，因有孩儿在腹，犹恐绝了后嗣，所以毁容阻挠，坚心苦守，孩儿长大，叫我今朝相认父亲，总是孩儿不孝，望爹爹不必追究过去之事。"尉迟恭又惊又喜道："原来如此。为今之计，怎生见得夫人？"宝林说："爹爹，母亲曾对我讲过的，叫爹爹假败进营，会合诸将，上马提兵，待孩儿假败，砍断吊桥索子，冲杀进关去擒贼子，就好相见。得了白良关，一件大功。"尉迟恭道："此计甚妙，我儿快快上马。"父子提枪跨上雕鞍，冲出山凹，叫声："小番儿果然厉害，某今走矣。休赶，休赶。"一马奔至营前，宝林收住丝缰，假作呼呼大笑道："我只道你久常不败，谁知也有今日大败！罢，快叫能事的出来会我。"此话不表。

再讲尉迟恭下马，上中军来见元帅说："真算我主洪福齐天，白良关已得。"叔宝说："将军未能取胜，白良关怎么得来？"敬德说："北番这位小将，乃是某家嫡子。所以今日假败，到落荒相认，父子团圆。我妻梅氏，现在关中，叫孩儿对某所讲，会合各位将军，坐马提兵，杀出营门。等我孩儿假败下去，砍落吊桥，抢进关中，共擒守将，岂不是白良关唾手而得矣。"众将闻言大喜。叔宝说："果有这等事，你子因何反在北番，从何说起？"敬德就把麻衣县夫妻分别之事，细细说了一遍。秦琼方才明白。即发令箭数枝，令诸将坐马端兵，抢关擒北番之将，须要小心，不得违令。众将应声："是。"早有马、段、殷、刘、程咬金五将，上马提兵，出营门观望。尉迟恭冲出营门，大叫一声："小番儿，某家来取你命也。"拍马上前，直取宝林。宝林急架相迎，父子假战了五六个冲锋，宝林便走，叫声："休赶，休赶！"把眼一丢，往关前败下来了。敬德叫声："哪里走！"回头又叫声："诸位将军，快些抢关哩。"这六骑马随后赶来，底下大小三军们，旗幡招飐，剑戟刀枪如海浪滔天，烟尘抖乱，豁喇豁喇豁喇赶至吊桥边来。宝林过得吊桥，有小番高扯吊桥，忙发狼牙，却被宝林砍断索子，吊桥坠落，众小番大惊说："大爷反把吊桥索子砍断。"宝林喝声："吥！谁敢响，哪个是你们公子。看枪！"乱挑了几个，小番喊叫说："公子反了！"一拥进关。诸将过了吊桥，宝林叫声："爹爹这里来。"六骑马杀进关中，鼓打如雷，马叫惊天，那关中合府官员，多闻报了。有偏正牙将们，顶盔贯甲，上马提刀，上来抵敌。尉迟恭父子二人，两条枪好了不得。来一个刺一个，来一双刺一双。程咬金子执大斧说："狗番奴！"骂一句，杀一个，骂两句，杀一双。殷、刘、马、段四将，提起大砍刀，杀人如切菜。好杀哩，直杀到总府衙门，刘国贞一闻此报，着了忙说："一定此事发了。带马抬枪，随本总来呵。"这一边家将们多是明盔亮甲，提着军器，上着马，一拥出来。到得总府衙门，"啊呀！不好了。"多是大唐旗号，前面尉迟宝林引路，直冲上来。刘国贞把枪一起，叫一声："畜生！反害自身。照枪。"嚓的一枪直刺过来，宝林把枪嗒啷一响，架住在旁边，马打交锋过来，国贞正冲到尉迟面前来了。敬德把鞭拿在手中说："去吧！"当夹胸只一鞭，国贞叫得一声："啊呀！"血稍一喷，坐立不牢，跌下马来。军士拿来拴捉住了，余外家将、小番们晦气，一刀三个的，一枪四五个的，有识时务的，口叫："走啊，走啊！"多往金灵川逃去，杀得关内无人。尉迟父子进了帅府，滚鞍下马，说："孩儿，快去请你母亲出来相见。"

宝林奉父命来到房中，只见夫人索珠流泪，犹如线穿一般。宝林忙叫："母亲，如今不必悲泪，爹爹现在外面，快快出去。"夫人说："我儿，当日夫君曾叫我抚养孩儿成人，以接后代。到今朝父子团圆，虽节操能全，我只恨刘国贞谤污我名，今可擒住么？"宝林说："母亲，已今绑在外面了。""既如此，我儿与我先拿进来，然后与你爹爹相见。"宝林说："是。"走出外面，拿进刘国贞。刘国贞叹声："罢了，养虎伤身。"梅氏夫人一见，大骂："贼子，你谤讪我节操声名，蛮称为妻，使北番军民误认我不义，耻笑有失贞节，怎知我含忿难明，皆因身怀此子，不负亲夫重托，所以外貌是和，中心怀恨，毁容阻挠，得幸此子长成，再不道亲夫临敌，父子团圆，我完节之愿毕矣。贼啊，你一十六年谤节之名，此恨难泄。"忙叫："我亲儿，快将这奸贼砍为肉酱。"宝林应声，提剑起来，乱斩百十余刀，一位白良关守将化为肉泥。夫人叫声："我儿，你往外面，唤父亲到里面来。"宝林奉命出得房门，梅氏夫人大叫一声："丈夫啊！今日来迟，但见其子，不见你妻了。你在中原为大将，我污名难白，见你无颜，罢，罢，罢，全节自尽，以洗贞操。"忙将头撞上粉壁，可怜价脑浆迸裂，全节而亡，呜呼哀哉了。宝林哪晓其意，来到外面说："爹爹，母亲要你里面去相见。"

尉迟恭大喜，父子同进房中，一见夫人坠墙而死。宝林大哭一声：

"我母亲啊！"那尉迟恭吓呆了，遂悲泪说："我儿，既死不能复生，不必悲泪。"就将尸骸埋葬在房，父子流泪来到外面，对诸将说了，人人皆泪。程咬金说："好难得的。"众将上马出关，进中营。马、段、殷、刘缴了令，尉迟恭说："我儿过来，参见了元帅。"宝林上前说是："元帅在上，小将尉迟宝林参见。"元帅叫声："小将军请起。"宝林然后走下来，见过了诸位叔父、伯父们。敬德领进御营，俯伏尘埃，说道："陛下龙驾在上，臣尉迟宝林见驾。"

世民大喜，说是："御侄平身。寡人有幸到来平北，得了一位少年英雄，谅北番是御侄熟路，穿关过去，得了功劳，朕当加封与你。"宝林谢了恩。元帅传令，大队人马来到白良关，点一点关中粮草，查盘国库，当夜赐宴与敬德贺喜。养马三日，放炮起兵，兵进金灵川，我且慢表。

单说金灵川守将名字伍国龙，身长一丈，头如笆斗，面如蓝靛，发似朱砂，海下黄胡，力大无穷，镇守金灵川。这一日升堂，有小番报进："启爷，白良关已失，现在败伤把都儿在外要见。"伍国龙闻白良关失了之言，便大惊说："快传进来。"把都儿走进跪下说："平章爷不好了，大唐兵将实力骁勇，白良关打破，不日兵到金灵川来了。"伍国龙那番吓得胆战心惊，说："本镇知道。快走木阳城报与狼主知道。吩咐关头上多加灰瓶石子，弓弩旗箭，小心保守。大唐兵马到来，报与本镇知道。"把都儿一声得令，此话不表。

再讲到南朝兵马，在路饥食渴饮，约有三日，那先锋程咬金早到金灵川下，吩咐放炮安营，等后面人马一到，然后开兵。不一日大兵到了，程咬金接到关前营内。其夜君臣饮酒，商议破关之策。当晚不表。次日清晨，元帅升帐，聚集众将两旁听令。尉迟宝林披挂上前，叫声："元帅，小将新到帅爷麾下，不曾立功，今日这座金灵川。待小将走马成功，取此关头以立微勋，有何不可？特来听令。"秦叔宝道："好贤侄，此言实乃年少英雄，须要小心在意。"宝林应道："是，得令。"顶盔贯甲，悬剑挂鞭，绰枪上马，带领军士冲出营门，来到关前，大叫一声："呔！关上的，快报与伍国龙知道，今南朝圣驾亲证破番，要杀尽你们番狗奴，况白良关已破，早早出来受死。"这一声大叫，关上小番报进来了："启爷，关外大唐人马已到，有将讨战。"伍国龙闻报，吩咐快取披挂过来，备马抬刀，顶盔贯甲，结束停当，带过马，跨上雕鞍，提刀出府，来到关前，吩咐开头。轰隆一声炮响，大开关门，放下吊桥，一字摆开，豁喇喇一马冲出。宝林抬头一看，见来将一员，甚是凶恶，你看他怎生打扮：

　　头戴红缨亮铁明盔，身披龙鳞软甲。面如蓝靛，朱砂红发；两眼如铜铃，两耳兜风，一脸黄须。坐下一骑青鬃马，大刀一摆光闪烁，枪刀双起响叮当，喝声似霹雳交加。

宝林看罢大叫一声："呔！来的番狗通下名来。"伍国龙说："你要魔家的名么？乃红袍大力子大元帅祖麾下，加为镇守金灵川大将军伍国龙便是。"宝林说："原来你就叫伍国龙，也只平常。今日天兵已到，怎么不让路献关，擅敢反来阻我去路，分明活不耐烦了。"国龙闻言大怒，也不问姓名，提起刀来喝声："呔！照魔家的刀吧。"往宝林顶上劈将下来。宝林叫声："好！"把枪噶唥这一枭，国龙喊声："不好。"在马上一晃，这把刀直往自己头上崩转来了，豁喇一马冲锋过去，兜得转来，宝林把手中枪紧一紧，喝声："去吧！"一枪当心挑进来，伍国龙叫得一声："啊呀！我命休矣。"躲闪不及，正刺在前心，扑通一响，挑下马去了。宝林厦一枪刺死，吩咐诸将快抢关里。叫得一声抢关，一骑马先冲上吊桥上了。营前的尉迟恭在那里掠阵，见儿子枪挑了番将，也把枪一串说："诸位老将军，快抢吊桥。"有程咬金、王君可二十九家总兵，上马提枪执刀，豁喇喇正抢过吊桥来了，那些小番把都儿往关中一走，闭关也来不及了，却被宝林一枪一个，好挑哩；众将把刀斩的把斧砍的，好杀哩。这些小番也有半死的，也有折臂的，也有破膛的，也有有时运的逃了去的，一霎时，逃得干干净净。杀进帅府，查盘钱粮，请关外大元帅同贞观天子、大小三军，陆续进关。把钱粮单开清在簿。宝林上前说："元帅，小将缴令。"元帅说："好贤侄，真乃将门之子，走马取关，其功不小。"太宗大悦，说："御侄将门有将，尉迟王兄如此厉害，御侄枪法更精，叫作英雄出在少年，王兄不如御侄了。"敬德听见太宗称赞他儿子，不觉毛骨悚然，奏道："陛下，究竟他枪不精，出得不精，没有十分筋骨发出来的。"太宗道："啊，王兄，御侄没有筋骨也够了。"其夜营中夜饮贺功。

一宵过了，明日清晨，把关上赤壁宝康王旗号去落了，打起大唐旗号，只如今放炮抬营，三军如猛虎，众将似天神，一路上马，前往银灵川进发，好不威风。探马预先在那里打听，闻得失了金灵川，飞报进关去了。行兵三日，来到关外，把人马扎住，后队大元帅人马已到，吩咐离关十里下寨。有尉迟宝林上前说："且慢安营，待小将走马取关，先开一阵，倘挑了番将，就此冲进关门，走马成功，岂不为美？若不能取胜，安营未迟。"元帅说："既然如此，贤侄须要小心，待本帅与你掠阵，靠陛下洪福，贤侄灭得守将，本帅领三军冲进关中，也是你之功。""得令！"把马一冲，来到关前大喝一声："呔！关上的，快去报天兵到了，速速献关，若有半句推辞，将军就要攻关哩。"小将喊声惊动关上把都儿，报进："启爷，大唐人马已到，有小蛮子坐马端枪讨战。"总爷大惊说："中原人马几时到的，可曾安营么？""启上平章爷，才到。不曾扎营，走马讨战。""啊唷！哪有此理。南朝兵将一发了不得，取了白良关，又取了金灵川，思想要取银灵川，可恼、可恼。"吩咐带马过来，结束停当，挂剑悬鞭，手执金棍，带领众把都儿，一声炮响，大开关门，一马当先，冲过吊桥。尉迟宝林一看，原来是一员恶将，十分凶险。你道怎生打扮：

  头戴龙凤顶铁盔，身穿锁子黄金甲。手执惯使黄金棍，坐下千里银鬃马。

好一位番邦勇将，黑脸红须，直到阵前。宝林大喝一声："呔！来的番狗住马，可通名来。"总爷把棍一起，噶啷架定说："你要问魔家之名么，对你说你可知道，我乃镇守银灵川总兵王天寿便是，可晓得本将军之厉害么？还不速退。"宝林听了，把枪一起刺来，王天寿把棍一架，回手一棍，喝声照棍，当头往顶梁上盖将下来，好不厉害，犹如泰山一般。宝林把枪一架，噶啷一声响，拨开在旁，回手一枪，王天寿躲闪不及，喊一声"不好了"，一枪正中咽喉，扑通一声跌下马来，死于非命。小番见主将已死，晓得银灵川内杀得厉害，大喊一声，各自逃生，往野马川去了。元帅好不得意，把人马同宝林杀进关去了，一卒皆无。到总府扎住，尉迟宝林进帐缴令。正是：

唐王有福天心顺，众将英雄取北番。

不知进攻野马川如何，且听下回分解。

第四回

铁板道士遁野马川　屠炉女夜弃黄龙岭

诗曰：

尽夸妖道法高强，野马川边战一场。
铁板欲伤年少将，哪知老将勇难当。

尉迟宝林走马取了二关，朝廷大悦，说："御侄其功非小。"吩咐改换大唐旗号，查盘钱粮，养马三日。众将称赞尉迟宝林之能，尉迟恭好不得意。次日，发炮起行，往野马川进发。早有小番告急，本章如雪片一般飞报到木阳城。狼主大惊，急召齐花知平章胡猎等议事。众文武入朝，朝参已毕。传旨："大唐兵已夺三关，诸卿有何良策，可退唐兵？"早有元帅祖车轮出班奏道："狼主放心。待臣操演三军，起兵退敌，杀退大唐人马，易如反掌之间。"狼主道："既如此，传旨作速操演人马退敌，以安朕心。"元帅领旨。

不讲狼主之事，再表大唐兵到了野马川，吩咐放炮安营，太宗开言说："御侄，你走马破了二关，功劳不小，今日这一座野马川，为何御侄就不能走马出兵，没有胆子去破关么？"宝林叫声："陛下有所不知,臣虽年小称雄,因看得金银二川守将本事欠能,故臣可以走马取关。今野马川关将本事厉害骁勇,况且又有仙传异法,十分难破,故此臣不敢夸能。"太宗说:"御侄,此关有甚妖人把守,善用异法害人么?"宝林说:"陛下,那关将名唤铁板道人,他用一尺长半寸阔铁打成的,叫作铁板,方口一块,念动真言,发在空中,有一万丧一万,有一千丧一千,多要打为泥灰。"太宗说:"此人邪法厉害,怎么样处?"徐茂功开言说:"陛下不必多虑,此乃妖道邪法,龙驾在此,正能压邪,哪怕妖法。明日开兵,自然取胜。"宝林说:"待臣明日讨战便了。"

再表次日,打鼓聚将,元帅升帐,诸将两旁站立。小将军披甲上马,领令出营。敬德昨夜听得儿子所言关中妖道厉害出奇,说道:"待末将出去掠阵。"元帅说:"我主有言,妖道甚是利害,待元帅同众将一齐出营,观看妖道怎样邪法,如此厉害。"众将俱应。营前发动战鼓,宝林来到关前,上面箭如雨下。宝林说:"休得放箭,快快叫守将出来会俺。"把都儿报入帅府说:"启上道爷,外面有唐将讨战。"那李道人呼呼大笑说:"大唐兵将分明来送死了,他自道走马取了三关,却不知我爷的异法厉害,也敢前来走马,叫他认认爷的手段看。"吩咐备马,通身打扮,跨上雕鞍,拿一口孤定剑,身藏法宝,带了把都儿,来到关下,吩咐放炮开关,一马当先冲出。宝林抬头一看,好一个怪面道人,头如笆斗,眼似铜铃,尖嘴大鼻,海下红胡,根根如铁线,身穿皂罗袍,手执孤宝剑,来到阵前,把剑照宝林劈来,宝林把枪嘎啷一声架住;又一剑砍来,又把枪架开了。宝林说:"妖道,看小爷的枪。"劈面刺来。李道人把双剑架起,交了三个回合,哪里敌得过,口中念动真言,祭起法宝,往空中呼的一声,有数道霞光冲起,直往宝林头上打将下来了。宝林抬头一看,吓得魂不附体:"啊呀,不好了。"带转马头,正往营前逃走,李道人指点铁板随后追来。尉迟恭看见儿子被妖法追去,心内着忙,冒铁板下冲进来。李道人只顾伤宝林，不提防敬德冲进来，要收这铁板打敬德来不及了，被敬德冲到肋下，拦腰这一把，用力一提，李道人把身一挣，尉迟恭年纪老了，在马上一晃，两个都翻将地下来了。敬德手一松，扒起身来，不见了妖道，借土遁而走了。少不得征西里边还要出阵，这是后事，我且慢表。且说尉迟恭见妖道走了，即上马叫众将冲关，后面大小三军一齐冲进关中。小番看势头不好，弃了野马川，飞奔黄龙岭去了。查盘钱粮，改换旗号，养马三日，发炮起行。往黄龙岭进发，此话不表。

再讲黄龙岭守将，你道什么人，乃是一员女将，叫作屠炉公主，狼主驾前有一位屠封丞相，就是他父亲，因见他能知三略法，会提兵调将，善识八卦阵，兵书、战册尽皆通透，力气又狠，武艺又精，才又高，貌又美，所以狼主将他继为公主，十分宠爱，加封在此镇守黄龙岭。这一日，正与诸将商议退敌之策，忽有侍女禀道："启娘娘，野马川上有小番要见。"公主吩咐传他进来。番子跪伏在地说："公主娘娘不好了，野马川已被大唐兵夺去了，明日就要来攻打黄龙岭了。"吓得屠炉公主面如土色说："列位将军，他前日取了白良关，倒也不在心上，如今看起来，真算中原人马实为厉害，杀得俺这里势如破竹，今日取了银灵川，明日失了野马川，多是走马成功的。如今五关已失四关，若黄龙岭一破，木阳城就难保了，与他开不得兵的。"诸将皆曰："公主娘娘，那南朝兵多将广，不可开兵，使个计策杀他片甲不回，捉住唐王，才无后患。"公主心中一想："有了，洒家有良策在此，管叫中原兵马有路无回，尽作为灰。"众将道："娘娘有何妙计？"公主说："此计不可泄漏，你们听我之令，关头上多要旌旗，密密把关门大开，吊桥放下，我们领了关中小番，竟往木阳城去见父王狼主，共擒唐将，同捉唐王，把黄龙岭兵马尽行调空，诱引唐兵进关前来中计。"那众番将听了公主娘娘之令，谁敢有违，连忙吩咐五营八哨把都儿们，摆齐阵伍，装载粮草，把关门大开，多立旌旗。公主娘娘带领众将，多往木阳城去见狼主不表。

再讲唐王人马，这一天到了黄龙岭，有探马上前禀道："启元帅爷，前面是黄龙岭了。但见关头上旌旗飘荡，并无兵卒，大开关门，吊桥不扯起，不知什么诡计，故此禀上元帅。"秦琼呼呼冷笑说："诸位将军，你们不要藐视此关之将无能，大开关门，兵卒全无，内中有计。今日御驾亲征，谅无大事，你们须要小心进关，看他使何诡计。"程咬金叫声："元帅，非也。我们侄儿连夺四关，尽不用吹毛之力，黄龙岭守将难道岂不晓得？决然闻此威名，谅不敢与我们开兵，所以弃关逃走了。不要说侄儿年少英雄，就闻我老程之名，也胆战心惊的，哪里有什么诈，分明怕我，逃遁了去。"秦琼说："你通是呆话，不必多讲与我。"吩咐大小三军进关去。元帅一出令，三军多往关中而进。就着尉迟宝林四处查点明白，恐防暗算，或有奸细，一面发令安营，人马扎住。那太宗问道："御侄，如今前面什么关了？"宝林说："陛下，没有什么关了。就是木阳城，赤壁康王所住之地。"太宗大喜，说道："诸位王兄，闻得番邦之将厉害异常，原来如此平常的，焉及王兄们骁勇，一路打关攻寨，并无阻隔，如今兵打木阳城，有几天成功得来。"众臣道："一来靠皇天，二来靠陛下洪福，三来诸将本事，必要攻破番城，活捉番王，得胜班师。"太宗大喜。吩咐营中大排筵宴，赏赐公卿。当夜不表。次日清晨，元帅传令发炮起行，往木阳城而进。

再讲木阳城内狼主千岁，身登龙位，有左丞相屠封、右元帅祖车轮，文武二臣，朝贺已毕，狼主说："元帅，魔家此国只靠元帅之能，今日被唐兵杀得势如破竹，十去其八，昨日又报野马川已失，元帅操演人马已熟，速速兴兵到黄龙岭，与王儿同退唐兵还好，不然黄龙岭一失，魔家就不好看相了。"元帅叫声："狼主放心，这两天忙得紧，日夜操演三军，今日有铁、雷二将，在教场会火箭，待臣今日去看了操，然后明日到黄龙岭同退唐兵。"祖车轮辞朝，教场中去了。有番儿报进："启上狼主千岁，公主娘娘带领本部番兵进城来了。"康王听了此言，不觉一惊，开言叫声："屠丞相，王儿如此胆大，轻身到此，黄龙岭有卵石之危，何人把守，岂不干系？"屠封说："狼主，那公主不知有甚事情，且召进来。"康王就命番臣番将迎接公主娘娘。文武番臣领旨出迎。

公主闻召，同诸将走上银銮殿，公主俯伏说："父王狼主，千岁、千千岁。"康王叫声："我儿平身。"说："王儿，今唐兵到黄龙岭，正思无计可退唐兵，汝不保汛地，反带兵到此，岂不关内乏人，倘被他取了黄龙岭，如之奈何？"公主叫声："父王有所不知，臣儿若要保守此关，谅不能够，况南朝蛮子好不厉害，倘然失利与他，破了黄龙岭，臣儿之罪也。故此传令诸将，反把关门大开，回来见父王，有个绝妙之计，叫南朝人马一个也不能回朝。"康王说："王儿有何妙计，捉得唐王，其功非小。"公主说："此计名曰'空城之计'。木阳城北四十里之遥，有座贺兰山，做了屯扎之处，把木阳城军民人等，多调在贺兰山住了，做了一个空城，把四门大开，旌旗高扎，大唐人马进了城，我们把木阳城团团围住，不能出去，粮草一绝，岂不多要丧命。"公主正在设计，元帅祖车轮也进朝门。一闻此计，说："公主计甚好。大唐人马肯进城，一定是死。然唐营之中岂无智谋之士，只怕识得空城之计，不进城来，便怎么处？"公主说："元帅，城中或者不进，营盘扎在城边，只须元帅周备，如此，如此；恁般，恁般。怕他不进城去！"元帅叫声："好计。"狼主心中大悦，说事不宜迟，传魔家旨意，令城中军民人等，尽行搬出，到贺兰山去了。然后狼主部令了数万人，竟退到贺兰山扎营。元帅当下调兵埋伏，暗中探听不表。

单讲大唐人马，离了黄龙岭下来，三天到木阳城，探子报道："木阳城大开，不知何故。"秦元帅忙问徐茂功道："二哥，究竟那些番狗使的什么计？"茂公叫声："元帅，此乃空城之计，引我兵进了城，那时就要围住，绝我粮草。此计不可上他的当，就在此安营在外。"程咬金说："徐二哥，又在此说混话，什么空城计不空城计，这班番狗，惧怕我们，多逃遁去了。哪里有什么计？及早进城，改换旗号，好班师。"茂功说："我岂不知。谁要你多言！"元帅传令大小三军，不必进城，就此安营。放炮一声，安下营盘。此时却是日已过午，君臣畅饮，直吃到三更，军士飞报进来报上："王爷、元帅，不好了，营后火发。正南上有两支人马，尽用火箭射将过来，三军营帐多烧着了。"元帅听得呆了。太宗汗流浃背，听一声看："啊呀，不好了！"沸反滔天，自己营中多乱起来了。茂功说："中了他们的计了，诸位将军，快些上马保驾。"元帅上马提枪，冲出营门，尉迟恭父子俩骑马也出营外，马、段、殷、刘，措手不及，端了兵器，保定天子，程咬金拿了开山大斧，一拥出营。抬头一看，吓杀人也。但只见正南上有兵，东西二处也有人马，灯球亮子，照耀如同白日，火球、火箭、火枪，打一个不住，四边有数万人马杀来。唐兵心慌，三军受伤者不计其数。天子叫声："先生，如之奈何？怎么处？"抖个不住。茂功无法，只得传令，把人马统进城中，暂避眼前之害。大小三军哪里还去卷这些物件，只得多弃撇了，往城中逃命要紧。诸大臣保定龙驾，一拥进城，把四门紧闭，扯起吊桥。其夜乱纷纷安住了。再讲外面元帅祖车轮大悦，说道："唐兵落我的圈套了。"吩咐大小儿郎，就此把四门围住，不许放唐卒一人，违令者斩。一声答应，四支人马，将城围得水泄不通。放炮三声，齐齐扎下营盘。早已东方发白。贺兰山狼主御驾，同了屠封丞相、屠炉公主，领了二十万人马，又是团团一围，真正密不通风。

　　再讲城中唐王坐了银銮殿，元帅住了车轮的帅府，诸将安歇了文武官的衙门，数万人马扎住营盘。军士报道："启上万岁爷，那番兵把四门围住了。"茂公说："不好了，上了他当了。如今粮草不通，如之奈何？"尉迟恭说："军师大人，不免且到城上去看看。"元帅说："老将军之言有理。"天子说："待寡人也到城上去走一遭。"众公卿多上雕鞍，带随身家将。万岁身骑日月骊骝马，九曲黄罗伞盖顶，出了银銮殿，来到南城上一看，大惊说："啊唷，吓死人也。好番营，十分厉害。"君臣见了，大家把舌头伸伸。元帅叫声："诸位将军，你看这一派番营，非但人马众多，而且营盘扎得坚固，不是儿戏的。我军又难以冲出去，他们粮草尽足，当不得被他困住半年六月怎么处？况我粮草空虚，岂不大家饿死。"天子龙颜纳闷，诸将无计可施，只得回衙。三天过了，大元帅祖车轮全身披挂，出营讨战。有军士报进："启上万岁爷，西城外有番将讨战。"天子吓得面如土色，叫声："秦王兄，番将如此厉害，在外攻城，如何是好？"元帅说："陛下，不妨，待本帅上城看来。"

叔宝上马来到西城上，望下一看，见有一将生得来十分凶恶，面如紫漆，两道扫帚眉，一双怪眼，狮子大鼻，海下一部连鬓胡须，头上戴一顶二龙嵌宝乌金盔，斗大一块红缨，身穿一件柳叶锁子黄金甲，背插四面大红尖角旗，左边悬弓，右边悬箭，坐下一匹黑点青鬃马，手执一柄开山大斧，后面扯起大红旗，上写着："红袍大力子大元帅祖"，好不威风。在城下大叫："呔！城上的蛮子听着，本帅不兴兵来征伐你们，也算这里狼主好生之德，怎么你反来侵犯我邦，夺我疆界，连伤我这里几员大将，此乃自取灭亡之祸，今入我邦，落我圈套，凭你们插翅腾空，也难飞去，快把无道唐童献将出来，饶你一群蝼蚁之命，若有半句推辞，本帅就要攻打城门哩。"这一声大叫，城上叔宝说："诸位将军，这一员番将不是当耍的，你看好似铁宝塔一般，决然厉害。"程咬金说："好像我的徒弟，也用斧子的。"众将笑道："你这柄斧子没用的，他这把斧头吃也吃得你下，比你大得多的，你说什么鬼话。"元帅说："如今他在城下猖獗，本帅起兵到此，从不曾亲战，不免今日待本帅开城与他交战。"众将道："若元帅亲身出战，小将们掠阵。"叔宝按好头盔，吩咐发炮开城，与他交战。轰隆一声炮响，大开城门，带了众将，一马冲先，好不威风。祖车轮把斧一摆，喝声："蛮子少催坐骑，可通名来。"叔宝说："你要问俺的名么，大唐天子驾前，扫北大元帅秦。"祖车轮呵呵大笑道："你大唐有名的将，本帅只道三头六臂，原来是一个狗蛮子，不要走，照爷爷家伙吧。"把斧一起，叔宝把枪一架，噶啷一响，说："呔！慢着，本帅这条枪不挑无名之将，快留个名儿。"车轮说："魔家乃赤壁宝康王驾下大元帅祖。"叔宝说："不晓得你番狗，照本帅的枪吧。"往车轮劈面刺来，车轮说声："好。"把开山大斧一迎，叔宝叫声："好家伙！"带转马头，车轮把斧打下来，叔宝把枪一抬，在马上乱晃，把光牙一挫，手内提炉枪紧一紧，直往车轮面门刺来，车轮好模样，哪里惧怕，把斧钩开。正是：

强中更有强中手，唐将虽雄难胜来。

不知二将交战如何，且看下回分解。

第五回

贞观被困木阳城　叔宝大战祖车轮

诗曰：

英主三年定太平，却因扫北又劳兵。
木阳困住唐天子，天赐黄粮救众军。

叔宝实不是祖车轮对手，杀到三十回合，把枪虚晃一晃，带上呼雷豹，往吊桥便走。车轮呵呵大笑道："你方才许多夸口，原来本事平常。你要往哪里走，本帅来也！"把马一拍，冲上前来。唐兵把吊桥扯起，城门紧闭。元帅进得城来，诸将说："元帅不能胜他，如之奈何。"尉迟宝林说："元帅，不免待小将出去拿他。"尉迟恭说："我儿，元帅尚不能胜，何在于你，如今他在城下耀武扬威，怎么样处？"元帅道："如此把免战牌挂出去。"那祖车轮看见了免战牌，叫声没用的。那番得胜回营，此话不表。

再讲城中元帅同众将，回到殿中，天子开言叫声："秦王兄，今日出兵反失胜与番狗，寡人之不幸也。"诸臣无计可施，困在木阳城中，不觉三月，粮草渐渐销空。这一日当驾官奏说："陛下，城中粮只有七天了。"天子叫声："徐先生，怎么处？"茂功道："叫臣也没法处治。那番狗设此空城之计，原要绝我们粮草，我军入其圈套，奈四门困住，音信不通，真没奈何。"咬金说："若过了七天，我们大家活不成了。"天子龙心纳闷，又不能杀出，又没有救兵。不想七天能有几时？到了七天，粮草绝了，城中人马尽皆慌乱。程咬金说："徐二哥有仙丹充饥不饿的，独一老程晦气，要饿杀。"元帅说："如今多是命在旦夕，还要在此说呆话。"尉迟恭意欲同宝林踹出营退敌，又怕祖车轮气力厉害，龙驾在此，终非不美。君臣正在殿上议论，无计可施，只听半空中括喇括喇一片声震，好似天崩地裂，吓得君臣们胆战心惊。大家抬头一看，只见半空中有团黑气，滴溜溜落将下来，跌在尘埃，顷刻间黑气一散，跳出许多飞老鼠来，足有整千，往地下乱钻下去。众臣大家称奇。天子叫声："徐先生，方才那飞鼠降在寡人面前，此兆如何？"茂道功："陛下，好了！大唐兵将未该绝命，故此天赐黄粮到了。"诸将说："军师何以见得？"茂功笑曰："前年西魏王李密，纳爱萧妃，屡行无道，后来忽有飞鼠盗粮，把李密粮米尽行搬去，却盗在木阳城内，相救陛下，特献黄粮。"

天子大喜说："先生，如今粮在哪里？"茂公道："粮在殿前阶除之下，去泥三尺便见。"天子就命军士们数十人，掘地下去，方及三尺深，果见有许多黄粮，尽有包裹，拿起一包，尽是蚕豆一般大的米粒。程咬金说："不差，不差，果是李密之粮。"元帅点清粮草，共有数万，运入仓廒，三军欢悦，君臣大喜。茂功说："陛下，臣算这数万粮草，不过救了数月之难，也有尽日，我想城外那些番狗困住四门，粮草尽足，不肯收兵，终于莫绝。"太宗道："先生，这便怎么处？"茂功说："臣阴阳上算起来，必要陛下降旨，命一个能人杀出番营，前往长安讨救兵来才好。"天子呵呵大笑道："先生又来了，就是寡人面前那些老王兄，领了城内尽数人马，也难杀出番营，那里有这样能人，匹马杀出，长安讨救？如若有了这个能人，不消往长安讨救了。"

茂功说:"陛下东首这个人,能杀出番营。"天子一看叫声:"先生,这个程王兄断断使不得,分明送了他性命。"茂功说:"陛下,不要看轻了程兄弟无用,他还狠哩。那些将军虽勇,到底难及他的能干,别人不知程兄弟厉害,我算阴阳,应该是他讨救。"天子听言,叫声:"程王兄,徐先生说你善能杀出番营,到长安讨救,未知肯与寡人出力否?"

程咬金听说此言,吓得魂不附体,连忙说:"徐二哥借刀杀人,臣不去的,望陛下恕臣违旨之罪。"天子说:"谅来程王兄一人,哪里杀得出番营,分明先生在此乱话。"茂功说:"非也,程兄弟三年前三路开兵,他一个走马平复了山东,又来帮我们剿浙江,还算胜似少年,料想只数万番兵,不在我程兄弟心上。"把眼对尉迟恭一丢,敬德说:"军师大人,你说的是。在此长程老千岁的威光,他实没有这个本事去冲踹番营,也在是称赞他体面。今天子在木阳城,要你往长安去讨救,就是这样怕死,况为国捐躯,世之常事。食了王家俸禄,只当舍命报国,才算为英雄。今日军师大人不保某家出去讨救,若保某家,何消多言,自当舍命愿去走一遭也。"元帅说:"程兄弟,二哥阴阳有准,况又生死之交,决不害你性命,你放心前去,省得众将在此耻笑你无能。"程咬金说:"我与徐二哥昔日无仇,往日无冤,为什么苦苦逼我出去,送我性命?这黑炭团在此夸口,何不保他往长安取救。"茂功叫声:"程兄弟,我岂不知。若保尉迟将军前去,不但要他讨救兵,分明断送他残生,哪里能够杀得出番营。程兄弟,你是有福气的,所以要你出去,必能杀出番营,故此我保你前去,救了陛下,加封你为一字并肩王。"咬金说:"什么一字并肩王?"茂功说:"并肩王上朝不跪,与朝廷同行同坐,半朝銮驾,诛大臣,杀国戚,任凭你逍遥自在,称为一字并肩王。"咬金说:"若死在番营,便怎么处?"

茂功说:"只算为国捐躯。若死了,封你天下都土地。"咬金心中想道:"拜什么弟兄,分明结义畜生,要送我性命,我程咬金省得活在世间，受他们暗算，不如阴间去做一个天下都土地，豆腐面筋也吃不了。也罢，臣愿去走一遭。"天子大喜说："程王兄，你与寡人往长安去讨救。"咬金说："臣愿去，但是军师之言，不可失信。今日天气尚早，结束起来，就此前去。"茂功说："陛下速降旨意七道，带去各府开读。赠他帅印一颗，到教场考选元帅，速来救驾。"天子听了茂功之言，速封旨意，付与咬金。咬金领了天子旨意，开言说："徐二哥，你们上城来观看，若然我杀进番营中，如营中大乱，踹出营去了。若营头不乱，必死在里头了，就封我天下都土地。"茂公说："我知道。"就此拜别，说："诸位老将军，今日一别，不能再会了。"众公爷说："程千岁说哪里话来，靠陛下洪福，神明保护，程千岁此去，决无大事。"

咬金上了铁脚枣骝驹，竟往南城而来。后面天子同了众公卿上马，多到城上观看。咬金说："二哥城门开在此，看我杀进番营，然后把城门关紧。"茂功道："放心前去，决不妨事。"吩咐放炮开城，放下吊桥，一马冲出城门，有些胆怯，回头一看，城门已闭，后路不通，心中大恼说："罢了，罢了。这牛鼻子道人，我与你无仇，何苦要害我？怎么处嗄！"在吊桥边探头探脑，忽惊动番兵，说："这是城内出来的蛮子，不要被他杀过来，我们放箭乱射过来。"咬金见箭来得凶勇，又没处藏身，心中着了忙，也罢，我命休矣！如今也顾不得了。举起大斧说道："休得放箭，可晓得程爷爷的斧么？今日单身要踹你们番营，前往长安讨救，快些闪开，让路者生，挡我者死。"这番程咬金弃了命，原厉害的，不管斧口斧脑，乱砍乱打。这些番兵那里挡得住，只得往西城去报元帅了。咬金不来追赶，只顾杀进番营，只见血流满地，骨碌碌乱滚人头，好似西瓜一般。进了第二座番营，不好了，多是番将，把咬金围住，杀得天昏地暗，咬金哪里杀得出？况且年纪又老，气喘吁吁，正在无门可退，后面只听得大喊一声，说："不要放走蛮子，本帅来取他的命了。"咬金一看，见是祖车轮，知道他厉害不过的，说道："啊呀！不好了，吓死人也。"只见祖车轮手执大斧，飞赶过来了。咬金吓得面如土色，又无处逃避。祖车轮一斧砍过来，咬金哪里挡得住，在马上一个翻金斗，跌下尘埃。众将来捉，忽见地上起一阵大风，呼罗罗一响，这里程咬金就不见了。元帅大惊说："蛮子哪里去了？"众将说："不知道啊，好奇怪啊，连这兵器马匹多不见了。方才明明跌下马来，难道逃得这样快？""诸将不必疑心，可见大唐多是能人，多有异法，想必土遁去了。此一番必往长安讨救，就差铁雷二将守住了白良关，不容他救兵到此，也无奈我乎。"众将说："元帅之言有理。"不表。

咬金跌倒尘埃，吓得昏迷不省，只听得有人叫道："程哥鲁国公，快起来，这里不是番营。"咬金开眼一看，只见荒山野草，树木森森，又见那边有座关，关前有个道人走来，手执拂尘，含着笑脸，来至面前。咬金连忙立起身来说："仙长还是阎罗王差来拿我的么，还是请我去做天下都土地的么？"道人说："非也，贫道是来救你的。"咬金说："你这道长怎么讲起乱话来，人死了还救得活的么？"道人说："你命不该死，贫道已救你，方得活命，快往长安讨救。"咬金说："鬼门关现在面前，还要到长安去什么？"道人说："此处是雁门关，乃阳间的路，不是什么鬼门关阴司之地。进了北关，就是大唐世界了。"咬金道："如此说起来，果然我还不曾死么？"那番把手摸摸头颈："嗄！原来这个吃饭家伙还在这里。请问仙长何处洞府，叫甚法号？"道人说："程哥，我乃谢映登，你难道不认得了么？"咬金听说大惊道："啊呀！原来是谢兄弟，谁知你一去不回，弟兄们各路寻访，绝无影踪，众弟兄眼泪不知哭落几缸，谁知今日相逢，你一向在何处，为甚不来同享荣华，我看你全然不老，须发不苍，比昔日反觉齐整些。我方才明明跌下马来，怎生相救出白良关？一一说与我知道。"谢映登叫声："程哥，兄弟那年在江都考武时，叔父度去成仙。今有真主被番兵围困木阳城，特奉师父度你出关，故此唤你醒来。"咬金大喜，见斧头马匹多在面前，便说："谢兄弟，你果是仙家了么？我老程同你去为了仙吧。"映登说："程哥又来了，我兄弟命中该受清福，所以成了仙，你该辅大唐享荣华，况且天子又被困在木阳城，差你往长安讨救，你若为了仙，龙驾谁人相救？"咬金说："不妨，徐二哥对我讲过的，若死在番营，封我天下都土地，如今同你做了仙，只道我死了，照旧封我。"映登说："既要为仙，吃三年素，方度你去。"程咬金听说要"吃三年素方度为仙"这句话，便说："啊呀，这个使不得，素是难吃的。"映登说："好孽障，还亏你讲，后面番兵追来了。"咬金回头一看，映登化作清风就不见了。连忙立起身来，团团一看，前面是雁门关。心中大喜，如今一字并肩王稳稳的了。把盔甲放下，打好盔囊，连兵刃鞘在马上，换了纱貂，穿一领蟒袍金带，背旨意跨上马，过了雁门关，一路竟奔长安，我且慢表。

单讲木阳城诸将，见程咬金杀入番营，营头不乱，大家放心不下，说是："军师大人，方才程将军委实年高，无能去踹番营，原算屈他出城求救，今番营安静，程将军人影全无，这怕一定多凶少吉的了。"茂功说："不妨，程将军此去，自有仙人助救，早已出了雁门关，往长安去了。"天子说："有这样快么？"茂功说："非是马行的，乃仙人度去，所以有这样速捷。"天子大喜说："但愿程王兄出了雁门关，救兵一定到了。"

不表君臣们回到银銮殿之事，再讲程咬金，他背了旨意，一路下来，救兵如救火，日夜攒行。逢山不看山景，遇水不看钓鱼，一路上风惨惨，雨凄凄，过了河北幽州、燕山一带地方，又行了十余天，这一日到了大国长安，日已正午时了。程咬金把马荡荡，行下来数里之遥，只看见前面来了一个头上翡翠扎巾，身穿大红战袄，脚下乌靴，面如紫色，两眼铜铃，浓眉大耳，海下无髯，光牙阔齿，身长八尺，年纪只好十六七岁，好似饮酒醉的一般，打斜步荡下来的。那人行不数步，翻身跌下尘埃，慢腾腾扒起身来说："是什么东西，绊你老子一跤。"睁眼看时，却见一块大石头，长有六尺，厚有三尺，足有千斤余外。他笑道："原来是你绊我一跤，我如今拿你到家中去压盐韭菜。"程咬金听见说："什么东西，这个人想必痴呆的，这一块石板就是老程也拿不起，这人要拿回家去做块压菜石，不知他有多少气力，待我瞧瞧他看。"咬金把马拢住，只见那人站定了脚，把双手往石底下一衬，用力一挣，拿了起来了。好英雄，面不改色，捧了石头，走下数步。抬头一看，喝声："呔！前面马上的是什么人，擅敢如此大胆，见了公子爷，不下马来叩个头？"程咬金心中暗想说："好大来头，什么人家儿子，擅敢在皇帝城外恶霸，连京内出入的官员多不认得的了？"说："呔！你是何等之人，敢口出大言，不思早早回避，反在此讨死招灾？今旨意当面，口出不逊，罪刑不赦，立该家门抄灭。"那人大怒说："好强盗，擅敢冒称天子公卿，反说公子爷恶霸，我父现在天子驾前为臣，可晓得小爷的厉害？也罢，我将手中这块石头丢过来，你接得住，就是大唐臣子；若接不住，打死你这狗强盗也没有罪的。"说罢把石一呈，直望程咬金劈面门打下来，哪晓底下这一骑马飞身直跳，把咬金跌在那一旁，石头坠地，连忙扒起身来说："住了，你家既是朝廷臣子，难道我兴唐鲁国公岂有不认得的哩？"那少年听见，吓得魂不附体，倒身跪下说："原来就是程伯父，望乞恕罪。"咬金说："你父是谁人，官居何爵？"少年说："伯父，我爹爹就叫定国公段志远，现保驾扫北去了。小侄名叫段林。"咬金说："原来是段将军的儿子，念你年幼无知，不来罪你，你在何处吃了些酒，弄得昏昏沉沉，全不像官家公子，成何体面？"段林叫声："伯父，今日同了众弟兄在伯父家中小结义，所以饮醉，请问伯父，我爹爹与北番开兵，胜败如何？"咬金说："你爹爹说也可惨，自从前日与兵前去，第一阵开兵，就杀掉了。"

段林听说，吓得冷汗直淋，说："我爹爹为国捐躯了？"段林听那爹爹啊，不觉两泪如珠。程咬金说："不要哭，不要哭，也还好亏得我伯父马快，冲上前去，架开兵刃，斩了番将，救了你爹爹性命。"段林方住了哭，说："好老呆子，原来是呆话。侄儿请问伯父，今日还是班师了么？"咬金说："不是班师，只为陛下被番兵围困在木阳城，故而命我前来讨救，侄儿回去快快备马匹、兵刃、盔甲等，明日你们小英雄就要在教场内比武了。"段林大喜道："伯父要我们小弟兄前去扫北，这也容易。我们进城去。"咬金同了段林进城分路，一个往自己府中。鲁国公当日就到午门，驾已退殿回宫了。有黄门官抬头看见道："啊呀！老千岁，圣上龙驾前去扫北平番，可是班师了么？"咬金说："非也，快些与我传驾临殿，今有陛下急旨到了。"正是这一番非同小可，惊动这一班：

出林猛虎小英雄，个个威风要立功。

不知咬金见驾如何，且看下回分解。

第六回

程咬金长安讨救　小英雄比夺帅印

诗曰：

咬金独马踹番营，随骑尘埃见救星。
奉旨长安来考武，北番救驾显威名。

黄门官听见有皇上急旨降来，不知什么事情，连忙传与殿头官鸣钟击鼓。内监报进宫中，有殿下李治，整好龙冠龙服，出宫升殿宣进。程咬金俯伏尘埃说："殿下千岁在上，臣鲁国公程咬金见驾。愿殿下千岁、千千岁。"李治叫声："老王伯平身。"吩咐内侍取龙椅过来，程咬金坐在旁首。殿下开言说："王伯，孤父王领兵前去破房平番，未知胜败如何。今差王伯到来，未知降甚旨意？"程咬金说："殿下千岁，万岁龙驾亲领人马，前去北番，一路上杀得他势如破竹，连打五关，如入无人之境，不想去得顺溜了，倒落了他的圈套。他设个空城之计，徐二哥一时阴阳失错，进得木阳城，被他把数十万人马围住四门，水泄不通，日日攻打，番将骁勇无敌，元帅常常大败，免战牌高挑，不料他欲绝我城中粮草，困圣天子龙驾，所以老臣单骑杀出番营，到此讨救。现有朝廷旨意，请殿下亲观。"李治殿下出龙位，跪接父王旨意，展开在龙案上看了一遍，说："老王伯，原来我父王被困在木阳城内，命孤传这班小王兄在教场内考夺元帅，提调人马，前去救父王。此乃事不宜迟，自古救兵如救火，老王伯与孤就往各府，通知他们知道，明日五更三点，进教场考选二路扫北元帅。"咬金说："臣知道。"就此辞驾出了午朝门，往各府内说了一遍。

来到罗府中，罗安、罗丕、罗德、罗春四个年老家人，一见程咬金，连忙跪他说："千岁爷保驾前去定北，为甚又在家中。几时回来的？"咬金说："你们起来，我老爷才到，老夫人可在中堂？"家人们说："现在中堂。"咬金说："你们去通报，说我要见。"罗安答应，走到里边来说道："夫人，外面有程老千岁北番回来，要见夫人。"那位窦氏夫人听见说："快些请进来。"罗安奉命出来，请进程咬金，走到中堂，见礼已毕，夫人叫声："伯伯老千岁，请坐。"咬金说："有坐。"坐在旁首，开言说："弟妇夫人在家可好？"夫人道："托赖伯伯，平安的。闻伯伯保驾扫北，胜败如何？"咬金说："靠陛下洪福，一路无阻。"夫人说："请问伯伯为何先自回来，到舍有何贵干？"咬金道："无事不来造府，今因龙驾被番兵围困在木阳城，奈众公爷俱皆年老，不能冲踹番营，所以命我回长安，要各府荫袭小爵主，在教场中考夺了二路定北大元帅，领兵前去杀退番兵，救驾出城。"窦氏夫人听说，叫声："伯伯，如此说起来，要各府公子爷领兵前去，杀退番兵，救驾出城，破房平番？"咬金说："正为此事，我来说与弟妇夫人知道。"

窦氏听见，不觉两眼下泪，开言说："伯伯老千岁，为了将门之子与王家出力，显耀宗族，这是应该的，但我家从公公起，多受朝廷官爵，鞍马上辛苦，一点忠心报国，后伤于苏贼之手，我丈夫也死在他人之手，尽是为国捐躯，伯伯悉知。此二恨还尚未伸雪，到今日皇上反把仇人封了公位，但见帝主忘臣之恩也。我罗氏门中，只靠得罗通这点骨肉，以接宗嗣，若今领兵前去北番，那些番狗好不骁勇，我孩儿年轻力小，倘有不测，伤在番人之手，不但祖父、父亲之仇不报，罗门之后谁人承接。"程咬金听说，不觉泪下，把头点点说："真的，依弟妇之言，便怎么样？"夫人说："可看先夫之面，只得要劳伯伯老千岁，在殿下驾前启奏一声，说他父亲为国亡身，单传一脉，况又年纪还轻，不能救驾，望陛下恕罗门之罪。"咬金说："这在我容易，待我去奏明便了。请问弟妇夫人，侄儿为甚不见，哪里去了？"夫人叫声："伯伯老千岁，不要说起，自从各位公爷保驾去扫北平番后，家中这班公子，多在教场中相闹，后来称了什么秦党、苏党，日日在那里耍拳弄棍，原扯起了旗号，早上出去，一定要到晚间回来。"程咬金说："什么叫作秦党、苏党？"夫人说："那苏党就是苏贼二子，滕贤师三子，盛贤师一子，六人称为苏党；秦党就是秦家贤侄，与同伯伯的令郎，我家这个畜生，还有段家二弟兄五人，称为秦党。"咬金说："吓！有这等事，这个须要秦党强苏党弱才好。"夫人说："伯伯老千岁，他们在家尚然如此作为，若是闻了此事，必然要倔强去的，须要隐瞒我孩儿才好。"咬金说："弟妇之言不差，我去了，省得侄儿回来见了，反为不便。"夫人说："伯伯慢去，万般须看先人之面，有劳伯伯在驾前启奏明白。"咬金流泪道："这个我知道，弟妇请自宽心。可惜我兄弟死在苏贼之手，少不得慢慢我留心与侄儿同报此仇，我自去了。"夫人说："伯伯慢去。"程咬金走出来说："罗安，倘公子爷回来，不要说我在这里。"罗安应道："是，小人知道，千岁爷慢行。"

咬金跨上雕鞍，才离得罗府，天色已晚。见那一条路上来了一骑马，前面有两个人，拿了一对大红旗，上写"秦党"二字，后有一位小英雄，坐在马上，头上边束发闹龙亮银冠，面如满月，身穿白绫跨马衣，脚蹬皂靴，踏在鞍桥，荡荡然行下来了。程咬金抬头看见说："罗通贤侄来了，不免往小路去吧。"程咬金避过罗通，竟抄斜路回到自己府中。有家人报与裴氏夫人知道，夫人连忙出接说："老将军回来了么？"咬金说："正是，奉陛下旨意回来讨救。"夫妻见礼已毕，各相问安。裴氏夫人叫声:"老将军,陛下龙驾前去征剿北番,胜败如何?"咬金道:"夫人,不要说起,天子龙驾被北番兵困木阳城,不能离脱虎口,故而命我前来讨救。"夫人说:"原来如此。"吩咐摆宴,里面家人端上酒筵,夫妻坐下,饮过数巡。咬金开言叫声:"夫人,孩儿哪里去了,为什么不来见我?"夫人说:"老将军,这畜生真正不好,日日同了那些小弟兄,在教场内什么秦党、苏党,一定要到天晚方回来的。"咬金说:"正是将门之子,是要这样的。"外边报道:"公子爷回来了。"程咬金抬头一看,外边程铁牛进来了。他生来形相与老子一样的,也是蓝靛脸,古怪骨,铜铃眼,扫帚眉,狮子鼻,兜风耳,阔口撩牙,头上皂缕抹额,身穿大红跨马衣,走到里边说道:"母亲拿夜膳来吃。"咬金说:"呔!畜生!爹爹在此。前日为父教你的斧头,这两天可在此习练么?"铁牛说:"爹爹,自从你出去之后,孩儿日日在家习演,如今斧法精通的了。爹爹你若不信,孩儿与你杀一阵看。"咬金说:"畜生,不要学为父我,呆头呆脑,拿斧子来耍与父亲瞧瞧看。"铁牛道:"是。"提过斧子,就在父前使起来了。只看见他左插花,右插花,双龙入海;前后遮,上下护,斧劈太山;左蟠头,右蟠头,乱箭不进;拦腰斧,盖顶斧,神鬼皆惊。好斧法!咬金大喜说:"我的儿,这一斧二凤穿花,两手要高,那一斧单凤朝阳,后手就要低了。蟠头要圆,斧法要泛,这几斧不差的。"程铁牛耍完了斧,叫声:"爹爹,孩儿今日吃了亏。"咬金说:"为什么吃了亏?"铁牛说:"爹爹,你不知道,今日苏麟这狗头,摆个狮子拖球势,罗兄弟叫我去破他,我就做个霸王举鼎,双手撑将进去,不知被手一拂,跌了出来,破又破不成,反跌了两跤。"程咬金说:"好!有你这样不争气的畜生,把为父的威风多丧尽了。这一个狮子拖球势,有甚难破,跌了两跤,不要用霸王举鼎的,只消打一个黑虎偷星,就地滚进去,取他阴囊,管叫他性命顷刻身亡了。"铁牛道:"爹爹不要管他,待孩儿明日去杀他便了。"咬金说:"呔!胡言乱道,今夜操精斧法,明日往教场比武，好夺二路扫北元帅印，领兵往北番救驾。"铁牛大悦道："啊唷，快活！爹爹，明日往教场比武，这个元帅我一定要做的哟。"咬金道："这个不关为父之事，看你本事。且到明日往教场再作道理。"

不表程家父子之事，要讲那罗通公子到了自家门首，滚鞍下马，进入中堂，说道："母亲，孩儿在教场中，闻得我父王龙驾，被番兵围住木阳城，今差程老伯父回来讨救，要各府荫袭公子，在教场中夺了元帅，领兵前去救驾征番，所以回来说与母亲知道。父王有难，应该臣儿相救，明日孩儿必要去夺元帅做的。"夫人道："呔！胡说！做娘的尚且不知，难道倒是你知道？自从陛下扫北去后，日日有报，时时有信，说一路上杀得番兵势如破竹，如入无人之地，接连打破他五座关头，竟不用吹灰之力，何曾说起驾困木阳，差程伯父回来讨救，你哪里闻来的？"罗通说："母亲，真的。这事秦怀玉哥哥对我说的：'方才程伯父在我家，要我明日考中了二路定北元帅，领兵往北番救驾。'所以孩儿得知。"夫人说："吓，原来如此。啊，我儿，他们多是年纪长大，况父又在木阳城，所以胆大前去，你还年轻少小，枪法不精，又无人照顾，怎生去得？陛下若要你去，程伯父应该到我家来说了。想是不要你去，所以不来。"罗通说："嗳，母亲又来了，孩儿年纪虽轻，但枪法精通，就是这一班哥哥，哪一个如得孩儿的本事来？若到木阳城，怕秦家伯父不来照管我么。况路上自有程伯父提调，母亲放心，孩儿一定要去。"罗通说了这一番，往房中去了。

窦氏夫人眼泪纷纷，叫丫环外面去唤罗安进来。丫环奉命往外，去不多时，罗安走进里边说道："夫人，唤小人进来有何吩咐。"窦氏夫人说："罗安，你是知道的，我罗家老将军、小将军父子二人，多是为国捐躯的。单生得一位公子，要接罗门之后，谁想朝廷有难，要各府荫袭小爵主前去救驾。我孩儿年纪还轻，怎到得这样险地。所以今日已托程老千岁在驾前启奏，奈公子爷少年心性，执意要去，所以唤你进来商议，怎生阻得他住才好。"罗安说："夫人，容易。明日他们五更就要在教场比武的，不如备起暗房之计来。"夫人道："罗安，什么叫作暗房之计？"罗安道："夫人哪，只消如此如此，恁般恁般，瞒过了。饭后他们定了元帅，公子爷就不去了。"夫人说："倒也使得。"吩咐丫环们，今夜三更时，静悄悄整备起来，丫环们奉命。不表罗家备设暗房之计，要讲罗通公子，吃了夜膳，走到外面说："罗安，今夜看好马匹鞍辔等项，枪锏兵器，明日清晨，孤家起身，就要去。"罗安应道："是，小的知道。"这时候，各府内公子多在那里整备枪刀马匹了。其夜之事，不必细表。

到了五更天，多起身饱餐过了。午朝门鸣钟击鼓，殿下李治出宫上马，出了午门，有左丞相魏征，保殿下来至教场内。那边鲁国公程咬金也来了，同上将台，把龙亭公案摆好，三人坐下，把这元帅印并丈二红罗，两朵金花放好在桌上。只看见那一首各家公子爷都来了，也有大红扎巾，也有二龙抹额，也有五色将巾，也有闹龙金冠，也有大红战袄，也有白绫跨马衣；也有身骑紫花驹、白龙驹、乌骓驹、雪花马、胭脂马、银鬃马；也有大砍刀、板门刀、紫金枪、射苗枪、乌缨枪、银缨枪。好将门之子，这一班小英雄来到将台前，朝过了殿下千岁。李治开言叫声："诸位王兄，孤父王有难在北番，今差程老王伯前来挑选二路定北元帅，好领兵往北番救驾。如有能者，各献本事，当场就挂帅印。"说言未了，那一旁有个公子爷出马叫声："爹爹，我的斧子利害，无人所及，元帅该是我的。"忽听又有一家公子喝声："呔！程家哥哥，你休想把元帅留下来。"那位小英雄说罢，冲过来了。你道什么人？却是滕贤师长子腾龙。程咬金说："不必争论，下去比来，能者为帅。"把眼一丢，对自己儿子做个手势说："杀了他。"铁牛把头点点说："容易。""呔！滕兄弟，你本事平常，让我做了吧。"滕龙说："铁牛哥哥惯讲大话，放马过来，与你比试。"铁牛说："如今奉皇上旨意，在此挑选能人，若死在我斧子下不偿命的。"滕龙说："这个自然。"把手中两柄生铁锤在头上一举，往铁牛顶梁上盖将下来。铁牛也把手中宣花斧噶嘟一声，架在旁首，冲锋过去，兜转马来，铁牛把斧一起，望滕龙瞄绰一斧，砍将过去，滕龙把双锤架开，二人大战六个回合。原算铁牛本事高强，滕龙锤法未精，被铁牛把斧逼住，只见上面摹云盖顶，下边枯树蟠根，左边丹凤朝阳，二凤穿花，双龙入海，狮子拖球，乌龙取水，猛虎搜山，好斧法！喜得程咬金毛骨酥然，说道："魏大哥，这些斧法，多是我亲传的。"魏征微笑道："果然好，世上无双。"

不表台上之言，单讲滕龙被铁牛连劈几斧过来，有些招架不住，只得开言叫声："程哥住手，让你做了元帅吧。"铁牛说："怕你不让，下去。"滕龙速忙闪在旁首，铁牛上前说道："爹爹，拿帅印来，拿帅印来。"忽听英雄队里大叫一声："呔！程铁牛，休得逞能，元帅是我的。"程咬金往下一看，原来是苏定方次子苏凤，便叫："我儿，放些手段，杀这狗头。"铁牛点点头便说："呔！苏凤小狗头，你本事平常，让我做了元帅，照顾你做个执旗军士。"苏凤说："呔！铁牛不必多言，放马过来。"他把手中红缨枪串一串，直往铁牛面门挑将进来。程铁牛把斧架开，一个摹云盖顶，也往他顶梁上劈将下来。苏凤把枪急架忙还，二人战到八个回合，苏凤枪法精通，铁牛斧法慌乱，要败下来了。程咬金说："完了，献丑了。好畜生，使些什么来！"魏征说："这些斧法，也是你亲传的？"程咬金心中不悦。底下铁牛见苏凤枪法厉害，只得把马退后，说："小狗头，我不要做元帅了，让你吧。"苏凤大悦，便上前叫声："程伯父，帅印拿来与我。"程咬金最怪苏家之后，不愿把帅印交他，正在疑难，只见那旁边又闪出一个家公子爷，大叫一声："苏凤休得夸能，留下元帅来我做。"苏凤回头一看，原来是段志远的长子段林，便说："呔！段兄弟，你年纪还轻，枪法未精，休想来夺元帅印。"段林说："不要管，与你比比手段看。"他把手中银缨枪抖一抖，直往苏凤穿前心挑进来。苏凤手中枪忙架相还，二人战到五个回合，段林枪法原高，逼住苏凤，杀得他人仰马翻，正有些招架不定,程咬金说:"好啊!强中更有强中手,他只为杀败我的儿子,逢了段林,就要败了。这个人原厉害的,就是掇石头的朋友。"只见苏凤枪法混乱,看来敌不住段林,只得叫声:"段兄弟,罢了,让你为了元帅吧。"段林说:"既然让我,退下去。"苏凤闪在旁首。正是:

英雄自古夸年少,演武场中独逞能。

究竟这元帅印谁人夺,且看下回分解。

第七回

老夫人诉说祖父冤　小罗通统兵为元帅

诗曰：

兴唐老将向传名，世袭公侯启后昆！
比武教场谁不勇，龙争虎斗尽称能。

那番惊动了苏家长子苏麟，把大砍刀一起，冲过马来，喝声："段兄弟，元帅应该我做，你还年轻，休夺为兄帅印。"段林说："英雄出在少年，什么叫年轻，照我的枪吧。"嚓一枪兜着咽喉刺进来。苏麟说："来得好！"把大砍刀噶啷一声响，钩在旁首，举转刀来，向段林一刀砍过去。段林把枪架开，二人不及三合，被苏麟劈面门一刀斩过来，段林招架不及，只得把头偏得一偏，刀尖在肩膀上着了枪，喊声："啊唷！好小狗头，你敢伤我。"苏麟说："兄弟得罪你的，退下去。"段林只得闪在旁首。苏公子上前叫声："老伯父，帅印拿来与小侄。"只听得又有英雄出来说："呔！帅印留下，待为兄的来取。"苏麟回头一看，原来是秦元帅之子秦怀玉。苏麟哈哈大笑说"你枪法未高，说甚元帅。"秦怀玉道："与你比试便了。"把手中紫金枪串一串，照苏麟面门嗖的一枪挑进来。苏麟把刀架在旁首，马打交锋过去，丝缰兜转回来，苏麟回首一刀，望怀玉顶梁上砍下来，怀玉把紫金枪拦在一边，二人杀得九合，不分胜败。正是：

棋逢敌手无高下，将遇良材一样能。

正战个平交，这苏麟手中刀，上使雪花蟠顶，下砍龙虎相争，左边风云齐起，右边独角成龙。那一刀劈开云雾漫，这一刀堵下鬼神惊，跨马刀刀光闪电，连三刀刀耀飞云。好刀法！怀玉哪里惧你，把手中枪紧一紧梅花片片，串一串枪法齐生，慢一慢枪光蔽日，案一案天地皆惊。好枪法，二人不分高下，大战教场，我且不表。

还有那罗公子不到，他被罗安设个暗房之计，阻在房中，到底年纪还轻，不知细情，还在房中睡着。那个罗通公子在床榻上翻身转来，往外一看，原来乌黑赤暗如此，说："这也奇了，为什么今夜觉得这等夜长？睡了七八觉，还未天明，不免再睡一觉。"罗通安心熟睡，只听远远鼓炮之声，有那些百姓在罗府门前经过说："哥哥慢走，兄弟与你同去看比武。"罗通睡梦中听得仔细，连忙床上坐起身来，听一听看，只听隐隐战鼓发似雷声，急得罗通心慌意乱，说："不好了，为何半夜就在那里比武，我还困懵懵在此睡觉，只怕此刻元帅必然定下了。"连忙穿了大红裈裤，披了白绫跨马衣，绽了一双乌缎靴，走到门首，把闩落下，扳一扳房门，外面却被罗安锁在那里，动也不动。罗通着了忙，双手用力一扯，括喇一声响，把一扇房门连上下门榫多扳脱了。望旁首一撩跨出门来，说："啊唷！完了。日头正午时了。"哪晓他们设此暗房之计，多用这些被单毡袭，衣服布绢，把那些门缝窗棂，多闭塞满了，所以乌暗不透亮光的。这番气得罗通面上变色，说："好啊！你们这班狗头，少不得死在后面。"说了一句，往外面走了。牵过一骑小白龙驹，跨上雕鞍，把银缨梅花枪拿在手中，好看得紧,也不包巾扎额,秃了这个头,也不洗脸,出了两扇大门,催开坐下马,竟往教场中去了。罗安进内禀道:"夫人,公子爷去了。"窦氏夫人说:"罗门不幸,生了这样畜生;不从母训,身丧外邦,由他去罢。"

不表罗府之言,单讲罗通来到教场中,见秦怀玉胜了苏麟,正在那里要挂帅印。罗通大叫:"秦家哥哥,留下元帅来与小弟做吧。"程咬金在台上一看,原来是罗通,说:"这小畜生又知道了。"秦怀玉笑道:"兄弟,为兄年长,应该为帅;你尚年轻,晓得什么来。"罗通道:"哥哥,兄弟虽则年纪轻,枪法比你厉害些,就是点三军,分队伍,掌兵权,用兵之法,兄弟皆通,自然让我为帅。"秦怀玉说:"不必逞能,放马过来,当场与你比武,胜得为兄的枪就让你。"罗通攒竹梅花枪,紧一紧,直取怀玉,怀玉手中枪急架相还,二人战了四回合,秦怀玉枪法虽精,到底还逊罗家枪几分,只得开口叫声:"兄弟让了你吧。"罗通大悦,说:"诸位哥哥们,有不服者快来比武。若无人出马,小弟就要挂帅印了。"连叫数声,无人答应。罗通上前叫声:"老伯父,小侄要挂帅印。"程咬金说:"你看看自己身上,衣服不曾整齐,像什么样,须要结束装扮,好挂帅印。家将过来,取衣冠与公子爷装束。"那家将答应,忙与罗公子通身打扮好了,就在当场挂帅印。殿下李治亲递三杯御酒,说道:"御弟,领兵前去,一路上旗开得胜,马到成功,救了父王龙驾回来,得胜班师,其功非小。"罗通谢恩。这一首程咬金说:"殿下千岁,救兵如救火。速降旨意,命各府爵主明日教场点起人马,连日连夜走往番邦,救陛下龙驾要紧。"殿下道:"老王伯,这个自然。"李治殿下就降旨意,这些各府公子爷回家,多要整备盔甲。魏征保住殿下,回到金銮殿不必表。

单表罗通威威武武,回到家中,下了雕鞍,进入中堂说道:"母亲,孩儿夺了元帅,明日就掌兵权,要起大队人马前去破房平番了。"夫人大怒说:"呔!好不孝的畜生,做娘昨日怎么样对你说,你全然不听做娘的教训，必要前去夺什么元帅，称什么英雄。自古说强中更有强中手，北番那些番狗，都是能征惯战，你年轻力小，干得什么事！我且问你，你祖父、父亲，为甚而死的？"罗通说："啊呀！孩儿年幼，未知我祖父、父亲怎样死的。"夫人大哭，叫声："我儿，你祖父、父亲这样英雄，多死于非命，也是为国捐躯的。"罗通大哭说道："母亲，我祖父、父亲死在何人之手，遭甚惨亡？"夫人大哭道："啊呀，我儿！你若不领兵前去，做娘对你说明，后来好泄此恨；若要前去破关救驾，只恐画龙不成，反类其犬，为娘到也难对你说明。"罗通说："啊呀，母亲又来了。为人子者理当与父报仇，母亲说与孩儿知道，此番领兵前去，先报父仇，后去救驾。"夫人说："儿啊，你既肯与父报仇，不消问我。"罗通道："母亲叫孩儿问哪一个？"窦氏说："你明日兴兵往北番，须问鲁国公程老伯父，就知明白。报仇不报仇也由你。"罗通说："母亲，孩儿问了程伯父，不取仇人首级前来见母亲，也算孩儿真不孝了。"其夜罗通心中纳闷。到五更大，有各府公子爷，多是戎装披挂，结束齐整，齐到教场中听令。罗通头带闹龙束发亮银冠，双尾高挑，身披锁子银丝铠，背插四面显龙旗，上了小白龙驹，手提攒竹梅花枪，后边一面大纛旗，上书"二路定北大元帅罗"，好不威风。来到教场，诸将上前打拱已毕，点清了三十万大队人马，罗通命苏麟、苏凤二弟兄先解粮草而行；程铁牛领了三千人马为前部先锋，逢山开路，遇水叠桥；后面罗通祭旗过了，放炮三声，摆齐队伍，众小爵主保住了元帅罗通、程咬金老千岁，一同往北番大路而行。只见：

　　旗旌队队日华明，剑戟层层亮似银。
　　英雄尽似天神将，统领貔貅队伍分。

　　这三十万人马，往河北幽州大路而进，不觉天色已晚，元帅吩咐安下营寨，与程老伯父在中营饮酒。忽想起家内母亲之言，连忙问道："老伯父，小侄有一句话要问伯父。"咬金说："贤侄要问我什么事？"罗通道："老伯父，我侄儿年幼，当初不曾知道我父亲怎生样死的，到今朝考了二路定北元帅，要去救父王龙驾，母亲方泣泪对我讲说，祖父、父亲，多是为国身亡，死于非命。那时我问死于何人之手，待孩儿好去报仇。谁知我母亲不肯对我说明，叫我来问伯父就明白。故此小侄今夜告知伯父，望伯父说明，我好与父报仇。"咬金听说，顷刻泪如雨下说："吓，原来如此，好难得侄儿有此孝心，思想与父报仇，这是难得的。说也惨然，可怜你祖父、父亲，都遭惨死。"罗通大气说："伯父！我父亲丧在哪个仇人之手，快对小侄说明。"咬金噎住喉咙，纷纷下泪，说不出来了，叫声："侄儿休要悲啼，你既有此心，今夜且不要讲，且破了番兵，然后对你说明。"罗通道："伯父，为什么呢？"咬金说："侄儿，你今第一遭为帅出兵，万事尽要丢开，必须寻些快乐才好，若如此烦恼悲伤，恐出兵不利。"罗通道："是。待小侄进了北番关寨，对我说便了。"其夜一宵过了，明日清晨发炮抬营，过了河北一带地方，竟往雁门关去，非一天之事，我且不必表他。

　　单讲罗府中还有一位二公子，年方九岁，力大无穷，生来唇红面白，凤眉秀眼，还是一个小孩童。有两柄银锤，倒使得来神出鬼没，人尽道他是裴元庆转世，却是罗安老家人亲生的。窦氏夫人见他英雄，过继为二公子，取名罗仁，待他胜似亲生一般。弟兄情投意合，极听母亲教训。若说他本事厉害不过，各府的公子没有一个及得他来，要在外边闯祸，做个小无赖，百姓会齐了多到罗府中叫冤，所以夫人将二公子禁锁书房，不许出门闯祸。若说这位公子锁得他住？因母亲之法，不敢倔强，凭你大人的胡桃链，也有本事拿将来裂断了。锁在书房一月有余，这一日来了两个丫环，一个执壶，一个拿了一盘点心，送来与公子吃。罗仁公子笑嘻嘻地说道："丫环，我要问你，这两天哥哥不进来望望我，却是为何？"丫环说："公子，你难道不知道么,前日万岁爷平番,被困木阳城,程老千岁到来讨救,要各府公子教场比武,考取二路元帅,公子爷考了二路元帅,前去救驾,所以大公子爷领兵定北去了,不在家中,故此不进书房探望。"罗仁说:"他几时去的?"丫环说:"有三天了。"罗仁说:"何不早报我得知,我最喜杀番狗的,拿了点心去。"立起身,把项中链子裂断了,拿了两柄银锤往外就走。丫环慌忙叫道:"公子爷哪里去?去不得的,夫人要打的。"罗仁哪里肯听,出了门去了。两个丫环连忙进来说:"夫人,不好了,二公子闻了大公子领兵定北,也要去杀番狗,拿了锤一径去了。"夫人听见大骂道:"你两个贱婢,谁要你们多舌去讲,如今怎么样?外边快叫罗德、罗春、罗丕,去寻他转来。"丫环应道:"是,晓得。"连忙到外边传话。几个家将随即出门,四下去寻,且慢表。

再讲那公子罗仁,长安中走惯的,倒也认得,出了光泰门,就不认得路了。在那里东也观,西也望,来往的人多是认得罗府二公子的,开言问:"二公子,你要往哪里去?"罗仁说:"我要去杀番狗,你们可是番狗么?吃我一锤。"众人说:"嗳、嗳,二公子,我们不是番狗。"罗仁道:"既如此,番狗在哪里?"众人说:"北番的番人路远哩,你小小年纪,怎生去得。"正讲之间,后面四个家将赶上来,叫声:"二公子,夫人大怒,道你不听母训,私自出来,要打在那里,快些回去。"罗仁说:"你们要死呢要活?"四个家将道:"公子又来倔强了,夫人叫我来寻你的,死活便什么样?"罗仁说:"要死你们领我回家去,要活你们同我到哥哥那里去。"四个家人倒有些推脱,犹恐他认真打一锤来,只得说道:"公子就要到哥那里去,也要同我回家,辞别了夫人,发些盘缠,行李也是要的。"罗仁说:"既如此,你们去拿了来,代我向母亲面前说一声,我来这里等你们。"家将说:"公子同去的是。"罗仁说:"我若回家,母亲阻住,不容来的。"家将道:"如此公子不要走开了。"罗仁说:"不走开的,我在这里等。"四个家将连忙进城,来到府中说:"禀上夫人,公子不肯回来,要往哥哥那边去,使我们回来说与夫人知道,要些盘缠同上北番。"夫人说道:"这小畜生,也这样倔强。也罢,罗安你们带些盘缠,领了这小畜生随便哪里走这么两三天,只说道寻不见哥哥,回去罢。带他回来便了。"罗安道:"晓得。"拿了盘缠,来到城外,二公子见了说:"罗安你们来了么,可对母亲说么?"罗安说:"夫人倒肯发盘缠,叫我们小心服侍二公子前去。"罗仁大喜说:"好母亲,快些领我去寻哥哥。"家将说:"倘然寻不见大公子,要回家的。"罗仁年纪虽轻,倒也乖巧,说:"罗安,着你们身上寻还哥哥,若五六天不见,管叫你四人性命难保。"家将听说,心中想道:"看来倒要同他寻着的了。"

  不表罗仁在路之事,再讲先锋程铁牛,领了三千人马,出了雁门关,前面有座高山,名曰磨盘山。只听得山上一声锣响,程铁牛坐在马上说:"前面高山上有锣声,必有草冠下来,尔等须要小心。"说声未了,山上数千喽啰,下山来了。冲出一个大王,年纪还轻,十分凶恶,漆脸乌眉,怪眼狮口,身穿红铜甲,熟铁盔,骑一匹斑豹马,手揣着两柄混铁解花斧,哗啦啦冲下山来,大叫一声:"打我前山过,十个头儿留九个,若还没有买路钱,叫你插翅难飞过。快快留下买路钱来,放你过去。"程铁牛一见暗笑,大胆的狗强盗,怎么天兵到来,也要买路钱的。把斧一起,冲上前来喝声:"狗强盗,你敢是吃狮子心、大虫胆的么?天兵到此,还不投服。"大王道:"呔!什么天兵不天兵,我大王这里,就是大唐天子打从此山经过,也要买路钱的。快快留下来,不然要取你命了。"铁牛大怒说:"你这该死的狗强盗,还不好好下马归服了,同公子爷前去扫北平番就罢。若有半句推辞,恼了小爵主,杀上山来,把你们巢穴要剿个干干净净。"俞游德大怒说:"照斧吧!"直往程铁牛面门上剁下来了。铁牛说声:"好!"把开山斧噶嘟架开,交锋过去,圈转马来,还转一斧。二人大战在磨盘山下,杀个平交。愈游德惯用脚踏弩,练得希熟的,却把一张弩弓放在马镫子上,若逢骁勇之将,战他不过,只要把脚板一钩,发出箭来,要中哪里就是哪里，再不歪偏的。程铁牛哪里知道，只顾上面兵器，不顾下面，战到二十回合，俞游德就发箭了，把脚板一钩，一箭骨上往程铁牛面门上射来，程铁牛叫声"不好"，把头一偏，正中横腮骨，直透耳朵根，去了一大片，血流满面，带转马头，往后好走哩。俞游德大笑道："要打我山前过，必要买路钱，怕你飞了不成。大王爷守在此。"

不表俞游德阻住磨盘山，单讲程铁牛退走不上二三十里，大队人马来了，元帅罗通在马上大惊说："老伯父，先锋该当开路，为何反退转来？"程咬金说："不知。这小畜生，想必有厉害强盗挡路也未可知，待他到来，问个明白就知。"正是：

凭君骁勇多能将，难避强徒脚踏弓。

要知收服磨盘山草冠，且听下回分解。

第八回

罗仁私出长安城　铁牛大败磨盘山

诗曰：

> 小将如云下北番，威风大战白良关。
> 中军帐内来托梦，怒斩苏麟救驾还。

再讲程铁牛到了罗通马前说："元帅，小弟奉命前到磨盘山，被一强盗阻住去路，小弟被他射伤一箭，几乎性命不保，败走回来，望元帅恕罪。"咬金说："好畜生，个把强盗杀他不过，若与番将打仗，只好败的了。"罗通开言说："程哥，强盗要买路钱，决非无能之辈。待本帅前去收服他。"铁牛说："他有脚底下射箭，须要防备。"罗通说："我知道。"程咬金说："不消贤侄去收服他，待我去。"罗通道："为甚有劳伯父去收服来？"程咬金说："贤侄，你难道不知我是强盗的祖宗，他一见自然就来归顺。"罗通大笑，吩咐催兵前进往磨盘山杀去。俞游德带了三百喽啰，下山前来，喝声："快交一万买路钱来，放你过去，没有须献元帅首级过来。"惊动唐营，罗通大怒，同程咬金出营观看。罗通端枪冲将过来："呔！狗强盗，敢阻本帅大队人马的去路么？"俞游德呼呼冷笑说："我非挡你去路，只因山上欠粮，要借粮草一千或五百，以补过路之税。"罗通道："狗强盗，好好下马归在本帅标下，饶你不死。若不肯，便被刺死本帅枪尖之下，那时悔之晚矣。""俞游德道：大王我看你年轻力小，一定要来送死，照我的斧吧。"当的一斧，砍将过来。罗通把枪在斧子上噶嘟一卷，俞游德在马上乱晃，一马冲锋过去，带转马来，罗通把枪紧一紧，喝声照枪吧，直往俞游德面门劈刺来。游德喝声不好，把手中斧往枪上抬得一抬，几乎跌下马来。被罗通嗖嗖嗖连挑数枪，俞游德哪里招架得往，把斧抬住："呔！慢着。"罗通是防备他的，见他住了马，把枪收在手，两眼看定。哪晓得俞游德把脚一勾，喝声："看箭！"一箭直往罗通面门射上来。罗通说声："不好！"把右手往面上捞接在手，就把左手一枪刺过来，正中马眼，那马嘘哩哩一叫，四足一跳，把俞游德翻下马来。唐营军士把挠勾搭去绑了。喽啰兵说："不好了，二大王被他捉去了，我们快报上山让大大王知道。"飞奔往磨盘山上去了。

　　罗通听说还有大大王，等他一发擒了，好去定北救驾。说犹未了，只见山中又有一位大王爷来了。生得来好可怕，只见他头上翡翠扎巾，青皮脸，朱砂眉，一双怪眼，口似血盆，獠牙四个露出，海下无须，也还少年。身穿青铜甲，左有弓，右有箭，手中端一根金钉槊，催开齐鬃马，豁喇喇冲过来了。营门前有程咬金看见，心中想道："这个强盗单少了一脸红须，不然与那个单雄信一般的了。这个面貌果然无二。"那罗通把枪一起，说："好个大胆的狗盗，今日二路定北天兵到此，多要买路钱，领众挡路，分明活不耐烦了。"那大王说声："呔！我大王爷与你们借贷粮草，没有就罢了，你擅敢擒我兄弟俞游德，好好送了过来，饶你一死，若有半声偪犟，管叫你性命顷刻身亡。"罗通呵呵大笑说："你口出大言，还不晓得我罗爷的枪厉害哩。"那大王听说喝道："呔！你可是大唐罗成之子么？"

　　罗通说："然也！你既晓本帅，何不早早下马归正。"大王说：

"啊呀！小贼种，你们是我杀父仇人，我在磨盘山上守之已久，不想今日撞着，我父有灵，取你之心祭奠我父；如若不能，誓不为人立于世上。"

罗通听到，吓得哑口无言，呆住了。暗想我罗通乃是一家公爷，并未出兵，又不曾害人性命，今因父王有难在番营，故此领兵前去救驾。还只得初次出兵，他为何说起我是他杀父仇人起来？那番问道："咄！本帅爷与你有什么仇，你且说来。"大王道："你难道不知我父叫单雄信，昔年与你父原是结义一番，后来我父保了东镇洛阳王为臣，去攻打汴梁城，丧在罗成之手。到今朝我思与父报仇，故此权在磨盘山上落草，虽则罗成已死，深恨难消，今日仇人之子在眼前，取你心祭父，总是一般。"罗通呵呵大笑道："你原来就是单家哥哥，小弟不知，多多有罪。难得今日故旧相逢，万千之幸，若说伯父身丧，与我爹爹无罪，自古两国相争，各为一主，伯父与爹爹战斗，一时失手，也算伯父命该如此，此乃误伤，有什么冤仇。哥哥这等执法起来。"单天常听了暴跳如雷，怒骂："杀父之仇，不共戴天，还有何说？不要走，照打吧！"就把金钉枣阴槊一起，呼直往罗通顶上打来。罗通把手中枪噶啷架定说："哥哥休要认真，这样认真起来，报不得许多仇恨。若论金国敬、童培芝二位伯父，被你爹爹擒去，钉手足而亡，也是结义好友，难道不算账的么？两命抵一命，也算兑得过的了，何用哥哥再来报仇？过去之事，撇在一旁，如今小弟相逢，喜出万幸，快快下马，同小弟进营拜见程伯父，同往北番救驾，何等不美。"单天常大怒说："有仇不报，枉做英雄。照打吧！"把金钉槊又打过来。罗通把枪紧一紧，把他的枣阳槊逼在一旁，回手一枪，往天常兜面挑将进来。单天常叫声："不好。"把手中槊往上噶啷一抬，这一抬，几乎跌下马来。罗通马打交锋过去，把天常夹腰只一把，说声："过来罢！"轻轻不费气力，提过马来，搂到判官头上，带转马，往营前来下马，竟入中营，说："哥哥，如今还是同小弟去定北，还是怎样？"

天常心中想道："我欲报父之仇而来，谁想反被他擒住，若不同他去，料性命难保，不如从了他，说去平房，或者早晚间下得手，杀了他与父报仇，有何不美。"算计已定，说："也罢，我愿同前去定北。"罗通说："哥哥，你若口是心非，立个誓来，小弟放心。"天常说："元帅又来了，我乃年少英雄，一言既出，驷马难追，岂可在元帅面前谎言，若不信我便立誓。若有口是心非，此番前去破房平番，就死于敌人之手，尸骨不得回朝。"罗通说："哥哥真心太过。"一同来见了程老伯父。咬金说："贤侄，你父在日，与我好兄弟，不幸他为国尽忠，难得侄儿长大，这金钉枣阳槊使得精通，实乃将门之子，为伯父见了你，也觉欢心，尔等那众小弟兄过来，大家见了礼。"下面俞游德绑缚在此，见单天常归服唐朝，开言叫声："单大哥，你从顺了他，小弟绑在此，怎么样呢？"天常说："元帅，俞游德乃是我结义的好兄弟，望元帅放了他。"罗通说："既是哥哥好友，就是小弟手足了。"过来放了绑，程咬金吩咐营中排宴，款待侄儿。其夜，小弟兄酒饭已毕，各自回营不表。

单讲明日清晨，罗通自思这两个人未必真心，若在旁边，早晚之间倘不防备，行刺起来，反为不美，不如差他两个为先锋，离了我身，就不妨碍了。算计已定，开言叫声："哥哥，本帅令箭一支，你二人领了三千人马，为前部先锋，先往白良关。待本帅到了，然后开兵。"

单天常接了令箭，同俞游德带了人马，竟往白良关。在路行了三天，到了白良关，吩咐放炮安营，候大兵到了，然后打关。俞游德叫声："哥哥，今日天色尚早，不免待小弟出马讨战一番。"天常说："兄弟，北番房狗不是当耍的，既要出马，务必小心。"俞游德说："不妨。兄弟有脚踏箭厉害。"跨上马，手端双斧，冲到关前，大喝一声说："关上的，报与主将知道，快快出来会我。"小番报进关中，守将铁雷银牙，身长一丈，头如笆斗，眼似铜铃，上马惯用一块踹牌，犹如中国民间用的擀绵条擀板一般，只不过生铁打就，一块铁牌有四尺长，三尺阔，五寸厚，没有柄的，用一根横撑把手，底面有二百只铁钉在上，若是枪刺过来，只要把踹牌一绷，枪多要拨出去的，回手打来，利害不过，有千斤多重，人哪里当得起。铁雷银牙算得北番天字号第一个英雄，正与诸将议论，忽小番报道："启上将军，今有唐兵到了，有将在外讨战。"铁雷银牙呼呼大笑说："该死的来了。"便把盔甲按好，上马执牌，竟到关前，吩咐放炮开关。轰隆一响，冲出关外，好一位番将，俞游德喝声："番狗，少催坐骑，快通名来。"铁雷银牙笑道："你要问魔家之名么？魔乃流国山川红袍大力子大元帅祖麾下，加封镇守白良关总兵大将军，复姓铁雷银牙。"俞游德说："俺不晓得你无名之辈，今日大唐救兵已到，要把你北番人羊犬马，杀个干干净净，踹为平地，做个战场，好好下马献关，就罢了，若有半句推辞，顷刻劈于马下，悔之晚矣。"铁雷银牙闻言大怒，回说不必夸能，通下名来，本总兵好用手打你下马。俞游德说："你也来问俺的大名么？我乃大唐二路元帅罗标下，加为前部先锋俞游德便是。"铁雷银牙呼呼大笑道："原来是个无名的小卒，想是活不耐烦，来送死了。"俞游德大怒，把斧砍来，说："照爷的斧吧。"直往银牙头上砍来，银牙叫声来得好，把手中这一扇踹牌往斧子上噶啷一挠，那两柄斧子多打在半空中去了，回转马来说声："去吧！"再一踹牌打下来，俞游德只喊得"啊呀"一声，哪里躲闪得及，正被他打得在头上，呜呼哀哉，死于马下。单天常一见大哭："我那兄弟啊，死得好惨。"催马摇槊冲上前来说："不要走，取你首级，与弟报仇。"银牙说："你快通名来，趁手中踹牌。"单天常道："虏狗，你要问我名么，我乃大唐二路元帅罗标下，前部先锋单天常，你把我兄弟打死，照我家伙吧。"把槊往头上打来，银牙把手中牌往枣阳槊上噶啷这一挠，单天常手松得一松，这一条枣阳架往半空中去了。单天常吓得呆了，被他复一踹牌，夹着背梁打下，轰隆响翻下马来，伏惟尚飨了。众兵见两先锋俱丧，多往后面退走，银牙呼呼大笑说："原来多是没用的先锋，不够我两回合，尽丧了性命。"说罢，带转马进关中，吩咐小番小心把守关门，此言不表。

单讲二路元帅罗通领大兵而来，有军士报进："启上元帅爷，俞、单二先锋将军与白良关守将交战，不上二回合，多被打死了。"罗通闻报吃惊道："有这等事么，可怜单家哥哥一家年少英雄，一旦屈死于他人之手，也算他命该如此。"说话之间，大兵已到白良关，就吩咐放炮安营。只听轰隆一声，离关数箭，把三十万人马齐齐扎定营盘，按了四方旗号，此时天色已晚，诸将在中营饮酒，一宵无话。

再表来日清晨，大元帅打起升帐鼓，营中诸将多顶盔贯甲，进中营参见，站立两旁。罗通开言说："诸位哥哥，本帅有令箭一支，谁人出马前去讨战。"只听应声而出说："小将程铁牛愿往。"元帅道："既是程哥出马，须要小心。"铁牛道："不妨。带马过来，抬斧。"手下答应齐备，程铁牛按好头盔，上马提斧，炮响出营，豁喇喇冲到关前来了。关头上有小番一见说："唐营小将，慢催坐骑。照箭！"那个箭纷纷地射将下来，程铁牛把马扣定，喝道："呔！关上的，快报主将，今有大唐救兵到了，速速献关。"小番报进来了："启上平章爷，关外有将在那里讨战。"铁雷银牙说："想必又是送死的来了。带马过来，抬牌。"小番应声齐备，银牙立起身来，跨上雕鞍，手端蹯牌，出了总府衙门，来到关上往下一看，只见唐将怎生打扮，但见他头戴开口獬豸乌金盔，身穿锁子乌金甲，坐下一匹点子梨花马，手端一柄开山斧，年纪还轻，只二十余岁。那银牙就吩咐放炮开关，堕下吊桥，前有二十对大红幡，左右番兵一万，鼓啸如雷，豁喇喇一马冲出关来会战。那程铁牛坐在马上，见关中来了一将，甚是异相，喝声住马，心中一想道："我兵器不知见了多少，不曾见这件牢东西，方方一块，就是十八般武艺里头，那有什么使蹯牌的？真算番狗用的兵器了。"他就把斧一起，大喝一声："呔！今日小爵主领兵到此平番，斧法精通，十分厉害,快快投降,免其一死,若不听好言,死在马下,悔之晚矣。"银牙大笑道:"不必多言,通下名来。"铁牛说:"你要问小将军之名么,我乃当今天子驾前鲁国公程老千岁公子,大爵主程铁牛,奉二路扫北大元帅将令,要你首级。也罢,照我的斧吧。"

把马一拍,一斧就砍下来。银牙把手中牌嘎啷一响相架,铁牛喊声不好,几乎跌下马来。这斧子往自己头上直绷转来,豁喇一马冲锋退去,兜转马来,银牙把踹牌一起,喝声:"小蛮子,照打吧。"挡一牌打来,铁牛把手中斧往上面这一抬,只见火星直冒,两臂酥麻,虎口都震开,带转马拖了斧子,说:"啊唷,好厉害,好厉害!"往营前败走了。银牙大叫说:"有能事的出来,没用的休来送命。"

少表这里夸能,再讲程铁牛进营说:"元帅,番狗踹牌厉害,小将败了,望元帅恕罪。"罗通大怒说:"好一个没用匹夫,快退下去。"铁牛唯唯而退。元帅又问:"谁能出马?"秦怀玉道:"小将愿往。"元帅道:"秦哥去必能得胜,须要小心。"秦怀玉答应,吩咐带马抬枪,顶盔贯甲,挂剑悬铜,上马豁喇喇冲出营门。银牙一见,通名已毕,说道:"原来你是秦蛮子的尾巴。"怀玉道:"番狗,你既知小爵主大名,何不早早献关投顺,亦免要我公子出马擒拿。"催一步马,喝声照枪吧,分心刺将进来。银牙把踹牌嘎啷一声架开,怀玉把手中枪这一缩,只多退了十数步,又是一个回合冲锋过去,战到六七个回合,马有五个冲锋,秦怀玉哪里是番将对手,把枪虚晃一晃,带转马,豁喇喇往营前走了。进入中营说:"元帅,北番虏狗果然厉害,小将不能取胜,望元帅恕罪。"罗通说:"哥哥,胜败乃兵家之常,但这一座关不能破,怎生到得木阳城救驾?既如此,待本帅亲自出马。"整好盔甲,跨上马,把定枪,一声炮响,鼓声如雷,带领人马冲出营来,一字摆开。众小爵主俱出营门掠阵。

那铁雷银牙见唐营冲出一员小英雄,匹马当先,冲将过来。银牙大喝一声:"来将何名?"罗通说:"要问本帅之名么?我乃太宗天子御驾前越国公罗千岁的爵主，干殿下罗通是也。"银牙闻言，不觉吃了一惊，心中想道：这原来是当初罗艺之孙，谅必枪法利害有名的。当年炀帝在朝平北，罗艺之子罗成，同表兄秦琼来退我邦，杀得我元帅大败，骁勇不过的，待我问他一声看："呔！来的可是罗成之子么。"罗通道："然也。本帅之名扬四海，你也闻孤之名，何不下马投顺，免孤动手。"银牙说："小蛮子，你在中原算你有名，来到我邦，撞着铁雷将军，只怕你性命不保，活不成了。"罗通大怒，说："番狗好无礼，不要走，照本帅的枪吧。"催开马兜面一枪，银牙反踹牌一挡，两下交锋，各显本事，一来一往，一冲一撞，你拿我麒麟阁上标名，我拿你逍遥楼上显威。两边战鼓似雷，好杀哩，正是：

英雄生就英雄性，虎斗龙争谁肯休。

究竟不知胜败如何，且看下回分解。

第九回

白良关银牙逞威　铁踹牌大胜唐将

诗曰：

> 阴魂显圣保江山，教子伸冤败北番。
> 祖父冤仇今日报，英雄小将破双关。

罗通小将与铁雷银牙战到个三十回合，不分胜败。杀得银牙汗流浃背，把踹牌噶啷一响抬住了枪，银牙开口说："好厉害的罗蛮子。"罗通说："你敢是怯战了么。"银牙道："呔！小蛮子，哪个怯战。今日铁将军不取你命，誓不进关。"罗通说："本帅不挑你下马，也誓不回营。"吩咐两边啸鼓，鼓发如雷，两骑马又战起来，正是：

> 八个马蹄分上下，四条膊子定输赢。
> 枪来牌架叮当响，牌去枪迎迸火星。

二马相交，战到五十回合冲锋，未定输赢。罗通心中一想，待我回马枪挑了他，算计已定，把枪虚晃了一晃，带转马就走。银牙看见罗通不像真败，明知要发回马枪，便把坐骑护定，呼呼大笑道："罗通，你家回马枪善能伤人,不足为奇,不来追,怕你奈何了我,有本事与你决一输赢。"罗通听言,不觉大骇说:"完了,他不上我当,便怎么处?"只得挺枪上前又战起来。两下杀到日落西沉,并无胜败,天色已晚,两下鸣金,各自收兵。银牙进关去了。罗通回进中营下马,抬过了枪,诸公爷接进说:"元帅。今日开兵辛苦了。"罗通说:"这狗头果然厉害,难以取胜,叫本帅也没本事奈何他来。"咬金说:"侄儿,今被这狗头挡住大路,白良关难破,怎生到得木阳城?"罗通说:"伯父,如今也说不得,且待明日再与他交战,必要分个胜败。"当夜不表。明日,早有银牙讨战。罗通依旧出营与他交战,又杀到日落西山,并无强弱。一连战了三天,总是不分胜败。无计可施。

一到第四天,元帅升帐,诸将站立两旁。程咬金在后营有些疲倦起来,罗通只得把头靠在桌上,也要睡起来。程铁牛说:"诸位弟兄,元帅睡了,我们大家睡他娘一觉吧。"秦怀玉说:"兄弟又来了,元帅与番狗战了三天,所以睡了。等元帅醒来,倘有将令,也未可知。"少表众将两旁站立,再说罗通蒙眬睡去,只见营外走进两个人来,甚是可怕。前面头上戴一顶闹龙斗宝紫金貂,冲天翅,穿一件锦绣团龙缎蟒,玉带围腰,脚蹬缎靴,面如紫漆,两道乌眉,一双豹眼,连鬓胡髯,左眼有一条血痕;后面有一人头戴金箔头,身穿大红蟒,面如满月,两道秀眉,一双凤眼,五络长须,满面皆有血点,袍上尽是血迹。那二人走到罗通面前,两泪纷纷说:"好个不孝畜生,你不思祖父、父亲天大冤仇未曾报雪,又不听母训,反到这里称什么英雄,剿什么番邦,与国家出什么力?"罗通一见大惊,连忙问道:"二位老将军何来,为何说这样的话?"那二人说道:"吓!你难道不认得了,我乃是你祖父罗艺,这是你父亲罗成,可怜尽遭惨死,无人伸冤,所以到你面前,要与祖父、父亲报仇雪恨。"罗通听言,似梦非梦,大哭说道:"吓!原来二位老将军,就是我罗通祖父、父亲在此。望乞祖父对孙儿说明仇人在何处,姓甚名谁,待孙儿先查仇人杀了他,然后去救驾。"罗艺道:"我那罗通孙儿啊,难得你有此孝心,若要知道仇人是谁,去问鲁国公程伯父,就明白。"罗通道:"是,待孙儿去问程伯父便了。"罗成走到桌前说:"我儿,你有忠心出力王家,奈白良关难破,为父的有件东西与你,就可挑那番狗了。"罗通连忙问道:"爹爹,是什么东西。"罗成说:"儿啊,你不须害怕,待为父的放在你衣袖内。"罗通说:"是,请爹爹上来。"罗成上前,将手向罗通抽中一放,把罗通一扯说:"我儿醒来,为父的去也。"同了罗艺两魂,转身往营外就走。罗通叫声:"爹爹,如今同祖父往哪去。"旁边程铁牛应道:"爹爹在这里。"把手往桌一拍,吓得罗通身汗直淋。抬起头来,不见什么祖父、父亲,但见两旁站立众将,心中胆脱,满腹狐疑。我想祖父、父亲之仇,叫我问程伯父:"啊!军士,快与我往后营相请程老千岁出来。"军士奉令,忙入后营,只见程咬金正坐在那里打瞌睡,便上前来高叫一声:"程老千岁,元帅爷相请出营。"把咬金惊醒,那番大怒道:"这个罗通小畜生,真正可恼,我老人家正在好睡,他又来请我出去做什么?"

那番只得起身,走出中营说:"侄儿有什么话对我讲。"罗通说:"老伯父,且坐了。"咬金坐在旁首,罗通满面泪流说:"伯父,小侄方才睡去,梦见祖父、父亲到来,要我报仇雪恨,侄儿就问仇人是谁?祖父说孙儿要知仇人名姓,须问鲁国公程老伯父,便知明白。"咬金听说,不觉大惊道:"啊唷,原来是我叔父、兄弟阴魂不散,白昼到来托梦。"叫声:"侄儿,此仇少不得要报的,但是在此破关,不便对你说,待到得木阳城,然后说此仇恨。"罗通说:"啊呀,伯父啊,使不得的,祖父、父亲曾对我说,若是程伯父不肯对你说明此事,必要捉他到阴司去算账。"这一句话吓得程咬金胆战心惊说:"叔父、兄弟啊,你不要来捉我,待我对你孩儿罗通说便了。"罗通大喜道:"伯父如此,就对小侄讲明。"咬金道:"侄儿啊,此事不说犹可,若还说起,甚可怜啊。家将程呼在哪里?"应道:"老千岁有何吩咐?"咬金道："往我后营箱子内，取那包箭头来。"程呼答应，忙往后营，开箱取出送来。咬金接在手中，不觉大哭，悲啼叫一声："侄儿哪，你解开来看。"罗通双手捧过来，将包打开一看，原来是一包箭头，忙问道："伯父，这一包箭头做什么的？"咬金道："侄儿，你哪里知道，这一包箭头有一百零七个，你祖父中了这一条倒须钩而死，你父亲遭乱箭身亡。"罗通泣泪道："我祖父、父亲尽被何人射死的？如今这仇人在也不在，家在何方，姓甚名谁？我必要与祖父报仇雪恨！"咬金说："侄儿，你道这仇人是谁，就是随驾在木阳城中的银国公苏定方这砍头的贼子！"罗通道："他是我父皇的功臣，怎么反伤自家一殿之臣起来？"咬金道："侄儿，你有所不知，那年炀帝在朝，累行无道，各路作乱，自僭为王者多，天下何曾平静。那苏定方保了明州夏明王窦建德，起兵到河北幽州，攻打城池，欲夺河北一带地方，乃是你祖父老将军管辖的汛地。他一点忠心与皇家出力，保守幽州，岂肯被番王所夺，所以你祖父出战，被苏定方发这一枝箭，名曰倒须钩，正射中在左眼，你祖父回衙拔箭归阴了。后来五王共同起兵，共伐唐邦。苏定方设计，把你父哄到淤泥河，四蹄陷住，身被乱箭而死，可怜你父背如筛底。为伯父的前往殡殓，打下箭来，一共有一百零七箭。我原想侄儿大来，好与父报仇，所以将这些箭头收拾在此，与你看的。难得叔父、兄弟阴灵有感，前来托梦，今日对你说明天大冤仇，乃银国公苏定方这狗贼。"罗通听言，暴跳如雷，说道："我把苏定方这贼子碎尸万段，方雪我恨。哎！父王、父王，你好忘臣子之功也。我罗氏三代尽忠报国，就是这一座江山，亏我父之功，怎么反把仇人荫子封妻。我罗通不取这贼子之心，誓不立于人世也。"

正在大怒，忽有军士报进："启元帅爷，苏家二位公子爷解粮到了。"罗通说："住了。苏麟、苏凤如今在哪里？"军士禀称，现在营外。罗通说："啊唷，气死我也，捆绑过来。"苏麟、苏凤道："小将奉令解粮，毫无差错，为甚元帅要把小将们捆起来？"罗通不好说报仇之事,只因方才正在忿怒头上,所以要把他弟兄捆绑进营,如今仔细想来,无甚差误,却被他弟兄急问上来,不觉哑口无言,说:"也罢,本帅有令箭一支,命你往关前讨战,若胜得番将铁雷银牙,这就罢了;如若败回,休怪本帅。"苏麟、苏凤一声:"得令。"接了令箭,退出营外。苏凤叫声:"哥哥,元帅不知为甚大怒,不问根由,要斩我们,内中必有蹊跷。今又命哥哥到关前讨战,知道番将厉害不厉害,倘然不能取胜,性命就难保了。"苏麟泣泪道:"兄弟,你难道看不出罗通作事么?"苏凤说:"哥哥,兄弟不知是何缘故。"苏鳞道:"呀,兄弟,我哥哥不是痴呆懵懂,此事尽已知道。方才一到营前,也不问解粮多少,就把我们绑进营门,罗通面上已发怒容,已有泪形,竟要为兄到关前讨战。若胜还可,倘然不胜,性命必不能保。想他一定要与父报仇了,怎奈兵权在他手内,为兄的命一字玄玄,也说不得了。"苏凤说:"哥哥且请宽心,若不能取胜,是有做兄弟的在此,与罗通分辩,保救哥哥。"苏麟说:"兄弟,只怕未必肯听。你在营前且掠阵,待为兄的到关前讨战。"苏凤说:"是。哥哥须要小心。"那苏麟顶盔贯甲,跨马端枪,出营与银牙打仗,我且不表。

单讲罗通在营又叫道:"老伯父啊,侄儿方才梦中,父亲又对我讲道:'你若要破此关,我有一件东西在此。'即放在小侄袖中,未知什么东西,梦中之事只怕不真。"咬金说:"原来有此一事,决不谎言,看看袖中是什么东西。"罗通把手往袖中摸出一张纸来,你道有什么在上面,却画就一张小小弯弓,一枝箭在上面。罗通见了,不解其意,便说:"伯父,这一件东西,不知什么意思,叫小侄不解。"程咬金说:"这又奇了,我罗老兄弟既然阴魂可保江山,此物决非无用,待我想来是何意思。"想了一会儿说:"吓,是了。侄儿,你难道不知此件东西怎样用他的么?"罗通说:"伯父,侄儿不知怎生用法。"咬金说:"侄儿,当初你父亲惯用怀揣月儿弩的。"罗通说:"伯父,怎生叫怀揣月儿弩。"咬金说:"侄儿,你不知道,当初你父在日,有这一点小弓小箭，藏于怀里，若遇勇将，不能取胜，拿将出来，百发百中，取人性命，如在手掌。那年伯父在于关前，看你父与殷学交锋，连战百余回合，不能取胜，用此物伤他命的。今日侄儿难破白良关，你父也教你用此月儿弩，所以纸上画此图形。"罗通说："果有此事，但小侄不曾用，怎么处？"咬金说："不妨，你是乖巧的，容易习练，你父也曾教我，为伯父的虽不能精，有些会的待我教导你就是了。"罗通就吩咐家将，应声去造怀揣月儿弩。

再表这一首苏麟大败进营说："元帅，关中番将踹牌甚是厉害，小将难以取胜，求元帅恕罪。"罗通大怒，喝声："苏贼，今日本帅第一遭领兵到此，一重关还没有破，你就大败回营，刀斧手过来，与我将苏麟绑出营门枭首。"刀斧手一声答应，把苏麟背膊牢拴推出营门去了。吓得苏凤魂不附体，连忙跪下说："元帅，胜败乃兵家之常事，求元帅恕罪。"罗通大怒道："胜则有赏，败则有罚，你敢触怒本帅，左右与我拿下，重责四十棍。"两旁军牢奉令，把苏凤拿到案前，只见刀斧手已取苏麟首级进营来缴令了。苏凤一见，大放悲声，哭出营外，回进自己营中，收拾行囊路费，自思此地不是安身之处，受了四十钢棍，可怜打得鲜血直流，含怒起身，等得三更时分，逃脱身躯，另保别主之事，我且丢开。再讲罗通叫声："伯父，小侄斩了苏麟，方出胸中一忿之气，必须杀了苏定方，我祖父、父亲冤仇报雪。"咬金说："这个自然。明日待伯父教道你怀揣月儿弓，破了白良关，杀到木阳城，好斩苏定方这个狗贼。"罗通道："是，多承伯父指教。"其夜话文不表。

单表来日，早有军士报道："启元帅爷，苏家小将军昨夜不知哪里去了。"罗通说："一定逃走了，由他去吧。"是日，程咬金教罗通习学怀揣月儿弓，果然罗通乖巧，一学就会，练了三日，射去正中。咬金大喜说："如今练来已熟，事不宜迟，明日就去攻关讨战，或者你父阴灵暗保，也未可知。"罗通应声道："伯父之言有理。"一到明日，装束齐整上马，把月儿弩藏于怀内，炮响一声，一马冲出营来。后面程咬金也在营前观看。那罗通来到关前，高声大叫："呔！关上的，快报与那个虏狗说，本帅与他连战三天，不分胜负，今日叫他出来，定个输赢。"小番报进关中，铁雷银牙披甲停当，带了手下，放炮开关，一马当先，冲过来了。罗通一见喝声："虏狗，你来送死么！"把枪一串，催上马来，一心要取番将首级，也不打话，二人大战。原杀个平交，战到了二十余回合，罗通诈败佯输，带转马头而走。铁雷银牙扣定马说："小蛮子，你不必弄鬼，魔家知道你回马三枪厉害，不来追你，有本事再与你战三百回合。"住马不追。罗通诈败下来，左手往怀中取出一张小弓，回头看见他不追下来，即把枪按在判官头上，带转马来，暗叫一声："父亲啊，你阴灵有感，暗中保佑我孩儿一箭成功。"心中在此想，把手一捻，嗖的一箭发将出来，果然罗成阴灵暗助，不高不低，一箭射去，正中番将咽喉。银牙说声："什么东西飞来。"要闪也不及了，轰隆一响，翻将下来，死于马下。罗通见番将已死，回转头来叫声："程伯父、众将们，好抢关口。"口叫动手，把枪一摆，豁喇喇纵过吊桥来了，手起枪落，好挑的。那些小番走得快，逃了性命，走不快也有荡着面门，也有刺着咽喉，死者死，伤者伤，逃者逃，多弃关飞奔金麟川去了。元帅同诸将来到关中，查盘钱粮，点明粮草，养马一日，到了明晨，放炮一声，兵进金麟川，此话慢表。

再讲金麟川守将名叫铁雷金牙，身长一丈，有万夫不当之勇。正在堂上闲坐，忽见小番报进说："平章爷，不好了，白良关又被唐兵打破，银牙将军阵亡了。"铁雷金牙闻言大惊说："有这等事！啊呀，我那兄弟啊，可怜如此英雄，一夕丧于唐将之手。"大哭数声，泪如雨下。吩咐把都儿关上加起灰瓶石子，踏弓弩箭，若是唐朝救兵一到，速来通报，待魔家好与兄弟报仇。

不表关内之事，再讲到罗通大队人马来到金麟川，离开数里安营下寨，放炮停行。到了明日，元帅升帐，聚齐众将，站立两旁，便开言说道："诸位哥哥在此，北房番将甚是厉害，你们难以开兵，今日原待本帅亲自出马，或者挑得番将也未可知，你们多上马端兵，看我打仗。倘然取了金鳞川，岂不为美。"众将称善，罗通按好盔甲，带过马，手执枪上马，一声炮响，一马冲出营来。小番看见，报进关中。铁雷金牙闻报，披挂停当，顶盔贯甲，上马提刀，放炮开关，放下吊桥，带了众番，一马冲出关来，正是：

饶君烈烈轰轰士，难敌唐朝大国兵。

不知金鳞川如何破得，且看下回分解。

第十回

八宝铜人败罗通　罗仁双锤救兄长

诗曰：

　　愿得貔貅十万兵，能教虏寇一时平。
　　功成不用封侯印，麟阁须留忠孝名。

罗通抬头一看，好一员番将，甚是可怕。只见他戴青铜狮子盔，身穿锁子红铜甲，外罩大红袍，青眉紫脸，豹眼黄须，坐下一匹青毛吼，冲上前来，把刀一起，把罗通把枪噶啷架定："呔！来的可通下名来。"金牙说："你要问魔家之名么？魔乃流国山川七十二岛红袍大力子大元帅祖麾下，加为百胜将军，铁雷金牙便是我也。晓得你是罗成之子罗通，你伤我兄弟银牙，欲要把你活擒过来，碎尸万段，以泄我弟之仇。"说声未了，把刀一起，叫声："小蛮子，照魔家的刀吧。"豁绰一刀砍过来。那罗通不慌不忙，把枪一卷，直往头上绷转来，战到了二十余回合，金牙只有招架之功，没有还兵之力，嘴里边说："啊唷！好厉害的小蛮子哩。"罗通见他刀法已乱，这一枪兜胸前刺进来。那铁雷金牙叫声不好，躲闪不及，正中前心，扑通一响，翻下马来。

罗通同众将乘势抢关，那些小番儿见主将已死，多进关中，闭关也来不及了。罗通随后冲进，杀得番兵：

> 忙忙好似丧家犬，急急浑同漏网鱼。

口中尽叫快走，都往野马川逃去了。元帅吩咐养马一日，查盘府库，扯起大唐旗号，明日兵进野马川。

再讲野马川守将叫作铁雷八宝，其人身高一丈，头大如斗，两眼铜铃，口似血盆，连鬓红须，力拔泰山，要算番邦一员大将，惯使一个独脚铜人。列位，你们道什么叫作独脚铜人？有四尺长，原有头有手，单有一只脚，像十二三岁的小孩子一般，有千斤多重。将此作军器，你道厉害不厉害。铁雷八宝正与花知鲁达们，在私衙商议退兵之事，外面小番报进："启上将军，关外有金麟川败残兵卒，要见将军。"八宝听言大惊说："传进来！"一声吩咐传进，小番跪禀道："将军爷，不好了。大唐救兵来得凶勇，二将军被唐将枪挑而死，金麟川已破，不日兵到野马川来了。"铁雷八宝听言，不觉下泪说："有这等事。大兄被伤，此恨未消，今二兄又遭童子之手，可不痛杀我也。待唐兵来到关下，魔家不一顿铜人打尽蛮子，也誓不立于人世也。"遂吩咐小番，若唐兵一到，速来报我知道。把都儿一声答应，紧守关门不必表。

再讲唐兵到了野马川，离关一里安营下寨，吩咐放炮升帐。罗通坐在中军帐内，叫声："程伯父，路上辛苦，安息一宵。"咬金说："这个自然，出兵之法，凡兴兵破关，三军行路辛苦，要停兵一天，养养精神的。"当夜不表。

再讲次日天明，元帅升帐说："今日那一个哥哥去攻关讨战？"闪出秦怀玉道："小将愿去讨战。"罗通道："哥哥须要小心。"怀玉得令，上马提枪，结束停当，放炮开营，带领三军，一马冲出，来到关前大喝一声："呔！关上的，快报与虏狗知道，出来会我。"小番看见，连忙报进："启上将军，今有唐将一员出马讨战。"八宝听言，既有唐将讨战，吩咐披挂，抬铜人过来。小番一声答应齐备，八宝结束上马，拿了独脚铜人，催开马，出了总府，来到关前，放炮开关，鼓声啸动，一马往吊桥上冲过来了。秦怀玉抬头一看，心中大骇说："他手中拿的是什么东西？我想十八般武艺，件件皆知，何曾想有这人用的是独脚铜人。"他又生得十分恶相，你看他怎生打扮：

面如红枣浪腮胡，两道青眉豹眼珠。身着连环金锁甲，头顶狐狸狮子盔。
左首悬弓新月样，右边顶内插狼牙。手执铜人多凶恶，坐骑出海小龙驹。

秦怀玉喝道："来的虏狗，少催坐下之马，快留下名来，你有多大本事，敢来送死。"铁雷八宝听见便说："你要问魔的名么，魔乃流国山川红袍大力子大元帅祖麾下，加为随驾大将军，铁雷八宝的便是。你小蛮子有甚本事，敢到魔家马前送死。"秦怀玉呼呼大笑说："把你这番狗活捉过来，立时枭首。怎么口出大言，分明买腌鱼放生，不知死活，你又不是什么铜皮铁骨的厉害，今日天朝救兵到来，还不知道我们众爵主爷骁勇哩。此去赤壁宝康王尚要活擒，何在畏你这个把番狗，擅敢霸住野马川，阻我上邦爵主爷去路。"铁雷八宝哈哈大笑说："你们众蛮子尚被我绑困住，何在你们这一班无知小子，还不晓得魔家手中铜人利害么？此乃自投罗网，不足为惜。快通个名来，魔好打你为粉。"怀玉说："小爵主乃是护国公秦老千岁荫袭小爵主，奉朝廷旨意，挑选二路平番招讨大元帅罗麾下，加为无敌小将军，秦怀玉便是。放马过来，照爵主的枪吧。"把空条黄金枪串一串，一炷香直往八宝面门上速刺将过来。那八宝说声："来得好！"不慌不忙，把手中独脚铜人往枪上噶啷这一击，秦怀玉喊声不好，几乎跌下雕鞍，枪多拿不牢起来了。马打冲锋过去，才圈得马转来，早被八宝亮起手中铜人，喝一声："小蛮人照打罢。"将这铜人往顶上打下来了，好似泰山一般。秦怀玉喊声："不好，我命休也。"把枪横转了，抬上去。不觉噶啷啷声响，枪似弯弓模样，马直退后十数步，几乎跌落雕鞍。看来战他不过，只得带转马头，往营前大败而走。铁雷八宝说："你这小蛮子，来时许多夸口，原来本事也只平常，你往哪里走，魔来也。"豁喇喇追上前来，秦怀玉早进营了。有军士射住阵脚，八宝只得把马扣定，喝道："营下的，谅你们营中多是无名小卒之辈，决少能人，快快退了人马，让还魔这里两座关头，放你们残生回去。"

不表铁雷八宝夸言，单讲秦怀玉下马进了中营，说道："元帅，番狗骁勇，手中铜人十分沉重，小将被他打得一下，挡不住，所以败了，望元帅恕罪。"罗通大骇说："北番番将算得异人了，用的兵器多不在十八般武艺里头，第一关守将的什么踹牌，如今又是什么铜人了，哥哥无罪，带马过来，待本帅亲自出马。"那手下军士备好龙驹，牵将过来。罗通立起身来，把头盔按一按，把金甲按一按，跨上龙驹，提了攒竹梅花枪，炮声一起，营门大开，前里二十四对大红旗，左右平分，鼓声啸动，豁喇喇冲出来了。元帅出马，众爵主多出营来哩。那程咬金说："我从幼出战沙场，兵器见了无数万，从不曾见有什么独脚铜人的兵器，今日我老人家倒也要出营去看一看。"

不表爵主与程咬金出营观望，单讲罗通冲出营来，那铁雷八宝抬头一看说："又来送死的蛮子，少催坐骑，通下名来，是什么人？"罗通道："你要问本帅之名么，乃越国公荫袭小爵主，外加二路扫北大元帅，干殿下罗通便是。"八宝听言，便说："你可就是当年平北罗艺老蛮子的小蛮子传下来的么？"罗通应道："然也，既知本帅之名，何不早早下马受缚。"八宝呼呼冷笑道："我把你这小蛮子，碎尸万段，方雪我恨。我两位哥哥尽丧于你这小蛮子之手，正要与兄报仇，这叫天网恢恢，疏而不漏，今日仇人在眼，分外眼红，我一铜人不打你个齑粉！也誓不共戴天，放马过来！"八宝催一步马向前，把独脚铜人往头上一举，喝声："照打吧。"往罗通顶梁上一铜人打下来。那罗通喊声："不好。"看来这铜人沉重，只得把枪也轮横了抬上去。噶嘟噶嘟一声响，马打退有十数步才圈转来。八宝又说："照打吧。"又是一铜人打下来，罗通又把枪挡得一挡，不觉坐下雕鞍头圆乱闯，一马冲锋过去，兜得转来，八宝又打一铜人下来。那时罗通抬得一抬梅花枪，打得弯弓一般，虎口多震得麻木了。心下暗想："这番狗果有本事，不如发回马枪挑了他吧。"算计已定，把枪虚晃一晃，说："番狗果然骁勇，本帅不是你对手，我今走也，少要来追。"说罢带转丝缰走了。铁雷八宝哈哈大笑说："魔家知道你，当年罗艺、罗成前来扫北，把回马枪伤去了我邦大将数员，魔也晓得你们罗家有回马三枪厉害，但别将怕你回马三枪骁勇，独有魔家不惧你们的回马枪，我把铜人在此摇动，看你怎么样把回马枪伤我。"说罢把铜人在手中摇动，将喉咙前心两处护定，催开坐骑，随后转来了。那罗通听见此言，回头看看，只见他把铜人摇动，护住咽喉，一路追下来了，并无落空所在，好发回马枪。罗通不觉心内慌张，不知怎样的，把丝缨一偏，望营左边落荒而跑了。那铁雷八宝心中大喜说："魔道你败进营中，倒也奈何你不得，谁说你反落荒而走，分明：

一盏孤灯天上月，算来活也不多时。

凭你飞上焰摩天，终须还赶上。你往哪里走！"豁喇喇追上前来。营前众爵主见元帅被番将追落荒郊，不觉一齐惊得面如土色，尽说："完了，如今驾也救不成，一个元帅反送掉了。"程咬金说："这个畜生自然该死，败下来自该败进营内，怎么反走落荒郊，一定多凶少吉的了。"此话慢表。

且说罗通被八宝追下来，有四十里路程，急得来汗流浃背，只见八宝使起铜人紧追紧走，慢追慢行，一步都不放松，想道："这回马枪不能伤他,将如之何。"心下在此沉吟,丝缰略松得一松,马慢了一慢,却被八宝这匹马纵一步上,就在罗通背后,亮起铜人,喝声:"照打吧。""当"!这一击打下来,那个罗通喊声:"我命休也。"把枪抬得一抬,在马上乱晃,二膝一夹,那马豁喇喇好走哩,追得罗通好不着急,说:"番狗奴休要来追,少待来追。"八宝呼呼冷笑说:"你往哪里走,快留下首级来。吓。"说罢,又紧追紧赶,相离营盘有八十里路了。

罗通吓得昏迷不醒,伏在马鞍上败下来。偶抬头一看,只见那一边远远来了五个人,那四个头上多是紫色将巾,当中这个银冠束发,白绫战袄,生得唇红齿白,年纪不过八九岁,好是孩童一般,那四个人须发多白。你道是什么人,原来就是罗府中二公子罗仁。他道哥哥领兵扫北,所以也想前来杀番狗。随了罗德、罗春、罗安、罗福四名老家将来的。一路进了白良关,金银二川,罗仁不觉烦恼说:"你们这四个老狗才,在此作弄我么,离家乡也有几十天,难道哥哥的兵马还不见?"四人道:"二爷又来了,进北番地界,有三座关头,大公子兵马不见,非怪我们之事。"正在此讲,只听喊声道:"番狗奴休要来追。"豁喇喇追下来了。那时五人抬头一看,只见一员番将,摇动手中铜人,追赶一员银冠束发的小将下来。四个家将大惊道:"啊呀,不好了,这员败下来的小将,好似我家大公子一般,二爷你可见么?"罗仁听说,睁眼仔细一看,说:"是啊,是啊。一点也不差,果是我家哥哥,为什么大败?不好了,这番狗奴如此猖獗,追我哥哥,我不去救,哪一个去救。你们快拿锤来!"罗安道:"二爷,使不得,番狗骁勇,你哥哥尚且大败,你去到哪里是哪里。"罗仁道:"你不要管。"竟夺了两柄大锤,踢、踢、踢,跑过去了叫声:"哥哥,你兄弟罗仁在此救你。"那罗通听言,抬头一看,不觉惊骇叫声:"兄弟动不得,为兄已然大败,你年纪尚小,不要藐视他人,快退下去。",罗仁不听罗通言语,竟追上去了。罗通好不着急,扣定了马,那四名家将赶上来说:

"大爷，我们家人们叩见。"罗通说："你这四个狗才，那番狗使这铜人，好不厉害，我尚且败了，二公子有何本事，你们放他上去，倘被他们伤了，如之奈何。"四个家将说："我们原阻挡，二爷不听，自要上去，不关我们之事。"

少表这里主仆之言，再讲罗仁提了两柄银锤，上前喝道："呔！你这番狗，不必追我哥哥，我二爷在此，你把这颗首级割下来。"那八宝在马上看见了这个小孩子在马前讲话，想他身不上三尺，不觉哈哈大笑，把马扣定说："孩子，魔要追赶这罗通小蛮子，你为什么拦住马前，倘被马脚踹死了，怎么样呢，快些闪开，待魔家走路。"罗仁喝道："呔！你这个该死的番狗，那罗通是我哥哥，我就是二公子罗仁，你要往哪里走。吓！快来祭你二爷这两柄锤吧。"八宝闻言怒道："什么东西，魔家立番邦以来，这铜人下不知死了多少的英雄好汉，你这小孩子，也在此戏耍，快些闪开，再在马前混账，魔家撮起了捏死了犹如蝼蚁一般哩。"罗仁道："呔！番狗。你不要夸口，好好取过头来，必要待你小爷一顿乱捶，把你打为肉酱么。"八宝大怒说："你这小孩子，魔家好意放你一条生路，你必要死在我铜人底下，此乃该死畜类，佛也难渡，照打吧。"当一铜人打下来。那罗仁说声："来得好。"把手中银锤往铜人上噶啷这一枭，架在旁首，冲锋过来。罗仁在地下够不着他身体，交锋过来，望八宝这一骑马头上挡这一银锤，打得这个马头粉碎跌倒来，把一个铁雷八宝翻在尘埃。罗仁上前把铜人夺下，复又一锤打去，把八宝头颅打得肉酱一般，一命归天去了。罗通与四名家将见了，不胜之喜，上前来说道："兄弟，多亏你，为兄险些丧于番狗之手，请问兄弟到这里做什么？"罗仁说："兄弟也要去杀番狗，在哥哥帐下立些功劳，出仕朝廷，故而来的。"罗通说："既如此，兄弟同我营中去。"

不表六人回转营中，先讲营内诸将，等至更初，不见元帅回来，大家着忙。程咬金亦着了急，这一首："启上老千岁，元帅回营了。"

诸将听说元帅回营，大家出来迎接，说："元帅恭喜，受惊了。啊呀！这二兄弟为何亦在此处？请到里边去。"大家同进营来。咬金叫声："侄儿，你被番狗追下去，害得我做伯父的胆子多惊碎了，如今怎样脱离回营？"罗通把兄弟相救情由，说了一遍。咬金大喜，称赞二侄儿之能。罗仁就拜见伯父，又与众位哥哥见过了礼，罗通吩咐道："如今趁关上小番等候主将回关，必然不闭关门，不如连夜抢进关中安营吧。"众爵主听了令，多上马提了兵器先抢关头了。后面大小三军，卷帐拔寨，多抢关了。罗通、罗仁两员小将，先把关门打开，冲到里面，把那些把都儿枪挑锤打，守关之将尚然伤了，那些小番济什么事？被众将赶进关内，刀斩斧劈，人头骨碌碌乱滚，如西瓜一般。这场厮杀，小番尽皆弃关而逃。元帅就吩咐安下营盘，一面查点粮草，一面关上改立旗号，众将各自回营。一宵过了，到明日清晨，传令：

　　早除野马铜人将，再灭黄龙女将来。

　　不知众小将如何救驾，且看下回分解。

第十一回

罗仁祸陷飞刀阵　公主喜订三生约

诗曰：

　　屠炉公主女英雄，国色天姿美俏容。
　　只因怒斩罗仁叔，虽结鸾交心不同。

　　罗通吩咐：发炮抬营，大小三军拔寨往黄龙岭进发。一路前行，有四五天程途，早到了黄龙岭。离关数箭之遥，传令三军扎住营盘，起炮三声，早已惊动了关上。把都儿一见唐营扎住营盘，慌忙进衙飞报主将，说："启上公主娘娘，南朝救兵已至关下，扎营在那里了。"屠炉公主听见，说："该死的来了！"吩咐带马。手下应声答应，带过马来，公主跨上雕鞍，手提两口绣鸾刀，离了总帅府衙门。后面跟了二十四名番婆，都是双雉尾高挑，往着关前来。一声炮响，关门大开，吊桥放下，鼓啸如雷，豁喇喇地冲到营前来了。有军士一见，连忙扣弓搭箭，说："呔！来的番婆，少催坐骑，照箭！"那个箭嗖嗖地射将过来。公主把马扣定，叫一声："营下的，快去报，有公主娘娘在此讨战，叫你们唐兵好好退了，暂且饶你一班蝼蚁之命。若然不退，我娘娘就要来踹你营头了！"那些军士到中营报说："启元帅，营外有一番婆，口出大言，在外讨战。"罗仁心中大悦，走将过来说："哥哥，待兄弟出去擒了进来。"罗通说："兄弟既要出战，须当小心。"罗仁应道："不妨。"他一点小孩子，也不坐马，拿了两个银锤，走出营去了。罗通立起身来说："诸位哥哥、兄弟们，随本帅出营去看看我弟开兵。"众爵主应道："是。"大家随了罗通出到营外，咬金也往营外看看。

罗仁又看那公主一看。啊唷！好绝色的番婆。你看他怎生打扮，但见：

头上青丝，挽就乌龙髻；狐狸倒插，雉鸡翎高挑。面如傅粉红杏，泛出桃花春色；两道秀眉碧绿，一双凤眼澄清。唇若丹朱，细细银牙藏小口。两耳金环分左右，十指尖如三春嫩笋；身穿销子黄金甲，八幅护腿龙裙盖足下。下边小小金莲，踹定在葵花踏镫上。果然倾城国色，好像月里嫦娥下降，又如出塞昭君一样。

罗仁见了，不觉大喜，说："番婆休要夸口，公子爷来会你了！"那公主一见，说："是小孩子！你吃饭不知饥饱，思量要与娘娘打仗么？幸遇着我公主娘娘有好生之德，你命还活得成。若然逢了杀人不转眼的恶将，就死于刀枪之下，岂不可惜？也算一命微生，无辜而死，我姐娘何忍伤你！"罗仁听言，大喝道："呔！你乃一介女流，有何本事，擅敢夸能，还不晓得俺公子爷银锤厉害么？也罢，我看你千娇百媚，这般绝色，也算走遍天涯，千金难买。我哥哥还没有妻子，待我擒汝回营，送与哥哥结为夫妇吧！"公主听言，满面通红，大怒道："呔！我想你小孩子乱道胡言，想是活得不耐烦了！娘娘我拼得做一个罪过了，照刀吧！"插的儿一刀，望罗仁面上劈下来。罗仁叫声："来得好！"把银锤往刀上噶嘟一声响，架在一边，冲锋过去。罗仁把银锤击将过来，往马头上打将下去。公主看来不好，把双刀用力这一架，噶嘟、噶嘟一声响，不觉火星迸裂，直坐不稳雕鞍，花容上泛出红来了,心中想:"这孩子年纪虽小,力气倒大。罢!不如放起飞刀伤了他吧。"算计已定,把两口飞刀起在空中,念动真言,青光冲起,把指头点定,直取罗仁。惊得营前罗通魂不附体,叫声:"兄弟!这是飞刀,快逃命!"这一首没一个不大惊小怪。哪知罗仁出母胎才得九岁,哪晓上战场有许多厉害,第二次交锋,焉知飞刀不飞刀。见刀在空中旋下来,心中倒喜。抬头看着刀,说道:"咦!这番婆会做戏法的。"口还不曾闭,一口刀斩下来了。罗仁喊声:"不好!"把锤头打开。这一把又飞往顶上斩下来了。罗仁把头偏得一偏,一只左臂斩掉了;又是一刀飞下,一只右臂又斩掉了。那时罗仁跌倒尘埃,一顿飞刀,可怜一位小英雄斩为肉酱而亡了。

　　罗通见飞刀剁死兄弟,不觉大放悲声:"啊呀,我那兄弟啊!你死得好惨也!"轰隆一声响,在马上翻身跌落尘埃,晕去了。唬得诸将魂飞魄散,连忙上前扶起,大家泣泪道:"元帅苏醒!"咬金泪如雨下说:"侄儿!不必悲伤。"四个家将哭死半边。罗通洋洋醒转,急忙跨上雕鞍,说:"我罗通今日不与兄弟报仇,不要在阳间为人了!"把两膝一催,豁喇喇冲上来了。公主抬着一看,只见营前来了一员小将,甚是齐整,但见他:

　　　　头上银冠双尾高挑,面如傅粉银盆,两道秀眉,一双凤眼,鼻直口方,好似潘安转世,犹如宋玉还魂。

公主心中一想:"我生在番邦有二十年,从不曾见南朝有这等美貌才郎。俺家枉有这副花容,要配这伴一个才郎万万不能了。"他有心爱慕罗通,说道:"呔!来的唐将,少催坐骑,快留下名来!"罗通大喝道:"你且休问本帅之名。你这贱婢把我兄弟乱刀斩死,我与你势不两立了!本帅挑你一个前心透后背,方出本帅之气。照枪罢!"嗖的一枪,劈面门挑进来。公主把刀噶啷一声响,架往旁首,马打交锋过,英雄闪背回。公主把刀一起，往着罗通头上砍来，罗通把枪逼在一旁。二人战到十二个回合，公主本事平常，心下暗想："这蛮子相貌又美，枪法又精，不要当面错过，不如引他到荒郊僻地所在，与他面订良缘，也不枉我为了干公主。"算计已定，把刀虚晃一晃叫声："小蛮子！果然骁勇，公主娘娘我不是你的对手，我去了，休得来追！"说罢，带转丝缰，往野地上走了。罗通说："贱婢！本帅知你假败下去要发飞刀。我今与弟报仇，势不两立！我伤你也罢，你伤我也罢，不要走！本帅来也！"把枪一串，二膝一催、豁喇喇追上来了。

那公主败到一座山凹内，带转马头，把一口飞刀起在空中，指头点定喝道："小蛮子！看顶上飞刀，要取你之命了！"罗通抬头一见，吓得魂不附体，说："啊呀！罢了，我命休也！"倒把身躯伏在鞍桥上。那时公主开言叫声："小将军！休得着急，我不把指头点住飞刀，要取你之命。如今我站住在此，飞刀不下来的，你休要害怕。我有一言告禀，未知小将军尊意若何？"罗通说："本帅与你冤深海底，势不两立，有何说话速速讲来，好与兄弟报仇！"公主道："请问小将军姓甚名谁，青春多少？"罗通道："啊，你要问本帅么？我乃二路平番大元帅干殿下罗通是也，你问他怎么？"公主道："啊，原来就是当年罗艺后嗣。俺家今年二十余岁，我父名字屠封，掌朝丞相，单生俺家，还未适人，意欲与小将军结成丝罗之好。况又你是干殿下，我是干公主，正算天赐良缘，未知允否？"罗通听言大怒，说："好一个不识羞的贱婢！你不把我兄弟斩死，本帅亦不希罕你这番婆成亲。你如今伤了我兄弟，乃是我罗通切齿大仇人，哪有仇敌反订良缘！兄弟在着黄泉，亦不瞑目。你休得胡思乱想，照枪吧！"唰的一枪，直往咽喉刺进去，公主将刀架在一边，说："小将军！你休要烦恼，你的性命现在我娘娘手掌之中。我对你说，你若肯允，俺家情愿投降，献此关头。在你马头前假败，就领番兵退到木阳城，等你兵马一到，就里应外合，共保我邦兵马俺家君。你救出唐王与众位老将军，先立了功，岂不消了我误伤小叔之罪？然后小将军差一臣子求聘我邦，岂不两全其美？你若不允，我把指头拿开，飞刀就要取你性命了！"罗通道："呔！贱婢杀我弟之仇，不共戴天！你就斩死我罗通吧！"

公主哪里舍得斩他。正是：

> 姻缘不是今生定，五百年前宿有因。
> 并头莲结鸳鸯谱，暗里红丝牵住情。

故此，公主不舍伤他，复又开言叫声："小将军！你乃年少英雄，为何这等智量？你今允了俺家姻事不打紧，陛下龙驾与众位臣子就可回朝了。你若执意要报仇，娘娘斩了你，死而无名，仇不能报，驾不能救，况又绝了罗门之后，算你是一个真正大罪人也！将军休得迷而不悟，请自裁度。"

那公主这一篇言语，把罗通猛然提醒，心下暗想："这贱婢虽是不知廉耻，亲口许姻，此番言语倒确确实实是真。我不如应承他，且去木阳城，杀退番兵，救了陛下龙驾，后与弟报仇未为晚也。"算计已定，假意说道："既承公主娘娘美意，本帅敢不从命！但怕你两口飞刀厉害，你既与本帅订了姻缘，已降顺我唐朝了，须把这两口飞刀抛在涧水之中，罗通方信公主是真心降唐了。"公主说："既是小将军允了俺家亲事，要俺抛去飞刀有何难处，但将军不要口是心非方好，须发下一个千斤重誓，俺家才把飞刀抛下。"罗通暗想："我原是口是心非，如今他要我立誓，也罢！不如发一个钝咒吧。"叫声："公主！本帅若有口是心非，哄骗娘娘，后来死在七八十岁一个枪尖上。"暗想："七八十岁老番狗有什么能干，难道我罗通杀他不过？这原是个钝咒。"公主听见他发了咒，心中不胜欢悦，说："将军一言为定，驷马难追！"便收下飞刀，抛在山凹涧水之中。公主说："小将军，俺家假败在你马头前，你随后追来，我便弃关而走，在木阳城等你兵马到来，共救唐王天子便了。"罗通说："本帅知道，公主请先走！"那公主带转马头而走，罗通随后追赶出了山凹，高声大喝："呔！番婆你往哪里走！本帅要与弟报仇哩！"豁喇喇追到关前来了。公主假意大喊："啊唷，小蛮子果然厉害，我不是你对手，休追赶吧！"冲到关前，下马往内衙说道："把都儿！我们退了兵吧，罗小蛮子骁勇异常，飞刀都被他破掉了，要守此关料不能够。我们不如把关门开了，退到木阳城，等唐兵到来，一发困住，倒是妙计。"众小番依令即把关门大开，吊桥放下，装载了粮草，带了诸将，竟往木阳城大路而走了。此话丢开。

且表那罗通见公主进入关中，遂即回营。众将接住了马，往中营坐下，有程咬金开言道："侄儿，你兄弟之仇不报，反被番婆逃入关中，何时得破？"罗通说："伯父！那父王龙驾如今救得成了。"咬金道："侄儿，黄龙岭还未能破，龙驾怎么就救得出？"那番，罗通就把方才屠炉公主这番始末根由的言语细细一讲，咬金不觉大喜道："侄儿！你心中果肯与他成亲么？"罗通说："伯父又来了，他是杀我兄弟的仇人，我要与兄弟报仇，怎么反与他成亲起来？这无非是哄他。"咬金说："侄儿，不是这样讲的。你兄弟身丧沙场，也是自己命该如此，何必归怨于他。公主既有如此美意，肯在木阳城接引我邦人马，共破番兵，救出陛下龙驾，是他一桩大大的功劳，也就算将功赎罪，可消得仇恨来了。侄儿不是这等讲，待等此番救驾之后，待我做伯父的与你为媒，成全这段良姻便了。"正在营门讲论，早有军士报进说："启上元帅，屠炉公主不知为甚把关门大开，领了小番们都退去了。"罗通知道其意，吩咐四名家将："有书一封，回家见太夫人说，不要悲伤，若日后救了陛下龙驾，自然取屠炉女首级，回家祭奠兄弟的。"四名家将领了元帅书信，竟是回家往长安大路而行，我且不表。

单讲罗通传令，大小三军拔寨起兵，穿过黄龙岭，一路径往木阳城进发。

再说赤壁宝康王同丞相屠封、元帅祖车轮在御营饮酒，康王说："元帅，报闻大唐救兵打破白良关、金银二川、野马川；铁雷三弟兄如此骁勇，俱皆战死沙场，如此奈何？"祖车轮道："狼主放心，铁雷弟兄虽勇，皆是无谋之辈，故有失地丧师之祸。如今黄龙岭公主娘娘多谋足智，况有飞刀厉害，自然守得住的。"君臣正在议论之间，忽有探子报来："启上千岁！公主娘娘回军了。"康王听报，大吃一惊，说："元帅，唐兵何其凶勇，破关如此甚急，王儿不守黄龙岭，反领兵回来做什么？"祖车轮说："连及臣也不知是什么意思，且去迎接入营，问个明白便了。"康王曰："善！"车轮上马带了番兵出营，一路迎接来见公主说："公主娘娘在上，臣祖车轮在此迎接。"公主说："元帅平身，随俺家进营来。"车轮奉命，同进御营。俯伏说："父王在上，臣儿见驾，愿父王千岁、千千岁！"康王说："王儿平身，赐坐！"旁边问道："王儿，那唐朝救兵实为厉害，连破几座关头，杀伤数员上将。王儿为何不守黄龙岭，反自回营何干？"公主道："父王在上，那唐朝小将罗通邪法厉害，臣儿飞刀都被他破了，所以难守此关，只得回来见父王。"康王听说，心中十分纳闷，只得与众臣议论，唐朝救兵到此，怎生破敌，这话不表。

且说大唐人马相近，到了木阳城，有探子报进说："启上元帅，前面就是木阳城了！"罗通抬头一看，果见番兵如山似海，围得密不通风，那众将军大家惊骇。罗通吩咐大小三军到这边平阳之地安营。军士一声答应，顷刻扎下营盘。罗通便叫："程老伯父！如今待侄儿独马单枪杀进番营，叫开木阳城，见了陛下，同军兵杀出城来，听见炮响，要伯父领众侄儿攻进番营。正是外破内攻，不怕番兵不退。"咬金说："侄儿言之有理，须要小心！"罗通道："这个不妨。"就把银铠扎束停当，跨上小白龙驹，提了梅花枪，出了营门，豁喇喇冲到番营。把都儿看见叫声："奇啊！那边来的这个小将是什么人，难道是唐朝救兵不成？为什么单人独马的？"那都儿答道："哥啊！不要管他，我们放箭。"纷纷地射将下来。罗通说:"营下的!休放箭,救兵今已到了,快快退兵。如有半声不肯,本帅要踹营盘哩!"说罢,把枪串动,冒着弓矢,一马冲进,吓得番兵魂不附体,箭都来不及放了。被罗通手起枪落好挑,犹如弹子一般,有着咽喉的,有着前心。番兵见不是路,只得让一条路待他走。这罗通进了第一座营盘,又杀进第二座营头。不好了!惊动了番邦正将、偏将,提斧拿刀在罗通马前马后,刺的、劈的、斩的,这个罗通哪里在他心上!把枪前遮后拦,左钩右掠,落空的所在,一枪去掉了偏将几人;那一枪又伤了副将几员,把马一催,冲过了这一个营盘。在里边只见枪刀闪烁,哪里见什么路头!罗通原是个小英雄,开了杀戒,透第七营盘方才到得护城河。只见木阳城上都是大唐旗号,喘息定了一口气,往着南城而来,正要叫城,只听:

  一声炮响轰天地,冲出番邦骁勇人!

  不知冲出的番将是谁,但看下回分解。

第十二回

苏定方计害罗通　屠炉女怜才相救

诗曰：

一将焉能战四门，却遭奸佞害忠臣。
若非唐主齐天福，哪许英雄脱难星。

罗通听见炮声响处，倒吃一惊。抬头一看，只见一员番将冲到面前，赤铜刀劈面斩来。罗通就把梅花枪架定，喝声："你是什么人，擅敢拦阻本帅进城之路？"那番将也喝道："呔！魔乃大元帅麾下大将军，姓红名豹，奉元帅将令，命魔家围困南城。你可不知魔的刀法厉害么！想你有甚本事，敢搅乱我南城汛地？"罗通也不回言，大怒，挺枪直往红豹面门刺来，红豹说声："来得好！"把赤铜刀劈面相迎。两将交锋，战有六个回合，马有四个照面。红豹赤铜刀实为厉害，往罗通头顶上劈面门绰绰绰乱斩下来。那时，罗通也把手中攒竹梅花枪噶啷丁当，丁当噶啷钩开了枪，逼开了刀。这一番厮杀不打紧，足足战到四十回合，不分胜败。那时恼了罗通，把枪紧一紧，喝声："番狗奴，照枪吧！"嗖这一枪挑进来，红豹喊声："不好！"闪躲不及，正中咽喉，挑下马来。那番正偏将、副偏将见主将已死，大家逃散，往营中去躲避了。罗通喘定了气，来到南城边，大叫道："呔！城上哪一位公爷巡城？快报与他知道，说本邦救兵到了。小爵主罗通要见父王，快快开城门放我进去！"

少表这里叫城。单进城上自从被番兵围住，元帅秦琼传令在此，每一门要三千军士守在这里，日日差一位公爷在城上巡城。这一日刚好轮着银国公苏定方巡城。他听见城下有人大叫，连忙趴在城垛上往底下一看，只见罗通单枪匹马在下，明知救兵到了，心下暗想说："且住。我昨夜得其一梦，甚是蹊跷，梦见我大孩儿苏麟，满身鲜血走到面前说：'爹爹，孩儿死得好惨！这段冤内成冤，何日得清也？'说罢我就惊醒。想将起来，此梦必有来因，莫不是罗家之事发了？他说冤内成冤，必然将我孩儿摆布死了，要我报仇的意思。待我问他着。"苏定方叫一声："贤侄，你救兵到了么？"罗通抬头一看，心中想道："原来就是这狗男女！罢，罢！今日权柄在他手中，只得耐着性气。"正是：

英雄做作痴呆汉，豪杰权为懵懂人。

便答应道："救兵到了，烦苏老伯开城，待小侄进城朝见父王龙驾。"定方说："贤侄，你带多少兵马？几家爵主？扎营在何处？程老千岁可在营中么？"罗通道："侄带领七十万人马，几家爵主，扎营在番营外面六七里地，程伯父现在营中。"苏定方说："我家苏麟、苏凤两个孩儿可来了么？"罗通听见此言，沉吟一回说："他二人在后面解粮，少不得来的。"苏定方见他说话支吾，心中觉着必定他要报祖父冤仇，把我孩儿不知怎么样处决了，故有此番恶梦。正是：

人生何苦结冤仇，冤冤相报几时休？

我若放他进城，此仇何时报雪？却不道连我性命不保。倒不如借刀杀人，把一个公报私仇，以雪我儿之恨吧！叫这畜生四门杀转。况番将祖车轮万人莫敌，手下骁勇之辈不计其数。叫他四门杀转，必遭其害，岂不快我之心？定方恶计算定，岂知天意难回。

  思量自有神明助，反使罗通名姓扬。

  苏定方便叫声："贤侄，陛下龙驾正坐银銮殿，贴对南城。若把城门开了，被番兵冲进，有惊龙驾，岂不是你我之罪么？"罗通说："既如此，便怎么样？"定方说："不如贤侄杀进东城吧。"罗通说："就是东门，你快往东城等我！"罗通说罢，把马一催，南城走转来。要晓得围困城池，多是番兵扎营盘的，只有几条要路，各有大将几员把守出入之所，以防唐将杀出。番营余外营帐，只有番狗，没有番将的。罗通走到东门，正欲叫门，忽听得城凹一声炮响，冲出两员大将来了。你看他们打扮甚奇，都是凶恶之相。一个是：

  头戴青铜狮子盔，头如笆斗面如灰；两只眼珠铜铃样，一双直蓝扫帚眉。身穿柳叶青铜镜，大红袍上绣云堆；左插弓来右插箭，手提画戟跨乌骓。

又见那一个怎生打扮：

  头上映龙绿扎额，面貌如同重枣色；两道浓黑眉毛异，一双大眼乌珠黑。内衬二龙官绿袍，外穿铜甲鱼鳞叶；手端一把青龙刀，座椅下一匹青毛吼。

  这两个番将冲将过来。罗通大喝道："呔！你们两只番狗，留下名来！"两员番将大怒道："你这小蛮子，要问魔家弟兄之名么，乃红袍大力子大元帅祖麾下护驾将军伍龙、伍虎便是。奉元帅将令，在此守东城汛地。你独马单枪前来送死么？"罗通大怒道："我把你两个番狗！怎么拦阻本帅，不容进城？你好好让开，饶你们一死。若然执意拦阻马前，死在本帅枪尖上犹如蚂蚁一般，何足于惜！"伍龙、伍虎哈哈大笑道："小蛮子，你想要进东城么？只怕不能够了。好好退出，算你走为上着。不然，死在顷刻！"罗通闻说大怒，把枪一摆，喝声："照枪罢！"望伍龙面门刺来。伍龙把方天戟一架，马打交锋过去。伍虎把青铜刀一起，喝声："小蛮子！看刀！"豁绰直往顶梁上一刀砍下来。那罗通把枪噶啷架开。这罗通本事虽然厉害，如今两个番将，刀戟两般兵器逼住了枪，罗通招架尚且来不及，哪有空工夫发枪出去。算他原是年少英雄，智谋骁勇，百忙里一枪逼开了戟，喝声："番狗！照枪吧！"一枪往伍龙面门挑进去。伍龙把戟钩开。这三人战在沙场，一来一往，一冲一撞，正是：

　　枪架戟，叮当响当叮；枪架刀，火星迸火星。那三人，好似天神来下降；那三匹马，犹如猛虎出山林。十二个蹄分上下，六条膀子定输赢。只听得：营前战鼓雷鸣响，众将旗幡起彩云。炮响连天，惊得书房中锦绣才人顿笔；呐喊声高，吓得闺阁内聪明绣女停针。

　　这三人杀到四十回合，罗通两臂酸麻，头晕混混，正有些来不得了。不觉发了怒，把光牙一挫，喝声："照枪吧！"一枪直往伍龙心口刺去。伍龙喊声："不好！"要把戟去钩他，谁知来不及了，正中前心，死于马下。伍虎见兄死了，心中一慌，不提防，罗通趁势横转枪来，照伍龙脑后挡这一击，打得头颅粉碎，跌下马来，呜呼哀哉了。

　　两名番将虽然都丧，但罗通还喘息不住，杀得两目昏花。行至护城河边，把马带住，往城上一看，见苏定方早已在城上，便高声叫道："苏老伯！快把城门开了，待小侄进城。"苏定方说："侄儿，这里东门正对番帅正营。那元帅祖车轮勇猛非凡，内有大将数员，十分厉害，守定东门。如今开了东城，一定要冲杀进来，不要说千军万马，也难敌他！如今料想你我两人寡不敌众，怎生拦阻？"罗通道："你不肯开城，难道飞了进来不成？"定方说："贤侄，不是为伯父的作难。奈奉朝廷旨意在此巡城，时时刻刻用意当心，只怕冲进，所以东城开不得。你不如到北城进来吧！"罗通暗想："苏定方说话蹊跷，好不烦闷。"便说："也罢。我罗通杀得人困马乏，若到北城，再推辞不得。"定方道："这个自然。你到北城，我便放你进来。"

罗通只得把马一催，往北城而来。一到北城，只听番营里一声炮响，冲出两员番将，生得丑恶异常，身长力大。罗通抬头一看，不觉大惊，说："不好了！我连踹七座营盘，伤去三员骁将，如今怎能又敌过这两员丑恶长大之将？分明中了苏定方之毒计！"只得喝声："呔！来的两名番狗，快留下名来！"那两名番将也喝道："呔！小蛮子！你要问魔家之名么？魔乃流国山川红袍大力子祖元帅麾下先锋专魔犴、妖魔呼是也。可恼你这小蛮子，有多大本事，不把我们两个先锋大将在眼内？东城不是我们把守，由你猖獗，你进了东城就有命了。这北城是魔等防地，你也敢来搅乱么？真正分明自寻死路了！"罗通听了大怒，说："番狗！本帅连杀二门，伤去了番将三员，尽不费俺气力。你两个岂不可知死活，敢来拦住马前？快让本帅进城，饶你一死，若不避让回营，动了本帅之气，只怕命在顷刻！"专魔犴大怒，喝声："小蛮子！休得夸能。照打吧！"把手中两铁锤一齐直往罗通顶上打将下来。罗通把枪一架，枭在旁首去了。妖魔呼也喝："照斧吧！"就把手中两柄月斧盖将下来。罗通把枪杆子架在一旁，一马冲锋过去。那两员番将好不厉害，把锤、斧逼住，乱劈乱打，不在马前，就在马后，罗通战乏之人，只好招架，没有还枪发出去。

专魔犴手中两柄锤好不厉害，使得来只见锤，不见人，往罗通头上紧紧打下来。妖魔呼两柄斧头起在手中，也是左蟠头，右盖顶，双插翅，杀得罗通吼吼喘气。把枪抡在手中，手里边左钩右掠，前遮后拦，迎开锤，逼开斧，这一条枪使动朵朵梅花。这两名番将哪里惧你，只管逼住。恼了小英雄性气，把身一摇，力气并在两臂，把枪紧一紧，逼开了番将锤斧，照定专魔犴咽喉，喝声："去吧！"扑通一声挑于马下，跌落护城河内去了。妖魔呼一见，心内惊慌，把双斧砍将过来。罗通把枪架开，照着妖魔呼一杆子，妖魔呼喝声："不好！"连忙招架，来不及了，打在头上，跌下马来一命呜呼了。

那罗通又伤二员番将，心中好不欢喜。喘息定了，往城上一看，只见苏定方早在上面，说："苏伯父，念小侄人困马乏，再没本事去杀这一城了。快快开城放小侄进城。"苏定方心中一想："我要送他性命，故而不放进城。岂知这小畜生本事十分骁勇，连杀三门，无人送他性命，这便怎么处呢？不如叫他再杀至西城。那西城有番帅祖车轮把守，他骁勇异常，正有万夫不当之勇，况这畜生杀得人困马乏，哪里是他对手，岂非性命活不成了！"定方算计停当，叫声："贤侄，为伯父的真正千差万差了！害你团团杀转来，该放你进城才是。乃奉元帅将令，北城门开不得的，我若开了北城，元帅就要归罪于我，这便怎么处？"罗通听言大怒，说："你说话太荒唐了！你是兴唐大将，我也是辅唐英雄。乃龙驾被困在城，到来救驾，为何不肯放我进城，反有许多推三阻四？南城不容进，推到东城，又不容进，推到北城，如今又不放我进城，是何主意？还是道我有谋叛之心，还是你苏定方暗保番邦，为此国贼？"这句说话唬得定方目定口呆，叫声："贤侄！非是我暗为国贼，因帅爷将令，故而如此。"罗通道："我且问你，这北城为何开不得？"定方说："连我也不解其意。"罗通道："纵然开不得，今日救兵到了，就开了也不妨。若秦老伯父归罪于我，罗通在此决不害你！"定方说："是么。既是救兵，西城也进得的，必须要进北门的么？"罗通道："我知道了。我罗通若是生力，就走西门何妨？但我连战三门，力怯人困，再走四城，分明你要断送我性命也！"定方道："贤侄的英雄哪个不知，这些番奴、番狗岂是贤侄对手。我焉肯送你性命。"罗通心下暗想："我三关已破，何在乎这一关。且杀至西门，看他怎么样，难道又使我再走南门不成？说也罢，我就走西城，不怕你推三阻四。"罗通把马催动，往西城而来。

那罗通周围杀转，这番到西门，差不多天色已晚黑来了。只听那边银顶葫芦帐内一声炮起，呐喊震摇，豁喇豁喇冲出一员大将，后面跟了四十名刀斧番将，好不凶勇！冲上前来喝声："呔！来的罗小蛮子！少催坐骑。这里西城是本帅防地，你敢前来送命么？"罗通听言全无惧怯，也便喝："呔！番狗！你有多大本事，敢在马前挡我本帅之路？自古说：'让路者生，挡路者死！快通名来！'"番将呼呼大笑道："小蛮子，你要问魔家之名么？你且洗耳恭听。本帅乃赤壁宝康王驾前封为流国山川红袍大力子大元帅祖车轮是也！可晓得我斧法精通。你这小蛮子前来侵犯西城么？"罗通大怒，喝声："我把你这狗番奴一枪挑死才出我气！怎么你把天朝帝君困在木阳城内，今日救兵已到，还不退营？阻住本帅去路，分明活不耐烦了！"祖车轮道："休要夸能。放马过来，照本帅斧子吧！"即把浑铁开山斧往自己头上一举，豁绰往通罗通顶梁上这一斧砍将过来。罗通喊声："不好！"把攒竹梅花枪往斧子上噶啷啷这一抬，倏忽跌倒，雕鞍马都退了十数步。

要晓得罗通生力则与祖车轮差不多，如今罗通连战了三门，力乏的了，自然杀不过祖车轮。被他这一斧砍得来，面脸失色，豁喇一马冲锋过去。回得转马来，罗通把梅花枪一起说："番狗奴！照本帅的枪罢！"插这一枪往番将咽喉挑进去。祖车轮说声："来得好！"把开山斧架在旁首，马交肩过去。英雄转背回来，祖车轮连剁几斧过来，罗通只好招架，并无闲空回枪。看看战到二十余回合，罗通有些枪法乱了。祖车轮见罗通气喘不绝，思想要活捉回营，那时吩咐小番："与我把罗通围住，不许放他逃走。待本帅生擒活捉他来，有个用处。"小番一声答应，把一字铛、二钢鞭、三尖刀、四楞锏、五花棒、六缨枪、七星剑、八仙戟、九龙刀、十楞锤向着罗通前后，马左马右，把一字铛肩膊乱打，二钢鞭扫在马蹄，三尖刀面门直刺，四楞锏脚上叮当，五花棒顶梁就盖，六缨枪照定分心，七星剑劈着脑后，八仙乾捣在咽喉，九龙刀颈边豁绰，十楞锤下下惊人，好一场大杀！罗通喊声："不好了！"把梅花枪抡在手中，前遮后拦，左钩右掠，上护其身，下护其马。钩开一安铛，架调二钢鞭，逼下三尖刀，按定四楞锏，拦开五花棒，掠去六缨枪，遮调七星剑，闪过八仙戟，抬住九龙刀，扫去十楞锤，原也厉害！祖车轮这一柄斧子好不骁勇，逼定罗通厮杀，不冲回合的猛战。正是：杀在一堆，战在一起，围绕中间杀个翻江倒海一般。罗通心内着忙，眼面前都是枪刀耀目，并没有逃生去路。手中枪法慌乱，人又困乏，头晕昏昏，性命不保，只得喊声："我命休矣！谁来救救？"祖车轮说："小蛮子，你命现在本帅掌握之中，休要胡思乱想逃脱。蚁命围定在此，决无人救你，快快下马投降，方免一死，不然本帅就要生擒了！"唬得罗通魂不附体。正是：

若非唐主洪福大，焉得罗通命保全？

不知怎生逃脱，且看下回分解。

第十三回

破番营康王奔逃　杀定方伸雪父仇

诗曰：

数年冤恨到如今，仇上加仇洗不清。
罗通险失车轮手，亏得屠炉作救星。

那罗通看见马前马后都是枪刀，并没有去路，只叫："我命休矣！"惊动城上苏定方，在垛内见了不胜欢喜："如今这小畜生性命一定要送番兵手内的了。为此借刀，杀我孩儿仇恨已报！"

不表苏定方在城上得意。单讲番营盘内赤壁营，康王同了屠封丞相、屠炉公主等正坐龙位。此时正张挂银灯，忽听得外面杀声震地，金鼓连天，忙问道："营外为何呐喊？"小番禀道："启上狼主，只因外面有一南朝小蛮子，名唤罗通，十分厉害，连杀三门，无人抵敌。如今在西城被元帅围住，将要活擒蛮子了！"屠炉公主听见，心内吃惊，暗想："我把终身托他，叫小将军杀进番营，共救南朝天子，如今他在西城厮杀，一定人困马乏，况且祖车轮斧法精通，必然性命不保，倘有差迟，岂不怨恨于我？不如出营前救护夫君，也表我一片真心为他。"公主算计已定，开言叫声："父王！南朝这罗通骁勇异常，儿臣飞刀尚被他破掉，何在祖元帅！这叫来者不善，善者不来。然是这些番将围住，也难擒他。不如待儿臣前去助元帅一臂之力，捉了罗通。"康王大喜，说："王儿言之有理，快快前去！"

那时公主上马，提了两口绣鸾刀，出了番营，并不带番婆、番女，径走西城。抬头一看，只见围绕一圈子，在里厮杀。声声只听得叫："我命休矣！谁来救救？"公主暗想："分明在那里叫我。"连忙冲前一步，大叫："众将闪开！元帅，我来助战，共擒罗通！"众番将杀得气喘吁吁，听见公主娘娘来，大家闪在一旁让开。屠炉公主这一马冲过来相救罗通之事，我且慢表。

先讲木阳城内贞观天子李世民，坐在银銮殿上。两边众公爷站立，徐茂公立在左侧，皇爷开口叫声："徐先生，你的阴阳当初件件有准，到今朝程王兄讨救之事，却有差了。"茂公说："陛下何以见臣阴阳不准呢？"朝廷道："前日程王兄去讨救兵的时节，先生也曾算他今日辰刻救兵到木阳城了。如今寡人在此候了一天，不要说辰刻，如今已到戌刻，还不见至，想救兵今日一定不来的了，岂不是先生阴阳不准？城中粮草看看尽了，再是五天救兵不到，绝了粮草，还有什么天赐王粮到来不成？"茂公道："陛下龙心请安。臣阴阳有准，算定今日辰刻救兵到，一些不差，救兵辰刻已到木阳城了。"皇爷说："先生，怎么既然辰刻到的，为什么至晚还不进来见寡人？"茂公叫声："圣上！有位小公子独马进番营，因城门紧闭，又被番兵困住在城外厮杀，故而辰刻至晚不见进来。"朝廷说："有这等事？"侧定耳朵听一听，说："啊唷！"只听得外边炮响连天，战鼓似雷，喊响齐声，闹杀不住。那朝廷听罢，龙颜大怒，说："秦王兄，今日轮差那位官员巡城，这等欺朕？救兵辰刻到的，至晚还不来奏，闭住城门不放御侄进来，是什么意思？"秦琼叫声："陛下！今日乃银国公苏定方巡城，不知他为什么缘故不来奏知。"尉迟恭不觉大怒，说："陛下！那苏定方不来奏知我王,分明欺君,暗为国贼,他一定反了!待臣前去擒来。"那时尉迟恭跨上雕鞍,出了午门,竟走北城去了。不必说他。

茂公开言叫:"秦三弟,你快令众将连夜冲杀番营,好外应里合,一阵成功!"叔宝领了茂公之命,遂传令大小三军,披挂端兵,摆齐队伍,先锋、副总都是披挂起马。马、段、殷、刘、王五将,大家跨上马,刀的刀,枪的枪,各带能干家将数十,出了银銮殿。灯球亮子照耀如同白昼,秦元帅领三军往北城来,且慢表。

这里马三保、段志远、殷开山、刘洪基各带三军杀出四门,我且不表。又要说外面番将围绕罗通,正在厮杀,见屠炉公主上来,大家闪在一边,让公主冲到祖车轮马前,喝声:"呔!罗通,照刀吧!"绰这一刀往祖车轮顶梁上砍下来。车轮不曾提防,要躲闪也来不及了,说:"啊呀,公主!怎么斩错了?"口内叫斩错,头偏得一偏,贴中左肩一只膊子砍了下来,在马上翻身倒地。罗通见了,满心欢喜,纵一步,马上往车轮一枪刺个后背透前心。可怜一员大将,死于非命。那些众番兵见公主斩下元帅膊子,大家喧嚷:"公主娘娘反了!"唬得屠炉女面如土色,到往那一头跑了过去。罗通如今胆大了。串动梅花枪,见一个挑一个,好挑哩!一边在此战。

再讲到城内,尉迟恭冲上城头,他是个莽大夫,叫一声:"拿反贼!苏定方不要走!"豁喇喇一马冲过来了。这苏定方听言心内一跳,回转头看时,却原来是尉迟恭,心内倒觉着自己不是了,忙叫心腹家将快快下去开城逃命。定方提了大砍刀,下落城头。四员家将把城门大开,坠下吊桥一下,苏定方冲出城去了。尉迟恭大怒,说:"啊唷唷!可恼,可恼!天子有何亏负你,敢背反朝廷,私开北城。倘有番兵冲杀来,岂不有惊龙驾!你思想还要逃走性命么?"随后赶出城来。

苏定方拚命纵过吊桥,却正遇罗通马到跟前,见了不觉大怒,说:"苏定方,你往哪里走!"这一声叫,吓得定方魂不附体,带转马往那一头跑去。正逢屠炉公主冲来,他听得罗通叫声:"反贼苏定方。"必定要捉他的意思。见苏定方冲过来，他就纵一步马，向前照着苏定方夹背领一把抓住，说："在此间了！"提在手中，往着罗通那边一撩。罗通双手接住，回头看见尉迟恭在吊桥上，叫声："尉迟老伯父，待小侄丢苏贼过来，你接着！"把定方一丢。敬德说："在这里了！"接过来按住判官头，带转缰绳进城去了。只见叔宝领兵冲出，便叫："秦元帅，苏定方已被末将擒住在此，不劳元帅费力。"叔宝说："本帅奉军师之命，连夜冲杀番营，一阵成功。尉迟将军快把苏定方拿往银銮殿见驾，速来助战。"尉迟恭应道："是！某家知道。"尉迟恭忙到银銮殿说："陛下，苏定方拿在此间了。"天子说："将这反贼绑在龙柱上，王兄前去助元帅冲营回来，然后处决。"尉迟恭一声："领旨！"绑了苏定方，就往北城冲去。

先讲秦琼，带领诸将冲过吊桥，见了罗通说："侄儿！伯父在此，大胆冲踹番营，就要里应外合，一阵成功了！"罗通见伯父如此言，就放出英雄本事，一骑马冲到营前，手起枪落，好挑哩！

屠炉公主听说唐兵冲踹，假意喊声："不好了！唐将骁勇，尔等还不逃命，等待何时？"口内说这句话，手中刀好似切菜一般，把自家番兵乱剁，人头碌碌乱滚，如西瓜似的。有的说："公主娘娘反了！"就是一刀。杀得这些番兵"反"字都不敢叫，由着屠炉公主见一个杀一个。冲进御营盘，假意说："父王、父亲！不好了，南蛮厉害，踹进番营、御营来，快些逃命！儿臣在此保驾断后。"康王听言，魂飞魄散。同丞相跨上雕鞍，叫声："王儿，保魔逃命！"弃了御营，不管好坏，竟自走了。只见外边烟尘抖乱，尽是灯球亮子。喊杀连天，震声不绝，营头大乱，夺路而走。后面公主虽是断后，却回头看看罗通在那一边厮杀，就把头点点说："你随我来。"罗通公然安心，串串梅花枪，随定公主马后不住地乱打乱刺。秦琼领了诸将三军，跟住罗通追杀上来。他这条提炉枪好不了当！撞在马前就是一枪。也有刺在面门，也有刺入前心，也有伤在咽喉，死者不计其数。挑人如打战，呐喊似雷声。一个公主在前引路，喊声："不好了！"一刀。说："父王快走！"又是一刀。喊叫百来声"父王不好"，杀了百来个人了。这两口刀抢在手中好杀，也有砍破天灵盖的，也有头落尘埃的，也有连肩卸背的。杀得来：

> 天地皱云起，乌鸦不敢飞。狂风喧四野，杀气焰腾腾。弃下营和帐，卸甲走如飞。

东有平国公马三保、定国公段志远二位老将，领三千人马冲踹番营。马将军手内金背蔡阳刀，举起上面摩云盖顶，下面枯树翻根，豁绰乱剁；段将军手中射苗枪，串动朝天一炷香，使下透心凉，见一个挑一个，见两个刺一双。惨惨愁云起，重重杀气生。

西城有开国公殷开山、列国公刘洪基二位老将，带三千人马冲杀过来。殷将军这条红缨枪好不厉害！左插花，右插花，月内穿梭，嗖嗖地乱挑个不住；刘将军摆开象鼻刀，使动上面量天切草，护马分鬃，人头乱滚。血流成河，尸骸叠叠。

有长国公王君可，把手中青龙偃月刀不管好坏，撞在刀头上就是个死。那一首尉迟恭好不了当！举起乌缨枪，朵朵莲花相似；坐马儿郎着得一枪，伤人性命无数。番兵尸首堆得土山一般。大家只要逃得性命，夺路而走。四门营帐多杀散了，归到一条路上逃命。

这一首罗通随定公主厮杀。看来营头大散，遂发信炮一声，惊动程咬金老将军，叫声："众位侄儿，发信炮了，快些冲营！"那些将士上马提刀，带领了大小三军。咬金举起手中斧子，领了众公子豁喇喇围上来了，把这些番兵裹在当中，好一场大杀！内边众老将杀出，外边众小将杀进去，杀得番邦人马无处奔投，可怜：

> 血流好似长流水，头落犹如野地瓜。

第十三回　破番营康王奔逃　杀定方伸雪父仇　101

这一杀不打紧，杀得番兵神号鬼哭，迫杀下去有八十里路。逃命无数，伤坏者也不少，草地上的尸骸断筋折骨者，分不出东西南北。正所谓：

一阵交兵力不加，人亡马死乱如麻；
败走番人归北去，从今再不犯中华。

这一首，秦元帅发令鸣金收兵。只听一声锣响，各将扣定了马，大小三军都归一处，齐集队伍，退转木阳城去了。

如今再讲到赤壁宝康王，虽有屠炉公主同屠封丞相保护，只是吓得来魂飞魄散，伏在马上半死的了。丞相见唐兵都退了，方敢把马扣住，说道："狼主苏醒，唐将人马退去了。"康王那时才言说："啊唷，吓死魔也！吓死魔也！"吩咐且扎营。这一首扎住营盘，公主进了御营，康王说："王儿！亏得你断后截住唐兵，魔家性命不送。若没有王儿，魔千个残生也遭唐将之手了！"公主心下暗想："好昏君！我心向唐王，杀得你们大败，还道我保着自家人马，真正是呆痴懵懂之君了！"遂回言道："父王！唐将实为骁勇，儿臣难以抵挡，所以有此损兵折将。望父王赦罪，待儿臣出去收军。"说罢，遂走出营外，敲动催军鼓。也有愿者转来，不愿者竟逃命走了。三通鼓完，番兵齐了，点一点二十五万番兵，只剩得五万，还是损手折脚的，就是大将，共伤一百零三员。康王叫声："王儿，魔开国以来，未曾有此大败！今杀得片甲不存，元帅又遭阵亡。孤掌北番不能争立称王，倒不如献了降书吧！"屠封说："狼主降顺大邦，不待而言。但唐兵已退，不来追杀，也蒙他一点好生之意。我们且退下贺兰山，整备降书、降表，看他们来意若何。唐王起兵到贺兰山来，我们归顺。不来，我们也不要投降。"康王说："丞相之言有理。"吩咐埋锅造饭。屠炉公主只等唐邦媒人到来说亲。

再说道众国公与众爵主领兵入城,皆住内教场。元帅同众大臣上银銮殿,有程咬金启奏说:"老臣奉旨讨救,一路上因关津阻隔,所以来迟,望陛下恕罪。"太宗说:"王兄说哪里话来。朕蒙老王兄豪杰,独马杀出番营,往长安讨救,其功浩大,请王兄平身。"咬金谢恩起身。又有一近小爵主俯伏说:"陛下在上,小臣秦怀玉、程铁牛、段林、滕龙、盛蛟见驾。不知万岁被困番城,所以救驾来迟,罪该万死!"太宗说:"众位御侄平身。寡人被困番城,自思没有回朝之日。亏得众御侄英雄,杀退番邦人马,其功非小,更有何罪?"众小爵主道:"愿我王万岁、万万岁!"大家起身,站立一边,单有罗通泪如雨下,不肯起身。太宗一见,大吃一惊,说:"王儿,你有什么冤情,如此痛哭?快快奏与寡人知道。"罗通哭奏道:"啊呀父王啊!要与儿臣伸冤啊!"太宗说:"王儿既有冤情,须当一一奏闻。"罗通说:"儿臣当初未及三岁,父亲早丧。年幼在家,也不知其细。不道前日父王旨意,命程伯父到长安讨救。儿臣思想救父王龙驾,所以夺了二路扫北元帅之印,欣欣然领人马到白良关。其时正遇守关将厉害,难以得破。闷坐营中忽蒙眬睡去,见我祖父、父亲到跟前,身带箭伤,说:'不孝畜生!你祖父、父亲为王家出力,死于非命。你不思与祖父、父亲报仇,反替不义之君出力!'"太宗说:"王儿,有这等说,应该就问他哪一个不义之君。"罗通道:"臣儿也曾相问,他说:'为父与当今天子太宗出力,乃一旦隐于泥河,乱箭惨亡,身遭苏定方毒手。朝廷不与功臣雪恨,反把仇人封妻荫子。你若要与皇家出力,倘后身亡,那时罗门三代冤仇谁人得报?'说罢惊醒,儿臣才知苏定方是大仇人了。以后破关过来,单枪独马杀进番营,为何苏定方不肯开城,反使儿臣团团杀转?幸亏儿臣枪法厉害,敌住斗战,不然被番将伤了,一条性命白白又送与定方毒手。这倒还可,为儿臣者该当尽忠于父王,以立勋名于麒麟阁。但伤了儿臣,父王龙驾困在番城,谁来保救!伏望父王龙心详察,苏定方怀仇欺君误国,该当何罪?"太宗听言大怒,说:"啊唷,啊唷!可恼,可恼!寡人有何亏负这逆贼,竟敢用暗算毒计,心向番王,把寡人的龙驾戏弄,真正是一个大奸大恶的国贼了!啊,王儿,你把苏定方怎样处治了,与祖父报仇。待朕设奠亲自请罪罗王兄便了。"罗通方才谢恩:"愿父王万岁、万万岁!"立起身,来到龙柱上解下绑缚,扭将过来。这苏定方口称:"罢了,罢了!我死去与罗门仇深海底矣!"太宗说:"王儿且慢动手,传旨与光禄寺备筵当殿御祭。"这一边银銮殿上摆了一桌酒肴。有罗通拜了四拜,扯起一口宝剑,叫声:"祖父、父亲!今日陛下亲在赐祭,仇人也在此,孩儿与你报仇了!"就把剑往苏定方心内豁绰一刀,鲜血直冒,把手一捞,捞出一颗心肝。定方跌倒尘埃,一员大将归天去了。底下有挠钩手拉去尸骸,不必细表。

单讲罗通把这颗心肝放在桌上说:"祖父、父亲!仇人心肝在此,活祭先灵。慢饮三杯,安乐前去,超生极乐!"太宗说:"罗王兄阴魂渺茫,朕欲待拜你一拜,但君不拜臣,秦王兄与寡人代拜一拜。"秦琼走过来拜了一番。这一首众公爷也来相拜。

君臣义重今相见,父子情深旧所闻。

究竟屠炉公主姻事如何,且看下回分解。

第十四回

贺兰山知节议亲　洞房中公主尽节

诗曰：

奉旨番营去议亲，康王心喜口应承。
屠封送女成花烛，结好唐君就退兵。

众公爷拜过，小英雄也拜了一番。那时朝廷传旨大排筵席，钦赐众公爷、小爵主等。御酒已毕，朝廷开言叫声："程王兄，前日你去时，寡人见你独马蹿进番营，营头不见动静，害得寡人提心吊胆，实不知其详。只道王兄死在营中，哪知却到了长安。你如今把出番城到长安讨救事情细细讲一遍。"咬金道："臣倒忘了。臣蒙徐老大人美荐，奉旨单骑讨救。我原不想活的，所以拼着命杀进番营。连臣也自不信，一进番营使动斧子比前精得多了，他们什么祖车轮不车轮，手中使动大斧砍一斧来原厉害不过。再不道臣的斧子如有神仙相助一般力也大了，就被臣这柄斧子去架得一架，他就翻下地来。这些番兵哪敢拦阻我的去路！被我摇动斧子，杀出番营，讨得救兵到此。要万岁爷封我一字并肩王。"徐茂公说："陛下在上，这程咬金有欺君之罪，望我王正其国法。"咬金说："你这牛鼻子道人，你屡屡算计我这条老性命。我有什么欺君之罪？"茂公冷笑道："我且问你，你当初怎样杀出番营，怎样到长安讨救？你直说了，算你大功，你是随口胡言，好像没有对证。说什么祖车轮斧法不如你，被你架落尘埃。只怕你倒说转了，分明你被他架下尘埃有之。"咬金说："你赖我并肩王倒也罢了，怎么反说臣讨救也是假的？我若跌下番营，人已早早死了，救兵哪里来的呢？"茂公道："我问你，谢映登你可见不见？"咬金听说，心内吃惊，当真二哥是活神仙了，假意说："二哥，你一发问得奇，哪里见什么谢映登？若说谢兄弟当初走江都考武，他解手就不见了。你为何如今倒假作不知起来？"茂公说："你现在此谎君。这番营内好不厉害！你年已六旬，若没有谢兄弟相救，你焉能到得长安，活得性命？如今反在陛下面前称赞自能，分明一派胡言。刀斧手！与我把这谎奏欺君的狗头绑出午门，以正国法！"两旁刀斧手一声答应，吓得咬金魂飞魄散，慌忙说道。"望陛下恕罪！果是谢映登相救，待臣直奏便了。"太宗喝退刀斧手，说："程王兄，且细细说与寡人知道。"咬金把谢映登为仙搭救情由细细地讲了一遍，众公爷大家称奇。茂公说："何如？陛下，程咬金谎奏我王，其罪非小。须念他一番辛苦，到长安讨了救兵前来，将功折罪，没有加封。"咬金说："我原不想封王的。"大家一笑，各回衙署。不表。

且讲那咬金一到明日，打点要做媒人，将要上朝，见了罗通说道："侄儿，为伯父的今日奏知陛下与你作伐，前往贺兰山去说亲。"罗通大惊说："伯父，这贱婢伤我兄弟，还要雪仇。怎么伯父要去说亲，我罗通稀罕他成亲的么？"程咬金说："你既不要他，为何在阵上订了三生，立下千斤重誓，故此肯与你出力？"罗通说："我原是哄他的。因要救陛下龙驾，与他设订三生的。"咬金说："嗳，侄儿，为人在世，这忠孝节义都是要的。你既要与兄弟报仇，不该与他面订良姻。屠炉公主有心向你，也有一番在贺兰山悬望。你若不去，必要全他手足之义，这男子汉信行全无，从来没有这个道理！如今为伯父的做主，自然与你们完聚良姻。"说罢，竟上银銮殿俯伏尘埃，启奏道："陛下龙驾在上，臣有一事冒奏天颜，罪该万死！"太宗说："王兄有何事所奏？不来罪你。"咬金道："陛下，那赤壁宝康王有位屠炉公主，生来有沉鱼落雁之容，闭月羞花之貌，前日在黄龙岭与罗贤侄约下良缘，撇去飞刀，退到木阳城。就是贤侄杀四门，被元帅祖车轮困住，险些丧了性命。幸亏公主相救，领引我兵马冲踹番营，心向我主，与陛下出力，也有一番大功劳。伏望我皇降旨，差使臣官前去说盟做媒。未知陛下龙心如何？"太宗听说大悦，说道："如此讲起来，寡人倒亏屠炉公主女暗保的了，何不早奏？就命程王兄前去说亲作伐吧！"咬金见太宗允奏，说："领旨。"

那罗通慌忙俯伏奏道："父王在上，那屠炉女是儿巨大仇人。我兄弟罗仁才年九岁，与父王出力，伤了铁雷八宝以后，开兵死在贱婢飞刀下，可怜斩为肉泥而亡。儿臣还不与弟报仇，反与他成亲，兄弟阴魂焉能瞑目？望父王不要差程伯父去说亲。"太宗说："他既伤了你兄弟，为何又在阵上交锋与他订起良缘来呢？"罗通说："儿臣怕他飞刀难破，所以与他假订丝罗，要他撇去飞刀，救得陛下龙驾，方与他成亲。故而他退至木阳城，引我人马大破番营。这是要救父王之困，哄骗言辞。儿臣岂是贪他的么？"太宗说声："王儿，不是这说。既他伤了二御侄，你欲报此仇也是大义，就不该与他阵上联姻了。他既把终身托你，暗保我邦大获全胜，也有一番莫大的真功劳与寡人也。这信字是要的，若不去说亲，他在贺兰山悬望，岂不是王儿忘了恩情？就是伤了二御侄，也算为国家出力。两国相争，各为其主，乃是误伤。以后你被祖车轮元帅围住，屠炉公主若不相救，王儿焉能得脱此难，逃得性命？也算有恩与你，这恩与仇两下俱可抵销得来的了。如今不必再奏，寡人做主决不有误，程王兄速速前去说亲。"程咬金领旨。如今罗通不敢再奏，只得闷闷然立在一边。

这一回，程咬金把圆翅乌纱在头上按一按，大红蟒袍在身上边拎一拎，腰里把金镶玉带整一整好。出了银銮殿，跨上雕鞍，带领四员家将，离了木阳城，一路行来，到了贺兰山上。有把都儿们一见，说："哥哥兄弟哪，那边行下来的是什么人，我们这里没有这个官员，想必大唐来踹营剿灭我山寨么？"那一个说："嗳！兄弟你又来了。若是剿山寨有人马来的，如今只得五人，又无器械，哪里像是踹营的？我们且扣住了弓箭，问一声看。"那个又说："得，哥哥讲得不差。"大家扳弓搭箭，喝声："呔！来者何官？少催坐骑，看箭哩！"那个箭不住地射将过来。程咬金把马扣定，喝声："呔！营下的！快报与康王狼主知道，今有大唐朝鲁国公程咬金，有国家大事要来求见你邦狼主，快些报进去！"

这一边，小番报进来了："报启上狼主知道，有大唐朝来了鲁国公程咬金在山下。"康王听言，吓得魂不附体，说："住了。他带领多少人马前来？"小番说："人马一个也没有，只带四名家将，五人来的。"康王说："可有兵器？身上还是戎装还是冠带？"小番道："也无兵器，也不戎装，却是文官打扮的纱帽红袍。"康王道："他对你讲什么？"小番道："他说：'快报你们狼主千岁知道，今有大唐朝鲁国公，奉旨有国家大事要来求见你们狼主。'"康王听见此言才得放心，便叫声："丞相，他们得胜天邦，孤只等他兵马到来，就要投顺的。为何反不统兵，倒是文装独马而来，善言求见，不知何事情？丞相不要轻忽了他，好好下山去接他上来。"屠封说："臣领旨！"他就整顿朝衣，出了营盘，后随四名相府家人，滔滔地下山来了。

有小番喝道："那一边天朝来的鲁国公爷！请上山来，相爷在此迎接。"程咬金听见，把马带上一步。有屠封丞相趋步上前说："不知天邦千岁到来，有失远迎，多多有罪！"咬金一见，滚鞍下马，说道："不敢，不敢！孤家有事相求，承蒙丞相远迎，何以敢当，请留台步。"二人携手上山。底下有两名家将带住了马，这两名跟随了程咬金上贺兰山来。进入御营,程知节一揖说:"狼主龙驾在上,有天朝鲁国公程咬金见狼主千岁。"这康王一见,连忙走下龙案,御手相搀,叫声:"王兄平身。"取龙椅过来。咬金说:"狼主龙驾在上,臣本该当殿跪奏才是。奈奉君命在身,又蒙狼主恩旨,理当侍立所奏,焉敢坐起来!"康王说:"蒙王兄到孤这座草莽山中来,必有一番细言,自然坐了好讲。"咬金说:"既如此,谢狼主台命!"他就与屠封丞相两下分宾主左右坐了。有当驾官烹茶上来。用过一杯,康王就问说:"王兄,魔家错听祖元帅之言,一旦冒犯天朝圣主,今为失机败将,悔之晚矣!今见了王兄,自觉惭愧无及。"程咬金叫声:"狼主又来了!只因番兵利害,困住四门,我主无法可退,故此使臣到长安讨救兵。那些小爵主们年幼无知,倚仗少年本事,伤了千岁人马几千,有罪之极!"康王说:"王兄说哪里话!魔家在营门正欲献表降顺,不知王兄奉旨所降何事?"咬金说:"狼主在上,臣奉旨而来非为别事。只因万岁有个干殿下,名唤罗通,才年一十四岁,才貌双全,文武俱备,还未联就姻亲。我王闻得千岁驾下有位干公主,貌若西施,武艺出众。意欲与狼主结成秦晋,订就良姻,以成两国相交之好。未知狼主龙心如何?"康王听言大喜,说道:"王兄,敢蒙天子恩旨,理当听从。但魔家是败国草莽,就有公主,只当山鸡、野雉一般。圣天子是上邦主,干殿下似凤凰模样,这叫山鸡怎入凤凰群?既蒙圣主抬举,待魔差屠丞相送公主到木阳城来,服侍殿下便了。"咬金大喜,说:"既承狼主慨允秦晋之好,快出一庚帖与臣去见陛下,选一吉日奉送礼金过来。"康王吩咐取过一个龙头庚帖,御笔亲书八个大字,付与咬金。咬金接在手中,辞别龙驾,出了御营。

  屠封送至山下,咬金叫声:"丞相请留步,孤去了。"那时跨上雕鞍,带了四名家将,竟往木阳城来见驾。俯伏银銮殿阶下叫声:"万岁,臣奉旨前往贺兰山说亲,前来缴旨。"太宗说:"平身。此去,番王可允否?细奏朕知道。"咬金说:"陛下在上,臣去说亲,番王一口应承，并无一言推却，候陛下选一吉日就送来成亲。"朝廷大喜，说："既如此，明日王兄行聘，着钦天监看一吉日与王儿成亲，择在八月中秋戌时结姻。"

光阴迅速。到了八月十五，这里朝廷为主，准备花烛；那边康王命丞相屠封亲送公主到木阳城内。来到北关，元帅秦琼出来迎接，接入午门，同上银銮。屠封上殿俯伏说："南朝天子在上，臣屠封见驾，愿陛下圣寿无疆！"贞观天子叫声："平身！"降旨光禄寺设宴，尉迟王兄陪屠丞相到白虎殿饮宴；命秦琼、程咬金到安乐宫与殿下结亲。罗通跪下叫声："父王在上，屠炉女伤我兄弟，仇恨未消！怎么反与他成亲？此事断然使不得。望父王赦臣违逆之罪。"太宗听言，把龙颜一变，说："哦！寡人旨意已出，你敢违逆朕心么？"罗通见父王发怒，只得勉强同了秦、程二位伯父安乐宫来。教坊司奏乐，赞礼官喝礼。午门外公主下辇，二十四名番女簇拥进入安乐宫，交拜天地，拜了大媒程咬金，拜过伯父叔宝，然后夫妻交拜一番。只不过照常一般，人人皆如此的，不必细说。叔宝、咬金回到白虎殿，与屠封饮酒。

不表白虎殿四人饮酒。再讲罗通，吃过花烛，光禄寺收拾筵席。番女服侍公主过了，退出在外，单留二人在里面，好等他睡。罗通一心记着兄弟惨伤之恨，见公主在眼前，怒发冲冠，恨不得一刀两段。胸中火气忍不住，起来立起身大喝道："贱婢啊，贱婢！你把我九岁兄弟乱刀砍死，冤仇如海！我罗通还要与弟报仇，取你心肝五脏祭奠兄弟！此乃大义。亏你不识时务，不知羞丑。贱婢思量要与我成亲，若非还我一个兄弟，也不要你这一个贱婢配合！"公主听言，心内大惊，火星直冒，羞丑也不顾，叫一声："罗通啊，罗通！好忘恩负义也！前日在沙场上，你怎么讲的？曾立千斤重誓。故我撇下飞刀，引进黄龙岭，共退自家人马，皆为如此。到今日你就翻面无情了！"罗通说："这怕你想错了念头。我立的乃是钝咒，哪个与你认起真来！人非草木，我罗通岂可不知你领我兵杀退自家人马。只算将功赎罪，不与弟复仇，饶你一死，就是我的好意了。岂肯与你这不忠不孝的畜类番婆成亲？你父屠封现在白虎殿，快快出去随了他退归番国贺兰山，饶你一命！如若再在宫中，我罗通要就与弟报仇了！"公主道："罗通！何为不忠不孝？讲个明白，死也瞑目。"罗通说："贱婢！你身在番邦，食君之禄，不思报君之恩，反在沙场不顾羞耻，假败荒山，私自对亲，玷辱宗亲，就为不孝；大开关门，诱引我邦人马冲踹番营，暗为国贼岂非不忠？"公主一听此言，不觉怒从心起，眼内纷纷落泪，说："早晓罗通是个无义之辈，我不心向于他邦。如今反成话柄，到来反驳我不忠不孝。罢了！"叫声："罗通！你当真不纳我么？"罗通说："我邦绝色才子却也甚多，经不得你看中了一个，也为内应，这座江山送在你手里了。"公主听见暗想："他这些言语，分明羞辱我了。哪里受得起这般谗言恶语，难在阳间为人。嗳！罗通啊，罗通！我命丧在你手，阴世绝不清静，少不得有日与你索命！"把宝剑抽在手中，往颈上一个青锋过岭，头落尘埃！可惜一员情义女将，一命归天去了，罗通见公主已死，跑出房门，往那些殿亭游玩去了。

次日，几名番女进房来一看，只见鲜血满地，人为二段，吓得面如土色，大家慌忙出了房门来报屠封。屠封才得起身，与尉迟恭、秦、程三位用过定心汤，要同去朝参。只见几名番女拥进殿前，叫声："太师爷，不好了！公主娘娘被罗通杀死。还不走啊！"屠封丞相听见，魂飞魄散，大放悲声。也不别而行，出了白虎殿要逃性命了。敬德等三人听报，吓得哑口无言，好像掉在冷水内，说："不好了！若果有此事，屠丞相放不得去的。"便叫声："老丞相不必着忙，快快请转！"这屠封哪里肯听，匆匆然跑往外边去了。三位公爷心慌意乱，说："这小畜生无法无天的了！"大家同上银銮殿。太宗方将身登龙位，秦、程二位奏道："陛下，不好了！"如此恁般。惊得太宗说："反了！反了！有这等事？寡人御旨都不听了。快把这小畜生绑来见朕！

如今屠封在哪里？"三位公爷说："陛下，他才出午门去了。"叫声："尉迟王兄，快与朕前去宣来。"尉迟恭退出午门，赶到北关，见了屠封叫声："丞相，圣上有旨请你转去，还有国事相商。"屠封听见此言，又不敢违逆，只得随了尉迟恭到银銮殿上，连忙俯伏，叫声："万岁啊！臣有罪。显见公主得罪天邦殿下，臣该万死！望陛下恕罪草莽之臣一命。"朝廷叫声："丞相平身。卿有何罪？寡人心内欲与你邦：

结成永远相和好，故求公主聘罗通。"

不知贞观天子如何发放屠封，且看下回分解。

第十五回

龙门县将星降世　唐天子梦扰青龙

诗曰：

罗通空结凤箫缘，有损红妆一命悬；
虽然与弟将仇报，义得全时信少全。

贞观天子说："丞相，朕欲两国相和，与罗通结为秦晋之好。不想这畜生无知，伤了公主。朕的不是了！故而请你到殿，将原旧地方归还你邦，汝君臣不必怨恨。寡人即日班师，留一万人马在此保护，以算朕之陪罪。"屠封听言，不胜之喜，说："我王万万岁！"立起身来，退出午门，回转贺兰山，自然另有一番言语。君臣两下苦无战将强兵，所以不敢报仇，只得忍耐在心。

不表番国之事。如今讲到罗通正在逍遥殿，只见四名校尉上前剥去衣服，绑到银銮殿。天子大喝说："我把你这小畜生千刀万剐才好！寡人昨日怎样对你讲？屠炉女伤了你兄弟，也算两国相争误伤的。他有十大功劳向于寡人，也可将功折罪。不遵朕旨意，不喜公主，只消自回营帐，不该把他杀死！可怜一员有情女将，将他屈死，你怎生见朕？校尉们，与朕推出午门枭首！"校尉一声："领旨！"推出午门去了。此时众公爷龙颜大怒，没有人敢出班保奏。不要说别人不敢救，就是一个嫡亲表伯父秦叔宝也不敢上前保奏。大家呆着，独有程咬金想起前日讨救之时罗家弟妇之言，不得不出班保奏一番。连忙闪出班来叫声："刀下留人！"说道："陛下龙驾在上，臣冒奏天颜，罪该万死！"天子说："程王兄，罗通违逆朕心，理该处斩，为甚王兄叫住了？"咬金说："陛下在上，罗通逆圣应该处斩。奈臣前日奉旨讨救曾受我弟妇所嘱。他说：'罗氏一门为国捐躯，止传一脉，倘有差迟，罗氏绝祀。万望伯父照管。'臣便满口应承，故此弟妇肯放来的。虽这小畜生不知法度，有违圣心，万望陛下念他父亲罗成功于社稷，看臣薄面，留他一脉。臣好回京去见罗家弟妇之面。"天子说："既然王兄保奏，赦他死罪。"咬金说："谢主万岁！"传旨赦转罗通。罗通连忙跪下说："谢父王不杀之恩。"天子怒犹未息，说："谁是你的父王！从今后永不容你上殿见朕。削去官职，到老不许娶妻。快快出去，不要在此触恼寡人！"罗通领旨退出午门，回进自己营中，与众弟兄讲话。各将埋怨不应该如此失信，太觉薄情了。如今公主已死，说也枉然，只有罢了。

　　不表小弟兄纷纷讲论。单说天子传旨殡葬屠炉公主尸首，驾退回营。群臣散班，秦、程二位退出午门，遇到罗通，叔宝说："不孝畜生！为人不能出仕于皇家，以显父母，替祖上争气，一家亲王都不要做，自拿来送掉了。如今削去职份，到老只好在家里头。"罗通说："老伯父，不要埋怨小侄了，倒是在家侍奉母亲的好。"咬金说："畜生！既是事亲好，何必前日在教场夺此帅印？为伯父好意费心，用尽许多心机说合来的，何苦把这样绝色佳人送了他性命！如今陛下不容娶讨，只好暗里偷情。当官不得的，要娶妻房除非来世再配吧！"罗通说："伯父又来了，既然万岁不容婚配，理当守鳏到老，怎敢逆旨。伯父保驾班师缓缓而行，小侄先回京城。"咬金说："你路上须当小心。"罗通答应道:"是!"就往各营辞别。当日上马,带了四名家将,先自回往长安,不必去表。

如今过三天,这一日贞观天子降旨班师,银銮殿上大排功臣宴。元帅传令三军摆齐队伍,天子上了骗骊马,众国公保驾,炮响三声,出得木阳城,赤壁康王同丞相与文武官,一路下来,见了朝廷,大家俯伏,口称:"臣赤壁康王候送天子。"贞观天子叫声:"狼主平身。赐卿三年不必朝贡,保守汛地,寡人去也。"康王称谢道:"愿陛下圣寿无疆!"留下一万人马,保守关头,木阳城原改了康王旗号,狼主退归银銮殿,这话不表。

再说天子一路下来,不一日早到中原汛地。那些地方文武官员迎接,打得胜鼓,班师旗号已到大国长安,却好天色傍晚,当夜不表。次日天子升坐,诸卿朝恭已毕,徐茂公俯伏启奏道:"臣启陛下,臣昨夜三更时候望观星象,只见正东上一派红光冲起,少停又是一道黑光,足有半高,不上四五千里路远,实为不祥!臣想起来才得北番平静,只怕正东外国又有事发了。"天子说:"先生见此异事,寡人也得一梦兆,想来越发不祥了。"茂公说:"啊!陛下得一梦兆,不知怎样的缘由,讲与臣听,待臣详解。"天子叫声:"先生,寡人所梦甚奇。朕骑在马上独自出营游玩,并无一人保驾,只见外边世界甚好,单不见自己营帐。不想后边来了一人,红盔铁甲,青面獠牙,雉尾双挑,手中执赤铜刀,催开一骑绿马,飞身赶来,要杀寡人。朕心甚慌,叫救不应,只得加鞭逃命。哪晓山路崎岖,不好行走,追到一派大海,只见波浪滔天,没有旱路走处。朕心慌张,纵下海滩,四蹄陷住泥沙,口叫:'救驾。'哪晓后面又来了一人,头上粉白将巾,身上白绫战袄,坐下白马,手提方天戟,叫道:'陛下,不必惊慌,我来救驾了!'追得过来,与这青面汉斗不上四五合,却被穿白的一戟刺死,扯了寡人起来。朕心欢悦,就问:'小王兄英雄,未知姓甚名谁?救得寡人,随朕回营,加封厚爵。'他就说:'臣家内有事,不敢就来随驾,改日还要保驾南征北讨。臣去也！'朕连忙扯住说：'快留个姓名，家住何处，好改日差使臣来召到京师封官受爵。'他说：'名姓不便留，有四句诗在此，就知小臣名姓。'朕便问他什么诗句。他说道：

家住遥遥一点红，飘飘四下影无踪。
三岁孩童千两价，保主跨海去征东。

说完，只见海内透起一个青龙头来，张开龙口，这个穿白的连人带马往龙嘴内跳了下去，就不见了。寡人大称奇异，哈哈笑醒，却是一梦。未知凶吉如何，先生详一详看。"茂公说："啊！原来如此。据臣看来，这一道红光乃是杀气，必有一番血战之灾，只怕不出一年半载，这青面獠牙就要在正东上作乱，这个人一作乱了，当不得了！想我们这班老幼大将，擒他不住，不比去扫北，就是三年平静了。东边乃是大海，海外国度多有吹毛画虎之人，撒豆成兵之将，故而有这杀气冲空，此乃报信于我。却幸有这应梦贤人。若得梦内穿白小将，寻来就擒得他青面獠牙，平得他作乱了。"天子说："先生！梦内人哪里知道有这个人没有。这个人有影无形，何处寻他？"茂公说："陛下有梦，必有应验。臣详这四句诗，名姓乡坊都是有的。"天子说："如此先生详一详，看他姓甚名谁，住居哪里？"茂公说："陛下，他说：'家住遥遥一点红'，那太阳沉西只算一点红了，必家住在山西。他纵下龙口去的，乃是龙门县了。山西绛州府有一个龙门县，若去寻他，必走在山西绛州府龙门县住。'飘飘四下影无踪'，乃寒天降雪，四下里飘飘落下没有踪迹的，其人姓薛。'三岁孩童千两价'，那三岁一个孩子值了千两价钱，岂不是个人贵了？仁贵二字是他名字了。其人必叫薛仁贵，保陛下跨海征东。东首多是个海，若去征东，必要过海的。所以这应梦贤臣说，保了陛下跨海去平复东辽。必要得这薛仁贵征得东来。"天子叫声："先生，不知这绛州龙门县在哪一方地面？"

茂公说："万岁又来了。这有何难？薛仁贵毕竟是英雄将才之人，万岁只要命一能人到山西绛州龙门县招兵买马，要收够将士十万，他们必来投军。若有薛仁贵三字，送到来京，加封他官爵。"天子说："先生之言有理！众位王兄御侄们，哪个领朕旨意到绛州龙门县招兵？"

只见班内闪出一人，头戴圆翅乌纱，身穿血染大红吉服，腰围金带，黑煨煨一张糙脸，短颈缩腮，狗眼深鼻，两耳招风，几根狗嘴须，执笏当胸，俯伏尘埃说："陛下在上，臣三十六路都总管、七十二路大先锋张士贵，愿领我王旨意，到龙门县去招兵。"天子说："爱卿此去，倘有薛仁贵，速写本章送到京来，其功非小。"张士贵叫声："陛下在上，这薛仁贵三字看来有影无踪，不可深信。应梦贤臣不要倒是臣的狗婿何宗宪。"天子说："何以见得？"士贵道："万岁在上，这应梦贤臣与狗婿一般，他也最喜穿白，惯用方天戟，力大无穷，十八般武艺件件皆能。是他若去征东，也平伏得来。"天子说："如此，爱卿的门婿何在？"士贵道："陛下，臣之狗婿现在前营。"天子说："传朕旨意，宣进来。"士贵一声答应："领旨。"同内侍即刻传旨。何宗宪进入御营，俯伏尘埃说："陛下龙驾在上，小臣何宗宪朝见，愿我王万岁万万岁。"原来何宗宪面庞却与薛仁贵一样相似，所以天子把宗宪一看，宛若应梦贤臣一般，对着茂公看看。茂公叫声："陛下，非也。他是何宗宪，万岁梦见这穿白的是薛仁贵，到绛州龙门县，自然还陛下一个穿白薛仁贵。"天子说："张爱卿，那应梦贤臣非像你的门婿，你且往龙门县去招兵。"张士贵不敢再说，口称："领旨。"同着何宗宪退出来，到自己帐内，吩咐公子带领家将们扯起营盘，一路正走山西。

列位呵，这张士贵你道何等人？就是当年鸡冠刘武周守介休的便是他了。与尉迟恭困在城内，日费千金，一同投唐。其人刁恶多端，奸猾不过。他有四个儿子，两个女儿。大儿名唤张志龙，次儿志虎，三儿志彪，四儿志豹，多是能征惯战，单是心内不忠，奸计多端。长女配与何宗宪,也有一身武艺;次女送与李道宗为妃。却说张家父子同何宗宪六人上马,离了天子营盘,大公子张志龙在马上叫声:"父亲,朝廷得此梦内贤臣,与我妹丈一般,不去山西招兵,无有薛仁贵,此段救驾功劳是我妹丈的;若招兵果有此人,我等功劳休矣。"士贵道:"我儿,为父的领旨前去招兵,你道我为什么意思?皆因梦中之人与你妹丈相同,欲要图此功劳,所以领旨前去。没有姓薛的更好,若有这仁贵,只消将他埋灭死了,报不来京,只说没有此人。一定爱穿白袍者,必是你妹夫,皇上见没有薛仁贵,自然加张门厚爵,岂不为美?"那番四子一婿连称:"父亲言之有理。"六人一路言谈,正走山西绛州龙门县,前去招兵,我且慢表。

单讲天子降下旨意,卷帐行兵,到得陕西,有大殿下李治,闻报父王班师,带了丞相魏征众文武出光泰门,前来迎接,说:"父王,儿臣在此迎接。""老臣魏征迎接我王。"天子叫:"王儿平身,降朕旨意,把人马停扎教场内。"殿下领旨,一声传令,只听三声号炮,兵马齐齐扎定。天子同了诸将进城,众文武送万岁登了龙位,一个个朝参过了,当殿卸甲,换了蟒服。差元帅往教场祭过旗纛,犒赏了大小三军,分开队伍,各自回家。夫妻完聚,骨肉团圆。天子降旨,金銮殿上大摆功臣筵宴,饮完御宴,驾退回宫,群臣散班,各回衙署,自有许多家常闲话。如今刀枪归库,马放南山,安然无事。

过了七八天,这一日鲁国公程咬金朝罢回来,正坐私衙,忽报史府差人要见,咬金说:"唤他进来。"史府家将唤进里边说:"千岁爷在上,小人史仁叩头。"咬金说:"起来,你到这里有何事干?"那史仁说:"千岁爷,我家老爷备酒在书房,特请千岁去赴席。"咬金道:"如此你先去,说我就来。"史府家将起身便走。程咬金随后出了自己府门上马,带了家将慢慢地行来。到了史府,衙门报进三堂。史大奈闻知,忙来迎接,说:"千岁哥哥,请到里边去。"咬金说:"为兄并无好处到你,怎么又要兄弟费心?"史大奈说:"哥哥又来了,小弟与兄劳苦多时，不曾饮酒谈心。蒙天有幸，恭喜班师，所以小弟特备水酒一杯与兄谈心。"咬金说："只是又要难为你。"二人挽手进入三堂，见过礼，同到书房。饮过香茗，靠和合窗前摆酒一桌，二人坐下，传杯弄盏，饮过数杯，说："千岁哥哥，前日驾困木阳城，秦元帅大败，自思没有回朝之日，亏得哥哥你年纪虽老，英雄胆气未衰，故领救兵，奉旨杀出番营，幸有谢兄弟相度，恭喜班师。"咬金说："不入虎穴，焉得虎子。为兄最胆大的。"

这里闲谈饮酒，忽听和合窗外一声喊叫："呔！程老头儿，你敢在寡人驾前吃御宴么？"吓得程咬金魂不附体，抬头一看，只见对过有座楼，楼窗靠着一人，甚是可怕，乃是一张锅底黑色脸，这个面孔左半身推了出来，右半身凹了进去，连嘴多是歪的。凹面阔额，两道扫帚浓眉，一双铜铃豹眼，头发披散满面，穿了一件大红衫，一只左臂膊露出在外，靠了窗盘，提了一扇楼窗，要打下来。那程咬金慌忙立起身来，说："兄弟，这是什么人，如此无礼，楼窗岂是打得下来的？"史大奈说："哥哥不必惊慌，这是疯颠的。"对窗上说："你不要胡乱！程老伯父在此饮酒，你敢打下来，还不退进去！"那番这个八不就的人就往里面去了。程咬金说："兄弟，到底这是什么人。"大奈说："唉！哥哥不要说起，只因家内不祥，是这样的了。"咬金说："兄弟，你方才叫他称我老伯父，可是令郎？"大奈说："不是，小弟没福，是小女。"程咬金说："又来取笑了。世间不齐整丑陋堂客也多，不曾见这样个人，地狱底头的恶鬼一般，怎说是你令爱起来。"大奈说："不哄你，当真是我的小女，所以说人家不祥，生出这样一个妖怪来了。更兼犯了疯颠之症，住在这座楼上，吵也被他吵死了。"咬金说："应该把他嫁了出门。"大奈说："哥哥又来取笑了，人家才貌的裙钗、绝色的佳人，尚有不中男家之意，我家这样一个妖魔鬼怪，那有人家要他。小弟只求他早死就是，白送出门也不想的。"咬金叫声："兄弟不必担忧，为兄与你令爱作伐，攀一门亲吧。"大奈说："又来了,小户人家怕没有门当户对,要这样一个怪物?"咬金说:"为兄说的不是小户人家,乃是大富大贵人家的荫袭公子。"大奈笑道:"若说大富大贵荫袭爵主,一发不少个千金小姐、美貌裙钗了。"咬金说:"兄弟,你不要管,在为兄身上还你一个有职分的女婿。"大奈说:"当真的么?"咬金道:"自然,为兄的告别了,明日到来回音。"大奈说:"既如此,哥哥慢去。"史老爷送出。鲁国公那马来到午门,下马走到偏殿,俯伏说:"陛下在上,臣有事冒奏天颜,罪该万死。"朝廷说:"王兄所奏何事。"咬金说:"万岁在上,臣前在罗府中,我弟妇夫人十分悲泪,对臣讲说:'先夫在日,也曾立过功劳与国家出力,只因:一旦为国捐躯死,惟有罗通一脉传。'"不知程咬金怎生作伐,且看下回分解。

第十六回

胜班师罗通配丑妇　不齐国差使贡金珠

诗曰：

平番安享转长安，路望东辽杀气悬。
贤臣详梦知名姓，到后方知在海边。

再讲咬金奏称罗夫人哭诉之言："'罗成一旦为国捐躯，只传一脉，才年十七。只因陛下被困北番，我儿要救父王，夺元帅印掌兵权，征北番救龙驾。逼死屠炉公主，触怒圣心，把孩儿削除官爵，退居为民，不容娶妻，岂不绝了罗门之后？先夫在九泉之下也不安心的。望伯父念昔日之情，在圣驾前保奏一本，容我孩儿娶妻，以接后嗣，感恩不尽！'为此老臣前来冒奏。可恨罗通把一个绝色公主尚然逼死，臣想不如配一个丑陋女子却好。凑巧访得史大奈有个女儿，生来妖怪一般，更犯疯病，该是姻缘。未知陛下如何？"天子说："既然程王兄保奏，寡人无有不准。"咬金大悦，说："愿我王万岁、万万岁！"谢恩退出午门，又到罗府内细说一遍。窦氏夫人心中大悦，说："烦伯伯与我孩儿作伐起来。"咬金道："这个自然。"说罢，前往史府内说亲，不必再表。

要晓得这一家作伐有甚难处？他家巴不得推出这厌物。东西各府公爷爵主们都来恭喜。选一吉日，罗老夫人料理请客，忙忙碌碌，一面迎亲，一面设酒款待，鼓乐喧天。史家这位姑娘倒也稀奇，这一日就不痴了。喜嫔与他梳头，改换衣服。临上轿爹娘嘱咐几句，娶到家中结过亲，送入洞房，不必细讲。这位姑娘形状都变了，脸上泛了白，面貌却也正当齐整了些。与罗通最和睦，孝顺婆婆十二朝，过门后权掌家事，万事贤能。史大奈满心欢喜，史夫人甚是宽怀，各府公爷无不称奇。也算罗门有幸，五百年结下姻缘，不必去说。

再讲贞观天子驾坐金銮，自从班师回家已两月有余。山西绛州龙门县张士贵招兵没有姓薛的，故打本章到来。黄门官呈上，天子一看，上写："三十六路都总管，七十二路总先锋臣张环，奉我王旨意，在山西龙门县总兵衙门扯起招军旗号。天下九省四郡各路人民投军者不计其数，单单没有姓薛的，应梦贤臣一定是狗婿何宗宪。愿陛下详察。"天子叫声："先生，张环本上说并没有姓薛的，便怎么样？"茂公说："陛下不必担忧，龙门县一定有个薛仁贵，待张环招足了十万人马，自然有薛仁贵在里边的。"君臣正在讲论，忽有黄门官俯伏说："陛下龙驾在上，今有不齐国使臣现在午门，有三桩宝物特来进贡。"皇爷龙颜大悦，说："既然有宝物进贡，降朕旨意，快宣上来。"黄门官领旨传出："宣进来。"有不齐国使臣上金銮殿俯伏朝见，说："天朝圣主龙驾在上，小邦使臣官王彪见驾，愿圣主万寿无疆！"天子把龙目往下一瞧，只见使臣官头上戴一顶圆翅纱貂，狐狸倒照，身穿猩猩血染大红补子袍，腰围金带，脚踏乌靴，但是这个脸看不出的，不知为什么用一块纱帕遮了面，就像钟馗送妹模样。天子看不出，就道："问你可是不齐国使臣王彪么？"应道："臣正是。"天子说："你邦狼主送三桩什么宝物与寡人？"王彪说："万岁请看献表就知明白。"把表章展开，天子一看，上写："臣不齐国云王朝首天朝圣主，愿天子万岁！因小国无甚异宝，唯有三桩鄙物，赤金嵌宝冠、白玉带一围、绛黄蟒服一领。略表臣心。"天子大悦，说："爱卿，如今这三件宝物拿上来与寡人看。"王彪说："啊呀，圣上啊！臣罪该万死！"天子大惊，说："为什么？三桩宝物进贡入朝，乃是你的功劳，还有何罪？"王彪道："万岁啊！不要说起。臣奉狼主旨意，把三桩宝物放在车子上，叫四名小番推了，打从东辽国经过。遇着高建王驾下大元帅盖苏文拦住去路，劫去三桩宝物，把小番尽皆杀死。臣再三跪求，饶我一命，还讲万岁爷许多不逊，臣不敢奏。"天子大怒，说："有这等事？你细细奏来。"王彪领旨，说："万岁！这盖苏文说：'中原花花世界，要兴兵过海，去夺大唐天下，易如反掌！少不得一统山河全归于我，何况这三桩宝物？留在这里，你寄个信去。'小臣被他拿住，刺几行字在面上，故把纱遮面上。求万岁恕臣之罪。"天子说："卿家无罪。你把纱帕拿去，走上来等朕看看。"那王彪鞠躬到龙案前，把纱帕去掉了。天子站起身一看，只见他面上刺着数行字道：

  面刺海东不齐国，东辽大将盖苏文。把总催兵都元帅，先锋挂印独称横。几次兴兵离大海，三番举义到长安。今年若不来进贡，明年八月就兴兵。生擒敬德秦叔宝，活捉长安大队军。战书寄到南朝去，传与我儿李世民！

天子看了这十二句言语犹可，独怪那"传与我儿李世民"这一句，不觉那龙颜大怒，大叫："啊唷，啊唷！罢了，罢了！"这一声喊惊得使臣魂不附体，连忙趴定金阶说："万岁饶命啊！"天子说："与你无罪！"吓得那文武战战兢兢。徐茂公上前问道："陛下，他面上刺的什么，陛下龙颜大怒起来？"天子说："徐先生，你下去观看一遍，就知明白。"茂公走过去看了一遍，说道："陛下如何？梦内之事不可不信。东辽此人作乱，非同小可，不比扫北之易。请陛下龙心宽安。待张士贵收了应梦贤臣，起兵过海征服他就是了。"天子就令内侍把金银赏赐王彪，叫声："爱卿，你路上辛苦劳烦。降旨一路汛地官送归过海，若到东辽国去见这盖苏文,叫他脖子颈候长些,百日内就来取他的颅头便了!你去吧。"使臣王彪叩谢:"愿我皇圣寿无疆!"不齐国使臣退出午门,回归过海。不必去表。

如今再讲贞观天子叫声:"徐先生,此去征东,必要应梦贤臣姓薛的方可平复的。"茂公道:"这个自然。东辽不比北番,厉害不过,多有吹毛画虎之人,撒豆成兵之将,要薛仁贵方破得这班妖兵怪将。若是我邦这班老幼兄弟们,动也动不得。"天子道:"如此说起来,就有薛仁贵,必要个元帅领兵的。寡人看这秦王兄年高老迈,哪里掌得这个兵权?东辽好不枭勇,他去得的么?必要个能干些的才为元帅去得。"这是天子好心肠,好意思,是这等说道:"秦王兄为了多年元帅,跋涉了一生一世。今日东征况有妖兵厉害。把这颗帅印交了别人,脱了这劳碌,安享在家,何等不美?"

哪晓得都是不争气的秦叔宝,假装听不见,低了头在下边。尉迟恭与程咬金从不曾为元帅过的,不知道这元帅有许多好处。在里面听得万岁说了这一句,大家装出英雄来了。尉迟恭挺胸叠肚。程咬金在那里使脚弄手起来。天子说:"朕看来倒是尉迟王兄能干些,可以掌得兵权。"天子还不曾说完,敬德跪称:"臣去得。谢我主万岁、万万岁!"程咬金见尉迟恭谢恩,也要跪下来夺这个元帅。哪晓得秦琼连忙说:"住了!"上前叫声:"陛下,万岁道臣年迈无能,掌不得兵权,为什么尉迟老将军就掌得兵权?他与臣年纪仿佛,昔日在下梁城,臣与尉迟将军战到百十余回合以后,三鞭换两锏,陛下亲见他大败而走。看起来臣与他只不过芦地相连,本事他也不叫什么十分高,何见今日臣就不及他?当初南征北讨,都是臣领兵的。今日臣就去不得了,岂不要被众文武耻笑,道老臣无能,怕去了。求陛下还要宽容。"程咬金说:"当真我们秦哥还狠!元帅积祖是秦家的。我老程强似你万倍,尚不敢夺他。你这黑炭团到得哪里是哪里,思想要夺起帅印来?"天子说:"不必多言。啊,秦王兄,虽只如此,你到底年高了,尉迟王兄狠些。"叔室叫声："陛下，你单道老臣无能，自古道：

年老专擒年小将，英雄不怕少年郎！

臣年纪虽有七旬，壮年本事不但还在，更觉狠得多了；智量还高，征东纤细事情如在臣反掌之易。不是笑着尉迟老将军，你晓得横冲直撞，比你怯些胜了他，比你勇些就不能取胜了。哪里晓得为元帅的法度？长蛇阵怎么摆？二龙阵怎么破？"敬德哈哈笑道："秦老千岁，某家虽非人才出众，就是为帅之道也略晓一二。让了某家吧！"叔宝说："老将军，要俺帅印，圣驾面前各把本事比一比看。"天子高兴地说："倒好，胜者为帅。"传旨午门外抬进金狮子上来，放在阶前，铁打成的，高有三尺，外面金子裹的，足有千斤重。叔宝说："尉迟将军，你本事若高，要举起金狮子在殿前绕三回，走九转。"敬德想道："这个东西有千斤重。当初拿得起，走得动，如今来不得了。"叫声："秦老千岁，是你先拿还我先拿？"叔宝说："就是你先来！"敬德说："也罢，待某来！"把皂罗袍袖一转，走将过来，右手柱腰，左手拿住狮子，脚挣一挣，动也不得一动，怎样九转三回起来？想来要走动，料想来不得的，只好把脚力挣起来的。缓缓把脚松一松，跨得一步，满面挣得通红，勉强在殿上绕得一圈。脚要软倒来了，只得放下金狮子，说："某家来不得。金狮子重得很，只怕老千岁拿不起！"叔宝嘿嘿冷笑，叫声："陛下如何？眼见尉迟老将军无能，这不多重东西就不能够绕三回。秦琼年纪虽高，今日驾前绕三回九转与你们看看。"程咬金说："这个东西不多重，这几斤我也拿得起的。秦哥自然走三回绕九转，不足为奇的。"那秦琼听言，一发高兴，就把袍袖一捋，也是这样拿法，动也不动，连自己也不信起来，说："什么东西？我少年本事哪里去了？"犹恐出丑，只得用尽平生之力举了起来，要走三回，哪里走得动！眼前火星直冒，头晕凌凌，脚步松了一松，眼前乌黑的了。到第二步，血朝上来，忍不住张开口鲜血一喷，迎面一跤，跌倒在地，呜呼哀哉！

要晓得叔宝平日内名闻天下，都是空虚，装此英雄，血也忍得多，伤也伤得多。昔日正在壮年，忍得住。如今有年纪了，旧病复发，血都喷完了，晕倒金銮。吓得天子魂飞海外，忙亲自出龙位，说："秦王兄，你拿不起就罢了，何苦如此！快与朕唤醒来。"众公爷上前扶定。程咬金大哭起来，叫声："我那秦哥啊！"尉迟恭看叔宝眼珠都泛白了，说："某家与你作耍，何苦把性命拼起来？"咬金说："呸！出来！我把你这黑炭团狗攮的！"尉迟恭也说："呔！不要骂！"咬金道："都是你不好！晓得秦哥年迈，你偏要送他性命。好好与我叫醒了，只得担些干系；若有三长两短，你这黑炭团要碎剐下来的！"秦怀玉看见老子斗力喷血死的，跨将过来，望着尉迟恭夹胸前只一掌。他不防的，一个鹞子翻身，跌在那边去了。敬德爬起身来说："与我什么相干？"程咬金说："不是你倒是我不成？侄儿再打！"秦怀玉又一拳打过去。敬德把左手接住他的拳头，复手一扯，怀玉反跌倒在地。爬起身来思量还要打，天子喝住了，说："王兄、御侄，不必动手，金銮殿谁敢吵闹？叫醒秦王兄要紧。"两人住手。尉迟恭叫声："老千岁苏醒！"天子说："秦王兄醒来！"大家连叫数声。秦琼悠悠醒转，说："啊唷！罢了，罢了！真乃废人也。"天子说："好了！"尉迟恭上前说："千岁，某家多多有罪了！"程咬金说："快些叩头陪罪！"叔宝叫声："老将军说哪里话来。果然本事高强，正该与国出力。俺秦琼无用的了！"眼中掉泪，叫声："陛下，臣来举狮子，还思量掌兵权，征东辽。如今再不道四肢无力，昏沉不醒，在阳间不多几天了。万岁若念老臣昔日微功，等待臣略好些，方同去征东。就去不能够了，还有言语叮嘱尉迟将军，托他帅印，随驾前去征东。陛下若然一旦抛撇了臣，径去征东，臣情愿死在金阶，再不回衙了。"天子说："这个自然，帅印还在王兄处，还是要王兄去平得来。没有王兄，寡人也不托胆。

王兄请放心回去，保重为主。"叔宝说："既如此，恕臣不辞驾了。我儿扶父出殿。"怀玉应道："爹爹，孩儿知道。"那番秦怀玉与程咬金扶了秦琼。尉迟恭也来搀扶，出了午门，叫声："老千岁！恕不远送了。"叔宝说："老将军请转，改日会吧！"一路回家，卧于床上，借端起病，看来不久。

单说天子心内忧虑秦琼。茂公说："陛下，国库空虚，命大臣外省催粮。又要能干公爷到山东登州府督造战船一千五百号，一年内成功，好跨海征东。这两桩要紧事情迟延不得。"天子说："既如此，命鲁国公程咬金往各省催粮，传长国公王君可督造战船。"二位公爷领旨，退出午门。王君可往登州府，程咬金各路催粮，不表。

再讲山西绛州府龙门县该管地方，有座太平庄，庄上有个村名曰薛家村。村中有一富翁名叫薛恒，家私巨万。所生二子，大儿薛雄，次儿薛英。才交三十，薛恒身故。弟兄分了家私，各自营业。这二人各开典当，良田千顷，富称故国，人人相称。员外次子薛英，娶妻潘氏，三十五岁生下一子，名唤薛礼，双名仁贵。从小到大不开口的，爹娘不欢喜，道他是哑巴子。直到五十岁庆寿，仁贵十五岁了。一日睡在书房中，见一白虎揭开帐子扑身进来，吓得他魂飞天外，喊声："不好了！"才得开口。当日拜寿，就说爹娘福如东海，寿比南山。薛英夫妇十分欢喜，爱惜如珠。不晓得罗成死了，薛仁贵所以就开口的。不上几天，老夫妇双双病死了。只叫作：白虎当头坐，无灾必有祸。真曰："白虎开了口，无有不死。"仁贵把家私执掌，也不晓得开店，日夜习学武艺，开弓跑马，名闻天下，师家请了几位，在家习学六韬三略。又遭两场回禄，把巨万家私、田园屋宇弄得干干净净。马上十八般，地下十八件，般般皆晓，件件皆能。箭射百步穿杨，日日会集朋友放马射箭。家私费尽，只剩得一间房子。吃又吃得，一天要吃一斗五升米，又不做生意，哪里来得吃？卖些家货什物，不够数月吃得干干净净。楼房变卖，无处栖身，只得住进一山脚下破窑里边，犹如叫花子一般。到十一月寒天，又无棉衣，夜无床帐，好不苦楚！饿了两三天，哪里饿得过，睡在地上，思量其时八、九月还好，秋天还不冷。如今寒天冻饿难过。绝早起身出了窑门，心中想道："往哪里去好呢？有了！我伯父家中十分豪富，两三年从不去搅扰他，今日不免走一遭。"心中暗想，一路早到。抬头看见墙门门首有许多庄客，尽是刁恶的，一见薛礼，假意喝道："饭是吃过了，点心还早。不便当别处去求讨吧！"正是：

龙逢浅水遭虾戏，虎落荒崖被犬欺。

不知薛礼如何回话，且听下回分解。

第十七回

举金狮叔宝伤力　见白虎仁贵倾家

诗曰：

仁贵穷来算得穷，时来方得遇英雄。
投军得把功劳显，跨海征东官爵荣。

再说薛仁贵一听刁奴之言，心中不觉大怒，便大喝道："你们这班狗头，眼珠都是瞎的？公子爷怎么将来比作叫花的？我是你主人的侄儿，报进去！"那些庄汉道："我家主人大富大贵，哪里有你这样穷侄儿？我家员外的亲眷甚多，却也尽是穿绫着绢，从来没有贫人来往。你这个人不但穷，而且叫花一般，怎么好进去报？"仁贵听说，怒气冲天，说："我也不来与你算账，待我进去禀知伯父，少不得处置！"

薛礼撒开大步，走到里边。正遇着薛雄坐在厅上，仁贵上前叫声："伯父，侄儿拜见！"员外一见，火星直冒，说："住了！你是什么人，叫我伯父？"薛礼道："侄儿就是薛仁贵。"员外道："嗐！畜生！还亏你老脸前来见伯父我。我想，你当初父母养你如同珍宝，有巨万家私托与你，指望与祖上争气。不幸生你这不肖子，与父母不争气，把家私费尽，还有面目见我！我只道你死在街坊，谁知反上我门来做什么？"仁贵说："侄儿一则望望伯父；二则家内缺少饭米，要与伯父借米一二斗，改日奉还。"薛雄说："你要米何用？"仁贵道："我要学成武艺，吃了跑马。快拿来与我。"薛雄怒道："你这畜生！把家私看得不值钱，巨万拿来都出脱了。今日肚中饥了，原想要米的，为何不要到弓，马上去寻来吃？"仁贵说："伯父，你不要把武艺看轻了。不要说前朝列国。即据本朝有个尉迟恭，打铁为生，只为本事高强，做了鄂国公。闻得这些大臣都是布衣起首。侄儿本事也不弱，朝里边的大臣如今命运不通，落难在此，少不得有一朝际遇，一家国公是稳稳到手的。"薛雄听了又气又恼，说道："青天白日，你不要在此做梦！你这个人做了国公，京都内外抬不得许多人。自己肚里不曾饱，却在此讲混话。这样不成器的畜生，还要在此恼我性子。薛门中没有你这个人，你不要认我伯父，我也决不来认你什么侄儿。庄汉们，与我赶出去！"薛礼心中大怒，说："罢了！罢了！我自己也昏了！穷来有二三年了，从来不搅扰这里，何苦今日走来讨他羞辱？"不别而行。出了墙门大叹一声道："咳！怪不得那些闲人都不肯看顾，自家骨肉尚然如此。如今回转破窑也是无益，肚中又饥得很，吃又没得吃，难在阳间为人。"一头走，一头想，来到山脚下见一株大槐树，仁贵大哭说："这是我葬身之地了！也罢！"把一条索子系在树上吊起来了。

　　仁贵命不该绝，来了一个救星名叫王茂生。他是小户贫民，挑担为生，偶然经过，抬头一看吊起一人，倒吓得面如土色。仔细一认，却也认得是薛大官人："不知为什么寻此短见？待我救他下来。"茂生把担歇下，搬过一块石头摆定了，将身立在上面，伸手往他心内摸摸，看还有一点热气，双手抱起，要等个人来解这个索结，谁想再没有人来。不多一会儿，那边来了一个卖婆仔，细一看，原来就是自家的妻子毛氏大娘。都算有福，同来相救。那茂生正在烦恼，见妻子走来，心中大喜，叫声："娘子，快走一步，救了一条性命也是阴德。"那大娘连忙走上前来，把箱子放下，跨上石头，双手把圈解脱。茂生抱下来，放在草地上。薛礼悠悠苏醒，把眼张开说："哪个恩人在此救我？""王茂生同妻毛氏做生意回来，因见大官人吊在树上，夫妇二人放下来的。"仁贵道："啊呀！如此说二人是我大恩人了。请受小子薛礼拜见！"茂生道："这个我夫妻当不起。请问大官人为什么寻此短见起来？"仁贵说："恩人不要说起，只恨自己命运不好，今日到伯父家中借贷，却遭如此凌贱。小子仔细思量，实无好处。原要死的，不如早绝。"茂生道："原来如此。这也不得怨命，自古说：'碌碌也有翻身日，困龙也有上天时。'你伯父如此势利，决不富了一世。阿娘，你笼子内可有斗把米么？将来赠了他。"毛氏道："官人，米是有的，既要送他，何不请到家中坐坐。走路上成何体统？"茂生道："娘子之言极是。啊，薛官人，且同我到舍小去坐坐，赠你斗米便了。"仁贵道："难得恩人，犹如重生父母，再长爹娘！"茂生挑了担子，与薛礼先走。毛氏大娘背了笼子，在后慢慢地来。

一到门首，把门开了，二人进到里边，见小小坐起，倒也精雅。毛氏大娘进入里面烹茶出来。茂生说："请问大官人，我闻令尊亡后有巨万家私，怎么弄得一贫如洗？"仁贵道："恩人不要讲起。只因自己志短，昔年合同了朋友学什么武艺、弓马刀枪，故而把万贯家财都出脱了。"茂生听言大喜，说："这也是正经，不为志短。未知武艺可精么？"仁贵道："恩人啊！若说弓马武艺，件件皆精。但如今英雄无用武之地，救济不来。"茂生道："大官人说哪里话来。自古道：'学成文武艺，货与帝皇家。'既有一身本事，后来必有好处！娘子快准备酒饭。"毛氏大娘在里面句句听得，叫声："官人走进来，我有话讲。"茂生说："大官人请坐，我进去就来。"茂生走到里面，便叫："娘子有什么话说？"毛氏道："官人啊，妾身看那薛大官人不像落魄的，面上官星显现，后来不做公侯，便为梁栋。我们要周济，必然要与他说过，后来要靠他过日子,如若不与他说过,倘他后来有了一官半职,忘记了我们,岂不枉费心机?"茂生说:"娘子之言甚为有理。"便走出来说道:"薛大官人,我欲与你结拜生死之交,未知意下如何?"仁贵听言大喜,假意说道:"这个再不敢的。小子感承恩人照管,无恩可报,焉敢大胆与恩人拜起弟兄来!"茂生说:"大官人,不是这论。我与你拜了弟兄,好好来来往往。倘我不在家中,我妻子就可叔嫂相称,何等不美?"仁贵道:"蒙恩人既这等见爱,小子从命便了。"茂生说:"待我去请了关夫子来。"走出门外,不多一会儿买了鱼肉进到里面。好一个毛氏大娘,忙忙碌碌端整了一会儿。茂生供起关张,摆了礼物,点起香烛,斟了一杯酒,拜跪在地,说:"神明在上。弟子王茂生才年三十九岁,九月十六丑时生的。路遇薛仁贵,结为兄弟,到老同器,连枝一般。若有半路异心,不得好死!"仁贵也跪下说:"神明在上。弟子薛礼行年二十一岁,八月十五寅时建生。今与王茂生结为手足。若有异心,欺兄忘嫂,天雷打死,万弩穿身!"二人立了千斤重誓,立起身来送过了神,如今就是弟兄相称。大娘端正四品肴馔,拿出来摆在桌上。茂生说:"兄弟,坐下来吃酒。"仁贵饮了数杯,如今大家用饭。茂生说:"娘子,你肚中饥了,自家人不妨,就同坐在此吃罢!"这位娘子倒也老实,才坐得下来,仁贵吃了七八碗了。要晓得他几天没有饭下口吃,况又吃得,如今一见饭没有数碗吃的,一篮饭有四五升米在里头。茂生吃得一碗,见他添得凶了,倒看他吃。毛氏坐下来,这个饭一碗也不曾吃,差不多完在里头了。茂生大悦道:"好兄弟,吃得,必是国家良将!娘子,快些再去烧起来。"仁贵说:"不必了,尽够了。"他是心中暗想:"我若再吃,吓也吓死了。我回家少不得赠我一斗米,回到窑中吃个饱。"算计已定,说:"哥哥嫂嫂请上,兄弟拜谢!"茂生道:"啊呀!兄弟又来了!自家人不必客气。还有一斗二升米在此,你拿去,过几天缺少什么东西只消走来便了。"仁贵道:"哥嫂大恩,何日得报?"茂生道:"说哪里话来,兄弟慢去。"

仁贵出门，一路回转破窑。当日就吃了一斗米，只剩得二升米，明日吃不来了。只得又到茂生家来，却遇见他夫妻两个正要出门，一见薛仁贵，满心欢喜说："兄弟，为什么绝早到来？"薛礼说："特来谢谢哥嫂。"茂生说："兄弟又来了，自家兄弟谢什么，还有多少米在家？"仁贵说："昨日吃了一斗，只有二升在家了。"王茂生心中一想，说："完了！昨日在此吃了五升米去的，回家又吃了一斗。是这样一个吃法，叫我哪里来得？今日早来，决定又要米了。"好位毛氏，见丈夫沉吟不语，便叫道："官人，妾身还积下一斗粟米在此，拿来赠了叔叔拿去吧！"茂生说："正是。"毛氏将米取出，茂生付与仁贵，接了谢去。茂生想："如今引鬼入门了，便怎么处？"

　　少表茂生夫妻之事。且说仁贵，他今靠着王茂生恩养，不管好歹，准准一日要吃一斗米，朝朝到王家来拿来要。要晓得这夫妻二人做小本生涯的，彼时原积得起银钱。如今这仁贵太吃得多了，两个人趁赚进来，总然养他不够，把一向积下银钱都用去了，又不好回绝他，只得差差补补寻来养他，连本钱都吃得干干净净，生意也做不起了。仁贵还不识时务，天天要米。王茂生心中纳闷，说："娘子，不道薛仁贵这等吃得，连本钱都被他吃完了。今日哪里有一斗米？我就饿了一日不妨。他若来怎样也好饿他？"毛氏大娘听说，便叫声："官人，没有商量，此刻少不得叔叔又要来了。只得把衣服拿去当几钱银子来买米与他。"茂生说："倒也有理。"那番，今日当，明日当，当不上七八天，当头都吃尽了。弄得王茂生走投没路，日日在外打听。不道这一日访得一头门路在此，他若肯去，饭也有得吃。大娘说："官人，什么门路？"茂生说："娘子，我闻得离此地三十里之遥，有座柳家庄。庄主柳员外家私巨万，另造一所厅房楼屋，费用一万银子。包工的缺少几名小工，不如待他去相帮，也有得吃了。"毛氏说："倒也使得。但不知叔叔肯去做小工否？"

　　夫妻正在言谈，却好仁贵走进来了。茂生说："兄弟，为兄有一句话对你讲。"仁贵道："哥哥什么话说？"茂生说："你日吃斗米，为兄的甚是养不起。你若肯去做生活就有饭吃了。"仁贵说："哥哥，做什么生活？"茂生道："兄弟，离此三十里柳家庄柳员外造一所大房子，缺少几名小作。你可肯去做？"仁贵说："但我不曾学匠人，造屋做不来的。"茂生道："嗳！兄弟，造屋自有匠头。只不过抬抬木头，搬些砖瓦石头等类。"仁贵道："啊！这个容易的。可有饭吃的么？"茂生道："兄弟又来了，饭怎么没有，非但吃饭，还有工钱。"仁贵道："要什么工钱？只要饭吃饱就好了。"茂生说："既如此，同去！"两下出门，一路前往大王庄，走到柳家村，果见柳员外府上有数百人，在那里忙忙碌碌。茂生走上前，对木匠作头说道："周师父！"作头听叫连忙走过来说："啊呀！原来是茂生。请了！有什么话？"茂生说："我有个兄弟薛仁贵，欲要相帮老师做做小工，可用得着么？"周匠头道："好来得凑巧，我这里正缺小作，住在此便了。"茂生说："兄弟，你住在此相帮，为兄去了，不常来望你的。"仁贵说："哥哥请回！"王茂生回去不表。

　　再讲仁贵从早晨来到柳家庄，说得几句话，一并做活，还不端正，要吃早饭了。把这些长板铺了，二三百人坐下，四个人一篮饭，四碗豆腐，一碗汤。你看这仁贵，坐在下面也罢，刚刚坐在作头旁首第二位上。原是饿虎一般的吃法，一碗只划得两口，这些人才吃得半碗，他倒吃了十来碗。作头看见，心内着了忙，说："怎么样，这个人难道没有喉咙的么？"下面这些人大家停了饭碗，都仰着头看他吃。这薛礼吃饭没有碗数的，吃出了神，只顾添饭，完了一篮，又拿下面这一篮来吃。不多一会，足足吃了四篮饭，方停了碗，说够了。作头心下暗想："这个人用不着的，待等王茂生来，回他去罢。"心里边是这样想。如今吃了饭，大家各自散开去做生活。仁贵新来，不晓得的，便说："老师，我做什么生活？"作头说："那一首河口去相帮他们扛起木料来。"仁贵答应，忙到河边。见有二三十人在水中系了索子，背的背，扯的扯，乃是大竖柱正梁的木料，许多人扯一根扯它不起。仁贵见了大笑，说："你们这班没用之辈！根把木头值得许多人去扯它？大家拿了一根走就是了。"众人说："你这个人有些疯颠的么？相帮我们扯得起来，算你力气狠得极的了。若说思量一个人拿一根，真正痴话了。"仁贵说："待我来拿与你们看看。"他说罢，便走下水来，双手把这头段拿起来，放在肩头上，又拿一根挟在左肋下，那右肋下也挟了一根，走上岸来，拖了就跑。众人把舌头乱伸，说："好气力！我们许多人拿一根尚然弄不起。这个人一人拿三根，倒拿了就走。这些木料都让他一个拿吧！我们自去做别件吧。"

哪晓仁贵三根一拿，不上二三个时辰，二百根木头都拿完了。作头暗想："这也还好，抵得二三十人吃饭，也抵四五十人生活。如今相帮挑挑砖瓦，要挡抵四五篮饭也情愿的。"

到明日，王茂生果然来望，便说："兄弟，可过得服么？"仁贵说："倒也过得服的。"那个周大木走将过来，叫声："王茂生！你这个兄弟做生活倒也做得。但是吃饭太觉吃得多，一日差不多要吃一斗米。我是包在此的，倘然吃折了怎么处？不要工钱只吃饭还合得着。"茂生说："薛兄弟，周老师道你吃得多，没有工钱。你可肯么？"仁贵说："哪个要什么工钱！只要有得吃就够了。"茂生说："如此极好。兄弟我去了。"不表茂生回去。

且说薛仁贵如今倒也快活。这些人也觉偷力得多了，拿不起的东西都叫他抬拿。自此之后，光阴迅速。到了十二月冷天，仁贵受苦了，身上只穿是单衣，鞋袜都没有的。不想这一月天气太冷，河内成冰，等了六七天还不开冻。将近岁底，大家要回去思量过年。周大木叫声："员外！如此寒天大冻，况又岁毕，我们回去过了新年，要开春来造的了。"柳员外说："既然如此，寒天不做就是，开春吧！但这些木料在此，要留一个在此看守才好。不然被人偷去，要你赔的。"木匠说："这个自然。靠东首堂楼墙边搭一草厂，放些木料，留人看守。"

员外说："倒也使得。"木作头走出来道："你们随便哪一个肯在此看木料？"只有薛仁贵大喜道："老师！我情愿在此看木料。"作头心中想："这个人在此，叫我留几石米在这里方够他吃得来！"大木正在踌躇，只见柳员外刚踱将出来。作头便叫声："员外，我留薛礼在此看木料，不便留米。员外可肯与他吃么？"员外说："个把人何妨？你自回去，待他这里吃罢了。"众匠人各自回家，不必去表。

单讲薛礼走进柳家厨房，只见十来个粗使丫环忙忙碌碌，家人妇女端正早饭。仁贵进来一个个拜揖过了。家人道："你可是周师父留你在这里看木料的薛礼么？"仁贵道："老伯，正是。"

英雄未遂凌云志，权做低三下四人。

究竟薛仁贵如何出息，且听下回分解。

第十八回

大王庄薛仁贵落魄　怜勇士柳金花赠衣

诗曰：

贫士无衣难挡寒，朔风冻雪有谁怜？
谁知巾帼闺中女，恻隐仁慈出自然。

再说薛仁贵道："我正是周师父留在此的。"家人道："既如此，就在这里吃饭吧！"仁贵答应，同了这班家人们就坐灶前用饭。他依旧乱吃，差不多原有几篮饭吃了。他们富足之家，不知不觉的，只不过说他饭量好吃得。众家人道："你这样吃得，必然力大，要相帮我们做做生活的。"仁贵说："这个容易。"自此，仁贵吃了柳员外家的饭，与他挑水、淘米、洗菜、烧火，都是他去做，夜间在草厂内看木料。

员外所生一子一女。大儿取名柳大洪，年方二十六岁，娶媳田氏。次女取名柳金花，芳年二十正，有沉鱼落雁之容，闭月羞花之貌，齐整不过。描龙绣凤，般般俱晓；书画琴棋，件件皆能。那柳大洪从龙门县回来，一见薛礼在厂中发抖，心中暗想："我穿了许多棉衣，尚然还冷。这个人亏他穿一件单衣，还是破的，于心何忍？"便把自己身上的羊皮袄子脱下来，往厂内一丢，叫声："薛礼！拿去穿了吧！"仁贵欢喜说："多谢大爷赏赐！"拿了皮袄披在身上，径是睡了。自此过来，到了正月初三，田氏大娘带了四名丫环上楼来。金花小姐接住说："嫂嫂请坐！"大娘道："不消了。姑娘啊，我想今日墙外没有人来往，公公又不在家中。不知新造墙门对着何处？我同姑娘出去看看。"小姐道："倒也使得。"姑嫂二人走到墙门，田氏大娘说："这造墙门原造得好，算这班师父有手段。"小姐道："便是呢，嫂嫂，如今要造大堂楼了。"二人看了一会儿，小姐又叫声："嫂嫂，我们进去吧！"姑娘转身才走，忽见那一首厂内一道白光冲出，呼呼一声风响，跳出一只白虎，走来向着柳金花小姐面门扑来。田氏大娘吓得魂飞魄散，拖了姑娘往墙门前首一跑。回头一看，却不见什么白虎，原来好端端在此。田氏大娘心中稀罕，叫声："姑娘啊，这也奇了，方才明明见一只白虎扑在姑娘面前，如何就不见了？"小姐吓得满面通红说："嫂嫂！方才明明是只白虎，如何就不见了？如今想将起来，甚为怪异，不知是祸是福？"田氏大娘道："姑娘，在厂内跳出来的，难道看木头的薛礼不在里面么？我们再走去看看。"姑嫂二人挽手来到厂内一看，只见薛礼睡在里边，并无动静。小姐心下暗想："这个人虽然像叫花一般，却面上官星显现，后来决不落魄，不是公侯，定是王爵。可怜他衣服不周，冻得来在里边发抖。"小姐在这里想，只听田氏嫂嫂叫声："姑娘，进去吧！"小姐答应，相同嫂嫂各自归房。

单讲小姐，心里边倒疑惑："我想这只白虎跳出来，若是真的，把我来抓去了。倒为什么一霎时跳出，一霎时就不见了？谅来不像真的。况在厂内跳出，又见看木料的人面上白光显现，莫非这个人有封相拜将之分？"倒觉心中闷闷不乐。不一日，风雪又大。想起："厂内之人难道不冷么？今夜风又大，想他决冻不起。待我去看看，取得一件衣服，也是一点恩德。"等到三更时，丫环尽皆睡去，小姐把灯拿在手中，往外边轻轻一步步挨去。开了大堂楼，走到书房阁；出小楼，跨到跨街楼，悠悠开出楼窗，往下一看。原来这草厂连着楼，窗披在里面的，所以见得。正好仁贵睡在下边，若是丢衣服，正贴在他身上。小姐看罢，回身便走，要去拿衣服。刚走到中堂楼，忽一阵大风将灯吹灭，黑暗伸手不见五指。慢慢地摸到自己房中，摸着一只箱子，开了盖，拿了一件衣服就走。原摸到此间楼上，往着窗下一丢，将窗关好了，摸进房，径是睡了一宵，晚话不表。

　　到了明日，薛仁贵走起来，只见地上一件大红紧身，拾在手中说："哪里来的？这又奇了，莫非皇天所赐？待我拜谢天地，穿了它吧。"这薛仁贵将大红紧身穿在里面，羊皮袄子穿在外面，连柳金花小姐也不知道，竟过了日子。谁想这一夜天公降雪来，到明日足有三尺厚。有柳刚员外要出去拜年，骑了骡子出来，见场上雪堆满在此，开言叫声："薛礼，你把这雪拿来扫除了。"仁贵应道："是！"那番提了扫帚在此扫雪。员外径过护庄桥去了。这薛礼团团扫转，一场的雪却扫除了一半。身上热得紧，脱去了羊皮袄子，露出了半边的大红紧身在这里扫。那晓得员外拜年回来，忽见了薛礼这件红衣，不觉暴跳如雷，怒气直冲。口虽不言，心内想一想："啊呀！那年我在辽东贩货为商，见有二匹大红绫子，乃是鱼游外国来的宝物，穿在身上不用棉絮，暖热不过的。所以，我出脱三百两银子买来，做两件紧身。我媳妇一件，我女儿一件，除了这两件再也没有的了。这薛礼如此贫穷，从来没有大红衣服，今日这一件分明是我家之物。若是偷的，决不如此大胆地穿在身上，见我也不回避。难道家中不正，败坏门坊？倒底未知是媳妇不正呢？女儿不正？待我回到家中查取红衣，就知明白了。"

　　这柳刚大怒，进入中堂坐下，唤过十数名家人，说："与我端正绳索一条，钢刀一把，毒药一服，立刻拿来！"吓得众家人心中胆脱，说："员外，要来何用？"员外大喝道："唗！我有用！要你们备，谁敢多说？快些去取来！"众家人应道："是！"大家心中不明白，不知员外为什么事情，一面端正，一面报知院君。那院君一闻此言，心内大惊，同了孩儿柳大洪走出厅堂。只见员外大怒，院君连忙问道："员外，今日为何发怒？"员外道："嗳！你不要问我，少停就知明白了。丫环们，你往大娘、小姐房内取大红紧身出来我看！"四名丫环一齐答应一声，进房去说。大娘取了红衣，走出厅堂，叫声："公公、婆婆！媳妇红衣在此，未知公公要来何用？故此媳妇拿在此，请公公收下。"员外说："既然如此，你拿了进去，不必出来出丑！"大娘奉命回进房中，不表。

再讲小姐正坐高楼，只见丫环上楼叫声："小姐，员外不知为什么要讨两件红衣。大娘的拿出去与员外看过了，如今要小姐这件红衣，叫丫环来取。小姐快些拿出来，员外在厅上立等。"金花小姐听见此言，不觉心中一跳。连忙翻开板箱一看，不见了红衣，说："不好了！祸降临身！那一夜吹灭了灯火，不知哪一只箱子，随手取了一件撂下去，想来一定是这件大红紧身。必然薛礼穿在身上，被我爹爹看见，所以查取红衣。为今之计，活不成了！"箱子内尽翻倒了，并没有红衣。只见楼梯又有两名丫环来催取，说："员外大怒，在厅上说，若再迟延，要处死小姐！"那位姑娘吓得魂不附体，不敢走下楼去，只得把箱子又翻，哪里见有？

再表外边，员外坐在厅上等了一会，不见红衣，暴跳如雷，说："咳！罢了，罢了！家门不幸！"院君道："为什么这样性急？女儿自然拿下来的。你难道疯颠了么？"员外大怒，骂道："老不贤！你哪里知道！有其母必生其女，败坏门坊。还有什么红衣？那红衣为了表记，赠与情人了！"院君大惊，说："你说什么话？"连忙回身就走，来到高楼，叫声："女儿！红衣可在？快拿与做娘的。你爹爹在外立等要看！"金花说："啊呀，母亲啊！要救女儿性命！"眼中掉泪，跪倒在地。院君连忙扶起，说："女儿！倒底怎么样？"小姐道："啊唷，母亲啊！前日初三，与嫂嫂一同出外观看新造墙门。看见厂内一人，身上单衣，冻倒在地，女儿起了恻隐之心。那晚夜来，意欲把扯一件衣服与他穿，谁想吹灭了灯，暗中箱内摸这一件衣服，撂下楼去。女儿该死！错拿了这件大红紧身与他，想是爹爹看见，故来查取。母亲啊！女儿并无邪路，望母亲救了女儿性命！"葛氏院君听言大惊，说："女儿！你既发善心，与他衣服，也该通知我才是。如今爹爹大发雷霆，叫做娘的也难以做主。，在楼上躲一躲！"母女正在慌张，又有丫环上楼，叫声："小姐！员外大怒。若不下楼，性命难保了！"院君说："女儿！不必去睬他！"不表楼上之事。

再讲员外连差数次不见回音，怒气直冲，忍不住起来了，说："啊，好贱人！总不来理我，难道罢了不成？"立起身往内就走。柳大洪一把扯住，说："爹爹不须性急，妹子同母亲自然下楼出来的。"员外说："嗻！畜生！你敢拦阻我么？"豁脱了衣袖，往着扶梯上赶来，说："啊唷唷！气死我也！小贱人在哪里？快些与我下楼去问你！"小姐吓得面如土色，躲在院君背后，索落落抖个不住，说："母亲！爹爹来了。救救女儿性命！"院君道："不妨。"叫声："员外息怒。待妾身说明，不要惊坏了女儿。"员外道："老不贤！有辩你倒替小贱人说！"院君道："女儿那日同了媳妇外出看看新墙门，见了厂内薛礼身上单薄，抖个不住。女儿心慈，其夜把与一件衣服。不道被风吹灭灯火，暗中拿错了这件红衣，被他穿了。并无什么邪心，败坏门坊的，员外休得多疑。"员外说："替他分说得好！一件大红紧身，有什么拿差？分明有了私心，赠他表记。罢了！罢了！小小年纪，干这无天大事，留在此也替祖上不争气！你这老不贤，还要拦住，闪开些！"走上一步，把这葛氏院君右膊子只一扯一扳，轰隆一跤。小姐要走来不及了，却被员外往着头上只击打将过来，莲花朵首饰尽行打掉了。一把头发扯住，拦腰一把，拿了就走。院君随后跟下楼去。员外把小姐拖到厅上，一脚踹定，照面巴掌就打。说："小贱人！做得好事！你看中了薛礼，把红紧身做表记，私偷情人，败坏门坊。我不打死你这小贱人誓不姓柳！"拳头脚尖乱打。打得姑娘满身疼痛，面上乌青，叫声："爹爹！可怜女儿冤屈的，饶了孩儿吧！"院君再三哀告说："员外，女儿实无此事。若打坏了他，倘有差池，后来懊悔！"员外说："嗳！这样小贱人，容他不得，处死了倒也干净！小贱人！我也不来打你，那一把刀、一条绳、一服药，你倒好好自己认了哪一件。若不肯认，我就打死你这贱人！"吓得众人面如土色。柳大洪叫声："爹爹！不要执见。谅妹子不是这般人，可看孩儿之面，饶了妹子吧！"员外说："畜生！你不必多讲。小贱人快些认来！"金花跪在地下说："爹爹饶了女儿死，情愿受打！"田氏大娘跪下来叫声："公公！可看媳妇之面，饶了姑娘性命吧！谅姑娘年轻胆小，决不干无天事的。况薛礼无家无室，在此看料，三不像鬼，七不像人。只不过道他寒冷，姑娘心慈，拿差了衣服是有的。难道看中了叫花子不成？公公还要三思。"院君道："我和你半世夫妻，只生男女二人。况金花实无此事，要他屈死起来？可念妾身之面，饶他一死。"员外哪里肯听，打个不住，小姐痛倒在地。大家劝了不听，又见小姐哀哭倒地，忍不住眼泪落将下来。正在吵闹，忽有个小厮立在旁首，观看了一会儿，往外边一跑，走出墙门，来对了薛礼说道："你这好活贼！这件大红衣是我家小姐之物，要你偷来穿在身上。如今员外查究红衣，害我家小姐打死在厅上了，你这条性命少不得也要处死的！"薛礼听见这句话，看看自己的衣服，还是半把大红露出在外。仔细听一听，看柳家里面沸反天，哭声大震，便说："不好了！此时不走，等待何时！"顷刻间面如土色，丢了这把扫帚，往这条雪地上大路边放开两腿好跑哩！不知这一跑跑到哪里去了。

再讲员外正逼小姐寻死，忽门公进来说："西村李员外有急事相商要见。"员外立起身来说："老不贤，你把这贱人带到厨房，待我出去商量过了正事，再来处死他。若放走了，少不得拿一个来代死！"众人答应："晓得。"此时心内略松一松。院君扶了金花哭进厨房。柳大洪同了大娘一同进厨房来。

再表柳刚员外接进李员外到厅商议事情，不表。再说金花苦诉哀求说："母亲！爹爹如今不在眼前，要救女儿性命！"院君好不苦楚，众人无法可施。大洪开言叫声："母亲，爹爹如今不在，眼前要救妹子。依儿愚见，不如把妹子放出后门逃生去吧！"金花道："啊呀，哥哥呀！叫妹子脚小伶仃，逃到哪里去？况且从幼不出闺门，街坊路道都不认得的，怎生好去逃命？"大洪说："顾妈妈在此，你从小服侍我妹子长大，胜如母亲一般。你同我妹逃往别方，暂避眼前之难，等爹爹回心转意，自当报你大恩！"顾妈妈满口应承："姑娘有难，自然我领去逃其性命。院君，快些收拾盘缠与我。"葛氏院君进内取出花银三百两，包包裹裹，行囊是没有的，拿来付与乳母顾妈妈。与小姐高楼去收拾那些得爱金银首饰，拿来打了一个小包袱，下楼说："小姐逃命去吧！"金花拜别娘亲哥嫂。小姐前头先走，乳母叫声："院君，姑娘托在我身上，决不有误大事，不必挂怀。但是我姑娘弓鞋脚小，行走不快，员外差人追来如何是好？"院君踌躇道："这便怎么样处呢？"大洪道："顾妈妈，你是放心前去。我这里自有主意，决不会有人追你。"乳母说："既如此，我去了。"

不表顾妈妈领了小姐逃走。再讲柳大洪大户人家，心里极有打算。他便心生一计，叫声："母亲！孩儿有一计在此，使爹爹不查究便了。"院君道："我儿，什么计？"大洪说："丫环们端正一块大石头在此，待爹爹进来，将要到厨房门首，你们要把这石块丢下井去。母亲就哭起来，使爹爹相信无疑，不差人追赶。"院君说："我儿，此计甚妙！"吩咐丫环连忙端正。外边员外却好进来了，大叫："小贱人可曾认下哪一件？快与我丧命！"里边柳大洪听见，说："爹爹来了！快丢下去！"这一首丫环连忙把石块往井内轰隆一声响丢下去，院君就扳住了井圈，把头钻在内面遮瞒了，说："啊呀！我那女儿啊！"田氏大娘假意眼泪纷纷，口口声声只叫："姑娘死得好惨！"这些丫环们倒也乖巧,沸反盈天,哀声哭叫小姐不住口。柳大洪喊声:"母亲不要靠满井口,走开来。待孩儿把竹竿捞救他!"说罢就把竹竿拿在手,正要往井内捞。那员外在外听得井内这一响,大家哭声不绝,明知女儿投井身亡,倒停住了脚步,如今听得儿子要把竹竿捞救,连忙抢步进来,大喝一声:"畜生,这样贱人还要捞救他做什么,死了倒也干净!"院君道:"老贼,你要还我亲生女儿的!"往着员外一头撞去。正是:

  只因要救红妆女,假意生嗔白发亲。

  究竟员外如何调处,且听下回分解。

第十九回

富家女逃难托乳母　贫穷汉有幸配淑女

诗曰：

本来前世定良缘，今日相逢非偶然；
虽是破窑多苦楚，管须富贵在他年。

那员外一时躲闪不及，倒跌了一跤，爬起身来叫声："丫环们，与我把这座灶头拆下来填实了！"众丫环一声答应。这班丫环拆卸的拆卸，填井的填井，把这一个井顷刻间填满了。田氏大娘假意叫声："姑娘死得好苦。"揩泪回进自己房中去了。大洪叫声："爹爹何苦如此把妹子逼死，于心何忍？"说罢也往外边走了去。那院君说："老贼啊！你太刻毒了些，女儿既被逼死，也该撩起尸骸埋葬棺木也罢了，怎么尸首多不容见，将他填在泥土内了？这等毒恶，我与你今世夫妻做不成了！"这院君假意哭进内房。员外也觉无趣，回到书房闷闷不乐。

我且丢下柳家之事，再表那薛仁贵心惊胆战，恐怕有人追赶，在雪内奔走个不住。一口气跑得来气喘吁吁，离柳家庄有二十里，见前有个古庙,心下想道:"不免走进去省省气力再走。"仁贵走进庙中,坐于拜单上面省力,我且慢表。

再讲这柳金花小姐被乳母拖住跑下来不打紧,可怜一位小姐跑得来面通红涨,三寸金莲在雪地上别得来好不疼痛,叫声:"乳母,女儿实是走不动了,哪里去坐一坐才好。"顾妈妈说:"姑娘,前面有座古庙,不免到里边去坐一坐再走。"二人趱上前来。哪知仁贵也在里边坐了一回,正要出庙走,只见那边两个妇人远远而来,便心中暗想道:"不好啊!莫非是柳家庄来拿我的么?不免原躲在里面,等他过了再走。"列位,那仁贵未曾交运,最胆小的,他闪进古庙想:"这两个妇人,倘或也进庙中来便怎么处?啊!有了,不免躲在佛柜里边,就进来也不见的。"仁贵连忙钻入柜中,倒也来得宽松,睡在里边了。

且表那小姐同了乳母进入庙中,说:"姑娘,就在拜单上坐一坐吧。"小姐将身坐下。顾妈妈抬眼团团一看,并无闲人,开言说道:"姑娘,你是一片慈心,道这薛礼寒冷,赐他红衣,再不道你爹爹性子不好。见了红衣,怪不得他发怒,无私有弊了。我虽领你出门,逃过眼前之害,但如今哪里去好?又无亲戚,又无眷属,看来倒要死一块了。"小姐叫声:"乳母,总然女儿不好,害你路途辛苦。我死不足惜,只可惜一个薛礼,他也算命薄,无家无室,冷寒不知受了多少,思量活命,到此看木料,我与他一件红衣,分明害了他了。我们逃了性命,这薛礼必然被爹爹打死了。"乳母道:"这也不知其细。"二人正在此讲,惊动佛柜里面一个薛仁贵,听见这番说话,才明白了:"啊!原来如此!这件红衣却是小姐道我身上寒冷送我的,我哪里知道其情,只道是天赐红衣,被员外看见,倒害这位小姐离别家乡,受此辛苦,街坊上出乖露丑,哎!薛礼啊,你受这小姐这样大恩不思去报,反害他逃生受苦,幸喜他来到庙中息足,不免待我出去谢谢他,就死也甘心的了。"想罢一番,即便将身钻出佛柜,来到小姐面前,双膝跪下叫声:"恩小姐所赐红衣,小子实是不知,只道天赐与我,故而来穿在身上，谁想被员外见了，反害小姐受此屈打，又逃命出门。小子躲避在此，一听其言，心中万分不忍，因此出来谢一谢小姐大恩，凭小姐处置小子便了。"

忽地里跪在地下说此这番言语，倒吓得小姐魂不附体，满面通红，躲又躲不及。乳母倒也乖巧，连忙一把扶起说："罪过罪过，一般年纪，何必如此。请问小官人向住何方，年庚多少？"仁贵说："妈妈，小子向在薛家庄，有名的薛英员外就是家父，不幸身故，家业凋零，田园屋宇尽皆耗散，目下住在破窑里面，穷苦不堪。故此在员外府上做些小工谋食，不想有此异变，我之罪也！"顾妈妈叫声："薛礼，我看你虽在窑中，胸中志略才高决不落薄。我家小姐才年二十，闺阁千金，见你身上寒冷，赐你红衣，反害了自家吃苦，如今虽然逃脱性命，只因少有亲眷，无处栖身。你若感小姐恩德，领我们到窑内权且住下，等你发达之时再报今日之恩，也就是你良心了。"薛礼叫声："妈妈，我受小姐大恩，无以图报。如若薛礼家中有高堂大屋，丰衣足食，何消妈妈说得，正当供养小姐。况且住在破窑并无内外，又无什物等件，叫花一般，只有沙罐一个，床帐俱无，稻草而睡。小姐乃千金贵体，哪里住得服？不但受些苦楚，更兼晚来无处栖身，小姐青年贵体怎生安睡？外人见了，又是一番猜疑。不但报小姐恩德，反是得罪小姐了，使小子于心何忍？岂非罪更深矣！"乳母说："薛礼，你言语虽然不差，但如今无处栖身怎么处？"心中一想，轻轻对姑娘说道："若不住破窑，哪里去好？"金花道："乳母啊，叫我也无主意，只得要薛礼同到窑，速寻安身之处再作道理。"乳母说："去便去了，但薛礼这番言语实是真的，不分内外眼对眼，就是姑娘你也难以安睡。我看薛礼这人，虽然穷苦，后来定有好处。姑娘，既事到其间，为乳母做个主张，把你终身许了他吧。"

那柳小姐听见此言，心中一想："我前日赠他衣服，就有这个心肠。"今闻乳母之言，正合其意，便满心欢喜倒低头不开口。乳母觉着了他心意，说道："薛大官，你道破窑中不分内外，夜来不好睡，我如今把小姐终身许你如何？"薛礼听言大惊，说："妈妈休讲此话！多蒙小姐赐我红衣，从没有半点邪心。老员外尚然如此，妈妈若说小姐今日终身许我，叫薛礼良心何在？日后有口难分真假，此事断然使不得的！"乳母道："薛礼官人，你言之差矣！姻缘乃五百年前之事，岂可今日强配的？小姐虽无邪心，却也并无异见。但天神作伐，有红衣为记，说什么有口难分真假？"仁贵说："妈妈啊！虽然如此，但小子时衰落难，这等穷苦，常常怨命。况小姐生于富家闺阁，好过来的，哪里住得服破窑起来？岂非害了小姐受苦一生一世？我薛礼一发罪之甚也！况小姐天生花容月貌，怕没有大富大贵才子对亲？怎生配我落难之人起来，此事断然使不得！"乳母见他再三推辞，便大怒道："你这没良心的，我家小姐如此大恩，赠你红衣反害自身，幸亏母兄心好，故放逃生。今无栖身之地，要住在你破窑，你却有许多推三阻四，分明不许我们到窑中去了！"薛礼说："妈妈，这个小子怎敢？我若有此心，永无好日！既然妈妈大怒见责，我就依允此事便了。"乳母说："薛大官人，这句才说得是，你既应承，那包裹在此，你拿去领小姐到破窑中去。"仁贵答应，把包袱背在膊子上便说："这个雪地下不好走的，此去还有十里之遥，谅小姐决走不动，不如待我驮了去吧。"乳母说："倒也好。"

柳金花方才走了二十余里，两足十分疼痛得了不得，如今薛礼驮他走，心内好不欢喜，既许终身，也顾不得羞丑了。薛仁贵乃是一员大将，驮这小姐犹如灯草一般轻的，驮了竟在雪地上跑了去。乳母落在后面，走不上前起来，仁贵重又走转，一把挽了乳母的手而走。不上一会儿工夫，到了丁山脚下，走进破窑放下小姐，乳母便说道："你看这样一个形象，小姐在此如何住得？"金花叫声："乳母，看他这样穷苦，谅来如今饭米俱没有的。可将此包裹打开，拿一块零碎银子与他，到街坊去买些鱼肉柴米等类，且烧起来吃了再处。"乳母就把一块银子付与仁贵说："行灶要买一只回来的。"仁贵说："晓得。"接了银子满心欢喜，暗想："如今饿不死的了。"

按下薛仁贵忙忙碌碌外边买东西。今再讲王茂生他少了薛仁贵吃饭，略觉宽松几日。这一日，那王茂生卖小菜回来，偶从丁山脚下破窑前经过，偶抬头往内里一看，只见两个妇人在里边，心下一想："这窑内乃是薛兄所居之地，为何有这两个堂客在内？"正立定在窑前踌躇不决，忽见薛仁贵买了许多小菜鱼肉归来。王茂生说："兄弟，你在柳家庄几时回来的？为甚不到我家里来，先在这里忙碌？请问里面二位是何人？"薛礼说："哥哥，你且歇了担子，请到里面我有细话对你讲。"茂生连忙歇了担子，走进破窑。仁贵放了米肉什物，叫声："小姐，这位是我结义哥哥，叫王茂生，乃是我的大恩人，过来见了礼。"茂生目不识丁，只得作了两个揖。仁贵把赐红衣对茂生如此长短细细说了一遍，茂生不觉大喜说："既如此，讲起来是我弟妇了。兄弟，你的运已交，福星转助。今日是上好吉日，不免今晚成亲好。"仁贵说："哥哥，这个使不得！况破窑内一无所有，怎好成亲？"茂生说："一点也不难，抬条椅凳，被褥家伙等物待我拿来。喜嫔是你嫂嫂，掌礼就是我，可使得么？"乳母道："倒也使得。有银二两，烦拿去置办东西。"王茂生接了银子出窑说："兄弟，我先去打发嫂嫂先来。"仁贵说："既如此，甚妙。"他在窑内忙忙碌碌准备。

单讲王茂生挑担一路快活，来到家内对毛氏妻子细细说了一回。大娘心中得意，说："既有此事，我先往窑中去，你快往街坊买了些要紧东西、急用什物，作速回来。"茂生道："这个我晓得的。"夫妻二人离了自家门首，毛氏竟到破窑中。仁贵拜见了嫂嫂，小姐乳母二人也相见了礼。毛氏大娘是做卖婆的，喜嫔倒也在行的，就与姑娘开面。料理诸事已毕，却好王茂生来了，买了一幅被褥铺盖、一套男衣、一个马桶，与他打好床铺，又回到家中搬了些条桌、椅凳、饭盏、箸子等类，说："兄弟，为兄无物贺敬，白银一两，你拿去设几味中意夜饭吃了花烛。"薛礼说："又要哥哥费心。"接了银子正去买办。茂生好不忙碌，挑水淘米，乳母烧起鱼肉来。差不多天色昏暗，仁贵换了衣服，毛氏扶过小姐，茂生服侍仁贵，参天拜地、夫妻交拜已毕，犹人家讨养新妇一般做了亲。茂生安排一张桌子，摆四味夜饭，说："兄弟坐下来，为兄奉敬一大杯。"薛礼说："不消哥哥费心，愚弟自会饮的。"茂生敬了一杯，叫声："娘子，我与你回去吧。兄弟，你自慢饮几杯，为兄的明日来望你。"仁贵说："哥哥，又来客气了，且在此，等愚弟吃完花烛，还要陪哥哥嫂嫂饮杯喜酒去。"茂生道："兄弟，这倒不消费心了。"茂生夫妻出了窑门，竟是回家，我且不表。

再说仁贵饮完花烛，乳母也吃了夜饭，如今大家睡觉。顾妈妈着地下打一稻草柴铺，分这条褥子来当被盖了，仁贵落好处又不冻饿。这一夜夫妻说不尽许多恩爱，一宵晚景不必细表。

次日清晨，茂生夫妻早来问候，茶罢回去。如今薛仁贵交了运了，有了娘子，这三百两头放大胆子吃个饱足的，三个人每日差不多要吃二斗米。谁想光阴迅速，过了一月，银子渐渐少起来了。柳金花叫声："官人，你这等吃得，就是金山也要坐吃山空了。如今随便做些事业，攒凑几分也好。"仁贵说："娘子，这倒烦难，手艺生意不曾学得，叫我做什么事业攒凑起来？想去真正没法。"自此仁贵天天思想，忽一日，想着了一个念头，寻些毛竹，在窑内将刀做起一件物事来了。小姐叫声："官人，你做这些毛竹何用？"仁贵说："娘子，你不曾知道，如今丁山脚下雁鹅日日飞来，我学得这样武艺好弓箭，不如射些下来，也有得吃了，故而在此做弓箭，要去射雁。"小姐说："官人，又来了，既要射雁，拿银子去买些真弓箭射得下，这些竹的又无箭头，哪里射得下？"仁贵说："娘子，要用真弓箭非为本事，我如今只只要射的是开口雁，若伤出血来非为手段，故用这毛竹的弓箭。雁鹅叫一声就要射一箭上去，贴中下瓣咽喉，岂不是这雁叫口开还不曾闭，这一箭又伤不伤痛，口就合不拢，跌下来便是开口雁了。"小姐说:"官人,果有这等事?候射下雁来便知明白了。"那仁贵做完,到丁山脚下候等。只见两只雁鹅飞过来,仁贵扳弓搭箭,听得雁鹅一声叫,嗖的一箭射将上去,正中在咽喉,雁鹅坠地果然口张开的。这如今只只多射开口雁,一日倒有四五十只拿回家来,小姐见了满心欢喜,仁贵拿到街坊卖了二三百文,一日动用尽足够了。

自此天天射雁,又过了四五个月。忽一日在山脚下才见两只雁鹅飞过,正欲攀弓,只听见那一边大叫:"呔!薛仁贵你射的开口雁不足为奇,我还要射活雁。"仁贵听见此言,连忙住了弓,回转头一看,只见那边来了一人,头上紫包巾,穿一件乌缎马衣,腰拴一条皮带,大红裤裤,脚踏乌靴,面如重枣,豹眼浓眉,狮子犬鼻,招风大耳,身长一丈,威风凛凛,其人姓周名青也是龙门县人,从幼与薛仁贵同师学武,结义弟兄,本事高强,武艺精通,才年十八,正是小英雄,善用两条镔铁锏,有万夫不当之勇。只因离别数载,故而仁贵不认得了,因见周青说了大话,忙问道:"这位哥,活雁怎生射法,你倒来射一只我看看。"周青说:"薛大哥,小弟与你作耍,你难道不认得小弟了么?"仁贵心中想一想说:"有些面善,一时想不起了,请问哥哥尊姓,因何认得小弟。"周青说:"薛大哥,小弟就是周青。"仁贵道:"啊呀!原来是周兄弟。"连忙撇下弓,二人见礼已毕,说:"兄弟,自从那一年别后,到今数载有余,所以为兄的正不认得贤弟。请问贤弟,一向在于何处,几时回来的?"周青说:"哥哥有所不知,小弟在江南,傅家特请在家内为教师,三百两一年,倒也过了好几年。自思无有出头日子,今闻这里龙门县奉旨招兵,为此收拾行囊飞星赶来。哥哥有了这一身本领,为何不去投军,反在这里射雁?"仁贵说:"兄弟,不要说起,自从你去之后,为兄苦得来不堪之极,哪里有盘缠到龙门县投军。兄弟耳朵长,远客江南,闻知回来,谋干功名,如今不知在何处作寓。"周青说:"我住在继母汪妈妈家内。不想哥哥如此穷苦,我身虽在江南,却心中日在山西,何日不思?何日不想?今算天运循环，使我们弟兄相会。哥哥，射雁终无出息，不如同去投军干功立业，有了这一身武艺，怕没有前程到手？哥哥你道如何？"仁贵说："兄弟之言，虽是淮阴侯之谕，但为兄有妻子在家，一则没有盘费，二来妻子无靠，难以起身，故而不敢应承。兄弟一个去干功立业吧。"周青说："哥哥有了嫂嫂，这也可喜啊！哥哥，虽然如此，到底功名为大。自古说：'学成文武艺，货与帝王家。'我和你尚幼时同师所学：

岂有干功立事业，不共桃园结义人？"

究竟薛仁贵怎样前去投军，且听下回分解。

第二十回

射鸿雁薛礼逢故旧　赠盘缠周青同投军

诗曰：

英雄深喜遇英雄，射雁山前故旧逢；
同往龙门投帅府，无如时运未亨通。

再讲周青又说："哥哥，如今去出仕，自然也要一同去。路上盘缠不劳哥哥费心，待我拿过银子来，哥哥权为安家之本就可以去了。"仁贵道："既承兄弟费心，为兄自当作伴同走一遭。"周青大喜道："哥哥，我带得白银三百两在此，哥哥拿到家中付与嫂嫂，辞别了就来到我继母家内来，吃了饭然后起程，我先去了。"仁贵接了银子大喜，回身便走到破窑内来，叫声："娘子，我有个结义兄弟名唤周青，赠我三百两银子作为安家之本，要同我到龙门投军干功立业，今日就要动身，所以辞别娘子要分路了。"柳金花闻说此言，心中一悲一喜，叫声："官人，干功出仕为男儿之大节，未知官人要几年方可回来？"仁贵道："娘子，卑人此去若是投军不用，即日就回；若然用我，保驾征东跨海前去，多则三年，少则两载，也要回来的。"金花说："既有许多年数，妾身也没有什么丢不下。自从成亲半载，已经有孕在身，未知是男是女，望官人留个名字在此。"仁贵道："啊！原来如此啊！娘子啊，我去之后，生下女儿不必去表，若生男子，就把前面这座丁山为名，取他薛丁山便了。"金花便记在心，叫声："官人，妾身苦守破窑等你成名回来，好与我父母争口气。"仁贵说："娘子在家保重啊！乳母，我去之后，姑娘有什么忧愁，要你在旁解劝，使姑娘消愁解闷，我有好日回来，自然报你之恩。"顾妈妈说："不消大官人费心。"金花说："官人路上小心为主。"仁贵道："这个不消娘子吩咐，我去了。"这番夫妻分别，正是：

　　流泪眼观流泪眼，断肠人送断肠人。

　　仁贵离了破窑，竟到王茂生家。却正遇他夫妻在那里吃饭，茂生说："兄弟，来得正好，坐下来吃饭。"仁贵道："不消，我兄弟到来非为别事，一则相别哥嫂，二则有句说话重托哥哥。"茂生听言连忙问道："兄弟，你要到哪里去？说什么相别起来。"仁贵就把相遇周青，赠银三百同去投军干功立业之事，细细说了一遍。茂生夫妇大悦："原来如此！这也难得。兄弟，你去投军，要得几年回来？"仁贵说："兄弟此去，多则三年，家内妻子望哥哥照管，日后功名成就，自当图报。"茂生夫妇道："这个不消叮嘱，窑中弟妇自然我夫妻料理，你放心前去。"仁贵拜别哥嫂自去了。问到汪家墙门首，只见周青出来叫声："哥哥，请到书房内来。"仁贵道："晓得。"二人挽手进入书房。小厮掇进早饭，两人用过。周青叫声："哥哥，小弟为教师虽有数载，只积得五百银子，一箱衣服，也算各色完全的，待我拿出来。"周青掇过箱子，取匙开锁说："哥哥，这里边衣服五色俱全多有的，但凭哥哥去拣一副，喜穿什么颜色就拿出更换。"仁贵一看，果然颜色完全，说："兄弟，我倒喜这白颜色。"他就拿出来改换，头上白绫印花抹额,身穿显龙白绫战袄,脚踏乌靴,白绫裈裤。正所谓:佛要金装,人要衣装。起初仁贵面脸多有怪气,如今是面泛亮光,犹如傅粉,鼻直口方,银牙大耳,双眼澄清,两道秀眉,身高足有一丈,真算年少英雄。周青说:"哥哥,你满身多穿了白,腰中倒拴了这条五色鸾带吧。"仁贵道:"倒也使得,就是这条五色带便了。"拿来拴在腰中。周青打好行囊,收拾盘缠,先进去拜别了继母,又回进书房,大家背了包裹,说:"哥哥,走吧,事不宜迟。"二人出了墙门,弟兄一路闲谈,正往龙门县来。正是:

逢山不看山中景,遇水不看水边村。

一路上风惨惨雨凄凄,朝行夜宿,多少辛苦,渴饮饥餐,登山涉水,在路上行了七八天,早进龙门县城中。你看那城内的人烟,啊唷唷!好不热闹;你看六街三市,车马纷纷。周青说:"哥哥,我与你虽只本事高强,投军之事,到底不明不白,不如且投宿店,慢慢打听个明白如何,才好去投军。"仁贵说:"兄弟言之有理。"二人来到饭店前说:"店官请了。"那店家说:"不敢,二位爷请了。还是饱餐,还是宿歇的?"二人说:"我们是歇宿的。"店家道:"既如此,请到里边来。"二人走进店中,店官领进一间洁静房内,铺好铺盖,小二掇进晚膳来,摆在桌子上。仁贵说:"店家慢走,我要问你话。"店家说:"二位爷,问我什么事?"仁贵说:"店家,我们弟兄二人前来投军,不知投军的道理,请教你可知道投军怎么样的?"店家叫声:"二位爷,这个容易,那位招兵总管爷名叫张士贵,他奉旨到来招兵,天天有各路人民到来投军,只要写一张投军状投进去的。"仁贵道:"这投军状上怎生写法?"店家说:"这不过是具投军人某人哪州哪县人氏,面容长短一定要写的。"仁贵道:"如此,我们弟兄两个合一张状可以使得么?"店家说:"这个使不得,有几个人一定要几张投军状的。"仁贵道:"既然如此,我们就写起来投进去。"店主道:"二位爷,天色晚了,这位大老爷只得早晨坐堂收这些投军状的,若一到饭后退堂就不收了。"仁贵说:"既如此,我们就写端正在此,明日投进去便了。"店家说:"还有一句要紧话,明朝二位爷投进去,大老爷若用了,一定要发盔甲银的,每一个银十两,发与二位爷不要自用了,有这个规矩,要送与内外中军官买果子吃的,若是不送他就不用了。"仁贵说:"这也小事。"仁贵连夜灯下写了投军状。

一宵过了,到清晨弟兄起身梳洗打扮,藏了投军状说:"店家,行囊在里边,小心照管,我们去了来算账。"店家道:"是,只怕二位爷去得太早了。"仁贵说:"早些的好。"弟兄二人出了店门。行到半路,只听见轰隆一声炮响,大老爷升堂,啊唷唷,只看见东南西北这些各路投军人多来了,多拥在总府辕门。只听鼓乐喧天,吆吆喝喝好不威风,大纛招军旗号扯起东西辕门,大门有内外中军出来了说道:"呔!大老爷有令,尔等投军者速献投军状进去!"只听一声答应,啊!那些人碌乱纷纷把军状递与中军官,仁贵也把两张军状付与他,外中军说:"尔等候着。"应道:"是!"

不表辕门外投军人等候发放。单表中军官进入大堂,呈上许多军状,旗牌官接上展铺公案上边,这位张大老爷就拿面上这一张观看,原来却好周青的军状,下面第二张就是薛仁贵的了。那张环睁眼看时,上写具投军状人周青,系山西绛州府龙门县人氏,才年一十八岁。张环心下一想:"十八岁就来投军,必是能干的。中军过来!"中军应道:"有!"张环吩咐道:"快传周青进见!"中军道:"是!"连忙走到辕门问说:"呔!尔等内中有什么周青么?"仁贵说:"兄弟,叫你。"周青连忙上前说:"中军爷,小人就是。"中军道:"啊,你就叫周青,大老爷有令,快随我进来。"周青应道:"是。"随了中军进入大堂,连忙跪下说:"大老爷在上,小人周青叩见。"张士贵抬眼一看说:"果然像个年少英雄。"就问:"周青,你既来投军,可学兵马,能用几桩兵器?"周青说:"大老爷在上,小人幼习弓马,尽皆熟透,十八般武艺件件皆能。"张士贵说:"你两膊有多少勇力?"周青说:"小人右膊有四百多斤,左膊有五百斤。"张士贵说:"你善用什么器械?"周青说:"小人善用两条镔铁锏。"张环道:"既然如此,铁锏可带在此?"周青道:"这倒不曾带来。"张环道:"既不曾带来,中军,你往架上取这两条铁锏过来,与他当堂耍与本总观看。"中军应道:"是!"便往架上取了铁锏下来,递与周青。周青接来提在手中,立起身来就在大堂上使起来了。果然好锏,但见左蟠头、右蟠头如龙取水,左插花、右插花似虎奔山,这个锏使动了,大堂上多是风声。周青锏法使完放在旁边,上前跪下说:"大老爷在上,小人锏法使完了。"张士贵大悦道:"你锏法果然耍得好,本总要收能干旗牌十二名,如今有了八名在此,还少四名。今看你年少英雄,不免收你在里边做了旗牌官吧。"周青说:"多谢大老爷抬举。"立起身来,改换旗牌衣服就站在旁边了。

张士贵看到第二张上,只见写着具投军状人薛仁贵,系山西绛州府龙门县人氏。吓得张环魂不在身,心下暗想:"陛下梦内不可不信,军师详梦真乃活神仙了!我在此招了七八个月,从没有姓薛的,正合我意,不想原有薛仁贵。陛下梦中说他穿白用戟,未知真假,不免传他进来看个明白。"中军应道:"有!"张环说:"速传龙门县薛仁贵进来。"那中军答应道:"是!"忙出辕门喝道:"呔!尔等内可有什么薛仁贵么?"仁贵应道:"中军爷,小人就是。"中军道:"你就是薛仁贵么?好个汉子!大老爷有令,小心随我进来。"仁贵答应,随了中军官进入大堂,连忙跪下说:"大老爷在上,薛仁贵叩见。"那张环往下一看,只见他白绫包巾白战袍,通身多是白的,心下暗想:"应梦贤臣,一点都不差的了。为今之计便怎么样呢?我若用了他,陛下一知,我张氏门中就没有功劳了,不如不用他吧!只说没有此人,倒也哄骗瞒了天子,这些大功劳自然是我贤婿的了。"张士贵算计已定,说道:"你就叫薛仁贵么?"仁贵应道:"小人正是。"张环说:"你既来投军,可能弓马,武艺善会几桩?"仁贵道:"大老爷在上,小人善会走马射箭,百步穿杨。十八般武艺件件皆精。"张环说:"两膊有多少气力?"仁贵说:"小人右膊有五百八十斤,左膊有六百四十斤之力。"士贵听见说,狠狠他比周青气力又大:"你善用什么器械?"仁贵道:"小人善用画杆方天戟。"张环听言大喝道:"嘟!"两旁就一声吆喝,张环怒道:"我把你这大胆狗头,左右过来!"两下应道:"有!"张环吩咐道:"快把这狗头绑出辕门枭首!"两旁应道:"嗄!"刀斧手就把仁贵背膊牢拴绑起来了。吓得仁贵魂不附体,趴在大堂说:"啊呀大老爷,小人不犯什么法,前来投军为何要斩起来?"连着周青惊得面如土色,跪下来叫声:"大老爷,这是我周青的从幼同师学武结义弟兄,前来投军,不知有甚触怒,求大老爷看旗牌之面,保救饶他一命。"张士贵说:"我且问你,本帅之名难道你不知?敢称薛仁贵,有犯本总之讳么?"周青道:"恕他不知,冒犯讳字,求大老爷宽容饶他之命。"张环说:"也罢!看周青份上,饶他的狗命。与本总赶出辕门,这里不用。"仁贵道:"谢大老爷不斩之恩。"立起身来,往外就走出了辕门,心中大怒。正是:

    欲图名上凌烟阁,来做投军反惹灾。

  愤愤不平正走,后面周青赶上前来,说:"哥哥慢走!大老爷不用,我与你同家去吧。"仁贵说:"兄弟,又来了。为兄命里不该投军,故而有犯他讳不用,你已得大老爷爱,收为旗牌,正好干功立业,为什么反要回家起来?"周青说:"哥哥,这教千军易得,一将难求。我与你有了一身本事,况大老爷不用,就是愚弟在他跟前也难干功劳的了。况且与哥哥是有兴而来,怎撇你独自单身闷闷回家?不如一同回去的安心些。"仁贵道:"嗳!兄弟言之差矣。你蒙大老爷收为旗牌,正好出仕好显宗耀祖。为兄的况有妻子在家,就是收用我去,到底也有些放心不下。今大老爷不用，为兄慨然回家射射雁，也过了日子了，你不必同我回去，住在此上策。"周青说："既然如此，弟在此等候，你回去寻得机会再来投军。方才大老爷只不过道你犯了讳字，所以不用，如今只要军状上改了名不用贵字，怕他还不肯收？"仁贵道："我晓得了。店内行囊为兄拿去。"周青道："这自然，盘费尽有在里头，小弟在此等候哥哥。"说罢，两个分路。

仁贵到饭店算明饭钱，拿了行囊竟回去路，我且慢表。再讲周青回转辕门，自己领出十两盔甲银，送与内外中军官收了。总管张士贵那日又收用了几名投军人，方退进内衙，四子一婿上前说道："爹爹，今日投军人可有姓薛的么？"张环说："我儿不要说起，军师是活神仙，陛下的梦确确是真，果有应梦贤臣的人。今日投军状上原有薛仁贵名字，为父的传他进来一看，却与朝廷梦内之人一般面貌，原是白袍小将，善用方天戟的。其人气力又狠，武艺又高，我想有了此人，功劳焉得到我贤婿之手？故而故意说犯了为父的讳字，将他赶出辕门不用。我儿，你道如何？"四子大喜说："爹爹主意甚妙，只要收足了十万兵马，就好复旨了。"

我且按下。再说薛仁贵一头走一头心下暗想说："我命算来这等不济了。我与周青一样同来投军，怎么刚刚用了他，道我犯讳他就不用起来？这也使我可笑。"一路行来，昏闷不过，气恼得紧，一心只顾回家，忘记了歇宿之处，抬头看看日色西沉了，两边多是树木山林，并没有村庄屋宇，只得往前又走，真正前不巴村后不巴店。仁贵说："啊呀，不好了！如今怎么处呢？"肚内又饥饿起来，天色又昏黑起来了，只得放开脚步往前再走。正行之间，远远望去，似有大户人家，灯火通明。心想，有一人家，借宿一宵便了。

算计已定，行上前来，走过护庄桥，只见一座八字大墙，门上面张灯挂红结彩，许多庄汉多是披红插花，又听里边鼓乐喧天，纷纷热闹，心中想道："一定那庄主人家是好日的了。不要管他，待我上前去说一声看。"仁贵叫声："大叔，相烦通报一声，说我薛仁贵自贪趱路程，失了宿店，无处安身，要在宝庄借宿一宵，未知肯否？"庄汉道："我们做不得主的，待我进去禀知庄主留不留，出来回复你。"仁贵说："如此甚好。"那庄客进去禀知庄主，不多一回，出来回复道："客官，我们庄主请你进去。"仁贵满心欢喜，答应道："是。"连忙走将进来。只见员外当厅坐定，仁贵上前拜见，叫声："员外，鄙人贪趱程途，天色已晚，没有投宿之处，暂借宝庄安宿一宵，明日奉谢。"员外道："客人说哪里话来，老夫舍下空闲无事，在此安歇不妨，何必言谢。"仁贵道："请问员外尊姓大名？"员外道："老夫姓樊，表字洪海。虽有家私百万，单少宗嗣，故此屡行善事。我想客官错失宿店，谅必腹中饥饿，叫家人速速准备酒饭出来，与客官用。"庄汉一声答应，进入厨房，不多一回掇将出来摆在桌上，有七八样下饭，一壶酒一篮饭摆好了。樊员外叫声："客官，老夫有事不得奉陪，你用个饱的。"仁贵称谢坐下。正是：

蛟龙渴极思吞海，虎豹饥来欲食狼。

究竟薛仁贵在樊家庄上宿歇如何，且听下回分解。

第二十一回

樊家庄三寇破获　薛仁贵二次投军

诗曰：

　　张环谋计冒功劳，仁贵愁心迷路遥。
　　幸遇樊庄留借宿，三更奋勇贼倾巢。

　　再说薛仁贵坐于桌上，心中想道："我酒倒不必用了，且吃饭吧。"盛过饭来，一碗两口，一碗两口，原是没碗数。这样吃法，樊洪海偶意抬眼，看见他吃饭没有碗数的吃，一篮饭顷刻吃完了。仁贵一头吃，一头观看，见员外在旁看他，不好意思："我吃得太多，故而员外看我。"又见员外两泪交流，在那里揩眼泪，惊得仁贵连忙把饭碗放下，说："不吃了，不吃了。"立起身来，就走出位。樊员外说："嗳，客官须用个饱，篮内没有了饭，叫家人再去拿来。"仁贵说："多谢员外，卑人吃饱了。"员外又说："嗳，客官，你虽借宿敝庄，饭是一定要吃饱的。老汉方才见你吃相，真是英雄大将。篮把饭，岂够你饱？你莫不是见我老汉两眼下泪，故而住了饭碗么？客官，你只管用饱。我老汉只因有些心事，所以在此心焦，你不要疑忌道我小气，再吃几篮,家中尽有。"仁贵说:"员外面带忧容,却是为什么事情心焦?不妨说得明白,鄙人就好再吃。"员外道:"客官有所不知。老夫今年五十六岁,并无后代,单生一女,年方二十,名唤绣花,聪明无比。若说他女工针织,无般不晓;书画琴棋,件件皆精。因此我老汉夫妻爱惜犹如珍宝,以为半子有靠。谁想如今出于无奈,白白要把一个女儿送与别人去了。"仁贵说:"员外,鄙人看见庄前,张灯挂红结彩,乃是吉庆之期,说甚令爱白白送与别人,此何意也?"员外说:"嗳,客官,就为此事,小女永无见面的了。"仁贵说:"嗳,员外,此言差矣!自古说男大须婚,女大须嫁,人家生了女儿,少不得要出嫁的,到对月回门是有见面的,有什么撇在东洋大海去的道理?"员外说:"客官啊,人家养女自然出嫁,但是客官你才到敝庄借宿,哪里知道其细?这头亲事又非门当户对,又无媒人说合。"仁贵说:"没有媒人怎生攀对?到要请问是怎么样。"员外道:"客官啊,说也甚离奇。我樊家庄有三十里之遥,有座风火山,那山林十分广大,山顶上却被三个强盗占住,霸称为王,自立关寨旗号。手下喽啰无数,白昼杀人,黑夜放火,劫掠客商财物。此处一带地方,家家受累,户户遭殃,万恶无穷。我家小女不知几时被他露了眼,打书前来,强要我女儿为压寨夫人,若肯就罢,不肯,要把我们家私抄灭,鸡犬杀尽,房屋为灰。所以老汉勉强应承了他,准在今日半夜来娶,故我心焦在此悲泪。客官,你今夜在此借宿,待老汉打扫书房,好好睡在里边,半夜内若有响动,你不必出来,不然性命就难保了。"

仁贵听见员外这番言语,不觉又气又恼,说:"有这等事!难道禀不得地方官,起兵来剿灭他的么?"员外摇手道:"客官你哪里知道。这三个强盗,多有万夫不当之勇,若让那地方官年年起兵来剿,反被这强徒杀得片甲不留。如今凭你皇亲国戚,打从风火山经过,截住了一定要买路钱,没人杀得他过。"仁贵说:"岂有此理!真正无法无天的了。这强盗凭他铜头铁骨,难道罢了不成!有我在此,员外不必忧愁，哪怕他三头六臂，等他来，我有本事活擒三寇，剿尽风火山余党，扫除地方之害。"员外说："这个使不得！客官你还不知风火山贼寇骁勇厉害，就是龙门县总兵官与人马来，尚且大败而走。我看你虽是英雄，到得他那里，不要画虎不成，反类其犬，有害老汉性命，多不能保了。我没有这个胆子留你，请往别处去借宿吧，休得带累我们性命。"仁贵呼呼大笑说："员外放心，鄙人若为大将，千军万马，多要杀得他大败亏输，岂可怕这三个贼寇？我有这个本事擒他，所以说得出这句话。方才员外不说，我也不知，今既说明，岂容这三个贼寇横行？我薛仁贵：

枉为天下奇男子，不建人间未有功。

岂肯负心的么！总然员外胆小不放心，不肯留我借宿，我也有本事在外守他到来，一个个擒住他便罢。"樊洪海听他说得有如此胆量，必定是个手段高强的了。便笑容可掬的说道："客官，你果有这个本事，救得小女之命，老汉深感大恩。倘有差误，切莫抱怨于我。"仁贵说："员外，这个自然，何消说得。"樊员外大喜，忙进内房，对院君说了一遍，母女听见，回悲作喜说："员外，有这奇事？真正天降救星了。你快去对他说，不要被这些强盗拥到里边来，不惊吓我女儿才好。"员外说："我晓得的。"慌忙走出厅堂，叫声："客官，我家小女胆子极小，不要强盗进来，吓坏了便好。"仁贵说："员外，不妨。只消庄客守住墙门，我一人霸定护庄桥，不容一卒过桥，活捉贼寇就是了。"员外说："如此极妙的了。"这许多庄客闻了此言，多胆大起来了，十分快活，说道："若是捉强盗，我们也常常捉个把的，自从在了风火山贼寇，不要说捉强盗发抖，就是捉贼也要发抖的了，谁敢去捉？今夜靠了客官的本事捉强盗，我也胆壮的了。弟兄们，我们大家端正家伙器械枪刀要紧！"这班庄客大家分头去整备。

薛仁贵说:"员外,府上可有什么好兵器么?"员外尚未回言,庄客连忙说:"有,我这里有一条枪在这边,待我去拿来。"仁贵接在手中一看,乃是一条常用的枪,心中倒也笑起来。说:"这条枪有什么?干没用的!"庄汉说:"客官,你不要看轻了这条枪,那毛贼的性命不知伤了多少,是我防身的,怎么说没干的!"仁贵托在手中,略略卷得一卷,豁喇一声响,折为两段。员外说:"果然好气力!"又有一个庄客说:"客官,我有一把大刀在家里,但柄上有铁包,捐一捐火星直冒,重得很,所以不动,留在家里,待我们去扛来。"仁贵说:"快快去拿来。"那庄汉去了一回,抬来放在厅上。仁贵一只手拿起来,往头上摸得一摸,齐这龙吞口镶边内裂断了跌下来,刀口卷转,说:"拿出来多是没用的!"庄汉把舌头伸伸,叫声:"员外,这样兵器还是没干,拿来折断了,如今没有再好似它的了。"员外说:"这便怎样处?"仁贵说:"兵器一定要的,若然没有,叫我怎样迎敌得他住?"又有一个庄汉说道:"员外,不如柴房内拿这条戟吧。"员外说:"柴房里有什么戟?"庄客道:"就为正梁柱子的。"员外说:"你这个人有点呆的,这条戟当初八个人还抬不动,叫这位客官哪里拿得起?"仁贵道:"怎么样一条戟?待我去看看。"员外说:"你要看它也无益,拿它不动的。这条戟有名望的,曾闻战国时淮阴侯标下樊哙用的,有二百斤重,你怎生动得?"仁贵哈哈大笑说:"若果是樊哙留得古戟,方是我薛仁贵用的器械也!快些领我去看来。"员外与庄汉领了仁贵同进柴房,说:"喏,客官,这一条就是。"仁贵抬眼一看,只见此条戟戟尖插在地下泥里不见的,唯有戟杆子抬住正梁,有茶杯粗细,长有一丈四尺,通是铁锈的了,说:"员外,要擒三个贼寇,如非用这戟。"洪海说:"只怕动不得。"仁贵说:"就是再重些,我也拿得起的。庄客,你们拨正柱子过来,待我托起正梁,换它出来。"庄客便拿过一根柱子,仁贵左手把正梁托起,右手把方天戟摇动,摇松了拔将起来,放在地下。庄汉把柱子凑将上去,仁贵放下正梁,果然原封不动换出了。拿起方天戟来，使这么两个盘头，说："员外，这条也不轻不重，却到正好。"这几个庄客说："啊唷，要拿二百斤兵器的，自然这些刀枪多没用的了。"一齐走到厅堂上，仁贵把戟磨得铄亮，员外大排酒筵，在书房用过。

到黄昏时候，员外同了庄汉躲在后花园墙上探听。仁贵拿了戟，坐在厅上等。这头二十名庄客，多满身扎缚停当，也有三尺铁锏，也有拿挂刀，也有用扁担的，守在门首等候。

到了半夜，只听得一声炮响，远远鼓乐喧天。大家说道："风火山起马了，我们齐心为主。"只看见影影绰绰一派人马来了，前面号灯无数，亮子火把高烧，照耀如同白昼，多明盔亮甲，刀枪剑戟，马震如雷，数千喽啰，围护簇护下来了。众庄客见了，大家发抖说："快进去报与客人知道！"连忙走将进来，叫一声："客人，强盗起兵来了，快出去！"仁贵立起身，往外就走。跨出墙门，庄汉说："须要小心，那边人马无数，我们多是没用的，只靠得你一个本事，小心为主。"仁贵说："不妨。"走出去立在护庄桥上，把戟托定，抬眼一看，说："嘎唷！"只见喽啰簇拥，刀光射眼，挂弯弓如秋月，插铁箭似狼牙，马嘶叫，蛇钻不过；盔甲响，鸦鸟不飞，果然好一副强盗势头。原觉厉害。渐渐相近，仁贵大喝道："呔！来的这班喽啰，可是风火山上绿林草寇么？俺薛仁贵在此，还不下马，改邪归正过来，待要怎么样！"

要讲这强盗，大大王名唤李庆红，二大王姜兴霸，三大王姜兴本，却是同胞兄弟。这晚三大王守住山寨不下来，只有二大王姜兴霸保了大大王李庆红下山娶亲。这大大王李庆红怎生打扮？

    头上戴一顶二龙朝翅黄金盔，身上穿一件二龙戏水绛黄袍，外罩锁子红铜甲，坐下胭脂黑点马。

这二大王姜兴霸怎生打扮？

头上戴一顶乌金开口獬豸盔，身穿大红绣花锦云袍，外罩绦链青铜铠，坐下豹荔乌骓马。

他二人一路行来，忽听得这一声喊叫，二人不觉到吃一惊，抬头望一望，只见桥上立一个穿白用戟小将，不觉大怒，说："送死的来了，我们冲上前去！"二位大王催一步马，各把枪刀一举，喝声："哟！你这该死狗才，岂不闻我风火山大王厉害么？今日乃孤家吉期，擅敢拦阻护庄桥上送死么！"仁贵闻言亦大怒，喝道："呔！我把你这两个狗头，该死的毛贼！我薛仁贵若不在此，由你白昼杀人，黑夜放火，无法无天。今日俺既在此，哪怕你铜头铁颈，擅敢强娶人家闺女，今日触犯我英雄性气，愤愤不平，你敢上桥来？有本事，来一个杀一个，还要到风火山剿戮你的巢穴，蹋你们的山寨，削为平地，一则救了樊绣花小姐，二则与地方上万民除害！"

二位大王闻了此言，心中火气直冒顶梁，大怒说："嗔，反了，反了！孤家霸在风火山十有余年，官兵尚不能征讨，你不知何处来的毛贼，一介无名小卒，擅夸大口，分明活得不耐烦了，快来祭我大王爷的刀头吧。"把马一催，手提笏板刀，一起叫声："小贼，领我一大砍刀！"望着仁贵，劈顶梁上剁下来。仁贵见刀头砍下去，就把手里这一柄方天戟，往这把刀上噶嘟的这一按，李庆红喊声："不好！"手中震得一震，在马上七八晃，马冲过来，被仁贵右手拿戟，左手就往李大王夹背上这一把，庆红喊声："不好！"要把身偏一偏，来不及了，被仁贵伸过拿云手，挽住勒甲绦，轻轻不费力提过马鞍桥，说一声："过来吧！"好像小鸡一般，举起手中，回转头来说道："庄汉们，快将索子来将他绑了。"就往桥坡下这一丢，那些庄汉大家赶过来要绑，不想被李大王爬起身来，喝道："哪个敢动手！"到往墙门首跑过来。吓得那些庄汉连忙退后，手内兵器多拿不起了，叫道："客官，不好了，这个强盗反赶到墙门首来了。"仁贵回头说："你们有器械在手，打他倒来，拿住了。"庄汉说："强盗厉害，我们拿不住。"那仁贵只得走落桥下。那边姜大王把马一催，说："你敢拿我王兄，孤来取你之命也！"冲过护庄桥来。这仁贵先赶到李大王跟前说："你还不好好受缚？"胸膛这一掌，李庆红要招架，哪里招架得住？一个仰面朝天，跌倒尘埃。仁贵就一脚踹定说："如今这强盗立不起的，你们放大着胆子过来绑。"那些庄汉才要过来绑，见姜大王挺枪追来，又不敢走上前，只挣定墙门首发抖。谁想姜兴霸赶得到仁贵身旁，他已把李庆红踹住地下了。那番姜大王大怒，说："我敢把我王兄踏倒，照枪吧。"飕的一枪，直望面门上挑进来，仁贵把方天戟往枪尖上噶嘟这一卷，钩牢了枪上这一块无情铁，用力一拔，姜大王说："啊呀，不好！"在马上哪里坐得牢？轰隆一个翻斤斗，跌下马来。仁贵就一把提在手中，说："庄汉们，快来绑了。"这些庄汉才敢走过来，用绳索绑了二人。那桥下这些喽啰，吓得魂不附体说："我们逃命吧！"大家走散去报三大王了。

　　仁贵与庄汉推了两个强盗到墙门首里边，樊员外夫妻大悦，说："恩人啊，如今怎么样一个处死他？"仁贵说："且慢，你们把这两个一齐捆在厅上，待我到风火山剿灭山寨，一法拿了那一个来，一同处置。"员外说："须要小心。"仁贵说："不妨。"单身独一往风火山而去。我且慢表。

　　单讲那山寨中这位三大王姜兴本，他身高有九尺，平顶一双铜铃眼，两道黑浓眉，大鼻大耳，一蓬青发，坐在聚义厅上暗想："二位王兄去到庄上取亲，为什么还不见回来？"一边在此想，忽有喽啰飞报进来说："报三大王，不好了！"姜兴本便问："怎么样？"喽啰说："大大王、二大王到樊家庄去娶亲，被一个穿白袍、用方天戟的小将活擒去了。"三大王大怒道："啊，有这等事！带马抬枪过来。"喽啰一声答应："啊！"就抬枪牵马过来。那三大王跨上雕鞍，手提丈八蛇矛，带

第二十一回　樊家庄三寇破获　薛仁贵二次投军　167

领了喽啰，豁喇喇冲下山来。才走得二三里，只见这些喽啰说："三大王，喏、喏，那边这个穿白的就是了。"

三大王抬头一看，连忙纵马摇枪上前喝道："哟！该死的毛贼，你敢擒孤家的二位王兄么？好好前去送了上山，饶你之命，如有半句支吾，孤家枪法厉害，要刺你个前心透后背哩。"仁贵一看，但见那姜兴本：

头上戴一顶黄金开口虎头盔，身穿一件大红绣龙蟒，外罩柳叶乌金甲，手举一条射苗枪，坐下白毫黑点五花马。

他冲上前来，仁贵大喝："呔！我把你这绿林草寇，今日俺与地方上万民除害，故来擒你，还自不思好好伏在马前受绑，反口出大言么！"姜兴本大怒说："休要夸口，过来照我的枪吧"。飕这一枪，向着仁贵兜咽喉刺将过来。仁贵就把方天戟嗒郎响枭在一边，也只得一个回合，擒了过来。正是：

饶君兄弟威名重，哪及将军独逞雄。

要知风火山草寇怎么处置，且看下回分解。

第二十二回

樊绣花愿招豪侠婿　薛仁贵怒打出山虎

诗曰：

擒贼擒王古话传，后唐今见小英贤。
救民除暴威风布，平静樊庄老小安。

众喽啰看见三个强盗多捉了去，都吓得魂胆消烊，跪下地来说："好汉饶我们蝼蚁性命，情愿拜好汉为寨王。"仁贵说："我堂堂义士，岂做这等偷鸡盗狗之人，偶而在此经过，无非一片仗义之心，与这地方除害。今三寇俱擒，我也不来伤你等性命，快些各自前去山头收拾粮草，改邪归正，各安生业，速把山寨放火烧毁，不许再占风火山作横。我若闻知，扫灭不留。"众喽啰答应道："是。多谢好汉饶命，再不敢为非了。"

不表众喽啰回山毁寨散伙。再讲薛仁贵挟了姜兴本，回到庄上，进入厅堂，将绳索绑住。员外提棒就打，说："狗强盗，你恶霸风火山，劫掠财帛，以为无人抵敌，不想也有今日。庄汉们，与我打死这三个害人之贼。"众庄汉正要动手，仁贵连忙说："不必打死，我有话对他说。"庄汉方才不打。仁贵走将过来说："你们这三个毛贼，擅敢霸住风火山横行天下，这些歹人！况兼本事一些也没有，如今被擒，有何话说？"三弟兄说："啊呀好汉，乞求饶我等性命，今再不敢为盗，情愿改邪归正了。"仁贵道："我看你们这班毛贼，若放了你们去，终久地方上有一大害。也罢，你若肯到龙门县去投军，与国家出力，我便饶你们性命。"三位大王说："好汉若肯饶我们，即刻就去投军。"仁贵说："如此，我也要去的，何不结拜为生死弟兄，一同前去？倘国家干戈扰攘，岂不一同领兵征服平静，立了功劳，大家受命皇恩，何等不美？"三人说："承蒙好汉恩宠，我等敢不从命？但我们强徒，怎敢相攀义侠英雄结拜。"仁贵说："如今既改邪归正，多是英雄豪杰了，请起。"仁贵就把绑索解下，三人立起身来，员外说："待老夫备起礼物，供起关圣神来，你们四位好汉，就在厅上见礼过了，就此结拜便了。"这员外就吩咐家人整备佛马，当厅供起。大家跪下，立了千斤重誓，结拜生死之交。拜毕，送了神，就在厅上摆酒，四人坐下畅饮。

单表这员外走进内房，院君叫声："员外，妾身看这薛仁贵相貌端正，此去投军，必有大将之分。女儿正在青春，不如把终身许了他吧。"员外大喜道："院君之言正合我意，待我就去对他说。"员外走出厅堂说："薛恩人，老汉小女年当二十，未曾对亲，老汉夫妇感蒙相救，欲将小女相配恩人，即日成亲，以订后日之靠，未知好汉意下如何？"仁贵说："这个使不得！鄙人已有妻子在家，苦守我成名，难道反在此招亲，岂不是薛礼忘恩了。"员外说："恩人不妨。人家三妻四妾尚有在家，恩人就娶两位也不为过。我家女儿愿做偏房侧室便了。"仁贵说："员外又来了，况府上小姐正当青春年少，怕没有门当户对怎么？反与做偏房，岂不有屈了？望员外另选才郎，我不敢遵命。"员外说："恩人，老汉一言既出，驷马难追。况且小女之心已愿，誓不别嫁好汉。若不应承，是嫌小女貌丑了。"李、姜二位大王叫声："薛兄弟，既承员外如此说，又承小姐心愿情服，何不应允？"仁贵说："既承不弃，就应允尊教。但是得罪令爱，有罪之极。"员外说："说哪里话来？待老夫择一吉日，就此成亲。"仁贵说："做亲且慢，鄙人功名要紧。待等前去投军效用，有了寸进，冠带到府接小姐成亲。今日未有功名，决难从命。"员外说："这也使得。但是要件东西，作为表记才好。"仁贵看看自己身上这一条五色鸾带，说："也罢，鄙人也没有什么东西，就将此带权为表记。"员外说："如此甚好。"仁贵往腰中解下，递与员外。员外接在手中，竟入内房，就将此番言语说与院君潘氏知道。院君满心欢喜，将鸾带付与樊绣花收好。员外重复出厅，仁贵道："岳父，小婿心在功名，时刻不暇，焉肯耽搁？就此拜别。"员外说："贤婿，小女既属姻亲，务必留心在意，虽则腰金衣紫名重当时，断不可蹉跎宜室宜家之事。"仁贵说："既承岳父美意，小婿理当不负颙望，自然早归，以答深情。"说完，弟兄四人出了墙门，辞别员外，离了樊家庄。

在路耽搁了几天，已到了龙门县内，原歇在罗店中。其夜写了三纸投军状，仁贵的军状改为薛礼。一宵过了，明日清晨，多到辕门，着中军官接进军状，来至大堂。旗牌官铺在公案上，有张大老爷先看了三大王军状，说："快传进来。"中军答应，连忙传进三人，跪在堂上。张环说："哪一个是李庆红？"应道："小人就是。"张环说："你既来投军，可能弓马精熟？"庆红说："小人箭能百步穿杨，十八般武艺件件皆精。"张环说："你胳膊有多少气力？"庆红说："小人左膊有四百斤，右膊有三百斤。"张环说："你善用什么器械？"庆红说："小人惯用一把大刀。"张环说："既如此，你刀可带来？"庆红说："带在外边。"张环说："快取来耍与本总看。"庆红答应，到外边拿了大刀，来到大堂上耍起来了。这个刀法精通，风声摇响。使完了，跪伏在地。

张环又传进姜兴本、姜兴霸也是这一般问过了，也是各把枪刀之法使了一番，张环满怀欢喜说："本总十二名旗牌，已得九个。看你三人刀法精通，枪法熟透，不免在标下凑成十二名便了。"三人大悦，说："多谢总爷抬举。"三人改换旗牌版式，站立两旁。

那张大老爷看到第四张上写着：具投军状上薛礼，山西绛州龙门县人氏，便心中一想说："又有什么龙门县姓薛的？不要管他。"吩咐中军传他进来。那中军答应一声，连忙出辕门，传进薛礼到大堂跪下，张环抬头一看，嘎！原来就是薛仁贵，他改了名字来的。这番不觉大怒，便兜头大喝道："你这该死的狗头！本总好意放你一条生路，你怎么还不知死活，今日还要前来送命么？左右过来，与我将这狗头绑出辕门开刀！"左右一声答应，吓得薛礼魂不在身，说："啊呀大老爷，小人前来投生，不是投死的，前日犯了大老爷讳字，所以要把小人处斩，今日没有什么过犯了，大老爷为什么又要把小人处斩起来？"张环喝道："你还说没有什么过犯么？本总奉了朝廷旨意龙门县招兵，凡事取吉祥。你看大堂上多是穿红着绿，偏偏你这狗头，满身尽是穿着白服，你带孝投军，分明咒诅本总了，还不拿下去看刀！"这番李庆红、姜兴本、姜兴霸三人跪下，叫声："大老爷在上，薛仁贵乃是旗牌结义弟兄，他生性好穿白服，同来投军。既然误犯了大老爷的军令，望大老爷可念旗牌生死好友，患难相扶，且饶他这条狗命。"张环说："也罢，看三位旗牌面上，暂且饶你。左右过来，与我赶出去！"两旁一声答应，将仁贵推出辕门。仁贵仰天长叹说："咳，罢了！哪知道我这等命苦，伙同兄弟们两转投军，尽皆不用，难道我这般命薄，没有功名之分，故而总兵推出不用。如今想起来，到底是：

  命运不该朱紫贵，终归林下作闲人。

不如回家去罢，将将就就苦度了日子，何苦在此受些惊恐。"

正在思想，后面李庆红与姜氏兄弟三人，一齐赶上前来说："薛哥，我们四人同来投军，偏偏不用哥哥。日后开兵打仗，没有哥哥在内，叫兄弟们也无兴趣，不如我们退回风火山，同为草寇吧。"仁贵说："兄弟们又来了。为兄穿白触怒了大老爷，所以不用。你等总爷喜得隆宠，后来功名如在反掌之中，为什么反复去做绿林响马起来？这个断断使不得。"三人说："既如此，哥哥此去改换衣服，再来投军，小弟们在此候望。"仁贵说："唉，兄弟，我二次投军，尚不收用，此乃命贱，再来也无益了。若是兄弟思念今日结拜之情，后来功名成就，近得帝皇，在圣驾前保举一本，提拔为兄就为万幸了。"三弟兄道："这个何消说得。如此，哥哥小心回家，再图后会。"仁贵应声："晓得。"别了三弟兄，到饭店中取了行囊闷闷在路，我且不表。

单讲三弟兄回到总府衙门，送了中军盔甲银。旗牌房内周青见礼，大家细谈出身之事，并薛礼二次投军不用，叹息良久。大家说："我们都是结义兄弟了，自后同心竭力，不可欺兄灭弟就是了。"按下不表。

再讲仁贵自别李、姜三弟兄，闷闷不乐，到饭店歇了一宵早上就行。不上四五里路，但见树木森森，两边多是高山，崎岖难行，山脚下立一石碑，上写着："此处金钱山，有白额虎伤人厉害，来往人等须要小心。"仁贵见了笑道："何须这样大惊小怪，恐吓行人？太欺天下无人了，我偏要在此等等，除此恶物，以弭祸患。"就在两山交界路上睡到午后，只听见叫喊道："不好了，不好了！啊唷唷，这孽畜追来，我命休了，谁来救救！"豁喇喇往山上飞奔过来。仁贵梦内惊醒，站起身来一看，只见一骑飞跑，上坐着一人，头戴乌金盔，身穿大红显龙蟒袍，腰围金带，脚下皂靴蹻定踏镫。一嘴白花须髯，手拿一条金披令箭，收紧丝缰绳，拼拿的跑来，叫救不绝。仁贵一看，后面白额虎飞也赶来，心中暗想："这人不是皇亲，定是国戚。我不救他，必遭虎害。"即时上前，将虎一把领毛扯住，用力捺住，虎便挣扎不起，便提起拳头，将虎左右眼珠打出，说："孽畜，你在此不知伤了多少人性命，今撞我手内，眼珠打出，放你去吧。"那虎负痛而去。转身问道："将军受惊了。请问将军高姓大名，为何单身独行，受此惊吓？"那将军道："我乃鲁国公程咬金，奉旨各路催赶钱粮，打从此地经过，不期遇此孽畜。我若少年，就是一只猛虎也不怕他，如今年老力衰，无能为矣。幸遇壮士，感恩非浅。请问壮士既有这等本事，现今龙门县内招兵，何不去投军，以期寸进。在此山路上经营，有何益处？"仁贵道："原来是程老千岁，小人不知，多多不罪。但不瞒千岁说，小人时乖运蹇，两次投军，张总兵老爷总是不用，所以无兴退回，欲转家乡，闷闷不快，在此山林睡觉。忽闻喧喊，故此起来。"咬金道："你有这本事，为何他不用？"仁贵道："连小人也不知道。但我们兄弟四人都用，单单不用我。"咬金大怒道："岂有此理！张士贵奉旨招兵，挑选勇猛英雄，为何不用？孤欲带你到京，只是不便。也罢，我有金披令箭一枝，你拿去要张士贵收用便了。"仁贵应道："是。多谢千岁。"接了令箭。咬金策马前去，我且不表。

单说仁贵得了鲁国公令箭，连夜赶到龙门县，天色还早，就到衙门，大模大样。中军喝道："你这个人，好不知世务。大老爷连次不用，几乎性命不保，今日又来则甚？"仁贵道："不要管，快报与大老爷得知：有鲁国公金披令箭在此，要见大老爷。"中军闻言，不得不报，说："候着！"中军进禀说："有不用薛礼，得了程千岁令箭，要见大老爷。"士贵听言，心内吃惊道："既如此，着他进来。"中军传进仁贵跪下，呈上令箭。张环一看，果是这鲁国公老千岁的，便问："你在哪里得来的？"仁贵道："小人打从金钱山过，路逢一只白额猛虎，欲伤程爷，小人将虎打瞎两眼，相救了程公爷。他说要各路催粮回京要紧，不期遇虎，幸亏解救，因问小人：'既有本事，何不到龙门投军？'小人说：'投过两次不用，要回家去。'千岁大怒道：'有此本事，为何不用？我有令箭，他若再不用，孤与他算账！'故小人只得大胆到此。"张环听言，魂不附体，心内暗想：为今之计，倒要用了。眉头一皱,计上心来说:"薛礼,既然如此,我只得用你。但有一句话问你,昨日程千岁可曾问你姓名?"仁贵道:"这倒不曾问及。"张环说:"如此还好。你两次投军,非我不用,这是一片恻隐之心,救你性命。你有大罪,朝廷正要寻你处决,你可知道么?"薛仁贵道:"小人从未为非,有何大罪?"张环道:"只因前日天子扫北归师,得其一兆,见一白袍用戟的小将,拿住朝廷,逼写降表,又有诗四句道:

家住遥遥一点红,飘飘四下影无踪。
三岁孩童千两价,生心必夺做金龙。

君王细详此诗,乃穿白袍小将家住遥遥一点红,是山西地方;第二句其人姓薛,第三句乃仁贵二字,末句言此薛仁贵要夺天下的意思,留此人在世,后必为患。于是降旨,要暗暗查究你,起解到京处决,以绝后患。你不知死活,钻入网来。我有好生之德,故托言犯讳犯忌,拿去开刀,使你不敢再来,绝此投军之念,岂不救了你性命?不道你又偏偏遇着鲁国公,幸喜不知姓名。若说出来,顷刻拿到京师处决。如今有了这枝令箭,我也难救你了。"吓得仁贵面如土色,连忙跪下道:"啊呀,小人性命求大老爷放回,感恩不浅。"张环道:"前日没有令箭,你偏不肯回家;如今有此令箭,你要回家,也难放你去了。"仁贵道:"大老爷啊,小人哪里知道其细?屡屡思量干功立业,哪晓有此奇冤,万望大老爷救救小人蚁命。"张环道:"也罢。我向有好生之心,况又梦中之事,或者未必可信,何苦害你性命?看你本事高强,精通武艺,若要保全性命,除非瞒隐仁贵二字,竟称薛礼。前锋营内月字号,尚缺一名火头军,不如权作火头,倘后立些功劳,我在驾前保举,将功赎罪,亦未可知。"仁贵大悦说:"蒙大老爷恩德,愿为火头军。"四名旗牌跪下说:"大老爷,我等愿与薛大哥为火头军,求大老爷容我们同居一处。"张环说:"也罢,既同为火头军,断不可称为薛仁贵。"众人说："这个不消大老爷吩咐，只叫薛礼，内边弟兄称呼。"四人脱下旗牌衣服，换了火头军衣帽，五个人同进月字号。

这一日，五人睡在里头，走进四五十人，多是些有力气新投军的。见这五人睡在此，就喝道："呔！火头军，日已高了，还不起来烧饭？我等肚内饥了。"周青过来道："你们这班狗头，这么放肆！许多人在这里不烧火，要我们烧？"众人说："火头不烧火，要我等烧不成！自然火头军烧来服侍我们的。"周青道："我们叫火头将军，怎么落了一字，叫起火头军来？"众人怒道："好杀野火头军！若再多言，我们要打了。"周青说："要打？来、来、来！"走一步上前，把手一推，许多人脚多立不定。大家翻了一跤，立起身来叫声："火头将军本事高强，请问尊姓大名，我等来烧便了。"周青说："你要问姓名么，这三位李庆红、姜兴本、姜兴霸，做绿林出身，在风火山杀人放火不转眼的主顾、骁勇不过，被我薛大哥活擒的。

只得改邪归正路，投军立做立功人。"

究竟众英雄如何出息，且看下回分解。

第二十三回

金钱山老将荐贤　赠令箭三次投军

诗曰：

　　分明天意赐循环，故使咬金到此山。
　　认得英雄赠令箭，张环无奈把名删。

　　那周青说："我们薛大哥英雄无敌，与当初裴元庆差不多的气力。我是走江湖教师周青便是。你们有什么本事，要我们烧饭？"众人说："原来你众位多是有本事的能人，我等有眼不识泰山，多多有罪。如今愿拜为师，望乞教导我等，情愿服侍将军，心下若何？"周青说："这也罢了。你等服侍我们中意，情愿教倒你等枪棒。"如今这五十人拜了五位为师，火头军倒也安乐，日日讲些武艺，倒也好过。

　　张士贵原在龙门招兵，我且不表。再讲贞观天子驾坐朝门，文武朝参已毕，鲁国公程咬金催粮回京缴旨。又过了五日，王君可打表进京说，在山东登州府造完战船一千五百号，望陛下速速发兵征东。天子看本大悦，说："徐先生，催粮已足，战船已完，未知张士贵招兵何日得见应梦贤臣？"茂公说："陛下只在五六天内。"果然过了五六天，黄门官呈上山西表章。龙目一观上写：

> 臣张士贵奉旨招兵十万已足，单单没有应梦贤臣薛仁贵，想来决少此人。万事有狗婿何宗宪，武艺高强，可保皇上跨海征东。望陛下选日兴兵，待臣为先锋，平复东辽便了。

天子看完，心下纳闷，叫声："先生，张环招兵十万已足，并没有薛仁贵，怎么处？"茂公说："陛下放心。张环招兵已足，薛仁贵已在里头了。"天子说："既有薛仁贵，张环本章上为何没有？岂不是谎君之罪了？"茂公道："陛下，连张环也不知，故此本章上没有姓薛的，不知不罪。陛下兴兵前去，自然有应梦贤臣。"天子说："果有此事？就择日起兵征东。但秦王兄卧床半载，并无好意，缺了元帅，怎好征东？"茂公说："平辽大事，陛下若等秦元帅征东，来不及了。且待尉迟将军为帅，领兵征东，秦元帅病好随后赶到东辽，原让他为帅，领兵征东。"天子说："倒也有理。但帅印还在秦王兄处，程王兄去走一遭。"咬金叫声："陛下差臣到哪里去？"天子道："你往帅府望望秦王兄病恙可好些？看好得来的，不必提起；看形状不能好，取了帅印来缴寡人。"程咬金应道："领旨。"退出午门，心中暗想："这颗帅印在秦哥哥手内，若秦哥哥有甚三长两短，一定交与我掌看。若取帅印，被黑炭团做了元帅，到要伏他跨下，白白一个元帅没我分了。我偏不要去取印，只说秦哥哥不肯。"咬金诡计已定，不知到哪个所在去走这么一转，原上金銮来了。

天子道："程王兄来了么，秦王兄病恙可像好得来的么？"咬金说："陛下，秦哥此病十有八九好不来的，只有一分气息，命在旦夕，不能够了。"天子听说，龙目下泪，大叹一声："咳，寡人天下，秦王兄辅唐，尽忠报国，今朝病在顷刻，可不惨心！程王兄，帅印可曾取来？"咬金道："陛下不要说起，帅印没有，反被他埋怨了一场。"天子说："他怎样埋怨你？"咬金道："他说：'我当年南征北讨，志略千端，掌了三朝元帅，从不有亏。今日臣病危，还有孩儿怀玉也可以掌得帅印的，就是孩儿年轻，还有程兄弟足智多谋，可以掌得帅印。尉迟恭虽是一殿功臣，与秦琼并无衣葛，怎么白白把这颗帅印送他掌管起来？此印不打紧，日日在乱军中辛苦，夜夜在马背上担惊，才能得此帅印，分明要逼我归阴了。'竟大哭要死到金銮殿上来。臣只得空手，前来见驾。"天子便说："徐先生，为今之计便怎么样？"茂公说："秦三弟病内，虽言降旨，决不肯听。如非能驾亲去走一遭。"天子道："也使得。寡人早有此心，要去看望秦王兄病体，不如明日待寡人亲往便了。"皇上一道旨意传出，执掌官尽皆知道，准备銮驾，各自当心。其夜驾退回宫，群臣散班。

程咬金退出午门，说："不好了，明日朝廷对证起来，我之罪也。不如今夜先去订个鬼门，按会一番，算为上着。"连夜赶至帅府。他是入内的，竟走到房内，却好合家尽在陪伴。咬金拜见了嫂嫂问候过了，叔宝睡在床上说："兄弟趁夜到此，有何事干？"咬金道："秦大哥，今日陛下降旨，要取你帅印。我犹恐恼你性子，假作走一遭，哄骗了陛下。哪晓陛下明日御驾亲临，犹恐对证出来，万望秦哥帮衬，肯不肯由你。"叔宝说："那有这等事情。承兄弟盛意，决不害你。请回府去，明日先通消息。"咬金说："是，我去了。"出了帅府，回到自己府中过了一夜。

明日清晨，结束停当，各官多到午门候旨。朝廷降旨起驾出了午门，徐勣保驾，文武各官随定龙驾，多到帅府。咬金先到秦府，对秦怀玉通了个信，转身随了天子行下来。再讲秦怀玉进房说："爹爹，天子顷刻驾到了。"叔宝说："夫人回避，我儿取帅印来。"怀玉应道："是。"便往外边取了进来说："爹爹，帅印在此。"叔宝说："你好好放在床上。你到外边接驾，进入三堂，要如此作弄陛下，然后进见。"怀玉应道："晓得。"便出房走到外边。只见圣驾已到，就俯伏说："臣秦怀玉接驾。"天子道："御侄平身,领寡人进去。"怀玉说："愿我吾皇万岁、万万岁。"秦怀玉在前引路,进入抱沙厅,居中摆了龙案,供了香烛。朝廷坐下,两旁文武站立,朝廷就问："御侄,王兄病恙今日可好些么?"怀玉说："蒙皇龙问,臣父病体尚不能痊愈。"天子道："病已久了,怎么还不能好?御侄你去说一声,朕要看望他。"怀玉应道："领旨。"走到里边,转一转身出来,叫声："陛下,臣父睡着,叫声不应。"天子说："你也不必去叫他,待朕等一等就是了。"哪晓叔宝假睡,与儿子说通的。停一回只说不曾醒,又歇了一回,原说还不曾睡醒,等了许久,总然不醒。徐茂公明知他意,茂公道："还不如进到三弟房内去等吧。"朝廷说："倒也使得。"怀玉在前引路,程咬金、徐茂公同驾入内,各官多在外面。尉迟恭心内要这帅印,又不敢进去,叫声："陛下,臣可进来得么?"朝廷说："不妨,随朕进来。""是。"尉迟恭跟了龙驾,竟到秦琼房内。

　　天子坐了龙椅,怀玉揭开帐子,叫声："爹爹,陛下在此看望。"叔宝睡在床上,明知天子在此,假作呼呼睡醒说："哪个在此叫我?"怀玉说："爹爹,御驾在此。"叔宝睁开眼一看,只见天子坐床前,大骂："好小畜生!陛下起程,就该报我,怎么全不说起?要你畜生何用!叫不醒,推也推我醒来,要天子贵体亲踏贱地,在此等我。秦门不幸,生这样畜生,罪恶滔天了。陛下在上,恕臣病危,不能下床朝见,臣该万死,就在腕上叩首了。"天子说："王兄安心保重身躯,不必如此。朕常常差使问候,并不回音,朕亲来看你,未知王兄病恙可轻些否?"秦琼说："万岁,深感洪恩,亲来宠问,使臣心欢悦无比。但臣此病,伤心而起,血脉全无,当初伤损,如今处处复发,满身疼痛,口口鲜血不止。此一会面,再不要想后会了。"朝廷说："王兄说哪里话来?朕劝王兄万事宽心为主,自然病体不妨。"尉迟恭上前说："老元帅,某家常怀挂念,屡屡要来看望,不敢大胆到府惊动,天天在程千岁面前问候下落。龙驾亲来,某家也随在此看望。"叔宝说:"多蒙将军费心。陛下征东之事,可曾定备么?"天子说:"多完备了。但是王兄有恙未愈,无人掌管帅印,领兵前去,未定吉日。朕看起王兄来,是这样容颜憔悴,就痊愈起来,也只好在家安享,哪里领得兵,受得辛苦前去征东?朕心到此担忧。"叔宝说:"陛下若要等病好领兵征东,万万不能了。平辽事大,臣病事小,臣若有三长两短,不去征东了不成,少不得要掌帅印去的。"天子说:"这个自然。但此印还在王兄处,交与朕就好帅领兵先去征东。待王兄病愈,随后到东辽,帅印原归王兄掌管。王兄意下如何?"叔宝道:"嗳,陛下又来了。臣这样病势,哪里想什么元帅?但此印当初受尽千般痛苦,万种机谋挣下这印,今日臣病在床,还将此印架在这里,使我见见,晓得少年本事,消遣欢心。今陛下取去,叫臣睡在床上,看甚功劳?臣死黄泉,也不瞑目。"朝廷说:"这便怎么处?没有元帅,官兵三军焉能肯伏?"叔宝说:"臣的孩儿虽是年轻,本事高强,志略也有,难道领不得兵的?可以掌得兵权去的。"天子道:"王兄此言差矣。今去征东,多是老王兄,那个肯服御侄帐下?"叔宝说:"如此陛下取臣印,哪个掌管?"朝廷说:"不过尉迟王兄掌管兵权。"叔宝说:"取臣印倒也平常,孩儿年轻做不得,送与别人,臣若有长短,公位都没有孩儿之份了。"天子道:"王兄说哪里话来?你如若放心不下,朕宫中银瓶公主,王兄面前许配御侄,招为驸马如何?"叔宝大悦说:"我儿过来谢恩。"怀玉上前谢过了恩。

叔宝又叫:"尉迟将军,你且过来,俺有话对你说。"敬德连忙走到床前说:"老元帅有什么话对某家说?"叔宝假意合眼,尉迟恭猴进身躯,连问数声,秦琼咳嗽一声,把舌尖一抵,一口红痰往敬德面上吐来,要闪也来不及,正吐在鼻梁上,又不敢用袍袖来揩,倒不好意思,引得咬金嘴都笑到耳朵边去了。叔宝假意说:"啊呀,俺也昏了。老将军,多多得罪,帐子上揩掉了。"尉迟恭心内好不气恼,又要这颗帅印,耐着性子重又问道:"老元帅什么话讲?"秦琼道:"你要为元帅?"敬德说:"正是。"叔宝道:"你要掌兵权,可晓得为帅的道理么?"说:"某家虽不精通,略知一二。"叔宝说:"既如此,你说与我听。"敬德说:"老元帅,那执掌兵权第一要有功必赏,有罪必罚,安营坚固,更鼓严明;行兵要枪刀锐利,队伍整齐,鸣金则退,擂鼓则进;破阵要看风调将,若不能取胜,某就单骑冲杀,以报国恩;一枪要刺死骁将,一鞭要打倒能人,百万军中,杀得三回九转,此乃掌兵权的道理。"叔宝大喝道:"呔!你满口胡言,讲些什么话!这几句乱语,想为元帅了么?"程咬金大笑说:"老黑,你只晓得打铁,哪知道为元帅的意思?倒不如我来吧。"茂公说:"你不必笑别人。你一法也不知道。"秦琼说:"不是这样的,俺教你为帅的道理。"尉迟恭说:"是,请教。"咬金笑道:"老黑,秦哥教训你,今日只当师徒相称,跪在床前听受教诲吧。"敬德无可奈何,只得双膝跪下。叔宝道:"老将军,凡为将者,这叫作莲花帐内将军令,细柳营中天子惊。安营扎寨,高防围困,低防水淹,芦苇防火攻,使智谋调雄兵,传令要齐心;逢高山莫先登,见空城不可乱行;战将回马,不可乱追。此数条,才算为将之道理,你且记着。"尉迟恭道:"是,蒙元帅指教。"秦琼说:"接了印去。"敬德双手来接,叔宝大喝一声:"呔!此颗印乃我皇恩赐与我,我虽有病,你要掌兵权,当与万岁求印。我交与万岁,与汝何干?还敢双手来接!"程咬金说:"走开些,不要恼我秦哥性子。"尉迟恭大怒,立起身来便走。秦琼道:"陛下,帅印原交还我王,一世功劳,藏于太庙了。"天子道:"说哪里话来?王兄病愈,帅印原在。"天子接过,交与茂公藏好。还有许多言语,且按下内房之事。

再讲尉迟恭大怒,气得怒发冲冠,跑出三堂,坐下交椅说:"反了,反了!可恼秦琼,你自道做了元帅,欺人太过了。你也是一家公位,我也是一家公位,何受你恶言羞辱?罢了,与今日吃了这场亏。你命在旦夕,喉中断了气,还耀武扬威,得君龙宠。少不得恶人自有天报,可恼之极!"他正在三堂上辱骂叔宝,哪里得知程咬金看见敬德大怒出来，随后赶到三堂屏风背后，听得了回转身来，思想要搬弄是非，却遇着怀玉出来，说："侄儿，你爹爹此病再也不得好。"怀玉道："老伯父，为什么？"咬金说："你去听听黑炭团咒骂着。"怀玉说："他怎么样咒骂？"程咬金道："他说死不尽的老牛精，病得瘟鬼一般，还是耀武扬威，是这样作恶，一定要生瘟病死的，死去还要落地狱，永不超生，剥皮割舌，还有许多咒骂。为叔父的方才句句听得，你去听听看。"怀玉大怒，赶出三堂，不问根由，悄悄掩到背后。敬德靠在交椅上，对外边自言自语，不防备后边秦怀玉双手一扳，连着太师椅翻了一跤，就把脚踹住胸前，提拳就打。尉迟恭年纪老了，挤在椅子内，哪里挣得起，说："住了。你乃一介小辈，竟敢动手打我？"怀玉说："打便打了你，何妨！"一连数拳，打个不住，咬金连忙赶过来说："侄儿，他是你伯父，怎么倒打他，不许动手。"假意来劝，打的左手，不去扯住，反扯住了空的右手说："不许打。"下面暗内趩踹一脚。敬德说："怎么你也敢踹着我？"咬金说："黑炭团，你只怕昏了。我在这里劝，反道我踢你，没有好交的了。"又是一脚。那个尉迟恭气恼不过，只得大叫："啊唷，好打，好打！陛下快些来救，来救命啊！"不觉惊动里边房内。

　　秦琼正与天子论着国家大事，那天子听得外边喊叫，就同茂公出来往外边。那咬金听得敬德大叫，明知天子出来，放了手就跑进说："陛下，不好了！侄儿驸马被尉迟恭打坏在地下了。"天子说："啊，有这等事么？待朕去看。"天子走出来，咬金先跑在前面，假意咳嗽一声，对秦怀玉丢一丢眼色。怀玉乖巧，明知天子出来，反身扑地，把尉迟恭扯在面上说："好打！"这个敬德是一介莽夫，受了这一顿打，气恼不过，才得起身，右手一把扯住怀玉，左手提起拳头，正要打下去。天子走出三堂，抬头一见，龙颜大怒说："呔！你敢打我王儿，还不住手！"敬德一见说："万岁，冤枉啊，臣被他打得可怜，我一拳也不曾打他。"怀玉立起身来说："父王啊，儿臣被他打坏了。"敬德道：

"无此事，端端你来扳倒我，乱踢乱打，怎么反说某打起你来？"天子道："你还要图赖？方才朕亲眼见你打我王儿，怎么倒说王儿打你？应该按其国法才是，念你有功之臣，辱骂驸马，罚俸去罢。"尉迟恭好不气恼，打又打了，俸又罚了，立起身往外就走，竟回家内，不必再表。

单表天子同了诸大臣，出了帅府，秦怀玉送出龙驾，回进内房，叫声："爹爹，父王回朝去了。"秦琼道："你过来，我有一句话叮嘱你。"怀玉说："爹爹，什么话？"叔宝说："就是尉迟恭与为父一殿功臣，你到底是小辈，须要敬重他。如今兵权在他之手，你命在他反掌之中，不可今日这般模样。"怀玉说："是，孩儿谨领父亲教训。"怀玉原在床前服侍不离。

且说天子回朝，已过三天，钦天监择一吉日，将银瓶公主与怀玉成亲，送回帅府，不必细表。

再表朝廷降下旨意，山西张士贵接了行军旨意，就带齐十万新收人马，正如：

南山猛虎威风烈，北海蛟龙布雨狂。

究竟御驾征东如何，且看下回分解。

第二十四回

尉迟恭征东为帅　薛仁贵活擒董逵

诗曰：

御驾亲征起大兵，长安一路望东行。
今朝谁来东辽去，功建登州薛姓人。

那张士贵与四子一婿离了山西，正奔山东登州府。此话慢表。

再说天子当殿与众卿议黄道吉日，就与尉迟恭挂了帅印，来至教场，点起五十万大队雄兵，祭过了旗，朝廷亲奠三杯酒，发炮三声，排开队伍，一路行兵御驾亲征。天子坐在日月骕骦马上，有徐茂公、程咬金、马、段、殷、刘六将保住龙驾，前面二十六家总管随护元帅，离了大国长安。一路上盔滚滚，甲层层，旗幡五色，号带飘飘，刀枪剑戟，似海如潮，一派人马下来。我且不题。

单说总兵先锋张士贵，同四子一婿十万雄兵下来，只见前面有一座大山，名为天盖山。这人马相近山前，只听顶上炮声一起，赶出几百喽兵，多是青红布蟠头，手内棍棒刀枪闪烁。当中有一位大王，全身披挂，摆动兵器，一马当先冲下山来，大叫："呔，来的何人，擅敢领兵前来搅扰大王爷的山路！早早献出买路钱，方让你们过去。"这一声大叫，惊动张士贵。抬头看见，心下暗想："他说什么天兵经过，多要买路钱，一定活得不耐烦了。"吩咐大小三军，且扎下营盘。底下众儿郎一声答应："是。"就把营盘扎住。张志龙叫声："爹爹，待孩儿去擒来。"张环道："我儿须要小心。"志龙答应。按好头盔，紧紧乌油甲，举起射苗枪，催开坐下黑毫驹冲上前来，大喝一声："咄，我把你这绿林草寇，我们是什么兵马，你敢大胆阻我天兵去路么？"那大王哈哈大笑说："你还不知大王厉害之处。天下闻孤董逵之名，在我山下经过多要买路钱，你今好好献过粮钞，放你过去；如有半字支吾，恼了孤家性子，一顿乱枪，走脱一卒也不算大王爷爷本事。"张志龙大怒说："该死的强徒，天下乃朝廷出入要路，你敢霸定天兵！好好让天兵过山，饶你性命；若再支吾，取你性命。"董逵说："不须夸口，照大王爷枪吧。"催一步马，拿手中枪直往志龙面门上挑进来。志龙叫声："不好！"把枪往杆子上噶啷一抬，险些跌下马来。交锋过去，冲将转来，志龙叫声："狗强盗，照我枪罢！"飕这一枪，望董逵前心刺去。董逵叫声："好！"把枪噶啷一架逼开，趁势一枪刺进来，张志龙躲闪也不及，正刺中左腿，鲜血直流，大叫一声："好厉害的狗强盗！"兜转马大败而走，张士贵说："好骁勇草寇，战不上二回合，大孩儿受了伤败下来了。"何宗宪叫声："岳父，待小婿出去擒来。"张环说："贤婿出马，须要小心。"何宗宪说："不妨。"按按头上凤翅双分亮银盔，紧紧身上柳叶银条甲，手举过杆方天戟，催开底下银鬃马，冲上前来说："咦！该死的强盗，休要扬威，我来取你之命哩。"董逵抬头一看，喝道："哪怕你们有百万英雄，千员上将，也有些难过天盖山。"何宗宪听说："你敢吃了狮子心大虫胆，说得出这样大话。照戟吧！"一戟直往董逵咽喉挑进去，他喊一声："来得好！"把滚银枪架在一边，战不上三个回合，董逵横转枪杆子，照着何宗宪背上当只一击，打得抱鞍吐血说："啊唷，唷唷，好厉害！"带转马，大败往营前来了。董逵呼呼大笑道："哪怕你们百万雄兵齐赶上来，也过不得此山。"勒马拦住山下。

单说何宗宪败到营前说："岳父，强盗枪法厉害，小婿实难敌他。还有谁有胜得他来？"父子六人无计可施。单表五个火头军在营前看打仗，见强盗连败大老爷一子一婿，十分猖獗，恼了薛仁贵性子，说："岂有此理！一个强盗尚被他霸住天盖山，阻住大唐兵马，无人可退，焉能到得东辽？"心内不平，走进自己营中，拿了方天画戟，来到张环面前，叫声："大老爷，公子爷不能取胜，待薛礼去擒来。"张士贵说："又来了，小将军尚不能胜，何在于你？且上去看。"薛礼走上前，把戟串一串，喝声："呔，狗强盗！此处乃朝廷血脉，就是客商也不该阻住，要他买路钱。我们奉旨御驾亲征，开路先锋，天邦兵马打从天盖山经过，不思回避，擅敢拦阻此山去路，既撞在我手，快快下马祭我戟尖！"董逵说："呔！步下来此穿白小卒，敢是铜包胆铁包颈？方才二位小将，尚然被大王爷打得吐血而回，你这小小鼠辈想是也活得不耐烦了，照孤家的枪吧！"一枪望着仁贵拦腰刺来。薛礼说："来得好！"把方天戟往杆子上噶嘟一枭，董逵喊声："不好了！"手一松，枪往半天中去了，在马上乱晃。薛礼在地下走上一步，右手拿戟，左手往董逵腿上一把扯住说："过来吧。"一拖拖得董逵头重脚轻，倒坠转来。董逵好不着忙，两手乱到挣个不住，薛礼道："你挣到哪里去？"把董逵勒下，一夹一挤，手脚不动了。左手牵了这匹马，回身便走到营前说："大老爷，小人薛礼活擒董逵在此。"张士贵满心欢喜，暗想："薛礼好本事，我子万不如他，真算贤婿天大的造化了。薛礼这等骁勇，此去立得大功，多是我贤婿冒来的功劳了。"士贵有心冒功，叫薛礼放下董逵绑起来。

那仁贵将董逵放下，动也不动死的了。薛礼说："大老爷，强盗被小人夹死了。"四子一婿把舌头乱伸，说："好戟法，好力气！"士贵道："薛礼，你本事果然高强，活擒董逵是你之功，待我大老爷记在功劳簿上，此去征东，再立得两个功劳，待我奉本朝廷，赎你之罪。"仁贵道："是，多谢大老爷。那强盗这副披挂，小人倒喜欢他，求大老爷赏赐与小人穿戴，好去开兵立功。"张环道："马匹盔甲自然是你的，不消问我。是你擒来，自己取用便了。"仁贵把董逵盔甲除下，将尸首撇在一旁，倒得了银盔银铠，一骑白毫马。回到前锋营，周青、李、姜四人大喜说："大哥，你倒立了一功，得了一副盔甲，我等兄弟们不知何日见功。"薛礼说："莫要慌。一过海东，功劳多得紧。"

不表月字号火头军五人，单言张士贵吩咐抬营，十万人马穿过天盖山，正行下来，不过四五十里荒僻险路，只听得前面括拉拉一声响，山崩地裂，人人皆惊。张士贵唬得面如土色，马多立定了。说："我的儿，什么响？"志龙说："爹爹，好奇怪，不知什么响。"差人前去打听，不多一回，报说："启上大老爷，前边不上一箭之路，地下摊开了一个大窟，望下去乌暗，不知有多少深，看不明白。"张环说："有这等事？把人马扎住，我儿同为父去看来。"众公子应道："是。"那父子六人催马上前，果见一个大窟如井一般。士贵说："好奇怪！"吩咐手下人将索子丢下去有几多深浅，手下答应。数名排军把索子系了一块大石，往底下坠落，直待放不下了，拿起来量一量说："大老爷，有七十二丈深。"张环道："平空绷开地穴，到底未知凶吉，或有什么宝物在地下也未可知，或有什么妖怪作精也未可知。差人去探探看，看有何物在底下。"志龙说："爹爹说得是。着哪一个下去？"士贵看看军士们，多是摇头说："这个底下去不得的，决有妖怪在内，被他吃了，走又走不起，白白送死。"士贵说："我儿，谅此地穴，没人肯下去的。"志龙道："爹爹，有了。我看薛礼倒也能干，不如差他下去探探看。有宝物，拿起来落得受用，若是被妖怪吃了，也是他大数。"张环说："我儿之言有理。"过来前锋营内传薛礼。

那中军奉令来到月字号说："呔！火头军薛礼，大老爷传你。"薛礼正与四个兄弟讲究武略，只听得中军说大老爷传，薛礼大家一呼风赶出营门，同了中军来到穴前说："大老爷在上，薛礼叩头。不知传小人到来，有何军令？"张环说："薛礼，方才平空塌此地穴，其深无比，想一定朝廷洪福，必有异宝在下。你下去探一探，是什么宝物，拿起来献上朝廷，也是一件大功，免得罪了。"薛礼道："待小人下去。"周青说："动也动不得的，大哥，你要死没下去。"仁贵道："不妨。生死乃命中所判，为兄下去得。"张环传令手下人，将一只竹篮系了一条索子，摇动响铃，我们就好收你起来。这根索子用了盘车，周青、姜、李四人执定盘车，慢慢坠将下去。彼时张环父子多在穴边，看守仁贵起来回音，我且不表。

　　单讲薛礼悠悠放至下面，黑洞洞，就有阴风冒起，寒毛直竖。仁贵暗想："不好啊，我不听兄弟们的话，一时高兴下来，如今性命一定要断送的了。"心内十分胆怯。摸索着走出竹篮，团团一摸，多是满的。挨到东首，旁边有些亮光，也不要管他好歹，钻进去挨出外边，好似山洞内钻出来模样，又是一个世界了。上有青天云日，下有地土树木，心中大喜说："这也奇怪，此世界不知通于何处？"回头一看，出来之所，乃是一座高山洞里钻出来的。忽然间云遮雾拥，好是阴雨天空一般，却也明亮。两旁虽无人家田地，却也花枝灼灼，松柏青青，好似仙家住所。居中一条砖砌街道，仁贵从此路曲曲弯弯行去。

　　正去之间，听得后面大叫："呔！薛仁贵！你回转头来看！我与你有海底冤仇，三世未清，今被九天玄女娘娘锁住，难以脱身。幸喜你来，快快放我投凡，冤仇方与你消清了。"仁贵回头一看，只见西南上一根擎天大石柱，柱上蟠一条青龙，有九根链条锁着。仁贵走将过来，把九条链条裂断说："汝去吧！"这条青龙摆尾一啸，一阵大风往东北角腾空而去，回头对薛礼看看，把眼一闭，头一答，竟不见了。

第二十四回　尉迟恭征东为帅　薛仁贵活擒董逵　189

仁贵回身又走，只见前面有座凉亭，走到亭内，有一座灶头，好不奇异。灶门口又不烧，又没有火，灶上三架蒸笼，笼头罩着，虽不烧却也气出冲天。薛礼从早上下来地穴，又行了数里，肚中饥了，见了热腾腾三架蒸笼，想是一定吃得的东西，待我拿开来看。仁贵团团一看，并没有什么人影，便将笼头除下，只见一个面做的捏成一条龙，盘在里边，拿起来团一团，做两口吃了下去。又掇开底下一蒸，有两只老虎，也是面做的，也拿在手中捏做一团，吞了下肚。又掇开第三架，一看有九条面做的牛，立在蒸内，也拿起来捏拢了，做四五口吃在腹中，不够一饱。将蒸笼原架在灶上，走出亭子，身上暴躁起来，肌肤皮肉扎扎收紧，不觉满身难过。行不上半里，见一个大池，池水澄清，仁贵暗想："且下去洗个浴吧。"将白将巾与战袄脱下来，放在池塘上，然后将身走落池中，洗了一浴起来，满身爽快，身子觉轻了一轻，连忙穿好衣服，随大路而走。

忽听后面有人叫道："薛仁贵，娘娘有法旨，命你前去，快随我来。"仁贵回头一看，见一青衣童子，面如满月，顶挽双髻，一路叫来。仁贵道："请问这里什么所在，因何晓得我名字？哪个娘娘传我？"那童子道："此地乃仙界之处。我奉九天玄女娘娘法旨，说大唐来一员名将，名唤薛仁贵，保驾征东，快领来见我，有旨降他，所以叫你名字。"仁贵听说，万分奇异，说："有这等事？"连忙随了童子一路行去。影影绰绰见一座大殿，只听鼓乐之声来至殿前，童子先进内禀过了，然后仁贵走到里边，只见一尊女菩萨坐在一个八角蒲墩上，薛礼倒身下拜说："玄女大圣在上，凡俗薛礼叩头，未知大圣有何法旨？"娘娘说："薛仁贵，你乃大唐一家梁栋，只因此去征东，关关有狠将，寨寨有能人，故而我冲开地穴，等你下来。有面食三架，被你吃下腹内，乃上界仙食。你如今就有一龙二虎九牛之力，本事高强，骁勇不过，不够三年就可以征服。咳，但是你千不是，万不是，不该把这条青龙放去。若这龙降了凡，就要搅乱江山，干戈不能宁静,所以我锁在石柱上。如今被你放去,他就在东辽作乱,只怕你有一龙二虎九牛之力,也难服得青龙,便怎么处?"仁贵说:"啊呀,大圣啊!弟子薛礼乃凡间俗子,怎知菩萨处天庭之事?所以放走了青龙。他在东辽作乱,搅扰社稷,今陛下御驾亲征,若难平服,弟子之大罪了。望大圣娘娘赐弟子跨海征东,就能平定,恩德无穷。愿娘娘圣寿无疆。"那玄女娘娘说:"若要平定东辽,只是如今三年内不能够的了。除非过了十有余年,才得回中原,干戈宁静。我有五件宝物,你拿去就可以平辽。"叫童儿里边取出来。那青衣童子说:"领法旨。"连忙进内,取出递与薛礼。娘娘说:"薛仁贵,此鞭名曰白虎鞭,若遇东辽元帅青脸红须,乃是你放的青龙,正用白虎鞭打他,可以平定得来。"仁贵道:"是。"娘娘道:"哪,这一张震天弓,这五枝穿云箭,你开兵挂于身畔。这青龙善用九口柳叶飞刀,着了青光就伤性命,你将此弓宝箭射他,就能得破,射了去把手一招,原归手内。"仁贵应道:"是。"娘娘又说:"哪,此件名曰水火袍,若逢水火灾殃,即穿此袍,能全性命。"仁贵应道:"是。"回头看四桩宝物,霞光遍透。又有一本素书,并无半字在上。就问娘娘:"此书何用?"娘娘说:"此书乃是异宝,名曰'无字天书'。此四件呢,别人见得,这天书只可你一人知道,不可被人看见。凡逢患难疑难之事,即排香案拜告,天书上露字迹,就知明白。此五件异宝你拿去,东辽就能平服。不可泄露天机,去吧。"薛礼大悦,拜别玄女娘娘,将天书藏于怀内,手拿弓箭,一手拿了袍鞭,前面青衣童子领路,仁贵离了殿亭,一程走到两扇石门边,童子把门开了说:"你出去吧。"将薛礼推出门外,就把石门闭上,前去复旨。不必去表。

单讲仁贵抬头一看,眼前乌暗团团,一摸摸着了竹篮,满心欢喜,将身坐在篮内,把铜铃摇响。且表上边自从仁贵下去,已有七天不见上来。张环明知薛礼死在底下,思想要行兵,有周青、姜、李四人哪里撇得下?在地穴前守了七日七夜,不见动静。忽然闻得铜铃摇响，大家快乐，连忙动盘车收将起来。仁贵走将出来说："兄弟们，倒要你们等了这一回。"众人道："说什么一回，我们等了七日七夜了。"仁贵说："这也奇了。真乃山中方七日，世上几千年。为兄在下面不多一回工夫，就是七天了。"众人道："大哥，下面怎么样的？手里这些东西哪里来的？"薛礼就一一细说一遍。四人满怀欢喜，回到营中。

　　张士贵闻知，说："薛礼，你为何去了几天？且把探地穴事情细说与大老爷得知。"仁贵答应，就把娘娘赠宝征东之事，细说一回。张环大喜说："也算一桩功劳。"吩咐就此拔寨起行。仁贵回到前锋营，藏好了四件宝贝，卷帐行兵，正往山东地界而来。在路耽搁几天，早到山东登州府。正是：

　　十万貔貅如狼虎，保驾征东到海边。

　　不知征东跨海如何，且看下回分解。

第二十五回

白袍将巧摆龙门阵　唐天子爱慕英雄士

诗曰：

> 统领英雄到海边，旗幡蔽日靖风烟。
> 君王欲见征东将，命摆龙门宝阵盘。

那张环便来参见长国公王君可，专等朝廷到来一同下海。等不上四五天，早见前面旗幡密密，号带飘飘，有长国公王君可，总先锋张士贵一路迎接下来。朝廷大喜说："王兄平身。你奉朕旨在此督造战船，预先完修，是王兄之大功也。随寡人进城来。"君可口讲："领旨。"尉迟恭传令五十万大小三军，屯扎外教场，三声炮起，齐齐扎下营盘。天子同了众公爷进城，扎住御营，武将朝参已毕，一一见礼问安。王君可说："尉迟老元帅，长安秦千岁病体怎么样了？"敬德道："他尚卧床不起，愈觉沉重，所以不能执掌兵权，某家代领兵来的。"王君可说："他往日受伤，此病难痊。"尉迟恭道："便是。"茂功说："如今要选黄道吉日，下船过海。"天子道："徐先生且慢。朕听先生说有应梦贤臣在军中，所以放胆起兵。今下了船到东辽，非同小可。他那里多有骁将，我这里有了贤臣，方可以平辽。若无姓薛的小将，这班老将多是衰迈，不能如前日之威风的了，怎能抵敌，如何处置呢？"茂功说："不妨。张士贵十万兵中，现有应梦贤臣，请陛下放心。"天子说："先生又来了，前在陕西行兵到山东，从不听见说有姓薛的，寡人定是放心不下，怎好落船过海？既是先生说有此人，今张环兵丁现在，待朕降旨宣出，封他一官，好随寡人下船过海，何等不美？"茂功说："陛下不知其细，那个应梦贤臣，他还时运未到，福分未通，近不得主上天子之尊贵，受不得朝廷一命之恩荣。且待他征东班师，才交时运，方可受恩。若今陛下就要他近贵，分明反害他性命难保了，岂非到底无人保驾？"朝廷说："有这等事？既然他福分未到，受不起恩宠，就待后日也罢了。但是如今朕要见他一面，才得放心过海。若不见面，寡人不去征东了。"茂功说："要见他一面容易的。万岁降一道旨意，着元帅三天内要在海滩上摆一座龙门阵，见得贤臣一面了。"朝廷说："既如此，宣元帅进营。"

  尉迟恭正在吩咐枪刀要锐利，队伍要整齐，忽听天子叫声："尉迟王兄，朕要你在海滩上摆一座龙门阵，使寡人看看，限三天摆了来缴旨。"敬德一听此言，吓得魂不附体，说："陛下，臣从幼不读书，一字不识，阵图全然不晓，不要说龙门阵，就是长蛇阵也只得耳闻，不曾眼见。臣只晓得一枪一鞭，哪里晓得摆阵？望陛下另着别将摆吧。"茂功把眼望天子一丢，天子心内明白，便假意把龙颜变转，大喝道："咄！你做什么元帅？摆阵用兵乃元帅执掌的常事，怎么说不曾摆起来？若到东辽，他们要你讲究阵图，你也是这样讲：'我从小不读诗书，不晓得摆阵？'倘若东辽兵将摆出异样大阵，你也不点人马去破，就是这样败了不成？决要三天内摆下龙门阵就罢，如若逆旨，以按国法！"敬德勉强领了旨意，踱出御营说："真正遭他娘的瘟！秦琼做了一世元帅，从不摆什么龙门阵，某才掌得兵权，就要难我一难。但不知这龙门阵怎么摆法？"

心内烦恼，走出营来，却遇程咬金交身走过，只听得他自言自语地说："当初隋朝大臣曾摆龙门阵，被我学得精熟。可惜不掌兵权不关我事，不然摆一座在海滩上，也晓得老程的手段。"敬德一一听得，满怀欢喜说："程老千岁，不必远虑。待本帅做主，点些兵马在海滩上摆起龙门阵来，显显将军手段如何？"咬金说："这个使不得。私摆阵图，皇上要归罪的。"敬德说："不瞒将军说，天子方才要本帅三天内摆阵。你自悉知本帅不曾摆阵，只要你提调我摆就是了。"程咬金道："陛下要元帅摆阵，我又不是元帅，与我什么相干？龙门阵我是透熟的，摆也不知摆过多少，不要教你。"竟回身去了。

尉迟恭明知他说鬼话，回进营中，眉头一皱，计上心来。说："左右过来，速传先锋张士贵进见。"左右一声答应："啊！""呔！元帅爷有令，传先锋张士贵进营听令。"张环闻知，连忙到中营说："元帅爷在上，末将张士贵参见。不知元帅有何将令？"敬德道："本帅奉旨要摆一座龙门阵。本帅未曾投唐之时，常常摆过，如今投唐之后，从不曾摆，倒忘怀了。只记得些影子，故而传你进营，命汝三天内在海滩上，代本帅摆座龙门大阵前来缴令，快去！"张士贵听言大惊说："是。元帅在上，末将阵书也曾看过，多精通的，也有一字长蛇阵，二龙出水阵，天地人三才阵，四门斗底阵，五虎攒羊阵，六子联芳阵，七星阵，八门金锁阵，九曜星官阵，十面埋伏阵，这十个算正路阵。除了这十个阵，别样异阵也有几个，从来不曾有什么龙门阵，叫小将怎生摆？"敬德道："呔！我把你这该死的狗头，胡言乱语讲些什么？这十阵本帅岂有不知？我如今要摆龙门阵，你怎说没有？做什么总管，做什么先锋！快摆龙门阵论功升赏，若再在此逆令，左右看刀伺候！"一声吩咐，两旁答应："啊！""是！"吓得张环魂飞魄散说："待末将去摆来。"只得没奈何走出中营。

来到自己营中说："不好了，真正该死该死。"那四子一婿见说大惊道："爹爹，为什么方才元帅传去？有何令旨？"张环说："嗳，我的儿，不要讲起。我阵书也不知看了多多少少，从来没有什么龙门大阵。这元帅偏偏限为父的三天内，要在海滩上摆一座龙门阵。我儿，你可晓得龙门阵怎样摆法？"志龙道："孩儿阵书也只当熟透的，不曾见有什么龙门阵，爹爹就该对元帅说了。"张环道："我岂不知回说？他就大怒起来。如若逆令不摆，他就要把为父处斩。难道我不要性命的？所以不敢不遵，奉令出来的。这龙门阵如何摆法？"四子道："这便怎么处？"何宗宪叫声："岳父，我想元帅也不曾摆的，故此要岳父摆。不如就将一字长蛇阵摆了，装了四足，当作龙门阵如何？"士贵大喜说："贤婿之言有理。左右过来，传令三军披挂整齐，出城听调。"左右一声："得令。"就把军令传下去。十万兵马明盔明甲，整整齐齐摆开队伍，统出兵来。父子女婿六人，竟到海滩，一队队摆了一字长蛇阵，装出四足五爪，略略像龙模样。张士贵大悦，命志龙与何宗宪在内领队，自己忙进城来到中营，禀上元帅说："末将奉令前去，龙门阵已摆完备，请元帅去看阵。"尉迟恭说："果然摆完了么？带马过来。"左右答应，牵过马匹，元帅上马，张环在前。

张环走出城来在海滩上，道："元帅，喏，这龙门阵，可是这样摆法？"敬德是黑漆皮灯笼，胸中不识一字的，假做精明在道的一般望去，一看说："不差，正是这样的影子。算在你的功劳，待本帅去缴旨。"尉迟恭回进城来，忙到御营说："陛下，臣奉旨前去，不到三天，已摆完了这座龙门阵，前来缴旨。"朝廷说："既摆了龙门阵，徐先生快同寡人去看。"茂功同了天子上马，出城来到海滩。程咬金也随来一看，暗想："这座龙门阵原来是这样一个摆法的，待我记在此，也学做做能人。"那天子一见说："尉迟王兄，这阵可行得动的么？"敬德道："行得动的。"就吩咐张士贵行起阵来。张环一声传令，阵中炮响一声，何宗宪领了头阵，照样长蛇阵行动一般。天子叫声："先生，这梦内贤臣在何处？哪个就是？指与朕看。"茂功说："陛下看看，看像是龙门阵否？若像是龙门阵，才可见有应梦贤臣。"茂功说了这两句话，天子当心一看，况且向来督兵过的，这十阵书皆明白，方才一心要看应梦贤臣，所以不当心去看看阵图，如今当心一看，明晓是长蛇阵，同了徐茂功回马就走。

尉迟恭不解其意，也转身进城，来到御营下马，叫声："陛下，臣摆此阵如何？"朝廷大怒，喝道："呔！朕要你摆龙门阵的，怎么摆这什么阵来哄骗寡人？又不是一字长蛇阵，又不像龙门阵，倒像四脚蛇阵。"敬德说："啊呀陛下，这个是龙门阵。"朝廷说："呔，还要讲是龙门阵么？这分明一字长蛇阵，将来摆了四足，弄得来阵又不像阵，兵又不像兵，这样匹夫做什么元帅？降朕旨意，绑出营门枭首！"敬德着忙："啊呀万岁，恕臣之罪。这阵不是臣摆的，是先锋张环摆的。"茂功在旁笑道："元帅，你分明被张环哄了。这是长蛇阵，你快去要他摆过。"尉迟恭道："是。"连忙回身来至中营说："左右过来，传总管张环！"左右一声答应，出营说道："呔！元帅爷有令，传先锋张士贵进来听令。"张环连忙答应道："是。"行入中营，叫声："元帅，龙门阵可摆得像么？"敬德大怒道："我把你这贼子砍死的。到底你摆的是什么阵？"张士贵回说："元帅不差的，这是龙门阵。"敬德道："呔，还要强辩！哄哪一个！本帅方才一时眼昏，看不明白，想起来分明是一字长蛇阵。"张环道："元帅，实在没有这个龙门阵，叫末将怎样摆法？所以把长蛇阵添了四足，望元帅详察。"敬德说："乱讲！如今偏要摆龙门阵，快去重摆过来，饶你狗命，违令斩首。"张环无法，只得答应道："是，待末将重去摆来。"

出了中营，上马飞奔海滩。抬头一看，还在那里行长蛇阵。喝道："畜生，收了阵快来见我。"四子一婿连忙收了阵图，来至营中说："爹爹，龙门阵是我们的功劳，为什么爹爹倒生起烦恼来？"张环道："呔，畜生！什么功劳不功劳，难道他们不生眼珠的么？你摆长蛇阵去哄他，如今元帅看出，十分大怒，险些送了性命。再三哀求，保得性命，如今原要摆过。有什么功劳？这便却怎处？"何宗宪叫声："岳父，我看薛礼倒是能人，传他来与他商议，摆得来也未可知。"张环道："贤婿之言有理。中军过来，速传头军薛礼进营听令。"中军答应，传来说："薛礼，大老爷传你。"薛仁贵奉令进见说："大老爷在上，小人薛礼叩头。"张环说："薛礼，你如今已有二功，再立一功就可赎罪了。今陛下要摆龙门阵，故此传你进来。你可知此阵图？速即前去摆来，其功非小。"仁贵说："龙门阵书上也曾看过，但年远有些忘怀，待小人去翻出兵书，看明摆便了。"张士贵听言大喜说："既如此，快去看来。"仁贵应道："晓得。"回到前锋营内，摆了香案，供好天书，跪倒尘埃，拜了二十四拜说："玄女天圣在上，弟子薛礼奉旨摆龙门阵，但未知龙门阵如何摆法，拜求大圣指教。"薛礼祷告已完，立起身来，拿下天书揭开一看，果然上有龙门阵图的样式，有许多细字一一标明。

　　薛礼看罢，藏好天书，来至大营说："大老爷，那龙门阵其大无比，十分难摆，更且烦难，要七十万人马方能件件完全。小人想最少也要七万人，方可摆得。"张环道："果有此阵么？既如此，待我统兵七万与你，可替本总小小摆一座吧。"薛礼一声答应说："小人还求大老爷，在海滩高搭一座将台，小人要在上边调用队伍，犹恐众兵不服，如之奈何？"士贵说："不妨。本总有斩军剑一口，你拿去，如若不服听调，就按兵法。"仁贵道："多谢大老爷。"接了军剑一口，竟到前锋营庄肃整齐。士贵下令要靠山朝海高搭一台，点齐七万人马，明盔亮甲。薛礼来到海滩说："大老爷，还要搭一座龙门。"士贵传下军令竖好龙门。仁贵道："小人多多有罪，求大老爷在此安候。"张环说："自然本总要在此听调。"仁贵走上将台，把旗摇动摆将起来。薛仁贵第一通掌兵权，谁敢不服？多来听候军令。那薛仁贵当下吩咐：这一队在东，那一队在西，大老爷怎么长，大老爷怎么短，四子一婿多来听调，上南落北不敢有违一回，张总兵反被火头军调来调去，不上半天工夫摆完了。张环心中大喜说："看这薛礼不出，果然是个能人。你看此阵图，果然原像一座龙门阵，活像龙在那龙门内要探出探进的意思。"只见仁贵下将台，把黄龙行动泛出龙门，多用黄旗，乃是一条黄龙。

张士贵忙进城，来到中营说："元帅在上，那座龙门阵今已摆好在海滩上了，特请元帅去看阵。"尉迟恭道："既然摆好在那里，你先去，待本帅同驾前来便了。"张士贵答应，先往城外等候。敬德来至御营，同了天子、军师一齐上马来到海滩。朝廷坐在龙旗底下，望去一看，但见此阵：

旗幡五彩按三才，剑戟刀枪四面排。方天画戟为龙角，拂地黄旗鳞甲开。数对银枪作龙尾，一面金锣龙腹排，千口大刀为龙爪，两个银锤当眼开。

朝廷大喜说："果然活龙活现，这才是座龙门阵。"便叫："徐先生，龙门阵虽然摆就，这应梦贤臣是哪一个？"茂功道："陛下降旨把龙门阵行动，就可见应梦贤臣了。"朝廷大悦说："既如此，降朕旨意，把阵图行动起来。""啊！"下边一声答应。阵心内走出一起，仁贵领了队伍从中而出，龙门里面人马，圈出外边兜将转来；仁贵撤下黄龙，又把青旗一摇，阵里边多用青旗，又变了一条青龙了。茂功道："陛下哪，那，那走转来执青旗的那一个穿白小将，就是应梦贤臣了。"天子睁眼一看，说："果然是！分明与梦内一般面貌，活像！"又在阵心内去了。如今又走转来了，手内又执白旗，多换了白旗，又一条白龙了。少停，手执红旗，又变了红龙了。天子好不欢喜说："这个领阵小将，果然是个能人。降朕旨意，收了阵吧。"张环传令下去，仁贵一一调开，散了龙门阵图。朝廷同军师自回御营，称赞仁贵之能。

张环收兵进城，将人马扎住说："薛礼，你摆阵图其功非小，待本总记在功劳簿上，少不得奉达朝廷，出你之罪。我大老爷先赏你十斤肉、五罐酒，你拿去吧。"仁贵道："是，多谢大老爷厚赐。"仁贵领了酒肉回到前营来，就端正起来，摆开桌子，弟兄五人饮酒作乐，我且不表。

单讲张士贵进入中营，叫声："元帅，此阵可摆得是么？"敬德大悦说："这个阵摆得好，才是个龙门阵。原算将军之功，待本帅记在此。"就将功簿展在桌上。要晓得尉迟乃是写不了字的，提起笔来竖了一条红杠子，算为一功。张环又说："元帅在上，狗婿何宗宪前日行兵天盖山，活擒草寇董逵，探地穴，也是狗婿微功。"敬德说："既有三功，并记在上面。"也竖了两条杠子，将功簿收藏好了。张环大悦，回到营中说："贤婿，方才元帅都上了你的功劳了。"宗宪道："多谢岳父费心。"按下不表张环冒功之事，单讲御营天子说："徐先生，朕看这应梦贤臣在内领阵，一定是：

武略高强兵法好，雄威服众有才能。"

但不知他胸中学问如何，且听下回分解。

第二十六回

小将军献平辽论　瞒天计贞观过海

诗曰：

　　九天玄女赠兵书，巧摆龙门独逞奇。
　　考试文才年少将，平辽论内见威仪。

　　话说天子要试贤臣才学，军师徐茂功说："容易。陛下要知贤臣腹内才学，须降旨尉迟恭，要他做一纸《平辽论》，就知他才学了。"朝廷连忙降旨一道。敬德来到御营说："万岁宣臣有何旨意？"朝廷说："王兄，朕此去征东未知胜败，要讨个信息，王兄快去做一纸《平辽论》与寡人看。"敬德听言一想说："早知做元帅这等烦难，我也不做了。才摆得龙门阵，又是什么《平辽论》。我想什么论不论，分明在此难着某家。不要管，再叫张环做便了。"说："陛下，待本帅去做来。"尉迟恭来到中营说："左右过来，快传张环进见。"左右奉令出营说："呔，张环，元帅爷有令，传你进营。"张士贵答应，连忙来到中营说："元帅在上，传末将来有何将令？"尉迟恭说："本帅奉旨，要你做一纸《平辽论》，快去做来。"张环应道："是。待末将去做来。"慌忙退回自己营中，叫中军过来，应道："有。"张环道："快传前营薛礼听令。"中军奉令，传进薛礼，说："大老爷在上，小人薛礼叩头。"张环道："起来。本总传你的时节正多，以后见了我大老爷，不必叩头了。"薛礼说："是。小人遵令。"张环道："薛礼，方才元帅要本总做《平辽论》，你可做得来？一发立了此功。"仁贵道："是。小人可做得的。"张环道："如此快去做来。"仁贵奉令进营，便叫兄弟们回避，周青、姜、李四人退出。仁贵忙摆香桌，上供天书，拜了二十四拜，祷告一番。拿来揭开一看，上面字字碧清，写得明白。就将花笺一幅，看了天书，细细写好誊下，忙到张环营中说："大老爷，小人《平辽论》做在这里了。"士贵说："待本总记在簿上。"说罢，就拿到中营，叫声："元帅，《平辽论》乃是狗婿何宗宪做在此了。"尉迟恭接了《平辽论》，在功劳簿上又竖了一条杠子，竟到御营说："陛下在上，《平辽论》在此，请我主龙目清观。"朝廷说："取上来。"侍臣接上，铺在龙案，军师同朝廷一看，上写着《平辽论》：

混沌初分盘古出，三才治世号三皇。天生五帝相继续，尧舜相传夏禹王。禹王后代昏君出，乾坤一统属商汤。商汤以后纣为虐，伐罪吊民周武王。周室东迁王迹熄，春秋战国七雄强。七雄并吞为一国，秦氏纵横号始皇。西兴汉室刘高祖，光武中兴后汉王。三国英雄尊刘备，仲达兴为司马王。杨坚篡周为隋王，国号兴称仁寿王。天生逆子隋炀帝，弑父专权大邺王。邺王邪政行无道，天下黎民尽遭殃。天公降下真明主，重整乾坤归大唐。施行仁政贞观帝，万民感戴太宗王。平除四海番王顺，无道东迁又放狂。明君御驾亲跨海，一纪班师东海洋。

朝廷看完大悦，道："徐先生，此去征东，为何要这许多年数？"茂功道："看来要得十二年才能平服。"天子道："有了这样能人，自然平服得快。"茂功算定后日黄道吉日，就要下船过海。当夜不表。

再说次日，张士贵传令十万人马，先下战船，开了二百余号，多把链条绞拢一排，扯起御驾亲征旗号，竟往海内而去。这一千三百战船，只只绞定，海内风波最险，犹恐吹翻，故把链条绞定。五十万雄兵多在两边船内。朝廷同公卿于吉日上了龙船，扯起平辽大元帅旗号。尉迟恭好不威风，三声炮响，一齐开出。在海内行了三日，只见天连水，水连天。忽一时，大风刮起，豁辣辣就不好了。海内波浪泼起数丈，惊得天子面如土色，龙案多颠翻倒了。这些船在海内跳来跳去，人马跌倒船中，爬得起来，又跌倒了，天子也翻了数次。程咬金在船内滚来滚去，徐茂功也难起身，余者无有不跌，无有不吐。天子骇怕，吓得发抖说："先生，不去征东了。情愿安享长安，由他杀过来，让他也看得见，何苦丧在海内？"程咬金说："陛下，快降旨，转去转去，性命要紧。"茂功说："不妨。只消陛下降旨，要元帅平风浪静。"敬德也跌得昏了，一听此言，心内大惊说："军师大人差矣！风浪乃玉皇御旨，天上之事，叫本帅哪里平得来？"茂功道："我算定阴阳，风浪该是你平的，有本事去平就罢了。如没有本事去平其风浪，降旨将你绑缚，撩在海内，祭了海神，也平得风浪了。"尉迟恭道："遭他娘的瘟，怎么海中风浪多，要元帅去平起来？"没奈何，过了前船，传总兵张环。左右一声答应，说："哒，帅爷有令，传先锋张士贵上船听令。"那个张士贵，也在船内跌吐得个昏花，好不难过。

只听中军说："禀上大老爷，元帅军令，要传过去。"张环道："这样大风，又来传我去做什么？"无可奈何，挨上船头。水手挽住一只船，爬上龙船："元帅传末将有何将令？"敬德说："如此大风浪，今已危急，快去与本帅平静风浪，是你大功。"张环道："元帅又来了，海内风浪，年年惯常，叫末将怎生平法？"元帅道："你若不平风浪，叫两旁将士把你张环绑了，丢在海中祭了海神，或者平得风浪亦未可知。"张环说："元帅，这个使不得，待末将去平复水浪便了。"士贵走至前船，进入内舱，就传薛礼。哪晓得仁贵在船内翻了两跤，也着了忙，就拜着天书，上边字字明白。藏好了天书，却当大老爷来传。仁贵明知此事，到张环船内说："大老爷传小人有何将令？"士贵说："你可有平浪之计么？"薛礼笑道："大老爷，有五湖四海龙王到此朝参，故此这等大风。只要万岁御笔亲书'免朝'二字，撒在海内，极大的风浪就平了。"张环大悦道："果有此事？应验了，你之大功。依你行事，平了风浪，你这大罪一定就赦去。"

不表仁贵退出回前营内。单讲张环来到龙船，照样薛礼这番言语，对元帅说了，尉迟恭大悦说："妙啊，妙啊，果应其言，就记你功劳。"说罢，来到御营，进入舱内，叫声："陛下，海内五湖四海龙王前来朝参，故起风浪。只消陛下亲挥'免朝'二字，撒入海内，风浪就息了。"天子说："果有此事？待朕就写起来。"元帅摆好龙案，亲书"免朝"二字递与敬德接在手中，走出船头，两边有水军扶定，天子说："圣上有旨，今去征东，诸位龙王免朝，各回龙驾。"把"免朝"二字丢入海内，犹如有人在底下接了去的一般，顷刻不见了皇旨牌。不一刻，风浪顿息。天子说："徐先生降朕旨意，把战船回转山东，不去征东，情愿待他起兵杀过来再处。"茂功说："陛下又来了。如今风浪平息，正好行船，怎么反要回山东？倘东辽起兵杀至中原，怎生抵敌？"咬金道："陛下不要听这牛鼻子道人。此去大海，风浪还大，乃是险路，性命要紧。趁此风息浪静，回到登州，安享长安。若是东辽兴兵过海侵犯疆界不是我夸口说，就是老程年纪虽老，还敌得他过，包在臣身上。杀退番人，决不惊驾，眼前避祸要紧。"敬德说："老呆子，什么说话，自古道：'食君之禄，当报君之德。'趁此风平浪息，以仗陛下洪恩，此去征东，有甚险处？你敢驾前乱道！"天子说："不必埋怨。寡人原死长安，决不征东入海。"徐茂功心下一想说："既然陛下不去征东，臣也难以逆旨，且回登州。"尉迟恭见军师说了，只得即忙传令，吩咐三军，回转登州，待风浪平息过海征东。元帅一声令下，只听齐声答应："嘎！"张士贵也奉令，这一千五百战船尽皆回转。行了三日三夜，到了登州海滩，把船泊住。天子与公爷下船进城，城内扎营，不必去表。

单讲天子说："先生，我们明日回长安去吧。"茂功说："陛下有了这样应梦贤臣保驾平东，此乃国家的大事，怎么万岁要回长安起来？"天子叫声："先生，但海内风浪极大，怎生行船？不如回长安去吧。"茂功说："陛下放心。有几日风大，自然有几日风小的。就在这里等几天，待风息浪静，可以过得海，平得东了。"天子说："既如此说，就等几天便了。"

不表天子在御营内。再言徐茂功来到帅营，尉迟恭连忙接住，说："军师大人连夜到此，有何事见谕？"茂功道："元帅，海内风浪浩大，圣上不肯征东，怎么处？"敬德叫声："大人又来了。朝廷虽不肯征东，难道本帅回转长安不成？真若待圣上驾回长安，本帅同军师领兵过海，前去征东罢。"茂功道："不是这等讲的，那东辽人马邪法多端，必要御驾亲征的。若元帅统兵前去，料难平复得来。"元帅道："如今陛下不肯去，也没法奈何他。"茂功道："我想起来也容易的，如非设一个瞒天过海之计，瞒了天子过海，到东辽就可以征东了。"敬德道："大人，何为瞒天过海之计呢？"茂功说："元帅不要慌，只消去传令这张士贵，要他献这瞒天过海之计，如有就罢，若没有，就掘下三个泥潭，对他说辰时设计，就埋一尺；午时设计，就埋二尺；戌时设计，将他埋三尺。这一天总不使计，将他连头多埋在泥里。他是自然着忙，就有瞒天过海之计献出来了。"尉迟恭大喜说："军师大人当真么？待本帅明日就要他献计便了。"徐茂功道："是。"回转御营，其夜不表。

到了明日，敬德传令，一面掘坑，一面传张士贵进中营。士贵说："元帅传末将有何将令？"敬德说："圣上惧怕海内风浪，不肯下船过海，故此本帅传你进营，要献个瞒天过海之计，使圣上眼不见水，稳稳地竟到海东，是你之功。如若没有此计，本帅掘下泥坑三个，你辰刻没有，埋你一尺；午时没有，埋你二尺；晚来没有，埋你三尺。如若再无妙计,将你活埋在泥里。"张环听了大惊:"元帅,待末将去与狗婿何宗宪商议此计,有了前来缴令。"敬德说:"既如此,快去!"张环答应,回营说:"中军传令薛礼进见。"中军奉令来传,薛礼忙到营中说:"大老爷传小人有何将令?"士贵道:"只因朝廷惧怕风浪,不去征东。元帅着我要献个瞒天过海之计,使朝廷不见风浪泼天,就不致圣驾惊恐,竟到东辽,是你之功。"薛礼说:"待小人去想来。"奉令出来,回到前营,忙摆香案,拜求天女,翻看天书,上边明明白白。薛礼看罢,藏好天书。来到中营说:"大老爷,瞒天过海之计有了。"张环大喜道:"快说与我知道。"仁贵道:"大老爷,此非一日之功。对元帅说传下令去,买几百排大木头来,唤些匠人造起一座木城,方方要四里,城内城外多把板造些楼房,下面铺些沙泥,种些花草,当为街道。要一万兵扮为士、农、工、商、经纪、百姓;居中造座清风阁,要三层楼一样,请几位佛供在里面。等朝圣上歇驾,将木城先推下海,趁着顺风缓缓吹去,哄圣上下船赶到城边,竟上此城,歇驾清风阁。又不见海,又不侧身倒动,岂不瞒了天子过了海了?"张士贵称谢,自回前营不表。

单讲士贵来到帅营,叫声:"元帅,有计了。只须降下令去,伐倒山木,筑一木城,如此甚般做法,可以过得海去。"尉迟恭大悦,就记了何宗宪功劳,来见军师,一一将言对茂功说。茂功称善:"此行甚妙。"茂功假传旨意,暗中行事,一点不难。十万人动手伐倒山林大木。正叫人多手多,不上三个月,这座木城就造完了。推入海内,果然是顺风稳稳地去了。单单瞒得天子。只有程咬金胆小,见了木城,心中怕去。又隔了三天,天子说:"先生,回长安去吧,在此无益。"茂功道:"陛下,臣算阴阳,这有半年风浪平静,何不下船前去?过了半载,风浪来时,已到东辽有二三个月了。"朝廷道:"果有此事么?"茂功道:"臣怎敢谎着?"天子道:"若下了船又起风浪,是徐先生之大罪了。"茂功道:"这个自然,是臣阴阳不准之罪,该当领罪。"天子道："既如此，降朕旨意下船过海。"尉迟恭传下令来，张环先开五百号战船，先锋开路，竟自前去。

单讲这天子下了龙船，众国公保住。二十六家总兵官也下战船，只只开去。单有程咬金在沙滩上说道："徐哥，我看这座木城甚是可怕。倘被风浪打翻，岂不白白送了性命？你是保驾去吧。我转长安，等秦哥病好一同前来，有何不可？"茂功道："既如此，你天子驾前不可多讲。"咬金答应。上船进船舱说："陛下在上，臣思秦哥有病在床，乏人看望，臣心难安。恕臣之罪，臣不敢保驾征东了。欲转长安，侍奉秦哥，病愈同到东辽助驾。"朝廷说："正该如此，程王兄请便。"咬金辞驾上岸，别了诸将，快马转陕西。也不必表。

且说天子降旨，开了龙船，离登州府二三日，行到大海之中，十分旷野之所，无风风也大，龙船原在这里波动。天子说："先生，你说如今没有风浪，故此下船的。如今原是这等风浪，便怎么处？不如回转山东，少惊朕心。"茂功说："陛下龙心韬安，降旨前面可有歇船躲浪之处么？"尉迟恭假意往前一看，说道："陛下，前面影影见有一所城池，不如去泊上岸，避避风浪。"天子说："先生，是什么城池？是东辽该管，还是寡人汛地？"茂功说："陛下，臣见这地图上载的，不叫什么城，名为避风寨。多用木头筑的，传为城木为寨，乃是陛下该管的汛地。陛下今到此处，且停船上岸进寨去，一则避过海内风浪，二则观玩寨中人民丰乐景致。"天子说："这也使得。"元帅传令下来，龙船飞赶到木城边，把绳索缆住。

众大臣先在岸上接驾，天子同了茂功、敬德走上岸，骑了马，诸将保定。进得寨门，淘淘曳曳，拥上许多百姓，香花灯烛，跪伏尘埃说："万岁龙驾在上，避风寨百姓接驾。愿圣天子万寿无疆。"天子说："众百姓，此处可有清静所在歇驾么？"那些百姓，就是元帅掌管的黄旗人马假扮为民，军师吩咐在此，大家应道："启上万岁爷，这里有座清风阁，十分幽雅，可以安歇龙驾。"天子说："既如此，就往清风阁去。"天子来到阁上，把四面纱窗推开，好比仙景一般，心中欢乐。果然并不听见风浪，瞒过天子缓缓行过海去。那些兵马原在战船内，被木城带了行动。诸大臣在清风阁上，单瞒过天子。他又看不出行动，认真只道歇在岸上。虽在此与军师下棋，只想回转长安，便说道："徐先生待风浪平息，一定不去征东，要回长安了。"军师道："这个自然。"到晚，军师别了天子，出来私自对众公爷说道：

　　海中风浪随时有，休对君王说短长。

不知如何过得海去，且看下回分解。

第二十七回

金沙滩鞭打独角兽　思乡岭李庆红认弟

诗曰：

仁贵功劳天使灵，张环昧己甚欺君。
虽然目下多奸险，他日忠良善恶分。

话说那军师对诸位公爷说："倘或主上问起海中风浪，你们多说不曾平息便了。"众公爷道："这个我们知道。"自此以后，今日风浪大，明日风浪又大，众臣多是这等讲，急得天子龙心散乱，不知几时风浪平静得来。

且不表君臣在清风阁上，木城缓缓行动。再表张士贵领了十万人马为开路先锋在战船内，先行的木城来得慢，战船去得快，不上两个月，早到狮子口黑风关了。你道狮子口怎么样的？却是两边高山为界，收合拢来的一条水路，只得一只船出进，取为口子，进了口子，还有五百里水路起岸，就是东辽了。狮子口上有座关，名为黑风关，是东辽边界第一座关头。里面有个大将姓戴，表字笠篷。其人善服水性，力大无穷，有三千番兵多识水性，在海水内游玩的。这一天正坐衙内，有巡哨小番报进来了说："报将军，不好了。"戴笠蓬问道："怎么样？"小番道："将军，前日元帅劫了不齐国三桩宝物，又把不齐国使臣面刺番书，前往中原。今有战船几百，扯起大唐旗号，顺流而来，相近口子了。"戴笠蓬闻言，哈哈大笑道："此乃天顺我主，故使唐王自投罗网，待我前去望一望看。"说罢，他就到海边往外一望，果有几百战船远远来了。他心中一想："待我下海去截住船头，一个个水中擒他，如在反掌，何等不美。"他算计已定，就取了两口苗叶刀说："把都儿们！随我下海去哩。"众小番一声答应，随了主将，催一步马，豁喇喇到海滩。下了马，往海内跳了下去。这些小番向常操演惯的，几百小划子，每一人划一只，一手拿桨，一手执一口苗叶刀，多落下海去，散在四边，其快异常。那些大波浪多在上边泼过，只等主子弄翻来船下水里，这些小番一个个都打点拿人。此言不表。

单讲唐朝船上，张士贵父子在后，五个火头军在前，领五十个徒弟，共五号船，薛礼居中。他们征东有三部东辽地图带来，你道是哪三部呢？天子船上一部，元帅船上一部，先锋船上一部，所以张士贵早把地图看明，先吩咐薛礼："前面乃是东辽狮子口黑风关，必有守将，须要小心。"仁贵立在船头上，手中仗戟望下一看，忽见水浪一涌，远远冲过一个人来，仔细一看，只有头在上面，探起来又不见了。四边浪里，隐隐有许多小划子划将拢来。仁贵便叫众兄弟："你们须要当心，水里边有人，防他过来敲翻船只。"那一首周青、姜、李等多备器械，悠悠撑近，见这人在水内双眼不闭，能服水性，明知厉害，心生一计，便把方天戟活在板上，左手扯弓，右手拔箭，搭上弓弦，在此候他探起头来，就一箭伤之。哪晓这员番将该当命绝，不料探起头来，仁贵大喝一声道："看箭！"飕的一箭射过去，不偏不倚，正中咽喉，一个鹞子翻身，沉下海底去了。那时四边的小番见主将被南朝战船上穿白小将射死，早急掉划子进了口子，飞报到东海岸去了。这里张士贵满心欢喜，上了薛礼功劳。一面穿过口子，仁贵同了周青上岸搜寻一遍，并没有一人在内。盘查关中粮草，共有三千万石，及许多金银宝物。关头上倒了高建王王旗号，立起大唐龙旗，留下几员将官在此候接龙驾，大队人马即刻下船。过了口子，把这些金宝钱粮献与张环，好不欢喜。那钱粮端正，下候龙驾来时，要申报何宗宪功劳，金宝私自得了。此言不表。

　　且说在路过了狮子口，又行三日三夜，早相近东辽，不必细说。单讲到海岸守将官彭铁豹，还有两个兄弟彭铁彪、彭铁虎守在后关金沙滩。这彭铁豹，其人力大无穷，坐在衙内，忽报黑风关小番来报说："平章爷，不好了！"铁豹问道："怎么样？"小番道："那中原起了几百号战船，过海前来征剿！大兵还没有来，只有先锋船到来。上有一将身被白袍，厉害无比，力大箭高，把我主将射中咽喉，打死宝骑，穿过狮子口来了。"铁豹闻言大惊说："有这等事？狮子口失去了，如此过来，与你令箭一支，快些一路报下去，让狼主庄王得知，叫元帅操演三军，各关上守将须要当心，好与中原对敌。"小番一声："得令。"接了令箭，飞马报至三江越虎城庄王、元帅知道。日日教场操演，关关守将当心，多防穿白小将厉害。

　　单表那彭铁豹通身打扮，率领将士出关。三千番兵，一齐冲出到了海滩岸上。往前一看，果有几百号战船，扯起风帆，驶将过来，铁豹叫一声："把都儿齐心备箭。他战船相近，你们齐发乱箭，不容他到岸。"此言不表。

　　再讲仁贵船上，他见船近东辽，说："四位贤弟，快些结束端正，领兵杀上东辽。"那四人就端正领兵，手执器械，立在各自船头上。望去一看，只见番岸一派兵丁，纷纷扰乱。邦岸如城头模样，高有三丈。周青说："薛大哥，不好。你看他邦岸甚高，兵马甚众，倘被他发起乱箭射将过来，就不好近他的高岸了。"说言未了，只见岸上的箭纷纷射将过来，一人一支，那箭射个不休。四人大叫："不要上前去，我们退吧。"那些水军见箭发得厉害，不战自退，连仁贵的战船也退下了。连忙说:"怎么你们退下来?快上前去!"水军道:"箭发得厉害,上去不得。"仁贵说:"不妨,你们各用遮箭牌,快些冒上岸边,待我上了岸,就不敢发箭了。"众水军只得遮了遮箭牌,船梭子一般冒到邦岸去。周青说:"大哥须要小心。"仁贵道:"我晓得。"

说罢,右手执牌,左手执戟,在船上舞动。叮叮当当乱箭射来,多在戟上打下了。岸上铁豹一见穿白小将,也用方天画戟冒着乱箭冲将过来。他便把阴阳手托定,戟尖朝下,戟杆冲天,说:"船上穿白小将通名,好挑你下海。"仁贵道:"你要问小将军我之名么?洗耳恭听,我乃大元帅麾下,三十六路都总管,七十二路总先锋张大老爷前营,月字号一名火头军薛礼便是。"口未说完,船已撞住邦岸。这叫作说时迟,来时快。船一近,彭铁豹喝声:"照戟吧!"上边顺插的一戟,直望仁贵当心刺将下来,那仁贵喝一声:"来得好!"也把方天戟噶啷一声响,戟对戟绞钩住了,怎禁得仁贵扯一扯,力大无穷。铁豹喊声:"不好!"用尽平生猛力,要拔起这条戟来。谁知薛仁贵志量高,就起势一纵,上边吊一吊,飞身跳上岸去了。众小番见小将厉害,弃了箭,飞报金沙滩去了。铁豹看见他纵上岸来,心内着了忙,把银杆戟一起,喝声:"照戟吧!"一戟直望仁贵面门上刺来。仁贵不慌不忙,把手中方天戟噶啷一声响,逼在旁首,喝声:"去吧!"复还一戟进来,铁豹喊声:"不好!"要把戟去架,哪里架得开?不偏不歪刺在前心,阴阳手一反,扑通往船头上丢去了。周青连忙割了首级把尸骸摆到海内。叫众兄弟快些抢岸,一边泊船过去,一边在岸上杀得那些番兵有路无门,死的死,逃的逃,尽行弃关而走。张士贵吩咐将船一只只泊住,布了云梯,上了东海岸。仁贵进总衙府查点粮草金宝等类,周青团团盘查仔细,李庆红往盘头上改立号旗。张环父子传令十万人马关前关后扎住了,回进总府大堂,排了公案。仁贵上前说:"大老爷,小人略立微功。"张环道:"待我大老爷记在此,等朝廷驾到,保奏便了。"仁贵道:"多谢大老爷。"且按下候驾一事。

再讲到木城内，贞观天子在清风阁上好不耐烦，说："先生，自从上城，一月风浪还不平息，不知何时转得长安？"茂功说："陛下龙心韬安，只在明后日风浪平息，就可以下船回长安了。"正在闲讲，有军士报说："启上万岁爷，木城已泊在狮子口，请陛下下龙船进口子。"天子听言，倒不明不白。有徐勣俯伏尘埃说："陛下，臣有谎君之罪，罪该万死，望陛下恕臣之罪。"天子说："先生平身，汝无罪于朕，怎么要寡人恕起罪来？朕心下不明，细细奏来。"茂功说："望陛下恕臣之罪，方可细奏。"天子说："朕不罪先生，可细细奏与寡人知道。"茂功道："臣该万死。只因前日怕来征东，歇驾登州，臣与元帅设一瞒天过海之计，使陛下龙心不知，竟到东辽。"就把设计之事，一是长，二是短，细细说了一遍。天子心下明白，龙颜大悦说："这段大功，皆先生与尉迟王兄之大功劳也，何罪之有？快降朕旨意，着大队人马上岸攻关。"茂功说："先锋张环已打破黑风关进口子去了。望陛下下龙船好进狮子口。"天子说："既来到东辽，就在木城内驶去，何等不美？又要下什么船！"茂功说："陛下又来了。狮子口最狭，船尚不能并行，木城哪里过得？"天子说："如此，进口子到东岸有多少路，可有风浪么？"茂功说："此去东岸，不上二三天水路，就有些风浪，也不大了。"天子说："如此，待朕下船。"天子降旨一道同众公卿下了龙船进口子。

离却黑风关不上二三天，到了东海岸。张士贵父子出关迎接，天子上岸歇驾。总衙府两旁文武站立，五十万雄兵齐扎关内大路上。张志龙吩咐安了先锋营盘，士贵领何宗宪进入大堂，俯伏尘埃说："陛下在上，狗婿何宗宪箭射番将戴笠蓬，取了黑风关狮子口，飞身跳上东海岸，戟刺番将彭铁豹，又破东海岸二桩微功。求陛下降旨，再去打后面关头。"天子大悦说："尉迟元帅，记了张爱卿功劳。"敬德领旨，把功劳簿打了两条红杠子，心下暗想："这张环翁婿为人狗头狗脑，如何成得大事？莫非这些功劳，都是假冒的？"此言不表。

且说天子叫一声："张爱卿，你女婿何宗宪骁勇，明日兴人马去攻金沙滩便了。"不表。张环退出总府，朝廷降旨排宴，各大臣饮酒，一宵晚话。到了明日清晨，天子命长国公王君可看守战船，这里众公臣保驾。发炮三声，五十万大兵一齐进发。

再说张士贵父子领兵先行，在路耽搁数天，远远望见金沙滩。离开数箭之地，放炮安营。单讲到了关内，早有小番飞报总府衙门说："启上二位将军，大唐起了六十万大兵，天子御驾亲征，四员开国功臣保驾，尉迟恭掌帅印，余者将官不计其数，杀过海东来了。还有一名火头军姓薛名礼，穿白袍小将，戟法甚高，他在乱箭之中飞身上岸，把平章爷挑死，已破此关。如今在关外安营，须要防备。"彭铁彪、彭铁虎弟兄二人听说，不觉大惊说："住了！可是箭射戴笠蓬将军的穿白小将么？"番兵说："正是他。"铁虎道："哥哥，闻得前日一箭伤了戴笠蓬后，又伤我哥哥。自古说：父兄之仇，不共戴天。我与你出马前去会他便了。左右带马过来！"手下答应。弟兄二人全身披挂，连忙跨上雕鞍，领了番兵，离却总衙门，来到关前。

炮声一响，关门大开，旗幡摹动，冲过吊桥来。营门前军士一看，只见两员大将，一个手中执一条镀金枪，一个手中拿两根狼牙棒，在外面讨战，连忙进营报启说："大老爷，营外有两员番将讨战。"张环就传薛礼出马迎敌。仁贵此一番上马冲锋，抬头一见两员番将，果然威武。仁贵大喝一声："呔！东辽蛮子休得耀武扬威，我来取你之命了。"那彭铁彪一看见来将穿白，便说："呔，慢来。小蛮子可就是前锋营火头军么？"仁贵说："然也。"铁彪道："呔！我把你这该死的狗蛮子，你把我大兄挑死，冤如海底。我不把你一枪刺个前心透后背，誓不为人也。照枪吧！"插一枪，直往仁贵咽喉挑将进去。仁贵把方戟往枪上噶啷一卷，铁彪在马上乱晃。冲锋过去，圈得转马来。仁贵把戟串动，飕这一戟，望番将面上挑进来，那铁彪把手中枪望戟杆上噶啷啷这一架，挣得面如土色，马多退后十数步。铁虎见二哥不是薛礼的对手，也把马催上前来，叫一声："照打吧！"当一响，把狼牙棒打下来。仁贵架在旁首，马打交肩过去。三人战在关前，杀个平交。营前周青见了，也把马催上前来说："薛大哥，小弟来助战了。"冲到番将马前，提起两根镔铁锏，望着彭氏弟兄，照天灵盖劈面门，掠掠地乱打下去。铁虎把狼牙棒杀个平交，铁彪这条枪，哪里掠得住仁贵的戟法？战不上五六回合，却被薛礼一戟刺中左腿，翻下尘埃死了。铁虎见哥哥被刺死，手中松得一松，被周青一锏打过来，打在顶梁上，脑浆并裂，一命而亡了。仁贵大叫："兄弟们，抢关头哩！"后面姜、李三人撇了旗鼓，催开坐骑，轮动兵刃，豁喇喇抢进关门，把那些小番杀得片甲不存，弃了金沙滩，飞报思乡岭去了。此话慢表。

再讲张士贵父子，改立旗号，领十万人马穿进关来，安下营寨。张环赏五个火头军肉五十斤，酒五坛，大家畅饮。过了五天，大队人马早到。士贵迎接龙驾进关，安歇总府衙门，说："元帅，狗婿何宗宪锏打彭铁虎，戟挑彭铁彪，已取金沙滩。"敬德就提起笔来，打了两条红杠子，此言不表。

单说思乡岭上有四员大将，一人名唤李庆先，一人名唤薛贤徒，一人名唤王心鹤，一人名唤王新溪。四人结义，誓同生死，多是武艺高强，封为镇守总兵，霸住思乡岭。忽有小番报进来："启上将军，关外大唐人马在那里安营。"四将道："他人马既到，须要小心。若有讨战，速来禀知。"小番答应，自去把守。不表关内之事，且说关外张士贵，吩咐发炮安营。一边起炮，齐齐扎住营盘。一到明日，仁贵出马，姜氏弟兄助战，豁喇喇冲进关前。有关头上小番见了说："哥啊，这穿白的就是火头军，厉害不过的，我们大家发箭哩。"说罢，纷纷射箭。仁贵把马扣定，喝一声："呔！休得放箭。快进去报与你主将知道，说今有大唐火头军在此讨战，快快开关受死，免得将军攻关。"这一首小番早已报进："启上四位将军爷，关外火头军讨战。"四将听见火头军三字，不觉大惊说："久闻穿白小将武艺高强，我们四人大家上马,出关去看他一看,怎生样的骁勇。"众人道:"倒说得有理。"四人披挂完备,上马离了总府,带领小番来到关前。炮声一响,大开关门,四将涌出。抬头看时,你道薛仁贵怎生打扮:

头上映龙,素白飞翠扎额,大红阴阳带两边分;面如满月,两道秀眉,一双凤目;身穿一领素白跨马衣,足踏乌靴,手执一条画杆方天戟,全不像为头军,好一是天神将。

不知四将看罢白袍将如何,且看下回分解。

第二十八回

薛礼三箭定天山　番将惊走凤凰城

诗曰：

仁贵威风谁不闻，东辽将士尽寒心。
张环何独特功冒，到底终须玉石分。

单讲王心鹤叫声："哥哥，待我上去会他一会。"薛贤徒道："须要小心。"心鹤答应，催开战马上前说："嗒，穿白小将休得耀武扬威，我来会你。"仁贵抬头一看，只见一将冲过来，薛礼大喝道："呔，来的番将少催坐下之马，快通名来。"王心鹤道："你要问我姓名么？洗耳恭听。魔乃红袍大力子大元帅盖魔下总兵大将军王心鹤便是。你可知将军厉害么？照魔家的枪吧！"说罢，把手中枪直往仁贵面上刺去。薛礼把方天戟一声响架了枪，复回一戟，直望番将前心挑将进去。王心鹤说："啊呀，不好！"把枪一抬，险些跌下马来。喊声："啊唷，名不虚传，果然厉害。兄弟们快些上来，共擒薛蛮子！"一声大叫，关前薛贤徒、王新溪说："李大哥，你在这里掠阵，我们上去帮助王大哥杀这火头军薛蛮子。"李庆先说："既如此，各要小心。"二人道："不妨。"催开战马上前，直奔仁贵厮杀。这薛礼好不厉害，一条戟敌住三人，杀得天昏地暗。薛贤徒使动紫金枪往咽喉刺，王心鹤舞动白缨枪往胸前进，王新溪使动大砍刀照天灵乱砍，薛礼全不在心，抬开枪，架开刀，四人杀到五十余回合，不分胜负。周青、李庆红说："他们三人战我薛大哥一人，我等也上去帮帮。"众人道："说得有理。"周青在前冲上来，截住王新溪这把大刀；李庆红抵定薛贤徒这杆枪。

关前李庆先看见中原上来一将："此人好像我同胞哥哥，当初我弟兄同学蔡阳刀，原有十二分本事，他霸住风火山为盗，我等四人出路为商，漂流至此十有余年。今看此将一些不差，不如待我上去问他，就知明白了。"李庆先带马上前大叫一声道："使大刀蛮子，可是风火山为盗的李庆红么？"那庆红正杀之间，听得有人叫他，抬头一看，有些认得，好像我兄弟，连忙带过马来说："你可是我兄弟庆先么？"庆先也答应道："正是你弟在此。"二人滚鞍下马，弟兄相会，叫："王兄弟休要动手，这是我哥哥好友。"庆红叫薛大哥："不要战，都是我弟结义弟兄，大家下马见礼。"四人听言，住了手中兵器，来问端的。李氏弟兄把细细情由说个明白，王心鹤大喜："如此讲起来，我们多是弟兄了。啊，薛大哥，小弟不知，多多有罪。"仁贵道："说哪里话来？愚兄莽撞，得罪兄弟，不必见怪。"周青说："二位王大哥，我等九人既为手足，须要伏顺我邦，并胆同心才好。"心鹤说："这个自然。况今又都是手足，自然同心征剿番王。"李庆红道："如此，我们大家冲关夺到了思乡岭，报你们四位头功。"众人道："说得有理。"庆红先上马，提刀在前，引路九骑马，豁喇喇冲上吊桥。那些小番连忙跪下说："将军们既顺大唐，我们一同归服。"仁贵道："愿降者，决不有伤性命。"关上改换旗号，运出粮草，送与张大老爷，上了四位兄弟头功。不言王心鹤运粮投献。

先锋张环带领人马穿进关内，扎定营盘，来到总府衙门，升坐大堂，九人跪下。李庆红说："大老爷，这李庆先是小人同胞弟兄，望老爷收留。"四人也道:"我等王心鹤、王新溪、薛贤徒、李庆先叩见大老爷,今献粮草宝物马匹,愿伏帐下共破东辽,以助微功。"张士贵大喜说:"四位英雄归顺本总,赐汝等旗牌,辅其左右。"四人道:"我闻薛大哥是火头军,庆红兄是何官职?"庆红说:"我们五人多是火头军。"四人道:"如此,我等九人共为火头军。"张环心下暗想,不受抬举的,也罢,你等俱往前营为火头军便了。上了四人名字,不必细表。

再讲到贞观天子闻报打破思乡岭,元帅传令起了人马,离了金沙滩,来至思乡岭。张士贵出关迎接,接进龙驾,坐于总府。张环俯伏说:"我主在上,狗婿何宗宪取了思乡岭,前来报功。"天子大悦说:"爱卿其功非小,奏凯班师,金殿论功升赏。"张环道:"谢主万万岁。"尉迟恭上了功劳簿。张士贵退出总府,来到帐房,不胜欢喜,犒赏火头军酒肉,前营内弟兄畅饮。仁贵开言叫声:"兄弟们,明日起兵下去,不知什么地方?可有能将保守?"王心鹤说:"薛大哥若问思乡岭下去,乃是一座天山。山上有弟兄三人,名唤辽龙、辽虎、辽三高,凶勇不可挡,除了元帅英雄,要算他弟兄三人厉害。"仁贵说:"果有这样能人?愚兄此去,必要夺取天山,方显我手段。"心鹤说:"大哥此去,无有不胜。"大家饮至三更。

一到明日,张士贵传令三军拔寨起兵,离开了思乡岭,一路下来,相近天山,把都儿报上山去了:"启上三位平章爷,不好了!南朝穿白薛蛮子果然厉害,取了思乡岭,四员总爷俱皆投顺。如今来攻打天山了。"辽氏弟兄听言大惊,叫声:"二位兄弟,我想穿白小将如此厉害,难以取胜。且守天山,看他怎样前来讨战。"两弟兄道:"哥哥之言有理。"不表山上之言。再讲火头军薛仁贵,同了八个弟兄尽皆披甲,出到营门,往天山一看,不觉骇然。但见天山高有数千余丈,枪刀如海浪,三座峰头多是滚木。扯起一面大旗,上书七个字:"天山底下丧英雄"。望去影影绰绰有些看不出,小番一个也不见。"不要管，待我喊叫一声。呔！山上的快报主将得知，今有火头将军薛礼在此讨战！"这一声喝叫，山顶上并无动静，仁贵连叫数声，并不见一卒。说道："众兄弟，想必山太高了，叫上去没有人听见，不如待我走上半山喝叫吧。"王心鹤叫声："薛大哥，这便使不得，上边有滚木石打下来的。若到半山，被他打落滚木，不要送了性命的么？"仁贵道："不妨。"把马一拍，走上山来。不到二三丈高，只听得上面一声喊叫："打滚木！"吓得仁贵魂飞魄散，带转马，望底下一跑一纵，纵得下山。滚木夹马屁股后打下来，要算仁贵命不该绝，所以差得一丝打不着。薛礼叫一声："天山上的儿郎休得滚木，快报进去，叫守山主将出来会我，若个作耳聋不报，俺火头爷爷有神仙之法，腾云驾雾上你天山，杀一个干干净净，半个不留。"

山顶上把都儿听得说会驾雾腾云，忙报进山来："启爷，底下穿白的薛蛮子在那里讨战，请三位爷定夺。"辽龙说："二位兄弟不必下去，由这蛮子在底下扬威吧。"小番道："将军，这个使不得。他方才说若不下来会战，他有神仙之法，腾云驾雾上山来，要把我杀个干净。"那弟兄三人一听此言，不觉吃一惊说："他是这等讲么？"辽虎道："大哥，久闻火头军利害，看起来尽有仙法。"辽三高说："不如我们走下半山，看看薛礼蛮子是何等样人，这般骁勇。"辽龙、辽虎说："兄弟言之有理。"三人披挂完备，端兵上马，出寨来至半山说："把都儿，我们叫你打滚木，便打下来，不叫你打，不要去动手。"小番答应："知道。"辽三高在第一个低些，辽虎在居中又高些，辽龙在后面顶上。三人立在半山，薛仁贵抬头一看，三人怎生打扮？那辽三高头上：

戴一顶开口獬豸盔，面如锅底两道红眉，高颧骨、铜铃眼，海下几根长须；身穿皂罗袍，外罩乌油甲；座下一匹乌鬃马，手执一柄开山斧。

又见辽虎他头上：

戴一顶狮子卷缨盔，面似朱砂涂就，两道青眉，口似血盆，海下一部短短竹根胡；身穿一件锁子红铜甲，座下一匹昏红马，手执两柄铜锤。

后面辽龙他头上：

戴一顶虎头黄金盔，面方脸黄，鼻直口方，凤眼秀眉，五绺长髯；身穿一领锁子黄金甲，手端一管紫金枪，座下一匹黄鬃马。

这三人立在山上，仁贵叫一声："咦，上面三个番儿，可就是守天山的主儿么？"三人应道："然也。你等穿白小将，可就是南朝月字号内火头军薛蛮子么？"仁贵道："你既知火头爷爷大名，怎不下山归服，反是躬身在上？"辽龙说："薛蛮子不必逞能。你上山来，魔与你打话。"仁贵心下暗想："不知有甚打话？唤我上山，打落滚木亦未可知。论起来不妨，他们三人多在半山，决不打下滚木来的。"放着胆子上去。

薛仁贵一手执戟，一手缰绳，往着山上来，说："番儿，你们请着火头爷上山，有何话说？"辽龙说："薛蛮子，你说有腾云驾雾之能，世上无双，凭你有甚法术本事，献出些手段与我们三位将军看看。"仁贵闻言，心中一想，计上心来，开言说："你们这班番儿，哪里知道腾云驾雾？不要讲别的，只据我随身一件宝物，你国中就少了。"辽龙道："什么宝物？快献与我们看。"仁贵说："我身边带一支活箭，射到半空中叫响起来，你们道稀奇不稀奇？"辽氏三弟兄说："我们不信。箭哪有活的？"要晓得响箭只有中原有，外国没有的，不曾见过，所以他们不信。仁贵说："你们不信，我当面放一箭与你看看。"辽三高说："你不要说假话，暗内伤人。"仁贵说："岂有此理！我身为大将，要取你等性命，如在反掌之易，何用暗箭伤你？"辽龙说："不差。快射与我们看。"那薛礼左手拿弓，右手搭起支枝箭，一支是响箭，一支是鸭舌头箭，搭在弦上说："你们看我射活箭。"辽氏弟兄听说，都把兵器护身。辽三高把开山斧遮住咽喉，在马上看薛礼望上面嗖的一箭，只听倏哩倏哩响在半天中去了。那仁贵这一响箭射上去，他力又大，弓又开得重，直响往半天中。一支真箭搭在弦上，哪知辽家弟兄不曾见过响箭，认真道是活的，仰着头只看上面，身体都不顾了，辽三高倒把斧子坠下了，露出咽喉，被仁贵插这一箭，贴正射中辽三高咽喉内，跌落尘埃，一命呜呼。吓得辽虎魂飞天外，说："啊唷，不好！"带转马头，思量要走。谁想仁贵手快，发得一支，又是一支射去，中在马屁股上。哪晓马四足一跳，轰隆把一个辽虎翻下马来，惊得辽龙魂不附体，自己还不曾跑上山去，口中乱叫："打滚木！"上面小番听得主将叫打滚木，不管好歹，哄哄地乱打下来。仁贵在底下听打滚木下来，跑得好快，一马直纵下山脚去了。倒把辽家弟兄打得来头颅粉碎，尽丧九泉。一边打完滚木，那下边薛仁贵回转头来叫声："众位兄弟，随我抢天山！"豁喇喇一马先冲，上山来把着那些小番乱挑乱刺，杀进山寨。有底下八员火头军，刀的刀，枪的枪，在山顶杀得那些番兵逃命而走。那九人追下山有十里之遥，大家扣住马。士贵父子穿过天山，兵马屯扎路旁，犒赏九人，上了功劳簿，早报到思乡岭。正是：

三支神箭天山定，仁贵威名四海传。

天子知道大悦，大元帅起程，三军放炮起行，一路下来，过了天山安营扎寨，士贵又进营来冒功了，说："陛下在上，狗婿何宗宪三箭定天山，伤了辽家三弟兄，以立微功。"天子大喜说："爱卿门婿厉害异常，你一路进兵奏凯，回朝论功赠职。"士贵大悦："谢我主万万岁。"不表张环退出御营。敬德上了功劳簿，心内将信将疑，我且不表。单讲士贵来到自己营中，传令人马拔寨起兵。离了天山，一路正往凤凰城来。此言慢慢说。

单讲凤凰城内有一守将，名唤盖贤谟。其人力大无穷，本事高强，算得着东辽一员大将。他闻得南朝火头军厉害，暗想："天山上辽家弟兄本事骁勇，决不伤于火头军之手，只怕他难过此山。"正在思想，忽小番报进来说："启上将军，不好了！南朝穿白小将箭法甚高，把辽家三弟兄三箭射死。天山已失，将到凤凰城了。"盖贤谟说："有这等事？尔等须要小心保守，待唐兵一到，速来报我。"小番答应。出得衙门，只听轰天一声炮响，连忙报进："启上将军，南朝人马已安营在城外了。""带马！"小番答应，一边带过雪花点子马。他全身披挂，上了雕鞍，手提混铁单鞭说："把都儿，随我上城去。"小番答应。后面跟随番将数员，直上南城而来。往远一看，果见唐营扎得威武：

五色旗幡安四边，枪刀剑戟显威严。东西南北征云起，箭似狼牙弓上弦。

好不威风！

再表张士贵营中九个火头军，上马端兵出到营外。仁贵先来到吊桥，大喝一声说："城上的儿郎听着，今有火头将爷在此讨战，快报城中守将，早早出来受死。"盖贤谟大喝道："呔！城下的可是火头军薛蛮子么？"薛仁贵应道："然也。你这城上番儿是什么人？"盖贤谟道："你且听着。本总乃红袍大元帅盖标下，加为镇守凤凰城无敌大总管盖贤谟是也。我看你虽有一身智勇，不足为奇。久闻你箭法精通，黑风关伤了戴笠蓬，又三箭定了天山，果然世上无双，魔也不信。你今日若有本事，一箭射到城上，中我这一支鞭梢，魔就带领城中兵马情愿退隐别方，把此座凤凰城献了你们。若射不中，即速退归中原，永不许犯我边界。"仁贵大喜说："当真要一箭中你的鞭梢，即就献城么？"盖贤谟道："这个自然。若射中了，无有不献。"仁贵道："若射中了，你不献城便怎么样？"盖贤谟道："嗳，说哪里话来！大丈夫一言既出，驷马难追。岂肯赖你？倘若射不中，你不肯退回中原，便怎么样？"仁贵道："我乃中国英雄，堂堂豪杰，决不虚言。若射不中，自然退回。"盖贤谟道："还要与你讲过停当。"仁贵道："又要讲什么停当？"盖贤谟道："我叫你射鞭梢，不许暗计伤人性命，那样就算不得大邦名将了。"仁贵道："此乃小人之见，非大丈夫所为。"贤谟说："既如此，快射我的鞭梢。"那仁贵飞鱼袋内抽起一张弓，走兽壶中扯了一支箭来，搭定弓弦，走到护城河滩边说："你看箭射来了。"口内说看箭，箭是不发。但只见盖贤谟靠定城垛，左手把鞭呈后，在那里摇动。仁贵心中一想："我道他拿定了鞭由我射的，岂知他把鞭梢摇动，叫我哪里射得着？"便眉头一皱，计上心来，说道："盖贤谟，你听着，我在此只顾射你鞭梢，没有细心防备，你后面番将众多。倘使暗计放下冷箭，伤我性命，将如之何？"贤谟道："岂有此理。君子岂行小人之事？把都儿，你们不许放冷箭。"他口内说，手中原把鞭梢只管摇动。那仁贵把弓开了说："呔，你说不许放冷箭，为何背后番将攀弓搭箭在那里？"盖贤谟听言，把头回转去看后面，把鞭梢反移在前，手不摇动了。哪知仁贵箭脱弓弦，嗖的一声，贴正：

　　射中鞭梢迸火星，贤谟吓得胆心惊。

不知盖贤谟献关不献关，且看下回分解。

第二十九回

汗马城黑夜鏖兵　凤凰山老将破获

诗曰：

  贞观天子看舆图，游幸山林起祸波。
  可惜功臣马三保，一朝失与盖贤谟。

  话说那番将心惊胆战说："啊呀，我上了薛蛮子的当了。众把都儿们，这火头军如此骁勇，我们守在此总是无益，不如献城，退归山林隐居吧。"这些番兵番将都依言尽开了东城，一拥退归，自有去处。我且慢表。
  再说仁贵见着城上顷刻间并无一卒，就呼："兄弟们！随我去看来。"八个兄弟同了仁贵就进东城，四处查看，并无东辽一卒。就把凤凰城大开了四门，士贵父子带领人马进入城中，扎定营盘，城上改了旗号。九人献了功，原往月字号营内。张环差人去报知天子，天子大悦，传旨兵马离了天山一路下来。先锋接驾进城，发炮安营。士贵又奏道："狗婿何宗宪，一箭射中凤凰城，又立了微功。"天子就叫元帅上了功劳簿。张环回到自己营内，传令三军拔寨进兵，离却凤凰城，一路先行。我且慢表。

单讲那汗马城中守将名唤盖贤殿，就是盖贤谟的兄弟，有千场恶战之勇，才高智广之能。那一日，正在外操演，才进总府，外边报进来了："报启上将军，不好了！凤凰城已失，大将军带领兵马，自去退隐山林了。如今大唐人马纷纷地下来了。"盖贤殿惊得面如土色说：你可知凤凰城怎样失的？"小番说："那大将军闻得薛蛮子厉害，不与他开兵打仗，设下一计难他，就把鞭梢与他射。哪知火头军箭法甚高，贴正中了鞭梢，大将军就献城而退了。"盖贤殿说："啊呀哥哥，你好人贫志短也。怎的一阵不战，被他中了鞭梢，就退处隐居？难道困守不得？把都儿过来，你们须要小心，唐兵一到，速来报我。"小番答应："嗄，晓得。"不讲小番守城。

且表张士贵人马到了汗马城边，一声炮响，齐齐扎下营盘。过了一夜，到了次日，仁贵通身披挂，来到城边大喝一声："呔，城上儿郎快去报说，南朝火头军在此讨战。"早有小番报进总府："报启上将军，城外有一位火头军前来讨战。"那盖贤殿全身披挂，上了雕鞍，出了总府，来至西城。一声炮响，城门一开，吊桥坠下。有一十四对大红蜈蚣幡左右平分，豁喇喇冲过吊桥来了。仁贵一见，喝声："来将少催坐骑，快通名来。"贤殿说："洗耳恭听，我乃大元帅盖麾下，加为总兵大将军盖贤殿是也。你这无名小卒，有何本领，敢来与魔家索战？"仁贵大怒道："呔，你这番奴有多大本事，擅敢口出大言，来阻我火头爷爷的兵马？既要送死，放马过来。"盖贤殿大怒，把马一纵，把大砍刀一起说："照爷爷刀吧！"豁绰一刀，望着仁贵顶梁上剁来。那仁贵就把方天戟噶啷一声响，钩在旁首，就把戟一串，往盖贤殿分心一刺。那一边大刀噶啷一声响，这一架在马上乱晃，两膊子多震得麻木了，说："嗄唷，果然这蛮子名不虚传。"二人约战有六个回合，盖贤殿杀得气喘吁吁。仁贵缓缓在此战他，忽见落空所在，紧一紧方天戟，嚓的一声直刺进去。贤殿喊声："不好！"把头一仰，正中在左肩尖上，一卷一挑，去了一大片皮肉。"嘎唷唷，伤坏了，休得追赶。"带转马缰绳，飞也一般豁喇喇往吊桥一跑进了城，把城门紧闭，往总府去了。外边薛仁贵大悦，得胜回营。张士贵犒劳酒肉，到前营与众弟兄其夜快饮，不必细表。

单讲汗马城中，盖贤殿身坐大堂说："啊唷，好厉害的薛蛮子。"他就把金疮药敷好伤痕，饮杯活血酒，心下一想："好厉害！战他不过，便怎么处？啊，我如今固守此城，永不开兵，看他如之奈何。"算计已定，吩咐把都儿上城，各宜小心把守，再加几道踏弓弩箭，他若再来攻城，速来报我。小番答应，自去吩咐众军，用心把守，此宵无话。

来日，薛仁贵又来讨战。小番连忙报入帅府："启上将军，昨日薛蛮子又在城外讨战。"贤殿吩咐带马，跨上雕鞍，来到城上说："蛮子，你本事高强，智略甚好。故取天山与凤凰城。魔如今也不开兵，固守汗马城，怕你们插翅腾空飞了进来么？"仁贵哈哈大笑："你没有本事守城，何不早投降过来？我主封你官职，重重受用。你若立志固守，难道我们就罢了不成？少不得有本事攻打进来，取你首级便了。"贤殿说："凭你怎么样讲，我等总不开兵。把都儿，你们须要小心，我去了。"贤殿自回衙门。仁贵无可奈何，大骂一场，骂到日已过西，总不见动静，只得回营。过了一宵，明日同八个弟兄又去大骂讨战，总不开兵，一连骂三四日，原不见有人出敌打仗，只得到中营来见张环，张环说："为今之计便怎么处？他不肯出城对敌，拖迟时日，不能破城，奈何？"仁贵说："大老爷放心，我自有法儿取他城池便了。"张环道："如此须要竭力。"仁贵退出回营。到了次日，千思百想想成一计，到中营来见张环说："大老爷在上，小人有个计策，即取汗马城了。"张环道："什么计？"仁贵道："大老爷只消如此如此，日间清静，夜内攻城。"张环说："此计甚好，就是今夜起。"仁贵同进前营。

其夜，张士贵传令大孩儿张志龙带领三千人马，灯球亮子照耀如同白昼，去往东城攻打，炮声不绝，呐喊连天，一夜乱到天明方才回营。那东城头上三千番兵遭了瘟，一夜不能合眼。第二夜，二子张志虎带领三千人马，灯球亮子在南城攻打，齐声呐喊，战鼓如雷，直到天明方才回营。第三夜，张志彪在西城攻打。第四夜，张志豹人马在北城攻打。到第五夜，四子各带三千人马散往四城攻打。这城内人民大小男女，无不惊慌。这些番兵真正遭瘟，日间又不敢睡，夜间又受些惊吓，哪里敢睡一睡？盖贤殿又是每日每夜在城上查点三通，若有一卒打盹，捆打四十，这些番兵们好不烦恼气着。不表城上番兵受累。

再表这一夜，又是张志龙攻城。轮到第五夜，四城一齐攻打。自此夜夜攻城，到了十九日，薛仁贵先已设计：这一夜大家不攻城，安静了一夜再说。城上番兵说："哥呵，为今之计怎么处？他日间不来攻城偏偏多是夜里前来出阵。我们日间又睡不得，夜里又睡不得，害得我们二十夜不曾合眼，其实疲倦不过的。"又一个说："兄弟们，倘今夜又四城来吵闹，哪里当得起？"说话之间，天又夜了。大家各各小心，守到初更，并不见动静；守到半夜，不见唐兵前来；守到天明，也无一卒到来攻城。大家虽只不睡，倒也快活，说："唐军人马乱了这许多夜，也辛苦了，谅今夜决定也不来的。"且按下城上众兵之言。单讲到仁贵暗想："那番邦人马二十天不睡，多是人困马乏，疲倦不过的了。"忙与众兄弟商议一番，直守到二更天，城上番兵明知不来，大家睡了。二十天不睡，这一夜就是天崩地裂也不晓得的了。

再说城外薛仁贵引头，九个火头军多是皂黑战袄，开裆裈裤。因要下水去的，故此穿开裆的，恐其袋水。各各暗藏短兵器，拿了云梯，九人多下护城河去，上了城脚下。一边张士贵带人马，照起灯球亮子在西城，长子带三千人马在东城，次子带人马打南城，四子守北城，把灯球照耀如同白日，真正人不知鬼不觉。姜家弟兄爬东城，李家弟兄爬南城，王氏弟兄爬北城，薛、周二人在西城，各处架云梯爬城。先说仁贵架着云梯一步步爬上去,周青随后,薛贤徒在底下行将上来。这薛仁贵智略甚高,先把一口挂刀伸进垛内,透透消息,并无动静,方才大胆。两手搭住城墙,一纵跨进城墙,遂拽住周青也吊了进去。薛贤徒也纵进里边,看一看好像酆都地狱内一般,那些番兵犹如恶鬼模样,也有睡的,也有靠的,也有垂落头的,尽皆睡着不知。三人把兵器端在手中,仁贵说:"你两个各自去杀四城番兵,我下去斩了盖贤殿,再来领你们出路。"那个仁贵往城下去了。

这周青、薛贤徒大喊一声:"吥,你们不必睡,我们火头军领人马攻破城头,杀进来了!"一声喊叫,下面张环带领兵马,炮声一起,齐声呐喊,战鼓如雷,在下扬威。城中二人提刀提锏乱打乱斩,唬得番兵没头没脑,有路无门。只听南城一声炮响,下边呐喊助战,上边也在那里杀了。东西二城,尽皆喊杀,连天炮声不绝,杀得番兵夺路而走,也有坠城而死,也有坠城而跑,也有斩下脚的,也有劈去膊子的,也有打碎天灵盖的,也有打坏脊梁骨的。周青舞动双锏,一路打往南城去,李庆红杀往西城来,李庆先使动板斧杀至东城,姜兴本反杀往南城,姜兴霸杀到北城,王新溪杀至东城,王心鹤舞动双锤打到西城,薛贤徒追到北城。八个英雄在四门杀来打去,这几千番兵遭其一劫了。

又要说到总府内,盖贤殿靠定案桌,正在打盹,忽梦中惊醒了,只听外边沸反盈天,震声不绝,说:"啊呀,不好了!中他们计了。"跨上雕鞍,提刀就走。才离总府,哪知仁贵躲在暗内,跳上前去一刀,砍于马下,取了首级就走。杀上城头,大半死在城内,一小半要逃性命,开了四城而走。不道城外伏住人马反杀进城,走的皆丧九泉。

士贵领人马进了城,四面八方把这些番兵杀得干干净净。东方发白,一面安营,一面查盘奸细,城头上改了旗号,把四门紧闭,方才犒赏火头军一番。连忙修成本章,差人送往凤凰城,不必表提。

单讲凤凰城内，贞观天子驾坐御营，同徐茂功、敬德正在说起张士贵攻打关头，去有二十余天，不见报捷，未知胜败如何。说话未完，忽有守营军士呈上张先锋本章，天子展开一看，方知汗马城坚守难破，亏他门婿何宗宪用尽心机，夜驾云梯进城攻破，已取其地方，延拖时日，望王恕罪，许多言语。军师与元帅同观，尉迟恭就把功劳簿记了功。

天子心下暗想："不知东辽还有多少城池未破？待朕取出东辽地图一看就知明白。"天子降旨，茂功取上地图，天子展开细看，从黑风关、狮子口看起，一直看到凤凰城，上边载得明白。凤凰城南首不上四十里之遥，有座凤凰山，上有四时不谢之花，八节长春之草，还有凤凰石，石下凤凰窠，窠外有凤凰蛋，此乃东辽游玩地方，古今一处圣迹。不觉惹动圣心，开言叫声："徐先生，朕在中原常常看此地图，只有凤凰山古迹甚好游玩，只因远隔东海，难以得到，故不说起。如今遂天人愿，跨海征东，以取凤凰城，只离得此地四十里之路，朕意欲游玩此山，看看凤凰蛋，不知怎么样的，先生你道如何？"茂功听见此言，不觉吃惊，心中一想：此番帝心不转，老将就有灾难了。但天机不可泄露，连忙回答道："陛下既有此心去游玩，但恐凤凰山有将把守，必须要差能干大将探听过了，然后可去。"那下边这班老将们，听得天子要到凤凰山去看看凤凰蛋，大家多是高兴的。平国公马三保走上来说："陛下要游凤凰山，待老臣先去探听个虚实，前来回复我主。"天子说："既是马王兄前去，须要小心，速去速来。"

马三保答应下来，结束完备，上马提刀，带了部下军士，出营就走。一路上好不快活，心内想：此去若无守将更好，若有守将，即便开兵杀退番将，看个仔细，何等不美也？不枉了随驾过海这一番跋涉，回朝去也好对故乡亲友说说海话。一头思想，一路行去。忽抬头远远见凤凰山，加鞭赶近，果见山脚下有营帐扎在那里。你们道什么将官在内？就是凤凰城守将盖贤谟。他领兵隐在此山，暗中差人各路打听大唐天子消息，予先有报。盖贤谟晓得大唐老将到来，便暗中使计停当，然后上马端兵，冲出营来，大喝："呔，南朝老蛮子，既到此地，快快下马受死！"马三保听言，抬头一看，啊唷，你看来将生来黄脸紫点斑，眼似铜铃样，两道赤眉毛，獠牙，狮子口，招风大耳朵，一部火练须，顶盔贯甲，座下金丝马，手提混铁鞭。马三保看罢，大喝道："呔，我砍死你这狗头！本藩奉天子旨意，要来游玩凤凰山，你还不早早退去，擅敢前来拦阻么？快来祭我宝刀！"盖贤谟道："此座凤凰山，乃是我东辽一点圣迹，就是我邦狼主尚不敢常来，你们是中原蛮主，擅敢到凤凰山么？分明自投罗网，只怕来时有路，去时无门。敢来夸口？"马三保大怒说："番狗儿，休得自强，看刀！"催马上前，把大砍刀一起瞎绰一刀，剁将过去。盖贤谟把鞭噶啷一声响架开，马打冲锋过去，带转缰绳，贤谟提鞭就打，三保急架相迎。二人战到个十六回合，马三保年纪虽老，到底有本事，杀得盖贤谟呼呼喘气，有些招架不住，把鞭虚晃一晃说："老蛮子果然好厉害，不是你的对手，我今走也，休得来追。"带转马，豁喇喇往营前就走。马三保把大刀一紧说："你要往哪里走？我来取你之命了！"就拍马追上前去。才到营前，不防番将私掘陷坑，谁知马脚踏空，轰隆一声响，连人带马翻下坑中。那些番将上前，把挠钩搭起，背缚绑了进营来。三保挺身立着，大叫一声："罢了，上了他诡计。"哪晓营外八员军士见主将绑入营中，明知不好，等他营前挑出首级，好回报天子。等了一回，不见动静，只得离了凤凰山，前去报了。我且慢表。

单言营中盖贤谟摆了公案，带过马三保，背身站立，喝道："呔，老蛮子，今被魔家擒住，见魔还不跪么？"三保大怒说："呔，我把你这番狗奴砍死的。我乃上邦名将，一人之下，万人之上。怎么反来跪你们草莽蝼蚁？"盖贤谟说："此一时，彼一时。你在唐王驾前谁人不敬？哪个不尊？今被擒住，早早屈膝善求，尚恐性命不保。你这等烈烈轰轰，偏要你跪！"三保呼呼大笑道："我奉天子之命在身，岂肯轻意跪人？我老将军其头可断，其膝不可屈。要杀就杀，决不跪你这番邦狗奴。"盖贤谟大怒道："你不跪罢了不成？左右过来，与我砍下二足。"手下一声答应，两边把刀斩将过去，把老将二腿砍下。可怜一位大唐开国功臣，跌倒在地，喊叫不绝。盖贤谟又吩咐："将他两只膊子割下，抬去撇于大路上。等唐朝这班老将看样，若到凤凰山来，又照样死法。"小番得令，把马三保割去二臂，抬出营门，撇在通衢大路，前来回报。此言不表。单讲马老将军一去双手两足，心未肯就死。在道路上负痛有口难喊，有命难救。

再表凤凰城上，天子与军师元帅讲话，忽有军士报进说："不好了。"

犹如心向云霄去，恍然身落海涛口。

不知马三保死活如何，且听下回分解。

第三十回

尉迟恭囚解建都　薛仁贵打猎遇帅

诗曰：

凤凰山上凤凰鸣，凤去朝天番将惊。
请救扶余怀妙计，雄师百万困山林。

话说那军士报上："万岁爷，老千岁杀败番将，追赶上去，不道中他诡计，身落陷马坑，被他活捉进营。小的们等候许久，不见消息，又不见首级挑出，一定凶多吉少。"天子听言，吓得浑身冷汗，便说："徐先生，马王兄被他捉去，决然有死无生，快些点将去救才好。"尉迟恭道："陛下放心，待臣去救来。"天子说："尉迟王兄前去须要小心。"尉迟恭道："不妨。"按好头上金盔，提了黑缨枪，跨上乌骓马，带了四员家将出营，竟往凤凰山去。远远望见山脚下帐房密密，想来这是番将守山的营寨了。尉迟恭正想之间，抬眼看见道路上一人，并无手脚，像冬瓜一般。尉迟恭倒吃一惊，忙唤家将前面去看来，这个还是人还是怪。众将奉命上前去一看，忙来报说："元帅，这就是马老千岁，被番营断去手足，还是活的。"敬德闻言：

犹如天打与雷惊，半个时辰呆住声。

连忙把枪尖放下，枪杆向天，纵一步，马上见了马三保这等模样，不觉泪如雨下，叫声："老将军，你怎的不小心，遭这样惨祸？想你决不能活，有什么话说？趁本帅在此，可要荫封，还是怎样？负痛快快说来，待我申奏朝廷。"马三保去了手足，心疼不了，有口难言，只把口乱张，头乱摇，眼内泪如线穿。要近一步，又无手擎，又无脚挣，只把头一仰一曲拢来了些。尉迟恭说："你心内疼痛，不必挣拢来，待我走近来便了。"敬德领一步，马上枪尖贴对马三保当心。这马三保痛得紧，巴不能够死，用力叠起心来，正刺当中。一位兴唐大将，今日归天去也。敬德连忙拿起枪尖，马三保已合眼身故。尉迟恭吩咐家将抬到凤凰城去。家将答应，自去料理抬回。那尉迟恭说："我此番要不与老将军报仇，枉为一殿之臣！"

那番尉迟恭暴跳如雷，纵马摇枪来到番营，呼声大叫："呔，小番快报你主儿番狗奴知道，说我大唐大元帅尉迟将军在此，叫他早早出营受死！"小番闻言报进帐内。盖贤谟闻是大唐元帅尉迟恭，不胜欢喜，忙坐马端枪出到营外，架住兵刃，哈哈大笑说："呔，尉迟蛮子，我只道你有三头六臂，原来你也是个平常莽夫。看你年纪老迈，怎与魔家斗战一二回合？你不见那路上的人么？不要照样而死，那时悔之晚矣。"敬德听说，心中一发火冒，大怒说："我把你这番狗奴，有多大本事，敢把本帅标下一员大将断去手足？仇如海底，故而本帅亲来擒你，活祭我邦老将，以雪此恨！放马过来，照本帅一枪吧。"忙紧一紧乌缨枪，直往盖贤谟面门上挑将进去。这贤谟喊声："不好！"把鞭往枪杆子上噶啷这一架，马多退后十数步，冲锋过去，圈得转马来。这尉迟恭一心要报仇恨，咚的一枪，又往番将咽喉劈刺过去。盖贤谟用尽平生之力，架得开枪，手将震麻了，只得勒马便走。敬德随后追赶，盖贤谟跑进营去了。尉迟恭才到得营前，也是轰隆一响，连人带马翻下陷坑中去了。这里挠钩搭起,绑进帐房。唬得外边军士连忙报往凤凰城。我且慢表。

单讲盖贤谟捉了大唐元帅,心中大喜:"我狼主向有旨意说:'有人生擒得南朝秦叔宝、尉迟恭活解建都候旨发落,其功非小。'我如今把他前去,岂不是我之大功也!"主意已定,说:"老蛮子!你的造化。若不是我狼主要活的,我早已把你手足也断去了。"尉迟恭倒气得不开口。这就吩咐囚入囚车,五千人马护住,盖贤谟就走建都。扯起营盘,离了凤凰山,竟走三江越虎城。我且慢表。

再说那凤凰城内,天子正在忧愁,思想王兄此去,未知胜败如何。不想营外飞报进来说:"启万岁爷,那马老将军被番兵砍去手足,撇在大路,负痛不过,正凑着元帅枪尖而死。因此把尸骸抬在门外,请旨定夺。"天子闻言,吓得魂飞天外,魄散九霄,龙目中纷纷下泪。段、殷、刘三位老将军身冷汗直淋,赶出御营,一见马三保如此而死,不觉放声大哭,走进御营,哭奏天子,要求荫封。天子降旨:即便荫封埋葬凤凰山脚下。段、殷、刘三老将领旨,带同军士亲往凤凰山埋葬。我且不表。单言探子又报天子说:"启上万岁爷,元帅欲与马老将军报仇,追杀番将,也入陷坑,被他绑入营中,未知生死,故特飞报。"那天子又闻此报,吓得呆了一个时辰,方才叫道:"徐先生,为今之计怎么处?"茂功说:"陛下龙心韬安。马将军惨死,乃是大数,不能挽回。尉迟恭阳寿未绝,自有救星,少不得太平无事回来。"

不表君臣议论之话,再说到汗马城先锋张士贵,他奉旨停兵在城养马,未有旨意,不敢攻打前关,所以空闲无事,日日同了四子一婿,在城外摆下围场打猎。这九个火头军,也是每日在别处打猎。不想那一天张士贵用了早膳,打围去了。前营火头军正在那里吃饭,仁贵道:"众位兄弟,日已正中了,我们快去打猎要紧。"周青道:"薛大哥,我们与他去怎么打得野兽来?又没我们份。昨日辛辛苦苦打两只顶肥壮麋鹿,多被大老爷要了去。"仁贵道:"贤弟你真正小人之见。两只鹿有什么稀罕?今日闻得先锋大老爷,同众位小将军向北山脚下去了,我们往南山脚下,他们就撞不见了。"周青道:"哥哥说得有理。"九人吃完了饭,各取了弓箭兵器,都上马出了汗马城,向南山下去四十里,摆下围场,各处追赶獐鹿野兽,打猎游玩。日已正午过了,只看见远远一队人马,多是大红蜈蚣旗。仁贵说:"兄弟们,你看那边用大红蜈蚣旗人马,一定东辽兵将,必有宝物在内,所以有兵丁护送,解上建都去的。待我上前夺了他来,或有金银宝物,大家分分,有何不可?"周青闻言,大喜说:"快上去。"仁贵就纵马将戟冲上前来,大喝一声:"呔,番狗奴!俺火头将军在此,快快留下名来。"一声大叫,这一首盖贤谟听得,说道:"军士你们等须要小心保住。"即便纵马提鞭呼一声进前大喝道:"呔,我把你这薛蛮子一鞭打死才好,前日在凤凰城不曾取你之命,故而今日前来送死么!"这仁贵想:夺财宝要紧,也不答话,喝声:"照戟吧!"绰这一戟,直往盖贤谟面门上刺去。他就把混铁鞭噶啷一声响,枭往一边,马打交锋过去,圈得转马来。这仁贵手快,喝声:"去吧!"绰这一戟,刺将进去,贤谟喊声:"啊呀。"来不及了,贴正前心透后背,阴阳手一翻,轰隆挑往那一头去了。薛礼赶上前来,这班番兵散往四处去了。只留得一座囚车,看他探起头来,是黑脸胡须的人。仁贵认得就是尉迟元帅,倒吓得面皮失色,拍马便走。尉迟敬德见这穿白袍小将,好似应梦贤人,大叫:"小将快来救本帅我。"敬德叫得高兴,那边越跑得快了。敬德心下一想:"如今不好了,他杀了番将,救了某,倒跑去了。如今不上不下,丢我在囚车内,倘番兵再来到,被他便便当当割了头去,便怎么处?"此话不表。

　　单讲仁贵急急忙忙跑过去了,八弟兄一见,连叫:"大哥!"总不回头,只得大家随后赶来,却正遇张士贵父子打从东首兜转来,便见了仁贵,忙问道:"薛礼,你今日打了多少飞禽走兽?"仁贵把马扣定,面色战栗。张环倒吃一惊,忙问道:"你为什么这样惊惶?"仁贵喘气定了,叫声:"大老爷,小人真正该死。方才正在那一边打猎,不当不抵却遇一队番兵前来,我只道是解什么宝物往建都去的,故此飞马上前,劫夺来献与大老爷。谁知并非有什么宝物,乃是尉迟恭元帅,不知几时被擒,囚在囚车里面,解往建都去的。所以小人杀了番将,散了番兵,飞马就跑。望大老爷救救。"张环说:"原来有这等事!他可问你名字?"仁贵说:"小人拍马飞走,没有这个胆量与他搭话。他叫我放出囚车,小人有主意,不去听他,竟跑了来。"张环道:"还好,你的命长,以后再不可道出仁贵二字,算为上着。你快些同了弟兄们,进城躲避前营内,待我大老爷去放他,送回凤凰城就是了。"仁贵道:"多谢大老爷。"不表仁贵同众弟兄回营。

　　再讲张环满心欢喜,同了四子一婿,竟往南山脚下而来。果见一轮囚车,张环连忙下马,起步向前说:"元帅,末将们多多有罪了。"连忙打开囚车,放出尉迟恭。敬德便问:"方才救我那穿白小将是什么人?"张环说:"就是小婿何宗宪。"宗宪忙上前说:"是小将。"敬德道:"混账!方才明明见的那一个人,不是这一个模样,怎么说就是你?难道本帅不生眼珠的么?我且问你,既然是为什么方才飞跑而走?"张环说:"小婿何宗宪到底年轻,不比老元帅久历沙场。他偶遇一队番兵,道有什么金珠财宝,故而一时高兴杀散番兵。看见元帅在囚车内,不敢轻易独放,所以飞跑来同末将父子一齐来放。"敬德道:"无影之言由你讲,少不得后有着落,悔之无及,去吧。"张环道:"请元帅到汗马城中水酒一杯,待末将送往凤凰城去。"敬德道:"这也不消,有马带去骑来。"张环答应,吩咐牵过高头白马。尉迟恭跨上雕鞍,不别而行,竟往凤凰城去了。张环父子围场进入汗马城。我且不表。

　　单讲到凤凰城,唐王正在相望尉迟恭,忽军士报说:"元帅回营了。"天子闻言大喜。敬德走进御营朝参过了,天子道:"王兄,你被番将擒去,犹如分剖朕心,难得今早回营,未知怎样脱离?"尉迟恭:"陛下在上,臣被他擒去,囚在囚车,活解建都。行至汗马城山叉路口,遇一白袍小将,杀退番兵,见了臣飞跑而去。停一回,张环父子同婿何宗宪,前来放我,臣就问他此事,他说就是宗宪。虽脱离灾难,反惹满肚疑心,想来那白袍小将,一定是应梦贤臣。"天子闻言便说:"徐先生,这桩事情必然你心中明白。救王兄者,是何宗宪,还是薛仁贵?"茂公笑道:"哪里有什么薛仁贵?原是何宗宪,元帅不必心疑。"尉迟恭说:"这桩真假且丢在一边。那凤凰山如今没人保守,望陛下明日就去游玩一番,好进兵攻打前关。"天子曰:"然。"即降旨:众臣兵士各要小心。此夜无言。

一到来日,众三军尽将披挂在城外候驾,下面三十六家都总兵官上马端兵,一班老将保定龙驾,出了凤凰城,竟往凤凰山来。四下一看,果然好一派景致。但见:

红红绿绿四时花,白白青青正垂华。百鸟飞鸣声语巧,满山松柏翠阴遮。有时涧水闻龙哨,不断高冈见虎跑。玲珑怪石天生就,足算山林景致奢。

那天子心下暗想:"地图上只载得凤凰山上有凤凰窠、凤凰蛋,如今到了此山,地界广阔,知道这凤凰窠在哪一个所在?"即便降旨一道:"谁人寻出凤凰窠,其功非小。"旨意一下,这班老将保驾在此,只有二十四家总兵官领了旨意,分头各自去寻。再表齐国远同着尤俊达寻到东首,忽见徐茂功立在那一边,便开言说道:"徐二哥,你在这里么?"茂功道:"二位兄弟,你们可有寻处么?"国远说:"哪里见有什么凤凰窠、凤凰蛋?"茂功道:"兄弟,你岂不知凤凰栖于梧桐?现在前面,你还要到哪里去寻?"国远道:"如此,这边这几株梧桐树下就有凤凰窠、凤凰蛋了么?"茂功道:"你去寻看便知分晓了。"

那齐国远依了茂功之言,连忙寻到那一首梧桐树下。只见一座小小石台上,有一块碑牌,好似乌金一般,赤黑泛出亮光,犹如镜子,人多照得见的。约有一人一手高,五尺开阔。地下有一块五色石卵,长不满尺,碗大粗细,两头尖,当中大,好似橄榄一般。推一推,滚来滚去。石台底下有一个穴洞,一定是凤凰窠了。便说:"尤大哥,如今凤凰窠已寻着,快报万岁知道。这个石卵到好,待我拿他玩耍。"他双手来捧,好比生根一般,动也不动。国远什么东西千斤石拿得起来,这些小东西有多少斤数,拿他不起?两个用力来拿,总拿不动,推去原像浮松一般,推来推去,单是拿不动。大家自不信,自好生疑惑。茂功走过来,见了笑道:"有这两个匹夫,岂不晓此是凤凰山上的圣迹,若然拿得动,早被别人拿去了,那里还等得到你们两个来?"二人听说,也笑道:"是啊,不差。"回身就走来报与天子。

天子大喜,同了元帅、段、殷、刘四员老将来到梧桐树下,跨上小小石台。天子观看,见乌金石碑甚是光亮,照得出君臣人影。天子说:"徐先生,此是何碑?"茂功说:"此非碑也,就叫凤凰石了。"天子说:"既是凤凰石在此,凤凰为何不见呢?凤凰蛋也没有见来。"茂功说:"当真凤凰生什么蛋的?只不过像这些。圣迹底下这块石卵,就是凤凰蛋了。"唐王说:"先生之言说得有理。如今但不知凤凰可在窠中不在窠中?若然见得凤凰,朕在万幸也。"茂功道:"凤凰岂是轻易见的?但陛下乃天子至尊,就见何妨?只恐臣等诸人见了,就是天降灾殃,只恐见他不得。"齐国远道:"我们不信!哪有看不得的道理?偏要看看这凤凰。"他就去取了一根竹梢,来到凤凰窠边,透入里面,乱捎起来。

只听见里面百鸟噪声,飞出数十麻雀,往东首飞去了。又见飞出四只孔雀,然后来了一对仙鹤,不消半刻,果见一只凤凰满身华丽,五彩俱全,三根尾毛长有二尺,飞起来歇在凤凰石上,对了贞观天子把头点这三点。茂功道:"陛下,他在那里朝参了。"天子满心欢喜说:

"赐卿平身。"但见这凤凰展开两翅，往东首飞去了。天子说："先生，方才这凤凰，后分三尾是雄的，一定还有雌的在内，不见飞出来。"国远说："既有雌的，待臣再捎他出来。"又把竹梢往窠内乱搅，只听里边好似开毛竹一般的响，国远连忙拿出竹梢，见飞出一只怪东西来了，人头鸟身，满翅花斑，像如今啄翁公一样，登在凤凰石上，对天子哭了三声。大家见了不识此鸟，独有徐茂公吓得面如土色，大骂国远说："凤凰已去，何必又把竹梢捎出这只怪鸟来？啊呀陛下啊，不好了，祸难临头，灾殃非小，快些走吧。"吓得天子浑身冷汗，说："先生，祸在哪里？"茂功道："啊呀陛下，还不知此鸟名为哭鹂鸟，国家无事，再不出世；国家颠倒，就有此鸟飞出。当初汉刘秀在位，有此怪鸟歇在金銮殿屋上，只叫得三声，王莽心怀恶意，

　　就将飞剑斩怪鸟，谁知衔剑远飞腾。"

　　不知贞观天子，见了怪鸟如何，且看下回分解。

第三十一回

唐贞观被困凤凰山　盖苏文飞刀斩众将

诗曰：

炼就飞刀神鬼惊，百发百中暗伤人。
可怜保驾诸唐将，尽丧刀光一缕青。

再说徐茂功对天子说："怪鸟衔了王莽飞剑飞去，王莽就背及朝主，把汉室江山弄得七颠八倒。如今这怪鸟分明对陛下在此哭，还有什么好兆？"天子说："此鸟这般作怪，待朕赏他一箭。"天子说罢，用弓搭箭射将上去。这鸟刮搭一声，衔了御箭，往东飞去。茂公道："如今就有祸患来了。怪鸟衔了御箭，分明前去报信，此时不去，更待何时？"众大臣一听军师之言，吓得目瞪口呆，走也来不及。这叫说时迟，来时快。

先讲大元帅盖苏文，早知大唐薛蛮子厉害，缺少人马，奉旨到扶余国借兵五十万，猛将数百员。却值这一日回来，大路上人马走个不住。相近汗马城，只听百鸟声音，抬头一看，只见一群飞鸟领着凤凰而去。盖苏文大怒，心内暗想："此凤凰安安稳稳在山上窠内，狼主向有旨意，不许扰乱此窠。今凤凰已去，谅有人惊动灵鸟，故此飞去。我本邦将士决然不敢，一定中原有将在山上，故把凤凰都赶了去。"正想之间，忽听哭鹏禽在头顶上叫一声，落下一支翎箭。盖苏文就拾起来一看，上刻"贞观天子"四字，明知唐王在山上，连忙吩咐传下军令，五十万人马竟往凤凰山来。一声炮响，把凤凰山团团围住，下山的大路排列十重营帐，番将数员。山前扎住帅营，盖苏文自己亲守。又传令到建都讨兵十万，前来困上加困，兵上增兵，哪怕唐王插翅飞了去。

不表盖苏文围困山下，单讲山上唐天子正欲传旨，忽听炮声一起，大家看时，山下番兵来得多了，围得密不通风。天子吓得目瞪口呆，说："先生，诸位王兄，为今之计怎么样？"军师与众将说："陛下龙心韬安。盖苏文虽只围住此山，要捉我邦君臣，却也烦难。"降旨一面安下营盘，一面伐木作为滚木。这一天正当午刻过了，盖苏文也不开兵。山上君臣议论纷纷，当夜不表。到了明日，番营内炮声一起，大元帅冲出营来。你道他怎生打扮？

> 头戴一顶嵌宝狮子青铜盔，雉尾高挑，身穿一领二龙戏水蓝青蟒，外置雁翎甲。前后护心，锁袋内悬弓，右边插一壶狼牙箭，座下一匹混海驹，手端赤铜大砍刀。

立住山脚，高声大叫道："呔，山上唐童听着，你在中原稳坐龙庭，太平无事。想你活得不耐烦，前来侵犯我邦。今日上门买卖，不得不做。唐童要逃命，也万万不能，若降顺我邦，低首称臣，我狼主决不亏你一家亲王封你的，待保全性命，亦且原为万人之尊。若不听本帅之言，管叫一山唐兵尽作刀下之鬼。"按下苏文之言。

单讲山上君臣往下看时，只见盖苏文头如笆斗，眼似铜铃，青脸獠牙，身长一丈，果然威风。天子见了盖苏文，记着前年战书上第十二句,"传与我儿李世民",不觉恨如切齿,恨不得飞剑下去,割他首级。段志远上前说:"陛下,待老臣下去会他。"天子说:"须要小心。"志远道:"不妨。"便按好头盔,紧紧攀胸甲,坐上马,提了枪,豁喇豁喇冲下山来,大叫一声:"呔,番奴!老将军来取你之命也。"苏文抬眼一看说:"来将可通名来。"段志远冲得下山说:"你要问我之名么?老将我乃实授定国公、出师平辽大元帅标下大将,姓段双名志远。你可闻老将军枪法厉害么?想你有多大本事,敢乱自兴兵,困住龙驾!分明自投罗网,挑死枪尖,岂不可惜?快快下马受死,免得老将军动恼。"盖苏文闻言大怒说:"你这老蛮子,当初在着中原,任你扬武耀威,今到我邦界地,凭你有三头六臂,法术多端,只怕也难免丧在我赤铜刀下。你这老蛮子,到得哪里是哪里,快放马过来,砍你为肉泥。"段志远心中大怒,喝声:"番狗,照老将军的枪吧!"就分心一枪挑将过去。

　　这盖苏文不慌不忙,把手中青铜刀噶啷一声架开,回转刀来喝声:"去吧!"绰一刀砍过来,段志远看见刀法来得沉重,哪里架得住?喊一声:"我命休矣!"躲闪也来不及,贴正一个青锋过岭,头往那边去了,身子跌下马来。一员老将,可怜死于非命。盖苏文呼呼大笑说:"什么叫作开国功臣,不够本帅一合,就死在刀下了。"那山上唐王一见志远身亡,心中不忍。旁首殷开山、刘洪基见了,放声大哭说:"啊呀,我那段老将军啊!"开山跨上马,提了大斧,带泪下山来,叫声:"盖苏文,你敢把我同朝老将伤了性命,我来报仇也!"一声喊叫,后面刘洪基也下山来道:"不把你这番狗一刀砍为两段,也誓不为人了。"盖苏文说:"慢来,要丧在本帅刀下,必须要通个名儿。"殷、刘二老将道:"你要问老将军名字么?洗耳恭听,我乃开国公殷开山、列国公刘洪基,可闻晓大名么?"盖苏文道:"中原有你之名,本邦不以为奇,放马过来。"开山纵马上前,把双斧一起劈将过去,盖苏文把赤铜刀架在一边,刘洪基把蔡阳刀剁将过去,盖苏文也架在一旁,冲锋过去，打转马来，盖苏文亮起赤铜刀，望着刘洪基劈面砍将过来，他便把蔡阳刀往赤铜刀上噶啷噶啷一抬，马都退后了十数步，两臂都震麻了。苏文又是一刀，往开山顶上剁来，开山手中双斧哪里招架得住？闪避也来不及，怎经得盖苏文力大刀重，把殷开山从顶梁上一直劈到屁股头，分为两段，五脏肝花坍了满地，也丧黄泉去了。刘洪基一见砍劈了殷开山，又要哭又要战，忽手一松，刀落在地，却被盖苏文拦腰一刀，身为两段，呜呼哀哉。正是：

松山四将久闻名，高祖开山开国臣。南征北讨时时战，东荡西除日日征。试看唐朝非容易，血汗功劳才得平。可惜四员年老将，凤凰山下作孤魂。

这唐天子见三员老将军尽丧盖苏文刀下，不觉龙目中纷纷掉泪，心中好不万分懊悔。尉迟恭吓得目定口呆，下面二十六家歃血弟兄内总兵官齐国远，也有些呆地说道："陛下，三位老将遭此惨死，难道罢了不成，待小臣下去与他会战，以报冤仇。"诸将道："这个使不得。齐兄弟，你不要混账。盖苏文手段高强，段、殷、刘三员老将尚死在他刀下，何在于你？"国远道："不妨事的。"他不听众将之言，上马轮斧冲下山来，高声大叫："番狗！齐爷爷来会你了。"盖苏文说："又是一个送死的来了，快快留下名来。"国远道："呔，你要问爷爷名姓么？洗耳恭听，我乃大元帅尉迟恭标下，加为总兵官齐，表字国远，可闻我杀人不转眼的主顾么？"苏文道："本帅不知你这无名小卒。今日本帅开了杀戒，凭你多少名将下来，也尽斩死这口刀下。"国远大怒，纵马上前喝声："照斧吧！"绰一声，双并斧子砍将过来。盖苏文把刀架在一边，马打交肩过去，圈得转马来，苏文把刀一起，喝声："去吧！"绰的一刀砍过去，国远哪里招架得住？说声："啊呀，我命死也！"把头一偏，连肩卸背着一刀，复上一刀，斩为四块，一家总兵归天去了。

山上有二十六家总兵，见齐国远身遭惨死，大家放声大哭说："兄弟，哥哥们方才伤了三员老将，乃是一殿之臣，所以也不十分着恼。今齐兄弟是我们歃血弟兄，生死之交，岂可坐视国远身亡？我等二十六家好友，不与他报仇，更待何时？"这番王当仁兄弟、尉迟南弟兄、李如珪、尤俊达、鲁明弟兄、岳伯勋、鲁世侯、尚山智、夏山智、张公瑾、史大奈、韩世宗、金甲、童环、李公逸、唐万仁、卜光焰、卜光靛、邴远真、邴远直、贾闰甫、柳周臣、樊建威，随征这二十六家总兵，齐跨上雕鞍，枪的枪，刀的刀，尽皆含泪豁喇喇冲下山来，大叫："盖苏文，我把你拿来剁为肉酱，以祭我兄弟齐国远，方消我恨。"这盖苏文往上一看，只见许多将官赶下山来，他倒问不得许多名姓，说："来，来，来，祭我的刀口。"

这数家总兵齐下山，把盖苏文团团围住在中间，向他乱斩乱打。也有紫金叉分挑肚腹，一字锐照打肩头，银画戟乱刺左膊，乌缨枪直刺前心，月牙铲望领就铲，雁翎刀顶上风声，混铁棍低扫马足，点光锚就刺咽喉，龙泉剑忽上忽下，虎尾鞭左打右打，开山斧斧劈后脑，大银锤打碎天灵，狼牙棒腾腾杀气，枣样槊四面征云，倍轮铜霞光万道，紫金枪烟雾腾霄。这盖苏文好不了当，把赤铜刀亮起在手中，抬开紫金叉，架调一字锐，钩下银画戟，逼住乌缨枪，撇去月牙铲，拦开雁翎刀，闪掉混铁棍，躲过点光锚，抬定龙泉剑，架住虎尾鞭，拦去开山斧，遮定大银锤，钩开狼牙棒，闪掉枣样槊，躲过倍轮铜，逼住紫金枪。这二十六家总兵官不在马前，就在马后，手起刀落，手起枪挑，杀得盖苏文招架也不及，哪里还有空工夫还刀过去？手中刀法渐渐松放，人是呼呼喘气，要走，无奈杀不出。心内想一想，说声："不好，我寡不众，不要一时失措，被他们伤了性命，不如先下手为强。"主意已定，便一手提刀在这里招架，一手掐定秘诀，背上有个葫芦，他就把葫芦盖揭开，念动真言，飞出一口柳叶飞刀，长有三寸，蒜叶阔相似，冲开来倒有一丈青光，连飞出九口，山脚下布满青光。这数家总兵见了,还不知是什么东西,山上徐茂功大叫:"兄弟们不好了,这是九口柳叶飞刀,要取性命,你们还不逃上山来么!"二十六人一听徐茂公之言,大家魂不在身,如今要走也来不及了。有几家着刀的,已今被砍为肉酱,有一大半刀虽不曾着身,青光多透身的了,拼命地跑上山来。随马而死不计其数。贾闰甫、柳周臣才上山,也跌落马就死了。唐万仁、尤俊达到得天子驾前,也是坠马而亡。二十六家歃血好友,为了齐国远尽皆身丧。着刀的碎身粉骨,着光的全尸而亡。那盖苏文微微冷笑,收了飞刀说:"山上唐童,你可见么?本帅这九口飞刀,乃上仙所赐,有一百丧一百,有一千丧一千。方才死的这一班老少将官也不为少,谅你驾前如今也差不多,没有能将了,还要挣住凤凰山怎么?快快献表归顺。"不表盖苏文猖獗。

单言唐天子在山上,见这班臣子死得惨然,看看面前,只有大元帅尉迟恭了,心中好不痛苦。自己大叫:"唐童啊唐童,你该败江山!好好在凤凰城内不好,偏偏要到这个所在来送死,却害这班老将死于非命,受这般大祸。"那尉迟恭看见天子伤悲,不觉暴跳如雷,说:"罢了,罢了,陛下啊,要等臣罪不赦。当初秦老千岁做了一生一世的元帅,从不伤了麾下一卒。某尉迟恭才做得元帅,就麾下之将尽行丧与敌人之手,还有何面目立于人世?我不与众将报仇,谁人去报?带过马来!"唐王一把扯住,叫声:"王兄,这个使不得的。你难道不见盖苏文飞刀厉害么?"敬德道:"臣岂不知番狗飞刀?若贪生怕死,不与众将报仇,一来被人耻笑,二来阴魂岂不怨恨?臣今赶下山去,或能杀得盖苏文,与众将雪了仇恨。倘若臣死番将刀下,也说不得了。陛下放手!"天子哪里肯放?一把扯住道:"王兄,如今一树红花,只有你做种子。你若下去,一旦伤与盖苏文之手,叫寡人靠着何人?"茂公也劝道:"驾下乏人,报仇事小,保驾事大。元帅不必下去。"尉迟恭听了军师劝言,只得耐着性子。又听见盖苏文在山下大叫:"尉迟蛮子,本帅看你年高老迈,谅你一人怎保得唐王脱离灾难?何不早把唐童献下山来,待本帅申奏狼主,封你厚爵。若依然不献唐童下山,本帅就要赶上山来,把你碎尸万段,休要后悔!"盖苏文讲来虽然是这等讲,心内却是想:谅山上也决没有十分能人在此,且由他罢,就回营去了。

再言山上徐茂公吩咐把这数家总兵尸首,葬于凤凰山后,单将唐万仁葬在山前。天子问道:"为何把唐万仁尸骸葬在山前?"茂公说:"陛下,后来自有用处,所以这尸首葬在山前。"依军帅言语,把总兵尸首尽行埋葬。天子降旨,设酒一席,亲自奠祭一番。徐茂公也奠酒三杯。正是:

府州各省聚英豪,结义胜友胜漆胶。
生死同心助唐业,可怜一起葬番郊。

唐太宗当夜在御营,同元帅、军师商议退番兵之计。茂公开言叫声:"陛下,要退番兵,这如非汗马城中先锋张环。他有婿何宗宪厉害,可以退得番兵。"天子道:"他们隔这许多路程,如何晓得寡人被困凤凰山上?必须着人前去讨救才好。但元帅老迈,怎能踹得出番营?"茂公道:"如非驸马薛千岁,他往后山脚下可以踏得出。"天子大喜,连忙降旨一道,命驸马薛万彻到汗马城讨救。万彻就领了旨。竟过了一宵。

明日清晨,连忙结束停当上马,端了大银锤,望后山冲下来了。有营前军士扣弓搭箭说:"山上下来的小蛮子,少催坐骑,看箭来也!"这个箭纷纷不住地射过来。薛万彻大叫:"营下的休得放箭,孤家要往汗马城讨救,快把营盘扯去,让小千岁过了就罢。若有哪关不就,孤就一顿银锤,踹为平地哩。"营前小番说:"哥啊,待我去报元帅得知。"一边去报盖苏文。这万彻听见此言,把马一催,银锤晃动，冒着弓矢，冲进营中来了。手起锤落，打得这些番兵番将走也来不及，踹进了一座营盘。怎禁得万彻英雄，拼命地打条血路而走。到得盖苏文提刀纵马而来说："小蛮子在哪里？"小番说："他已去远了。"苏文道："活活造化了他，追不及了。"少表番营之事。

再表唐王看见驸马杀出番营，心中大悦说："倒也亏他年少英雄。"不表天子山上之言。

再讲薛万彻连踹七座番营，身上中了七条箭，腿上两条，肩上两条，他倒自己打下，也不觉十分疼痛。只有背心内这一箭，伤得深了，痛得紧，手又拿不着，只得负痛而走。随着大路前去三十里，到了三岔路口，他倒不认得了，不知汗马城打从哪一条路上去的，故而扣定了马，缓缓立着，思想要等个人来问路。偶抬头，见那一边有一个穿旧白绫衣的小后生，在那里砍草。万彻走上前去说："呔，砍草的！"那人抬头，看见马上小将银冠束发，手执银锤，明知大唐将官，便说："马上将军，怎么样？"正是：

　　英雄未遂冲天志，且作卑微贱役人。

不知驸马如何问路，这砍草何人？且看下回分解。

第三十二回

薛万彻杀出番营　张士贵妒贤伤害

诗曰：

驸马威名早远传，番营杀出锦雕鞍。
只因识认白袍将，却被奸臣暗害间。

那万彻道："孤问你要往汗马城从哪一条路上去的。"这砍草的回言道："既然将军要往汗马城，小人也要去的，何不一同而行。"万彻又问："你叫什么名字，是张环手下什么人？"那人道："将军，小的是前营月字号内一名火头军，叫薛礼。"那万彻心下暗想："他身上穿旧白绫衣，又叫薛礼，不要是应梦贤臣薛仁贵。"便连忙问道："呔，薛礼，你既在前锋营，可认得那个薛仁贵么？"仁贵听言，吓得魂不附体，面脸挣得通红说："将军，小的从不认得薛仁贵三字。"驸马道："嗳，又来了。你既在前锋营，岂有不认得薛仁贵之理！莫非你就叫薛仁贵么？"薛礼浑身发抖，遍体冷汗直淋说："小的怎敢瞒着将军。"万彻心中乖巧，明知张环弄鬼，所以也不肯直通名姓。想他一定就是薛仁贵，也不必去问他，待我去与张环算账。薛万彻就从居中这一条大路先走，一路来到汗马城，进入城来，到了士贵营前说："快报张环得知，圣旨下了。"军士报入营中，张士贵忙排香案，相同四子一婿出营迎接。薛万彻下马，进到中营，开读道："圣旨到来，跪听宣读：

奉天承运皇帝诏曰：朕前日驾游凤凰山，不幸遭东辽主帅盖苏文兴兵六十万之众，密困凤凰山，伤朕驾下老少将官不计其数，因驾下乏人，又且难离灾难，故命驸马薛万彻踹出番营前来讨救，卿即速同婿何宗宪，提兵救驾，杀退番兵，其功非小。钦哉。谢恩！"

张环同子婿口称："愿我主万岁、万万岁。"谢恩已毕，前来叩见驸马，万彻变了怒容说："张环，你说从没有应梦贤臣，那火头军薛礼，是哪一个？"张环听言，吃了一惊说："小千岁！应梦贤臣乃叫薛仁贵，是穿白用戟小将，末将营中从来没有。这薛礼是前营一名火头军，开不得兵，打不得仗，算不得应梦贤臣，故不启奏闻我主。"万彻大怒说："你这狗头，孤在驾前不知其细，被你屡屡哄骗。今日奉旨前来讨教，孤满身着箭，负痛而行，等人问路。见一人后生，他直对我讲，这薛仁贵名唤薛礼，怎么没有？亏得孤亲眼见他，亲自盘问。明明你要冒他功劳，故把他埋没前营内，还要哄骗谁人。孤今日不来与你争论，少不得奏知天子，取你首级，快把好活血酒过来，与我打落背上这支箭。"张志龙忙去取人参汤、活血酒。张环心内怀了反意，走到薛万彻背后，把这支箭用力一戳，要晓得背心皮如纸，衣薄怎禁得？二尺长箭，插入背中，差不多穿透前心了，可怜一员年少英雄，大叫一声："痛死我也！"顷刻死于张环之手。志龙慌忙说："啊呀！爹爹为何把驸马插箭身亡。"士贵道："我的儿，若不送驸马性命，被他驾前奏出此事，我与你父子性命就难保全。不如先把他弄死，只说箭打身亡，后来无人对证，岂不全我父子性命。"志龙道："爹爹妙算甚高。"后张环吩咐手下，把驸马尸骸抬出营盘烧化，将骨包好，回复天子便了。

不表军士奉令行事，单讲张环一面端正救驾，连忙去传火头军。薛仁贵正躲在前营内，恐怕薛万彻盘问根由，所以不敢出来。今奉大老爷呼唤，连忙到中营来说："大老爷在上，传小的有何吩咐？"士贵道："陛下被番兵困住凤凰山，今有驸马到来讨救，故而与你商议兴兵救驾。"仁贵道："如今驸马在哪里？"张环说："他因踹出番营，被乱箭着身，方才打箭身亡，已今化为灰骨。只要前去救驾，但番兵有六十万之众，困住凤凰山，我兵只有十万，怎生前生迎敌，相救龙驾出山？"仁贵听说，心中一想说："大老爷，只恐三军不交，薛礼若出令与他，众不遵服。如服我令，我自有个摆空营之法，十万可以装作得四五十万兵马的。"张环听见此言，心中大悦，说："薛礼，若会摆空虚人马，我大老爷一口宝剑赐与你，若有军兵不服，取首级下来，反加汝功，由你听调。"

仁贵得了令，受了斩军剑，分明他做了先锋将军一般，手下军士谁敢不遵？即便发令下来，就此卷帐抬营，出了汗马城，一路上旗幡招转，号带飘摇，在路耽搁一二日，远远望见凤凰山下多是大红蜈蚣旗，番营密密，果然扎得威武。仁贵就吩咐："大小三军听着，前去安营，须要十座帐内六座虚四座实，有人马在内，空营内必须悬羊擂鼓，饿马嘶声。"三军听令，远看番营二箭路，吩咐安下营盘，炮声一起，齐齐扎营。十万人马倒扎了四五十万营盘。列位，你道何为悬羊擂鼓，饿马嘶声呢？他把着羊后足系起上边，下面摆鼓，鼓上放草，这羊要吃草，把前蹄在鼓上擂起来了；那饿马吃不着草料，喧叫不绝。此为悬羊擂鼓，饿马嘶声。这番人营内听见，不知道唐朝军士有多少在里面。盖苏文传令把都儿，小心保守各营。便心中想："来的救兵决是先锋，定有火头军在内。不知营盘安扎如何，待本帅出营去看看。"那盖苏文坐马出营，往四下内唐营边一看，啊唷唷，好怕人也！但只见：

摇摇晃晃飞皂盖，飘飘荡荡转旌旗。
轰雷大炮如霹雳，锣鸣鼓响如春雷。

又见那：

熟铜盔、烂银盔、柳叶盔、亮银盔、浑铁盔、赤金盔，红闪闪威风，暗腾腾杀气。玲珑护心镜，日照紫罗袍、大红袍、素白袍、绛黄袍、银红袍、皂罗袍、小绿袍，袍袖销金砌，八方生冷雾。按按兽吞头，抖抖荡银铠、柳叶铠、乌油铠、青铜铠、黄金铠、红铜铠，铠砌五色龙。一派鸾铃响，冲出大白龙、小白龙、乌獬豸、粉麒麟、青鬃马、银鬃马、昏黄马、黄彪马、绿毛狮、粉红枣骝驹、混海驹。还见一字亮铁锐、二条狼牙棒、三尖两刃刀、四楞银装铜、五股托天叉、六楞熟铜锤、七星点钢枪、八瓣紫金瓜、九曜宣花斧、十叉斩马刀，枪似南山初山笋，刀似北海浪千层。又见一龙旗、二凤旗、三彩旗、四面旗、五六旗、六缨旗、七星旗、八卦旗、九曜旗、十面埋伏旗、一十二面按天大历旗、二十四面金斩定黄旗、三十六面天罡旗、七十二面地煞旗。剑起凶人怕，锤来恶鬼惊，叮当发袖箭，就地起金榜。眼前不见人赌斗，一派都是乱刀枪。

这盖苏文看了唐营，不觉惊骇，把舌乱伸，暗想唐朝将士好智略也！看完回进中营。

这日天色已晚，过了一宵，次日天明。单讲到前营内火头军薛仁贵，全身披挂，上马端兵，同了八家弟兄，出到营外。李庆先擎旗，王心鹤掠阵，姜兴本啸鼓，薛礼冲到番营前，高声大叫："呔！番营下的，快报番狗盖苏文说，今有火头爷爷在此叫战，叫他早早出营受死！"有番营前把都儿射住阵脚，小番报进帅营去了。报："启上元帅，营外有南朝火头军，身穿白袍，口称薛礼讨战。"那盖苏文闻了大唐老少英雄，倒也不放在心上，如今听见火头军三字，倒吃了一惊："我在建都，常常闻报火头军取关厉害，从不曾会面，再不道到在凤凰山会他起来。"带马抬刀，连忙结束停当，一声炮响，营门大开，鼓啸如雷，二十四面大红蜈蚣幡，在左右一分，冲出营来。你道他怎生打扮：

  头戴一顶青铜盔，高挑雉尾两旁分。兜风大耳鹰嘴鼻，海下胡须阔嘴唇；绿脸獠牙青赤发，倒生两道大红眉。身穿一件青铜甲，砌就龙鳞五色铠；内衬一领柳绿蟒，绣成龙凤戏珠争。前后鸳鸯护心镜，镜映天下大乾坤。背插箭杆旗四方，大纛宝盖鬼神惊。左首悬弓右插箭，惯射英雄大将才。脚登窍脑虎头靴，踹定一骑混海驹。手托赤铜刀一柄，犹如天上英雄将。

这盖苏文自道自能，赶出营来，抬头一看，但见火头军怎生打扮：

  头戴一顶亮银盔，朱缨倒挂大红纬。面如傅粉交满月，平生两道凤鸟眉；海下齐齐嫩长髯，口方鼻直算他魁。身穿一件白银铠，条条银叶照见辉；内衬一领白绫袍，素白无花腰系绦。吞头衔住箭杆袖，护心镜照世间妖。左边悬下震天弓，三尺神鞭立见旁。手端丈八银尖戟，白龙驹上逞英豪。

这盖苏文见穿白小将来得威风，就把马扣住，说道："那边穿白将，可就是火头军薛礼么？"仁贵说："然也！你既晓得火头爷爷大名，何不早早自刎，献首级过来！"盖苏文呵呵冷笑，叫声："薛礼，你乃一介无名小卒，焉敢出口大言！不过本帅不在，算你造化，由汝在前关耀武扬威，今逢着本帅，难道你不闻我这口赤铜刀厉害，渴饮人血，饿食人肉？有名大将，尚且死在本帅刀下，何在你无名火头军祭我刀口？也不自思想。你不如弃唐归顺，还免一死，若有牙关半句不肯，本帅就要劈你刀下了。"仁贵道："你口出大言，敢就是什么元帅盖苏文么？"那苏文应道："然也！你既认得本帅之名，为何不下马受缚。"薛礼微微冷笑说："你这番狗，前在地穴内仙女娘娘法旨，曾有你之名，这是我千差万差，放汝魂魄。今投凡胎，在这里平地起风波，连伤我邦大将数员，恨如切齿。我也晓得你本事不丑，今不一鞭

第三十二回　薛万彻杀出番营　张士贵妒贤伤害　253

打你为齑粉，也算不得火头爷本事高强。快放马过来！"盖苏文闻得火头军厉害，这叫先下手为强。把赤铜刀双手往头上一举，喝一声："薛礼照我的刀吧！"插这一刀，往薛礼顶梁上砍将下来，这一首薛仁贵说声："来得好！"把杆方天戟往刀上噶啷这一枭，刀反往自己头上跌下转来。说："唷！果然名不虚传，好厉害的薛蛮子。"豁刺冲锋过去，圈得转马来。盖苏文刀一起，插往着仁贵又砍将过来。薛礼把戟枭在一边，还转戟，往着盖苏文劈前心刺将过来。这盖苏文说声："来得好！"把赤铜刀望戟上噶啷这一抬，仁贵的两膊都震一震，说："啊唷，我在东辽连敌数将，从没有人抬得住我戟。今遇你这番狗抬住，果有些本事了。"打马交肩过去，英雄闪背回来。仁贵又刺一戟过来，盖苏文又架在一边，二人大战凤凰山，不分胜败。正是：

　　棋逢敌手无高下，将遇良才各显能。一来一往莺转翅，一冲一撞凤翻身。刀来戟架叮当响，戟去刀迎放火星。八个马蹄分上下，四条膊子定输赢。你拿我，麒麟阁上标名姓；我拿你，逍遥楼上显威名。

二人杀到四十冲锋，八十照面，并无高下。盖苏文好不厉害，把赤铜刀起一起，向仁贵劈面门，兜咽喉，两肋胸膛，分心就砍。薛仁贵哪里放在心上，把画杆戟紧一紧，前遮后拦，左钩右掠，逼开刀，架开刀，捧开刀，拦开刀，还转戟来，左插花，右插花，苏秦背剑，月内穿梭，双龙入海，二凤穿花，嗖嗖嗖地发个不住。这盖苏文好不了当，抢动赤铜刀，上护其身，下护其马，迎开戟，挡开戟，遮开戟。这青龙与白虎，杀个不开交。一连战到百十余回合，总无胜败。杀得盖苏文呵呵喘气，马仰人翻，刀法甚乱；薛仁贵汗流浃背，两臂酸麻。仁贵道："啊唷，好厉害的番狗！"苏文道："啊唷，好骁勇的薛蛮子！"二人又战起来了。这一个恨不得一戟挑倒了冲天塔，那一个恨不得一刀劈破了翠屏山，好不了当的相杀！只见：

阵面上杀气腾腾，不分南北；沙场上征云霭霭，莫辨东西。狂风四起，天地锁愁云；奔马扬尘，日月蔽光华。那二人胜比天神来下降，那二马好似饿虎下天台。两边战鼓似雷声，暮动旗幡起色云。炮响连天，吓得芸馆书房才子顿笔；呐喊齐声，惊得闺房凤阁佳人停针。正是铁将军遇石将军。杀得一百四十回合，原不分输赢。

那盖苏文心中暗想："久闻火头军骁勇，果然名不虚传。本帅不能取胜，待我放起飞刀，伤了火头军，就不怕大唐兵将了。"苏文算计已定，一手把刀招架，一手掐诀，把葫芦盖拿开，口中念动真言，飞出一口柳叶飞刀，青光万道，直往薛仁贵顶上落将下来。这薛礼抬头看见，明知是飞刀，连忙把戟按在判官头上，抽起震天弓，拿出穿云箭，搭住在弓弦，飞飞嗖嗖地一箭射将过去。只听刮喇喇一声响，三寸飞刀化作青光，散在四面去了。那番吓得苏文魂不附体，说："啊呀，你敢破我飞刀！"嗖嗖嗖连发出八口柳叶飞刀，阵面上多是青光，薛礼惊得手忙脚乱。当年九天玄女娘娘曾对他讲，有一口飞刀，发一条箭，如今盖苏文发八口起来，仁贵就有箭八条，也难齐射上来。所以仁贵浑身发抖起来，说："啊呀！"无法可躲，只得拿起四条穿云箭，往青光中一撒，只听得括拉拉拉连响数声，青光飞刀尽被玄女娘娘收去，五条箭原在半空中。此是宝物不落下来的。仁贵才得放胆，把手招，五支箭落在手中，藏好，提起方天戟。那边盖苏文见破飞刀，魂不在身，说："嘎唷！罢了，罢了。本帅受木脚大仙赐刀。你敢弄起鬼魔邪术，破我飞刀，与你势不两立。我不一刀砍汝两段，也誓不为人了。"把马一催，二人又战起来。杀了八个回合，盖苏文见飞刀已破，无心恋战，刀法渐渐松下来。仁贵戟法原高，紧紧刺将过来，苏文有些招架不住，却被薛礼把刚牙一挫，喝声："去吧！"插一戟，直往苏文面门挑将进去。盖苏文喊声："不好！"把赤铜刀往戟上噶啷这一抬，险些跌下雕鞍，马打交肩过来。薛仁贵抽起一条白虎鞭，喝声："照打吧！"三尺长鞭，来得厉害，手中亮一亮，到有三尺长白光，这青龙星见白虎鞭来，说："啊呀，我命死矣！"连忙闪躲，鞭虽不着，只见白光在背上晃得晃，痛彻前心，鲜红血喷，把那铜刀拖落，二膝一催，豁喇喇望营前败将下去。仁贵道："番狗，你往哪里走，还不好好下马受缚！"随后追赶。苏文进了营盘，小番射住阵脚，仁贵只得回进自己营盘。张士贵大喜，其夜犒赏薛礼，不必表他。

单讲到盖苏文进入帅营，跨下马鞍，抬过赤铜刀，将身坐下。嗄唷说："好厉害的火头军！本帅实不是他敌手。"就把须上血迹抹下，用活血酒在此养息。忽后营走出来：

> 一位闭月羞花女，却是夫人梅月英。

不知这位夫人，如何话说，且看下回分解。

第三十三回

梅月英法逞蜈蚣术　李药师仙赐金鸡旗

诗曰：

番邦女将实威风，妖法施来果是凶。
杀得南朝火头军，人人个个面掀红。

那夫人年纪不上三十岁，生得来闭月羞花之貌，沉鱼落雁之容。四名绝色丫环扶定，出到帅营，盖苏文见梅氏妻子出来，连忙起身说："夫人请坐。"梅月英坐下，叫声："元帅！妾身闻得你与中原火头军打仗，被他伤了鞭，未知他有什么本事，元帅反受伤败？"盖苏文道："啊，夫人！不要说起。这大唐薛蛮子，不要讲东辽少有，就是九流列国，天下也难再有第二个的了。本帅保主数载以来，未尝有此大败，今日反伤在火头军之手，叫我哪里困得住凤凰山，擒捉唐王？"月英迷迷含笑道："元帅不必忧愁。你说火头军骁勇，待妾身明日出去，偏要取他性命，以报元帅一鞭之恨。"苏文道："夫人又来了，本帅尚不能取胜，夫人你是一介女流，晓得哪里是哪里。"夫人说："元帅，妾于幼时，曾受仙人法术，故取得他性命。"苏文说："夫人，本帅受大仙柳叶飞刀,尚被他破掉了,夫人你有甚异法胜得他来?"夫人说:"元帅,飞刀被他破得掉,妾的仙法他不能破得掉的。"苏文说:"既然如此,夫人明日且去开兵临阵。"说话之间,天色已晚。

过了一宵,明日清晨,梅月英全身披挂,打扮完备,上了一骑银鬃马,手端两口绣鸾刀,炮声一起,冲出营来。在营前大喝一声:"咦!唐营下的,快报说'今大元帅正夫人在此讨战',唤这火头蛮子,早早出营受死。"讲到那唐营军士,连忙报进中营说:"大老爷在上,番营中走出一员女将,在那里索战,要火头军会他。"张环说:"既有女将在外讨战,快传火头军薛礼出营对敌。"军士得令,传到前营,仁贵就打扮完备,同八家弟兄一齐上马出营,抬头一看,但见那员女将梅月英,怎生模样:

头上闹龙金冠,狐狸倒罩,雉尾双挑;面如满月,傅粉妆成。两道秀眉碧翠,一双凤眼澄清;小口樱桃红唇,唇内细细银牙。身旁一领黄金砌就雁翎铠,腰系八幅护体绣白绫。征裙小小,金莲踮定在葵花踏凳银鬃马上,手端两口绣鸾刀,胜比昭君重出世,犹如西子再还魂。

那仁贵纵马上前喝声:"番狗妇!火头爷看你身欠缚鸡之力,擅敢前来讨战,与我祭这戟尖么。"梅月英道:"你就叫火头军么?敢把我元帅打了一鞭,因此娘娘来取你性命,以报一鞭之恨。"薛礼呼呼冷笑道:"你邦一路守关将,不能胜将军一二回合之外,何在为你一介女流贱婢,分明自投罗网,佛也难渡的了。"放马过来,两边战鼓啸动,月英纵马上前,把绣鸾刀一起,喝叫:"薛蛮子!照刀吧。"绰一声,双并鸾刀砍来,仁贵举戟急架忙还,刀来戟架,戟去刀迎,正战在一堆,杀在一起,一连六个冲锋,杀得梅月英面上通红,两手酸麻,哪里是仁贵对手,只得把刀抬定方天戟,叫声:"薛蛮子,且慢动,看夫人的法宝。"说罢,往怀里一摸,摸出一面小小绿绫旗,往空中一撩,口念真言,把二指点定,这旗在虚空里立住上面。薛仁贵倒不知此旗伤人性命，却扣马在此观看。讲到营前八名火头军，见旗立空虚，大家称奇。犹如看做戏法一般，大家都赶上来看。哪晓这面旗在空中一个翻身，飞下一条蜈蚣，长有二尺，阔有二寸，他把双翅一展，底下飞出头二百的小蜈蚣，霎时间变大，化了数千条飞蜈蚣，多往大唐火头军面上直撞过来，扳住面门。吓得仁贵魂不附体，带转丝缰，径往半边落荒一跑，自然咬坏的了。那些蜈蚣妖法炼就，其毒厉害，八员火头军，尽行咬伤面门，青红疙瘩无数，多负痛跑到营内，顷刻面涨犹如鬼怪一般，头如笆斗，两眼合缝，多跌下尘埃，呜呼哀哉，八位英雄，魂归地府去了。梅月英从幼受仙母法宝，炼就这面蜈蚣八角旗，惯要取人性命，他见大唐将士一个个坠马营门而死，暗想薛蛮子奔往荒落，性命也决不能保全，自然身丧荒郊野地去了。所以满心欢喜，把手一招，蜈蚣原归旗内，旗落月英手中，藏好，营前打得胜鼓回营。盖苏文上前相接，滚鞍下马说："夫人今日开兵，不但辛苦，而且功劳非浅，请问夫人，大唐火头军咬此重伤，是晕去还魂，还是坠骑身亡？"月英道："元帅，他不受此伤，逃其性命。若遭蜈蚣一口，断难保其性命了。"盖苏文听言，满心大悦，说："夫人，多亏你，本帅不惧大唐老少将官，单只怕火头军厉害。今日他们都被蜈蚣咬死，还有何人得胜本帅？岂不是十大功劳，都是夫人一个的了！"吩咐摆酒，与夫人贺功。

　　少表番营之事，再讲张士贵父子，见八名火头军多堕骑身亡，面如土色，浑身冷汗，说："完了，完了。我想薛礼败往荒辟所在，也只不过中毒身死。为今之计，怎生迎敌番人？"大家好不着忙。又讲仁贵他败走到旷野荒山，不上十有余里，熬痛不起，一气到心，跌下雕鞍，一命归阴。这骑马动也不动，立在主子面前。忽空中来了一个救星，乃香山老祖门人，名唤李靖。他在山中静坐，偶掐指一算，明知白虎星官有难，连忙驾云到此，空中落下尘埃，身边取出葫芦，把柳枝端出仙水，往仁贵面上搽到，方才悠悠苏醒，说："哪一位恩人在此救我。"李靖道："我乃是香山老祖门人，名唤李靖。当初曾辅大唐，后来入山修道，因薛将军有难，特来相救。"仁贵连忙跪下，口叫："大仙，小子年幼不知，曾闻人说兴唐社稷，皆是大仙之功，今蒙救小人性命，小子感恩非浅。万望仙长到营，一发救了八条性命，恩德无穷。"李靖说："此乃易事，贫道山上有事，不得到营，赐你葫芦前去，取出仙水，将比的八人面上搽在的伤处，即就醒转。"仁贵领了葫芦，就问："仙长，那番营梅月英的妖法，可有什么正法相破看么？"李靖道："贫道有破敌正法。"忙向怀里取出一面尖角绿绫旗说："薛将军，他手中用的是蚣角旗，此面豒犊旗，你拿去，看他撩在空中，你也撩在空中，就可以破他了。即将葫芦祭起空中，打死了梅月英。依我之言，速速前去，相救八条性命要紧。"薛仁贵接了豒犊旗，拜谢李靖，跨上雕鞍。一边驾云而去，一边催马回营。张士贵正在着忙，忽见薛礼到营，添了笑容，说："薛礼，你回来。这八人怎么样？"仁贵道："有救。"就把仙水搽在八人面上，方才悠悠苏醒，尽皆欢悦，就问道葫芦来处。仁贵将李靖言语，对众人说了一遍。张环明知李仙人有仙法，自然如意，就犒赏火头军薛礼等人，同回营中欢酒。

过了一宵，明日清晨，依先上马，端兵出到番营，呼声大叫："咄！番营的快报与那梅月英贱婢得知，今有火头军薛礼在此讨战，叫他快些出来受死！"不表薛仁贵大叫，单讲那营前小番飞报上帅前说："启上元帅，营外有穿白火头军讨战，要夫人出去会他。"盖苏文听见此言，吓得魂不在身，连忙请出梅月英问道："夫人，你说大唐火头军受了蜈蚣伤，必然要死，为什么穿白将依然不死，现在营外讨战？"那夫人梅月英闻言，吃惊道："元帅，那穿白将莫非是什么异人出世，故而不死。我蜈蚣旗厉害，凭你什么妖魔鬼怪，受此伤害，必不保全性命，为甚他能得全性命起来？吩咐带马抬刀，待妾身再去迎敌。"这一首牵马，月英通身披挂，出了番营，抬头一看，果然不死，心中大怒说:"唷,薛蛮子,果像异人,不知得甚仙丹保全性命,今娘娘偏要取你首级。"仁贵呼呼冷笑说:"贱婢,你的邪法谁人作准,我不挑你前心透后背,也算不得火头爷骁勇了。"催马上前,喝声:"照戟!"

嚓的一戟,往面门挑进去。梅月英急架忙还,二人杀在一堆。马打冲锋,双交回合,刀来戟架叮当响,戟去刀迎迸火星。

战到六个冲锋,梅月英两膊酸麻,抬住画戟,取出蜈蚣角旗,往空中一撩,念动真言。薛仁贵见了,也把鹌鹑旗撩起空中,他也不晓得念什么咒诀,自有李靖在云端保护。两面绿绫旗虚空立着,一边落下飞蜈蚣,一边落下飞金鸡。那飞蜈蚣,变化几百蜈蚣飞过来,那飞金鸡,也化几百,把蜈蚣尽行吃去。吓得梅月英魂飞魄散,说:"你敢破我法术。"连忙掐诀收旗,哪里收得下?只见蜈蚣角旗与鹌鹑旗悠悠高上九霄云内,一时不见了。仁贵心中大悦,便把葫芦抛向空中,要打梅月英。谁知李靖在云端内把手一招,葫芦收去,薛仁贵胆放心宽,把方天戟一起,纵马上前,照定月英咽喉中插一戟刺进去,这梅月英乃是女流,又是法宝已破,心中焦闷,说声:"不好,我命死也!"要招架也来不及了,贴正刺中咽喉,被他阴阳手一翻,轰隆响挑往营门前去了。

这盖苏文在营前看见,放声大哭说:"啊呀,我那夫人啊。"把赤铜刀一起,哗啦啦冲上前来说:"薛蛮子,你敢把我夫人伤害,我与你势不两立。我死与夫人雪恨,你死乃为国捐躯。不要走,本帅刀来了!"往仁贵顶梁上劈砍下来,这一刀甘四分本事,多显出在上面。仁贵把戟架在一边,马打交肩过去,英雄闪背回来,仁贵把方天戟直刺,盖苏文急架忙还。

二人斗到十六个回合,薛仁贵亮起白虎鞭来,盖苏文一见白光,就吓得魂不附体,说:"啊呀,我命死也。"略略着得一下,鲜血直喷,带转丝缰,往营前大败而走。薛仁贵大喜,回头对营前八位兄弟说道:"你们快同张大老爷、小将军们,扯起营盘,冲杀番兵,一阵成功了。"那边答应一声,八弟兄各将兵刃摆动,催马冲杀四面番营,张环父子领了大队人马,卷帐发炮,冲到帅营来。这番凤凰山前大乱,有薛礼随定盖苏文冲到帅营中,把小番们一戟一个,挑得番兵走的走,散的散,死的死。

苏文见火头军紧紧追来,吓得魂飞魄散,只得兜急丝缰,往内营一走,砍开皮帐,竟走偏将营盘。哪知仁贵赶得甚紧,又且番营层层叠叠,人马众多,又不敢伤着自家人马,一时逃走不出,原冲到凤凰山脚下,忽前边撞着一班火头军,高声大喝:"盖苏文,你往哪里走!我们围住,取他首级。"九人围住,把盖苏文棍棍只望颅头打,刀刀只向颈边砍,枪枪紧紧分心刺,斧斧只劈背梁心,杀得盖苏文招架也来不及,被他们逼住,走也走不脱。架得开棍,那边李庆红插一刀砍将过来,苏文喊声:"不好!"把身躯一闪,肩尖上着了刀头,连皮带肉去了一大片,口中叫得一声,伤坏那边。王心鹤喝声:"照枪吧!"嗖这一枪,分心挑将进去。苏文说声:"我命死矣!"闪躲也来不及,腿上又着了一枪:"唷,罢了,罢了。本帅未尝有此大败!"他如今满身伤,拼着命,见一个落空所在,把二膝一催,豁喇喇冲出圈子,往出脚下拼命这一跑。仁贵就吩咐众弟兄,四处守定,一则冲踹,二则不许盖苏文出营。八人答应,自去散在四面守住。

这盖苏文心下暗想:"你看周围营帐密密,人马大乱,喊杀连在,哭声大震,我若往营中去,恐防有阻隔,反被火头军拿住,不如在凤凰山脚下,团团跑转,等有落空所在,那时就好回建都了。"苏文算计停当,只在山前转到山后,仁贵紧紧追赶,随了盖苏文团团跑转,惊动山上贞观天子,同着元帅、军师出到营外,往山下一看,只见四面番营大乱,炮声不绝,鼓啸如雷。又听得山脚下大叫道:"啊唷唷,火头军果然骁勇,不必来追!"豁喇喇盘转前山来了。君臣往下看时,见有盖苏文被一穿白将追得满身淋汗,喊叫连天,只在山脚下打圈子。天子就问徐先生："底下追赶盖苏文那员穿白小将，却是谁人？"茂功笑道："陛下，这就是应梦贤臣薛仁贵。"天子听见说是应梦贤臣，不觉龙心大悦。就对山下大叫道："小王兄，穷寇莫追，不必赶他，快些上山来见寡人。"连叫数声，仁贵在下哪里听得，只在山脚下紧走紧追，慢走慢追。忽上边尉迟恭说道："陛下，如何眼见本帅细心查究，军师大人说没有应梦贤臣，如今这穿白小将是谁？"茂公说："元帅休要夸能，这是我哄你，你认真起来，哪里有什么应梦贤臣，你看原是何宗宪在下追他。"敬德道："你哄哪个？明明是穿白将薛仁贵，陛下若许，待本帅下去，拿他上来，是仁贵还是宗宪？"天子巴不得能够见应梦贤臣，说道："元帅不差，快快下去拿来。"敬德跨上雕鞍，等盖苏文转过了前山，后面就是薛仁贵跑来。他就是一马冲将下去，却也正在仁贵后，双手一把扯住薛礼白袍后幅，说："如今这里了。"总是尉迟恭莽撞，开口就说："在这里了。"薛仁贵尚信张环之言，一听后面喊叫在这里了，扯住衣幅，不知要捉去怎样，不觉吓了一跳，把方天戟往衣幅上插，这一等身躯一挣，二膝一催，豁喇喇一声响，把尉迟恭翻下尘埃，衣幅扯断，薛礼拼命地逃走了。盖苏文回头不见了薛仁贵追赶，心中大悦，跑出营去，传令鸣金，退归建都去吧。那大小番兵齐声答应，见元帅走了，巴不得脱离灾难，败往建都去了，我且慢表。

　　单讲这尉迟恭，爬起身来，手中拿得一块白绫衣幅，有半朵映花牡丹在上，连忙上马，来到山顶。茂公道："元帅，应梦贤臣在何处？"敬德道："军师休哄陛下好了，应梦贤臣有着落了。"天子道："拿他不住，有何着落？"敬德说："今虽拿他不住，有一块袍幅扯在此了，如今着张环身上，要这个穿无半幅白袍之人，前来对证，况有半朵牡丹映花在上，配得着是应梦贤臣，配不着是何宗宪，岂不是张环再瞒不过，再献出薛仁贵来了？"天子大悦，说："元帅智见甚高，今日必见应梦贤臣了。"

如今按下山上君臣之言。单讲这番兵退去，有一二个时辰，凤凰山前一卒全无。张士贵方才吩咐按下营盘，大小三军尽皆扎营，八位火头军先来缴令，回归前营。等了半日，薛仁贵慢慢进营，身上发抖，面如土色，立在张环案旁，口中一句也说不出了。张环大吃一惊，说："如今你又是什么意思？"薛礼道："大老爷救命，元帅屡屡要拿我，方才被他扯去衣幅，如今必有认色，小人性命早晚不能保全的了。"张环听见，计就生成，说："不妨，不妨。要性命，快脱下无襟白袍与何大爷调换，就无认色，可以隐埋了。"正是：

奸臣自有瞒天计，李代桃僵去冒功。

张环冒功瞒得过瞒不过，且看下回分解。

第三十四回

盖苏文大败归建都　何宗宪袍幅冒功劳

诗曰：

　　荷花开放满池中，映得清溪一派红。
　　只恨狂风吹得早，凤凰飞处走青龙。

那仁贵心中大悦，说："蒙大老爷屡次施恩相救，小人将何图报？"连忙脱落白袍，与何宗宪换转。两件白袍，花色相同，宗宪穿了仁贵无襟白袍，薛仁贵反穿了宗宪新白袍。薛礼径回前营内，不必表他。

单讲张士贵思想冒功，领了何宗宪，将薛万彻尸骨离却营盘，来到凤凰山上，进入御营，俯伏尘埃，说："陛下龙驾在上，臣奉我主旨意，救驾来迟，臣该万死。驸马蹿营讨救，前心受了箭，到汗马城中开读了诏书，就打箭身亡。臣因救兵急促，无处埋葬，烧化尸骸，今将驸马白骨，带在包中，请陛下龙目亲观。"天子听见此言，龙目下泪，说："寡人不是，害我王儿性命了。"尉迟恭就开言叫声："张环，驸马性命乃阴间判定，死活也不必说了。本帅问你，方才山脚下追盖苏文这穿白小将,是应梦贤臣薛仁贵,如今在着何处?快叫他上山来。"士贵道:"元帅又来了,若末将招得应梦贤臣,在中原就送来京定驾了,为何将他隐埋没在营内?方才追赶盖苏文,杀退番兵者,是狗婿何宗宪,哪里有什么薛仁贵。"敬德大喝道:"你还要强辩么!本帅因无认色,故亲自将他白袍襟幅扯一块在此,已作凭据,你唤何宗宪进来,配得着也不必说了,配不着看刀伺候。"张环应道:"是,"天子降旨,宣进何宗宪,俯伏御营。张环道:"元帅嗜,可就是这无襟白袍,拿出来对对看。"尉迟恭把这块袍幅与宗宪身上白袍一配,果然毫无阔狭,花朵一般。尉迟恭大惊,他哪里知道内中曲折之事,反弄得满肚疑心,自道:"嗳,岂有此理。"张环说:"元帅,如何,是狗婿何宗宪么?"敬德大怒说:"今日纵不来查究,待日后班师,自有对证之法。"忙将功劳簿打了一条粗杠子,乃凤凰山救驾,是一大功劳。天子说:"卿家就此回汗马城保守要紧,寡人明日就下山了。"张士贵口称领旨,带了宗宪下凤凰山。一声传令,拔寨起程,原回汗马城,我且慢表。

  单讲天子回驾,降旨把人马统下山来,凄凄惨惨回凤凰城中,安下御营。朝廷见两旁少了数家开国功臣,常常下泪,日日忧愁,军师与元帅每每劝解。忽这一天,蓝旗军士报进营来,说:"启上万岁爷,营外来了鲁国公程老千岁,已到。"天子听见程咬金到了,添上笑容,说:"降旨快宣进来见驾。"外边一声传旨,召进程知节,俯伏尘埃,说:"陛下龙驾在上,臣程咬金朝见,愿我王万岁、万万岁!恕不保驾之罪。"朝廷说:"王兄平身。这几时没有王兄在营,清静不过,如今王兄一到,寡人之幸。不知你从水路、旱路来的?"咬金说:"陛下,不要讲起。若行水路,前日就来了,何必等到今日?乃行旱路,同了尉迟元帅两位令郎,蹈山过岭,沿海边关受许多猿啼虎啸之惊,冒许多风沙雨露之苦,才得到凤凰城见陛下。"天子说:"还有御侄在营外,快宣进来。"内侍领旨传宣。

尉迟宝林、尉迟宝庆来到御营朝见陛下，见过军师，父子相见，问安家事已毕，宝林就是前妻梅氏所生，宝庆是白赛花滴血，家中还有黑金锭亲生尉迟号怀，年纪尚幼，因此不来出阵。天子又问程王兄："中原秦王兄病恙怎么样了，还是好歹如何？"咬金说；"陛下若讲秦哥病势，愈加沉重，昼夜昏迷不醒，臣起身时就在那里发晕，想必这两天多死少生了。"天子嗟叹连声。程咬金见礼军师大人，回身叫道："尉迟老元帅，掌兵权，征东辽，辛苦不过了。"敬德说："老千岁说哪里话，某家在这里安然清静，空闲无事，有何辛苦？"咬金又往两边一看，不见了数位公爷，心中吃惊。开言说："陛下，马、段、殷、刘四老将军，并同众家兄弟哪里去了？"天子听见，泪如雨下，说："总是寡人万分差处，不必说了。"知节急问："陛下，到底他们是怎么样？"天子忙把马三保探凤凰山死去，一直讲到盖苏文用飞刀连伤总兵二十余员，吓得程咬金魂不附体，放声大哭。骂道："黑炭团，你罪在不赦！我哥秦叔宝为了一生一世元帅，未尝有伤一卒，你才做元帅，就伤了我众家兄弟，你好好把众兄弟赔我，万事全休，不然我剥你皮下来偿还他们性命。"天子道："程王兄，你休要错怪了人，这多是寡人不是，与尉迟王兄什么相干。"咬金下泪道："万岁一国之主，到处游玩，自然众臣保驾。你掌了兵权，自然将机就计，开得兵，调兵遣将；开不得兵，就不该点将下去了。怎么一日内把老少将官，多送尽了。"朝廷道："也不必埋怨，生死乃阴间判定，休再多言。过来，降旨摆宴，与程王兄同尉迟王兄相和。"

内侍领旨，光禄寺在后营设宴，摆定御营盘内，两人谢恩坐下，饮过三杯，尉迟恭开言叫声："程老千岁，某有一件稀奇之事，再详解不出，你可有这本事详得出么？"程咬金道："凭你什么疑难事说来，没有详解不出。"敬德说："老千岁，可记得前年扫北班师，陛下曾得一梦，梦见穿白将薛仁贵保驾征东，老千岁你也尽知的。到今朝般般应梦，偏偏这应梦贤臣还未曾见，你道是何缘故？"程咬金说："没有应梦贤臣，如何破关得能快？倘或在张士贵营中也未可知。"敬德道："他说从来没有应梦贤臣薛仁贵，只得女婿何宗宪，穿白用戟。"咬金说："老黑，既是他说女婿何宗宪，也不必细问了，谅他决不敢哄骗。"敬德道："老千岁，你才到，不知其细，内中事有可疑。若说何宗宪，谁人不知，他本事平常，扫北尚不出阵，征东为什么一时骁勇起来？攻关破城，尽不在一二日内，势如破竹。本帅想起来薛仁贵是有的，张环奸计多端，埋没了薛仁贵，把何宗宪顶头，在驾前冒功。"咬金道："你曾见过薛仁贵么？"敬德道："见是见过两遭，只是看不清楚。第一遭本帅被番兵擒去，囚在囚车，见一穿白将，杀退番兵，夺落囚车，见了本帅，飞跑而去，停一回，原是何宗宪。后来在凤凰山脚下追赶盖苏文也是穿白用戟小将，本帅要去拿他，又是一跑，只扯得一块衣襟，原是何宗宪身上穿无襟白袍。我想，既是他，为何见了本帅要跑，此事你可详解得出么？"咬金道："徐二哥阴阳上算得出的，为何不问他？"敬德说："我也曾问过军师大人，想受了张环万金之贿，故不肯说明。"程咬金道："二哥，到底你受了他多少贿？直说哪一日受他的贿。"茂功道："哪里受他什么？"咬金道："既不受贿，为何不说明白？"茂功道："果是他女婿何宗宪，叫我也说不出薛仁贵。"咬金道："嗳，你哄哪个老黑，想来必有薛仁贵在张环营内。前年我领旨到各路催趱钱粮，回来路遇一只白额猛虎随后追来，我后生时哪惧他，只因年纪有了，恐怕力不能敌，所以叫喊起来，只见山路中跑出一个穿白小将，把虎打出双睛，救我性命。那时我就问他这样本事，何不到龙门县投军？他说二次投军，张环不用。那时我曾赐他金披令箭一支，前去投军。想他定是薛仁贵。"敬德道："这里头你就该问他名字了。"咬金道："只因匆忙之间，不曾问名姓，如今着张环身上，要这根御赐的金披令箭，薛仁贵就着落了。"尉迟恭道："不是这等得的，待本帅亲自到汗马城，只说凤凰山救驾有功，因此奉旨来犒赏，不论打旗养马之人，多要亲到面前犒赏御宴，除了姓薛，一个个点将过去。若有姓薛，要看清面貌，做十来天工夫，少不得点着薛仁贵。你道此计如何？"咬金说："好是好的，只是你最喜黄汤，被张环一顷捣鬼，灌得昏迷不醒，把薛仁贵混过，那时你怎么得知？"敬德道："一件大事岂可混账得的，今日本帅当圣驾前戒了酒，前去犒赏。"咬金道："口说无凭，知道你到汗马城吃酒不吃酒？"敬德道："是啊，口是作不得证的，陛下快写一块御旨戒牌，带在臣颈内，就不敢吃了。若再饮酒，就算大逆违旨，望陛下以正国法。"天子大悦，连忙御笔亲挥"奉旨戒酒"四字，尉迟恭双手接在手中，说："且慢，待我饮了三杯，带在颈中。"敬德连斟三杯，饮在肚中。将戒酒牌带在颈中，扯开筵席，立在旁首说："陛下，臣此番去犒赏，不怕应梦贤臣不见。"徐茂功笑道："老元帅，你休要称能，此去再不得见应梦贤臣的。"敬德说："军师大人，本帅此去，自有个查究，再无不见之理。"茂功说："与你打个手掌，赌了这颗首级。"敬德说："果然，大家不许图赖。此去查不出薛仁贵，本帅将首级自刎下来。"茂功道："当真么？"敬德道："嗳，君前无戏言，哪个与你作耍？"程咬金说："我为见证，输赢是我动刀。"茂功说道："好，元帅去查了仁贵来，我将头颅割下与你。"二人搭了手掌，一宵晚话，不必细表。

到了明日清晨，先差家将去报个信息，天子降旨，整备酒肉等类，叫数十家将挑了先走。尉迟恭辞驾，带了两个儿子，离了凤凰城，一路下来。先说汗马城张士贵，同了四子一婿，在营欢乐饮酒。忽报进营说："启上大老爷，快快端正迎接元帅要紧。今日奉旨下来犒赏三军，顷刻相近汗马城来了。"张环听见说："我的儿，想必皇上道救驾有功，故而出旨犒赏我们，去接元帅要紧。"父子翁婿六人，连忙披挂，出了汗马城，果见三骑马下来，远远跪下叫声："元帅，小将们不知元帅到来，有失远迎，望帅爷恕罪。"敬德道："远近迎接，不来计较。快把十万兵丁花名脚册，献与本帅。"张环说："请到城中，犒赏起来，自有花名，为何就要。"尉迟恭喝道："呔！你敢违令，拿下开刀。"士贵吓得魂不附体,连忙说道:"元帅不必动恼,快取花名脚册来便了。"志龙回身到汗马城中,取来交与元帅。敬德满心欢悦,接来与大儿宝林藏好,说:"此是要紧之物,若不先取,恐被他埋没了仁贵名字。"

张士贵满心踌疑,接到汗马城中,另是安下帅营一座,元帅进到里面,张环连忙吩咐备宴,与元帅接风。敬德说:"住了,你看我颈中挂的什么牌?"张环说:"原来帅爷奉旨戒酒在此,排接风饭来。"敬德说:"张环,且慢,本帅有话对你讲。"张环应道:"是。"敬德又说:"因天子驾困凤凰山,幸喜你等兵将救驾回城,其功非小。故今天子御赐恩宴,着本帅到汗马城犒赏十万兵丁,一个个都要亲赏。皇上犹恐本帅好酒糊涂,埋没一兵一卒,是皆本帅之罪,故我奉旨戒酒。你休将荤酒迷惑我心,教场中还有令发。若有一句不依,看刀伺候。"张环应道:"是。"敬德吩咐道:"教场中须高搭将台,东首要扎十万兵马的营盘,好待兵丁住在营中听点;西首也要扎十万人马的营盘,不许一卒在内。依本帅之言,前去备完,前来缴令。"张环答应,同四子一婿退出帅营。说:"孩儿们,如今为父的性命难保了。"四子道:"爹爹,为什么?"张环道:"我儿,你看元帅行作,岂是前来犒赏三军?这分明来查点应梦贤臣薛仁贵。"张志龙道:"爹爹,不妨事。只要将薛仁贵藏过,他就查不出了。"张环道:"这个断断使不得,九个火头军名姓,现在花名册上,难道只写其名,没有其人的?"志龙说:"爹爹,有了。不如将九人藏在离城三里之遥土港山神庙内。若元帅查点九人名姓,随便众人们混过,或者兵马内走转当了火头军,也使得的。"张环道:"我儿言之有理。"先到教场中传令,安扎营盘已毕,天色晚暗。

当日张士贵亲往前营中来,薛仁贵忙接道:"不知大老爷到此有何吩咐?"张环道:"薛礼,我为你九人,心挂两头,时刻当心。不想元帅奉旨下来犒赏三军,倘有出头露面,那时九条性命就难以保全,故我大老爷前来救你，在那离城三里之遥，有座土港山神庙，倒也无人行走，你等九人作速今夜就去，躲在庙中，酒饭我暗中差人送去。待犒赏完时，即当差人唤你。"薛仁贵应道："多谢大老爷。"说罢，连忙同了八名火头军，静悄悄出了前营，竟往土港山神庙中躲过，我且慢去表他。

　　单说到尉迟恭吩咐二子，明日早早往教场。二子答应："是。"来日，张环父子全身披挂，先在教场中整备酒肉，少刻元帅父子来到教场，上了将台，排开公案，传令十万人马，安住东首营中，又吩咐尉迟宝林："你将兵器在手，站住西首营盘。为父点过来，你放他进营，若有兵卒进了营，从复回出来，即将枪挑死。"宝林应道："是。"就立在西营。尉迟恭叫声："先锋张环，你在东营须要小心，本帅点一人，走出一人，点一双走出一双，若然糊涂混杂，不遵本帅之令，点一人走一双，点二人走出一个，皆张环之罪。"张士贵一声："得令。"听元帅令严，心中急得心惊胆战，低低说道："我儿，为今之计怎样？为父只道他没有严令发下来，所以要随便混转来，当了九个火头军。如今他这样发令严明，哪个当火头军好？"四子应道说："便是。"

　　不表旁首张家父子心中设法，要说到台上尉迟元帅，先把中营花名册展开，叫次子宝庆看明，叫点某人："有。"走出东营，要到将台前领赏。元帅从上身认到下身，看了一遍，才叫张环赏酒肉回西营去。宝林又点薛元，应道："有。"走到台前，元帅听得姓薛，分外仔细观看，见他穿皂黑战袄，明知不是，赏了酒肉，回西营去了。每常犒赏十万人马，不消一日，快得紧的，如今有心查点仁贵，一个个慢慢犒赏，眼活费心。虽托长子端枪在西营看守，还当元帅用心，眼光射在两旁，恐兵卒混杂，点得到不上头二百名，天色昏暗，尉迟恭父子用过夜膳，同张环父子共安下营寨，家将四面看守，不许东西兵卒来往。一到明日清晨，元帅升坐将台，重使宝林到西营，点昨日几名，今日原是几名不差。然后再点兵卒，才想到了这三天把前营军名册展开，一个个点到月字号内来了。这番张环父子在下面如土色，分拆心肝，浑身冷汗。说："我儿，如今要点火头军了，将何人替点？为父命在顷刻，你们可有计策。"志龙叫声："爹爹，闻得元帅好酒的，如今奉旨在此，勉强戒酒，哪里耐得住的？今日又是个南风，不免将上好酒放在缸中，冲来冲去，台上自然酒香，看元帅怎生模样，然后见机而作。"张环道："倒也使得。"就吩咐家将，缸中犒赏的酒，倒来倒去。尉迟恭在将台上，劈面的大南风，果然这个美酿香气直透，引得尉迟恭喉中酥痒，眼珠倒不看了点将旁首，看他把酒倒东过西，若没有：

戒酒牌悬在颈中，定然取酒入喉咙。

尉迟恭不知如何饮酒，且看下回分解。

第三十五回

尉迟恭犒赏查贤士　薛仁贵月夜叹功劳

诗曰：

芙蓉影入在江边，黑菊如何访向前。
喜得芙蓉伶俐巧，故使张环性命全。

那元帅心中暗想："若没有皇上的戒酒牌挂在颈中，就叫张环献上来，饮他几杯何妨。"又说到张士贵父子，见尉迟恭飘眼盯住地看这里倒酒，必然想酒吃了，便说："我儿怎样设个计策，献酒上去，灌醉了他才好？"志龙说："爹爹，容易。把一碗酒放些茶叶在里边献上去，只说这个是茶。待元帅饮了下去，不说什么，只管献上去，若然元帅发怒，丢下酒来，只说茶司不小心，撮泡差了，又不归罪我们，爹爹，你道使得么？"张环道："我儿言之有理。"连忙把酒放些茶叶，走上将台说："元帅点兵辛苦，请用杯茶解渴，然后再犒赏。"敬德接过来，一闻香冲鼻，喜之不胜，犹如性命一般，拿来一饮而尽，暗想："这张士贵，人人说他奸佞，本帅看起来，倒是个好人，因见我奉旨戒酒，故暗中将酒当茶，与我解渴。本帅想再吃几杯，也无人知觉。"

便说:"张环,再拿茶来。"士贵见元帅不发怒容,又要吃茶,才得放心。连忙传令张志龙泡茶。敬德慢慢吃,还看不出,哪晓他是一口一碗,只管叫拿茶来,一连饮了十来碗,倒不去犒赏三军了。

尉迟宝庆在案东横头,看见爹爹如此吃茶,疑惑起来,说:"什么东西,茶多吃个不停,只怕一定是酒了,待等他拿起来看。"张环接酒放在桌上,尉迟恭正要伸手去拿,被宝庆抢在鼻边一嗅,果是酒,连碗往台下一抛,说:"爹爹,你好没志气。也岂不晓酒能误事,你为着何来?况奉旨戒酒,又与军师赌下首级,谁不知张环向有奸计,倘被他灌醉糊涂,哪能清清白白犒赏?正经之事不干,反好酒胡乱,若陛下知道,爹爹你将何言陈奏,岂不性命难保?还不查点。张环有罪,以正国法。"尉迟恭差不多倒醉的了,见儿子发怒抛翻,性气顷刻面泛铁青,乌珠翻转,说:"嘎唷,罢了,罢了。为父饮酒,人不知,鬼不觉,你这畜生,焉敢管着为父的,响叫饮酒!我如今不戒酒了!"把戒酒牌除在旁首,传令张环备筵一席:"本帅偏要吃酒,吃个爽快的,看你管得住么?"张环只怕元帅,哪里怕你这公子?连忙吩咐大排筵宴,就在将台上赐张环陪酒,你一杯,我一盏,传花行令,快活畅饮。气得旁边宝庆泥塑木雕的一般。饮到未刻,尉迟恭吃得大醉,昏迷不醒,说起酒话来了,便叫:"张先锋,本帅一向不知你心,今日方知你为人忠厚,本帅奉旨犒赏,吃得醺醺大醉,天色又早,还有前营、左右二营,不曾犒赏。今委你犒赏,明日缴令。本帅要去睡了。"张环大悦,应道:"是。元帅请回,末将自然尽心。"宝庆叫声:"爹爹,这是断断使不得的,岂可委与先锋犒赏?爹爹你自去想一想看,主意要紧,所以说酒能误事。"敬德心中已经昏乱,哪里想到查点贤臣之事,反喝道:"好畜生,犒赏三军,难道注定要元帅去赏,先锋赏不得的么?为父如今偏要委他去犒赏,你再敢阻我么,快扶我到营中安睡。"两位公子无奈何,只得扶定尉迟恭,来到帅营,悠忽睡去,我且不表。

单讲张士贵，心满意足，连忙吩咐四子一婿，人人犒赏，如今不像敬德这样查点的，他却唤几百名来，大家分一阵。不上半日左右，二营尽行赏到，人人无不沾恩。父子回营安睡，一宵不必表他。

　　再讲那帅营中尉迟敬德这一大睡，到黄昏时候方才睡醒。二子跪下叫声："爹爹，你如今酒醒了么？"敬德说："我儿，为父奉旨戒酒，不曾饮什么酒。"二子道："啊呀！爹爹，你如今忘记了么？只怕陛下得知，性命难保。那张环父子，把酒当茶，爹爹饮得大醉，这也罢了。不该把左右营的兵卒，委张环犒赏，如今兵将尽沾恩，应梦贤臣在于何处？岂不有罪了。"敬德吃惊道："啊，有这等事，为父或者好酒糊涂，要汝等则甚，岂可由我饮酒，阻不得的么？"二子道："啊呀，爹爹，孩儿们怎么不阻，爹爹执意不听，反排筵席，快乐畅饮，如此大醉，酒醒已迟。为今之计，怎么样处？"尉迟恭无计可施，只听得营外猜拳行令，弹唱歌吹，欢舞之声不绝。敬德便说："我儿，外边喧哗，却是为何？"宝林道："就是那些兵卒，因受朝廷犒赏，所以皆在营中欢乐畅饮。"敬德道："不差如今是什么时候了？"宝林道："还只得黄昏时候。"敬德暗想，今夜乃中秋八月，故月色辉华，分外皎洁："我儿，你们随父静悄悄出营，前去走走。"宝林答应跟随。

　　那元帅头上皂色巾，身穿黑战袄，腰挂宝剑，离了帅营，往东西营盘走来转去。也有四五人同一桌的，也有三四人合一桌的，也有二人对饮的，也有一人独酌的，也有猜拳的，也有行令的，也有歌舞的，也有弹唱的，也有劝酒的，好不热闹。敬德又行到靠东这座大营帐边，飘眼望去，见里面有四个人同饮，说道："哥哥，来来来，再饮一大杯。"那人说道："兄弟，你自吃罢，为兄的酒深了，吃不得了。""哥哥，如此我与你猜拳。""兄弟，你噜苏得紧，说道不吃是不吃了，猜什么拳。""哥啊，如此你来陪我饮一杯吧。""啊，兄弟，为人在世，不要不知足，我和你朝廷洪恩，大家吃得有兴，为是我们今日酒肉犒赏，大家畅饮快活，还有血汗功臣，反没福受朝廷一滴酒，

第三十五回　尉迟恭犒赏查贤士　薛仁贵月夜叹功劳　275

一块肉哩。""哥啊,哪个是血汗功臣么?""他攻打关城,势如破竹,就是朝廷被困凤凰山,若没有薛仁贵,谁人救得,就是元帅性命,也是他救的。这样大功劳,尚不能食帝王酒肉,我等摇旗呐喊之辈,倒吃得醺醺大醉,还要不知足,只管吃下去?""哥哥,你说得是啊,我走到外边去小解,解就进来的。"要说到外边。

尉迟恭一句句听得明白,暗想:"原来有这等事。"说:"我儿,有人出来撒尿,快躲到月暗中去。"三人尽躲在营后墩背,那人见皓月当空,不敢撒尿,也走到营背后月暗中,撩开衣服,正要对敬德面上撒起尿来。这尉迟恭跳起身来,把那人夹背一把,扭倒在地,靴脚踹定,抽起宝剑在手,说:"你认本帅是谁?"那人说:"啊呀!元帅爷,小人实是不知,望帅爷饶命啊。"敬德说:"别事不来罪你,方才你在营内,说九个火头军有血汗功劳,反不受朝廷滴酒之恩。那九个叫作什么名字,得什么功劳,为何犒赏不着,如今却在何方,说得明白,饶你狗命,若一句沉吟,本帅一剑斩为两段。"那人叫声:"元帅,若小人说了,张大老爷就要归罪小人,叫我性命也难保,所以不敢说。"敬德说:"呔,张环加罪你惧怕的,难道本帅你就不惧了。我儿过来,取他首级。"那人说:"啊呀,帅爷饶命,待小人说明便了。"敬德说:"快些讲上来。"那人便说:"元帅,这前营有结义九个火头军,厉害不过,武艺精通,本事高强,内中唯有一个名唤薛仁贵,他穿白用戟,算得一员无敌大将。进东辽关寨,都是他的功劳。一路进兵,势如破竹,东辽老小将官,无有不闻火头军厉害,只因大老爷与婿冒功,故将仁贵埋藏月字号为火头军。前日元帅来此,大老爷用计将九人藏在土港山神庙中,所以不能受朝廷洪恩。"敬德道:"原来如此。土港山神庙在于何地?"那人说:"离教场三里之遥,松柏旁就是了。"敬德说:"如此饶你狗命,去了吧。"那人说:"多谢元帅爷。"立起身,往营中就走。尉迟恭父子,步月来到山神庙,我且慢表。

单讲庙中火头军,人虽不受朝廷的恩典,张环却使人送来酒肉,他们排开二席，倒吃得高兴，猜拳行令，快乐畅然。只有薛仁贵眼中流泪，闷闷不乐，酒到跟前，却无心去饮。周青叫声："大哥，不必忧愁，快来吃一杯。"仁贵说："兄弟，你自己饮，为兄尽有了。外边如此月色，我到港上步步月，散散心，停一回就来的。"周青说："如此请便，我等还要饮酒爽快哩。"那时薛仁贵离了山神庙，往松柏亭来。月影内随步行来，不想后面尉迟恭瞧呆，穿白小将走出庙来，连忙隐过一边，又见他往东首去，就叫："我儿，你们住在此，待为父随他去。"二子应道："是。"那敬德静悄悄地跟在仁贵背后，往东行去数箭之遥，空野涧水边立住，对月长叹道："弟子薛仁贵，年方二十八岁，欲待一日寸进，因此离家，不惜劳苦，跨海保驾征东，哪晓得立了多少功劳，皇上全然不晓，隐埋在月字号为火头军。摇旗呐喊之辈，尚受朝廷恩典，我等有十大功劳，反食不着皇上酒肉，又像偷鸡走狗之类。身无着落，妻子柳氏，苦守巴巴，只等我回报好音，恩哥恩嫂不知何日图报，此等冤恨，唯天所晓。今见皓月当空，无所不照，何处不见，有话只得对月相诉。我远家万里，只有月照，两头剖割，心事无门可告，家中妻子只道我受享荣华，在天子驾前，却忘负了破窑之事，哪知我在此有苦万千，藏于怀内，无处申泄。今对月长叹，谁人知道？"仁贵叹息良久，眼中流泪。尉迟恭听得明白，怎奈莽撞不过，赶上前来，双手把薛仁贵拦腰抱住说："如今在这里了。"仁贵只道是周青作耍，说："兄弟，不要戏耍。混账！"谁知敬德的胡须扫在仁贵后颈中，那番回头一看，见了黑脸，直跳起来说："啊呀，不好！"把身子一挣，手一摇，元帅立脚不定，轰隆一响，仰面一跤翻倒在地。仁贵抛开双足，往山神庙乱跑，跌将进去。八人正吃得高兴，吓得魂不在身。大家立起身来说："大哥，为什么？"薛礼爬起来，忙把山门关上说："众兄弟，快些逃命。尉迟老元帅前来捉拿了。"八人听见，吓得浑身冷汗，各拥进里面，把一座夹墙三两脚踹坍，跨出墙，一起拼命地逃走了。

讲这尉迟恭走起身，赶到山神庙，把山门打开，喝叫："我儿，随为父进去，拿应梦贤臣。"二子应道："是。"三人同到里边，只见桌子上碗碟灯火尚在，并不见有一人。连忙进内来，只见墙垣坍倒，就出墙往大路上赶去，应梦贤臣依然不见。只听得旁首树林中一声叫："奉旨拿下尉迟恭，理应处斩。"敬德听言，大吃一惊。回头看时，只见旁首林中一座营盘，帐内有军师徐茂功已到，说是："大人，本帅何罪之有？"徐茂功笑道："怎说无罪，你逆旨饮酒，此乃大罪；查不见应梦贤臣，该取下首级。"敬德说："逆旨饮酒，望大人隐瞒，若讲应梦贤臣，本帅虽不查取，却方才眼见明白，待天色一亮，本帅自往汗马城，将张环动刑，不怕不招出来。"茂功道："元帅，薛仁贵本来有的，只是内中有许多曲折缘故，所以查点不着。少不得后有相逢之日，你必须要见他，前去责任张环，后来反自有罪在不赦之日，如今趁不究明，好好随我回凤凰城去吧。"敬德无奈何，从了军师之命，就连夜离了汗马地方，连夜赶到凤凰城。

天色明亮，天子正坐御营，见军师同元帅进营说："陛下在上，老臣前去查点应梦贤臣，果然查不出，望陛下恕罪。"天子道："王兄查访不出就罢了，何罪之有。"程咬金道："老黑，陛下恕你之罪，我倒饶你不来。你自说过的，是你自己把头割下来呢，还是要我动手来割？"尉迟恭笑道："老千岁，你又在此搅浑了。军师大人尚不认真，反要你割起首级来，岂非真正是呆话了？"自从犒赏之后，不觉又是三天，陛下降旨到汗马城，命先锋张环即日开兵，再破关攻城下去。张士贵奉了圣旨，传令大小三军，放炮起兵。"是！"一声得令，离了汗马城，一路下来，约有三百余里，到了独木关安下营盘。天子随后也进兵前来，到汗马城停扎，只等张环破关报捷。谁想这先锋张士贵进攻关寨只靠得薛仁贵，那薛仁贵自从中秋月夜在土港山神庙，黑夜中被尉迟恭吓了这一惊，路上又冒些风寒，借端起根，病在前营，十分沉重，卧床不起了，八人服侍不离。张士贵闻报，心中闷闷不乐。

停营三天，并无人出马。汗马城中朝廷旨意下来，朝夕不停，催取进兵。说独木关有多少上将，为何还未能破？那番急得张环无头无脑，日日差人往前营探薛礼的病体如何，并没有一人回报好音，只得停营在此，不敢开兵。

先说到独木关中的守将名为金面安殿宝，实授副元帅之职，其人骁勇厉害不过的，比着盖苏文本事更高万倍。两旁坐两位副总兵，一个名唤蓝天碧，一个名唤蓝天象，这二人也多有万夫不当之勇，生得来浓眉豹眼，蓝靛红须，正在堂中商议退敌南朝人马，忽有小番报进营来说："启上三位平章爷，大唐人马扎营在关外，有三天了，不知为什么，并无将士索战。"安殿宝说："有这等事？"便叫："二位将军，孤闻南朝火头军骁勇无比，走马攻取关寨，如入无人之境，为何起兵到此三日，并不出营讨战？"天碧、天象叫声："元帅，待小将们出关，先去索战，若火头军出来，会会他本事；若火头军不在里边，一发更好，就踹他营盘，有何不可？"安殿宝说："将军主见甚好，如此小心出马。"二将答应道："不妨。"那蓝天碧先自连忙披挂，上马端枪，离了总府，放炮出关，来到唐营，呼声大叫："营下的，快报说！今有将军爷在此。我闻汝邦火头军骁勇，既来攻关，因何三日不开兵，故此魔家先来索战，有能者快出营来会我。"那营前军士一闻此言，飞报进来说："大老爷，关中杀出一员将士，十分厉害，在那里讨战。"张环闻报，便对四子一婿道："我的儿，为今之计，怎么样？那薛礼卧床不起，周青等服侍不离，关中来将，在外索战，如今谁人去抵挡。"志龙叫声："爹爹，不妨。薛礼有病在床，孩儿愿去抵敌。"士贵满怀欢喜说："既是我儿出马，须要小心。贤婿戎装帮助些儿，掠阵当心。"应道："晓得。"张志龙全身打扮，尽皆上马，端兵出到营外，抬头一看，但见蓝天碧：

头戴紫金凤翼盔，红缨一派如火焰。面如蓝靛，须似乌云；眉若丹朱，眼若铜铃。狮子大鼻，口似血盆，海下几根铁线红须。身穿一领绣龙大红蟒，外罩一件锁子青铜铠。左悬弓，右插箭，座下昏红马。手端一条紫金独龙枪，果然来得威风猛。

那张志龙看罢，把枪一起，豁喇喇冲到马前，枪对枪架定。说："番儿，番狗，留下名来，你是什么人，擅敢前来讨战？"蓝天碧道："我乃副元帅标下大将军，姓蓝名天碧，你岂可不闻我东辽顶儿尖儿的大将么？你有多大本事，敢来会我！"志龙笑道："怎知你这无名番狗，我小将军本事骁勇，还不好好下马归顺。"正是：

　　阵前二将虽夸勇，未定谁人弱与强。

二将斗战如何，且看下回分解。

第三十六回

番将力擒张志龙　周青怒锁先锋将

诗曰：

蓝家兄弟虎狼凶，何惧唐师百万雄。
小将志龙遭捉住，这番急杀老先锋。

那番将蓝天碧一闻志龙之言，呼呼冷笑道："不必夸能，魔这支金枪，从不曾挑无名之将。既要送死，快通名来！"张志龙道："我乃先锋大将军张大老爷长公子爷张志龙便是，谁人不知我本事厉害，快快放马过来。"蓝天碧纵马上前，把枪一起，喝叫："蛮子，魔的枪到！"嚓嚓这一枪，往张志龙面门劈挑将进去。志龙把枪架在旁首，马打冲锋过去，英雄闪背回来，二人战有六个回合，番将本事高强，张志龙哪里是他对手，杀得来气喘吁吁，把枪一紧，往蓝天碧劈胸挑进去。天碧也把枪噶啷一声，挠在旁手，才交肩过来，天碧便轻舒猿臂，不费气力，拦腰一把，将志龙提过马鞍鞒，带转丝缰，往关里边去了。何宗宪见大舅志龙被番将活捉了去，便大怒纵马摇戟，赶到关前大喝："番狗，你敢擒我大舅，快放下马来，万事全休，若不放还，可知我白袍小将军骁勇么！"那番惊动关前蓝天象，催动战马，摇动金背大砍刀，前来敌住宗宪道："来的穿白小蛮子，你可就是火头军薛仁贵么？"宗宪冒名应道："然也，你既闻火头爷大名，何不早早下马受死，反要死在戟尖之下！"天象说："妙啊，我正要活擒火头蛮子。"放马过来，宗宪串动手中方天戟，照着蓝天象面门上挑将进去，天象把刀枭在旁首，马打冲锋过去，英雄闪背回来。二人战到八个回合，何宗宪用力架在旁首，却被蓝天象拦腰挽住，把宗宪活擒在手，竟是回关。打得胜鼓，来见安殿宝。把郎舅二人囚入囚车，待退了大唐人马，活解建都处决。

单讲唐营内，张士贵闻报子婿被番将擒去，急得面如土色，心惊胆战，说："我的儿，你大哥、妹丈，被番邦擒去，冲兵速救还好，若迟一刻，谅他们必作刀头之鬼。为今之计怎么样处置？"志彪、志豹说："爹爹，大哥、妹丈本事好些，尚且被他活捉了去，我弟兄焉能是他敌手？薛礼又有大病在床，如今谁人去救？"士贵叫声："我儿，不如着周青去，自然救得回来。"中军那里应道："有，大老爷有何吩咐？"张环说："你到前营月字号，传火头军周青到来见我。"应道："是。"中军来到前营前，也不下马，他是昨日新参的内中军，不知火头军厉害之处，竟是这样大模大样，往里面喝叫一声："呔！老爷有令，传火头军周青。"在晓内边这几位火头将军，也有在床前服侍仁贵，也有那里吃饭。周青听见他大呼小叫，便骂："不知哪个瞎眼狗囊的，见我们在此用饭，还要呼叫我们，不要睬他。"原是忙忙碌碌，正管吃饭，不走出来。

这外边中军官传唤了一声，不见有人答应，焦躁起来说："你们这班狗王八，如此大胆！大老爷传令多不睬的了。"周青听得中军叫骂，大恼起来说："不知哪个该死的狗囊，如此无理，待我出去打他娘。"周青起身，往营外一看，只见这中军在马上耀武扬威，说："狗囊的，你方才骂哪一个？"中军道："怎么，好杀野的火头军，大老爷有令传你，如何不睬，又要中军爷在此等候，自然骂了！你也敢骂我？是这等大胆的狗头，我去禀知大老爷，少不得处你个半死。"周青说："你还要骂人么？"走上前来，夹中军大腿上一拢，连皮带肉，抠出了一大块。那个中军官喊声："不好！"在马上翻将下来，跌为两处。中军帽滚开了，一条令箭，把为三段，爬起身来就走。周青说："打死你这狗头，你还要看我怎么？不认得你爷老子叫周青。"

那个中军吃了亏，好不气恼，撞见了那些中军，好不羞丑，说："啊唷，反了，反了，火头军倒大如我们的。"那些中军说："你原不在行，我们去传他，要观风识气，他们在里边吃饭，要等他们吃完；在里边闲话，又要等他们说完。况且这班火头，大老爷自己怕他们的，凭你营中千总、百总、把总之类，多要奉承他们的。岂用得你们中军去大呼小叫的，自然被他们打起来了。"那新参的中军道："啊！原来如此。我新任的中军，哪里知道。"只得来见张环说："大老爷，这班火头军杀野不过，全不遵大老爷之令，把令箭折断，全然不理，所以中军吃亏，只得忍气回来缴令。"张士贵听言，心中大怒说："我把你这该死的狗头，重处才是。我大老爷逐日差中军去传火头军，何曾有一言得罪，今日第一遭差你去，就令箭折断，不遵号令。想是你一定得罪了他们，所以吃亏回来。左右过来，把这中军锁了，待我大老爷自去请罪。"两旁答应，就把中军锁住。张环带了中军步行往前营来，三子跟着。单有中军好不气恼，早晓大老爷是这样惧怕火头军的，我也不敢大呼小叫了。

不表中军心内懊悔，张士贵已到营前，火头军闻知，尽行出来迎接。周青道："本官来了，请到里边去。"张环进往营中，三子在外等候。八名火头军叩见过了，周青便说："未知大人到来，有什么吩咐？"张环道："未知薛礼病恙可好些么？我特来望他。"周青说："既如此，大人随我到后营去。"张士贵同到后营，来近薛礼床前，周青叫道："薛大哥，大老爷在此望你。"薛礼梦中惊醒说："周兄弟，大老爷差人在此望我么?"张环说:"薛礼,不是差人,我大老爷亲自在此看望你。"仁贵说:"啊呀,周兄弟,大老爷乃是贵人,怎么轻身踏践地,来望小人?周青,你不辞大老爷转去,反放进此营,亲自在床间看望,是小人们之大罪也!况薛礼性命,全亏大老爷恩救在此,今又亲来望我,叫小人哪里当得起,岂不要折杀我也。"张环道:"薛礼,你不必如此,我大老爷念你有功之人,尊卑决不计较,你且宽心,未知这两天病势如何?"仁贵下泪说:"是。大老爷啊,感蒙你屡救小人性命,今又不论尊卑,亲来看望,此恩难报。小人意欲巴得一官半职,图报大恩。看起来不能够了,只好来生相报。"张环说:"又来了,你也不必纳闷,保重身躯,自然渐愈。"仁贵说:"多谢大老爷费心,小人有病在床,不知外事,未知这两天可有人来开兵么?"张环道:"薛礼,不要说起。昨日番将讨战,两位小将军已被他们擒去,想来一定性命难保,今早差中军来传周青去救,不知怎样得罪了,被周青打了一场,令箭折断,故而我大老爷亲锁中军,一则来看望,二则来请罪周青。"

　　列位要晓得,九个火头军,只有薛仁贵服着张环,如今见他亲来看望,也觉毛骨悚然。今听见大老爷说周青不服法,气得来面脸失色,登时发晕,两眼泛白,一命呜呼去了。吓得张环魂不附体,连叫薛礼,不肯苏醒。周青着了忙,也叫薛大哥,并不醒来,恼了周青,大喝大人不是:"我大哥好好下床安静,要你来一头,薛礼、薛礼,叫死了。兄弟们,把大人锁在薛礼大腿上,待他叫醒了大哥始放。若叫不醒,一同埋葬。"王心鹤与李庆先拿过胡桃铁链,把张环锁在仁贵腿上。这士贵好不着恼说:"怎么样,周青你太无法无天了,擅敢把我大老爷锁住!"周青说:"你不要喧嚷,叫不醒大哥,连你性命也在顷刻。"那番张环魂不附体,连叫薛礼,方才悠悠苏醒:"啊唷,罢了,罢了。哪有这等事?"正是:

堪笑投军众弟兄，全无礼法枉称雄。
本官看得如儿戏，打得中军面发红。

便叫："大老爷！"士贵应道："我被周青锁在你腿上。"仁贵听了，不觉大怒说："怎么样，周青你还不过来放了么？"周青道："大哥醒了，我就放他。"走将过来把链子开放。那个仁贵气得来大喊："反了，反了！大老爷，小人该当万死。这周青容他不得，我有病在床，尚被周青如此无法，得罪大老爷。我若有不测，这班兄弟胡乱起来，大老爷性命就难保了。趁小人在此，你把周青领去，重打四十铜棍，要责罚他一番。"张环答应。周青说："凭你什么王亲国戚，要锁我火头军却也甚难，大人焉敢锁我起来？"张环心下暗想："他与薛礼不同，强蛮不过的，哪里锁得他住？"叫声："薛礼，我大老爷不去锁他。"仁贵说："不妨，李兄弟取链子锁了周青，待大老爷拿去重责。"周青说："大哥要锁锁便了。"李庆先就把大链锁了周青，张环拿了，走不上三两步，周青说："兄弟们，随我去。他若是罢了就罢；若不然，我们就夺先锋做。"张士贵听说此言，心中好不惊骇，说："不好。"只得重走近仁贵床前，叫声："薛礼，那周青倚强蛮，诸事不遵法度，我大老爷不去处他，只要周青出马，救了二位小将军，就将功赎罪了。"仁贵点头道："这也罢了。周兄弟，如今大老爷不来加罪你，你可好好出马，救了二位小将军，将功免罪。快去快去。"周青不敢违逆兄长，只好连忙结束，上马端兵，同了七个兄弟，跟随张环，来到中营。姜兴本、姜兴霸啸鼓掠阵，王心鹤、李庆红坐马端兵助阵。

周青一马当先，冲到关前，呼声大叫："呔！关上番儿，快报进去，今有大唐火头军周青在此索战，叫这番狗早早出马受死。"那番兵闻叫，连忙报入帅府。蓝家兄弟早已满身披挂，放炮开关，出来迎住，喝道："中原来将，留下名来，是什么人？"周青道："你要问他怎么。我说来也颇有名，洗耳恭听，我乃月字号内九员火头军里边，姓周名青，本事高强。你早献出二位小将军，投顺我邦，方恕你蝼蚁之命，若有半句支吾，恼了周将军性子，把你一锏打为肉酱。"蓝天碧呼呼冷笑说："我们也闻大唐火头军中，只有穿白姓薛的骁勇，从来没听见有你姓周之名，你就仙人异法，六臂三头，也不惧你。放马过来，照我枪吧。"二马交锋，蓝天碧提枪就刺，周青急架相还。二人战到十个回合，怎经得周青铁锏厉害，番将有些抵挡不住，面皮失色。那周青越觉厉害，冲锋过来，把左手一提："过来吧！"将蓝天碧擒在手内，捺住判官头，兜转丝缰，往营前来。再讲关前蓝天象，见兄长被擒，心中大怒。忙纵坐骑出阵，大叫："呔！蛮子不要走，你敢擒我哥哥，快快放下来。"那周青到营前将蓝天碧丢下。张士贵吩咐绑住，周青又冲出阵，大喝："番狗！你若要送命，快通名来。"天象说："我乃副先锋麾下，名唤蓝天象。可知我的刀法精通么？你敢把我兄长擒去，我今一刀不把你劈为两段，也不算魔家骁勇。"周青冷笑道："不要管他。"放马过去，天象上前提刀就砍，周青急架忙还，二人杀在一堆。只听刀来锏架叮当响，锏去刀迎迸火星。一来一往鹰转翅，一冲一撞凤翻身。这二人战有二十回合，蓝天象招架不住，却被周青劈头梁一锏，打得来脑浆迸裂，翻下马来，呜呼哀哉了。那时节众小番把关门闭了，报副元帅去了。周青得胜回营，张士贵满心欢喜。带过蓝天碧喝问道："番狗！你今被天邦擒在此，死在顷刻，还敢不跪。"天碧说："呔！天无二日，民无二王。我见狼主曲膝，岂来跪你？要杀就杀，不必多言。况又父兄之仇不共戴天，你来审我怎么。"张环说："既如此，吩咐推出营外斩首。"两旁一声答应："嗄！"就把蓝天碧割去首级，号令营门，我且不表。

　　单讲独木关中副元帅安殿宝，正坐三堂，忽有小番飞报进来说："启上元帅爷，不好了。二位将军被大唐火头军伤了。"那金脸安殿宝听见此言，不觉魂飞天外，魄散九霄，吩咐带马抬锤。手下一声答应，安殿宝通身打扮，跨上鞍鞯，手执银锤，离了帅府，带领偏正牙将，放炮开关，吊桥坠下，五色旗幡招转，豁喇喇冲到营前，高声大叫："呔！唐营下的，快报说：今有安元帅在此讨战。有能者火头军，早早叫他出营受死。"不表安殿宝讨战，单言周青连忙出马，随了众弟兄来到营外，往前一看好个金面安殿宝，你道他怎生模样？但见他：

头戴金狮盔，霞光射斗；身穿雁翎铠，威武惊人。内衬绛黄袍，双龙取水；前后护心镜，惯照妖兵。背后四根旗，上分八卦。左边铁胎弓，倒挂金弦；右有狼牙箭，腥腥取血。坐下黄鬃马，好似天神。面如赤金相同，两道绣丁眉心竖，一双丹凤眼惊人。高梁大鼻，阔口银牙。手端两柄大银锤，足足有那二百斤一个。虽为海外副元帅，要算东夷第一能。

那周青见了心内胆怯，叫声："众兄弟，你们看这黄脸番儿，谅来决然厉害。我有差池，你们就要上来帮我。"众人应道："是，晓得。哥哥放心上去，快些擂起战鼓来。"说罢，战鼓一啸，旗幡摇动，周青冲上前来，把亮铁锏一起，那边银锤架定，大喝："来将何名，留下来好打你下马。"周青道："你要问我之名，洗耳恭听，我乃张大老爷前营内火头军薛礼手下，周青便是。可知我双锏利害么？你这黄脸贼，有什么本事，敢来讨战与我！"安殿宝说："本帅在着关内，只闻火头军骁勇，那曾有你之名？可晓本帅银锤骁勇，穿白将只怕逢我也有些难躲，何在于你！"周青道："不必多言，若要送死，须通名姓下来。"殿宝道："本帅双名殿宝。东辽一国地方，靠着本帅之能，你有多大本事，敢来送死？"周青听言大怒，舞动双铁锏，喝声："照打！"当的一声，并锏直往番将顶上打将下去。安殿宝不慌不忙，拿起银锤望锏上噶啷一枭，周青喊声不好，在马上乱晃，险些跌下马来："啊唷！果然好本事。"一马交锋过去，圈得转马来。安殿宝亮起银锤，直往周面门青劈打下来。那周青看锤来得沉重，用尽平生气力抬挡上去，马多挣退十数步，眼前火星直冒。看来不是他敌手。回头叫声:"众兄弟,快快来!"七个火头军大家答应,纵马上前,刀的刀,枪的枪,把个安殿宝围在当中。三股叉分挑肚腹,一字锐照打颅头,银尖戟乱刺左膊,雁翎刀紧斩前胸,宣花斧斧劈后腮,紫金枪直望咽喉。那安殿宝好不了当,舞动大银锤,前遮后拦,左钩右掠,上护其身,下护其马;迎开枪,逼开斧,抬开刀,挡开戟,哪里在他心上。八人战他一个,还是他骁勇些,晃动锤头,左插花,右插花,双龙入海,二凤穿花,狮子拖球,直望八人头顶上、背心中、左太阳、右勒下、当胸前当当地乱打下来,八个火头军哪里是他对手,架一架,七八晃,抬一抬,马多退下来了。战到个四十回冲锋,不分胜败。杀得来:

风云惨惨天昏暗,杀气腾腾烟雾黄。

不知如何胜败,且看下回分解。

第三十七回

薛仁贵病挑安殿宝　尉迟恭怒打张士贵

诗曰：

八将英雄虽说能，未如殿宝独称尊。
若无仁贵天星将，独木关前尽丧魂。

那两边战鼓敲得如雷霆相似，炮响连天。独木关前沸反盈天，忽惊动前营月字号内病人薛仁贵。他有大病在床，最喜清静，可以蒙眬打瞌睡。不想外面开兵，喊杀大震。一个薛仁贵哪里睡得起，忙问徒弟们："外面哪个开兵？如何杀了半日不定输赢，只管鼓炮喧声，害我再睡不着。"徒弟回道："营外众师父在那里开兵，不道关内出来一将，名唤金脸安殿宝，其人骁勇异常，善用两柄大银锤，因此八位师父围住战他，不分胜败，所以有此战鼓不绝。"仁贵听言大怒，说道："有这等事，我到东辽地方，从不败于番将之手，多是势如破竹，如入无人之境。今一病在床，想安殿宝有多大本事，八人都战他不过，使我火头军之名，一旦被他丧尽了，我哪里听得过！带我的盔囊甲包过来，待我去杀这金脸的番狗！"那十个徒弟上前道："这个使不得，你有病在床,保重尚且不妙,怎去与他开兵,不要说这没正经的话。方才周老师临去,嘱咐我们要小心服侍,怎么反要出去战阵,分明自送残生。不要说别的,就是冒了风,也有几日难过。"仁贵道:"你等晓得什么来,我一生豪气,愤愤在心,今虽有病,哪里容得外面这番奴如此称威耀武,八个兄弟没干,自当我去开兵。"

说完,坐起身来,穿好衫裤说:"快拿盔甲与我穿好,带马抬戟,我好出阵。"那些小卒们多说道:"薛老师,这是断断使不得,要开兵待病势好了,然后开兵。"仁贵怒道:"多讲!快去拿来。"小卒无奈,只得带马的带马,取盔甲的取盔甲。薛仁贵说要妆束起来,拿一顶烂银盔戴在头上,犹如泰山的重,说:"这顶盔不像我的。"徒弟道:"正是老师的。"仁贵说:"为什么沉重得狠?"徒弟说:"这个自然。老师虽是那豪杰气性犹在,然而形容意景,恍惚不过,身十分瘦怯,力气萧然,自然带这顶银盔是沉重的了。"仁贵又把银条甲披在身上,慢腾腾跨上了马,接过方天戟来,犹如千斤模样,再也拿不起来。未曾出戟,心中混乱,头圆滚滚,曲了腰,双手拿定戟杆,愣在判官头上,戟尖朝上。遂叫徒弟加鞭,手下答应:"是。"把马牵出营盘,加上三鞭,这骑马不管好歹,后足一蹬,四蹄发开,豁喇喇竟冲上前去。惊动了虚空九天玄女娘娘,见仁贵带病出马,遂传法旨,叫左首青衣小童仗剑,去帮薛礼取胜安殿宝。小童领旨,暗中保护不必表他。

再讲张士贵,见薛礼在马上腰驼背曲,带病出马,又惊又喜,说:"薛礼,你是恍惚之人,须要小心,不可造次。"仁贵也不听见,望看时,但见围在一团,枪刀耀目。大叫:"众兄弟快些退下来,待为兄取他性命。"阵上八个火头军,大家杀得眼目昏花,汗流浃背,巴不能够有人来替。忽闻大哥出马,心中欢喜。大家探下兵刃,多转营前来,忘记了仁贵病体,只有他独自向前。哪晓安殿宝见八人退去,又说大哥上来,明知有名薛蛮子,抬头看他穿白用戟,一定无疑。就扣住了马，把两柄银锤凤翅分开，一个朝上，一柄向下，看他冲来，必须住马与我打话。

哪晓仁贵病颠之中，身不由主，哪里还把丝缰去扣，凭他冲到敌将马前。这叫天然凑巧，玄女保护童子，拿他戟尖刺入番将咽喉。这安殿宝不防备的，要架也来不及，喊得一声："啊呀！"人已穿在戟尖上了。他原不曾扣马，又无力挑掉此人，由他直枪吊桥。后面八个火头军喜之不胜，连马把枪刀一起，催马来夺关头。那些番兵进得关来，薛仁贵也到了关内。那时枪刀剑戟，直杀过来。仁贵着了忙，用尽膂力，把个安殿宝挑在旁首，抢戟就刺，好似无病一般。杀得番将死的死，逃的逃，后边八人冲进关来，四下一迫，杀入帅府，救出张志龙、何宗宪，查明粮草，关上改换旗号。张环领进人马放炮安营，犒赏了九个火头军，已取了独木关。此回书叫薛仁贵病挑安殿宝，张士贵又要冒功了。

单讲到汗马城，天子闻报夺了独木关，命大元帅尉迟恭传令大小人马，发炮抬营，离了汗马城，一路往独木关进发。先锋张环远远相迎，进了关门，发炮三声，齐齐打下营盘。张士贵进到御营，俯伏尘埃道："陛下龙驾在上，臣狗婿何宗宪，路上辛苦得其大病，前日又病挑安殿宝，已取独木关，略立微功。"天子大喜说："汝婿有病，取胜番将，功劳非小，待元帅上了功劳簿。"张环道："多谢元帅爷。"尉迟恭又道："张先锋，本帅看你倒是个能人。"张环道："不敢，何蒙元帅爷谬赏。"尉迟恭又说："本帅营中有件古董，人人不识，想你必然识得。"张环道："小将只怕未必识得。"尉迟恭道："又来谦让了，你且随我到帅营来。"张士贵只得随了元帅，进往帅营去。天子问徐先生："尉迟元帅说有古董，未知是什么古董与张环看？"茂功笑道："有什么古董，张环中了元帅之计，他哄去要打他。"天子道："果然么？"应道："正是。"

不表天子之言，单讲到尉迟恭同了张环，进入帅营，便说："张先锋,待本帅去拿出来。"士贵应道:"是。"只等古董来看。再表尉迟恭到后营,拿了这条鞭,来到外面叫声:"张先锋,你看此件是什么古董?"张士贵看见说:"元帅,此条是鞭,元帅用的镔铁钢鞭,不算什么古董。"尉迟恭道:"为甚柄上又刻几行字?本帅不识,你来念与我听听看。"张环说:"元帅,这乃先王敕赐封的打王鞭,所以刻着几行字在上面。"尉迟恭说:"刻的是什么字?朗诵与我听。"张环只得念道:"这六句刻的'无端狄虏造反,抢掳国家廊庙,朕知鄂国公忠义,三宣召请还朝。上打昏君无道,下打文武不忠,神人万不能回避,神尧高祖亲封'。"敬德大笑说:"依鞭上之言,汝等不忠奸佞,正可打得的了。"飞一腿把张环踏倒在地,提鞭就要打了。吓得张环魂不在身,大喊道:"啊呀,元帅爷,末将有功于社稷,何为佞?望元帅饶命。"敬德道:"你还说不奸么?本帅问你,那薛仁贵现在你前营内月字号内为火头军,怎么在本帅跟前将他隐过,只说没有?自从破东辽,大小功劳多是薛仁贵的,你偏偏将他功劳全冒在自己身上,还说不奸么?"张环道:"啊呀,元帅啊,这是冤枉的啊!末将月字号内火头军,只有薛礼,从来不听见仁贵二字。这乃同姓不同名,况薛礼又不晓得开兵打仗,何算应梦贤臣?望元帅休听旁人之言。"尉迟恭大怒道:"你还要强辩?本帅前日在汗马犒赏三军,你把我灌醉,糊涂混过。那夜醒来,行到土港山神庙,见薛仁贵对月长叹,本帅隐在旁边,一句句听得明白,我就上前拿他,他便一走,走往山神庙内。本帅赶进庙中,他已跨墙而出,还像有七八个伙伴。当日就要问你,奈军师阻住,故我未曾与你算账。今日取独木关,病挑安殿宝,一定是薛仁贵功劳,你又来冒他的,快说出真情,把薛仁贵献到本帅跟前,这还饶你狗命,你若半句支吾,今一鞭打你为肉酱。"

张士贵看来不妙,心下暗想:"我若不把情由说出,性命谅来难保。不如把仁贵说明,暂避眼前之害,多贪留生命几天也是好的。"那番便叫声:"元帅且息雷霆之怒,待末将细说便了。"尉迟恭道:"快些讲上来。"士贵道:"总是末将该死,望元帅恕罪。那薛仁贵果是山西绛州龙门县人氏,那年投军在内,因见他本事高强,故把他埋没在前营为火头军,将功尽冒在狗婿身上。此是情真,求帅爷饶命,待末将就去把薛仁贵献过来。"尉迟恭道:"前日救本帅小将是哪一个?"士贵道:"就是应梦贤臣。"又问:"前日凤凰山下追盖苏文,扯落袍幅者是哪一个?"答道:"也是薛仁贵。"尉迟恭便哈哈大笑说:"我把你这狗头砍死便好,你原来有败露日子的么。本该一鞭打你为齑粉才是,奈功劳未曾执对明白,饶你狗命,快去把薛仁贵献出,明对功劳,那时少不得死在我手。"张士贵连声答应,叩了四个头,退出帅营,竟往自己营中去了。

且讲尉迟恭满怀欢喜,来到御营说道:"陛下,薛仁贵如今有着落了。"徐茂功道:"有什么着落?分明把仁贵性命害了。"敬德道:"军师大人,本帅方才怒打张环,要献出应梦贤臣,他满口应承而去,谅他不敢不献,有何害他性命?"茂功道:"元帅,你哪里知道,张环此去,只怕未必肯献仁贵出来。他若献了薛仁贵,是他性命难保,元帅可肯饶他?"敬德道:"这个本帅恕他不过。"茂功又道:"确又来,他如今此去生心,把仁贵谋害了。"敬德道:"岂有此理!他若把薛仁贵谋害,明日怎生样来见我?"茂功说:"元帅又欠通了。他谋死贤臣,并无对证,只说没有薛仁贵,元帅因生心伤我性命屈招的,实没有仁贵,叫张环哪里赔补得出?这数句言语,就赖得干干净净,有何难处?岂不把一家朝纲栋梁,白白送与你手。"天子听见应梦贤臣性命难保着了,忙说:"徐先生,这便怎么处,怎样救他才好?"茂功又掐指一算道:"还好,还好,内中有救,请陛下放心。"天子道:"既然有救,是朕万幸。"尉迟恭大怒说:"明日张环不献应梦贤臣,叫他吃我一鞭,岂有此理。"

不表元帅之言,另讲先锋张士贵,受着这一惊,回到自己营中,脸上失色,目定口呆。四子一婿上前问道:"爹爹前去报功,为什么这般光景回来？"张环说："啊呀，我的儿，不好了。如今事露机关，为父性命不能保全了。"众人道："为着何事？"张环道："就是前营薛仁贵，被元帅细细地访出真情，要为父把他献出去，我若献他出去，也不为难，只是那一番隐瞒冒功之罪一彰，他岂肯饶恕我们性命的？"四子道："爹爹，这薛仁贵献不出的，献去也是死，不献去也是死。"张环道："这便怎么样？"众子道："倒不如把九个火头军一起谋害，后无对证，那时元帅究问其情，爹爹就在驾前哭诉说应梦贤臣果然没有，叫臣哪里赔补得出？方才元帅要伤臣性命，所以随口乱道，屈认其情，真实没有，望陛下饶恕性命。这几句回奏何等不美。"张环道："孩儿之言有理。如今事不宜迟，把此九人怎生谋害？"志龙道："爹爹，不如将药酒灌倒，一齐杀死，你道如何？"志虎道："不好，他们九人何等骁勇，倘被他们识破机关，造反起来，谁人服得他们？"志彪道："有了，不如将砒霜毒药赏赐九人，待他们饮下，一命呜呼。"志豹说："尤其不好，九人在此，这怕未必齐饮，倘有迟晚，岂非画虎不成反类其犬，大家不保。"张环道："这不是，那不是，便怎么处呢？只要想一个绝妙的妙计，把他九人陷害，使那人不知，鬼不觉，方为安稳。"何宗宪眉头一皱，计上心来说："岳父，有了。前日小婿被番将擒捉到此，听得他们说此处天仙谷口，凭你多少人进去，塞住了口子，后路不通，无处奔逃。不如将九人哄入天仙谷口，外面端整木头石块塞住了，多往山顶，将火弓、火箭、火球、火枪射打下去，多用些引火柴草撩下，岂不上天无路，入地无门，一起活活烧死？"张环说："贤婿此计甚妙。"一面差人去周备火球火枪等项，一面端正塞住谷口之事。

张环父子进往前营，叫声："薛礼，不好了。我老爷为你时刻在心，谁想你前日在土港口山神庙中露出真情，尉迟恭十分着恼，今且把鞭打我，要我献你出去。我想把你献去，一定性命难保，枉费许多心机，十大功劳一旦休矣。所以我大老爷不忍，特差人打听离关十里之遥,名为天仙谷口,且避眼前之害,待我兵兴夺了三江越虎城,在驾前保你出来。"仁贵听见,魂飞海外,魄散九霄,说:"有这等事?感蒙大老爷屡屡搭救,无恩可报。兄弟们,我们大家去。"周青说:"不妨,有我在此,待元帅拿我,我自有话讲,不劳本官着忙。"李、王二人道:"你们专要倔强,性命要紧。"薛仁贵胆小不过,带了法宝,上马提戟,同了张环父子,一路来到天仙谷口,九骑马竟入谷口,但见两边高山峻岭,树木森森,居中有一位石成的弥勒佛,转到佛后,弯了一曲折,转过曲折的路,四面高山斗拢,不通的绝路。

不表九人在内游玩,外面张环预备柴木在此,看他们多转在山凹内去了,他就在外边传令,将谷口堆满硫黄硝炭,点着了火,烧将进去。父子六人上了高山,先把引火柴枝丢下去,落在山凹,然后把火球、火枪、火箭,如雨点打将下去,满山凹多是火了。那番九个火头军吓得魂飞魄散,说:"如今性命大家不保了。"周青说:"多是大哥不好!张环这狗,万恶奸臣,什么好人,只管信他。方才若听我周青言语,大家活了。如今弄到火里头来死,真正是火头军了。"仁贵说:"周青兄弟,不必埋怨了。哪里知道这班狗头,横心烂肚,冒认功劳,设的诡计,害我九人九骑性命,为今之计怎样?不要说是火,就是这个烟,也吞不过了。"叫天不应,入地无门,慌做一团。仁贵忽然记起九天玄女娘娘赠的水火袍。他说遇有火灾,拿来披在身上,今日亏得带在身边,待我取出来。仁贵就往囊中取出袍服,九骑马堆做一堆,将袍罩住,这是玄女法宝,火就不能着身。

正在放心,忽听半空中有人叫道:"薛仁贵,你们九人不必着忙,要命者多把眼睛闭了,耳边有风声响动,不必睁开。听江边绝了风声,然后睁开眼来,才保全得性命。"这九人听见空中如此说,谅来非神即佛,不管真假,多把眼睛闭了。果然耳边风声响动,九骑马多叫起来了,人心多是浮虚,好像腾云模样。大家暗想:"不要我们掉在水里边去了。"眼睛不敢睁开来看,这个风声响有一二个时辰,方才绝了风声。大家开了眼看时,却不是天仙谷内,又换了一个所在。但见两旁高山险岭,上边松柏长青,一条石街,几个弯兜转,不见民房屋宇,又没有河水溪池,又无日月之光华,阴不阴,阳不阳,不知是什么所在。仁贵对周青道:"兄弟,此处又不见人家屋宇,荒郊旷野,谅无安歇之地,不如问到独木关去,见天子龙驾。"周青说:"独木关知道哪条路上去的?又天晚,有多少的路程,今晚料去不及的。"王心鹤道:"且随马赶上前去,见有人问个明白。"众人道:"说得有理。"九人随着山路,曲曲弯弯行将过去,从没有一人来往。看看天色将晚,行有四五里路,原是:

高山树木重重叠,屋宇人烟点点无。

这九人怎生模样,且看下回分解。

第三十八回

火头军仙救藏军洞　唐天子驾困越虎城

诗曰：

张贼奸谋恶毒深，时时只想害贤臣。
九天若不行方便，万乘焉能入海滨。

单讲仁贵等九人行到傍晚，但有山林不见人烟，正在踌躇无处安歇，好生愁闷。抬头一望，只见前面忽来了一个老婆子，看来有百十余岁光景，老不过的了，头发眉毛多是白的，手中用拐杖一条，微微咳嗽行上来了。薛仁贵叫声："兄弟们，那边有个老婆子来了，不免去动问一声看。"众弟兄道："不差。"九人齐上前问道："老妈妈，借问一声。"那婆子道："啊呀呀！列位将军哪里来的，要到何处去的？"仁贵说："我们是中原人，保大唐天子龙驾跨海来征东的。因错了路头，如今要到独木关，不知从哪条路上去，有多少里路？今晚可去得及么？"婆子道："原来如此，你们是唐天子驾前大将，老身不知，多多冒犯，望乞恕罪。若说此地，离独木关有五百里足路，今晚哪里去得及？"薛仁贵说："完了，这便怎么处？兄弟们，我们今宵到哪里去安歇？"众弟兄说："大哥，这便怎么好？"周青说："无可奈何，就在树脚下蹲蹲吧，过去一夜，明日前行有何不可？"婆子道："列位将军，若不嫌弃老身家寒，到我的草舍，水酒一杯，权且过了一宵，明日去吧。"仁贵道："未知老妈妈贵宅在于何处，若肯相留过夜，明日自当重谢。"婆子道："说哪里话来，舍下就在前面，将军们随老身来。"众弟兄应道："既如此，妈妈先请。"

这九个人跟随婆子奔走，一路弯弯曲曲，行到一座山前，却见个石洞，有五尺高。婆子道："请各位将军下了马，随我进洞来。"九人只得下马，低了头走进洞中，里面黑暗的行有半里路才见亮光，随着亮光走去，行出了山洞，又换一座世界了。两边只见苍松翠柏，廊下花砌砖街，十分精巧。眼前有四时不谢之花，八节长生之草，一见双双白鹤成对，处处麋鹿成群，耳中只听得狼嚎虎啸猿啼豹叫之声，柳梅竹响惺忪，百树风调淅沥。喜的九人连连称赞："妙啊！好一个所在。"一路观玩景致而行，哪里认得出去的原路。正走到一潭涧水边，这个水碧波清中有一条仙桥，两边紫石栏杆，婆子领过桥来，见有一所石屋，高有一丈，那婆子道："列位将军，此处就是舍下了，请到里面来。"九人抬头看见门前有个匾额，上写"藏军洞"三字。仁贵就问："老妈妈，何为藏军洞？"婆子说道："将军不知其细，且到里边来，老身自有话讲。"九个弟兄进入内来，把马牢拴在树。抬头四下观看，奇怪得紧，家伙什物都是石凿成的，石台子、石交椅、石凳、石床，就是那缸、盆、瓶、勺、壶、注、碗、碟等类尽是石的。大家坐下，因见家伙什物稀奇，不像是凡人，连忙动问道："老妈高姓？向来祖上可是官宦出身，目下有几人在家，因何独住荒野，不知作何贵业，望妈妈细说明白。"婆子道："不瞒众位将军说，老身姓宣，从小在荒山草屋苦苦度日，父母尽行归天，又无亲戚投靠，只得采薇修炼，目下一百零八岁，从未曾食其烟火。心唯居正，不道昨宵有九天玄女娘娘托梦与我，说大唐天子驾下先锋张士贵前营月字号有火头军九个，万岁出旨要拿，亏得他们命不该绝，明日一定行到此山，你便将他藏过，救了九条性命。所以有老身领救你九位将军到藏军洞内，此地原算仙界，就是东辽国王也不晓此地的，再没有人来往，你等放心托胆隐在此间，待老身去打听唐王赦宥，自然来领你们出去干功立业。"九人听见此言，不觉大惊，说道："原来有这等事，多谢老妈妈费心，我等感恩非浅。但如今酒无处沽，米无处籴，便怎么样？"妈妈道："不必沽籴去，那一只缸内是米，这一只缸内是酒，够你们吃的就是了。若要荤腥，仙桥北首名曰养军山，山上獐鹿野兽最多，打不尽的，有本事径去寻来吃。"薛仁贵道："这倒不消妈妈叮嘱，但我等多要吃到斗米坛酒，一个半缸干什么事，不到一二天就完了。"婆子道："这两缸酒米吃不尽的。今日吃了多少，明日又长了多少出来，凭你吃千万年也不肯完的。"众人说："有这样好处！如此老妈妈请便吧。"那婆子出了藏军洞，他就是九天玄女变化在此，安顿了九人径是腾云去了。

单讲九个火头军，其夜饱餐夜膳已毕，过了一宵。明日上山打猎的打猎，煮饭的煮饭，游玩的游玩，好不快乐，倒也清静安稳，犹如仙家一般。若喜欢吃酒，一日吃他五六通，只不过野兽肉过酒过饭。自此安闲自在，在藏军洞住了数日，总是人鬼不知，哪里还把出仕干功挂在身上？多忘记了。

我且按下藏军洞九人之言。如今又要说到天仙谷张环父子守了一夜，天明往下一看，满山凹尽是火灰，谅九人九骑也化为灰了。如今同了四子一婿回到自己营中，在此商议要哭诉天子事情。忽军师府差人传令，着张环父子作速起兵离了独木关，前往建都攻打三江越虎城，破得城池，汝命可保，还要官上加官，不得违误。那张环父子得了此令，满心欢悦："我的儿，这是军师好意，暗中救我父子性命，如今不怕元帅归罪了。"当日就此打扮，传令三军拔寨起兵，离了独木关，正走建都去了。这是非一日之功，要晓得一路进兵，徐茂功从不传令，今日为何传起令来？军师心中明白，犹恐元帅归罪张环，所以把张环提调建都，使他活了性命。元帅尉迟恭闻得张环不在独木关，明知军师救了他性命，所以就往三江越虎城去了，只得无奈何，原由他去。薛仁贵依然不见。

我且按下独木关朝廷之事。单讲到三江越虎城，高建庄王身登龙位，傍有军师雅里贞，底下各位文臣武将站立两旁。单有元帅盖苏文不在，他往朱皮山求木角大仙炼飞刀去了，尚未回程，虽有千军万马在越虎城，无人提调。君臣正在议论，忽有小番报进来道："启上狼主千岁，不好了，独木关已破，安殿宝已死，不道兵临建都来了。"高建庄王听见失了独木关，挑死安殿宝，吓得魂不附体，叫声："军师，为今之计怎生是好？元帅又不在城，倘一日兵来，谁人抵敌？"众文武大家无计可施，军师雅里贞上前奏道："狼主龙心韬安，臣有一计，能擒中原君臣将士。"庄王大喜，说道："军师有何妙计？"雅里贞说："闻得大唐名将甚广，况有火头军骁勇，元帅尚且在凤凰山大败，安殿宝有名能将，也死在他们之手，料我数员将卒哪里守得住三江越虎城，不如把那城池调空，我们安顿营盘在驾鸳山上，把四门大开，专等唐兵一进城中，臣便点将暗中埋伏，统大兵把城围困，连扎数皮营帐，待他总有能人，也难蹿出此营。然后慢慢攻打，岂不唐王性命如在反掌之中？"庄王说："军师妙计甚高。"文臣武将无不欢心。即便降旨小儿郎官员等类，尽皆搬到驾鸳山居住，点齐数十万人马暗中埋伏，专要围困城池，我且不表。

单讲张环父子，在路耽搁四五天，这一日早到三江越虎城了。张环说："我的儿，此城乃国王身居之处，谅来能人勇士猛将强兵不知多少在内，如今又少火头军，只怕未必破得此城。"众儿道："正是，只怕难以立功。"父子正在马上言谈，那一头早有探子马报来了："启上大老爷，前面番城不知为何城门大开，吊桥放平，但且旗幡招展，并无将卒把守，因此特来报与老爷得知。"张环说："有这等事，啊，我儿，这是什么缘故？想是他们闻得我那火头军厉害，所以不战而自退了，也算天赐循环，不如占了越虎城，待天子到来就要立功了。"何宗宪上前叫声："岳父，非也！可记得扫北里边空城，弄出大事来招架不住，今日他又是空城之计了，不可上他的当。"张士贵道："这等见机而作就是。他邦排的诡计，我们只要进得城，报天子那边，只说你本事高强，攻破越虎城，待他上了功劳簿，尉迟恭赦了我们之罪就是了，管他围住不围住。"四子道："爹爹言之有理。"忙传大小三军统进三江越虎城。三声炮响，把四城紧闭，吊桥高扯，城上改换旗号，城中扎定营盘，寻查仔细已毕，即便差人速报独木关去了。

朝廷与茂功正在御营言谈，忽有当驾官启奏说："陛下在上，今有先锋张环同婿宗宪攻破越虎城，夺了建都一带地方，请陛下作速到越虎城。"贞观天子听奏开言道："徐先生，这张士贵原算得一家梁栋，不上几天就夺了建都地方，真算异人了。"尉迟恭说："万岁，既然张环取了建都，待臣兴兵保驾往越虎城。"天子道："元帅言之有理。"敬德传令大小三军卷帐起程，炮响三声，天子身登龙凤辇，众大臣保住龙驾，一路上旌旗飘荡，剑戟层层，离却独木关。在路耽搁数天，早到三江越虎城。张士贵父子远远出城迎接，天子进往城中，身登银銮殿，众臣朝参已毕，大元帅传令五十万大队人马扎住营头，把四城紧闭。张士贵前来见驾说："陛下在上，小臣攻破越虎城，逃遁了高建庄王，还未献降表，略立微功在驾下，待番王献了降表，然后班师。"天子说："此爱卿之大功。"尉迟恭记了功劳簿。忽有黑风关狮子口来了报马一骑，叫进城来，飞报银銮殿说："万岁爷在上，长国公王大老爷看守战船，冒了风寒，得其一病，前日已经身故，盛殓在黑风关了。今战船无人看守，恐番兵夺取，故来请旨定夺。"天子闻言说："啊呀！王君可得病身亡了么？"不觉十分伤感，便说："战船是要紧之事，徐先生如今差哪一个去看守？"茂功说："今建都已取，料无能将，况张先锋立功甚广，不免差张环去看守战船便去。"天子听了军师之言，降旨张环带领一万雄兵到黑风关看守。张环领旨辞驾回营，同四子满身打扮，带领人马出了越虎城，径往黑风关看守战船我且不表。

单讲高建庄王暗点人马，探听唐王君臣已进入城中，就把四面旗号一起，早有百万番兵围绕四门，齐扎营盘，共有十层皮帐，旗幡五色，霞光万号，吓得城上唐兵连忙报进银銮殿去了："报！启上万岁爷，不好了，城外足有百万番兵困住四城，密不通风了。"吓得唐天子魂不在身，众文武冷汗直淋，分明上了空城之计了。敬德道："多是军师大人不好，张士贵只靠得应梦贤臣，所以破关数座如入无人之境。如今既晓薛仁贵不在里头，张环有何能处，差他来攻打越虎城，自然中了他们诡计了。"天子道："如今张士贵在此也好冲杀番营，偏偏又差他往黑风关去了。这个城池有什么坚固，被他们攻破起来，岂不多要丧命在此么？"茂功道："请陛下且往城上去瞧看一番，不知那番兵围困得厉害不厉害。"天子说："军师说得有理。"便同尉迟恭、程咬金众大臣一起上西城一看说："啊唷！扎得好营盘也！"你看杀气腾腾，枪刀密密，如潮水的一般，果然好厉害也。但只见：东按蓝青旗，西按白绫旗，南有大红旗，北有皂貂旗。黑雾层层涨，红沙漠漠生，千条杀气锁长空，一派腥臊迷宇宙。营前摆古怪枪刀，寨后插稀奇剑戟，尽都是高梁大鼻儿郎，哪有个眉清目秀壮士。巡营把都儿吃生肉饮活血，好似魍羊猎犬；管队小番们戏人头玩骷骸，犹如夜叉魑魍。有一起蓬着头，如毡片，似钢针，赛铁线，黄发三裹打链坠，腥腥血染朱砂饼；有一起古怪腮，铜铃眼，睁一睁如灯盏，神目两道光毫，臭口一张过耳畔；有一起捞海胡，短秃胡，竹根胡，虾须胡，三绺须，万把钢针攒嘴上，一团茅草长唇边；有一起紫金箍，双挑雉尾；有一起狐狸尾，帽着红缨；有一起三只眼，对着鹰嘴鼻；有一起弯弓脸，生就镀金牙；有一起抱着孩儿鞍上睡；有一起搂着番婆马上眠；有一起双手去扯，扯的带毛鸡；有一起咬牙乱嚼，嚼的牛羊肉。红日无光雾然长，旌旗戈戟透寒光；好似酆都城内无门锁，果使番邦恶鬼乱投胎。啊唷唷！好一派绝险番营。天子看了，把舌乱伸，诸大臣无不惊慌。

忽听见城边豁剌剌三声炮响，营头一乱，多说："大元帅到了。"这盖苏文在朱皮山练好飞刀，又在鱼游国借雄兵十万，今又团团一围，元帅守住西城，御营扎定东城，南城北城都有能将八员。雄兵数百万按住要路，凭你三头六臂，双翅腾云也难杀出番营。

不表城上君臣害怕。单讲盖苏文全身披挂，坐马端兵，号炮一声，来至西门城下，两旁副将千员随后，旗幡招展，思量就要攻城。忽抬头一看，见龙旗底下唐天子怎生打扮，但见他：头戴赤金嵌宝九龙抢珠冠，面如银盆，两道蛾眉，一双龙眼，两耳垂肩，海下五绺须髯直过肚腹。身穿暗龙戏水绛黄袍，腰围金镶碧玉带，下面有城墙遮蔽就看不明白。坐在九曲黄罗伞下，果然有些洪福。南有徐茂功，北有尉迟恭，还有一个头上乌金盔，身穿皂绫显龙蟒，一派胡须都是花白的了。盖苏文也不认得是谁，在着底下呼声大叫："呔！城上的可就是唐王李世民么？天网恢恢，疏而不漏。今日已中我邦暗算之计，汝等君臣一切休想再活，快把唐太宗献出来也！"这一声叫喊，惊得天子浑身冷汗，众大臣多吃了一惊，往底下瞧，却原来就是盖苏文。程咬金不曾认得，但见他怎生打扮，原来：

>   头戴青铜凤翼盔，红缨斗大向天威，身穿青铜甲，引得绦环片片飞，内衬绿绣袍，绣龙又绣凤，夹臂左有宝雕弓，左插狼牙箭几根，坐下混海驹，四蹄跑发响如雷，手端赤铜刀，左手提刀右手推，果然好一员番将也。

那程咬金看罢便叫："元帅，城下这一员番将倒来得威武，不知是什么人？"尉迟恭说："老千岁，这个青铜脸的番奴就是番邦掌兵权的大元帅盖苏文。前日在凤凰山下丧的数家老将总兵官，尽被他飞刀剁死的。"程咬金听见此言，放声大哭道："我兄弟们尽死在这青脸鬼手内的？"敬德道："正是。"程咬金说："啊呀！如此说是我的大仇人了，正所谓，仇人在眼分外眼红，快些发炮开城，待我下去与兄弟们报仇雪恨。"天子听见程咬金要出马与盖苏文斗战，连忙喝住道："程王兄不要造次，使不得的，这盖苏文英雄无比，况有飞刀厉害，你年高老迈，若是下去，哪里是他对手？"分明是：

不知懦怯才微弱，强与将军斗战亡。

不知程咬金出战如何，且看下回分解。

第三十九回

护国公魂游天府　小爵主挂白救驾

诗曰：

唐王御驾困番城，还仗忠心报国臣。
遗命亲儿跨海去，神明相护破番兵。

咬金说："啊呀！万岁啊，自古说，父兄之仇不共戴天。况又当初在山东贾闰甫家楼上歃血为盟，三十六个好友曾说，一人有难三十六人救之，三十六人有难一人救之。如今二十余人尽丧在这青脸鬼刀下，我老臣不见仇人犹可，可仇人在眼，我不去报仇，不是那些众兄弟在阴司怨我无义了？一定要下去报仇！"徐茂功一把扯住叫声："程兄弟，断断去不得的，这盖苏文有九把柳叶飞刀厉害，青光可以伤人，谅你怎生报得仇来，岂不枉送性命？"咬金悲泪说："杀我兄弟之人誓不两立，哪怕他飞刀厉害？我若死番将刀下，为国身丧；倘有侥幸，众兄弟阴灵有感，杀得番将首级，岂不是海底冤仇一旦休了？"元帅尉迟恭一把上前扯住说："老千岁，断然使不得！"下面文臣武将再三解劝才得阻住。程咬金大话虽说，到底也是怕死的，见众人再三解劝，方才趁势住了，便说："造化了他，但这狗头只是气他不过。"靠定城垛，往城下喝道："呔！青脸鬼番狗奴，你敢在凤凰山把我兄弟们伤害，此恨未报，今又前来讨战，分明活得不耐烦了，你好好把颅头割下万事全休，若有半声不肯，可晓程爷爷的手段么？我赶下城来，叫你们百万番兵尽皆片甲不留。"那盖苏文在底下说："可恼可恼！本帅看你年高老迈，安享在家只恐不妙，你还要思量与本帅斗战么？快留一个名儿是什么，这样夸大口。"程咬金说："我的大名中原不必说了，就是那六国三川七十二岛，口外无有不知，婴儿闺女谁人不晓？你枉为东辽元帅，大天邦老将之名多不闻的么？我留个名儿与你，乃我主驾下实受鲁国公姓程双名称为咬金，可晓得我三十六斧厉害？你有多大本事，敢在城下耀武扬威？"盖苏文喝道："老蛮子，你既夸能为何不下城来？"程咬金道："你敢走到护城河边，我有仙法厉害，你在城下，我在城上，有本事取你首级。"盖苏文听说，心中暗暗称奇，说道："不知什么东西，城上城下多取得命的，待我走前去，你倒献献你仙法看。"咬金说："还要过来些。"盖苏文把马带近护城河边说："快献仙法。"天子见他引过盖苏文，只道程咬金果然在中原学了什么仙法来的，其中稀罕看他，那晓程咬金见盖苏文到了河口，喝叫住："着！看我仙法！"左手攀弓，右手搭箭，往城下射将下去，盖苏文不提防的，哪知这箭夹着面孔上来的，说声："啊呀，不好！"连忙把头一偏贴，正射伤左耳，鲜血直淋，带转马头回营去了。程咬金好不快活，说："略报小仇，出我之气。"天子便说："老王兄，你做出来的事就是稀奇的。"天子同了诸臣退到银銮殿商议退番兵之策。

一宵过了，明日大元帅盖苏文又在西城讨战。这一头报："启上万岁皇爷，城下盖苏文又在那里攻城讨战，请陛下降旨定夺。"天子说："为今之计怎么样？"程咬金说："待我再去赏他一箭。"尉迟恭道："老千岁又在这里发呆了，昨日他不防备，被你射了一箭，今日他来讨战，还上你的当？待本帅出马前去。"天子道："不可出马，你难道不晓他有飞刀的么?"敬德说:"陛下,他虽有飞刀厉害,如今在着城下讨战,本帅不去抵敌,谁人出马?"天子说:"虽只如此,到底把免战牌挂出去好。"敬德领旨传令下去,城上免战牌高挑。盖苏文哈哈大笑,回营来见狼主说:"臣看大唐营中,也没有什么能人在内,故而把免战牌高挑,谅他们纵有雄兵也难踹出番营。不要说破城活捉,就是那粮草一绝,岂不多要饿死?"高建庄王闻说此言,满心欢喜:"若能擒得住唐王,皆是军师元帅之功!"

也不表番营之言。再讲三江越虎城中,贞观天子满脸愁容说:"徐先生,今日被番兵围住,看来难转中原了。又不能回京讨救,就有骁勇众将,总是飞刀厉害,也难取胜盖苏文。若困住城中一年半载,粮草又要绝了,如何是好?"徐茂功叫声:"陛下龙心韬安,我们闭城不出,免战高挑,不要说一年半载,只消等过头二十天,就有救兵到了。"天子说:"果然么?可是薛仁贵来救驾么?"茂功说:"不是薛仁贵。"天子说:"这么倒是张环不成?"茂功说:"一发不是。从今日算去,有了二十天,还陛下有人救驾便了。若不准,便算不得臣的阴阳定数了。"天子道:"不差,徐先生阴阳有准,定算无差。且闷坐过去等这二十天看。"自此番将日日攻城讨战,老主意不去理他。正是:

  光阴迅速催人老,日月如梭晓夜奔。

少表贞观闭城不战老等救兵。单讲大国长安护国公秦叔宝临终这日,相传各府小爵主到床前,一个个教训说:"我当初幼年间,视死如归,枪刀内过日,不惜辛苦,才做到一家公位。汝等正在青年少壮,当干功立业,不可偷懒安享在家。我死之后,须当领兵前去保驾立功。我儿过来,为父一点忠心报国,就是尉迟恭督兵保驾,闻报一路平安,为父不能托胆放心,思量病好还要去保驾。如今看来,病势沉重,是不能的了。为父倘有三长两短,功名事大,祭葬事小,或三朝五日将来殡殓了,也不必守孝。单人独骑前往东辽,戴孝立功,为国尽忠,方为孝子,为父死在九泉,自当保护你立功扬名后世,孩儿尽孝,天下人知。若忘我今日临终之言,算为逆子了。"怀玉含泪跪领教训。秦琼又叫罗通过来说:"侄儿,你虽在木阳城,陛下也是一忿之气将你削职,你母亲乃女流之辈,不知大节,万分不快,但是古人有两句诗说得好:

  人爵不如天爵贵,功名怎比孝名高。

原是劝勉人子事亲之意,你不要拿来认做了真,到底为人功名为大。况且你少年本事高强,伯父未死之言,前去立功,陛下决不来见责的。"罗通答应叔宝。这一日各府子侄一个个都是这样吩咐,公子不敢逆命。叔宝归天,丧葬已完,众爵主不忘遗命,奏闻殿下,起兵十万,依然罗通督兵,有这一班段家兄弟、滕氏弟昆、程铁牛、尉迟号怀。秦怀玉受父训,教他戴孝立功,为前部先锋。他头戴三梁冠,身穿麻布衣,草索拴腰,脚踏蒲鞋,手执哭丧棒,随身带领三千人马,逢山开路,过海起岸,星飞赶至三江越虎城,刚刚徐茂功所算的二十天救兵已到。

  怀玉远远望去,营盘密密不计其数,多是蜈蚣旗招展,围住四城,并不见本国人马旌旗,心中吃了一惊,打发探子上前打听天子安扎何方。去不多时,前来回报说:"驸马爷,不好了,但见四营尽是番兵围绕城池,并不见我邦一个兵卒,一定万岁人马被困在城。"秦怀玉说:"既如此,安营下寨,待元帅大兵一到,然后开兵。"放炮一声,安下营寨。明日罗通大兵已到,秦怀玉上前接住说:"兄弟,就在此处安营了吧!"罗通说:"且到城边朝见父王,然后安营。"怀玉道:"你看城外营盘,尽是番邦人马,我们的兵将一个也不见,想当然，定然困在城中。幸喜我们兴兵来得凑巧，等候兄弟到来商议救驾。"罗通道："哥哥说得有理。"便传军令，大小三军安下营寨，一声炮响，十万大兵齐齐扎下营盘。众爵主聚集帅营，议论破番之策，罗通说："秦哥，番兵围困城池，必然有几百万，所以城中老伯父不能杀出，须要里应外合才能救保。"秦怀玉道："这也不难，当年扫北，兄弟独马单枪前去报号，今日理当愚兄蹿进番营先去报知，就可里应外合了。"罗通道："若说报号，原是小弟去，何劳哥哥出马。"怀玉道："兄弟，你这句讲差了。当日破房平北，原是奉旨的挑选元帅救驾，故此兄弟去报号。今日出兵不是奉旨的，为兄不过受父亲临终之言，叫我戴孝立功，不惜身躯，所以愿为先锋，以抢头功，不忘我父遗训。一路上太太平平并无立功，今日理当是我单枪独马前去报号，算愚兄全了忠孝之心。"罗通道："这也说得是，让哥哥前去报号，事不宜迟，速速前去，须要小心。"怀玉道："晓得。"秦怀玉戴孝在身，又不顶盔，又不穿甲，坐下呼雷豹，手执提炉枪，摆一摆，大吼一声，冲向前去。

单讲番营内把都儿抬头看见，叫声："哥啊，不好了！大唐朝有救兵到了，有个中原蛮子来蹿营了。"那个说："兄弟，他不是蹿营的，他单人独骑而来，是到城报号的。哥啊，不差我们发乱箭射他便了。"秦怀玉大喝道："不要放箭！天邦有公爷救兵到了，汝等作速弃围退去，还可保全性命，若然执意不从，尽要死在我爵主枪刀之下，断不容情的！快快让我一条进城之路，通个信息。"众番兵哪里肯听，他就大怒说："你们这班该死的，不肯让路，我爵主爷要动恼了！"大呼一声，豁刺刺往着乱箭中冒过来了，冲进番营，手起枪落好挑，识时者散往四城，不识时者枪挑而亡，杀条血路进了第一座营盘，拼着性命杀进第二座营头。这番不好了，那些偏正牙将花智鲁达胡腊，提着一字锐，端把两刃刀，四楞铜，举起开山斧，抱定大银锤，拦住在怀玉马头前，一字锐裹头就打，两刃刀劈顶梁心，四楞铜护身招架，开山斧当面相迎，大银锤前心就盖，好一场厮杀。那怀玉全不在心，抡动提炉枪，前遮后拦，左钩右掠，一个落空，伤掉了几员番将。把马一催，又踹进四五座营盘，兵马一发多了，但见枪刀耀目，并无进路。怀玉乃是少年英雄，开了杀戒，碰着枪就死，重重营帐挑开，连踹十座营帐，方到护城河畔。怀玉出得营来，抬头一看，但见越虎城城上绣出天邦旗号，把马带住，正欲叫城，忽听得两营中豁刺刺一声炮响，齐声呐喊，鼓声如雷，有一员番将冲出来了。秦怀玉抬头一看，但见这员番将怎生打扮：

　　头上盔是生铁，四方脸白如雪，两道眉弯如月，一双眼染白黑，高梁鼻三寸直，兜风耳歪裂裂，狮子口半尺阔，腮下胡根根铁，素白袍蚕丝织，银条甲挂柳叶，护心镜光皎洁，腰挂剑常见血，虎头靴新时式，双铁鞭雌雄合，坐下马飞跑出。

冲到怀玉跟前，把双鞭一起，秦怀玉把枪抬定喝道："来者是谁？快留名儿！"那员番将便说："唐将听着，魔乃红袍大力子盖元帅麾下总兵大将军，姓梅名龙，奉帅主将令保守西城，你有多少本事？敢来侵犯西城！"怀玉大怒说："不必多言，照爵主枪！"举枪便刺，梅龙把鞭相迎，两马相交，枪鞭并举，不上三四回合，马有七八个照面，梅龙有些来不得了，回头叫："众将快来！"这一班番将枪刀并举，上前把怀玉围住。数十将杀一个，怀玉自然战不过起来了，还算少年豪杰，一条枪抡在手中，前遮后拦，左钩右掠，上护其身，下护其马，杀得秦怀玉呼呼喘气，心中想道："报号要紧，挑了他吧！"紧一紧提炉枪，喝声："去吧！"一枪往番将面门挑来，正中咽喉，梅龙喊声："不好！"挑在水里去了。这些将官见主将已死，大家走散回营去了。怀玉喘气定了，把马带到西城吊桥首叫一声："城上哪位公爷在此？快报说本邦爵主救兵到了，秦怀玉进城要见父王，快快开城。"

　　不表秦公子在城叫号。单讲城中唐天子算到二十天不见救兵，忙问道:"徐先生,你说算到二十天有救兵到来。今日原不见有兵马来救。"茂功说:"臣阴阳有准,祸福无差。此刻中原救兵已在城外了。"尉迟恭说:"果有此事么?待我上城去看来。"天子道:"王兄去看,有救兵速来报朕知道。"敬德答应,上马来至西城,望下一看,只听秦怀玉正在叫城。尉迟恭仔细一看,见吊桥下一员小将身穿重孝,却认得秦琼之子。敬德暗想:难道秦老千岁身故了么?可惜,可惜!"啊,贤侄,令尊病恙,闻得险危,你今一身重孝,莫非已归天去了么?"秦怀玉应道:"正是家父身故了。"敬德叹道:"哎,本帅只道征东班师,还有相见之日,哪知老千岁一旦归天而去。啊,贤侄,你怎生得知驾困番城前来相救?可带几家爵主,多少人马?"秦怀玉道:"老伯父有所不知,小侄奉家父临终嘱托,命我戴孝立功,各府兄弟多受家父之命,要求干功立业,带得雄兵十万,安营大路一侧。小侄不敢违家父之严命,今单人踹营,望伯父速赐开城,算为报号头功。"尉迟恭在城上听见了暗想:"这秦怀玉小狗头,前年把我打了两次,此恨未消,今日趁此机会欲效当初银国公苏定方一样,要他杀个四门,本帅在城上看他力怯就出去接应,也不为过。"尉迟恭算计已定,便开言叫声:"贤侄,这里西城军师向有军令,凡一应兵将出入,单除西门,余下尽可出入。这西门开不得的,军师把风水按定此门,连我也不解其意,如今贤侄虽来报号,本帅也不好擅开此门,待我去请军师定夺。"秦怀玉听见便说:"有这等事?既然军师按在此风水,也不必去问,西城开不得,自有南门,请伯父往南城去等,小侄杀到南城门便了。"敬德假意说道:"好一个将门之子。"说罢也往南城去了。秦怀玉把马行动,沿着护城河去走将转来,到了南门,相近吊桥,只听忽拉一声炮响,冲出两员大将,你道他怎生模样?但见马头前有二十四对大红旗左右一分,又只见两员番将怎生打扮:

红铜盔插缨尖,头如笆斗相圆,长眉毛如铁线,生一双的大眼,两只耳兜在面，腮与胡鬃兼连。

这一个打扮又奇异，你看他：

> 赤铜盔霞光现，护心镜照妖见，大红袍九龙头，铁胎弓虎头弦，右插着狼牙箭，反尖靴虎朝天，赤兔马胭脂点。

这两将上前，一个用刀，一个用枪，挡住怀玉马前说："来的南蛮子，用是铜包头铁包颈，由你在西城伤了我邦大将一员，又不进城，反来侵犯我南城。"秦怀玉说："我把你该死的狗头，难道不闻爵主爷枪法厉害么？你多大本事，敢拦阻马前送死？留下名来，公子爷好挑你。"番将说："你要问魔，听着，魔乃六国三川七十二海岛红袍大力子盖麾下。"正是：

> 两员番将同骁勇，道姓通名并逞雄。

不知秦怀玉破南门如何进去，且听下回分解。

第四十回

秦怀玉冲杀四门　老将军阴灵显圣

诗曰：

苏文骁勇独夸雄，全仗飞刀恶毒凶。
不是忠魂来报国，焉能小将立奇功。

单讲番将通名："魔乃盖元帅麾下加为无敌大将军巴廉、巴刚便是。可知我弟兄本事？你不到南城还可寿长，既到南城，性命顷刻就要送了。"秦怀玉道："你休要夸能，放马过来，照爵主爷枪罢！"插一枪望巴廉面门直刺过来。巴廉说声："好枪！"也把手中紫金枪急忙架住，噶嘟一响，枭在旁首，那马冲锋过去转背回来。巴刚也起手中赤铜刀喝声："小蛮子，看刀！"插一刀往怀玉面门上剁来。怀玉叫声："不好！"把提炉枪往刀上噶嘟噶嘟只一抬，原有泰山沉重，在马上乱晃，豁刺一声，马才冲过去。巴廉又是一枪分心就刺，他把枪噶嘟一响，逼在旁首。怀玉本事虽是厉害，被两个番将逼住，只好招架，哪里还有还枪开去，只好把钢牙咬紧，发动罗家枪，噶嘟一声分开刀枪，照定巴廉、巴刚面门，兜咽喉，左肩膊，右肩膊，两肋胸膛分心就刺。巴廉紫金枪在手中,噶啷叮当,叮当噶啷,前遮后拦,左钩右掠,钩开了枪,逼开了枪;巴刚手中赤铜刀,钩拦遮架,遮架钩拦,上护其身,下护其马,挡开了枪,抬开了枪。好杀!这三人杀在一堆。正是:

> 棋逢敌手无高下,将遇良才各显能。一来一往鹰转翅,一冲一撞凤翻身。十二马蹄分上下,六条膊子定输赢。麒麟阁上标名姓,逍遥楼上祭孤魂。枪来刀架叮当响,刀去枪迎迸火星。世间豪杰人无数,果然三位猛将军。

这一场大战,杀到有二十余回合,两员番将汗流浃背,怀玉马仰人翻,呼呼喘气,正有些来不得了。那巴廉好枪法,左插花,右插花,双龙入海,二凤穿花,朝天一炷香,使了透心凉;那巴刚这口刀,上面摩云盖顶,下面枯树盘要根,量天切草,护马分鬃,嚓嚓地乱砍下来。秦怀玉把枪多已架在旁边,不觉发起怒来,把提炉枪紧一紧喝声:"去吧!"嗖的一枪挑将进来,巴廉喊声:"不好!"闪躲也不及,正中咽喉,挑往番营前去了。巴刚见挑了哥哥,不觉心内一慌,手中刀松得松,秦怀玉横转杆子,照着巴刚拦腰一击,轰隆翻下马来,鲜血直喷,一命呜呼了。那怀玉虽伤两员番将,力乏得极了,在马上眼花缭乱,慢慢地走到吊桥,往上一看,尉迟恭早在上面。怀玉便叫声:"老伯父,快快开城,放小侄进去。"敬德说:"贤侄,本帅方才一时错了主意,叫你走北城倒放了你进来,不想走了南城,倒又要贤侄杀一门,好放你进来。"怀玉说:"老伯父,为什么缘故呢?这里南门又放不得进城?"敬德道:"贤侄,你有所不知,这里陛下龙驾正对南门一条直路,况番兵此处众多,紧闭在此,尚且屡次攻城,若把城门一开,倘被番兵一冲,虽不能伤天子,到底不妙。贤侄,杀往东城放你进来,方才不惊龙驾,有何不美?"秦怀玉听说此言,明知尉迟恭作孽,在此算计他,说:"也罢,既是老伯父如此说,待小侄再杀奔东城,你还有别说么?"敬德道:"贤侄,杀到东城,本帅再无别说,在城上先行。"秦怀玉急带马缰,往着东城绕城而来,望见东门,城边未曾走近,只听番营内一声炮响,战鼓如雷,冲出一将来了,你道他怎生打扮:

  头戴一顶斗篷盔,高插大红纬。面孔犹如紫漆堆,两道朱砂眉,双眼如碧水,口开狮子威,腮下胡须满嘴堆。身穿一领青铜甲,亮光辉,官绿袍,九龙队。护心镜,前后开。手端着两柄锤,青鬃马上前催,喝一声好比雷。

  秦怀玉见番将骁勇,忙扣住马喝声:"番儿焉敢前来挡我去路!快留下名来是什么人?"番将道:"你要问魔家名姓么?我乃盖大元帅麾下随驾大将军铁亨便是。"喝声:"小蛮子,照枪吧!"把手中双锤一起,望怀玉顶梁上盖下来。怀玉叫声:"来得好!"举起提炉劈面相迎。不多几个回合,怀玉力乏之人,本事幸亏来得,这番发了狠,一条提炉枪神出鬼没,阴手接来阳手发,阳手接来阴手去,唰唰唰,在这铁亨左肋下,右肋下,分做八枪,八八分做六十四枪,好枪法!番将的银锤如何招架得开?战到一十余回合,铁亨本事欠能,被秦怀玉一枪挑进来,正中前心,扑哧一响,翻下马来,一命呜呼。怀玉满心欢喜,省一省力走到城下,往城上叫道:"老伯父,念小侄人困马乏,如今再没有本事去杀这一城了,想老伯父方才说过,自然再无推却,快快开城放我进去。"尉迟恭说:"贤侄,你是这等讲,分明倒像本帅在此作弄你杀四门,总我们不是说差了一句,害你受多少心惊。好好叫你进了北城,何等不美?反叫你走起南城东城来,却倒像有心的做起旗号,学那苏定方来,倒觉有口难言。"秦怀玉道:"老伯父,小侄又不来怪你,为什么开城又不开,只管啰啰嗦嗦有许多话讲?"敬德道:"非是本帅不肯开城,奈奉殷国公军令,三江越虎城只许开西北二门,不容开东南二门。所以不敢乱开,若到北门径放你进去。"怀玉道:"也罢!我三门尽皆杀过,何在乎这一门了。如此,伯父请先行,待小侄杀个四门你看,也显我小将英雄不弱。"说罢,带转马慢慢沿城河而走，到得北城，差不多天色已晚了。只听得那边银顶帐芦帐内轰隆轰隆三声炮响。正是：

番营惊动豹狼将，统领貔貅杀出来。

那盖苏文亲自出来也。怀玉抬头一看，一面大旗上写着"流国山川七十二岛红袍大力子大元帅盖"，原来得凛凛威风，后面有数十番将。秦怀玉看了，不觉心内惊慌，大喝一声："来的番儿可叫盖苏文么？"对道："然也！你这蛮子，既知我名，为何不下马受缚？必要本帅马上生擒活捉！"怀玉道："你满口夸能，到底有多大的本事拦住我的去路？可晓得爵主爷枪法厉害么？你敢是活得不耐烦，快来祭公子爷枪尖！"盖苏文大喝道："呔！小蛮子，本帅有好生之德，由你在三门耀武扬威，不来接应，你好好进了城何等不美？该死的畜牲，佛也难渡，自投罗网，前来侵犯，要死在我马下。"喝声："看刀！"这赤铜刀往头上一举，往面门砍将过来。怀玉看见说声："不好！"把提炉枪往刀上噶啷噶啷这一抬，挡得怀玉两膊酸麻，坐在马上不觉乱晃。若讲秦怀玉生力尚不能及盖苏文，况且如今力乏之人，哪里是他敌手？啊唷，名不虚传，果然好厉害！豁刺冲锋过来，圈得转马，苏文便说："蛮子，你才晓得本帅手段？照刀吧！"又是一刀砍将下来。怀玉把枪枭在一旁，盖苏文连砍三刀，不觉恼了性子，把枪噶啷一声逼在下边，顺手一枪，紧紧挑将进去。盖苏文哪里放在心上，把赤铜刀架在一旁。两人杀在北城，只听见枪来刀架叮当响，刀去枪迎迸火星，一来一往鹰转翅，一冲一撞凤翻身，八个马蹄分上下，四条膊子定输赢。这一场好杀！那二人大战十有余回合，秦怀玉圣呼呼喘气，被这盖苏文逼住了，往着头顶面门、两肋胸膛分心就砍。怀玉这条枪哪里挡得及，前遮后拦，上下保护，抬开刀，分开刀，挑开刀，还转枪来也是厉害，上一枪禽鸟飞，下一枪山犬走，左一枪英雄死，右一枪大将亡。正是：

> 二马冲锋名分高下，两人打仗各显输赢；刀遇枪寒光杀气，来往手将士心惊；怀玉这条枪，恨不得一枪挑倒了昊天塔；盖苏文这柄刀，巴不能一刀劈破了翠屏山。提炉枪如蛟龙取水，赤铜刀如虎豹翻身。

这二员将直杀到日落西沉，黄昏月上，不分高下。秦怀玉本事欠能，盖苏文思想要活擒唐朝小将，遂叫："把都儿们，快快撑起高灯，亮子如同白日，诸将们围住小蛮子，要活擒他，不许放走！"两下一声答应，上前把一个秦怀玉马前马后围得密不通风，吓得秦怀玉魂飞魄散，走又走不出。也有三股叉、一字锐、银尖戟、画杆戟、月牙铲、雁翎刀、混铁棍、点钢矛、龙泉剑、虎尾鞭，三股叉来挑肚腹，一字锐乱打吞头，银尖戟直刺左膊，画杆戟刺落连环，月牙铲咽喉直铲，雁翎刀劈开顶梁，混铁棍齐扫马足，点钢枪矛串征云，龙泉剑忽上忽下，虎尾鞭来往交锋，不在马前，忽在马后。秦怀玉这条枪哪里招架得及，上护其身，下护其马，挑开一字锐，架掉银尖戟，闪开画杆戟，勾去月牙铲，抬开雁翎刀，遮去混铁棍，按落龙泉剑，逼开虎尾鞭，好杀！杀得怀玉枪法慌乱，在马上坐立不定，大叫一声："啊唷！我命休矣！"盖苏文说："小蛮子，杀到这个地位还不下马受缚，照刀吧！"一刀吹下来，秦怀玉把枪枭在一边，但觉眼前乌暗，又无逃处，如今要死了。尉迟恭在城上，见秦怀玉被盖苏文诸将围住，喊杀连天，谅秦怀玉性命不保，吓得心惊胆跳，说："不好了！若有差池，某该万死了。左右，快来把吊桥放下，城门大开，后面张高亮子，待本帅出城救护。"手下一声答应，就大开北门。敬德冲出城来，抬头看时，只见围绕一个圈子，枪刀射目。敬德年纪老迈，心中也觉胆脱，又怕盖苏文飞刀厉害，不敢上前去救，只得扣马立定吊桥，高声大叫："秦家贤侄快些杀出来，某开城在此，快些杀出来。"尉迟恭在吊桥边高叫，这时秦怀玉杀得马仰人翻，哪里听得有人叫他。这些人马逼住四面，真正密不通风，围困在那里，要走也无处走，杀得来浑身是汗。底下呼雷豹力怯不过，四蹄不能踹定，要滚倒了。马也要命的，把鼻子一嗅，悉哩哩哩一声嘶叫，惊得那番将坐骑尽行滚倒，尿屁直流，一个个跌倒在地。盖苏文这匹混海驹是宝马，只惊得乱跳乱纵，不至于跌倒。秦怀玉满心欢喜，加一鞭豁刺刺往吊桥上一冲，敬德才得放心，也随后进了城，把城门紧闭，扯起吊桥。

番邦兵将不解其意，便说："元帅，秦蛮子这匹是什么宝骑？叫起来却惊得我们马匹多是尿屁直流，跌倒在地。"盖苏文说："本帅知道了，造化了这小蛮子。我闻得南朝秦家有这骑呼雷豹厉害，方才本帅意欲活擒他，故不把飞刀取他性命，谁想竟被他逃遁了。"要晓得怀玉的呼雷豹，当初被程咬金去掉了耳边痒毛，所以久不叫，今日被番兵围杀了一日，马心也觉慌张，所以叫了一声，救了怀玉性命，直到征西里边再叫。那盖苏文同诸将退进番营，我且不表。

另言讲到城中，秦怀玉在路上走，后面尉迟恭叫住说："贤侄慢走。才叫你杀四门，不可在驾前启奏，这是本帅要显贤侄的威风，果然英雄无敌。"怀玉明知他说鬼话，便随口应道："这个自然，万事全仗老伯父赞襄调度，方才之事我小侄决不奏知陛下，老伯父请自放心。"敬德闻言大悦，双双同上银銮殿，敬德先奏道："陛下，果然救兵到了，却是秦家贤侄单骑杀进番营，到城报号，本帅已放入城。"怀玉连忙俯伏说："父王龙驾在上，臣儿奉家父严命，戴孝立功，所以单人踹进番营前来报号。"天子闻说秦王兄亡故，不觉龙目中滔滔泪落，徐勣也是心如刀绞，程咬金放声大哭，一殿的武臣无不长叹。天子又开言叫声："王儿，你带多少人马在外，有几位御侄们同来？"怀玉说："儿臣为开路先锋，罗兄弟领大兵十万，各府内公子多到的，单等我们冲杀出城，大踹番营，外面进来接应。"朝廷道："徐先生，我们今夜就踹番营呢，还是等几日？"茂功道："既然，连夜就踹他的营盘。"连忙传下军令，吩咐五营四哨偏正牙将，齐皆结束，通身打扮，整备亮子，尽皆马上，听发号炮，同开四门，各带人马杀出城来。

秦怀玉一马当先踹起番营，手起枪落，把那些番兵番将乱挑乱刺。后面程咬金虽只年迈，到底本事还狠，一口斧子抡在手中，不管斧口斧脑乱斩去，也有天灵劈碎，也有面门劈开，也有拦腰两段，也有砍去头颅，好杀！番营缭乱，喊声不绝，飞报御营说："狼主千岁，不好了！南蛮骁勇，领兵冲踹营中来了，我们快些走吧！"高建庄王听言，吓得魂不在身，同军师跨上马，弃了御营，不管好歹，竟要逃命。只见四下里烟尘抖乱，尽是灯球亮子，喊杀连天，鼓声如雷，营头大乱，夺路而走。后面秦怀玉一条枪紧紧追赶，杀得来天地征云起，昏昏星斗暗，狂风吹飒飒，杀气焰腾腾。东城尉迟元帅带兵出番营，这一条枪举在手中，好不了当！朝天一炷香，使下透心凉，见一个挑一个，见一对挑一双，惨惨愁云起，重重杀气生。西门有小爵主尉迟宝林，手中枪好不厉害，朵朵莲花放，纷纷蜂蝶飞，左插花，右插花，双龙入海，月内穿梭，丹凤朝阳，日中扬彩，撞在枪头上就是个死，血水流山路，尸骸堆叠叠，头颅飞滚滚，马叫声嚎嚎。南门有尉迟宝庆带领人马，使动射苗枪，枪尖刺背，枪杆打人，人如弹子一般，挑死者不计其数，半死的也尽有。如今不用对敌，逃得性命是落得的，大家杀条血路而逃，口中只叫："走啊，走啊！"四门营帐多杀散了。放炮一声，惊动罗通，听得炮响，传令人马，众爵主提枪的举刀的拿锤的端斧的，催动坐骑，领齐队伍，冲杀上来。把这些番邦人马裹在中间，外应里合，杀得他大小儿郎无处投奔，哀哀哭泣，杀得惨惨。分明：

血似长江流红水，头如野地乱瓜生。

再讲到秦怀玉串串提炉枪追杀，番兵尽皆弃下营寨曳甲而走，正在乱杀番兵，忽见那边飞奔一员大将来了："啊唷，可恼可恼！南蛮有多少将，敢带兵冲杀我邦的营盘。不要放走了穿白的小蛮子，本帅来取他的命了。"怀玉抬头一看，原来就是盖苏文。那秦怀玉便纵马摇枪直取盖苏文，他举起赤铜刀急架相迎。二人战不到二回合，苏文恐怕呼雷豹嘶叫起来不当稳便，就左手提刀，右手挈开葫芦盖，口中念动真言，叫声："小蛮子，看我的法宝吧！"嗖一响，一口柳叶飞刀飞将出来，直往怀玉头顶上落下来。怀玉见了，吓得魂不附体，叫声："不好！我命休矣！"思量要把黄金铜去架，哪晓得心中慌张，往腰间一摸拿错了：

　　抽了一根哭丧棒，上边撩出黑光来。

　　不知秦怀玉性命如何，且看下回分解。

第四十一回

孝子大破飞刀阵　唐王路遇旧仇星

诗曰：

福主登基定太平，八荒贡服尽称臣。
何愁东海东辽国，转世青龙用计深。

再讲秦怀玉看见飞刀，欲拿黄金锏抵抗，不道心急慌忙，拿错了哭丧棒，往上一撩，见一阵黑气冲起，只听耳边括腊腊腊数声爆响，飞刀就不见了。盖苏文心内惊慌，便说："什么东西，敢来破我飞刀！"便复念真言，叫声："法宝，齐起！"果然八口飞刀连着青光，冒到秦怀玉身上。怀玉又亮起哭丧棒，往上面乱打，只见阵阵黑气冲天，把青天吹散，八口飞刀化作飞灰，影迹无踪了。怀玉满心欢喜，挂好哭丧棒，提枪在手。盖苏文见破了飞刀，急得面如土色，叫声："小蛮子，你敢破我法宝，本帅与你势不两立，不要走，照刀吧！"把赤铜刀往头上劈将下去。怀玉就举枪噶啷叮当架往，还转枪照苏文劈面门兜咽喉就刺，苏文哪里在心？把刀叮当一响枭在旁首，二人战到二十余合，秦怀玉呼呼喘气，盖苏文喝道："众将快快与我拿捉秦怀玉！"众将一声答应，共有数十员围将拢来，把怀玉围住，好杀！弄得怀玉好不着急，口口声声只叫："我命休矣！谁来救救？"忽阵外横冲一将飞马而入，杀得众将大败夺路而走，你道那将是谁？原来就是罗通，刚刚杀到，一闻怀玉唤救，他就紧紧攒竹梅花枪喝声："闪开！"催一步马冲进圈子，说："哥哥休得着忙，兄弟来助战了。"秦怀玉见了罗通，才得放心。盖苏文提刀就砍罗通，罗通急架相迎，敌住苏文。怀玉把数十员番将尽皆杀散，也有刺中咽喉，也有挑伤面门，也有捣在心前，杀得番兵弃甲曳盔在马上拼命的逃遁了。单有盖元帅一口赤铜刀原来得厉害，抵住两家爵主见个雌雄。这一场好杀，你看：

  阵面上杀气腾腾，不分南北；沙场上征云霭霭，莫辨东西。赤铜刀刀光闪烁，遮蔽星月；两条枪枪是蛟龙，射住风云。他是个保番邦掌兵权第一员元帅，怎惧你中原两个小南蛮；我邦乃扶唐室顶英雄算两员大将，哪怕你辽邦一个狗番儿。炮响连天，惊得书房中锦绣才人顿笔；呐喊之声，吓得闺阁内轻盈淑女停针。正是番邦人马纷纷乱，顷刻沙场变血湖。

这三将战到四十冲锋，盖苏文刀法渐渐松下来，回头看时，四下里通是大唐旗号，自家兵将全不接应，大家各走逃命。看看唐将众多，盖苏文好不慌张，却被怀玉一枪兜咽喉刺进来，便说："啊呀！不好，我命休矣！"要招架来不及了，只得把头一偏，肩膀上早中一枪，带转马望前奔走，罗通纵一步马上叫一声："你要往哪里走？"提起手夹苏文背上一把，苏文喊声："啊唷，不好！"把身子一挣，一道青光，吓得罗通魂不附体，在马上坐立不牢，那盖苏文便纵马拼命地杀条血跳逃走，只因这盖苏文命不该绝，透出灵性，不能擒住。这番大小番兵见元帅一走，大家随定，也有的散开去了，也有的归到一条总路上而走。后面大唐人马旗幡招展，刀枪射目，战鼓不绝，纷纷追杀，这一班小爵主好不厉害！这叫作：

年少英雄本事高，枪刀堆里立功劳。东边战鼓番兵丧，西首纷争番将逃。爵主提刀狠狠剁，番士拖枪急急跑。零零落落番人散，整整齐齐唐卒豪。蜈蚣旗号纷纷乱，中国旗幡队队摇。千层杀气遮星月，万把硫磺点火烧。条条野路长流血，处处尸骸堆积糟。鼻边生血腥腥气，耳内悲声惨惨号。碎甲破盔堆满野，剑戟枪刀遍地抛。

杀得那班番将，好似三岁孩童离了母，啼哭伤情；唐兵如千年猛虎入群羊，凶勇惊人。老将们挥大戟，使金刀，刺咽喉，砍甲袍，尽忠报国；小爵主提大斧，举银枪，刺前心，劈顶梁，出立功劳。千员番将衬马蹄，受刀枪，开膛破腹见心肠；百万唐兵擂战鼓，摇号旗，四处追征摆队齐。这场杀得天昏地暗，可怜番卒化为泥。这一杀不打紧，但见：

　　雄军杀气冲牛斗，战士呼声彻碧霄。
　　城外英雄挥大戟，关中宿将夺金刀。

小爵主带领人马，远来救驾；老公爷先砍守营将士，放下吊桥。惊天动地，黑夜炮声不绝；漫山遮野，天朝旗号飘摇。唐家内外夹攻，无人敢敌；番邦腹背受伤，有足难逃。风凄凄，男啼女哭；月惨惨，鬼哭神号。人头滚滚衬马足，点点鲜红染征袍。沙地孤城，顷刻变成红海；番兵番将，登时化作泥糟。正是：

　　天生真命诸神护，能使邪魔魂胆消。

　　这一追杀下去，有八十里足路，尸骸堆如山积，哭声大振，血流成河。茂功传令鸣金收兵，诸将把马扣住，大小三军多归一处，摆齐队伍，回进三江越虎城去了，我且慢表。
　　另言讲这高建庄王，有盖苏文保护，只是吓得魂不在身，看见唐朝人马不来追赶，才得放心。元帅传令，把聚将鼓擂动，番兵依然同聚，点一点，不见了一大半，共伤一百十五员将。高建庄王说："魔家开国以来，未尝有此大败。"盖苏文说："狼主在上，今日那一场大战，损兵折将，多害在中原秦蛮子之手，不道如此凶勇，本帅九口飞刀被他尽行破掉，有这等大败。请狼主放心，且带领人马退往贺鸾山扎住，待臣再往朱皮山见木角大仙，炼了飞刀再来保驾，与唐邦打仗，务要杀他个片甲不回！"庄王道："既如此，元帅请往。"这盖苏文前往朱皮山去，路程遥远，正有许多耽搁，我且慢表。高建庄王领兵退归贺鸾山，也不必去说。

单讲那越虎城中，唐王元帅敬德把人马扎住教场点明白，然后上前缴旨。众爵主多上殿朝见天子已毕，天子大悦，赐坐平身，钦赐御宴，老少大臣饮过数杯，撤开筵席。秦怀玉说："父王在上，那盖苏文九口柳叶飞刀要来伤害臣儿，不想把哭丧棒撩起，把飞刀打掉，黑气冲散青光，真算父王洪福，所以哭丧棒破了飞刀，可为天下之奇文也。"程咬金听见，不胜欢喜说："陛下在上，这哭丧棒看起来倒是一件宝贝了，真乃天下少有世间稀，无处寻的宝物，拿来放在库中，日后遇有敌将用飞刀的，好将此物带在身边，再拿去破他。"徐茂功说："御侄，使不得的。这根哭丧棒拿来烧化了。"朝廷说："徐先生，难得这根哭丧棒破了飞刀，果然是天上有，世间稀的东西，怎么又要烧毁它起来？"茂功道："陛下有所不知，这哭丧棒焉能破得飞刀？明明乃是秦叔宝兄弟一点忠心报国，阴魂不散，辅佐阵图，故此哭丧棒上有一团黑气破了飞刀，这是他在暗中报我主公。想秦兄弟在生时节，十分辛苦，与王家出力，他如今死后，阴灵还不安享，随孝子秦怀玉到东辽保驾。望陛下速速降旨，烧化了这哭丧棒，等秦兄弟冥府安享，阴间清静些。"天子听说道："既有这等事，将哭丧棒拿来烧化了。"秦怀玉领旨将哭丧棒烧化，秦琼阴魂才得放心而去。自此在城中安养三五日，外边十分清静，并无将士前来讨战，番兵影响俱无，城门大开也不妨，众将尽皆欢心。

天子空闲无事，这一天早上，思想出城打猎，便问徐茂功道："徐先生，寡人今日欲往城外打猎，可肯随朕去么？"徐茂功笑道："臣不去。"朝廷说："既然军师不去，也罢了。啊，诸位王兄御侄们在此，那个肯保寡人出城去打猎？"茂功在旁丢个眼色，把头摇摇。众爵主深服军师，明知其故，大家不应。尉迟恭也晓军师有些古怪，便说："臣今日身子不快，改日保驾，望我主恕罪。"程咬金说："你们大家不去，臣愿随驾前去。"茂功喝道："你这个呆子匹夫，今日不宜行动，我们多不去，谁要你多嘴？"咬金道："这么，臣也不去了。"天子说："徐先生，你不肯去就罢，怎么连别人都不容他随朕去起来？寡人今日一时高兴要去出猎，为何偏不保朕驾去？到底有什么缘故，请先生讲个明白。"茂功道："陛下有所不知，今日若到城外打围，要遇见应梦贤臣薛仁贵的。"天子听见大悦道："寡人只道出去要见什么灾殃，所以你们多不肯随朕，若说遇见应梦贤臣，乃是一桩喜事，朕巴不能够要见他，只是难以得见，若今日打猎可以遇见此人，乃寡人万幸了。降旨备马，待朕独自前去。"茂功说："这应梦贤臣福分未到，早见不得我主，还有三年福薄，望陛下不必去见他。过了三年，班师到京，见他未为晚也。"天子道："难道他早见朕三年，还要折寿不成？"军师说："他寿倒不折，只怕有三年牢狱之灾。"天子说："嗳，先生一发混账了。这牢狱之灾，只有寡人做主，哪个敢将他监在牢中？如今朕发心要见，总不把他下牢狱的。"茂功道："既如此，陛下金口玉言说了，后来薛仁贵有什么违条犯法之事，陛下多要赦他的。"朝廷说："这个自然赦他。"军师说："既如此说过，陛下出去打猎便了。"

贞观天子打扮完备，上了骐骥马，并不带文臣武将，单领三千铁甲兵八百御林兵人马出了东城，径往高山险路荒郊野外之所而行。离了越虎城有四五里之遥，到一旷阔地方，朝廷降旨摆下围场。御林兵也有仗剑追虎，也有举刀砍鹿，放鹰捉兔，发箭射熊，正在场中跑马打猎。天子龙心欢悦，把坐骑带往左边树林前，忽见一只白兔在马头前跑过，天子连忙扣弓搭箭，嗖的一箭，正射中兔子左腿，哪晓此兔作怪，全不滚倒，竟带了金披御箭往大路上跑了。天子暗想："朕的御箭怎被这兔儿带了去，必要追它脱来。"天子不肯弃这支金披御箭，把马加上三鞭，豁刺刺刺随定白兔追下来了。这天子单骑追下来有二三里路，总然赶不上，天子扣住了马，不思量追赶了，哪晓这兔奇怪，见天子不赶，也就停住不跑了。那天子见兔儿蹲住，又拍马追赶，此兔又发开四蹄往前跑了，总然天子住马，此兔也住；天子追赶，此兔也就飞跑了。不想追下来有二三十里路，兔子忽然不见，天子倒赶得气喘吁吁，回转马来要走，只看见三条大路，心下暗想："朕方才一心追这只白兔，却不曾认清得来路，如今三条大路在此，叫我从哪条路上去的是？"正在马上踟蹰不决，只见左边有个人马下来，头上顶盔，身上贯甲，面貌不见，只因把头伏在判官头上，所以认不出是哪个。天子心中暗想：这个人谅来不像番将的将官，一定是我邦的程王兄，他有些呆头呆脑的，所以伏在判官头上，待朕叫他一声看："程王兄，休要如此戏耍，抬起头来，寡人在这里。"便连声叫唤，惊动马上这位将军，耳边听得"寡人"二字，抬起头来。不好了！两道雉尾一竖，显出一张铜青脸，原来就是盖苏文。他只因飞刀被哭丧棒打毁，所以闷闷不快，要上朱皮山去炼飞刀，谅来此地决没有唐将来往，故而伏在判官头上，双尾倒拖着地，唐王哪里认得出？只道自家人马，叫这几声。

　　盖苏文见唐天子单人独骑，并无人保驾，心中欢喜，大喝道："咦！马上的可是唐童么？上门买卖，不得不然，快割下头来使罢！"把手中的赤铜刀起一起，把马拍一拍，追上来了。天子吓得魂飞魄散，说："啊呀！不好了，朕命休矣！"带转马加上鞭就走。盖苏文大笑道："你往哪里走？这事明明上天该绝唐邦，欲使我主洪福齐天，所以鬼使神差你一个在此，若不然，为什么你是天邦一国之主，出来没有一个兵卒跟随？分明唐邦该绝，还不速速献头！思量要逃性命，怕你走上焰摩天，足下腾云，须赴上那番？"天子拼命地跑，后面盖苏文紧追紧走，慢追慢走。赶得唐天子浑身冷汗，想："徐茂功该死！你方才说出去打猎要遇见盖苏文受灾殃的，这句话一说，朕也不来了。偏偏说什么要遇应梦贤臣，引寡人出来相送性命。"谁想一路赶来，有三十里之遥，后面盖苏文全不肯放松，不住追赶。天子心慌意乱，叫声："盖王兄，休得来追，朕愿把江山分一半与你邦，你可肯放朕一条生路么？"盖苏文说："唐童，你休想性命的了，快献首级！"这二马追出山凹，天子往前一看，只见白茫茫一派的大海，天连着水，水连着天，两旁高山隔断，后面有人追赶，如今无处奔逃，听死的了。盖苏文呼呼冷笑说："此地乃是东海，又是高山阻隔，无路通的，如今是刎头献与我呢？还是要本帅自来动手？"天子心如刀割，回头见盖苏文将近身边，着了忙，加一鞭，往海滩上一纵，谁想海滩通是沙泥，软不过的，怎载得一人一马纵得？在沙滩四蹄陷住，走动也动不得了。唐王无奈，只得又叫声："盖王兄，饶朕性命，情愿领兵退回长安。"盖苏文跑到海滩边，把赤铜刀要去砍他，远了些斩不着，欲待纵下滩去，又恐怕也陷住了马足，倒不上不下，反为不美。"我不如今日逼他写了降表，然后发箭射死他，岂不妙哉！"心中算计已定，叫一声："唐童，你命在须臾，还不自刎首级下来，本帅刀柄虽短，砍你不着，狼牙箭可能射你，你命在我掌中，还想在世，万万不能了，快快割下头来！"天子叫声："盖王兄，朕与你并无仇冤，不过要朕江山，如何屡逼寡人性命？盖王兄若肯放朕一条活路，情愿把江山平分与你。"盖苏文说："哪个要你一半天下，此乃天顺我邦。本帅取你之命，以立头功，要你江山，以保我主南面称尊。本帅看你如此哀求，要求性命也不难，快写一道降表与我，恕你性命。"天子道："未知降表怎样个写法？"苏文说："好个刁滑的唐童，你在中原为一国之主，难道降表都写不来？本帅也不要你写什么长短，不过要你写张劝票与我，拿到越虎城中，降你们那班老少将官爵主三军人等投在我邦，换你这条性命。"天子道："但是纸都没有在此，叫朕写在何处？"苏文说："要纸何用？你穿的黄绫跨马衣，割下一则衣襟，写在黄绫上，使你们大臣肯服。"天子说："盖王兄，黄绫虽有，无笔难挥。"苏文叫声："唐童，若用笔写，难以作证，你把小指嚼碎淋血，挥写一道血表，待我拿去！"正是：

唐王祸遇青龙将，性命如何逃得来？

唐王肯写降表不肯写降表，且看下回分解。

第四十二回

雪花鬃飞跳养军山　应梦臣得救真命主

诗曰：

万乘旌旗下海东，沙滩龙马陷金龙。
苏文呈逞违天力，难敌银袍小将雄。

"好使这班老臣信服，方肯投降，快快写上来！"天子无奈，把金剑割下黄绫衣襟一块，左手拿住，如今要把小指咬破，又怕疼痛。"朕若写了血表，当真把天下轻轻付与别人不成？这血表岂是轻易写的？"心中好无摆布。盖苏文说："不必推三阻四，快快咬碎指头写血表与我！"那番，贞观天子龙目下泪，暗叫一声："诸位王兄御侄，感你们个个赤胆忠心与朕打成这座锦绣江山，哪知今日撞见盖苏文立逼血表，非是寡人不义，也叫出于无奈，今日写了血表，永无君臣会面之日了。"这道血表原觉难写，指头咬破鲜血淋淋，实难落字，高叫一声："有人救得唐天子，愿把江山平半分；谁人救得李世民，你做君来我做臣。"只把这二句高叫。盖苏文呼呼冷笑说："唐童快写！这里乃我邦绝地，就有人来，也是本帅麾下之将，焉有你的人马兵将到来？凭你叫破什么，总总无人来救。"一边逼他写血表，天子不肯写，叫救在海滩，逼勒不止，谁人来救，我且慢表。正是：

　　唐王原是真天子，自有天神相救来。

　　单讲那藏军洞中火头军，这一日，八位好汉往养军山打猎去了，单留薛仁贵在内煮饭。这骑雪花鬃拴在石柱上，饭也不曾煮好，这匹马四蹄乱跳，口中乱叫，要挣断丝缰一般，跳得可怕。仁贵一见，心内惊慌，说道："啊呀！这骑马为何乱跳起来？"连喝数声，全然不住，原在此叫跳。仁贵说："我知道了，想此马自从收来的时节，从不曾有一日安享，天天开战，日日出兵，自此隐在藏军洞有一月余外，不同你出阵，安然在此，想你也觉烦闷，故而叫跳，待我骑了你，披好盔甲，挂剑悬鞭，提了方天画戟，到松场上把戟法耍练一练，犹如出战一般。"这是宝马，与凡马不同，最有灵性的，把头点点。仁贵就全身披挂，结束停当，手端画戟，跨上马，解脱丝缰，带出藏军洞中，过仙桥，鞭子也不消用，四蹄发开，往山路中拼命地跑了。仁贵说："怎么样？"把丝缰扣定，哪里扣得住？越扣越跳得快，说："不好了！我命该绝矣！马多作起怪来，前日出阵，要住就住，要走就走，今日缘何不容我做主，拼命地奔跑，要送我的命？"
　　仁贵看来要跑得腾云飞舞一般，好似神鬼在此护送，逢山冲山，逢树过树，不管好歹的跑法，冲过十有余个山头，到一座顶高的山峰上住了。仁贵说："啊唷唷，吓死我也！叫声马儿，你原有些力怯的时候，所以才住了么？"到底此处不知什么所在，便抬头往下一看，只见波浪滔天，通是大海。只听见底下有人叫："谁人救得唐天子，锦绣江山平半分；有人救得李世民，你做君来我做臣。"那薛仁贵吓得魂不在身，连忙往山脚下看时，只见一个戴冲天翅龙冠穿黄绫绣袍的，把指头咬破，只听叫这二句，住马写血字，马足陷住沙泥。仁贵不曾见过天子，谅来那人必是大唐天子，不知因何在此海滩泥上。又见岸上一人，高挑雉尾，面如青靛，手执铜刀，却也认得是盖苏文，暗想："原来天子有难，我这骑马有些灵慧，跑到此山。马啊！你有救驾之心，难道我倒无辅唐之意？如今要下此山又无路道，高有数十丈，打从哪里下去？"坐下马又乱叫乱跳纵起，好像要跨下的意思，惊得仁贵魂不在身，把马扣住说："这个使不得，纵下去岂不要跌死了？也罢！畜生尚然如此，为人反不如它？或者洪福齐天，靠神明保祐，纵下去安然无事。若然陛下命已该绝，唐室江山应该被番人灭夺，我同你死在山脚底下跌为肉酱，在阴司也得瞑目，快纵下去！"把马一带，四蹄一蹬，往山脚下好似神鬼抬下去一般，公然无事。薛仁贵在马上晃也不晃，心中欢喜，把方天戟一举，催马下来喝声："盖苏文你休得猖獗！不要走！"又说："陛下不必惊慌，小臣薛仁贵来救驾也！"那唐天子抬头一看，见一穿白用戟小将，方才醒悟梦内之事，不觉龙颜大悦，叫声："小王兄，快来救朕！小王兄，快来救朕！"

盖苏文回头见了薛仁贵，吓得浑身冷汗，叫一声："小蛮子，你破人买卖，如杀父母之仇！今唐王已入罗网，正在此逼写血表，中原花花世界十有八九到手，我邦狼主也为得天下明君，你肯降顺我主，难道缺了一家王位不成么？"仁贵大怒道："咦！胡说！我乃少年英雄，出身中原，有心保驾，跨海征东，岂有顺你们这班番奴？番狗，快留下首级！"苏文说："啊唷唷，可恼，可恼！你敢前来救着唐童，本帅与你势不两立！"把马催上一步，起一起赤铜刀，喝声："本帅的赤铜刀来了！"一刀直往仁贵面门劈砍下去，仁贵把方天戟噶啷一声架开，冲锋过去，带转马来。盖苏文又是一刀剁将下来，仁贵又架在旁首。二人战到六七个回合，仁贵亮起白虎鞭，喝声："照打吧！"一鞭打下来，打在后背上，盖苏文大喊一声，口吐鲜血，伏鞍大败而走。仁贵把马扣定，不去追赶，犹恐有番将到来，即便跨下马来，说："陛下受惊了，可能纵得上岸？"天子叫声："小王兄，寡人御马陷住沙泥，难以起来。"仁贵说:"既然如此,难以起岸,待小臣来。"便抽出腰边宝剑,把芦苇茅草割倒,捆了一堆,摺下沙滩,纵将下去,把天子扶到岸,又将方天戟杆挑在马的前蹄,此马巴不能够要起来,因前蹄着了力,后足一蹬,仁贵把戟杆一挑,纵在岸上。天子原上马,仁贵走将上来说:"万岁爷在上,小臣薛仁贵朝见,愿我王万万岁。"天子叫声:"小王兄平身,你在何处屯扎?因何晓得朕今有难,前来相救寡人?"仁贵说:"陛下不知其细,且到越虎城中,待臣细奏便了。但不知陛下亲自出来有何大事,这些公爷们因何一个也不来随驾?"天子说:"前日那些番兵围合拢来,共有数十余万,把越虎城团团围住,有二十余天难以破番解围,正在着急,幸亏中原来了一班小爵主杀退番兵,安然无事,寡人欲往郊外打围,奈众王兄不许朕出猎,故而没有一人随朕,此来不想遇着了盖苏文,险些怕命不保。全亏小王兄相救,其功非小,到城自有加封。"仁贵道:"谢我王万万岁。"

　　天子在前面行,薛仁贵跨上雕鞍后面保驾一路行来。到了三岔路口,原扣住了马立住,不认得去路,那边来了四五骑马,前边徐茂功领头,尉迟元帅、程咬金、秦怀玉带下三千唐甲马八百御林军迎接龙驾。见了天子,茂功跳下马来了,俯伏道旁叫声:"陛下受惊了,臣罪该万死。"天子说:"啊唷,好个刁滑道人,怎么哄朕出来,几乎送朕性命!"茂功说:"陛下,臣怎敢送万岁性命?若不见盖苏文,焉能得遇应梦贤臣?"天子说:"虽只如此,幸有小王兄来得凑巧,救了寡人,若迟一刻,朕献了血表,焉能君臣还得再会?"茂功说:"臣阴阳有准,算定在此,若没有薛仁贵相救,我们领兵也早来了。今知我王不认得路道,所以到此相接。"天子道:"既如此,快领寡人回城去吧。"茂功领旨,众臣前面引路,朝廷降宠,薛仁贵与他并马相行。

　　一路行来,到了三江越虎城,进入城中,把城门紧闭。同到银銮殿上,天子身登龙位,两班文武站立,薛仁贵俯伏尘埃启奏道:"陛下龙驾在上,臣有冤情细奏我王得知。"天子说:"小王兄,奏上来。"

仁贵说:"臣幼出身在山西绛州龙门县大王庄,破窑中穷苦,若不相遇王茂生夫妻结为手足,承他照管养膳破窑,焉能使我每日间学成武艺,习练得本事高强?思想干功立业,显宗耀祖,以报恩哥恩嫂。单单苦无盘缠投军,因此同柳氏苦度在窑。其年先锋大老爷张环奉我皇圣旨,到山西龙门县招兵买马。幸有同学朋友名唤周青赠我盘费,相同到龙门县投军,哪晓张爷用了周青,道小臣有犯他讳字,将臣赶出辕门不用,也罢了。第二遭到风火山收了强盗三员同来投军,只用二人,又道小臣穿白犯他吉庆,仍旧逐出辕门不用。第三遭得了这位老千岁的金披令箭,张爷无奈,把小臣权用。他说:'我张爷有好生之德,所以不用,放你生路,你偏生屡次撞入网来,叫我也实难救你。我岂为在此招军买马,单为朝廷得其一梦',梦见小臣不法,欲夺帝王之位,又赠什么四句诗。"天子说:"有的,小王兄,这四句诗就该明白了。"仁贵说:"陛下,他对小臣讲,'家住遥遥一点红,飘飘四下影无踪,三岁孩童千两价,生心必定做金龙。'故而军师详出一点红是绛州地方,有薛仁贵谋叛之心,因此在山西查访,拿来解京处决。所以小臣怕得紧,情愿为火头军,隐姓埋名'仁贵'二字,他说立得三大功劳,保奏我王出罪。我因此立了多多少少的功,奈陛下不肯饶恕,没有出头日子。未知张爷流言冒功,又不知陛下果有此事?"

天子听完大怒:"啊!原来有此曲折,故尔难以明白。寡人此梦就如方才在海滩上逼写血表遇王兄救朕一样的模样,就是王兄赠我四句诗,'家住遥遥一点红,飘飘四下影无踪,三岁孩童千两价,保王跨海去征东'。原为小王兄一人,故命张环到龙门县招兵,查访王兄出来领帅印督兵的。哪晓张环奸恶多端,在朕面前只说没有姓薛的,反把第四句改了什么'生心必定做金龙',纵何宗宪在此混账冒功!"尉迟恭上前叫声:"小将军,那日本帅被番将起解建都,想来一定是你救我的了?"仁贵说:"不敢,未将救的。"尉迟恭说:"如何?我原道是你。本师还要问你,前日在凤凰山脚下,把本帅扯了一跤,又在土港山神庙翻本帅一跤飞跑而去，却是为何这等害怕？"仁贵说："末将该当有罪。这多是张爷不好，他说朝廷还有几分肯赦，只有元帅爷迷惑圣心，不肯赦你，故此屡次拿捉，叫末将不可相通名姓。故此末将见了帅爷逃命要紧，所以这等惧怕，只想走脱，哪里相见元帅翻跌不翻跌？"尉迟恭听说此言，暴跳如雷说："可恼，可恼！孩儿们过来，令箭一支，星飞赶往黑风关狮子口，速调张环父子女婿六人到来见我！"宝林、宝庆一声答应，接了父亲的令箭，带过马来，跨上雕鞍，按好头盔锦甲，提了兵器，出了越虎城，竟往黑风关来调取张环父子，此言慢表。

单讲天子开言问道："小王兄，你既在张环座下为火头军，缘何知道寡人有难海滩，却却来得正好，救了寡人性命？"仁贵道："陛下有所不知，那日在独木关上，病挑安殿宝，小臣得了这个功劳，哪晓张环心生毒计，把我结义弟兄九人九骑哄入天仙谷口里边，后路不通前路，把柴木堆起，放火逼烧臣九条性命。幸有九天玄女娘娘摄救出了天仙谷，到一派山路中，躲住藏军洞中有两个月有余。不想今日臣八个兄弟出山打猎，小臣在洞中煮饭，这一骑马乱跳乱纵，我便上马出洞欲练戟法，谁想这马好似神舞一般，丝缰总扣它不住，跑过了几个山头，纵上这座山峰，如登平地一般，复又纵下海滩，才救我主。"天子说："原来还有八位王兄在藏军洞中，降旨意快去宣来见朕。"军士上前道："万岁爷，不知藏军洞中在于何处？"朝廷道："小王兄，你去宣你八个兄弟从哪条路上去的？"仁贵说："小臣去是玄女娘娘摄去，来是随马跑到一路上飞纵而来的，所以连臣也不认得，不知藏军洞在东在西。"茂功奏道："陛下，那藏军洞想是乃九天娘娘仙居之所，有影无踪的所在，岂是凡人寻得到的？少不得日后八人自有见面之日。"天子道："既如此，传旨排宴，命众御侄陪小王兄饮酒。"不表三江越虎城中钦赐御宴，众小爵主陪薛仁贵饮宴。

单讲宝林、宝庆在马上星飞来到黑风关战船内，张环父子闻报，远远接到船中。尉迟弟兄说:"张环,元帅爷有令箭一支,要你父子女婿六人作速同往建都见驾,有要紧军情。"张士贵说:"二位小将军,不知元帅相传是什么要紧军情?"宝林道:"说是什么机密事,迟延不得的,快快整备同去见驾,我们也不知道的。"那番,士贵父子急忙周备上马,端离了黑风关,连尉迟弟兄八人一路上径直往越虎城来。在路耽搁数天,这一日早到建都,进入城中,同上银銮殿。宝林、宝庆上前奏道:"陛下,张环父子宣到了。"尉迟恭说:"传到了么?与本帅将他父子洗剥干净,绑上殿来!"茂功叫声:"元帅不可造次,我自有对证之法。陛下,快传旨意,好好宣他上殿来。"天子降旨:"快宣来。"左右一声:"领旨。"军士出殿,宣进父子六人上殿,俯伏尘埃说:"陛下龙驾在上,臣张士贵朝见我王,未知万岁宣臣到来有何旨意?"天子龙颜翻转说:"张环,朕宣召你来到,非为别事,只因前日寡人出去打猎,路上遇着一位小将军,口称与你交好,朕现带在外,因此宣你来,可认得他姓甚名谁?"张环道:"如今这位小将在哪里?"天子把头一点,班中闪出薛仁贵,俯伏银阶叫声:"大老爷,可认得小人薛礼么?"这士贵一见,吓得魂飞魄散,面上失色,索落落扑倒尘埃说:"你不像个人。"他还只道是薛仁贵阴魂不散,在天子驾前出现告御状,所以张环这等害怕。仁贵说:"大老爷,怎么我薛礼不像个人起来?我自从被你那日哄在天仙谷内,亏玄女娘娘使出神通,救我九人九骑,故而不送性命,还是好端端的一个薛礼,又不是什么鬼,为何这等发抖?"张环的魂被这一吓,差不多半把已经吓出的了。四子一婿跪在驾前,浑身冷汗,暗想:"不好了!如今是大家性命都活不成了。"天子喝问道:"张环,你到底可认得他么?在哪里会过?快些奏上来!"张士贵叫声:"陛下,臣领兵中原到东辽,不知夺了多少关头,攻取了许多城池,从来不认得这位小将军,不知他姓甚名谁,如何反认得我?"薛仁贵道:"好个刁滑的张环,前日在你月字号内为火头军,怎生把我来骗,说立得三个功劳,在驾前保你出罪。我薛礼不知立了多少功劳,反在独木关上生心把我九人烧死,冒取功劳与何宗宪,你良心何在?天理难容!今日在驾前反说不认得我?"天子道:"寡人心中也明白,张环欲冒薛仁贵功劳,将他埋没前营为火头军,反在朕驾前奏说没有应梦贤臣,谎君之罪非小,快些招上来!"

　　从前做下违天事,于今没兴一齐来。

　　不知天子如何究罪张环,且看下回分解。

第四十三回

银銮殿张环露奸脸　白玉关薛礼得龙驹

诗曰：

> 白玉关前独逞功，获将宝马赛蛟龙。
> 张环枉有瞒天巧，难出军师妙算中。

"好待寡人定罪！"张环叫声："陛下，这是冤枉的，臣实不知的。若讲应梦贤臣，尤其无影无踪了，薛仁贵三字从来不曾听得，就有这个人，也是东辽国出身，前日在山西招兵，从来没有姓薛的，何见谎君之罪？"天子说："寡人也不来查你别件，就是东辽这几座关头谁人破的？寡人龙驾困在凤凰山哪个救的？元帅被番兵囚在囚车内起解建都，何人喝退的？"尉迟恭说："是，啊！只问这几桩事就知明白了，快些说上来！"张士贵叫声："万岁在上，若说破关攻城之力，皆是臣婿何宗宪的功劳，凤凰山救驾也是何宗宪救的，元帅起解建都也是宗宪喝退的，何为冒他功劳？"仁贵笑道："张环，这些都是你何宗宪功劳么？亏你羞也不羞？自从在中原活捉董逵起，一直到病挑安殿宝，元帅功劳簿上哪一件是你宗宪功？还要在驾前谎奏！"茂功旁边冷笑道:"你二人不必争论,总有千个功劳,无人见证,不知是何宗宪的,是薛仁贵的,我也实难判断。如今有个方法在此,便能分出真假,可以辨明了。"天子说:"先生,怎样个方法呢?"茂功说:"这里越虎城下去有四十里之遥,东西有两座关头,东为白玉关,西叫摩天岭。你二人各带人马前去,先打破关头先来缴令,这些功劳多是他的,本来这两个关守将一样骁勇的。张环,倘我或有偏向哪一个了,如今大家拈头阄子为定,拈着哪一个阄就去打哪一座关便了,你们大家意下如何?"仁贵说:"军师大人言之有理,张环可有这个本事么?"士贵道:"哪里惧你?我的宗宪戟法高强,大小功劳不知立了多少,何在为这一座关头?就去何妨!"茂功就在龙案上提御笔写了两个阄子,放在盒中倒乱说:"你们上来取。"仁贵先走上来要取,茂功喝住道:"你乃是无职小臣,张环到底总管先锋,有爵禄的,自然让他先来取。"仁贵连忙住了手应道:"是。"张环上前取阄子在手,拆开一看,上写"摩天岭"三字,茂功道:"既是张先锋得了摩天岭,薛仁贵去破白玉关,也不必拆开阄子来看了。"张士贵听说,心中十分慌乱,不管好歹,连忙辞了驾,元帅发兵一万,父子六人巴不能够早到早破,领了人马星飞赶到摩天岭,我且慢表。

单讲徐茂功说:"薛仁贵小将军,这两座关欺心得多在里头,惟有白玉关好破,可以马到成功,手到擒来。这摩天岭好不厉害,总有神仙手段也有些难破,谅张环不知何年何月得破此关。方才这两个阄子都是摩天岭,所以叫你迟取,不必拆开来看了。"仁贵听言大喜说:"蒙大人照拂,薛礼无恩可报,求元帅发兵,待小将前去破关。"尉迟恭道:"待本帅点十万兵与你带去。"茂功道:"元帅不必发这许多人马,只消一千个兵足矣,就他单人独骑也可以去破得此关了。"尉迟恭说:"既如此,待本帅点雄兵一千与你。"仁贵说:"多谢元帅爷。"连忙打扮结束,辞了天子,正欲转身,茂功说:"你住着,我还有话对你话。"仁贵说:"不知大人有什么吩咐?"茂功道:"小将军,我有护身龙披一角,你带在身边。这有锦囊一个,你到白玉关,然后开来细看,照上行事,不得有违。"薛仁贵将锦囊龙披藏好,应声:"得令!"出了银銮殿,跨上雕鞍,手提画杆方天戟,带领一千人马离了三江越虎城,竟往东行来取白玉关,我且撇在一旁。

另讲这张士贵父子一路往西而行,下来四十里,早到摩天岭,一看吓死人也!但见:

> 迷迷云雾遮山腰,山顶山尖接九霄。一堆不见青天日,虎豹猿猴满处嚎。两旁树木高影影,踏级层层生得高。望上雾云乌昏黑,哪见旗幡上面飘?见说天山高万丈,怎抵摩天半接腰。纵有神兵骁勇将,这番见了也魂消。

张士贵说:"我的儿,你看这座山头如此模样,也不知有多高,上面云雾漫漫,也看不出此条山路,又有壁栈在此,怎生样破法?"志龙说:"爹爹,我们且攻他一阵,呐喊叫骂,待他有将下来,好与番将斗战。"士贵道:"我儿言之有理。"连忙传令人马,震声呐喊连天,炮响不绝,鼓啸如雷,番奴番狗骂得沸反盈天,总然上面响也不响,又是一阵喊骂,上面原不见动静,连攻十有余阵,天色晚暗,上面听也不曾听见。张环说:"我儿,此山高得紧,我们在此叫破喉咙,上边晓也不晓得。今日天色已晚,且到明日我们走上去看,倒也使得么?"志龙道:"爹爹主见甚好。"此夜,父子商议停当。

明日清晨,坐马端兵出了营盘,张环说:"我儿,待为父先上去探听消息,然后你们上来。"志龙道:"是!爹爹须要小心。"张环道:"不妨。"带马往山路一步步走将上来,直到了半山中,望上去见影影绰绰旗幡摇动,只听得上面喝叫:"南蛮子上来,打滚木下去。"众番兵应道:"晓得!"张环听见,吓得魂不附体,带转丝缰,三两纵跑得下山脚,数根滚木也就打到山脚下了,说:"啊唷!我的儿,这个摩天岭看来难破的,我们在山下叫骂,他们不来理你,若然上去,就要打滚木下来，这等厉害，分明军师哄我们来送性命！"志龙说："爹爹，我们不破摩天岭，少不得也要死，如何是好？"张士贵眉头一皱，计上心来，说："我儿，今番摩天岭看来难破，破不成的了。不如带领人马径直往黑风关去，下落战船过海到中原，只说万岁班师，哄住大国长安，把殿下除了，谅无能将在朝抵敌，你们保为父身登九五，不怕天下地方官不肯降顺。那时，差勇将守住潼关，不容唐王进中原。一则全了六条性命，二来一统江山一鼓而擒，岂不两全其美？反得大唐不用丝毫之力。""孩儿们自当保父南面称孤。"张环传令兵马拔寨起程，离了摩天岭，竟走黑风关，下落战船，吩咐发炮三声，把三千几百号战船多开尽了，一只也不容留在此独木城，解开篾缆，由它大风打掉了。先锋之令，谁敢不遵？就等天子差将追赶，没有战船。此为断后之计。我且按下，不表张士贵返往中原。

单讲薛仁贵带领一千人马也到白玉关前，吩咐按下营寨。一声炮响，军士安营。天色已暗，当夜在灯下取出军师所赠的锦囊拆开细看，只见上边有几行字写得明白："白玉关守将，名为完贤朱追都罗弥，有一骑宝马，名唤赛风驹，日行万里，夜走五千，可以大海浪中水面上奔走不湿人衣，你快取番将性命，夺此宝马。今张士贵难破摩天岭，已经带兵往黑风关齐开战船，返到中原去了。大国长安有千岁在那里，唯恐延挨有伤殿下性命，所以赠你锦囊护身披一角，你快上赛风驹，下东海往中原救殿下性命要紧。且把张家父子拿下监牢，速来缴旨。是有王封。"仁贵见了这一个锦囊，也觉魄散魂摇，心下暗想："谅军师之言决然有准，救兵如救火，若不破白玉关，少有赛风驹，怎到中原？也罢，不如到关前讨战便了。"仁贵算计已定，把马催到关前，呼声大喝："咄！关上番儿快报，说今有大唐朝护驾小将军薛仁贵在此讨战，闻得你们守将叫什么完贤朱追都罗弥，厉害不过，有本事叫他早早出关受死！"

不表关外讨战，单说关内把都儿飞报总府来说："启上将军，关外有大唐人马扎安营盘,早有一将名唤薛仁贵,在那里呼名讨战!"都罗弥大怒说:"既有唐将在外讨战,与魔家带马过来!"旁有一将应声道:"不必哥哥亲自出马,待兄弟前去取胜便了。"都罗弥说:"既如此,兄弟须要小心,待为兄到关上与你掠阵。"二人全身披挂,带马过来,跨上雕鞍,离了总爷衙门,来到关前,发炮一声,关门大开,吊桥坠下,豁刺刺冲出关来。抬头一看,原来就是火头军穿白将薛蛮子。"魔家久闻你的本事高强,到了此地,你命就该绝了。"仁贵抬头一看,但见这员番将怎生打扮:

>头上戴一顶黄金虎头盔,面如锅底相同,两道朱砂红眉,一双碧眼圆睁,高梁大鼻,阔口板牙,招风大耳,腮下一派连鬓竹根胡,身穿一领映花紫罗袍,外罩红铜甲,左悬弓右插箭,手端大砍刀,坐下乌骓马。

仁贵心下暗想:这一骑马不像赛风驹,未知可是完贤朱追都罗弥,待我问声看。""呔!来将少催坐骑,通下名来!"番将答应道:"你要问我之名么?我乃大元帅盖魔下加为镇守白玉关副将雷青便是!"薛仁贵要救殿下到中原要紧,哪里还有工夫打话,听见说不是都罗弥,便纵一步马上喝道:"番狗照戟吧!"把这一戟挑将进来,雷青喊声:"不好!"把手中大砍刀往戟上噶啷噶啷这一抬,险些跌下马来。马打交锋过去,圈得转来,仁贵喝一声:"去吧!"插一戟刺将进来,雷青喊声:"不好!我命休矣!"躲闪也来不及,正中咽喉,一命呜呼了。关上有都罗弥一见雷青刺死,不觉两眼下泪,吩咐开关,一马当先冲出关来,大叫:"薛蛮子,你敢伤我兄弟,不要走,魔与你势不两立了!"薛仁贵听抬声头一看,你道他怎生打扮?但见:

>头戴一顶镔铁凤翼盔,面如紫漆,两道扫帚眉,一双铜铃眼,口似血盆,狮子大鼻,腮下一脸五绺长髯,身穿一领柳叶黄金甲,外罩血染大红袍,手执一条银缨枪,坐下乃是一骑赛风驹。

那薛仁贵连忙喝问道:"来者可就是完贤朱追罗都罗弥么?"那番将应道:"然也!既闻大名,何不早早下马归降?"仁贵闻他就是,心中喜之不胜,也不答话,巴不能夺了赛风驹就走,喝声:"放马过来,照小将军的戟吧!"嗖这一戟往都罗弥面门上刺将过去,十二分本事多显出来,那番将怎生招架得住?喊声:"不好!"把手中银缨枪往戟上噶啷这一翘,架得双眼昏花,马多退后数步,冲锋过去,圈转马来,仁贵提起白虎鞭,往守将背上当这一击,在马上翻下尘埃,背梁打断,呜呼哀哉。连忙纵下马来,一把把赛风驹牵将过来,跨上马,传令将自己这匹马交军士带着,一千雄兵先报回越虎城去。身边早备干粮人参饼,在路上充饥,遂加上三鞭,这一骑赛风驹发开四蹄,离了白玉关飞跑而去。此马原算宝骑,四足有毫毛发出,犹如腾云驾雾一般,但见树木山溪在眼前移过,不一天到了黑风关塘口,只见波浪滔天,是大海了。仁贵把赛风驹扣定,叫声:"马啊马,我闻你乃是龙驹,在海面上可以行得,今我主殿下千岁在中原有难,该我薛仁贵相救。你若果有过海之力,便纵下去,倘淹死海中,也算尽忠而死了。"说罢把马一纵下了海,只得马蹄着水,毫毛在面上,原可奔跑。仁贵好不害怕,耳边只听得呼呼风声不绝,这赛风驹用了跨海之力,真正飞风而去。仁贵用了些干粮,伏在马鞍鞒上,眼睛合着,连日连夜在海中行走。

不到三天,早见了中原登州府海滩了,但见战船密密,有汛地官在那里看守战船。仁贵纵上岸滩,有登州府王彪、总兵官徐熊二人喝住道:"呔!哪里来的?可是海贼?到何处去?"仁贵说:"我乃应梦贤臣薛仁贵,在东辽得功势如破竹,保万岁龙驾,乃扶唐大将,怎说海寇?你等做了汛地官员,如何这等不小心?张环父子瞒了陛下,从中原来谋反,欲夺大唐世界,你们不查明白,竟放了过关去,因此我随后赶来擒他张环父子,相救殿下千岁,快容我到大国长安去。"两个官员听了魂不在身,说:"你既奉旨前来,可有凭据?"仁贵说:"有的。"身边取出护身披一角,那二人见了天子龙披说:"小将军,卑职们罪该万死,请将军到衙中,待我备酒接风。"仁贵说:"要救殿下千岁要紧,不劳你们费心。那张环到来有几天了?"二人说:"小将军,他是昨日到的。"仁贵大悦道:"啊,如此不妨,还可赶得上。"别过,二人说:"将军慢行。"

那薛仁贵离了山东,径直去往长安。一日一夜,到了潼关,连忙扣住了马,往关口一看,只见上边大红旗上书着:"大唐镇守潼关殷"。"啊,原来就是殷驸马,我不免叫关便了。呔!关上的报与驸马爷知道,说今日有圣旨下,要往长安,叫他开关。"那关上的军士问道:"既有圣旨,可拿凭据出来照验,你是什么官长,说得明待我好通报。"仁贵说:"我乃应梦贤臣薛仁贵,有功于社稷,现有护身龙披在此,你拿去看。"丢上关头,军士接住一看:"真的。"连忙报入府中说:"启上驸马爷。"驸马问道:"启什么事情?"军士禀道:"东辽国奉旨来了一员小将,自称应梦贤臣薛仁贵,现在外边,要过关到长安见殿下千岁的。"殷成听见此言,心中暗想:"昨日张士贵父子说朝廷奏凯班师,停驾登州府了,今日缘何又有东辽国奉旨来的?事有可疑,不必理他。"说:"驸马爷,现在龙披在此。"殷成接来一看,果然是天子的龙披,见了凭据,心内踟蹰了一回,便说:"军士过来,放他进关前来见我。"军士答应道:"是。"回身就走。到关上把关门开了,放进薛仁贵,领到帅府,薛礼下马,进入殿来说:"驸马爷在上,小臣薛仁贵朝见。"殷成用手搀扶说:"你乃应梦贤臣,请起看坐。"薛仁贵说:"不消坐了。请问驸马,张士贵父子怎样过关的?"殷成道:"正是孤也要问你。张环昨日到我关上,他说陛下奏凯班师,已经停驾登州,四五日内就到长安了。为什么小将军又说在东辽奉陛下旨意去到长安,有何急事?到底陛下班师否?"仁贵道:"驸马爷有所不知,张环奉旨领兵攻打摩天岭,不想竟把战船一齐开了,赶到中原想进长安,有心要登龙位。我奉军师密令,赠我锦囊,叫我白玉关上取了赛风驹马，四日四夜在海中，赶来捉拿张家父子，相救殿下。谁想他哄进潼关，前往大国长安，不多路了，小臣事不宜迟，就要往长安去。"殷成听见，吓得浑身冷汗，说："果有此事？将军请先行，孤也随后就来。"薛仁贵答应，忙到外边，跨上马如飞就走。驸马也就通身打扮，带领二十家将，离了潼关，竟往陕西而来，我且不表。

如今单讲大国长安右丞相魏征，那夜得其一梦，甚是惊慌，忙上金銮殿，正是：

> 奸臣纵有瞒天计，难及忠良预见明。

不知魏征金銮殿见驾如何，且看下回分解。

第四十四回

长安城活擒反贼　说帅印威重贤臣

诗曰：

伏得龙驹过海来，张环父子定招灾。
也应唐主多洪福，预令高人安算排。

那魏征丞相忙上金銮殿，殿下临朝，便俯伏金阶说："殿下千岁在上，臣昨夜得其一兆，甚为奇怪。"那殿下李治叫声："老王伯，未知什么梦兆？"魏征道："臣昨夜梦中见我三弟秦琼，来到床前谏言几句道：'你为了掌朝宰相，如何这等不小心？况万岁到东辽，曾把殿下托你保护，权掌朝纲，料理国家正事，今目下三两日内，有朝中奸臣谋叛，欲害储君，你如何不究心查访？四门紧闭，过了三天，决无大事，若不小心，弄出大事，你命就该万死了。'臣看此兆，原算稀奇，朝中哪个是奸，哪个是佞，叫老臣也无处去查。"李治道："秦老王伯在日，尽心报国，一片忠心，今死后有这番言语，宁可信其有，不可信其无，他说把城门紧闭三天，决无大事，不免降旨，今日就四门紧闭，差将守城。"魏征传下令来，把城门紧闭了，君臣们在金銮殿上议论纷纷，我且慢表。

一到了次日早上，张士贵父子，领兵到了长安城。望去一看，只见光大门早已紧闭，吊桥挂起。心中惊骇，叫声："我的儿，为什么光大门闭在此，难道有人通了线索，预先防备我们前来？所以吊桥高挂，四城紧闭。"张志龙说："爹爹，我们在东辽国来，人不知，鬼不觉，何人知道我父子存反叛之心，先把城门紧闭起来？必然又有别样事情。今日对他说，朝廷奏凯回朝，自然开城，放我们进去。"张环说："这也有理。"连忙带马到护城河边，叫一声："城上的，快报与殿下得知，今万岁爷奏凯班师，歇马登州，先差张士贵在此，要见殿下，快快开城。"那城上军士一见说："大老爷，请候着，待我们先去报殿下，然后开城。"张环道："快去通报。"军士来到午门禀知，黄门官上殿起奏说："殿下千岁在上，外边有三十六路都总管，六十二路总先锋张环到了。说朝廷圣驾今已班师，先差张士贵来见殿下，望千岁降旨开城。"李治殿下听报父王班师，喜之不胜，立刻降旨，去放张环进城。丞相魏征连忙止住道："殿下千岁，且慢。秦三弟托梦，原说要把城门紧闭三天，才无大事，刚刚昨日闭城，才得二天，就有张环父子到来，就是万岁奏凯还朝，岂可预先无报，事有蹊跷。臣看张环父子短颈缩腮，将来必有反叛之心，不可乱开，且往城上去问个明白。"李治说："老王伯言之有理。快到城上去。"

君臣上马，带了文武大臣，离了午门，竟上城头一看。只见张家父子人等，满身结束，坐马端兵，后有数千雄兵，摆列队伍，满面杀气。想他一定有谋叛之心。魏征问道："张先锋班师了么，陛下圣驾可曾到否？"张士贵听言抬头，一见殿下同魏征在城上，心内欢悦，连忙应道："正是，陛下奏凯班师，歇驾登州，先差小将到来，料理国家大事。未知光大门为何紧闭？望老丞相快快开城。"魏征说："我受秦元帅梦中嘱托，他说今日有奸臣不法，欲夺天下。叫我紧闭城门，待天子亲到长安，然后开城。今陛下已在登州，不日就到，张先锋请外面扎营安歇，等待圣驾到了，一同放你们进来。"张士贵听见此言，吓得浑身冷汗，说："好个秦琼，你死在阴间，还要来管国家大事。也罢！"叫一声："老丞相，我实对你说，陛下与众大臣，被番兵围困越虎城中，并无大将杀退，小将焉有神仙手段去救万岁，想来君臣不能回朝的了，因此我把战船齐开来到中原，想殿下年轻不能理国家大事，不如让我做几时，再让你做如何？"魏征大怒喝声："呔！你这该死的狗头，朝廷有何亏负了你，却如此丧心。既然万岁有难在番邦，理当尽心救驾，才为忠臣，怎么私到长安，背反朝廷。幸亏秦元帅阴灵有感，叫我紧闭城门，不然被你反进城来，我与殿下性命难保。"张环道："魏征，你不过一个丞相了，难道我张环立了帝，少了你一家宰相职分么？快快开城，放我进去就罢；若有半句不肯，我父子攻破城门进来，拿你君臣二人，要碎尸万段才罢。"魏征气得满脸失色，把张士贵父子不住地声声恨骂。那底下六人带兵呐喊，放炮攻城。耀武扬威，了当不得。

忽听见后面豁喇喇一骑马跑来，上边坐着薛仁贵，一见张环人马，大喝一声："呔！张环，你往哪里走，可认得我么？"张志龙回头一看，唬得心跳胆碎，说："爹爹，不好了！薛礼来擒拿我们了。"士贵听见，魂魄飞散，纵马摇刀，上前叫声："小将军，你向在我营中，虽无好处倒你，却也费许多心机。今日可念昔日情面，放我一条生路。"仁贵喝道："呔！我把你们这六个狗头，若说昔日之情，恨不得就一戟刺你个前心穿后背。乃奉军师将令，让你多活几天，叫我前来生擒活拿你父子监在天牢，等陛下班师，降旨发落。你们快快下马受缚，免得本帅动手。"张环悉知仁贵本事高强，决不是他对手，倒不如受罪监牢，慢慢差人求救王叔，或者赦了，也未可知，便叫："我儿，画虎不成反类其犬，既有将军在此，我们一同受罪天牢便了。"四子一婿，皆有此心，共皆下马。仁贵喝声张环手下将士，把他父子去了盔甲，上了刑具。那将士上前，把他父子去了盔甲，上了刑具。

那边殷驸马也到了，大叫："小将军，张环父子可曾拿下？"仁贵说："已经拿下了，专等驸马爷前来，一同叫城。"殷成大悦。便纵到吊桥边，叫声："殿下千岁，臣在此，快快开城。"李治在上面说道："殷驸马，这员小英雄哪里来的，可放得进城么？"驸马说："殿下放心，这位英雄，就是应梦贤臣薛仁贵。在东辽保驾立功，扶唐好汉，奉军师密令，前来捉拿张环的。"李治听了，才得放心，降旨开了光大门。吊桥坠下，殷驸马押了张家父子，带了一万人马，进入城中。将人马扎定内教场，竟带张士贵来到午门。殿下李治同魏征先到金銮殿，身登龙位，仁贵上殿俯伏尘埃说："殿下在上，小臣薛仁贵，愿殿下千岁、千千岁。"李治叫声："薛王兄平身。孤父王全亏王兄保驾，英雄无比，因此太太平平进东辽关寨，势如破竹，皆王兄之大功。未知父王龙驾，几时回朝，张环因何反到这地？"仁贵道："殿下有所不知，待臣细细奏闻。小臣被张士贵埋没前营，为火头军，大小功劳，尽被何宗宪冒去。后来在海滩救驾，遇见陛下，吊取张环对证。"如此这般，一直说到破摩天岭，后又受军师锦囊，得赛风驹，赶来捉拿他，救千岁龙驾。李治闻言大喜，说："王兄如此骁勇，尽心报国，其功非小。张环有十恶不赦之罪，理当枭首级前来缴旨。"仁贵叫声："殿下且慢，陛下龙驾现在东辽建都之地，太平无事。且将他父子拿在天牢。待小臣到东辽，逼番邦降表，如在反掌。不久就要班师，回朝之日，还要取他对证，然后按其军法，未为晚也。"殿下李治说："既如此，降旨带去收监。"不表张士贵子婿六人下监。再讲殿下赐宴一席，仁贵饮过三杯，谢恩出朝。次日带了干粮，跨上赛风驹，离了长安，竟往登州，下海到东辽。我且慢讲。

如今先讲到东辽越虎城中，贞观天子这一日问军师道："朕想薛仁贵与张环各去破关，有八十余天，为甚还不来缴旨？一定这两座关上强兵勇将众多，所以难破。"徐勣笑道："这个自然。只在这两天内，就有一处缴旨了。"君臣正在言谈，外边军士报进来了："启上万岁爷，城外来了八员将官，多有坐骑，手内还有枪刀器械，口称与薛仁贵生死弟兄，要见万岁的。"天子听言，叫声："徐先生，可放得进来，不妨事么？"茂功说："陛下，不妨。这八人多有万夫不当之勇，厉害异常。乃应梦臣的结义好友，东辽大小功劳，他们也有一半在内的。陛下降旨宣他们上殿，就可加封八人爵禄了。"天子大喜，一道旨意降出。

不多一回，八人下雕鞍，放了兵器，上银銮殿来，俯伏银阶，说："万岁龙驾在上，小臣们姜兴本、姜兴霸、李庆先、李庆红、王心鹤、王新溪、薛贤徒、周青等，朝见我王。愿陛下万岁、万万岁。"那天子龙颜大悦："卿等们平身。寡人也闻得八位爱卿有功于社稷，朕今加封为随驾总兵。"八人欢喜，谢了恩，参见了元帅，与众爵主见礼。一番兵丁伏于跨下，向在张环侧首，今立朝纲，自觉威风。外边军士又报进来了："启上万岁爷，薛仁贵现在外边，要见万岁。"朝廷听言大喜，降旨快宣。军士往外宣，仁贵俯伏银阶说："陛下龙驾在上，小臣薛仁贵，奉我王旨意，前去攻打白玉关，不上一二天，就取关头。速到中原，救了殿下千岁，才得今日到东辽来缴旨。"天子听言，心中不明，说："小王兄，几时往中原，救哪个殿下？你且细奏明白。"仁贵道："陛下有所不知，张环父子领兵到摩天岭，无能可破，私开战船，返往中原，欲杀殿下，思想登基。臣受军师锦囊，叫我破了白玉关，得了东辽一骑赛风驹宝马，大海行走，犹如平地，星夜兼程飞赶到中原，相同驸马殿千岁，追到大国长安，已经把他父子拿下锁在天牢，等我王班师，然后按其国法处置。又晓夜兼行，复到东辽来，保万岁平定东辽。"天子说："有这等事？小王兄真乃异人了。在东辽救了寡人，又在长安救了王儿，复又往东辽来救寡人。正所谓百日两头双救驾，其功浩大！朕意欲加封，奈急切少有掌兵空职去补，如何是好？"

尉迟恭上前启奏道："陛下在上，臣年迈无能，不堪执掌兵权，愿把帅印托小将军掌管。"天子说:"若得尉迟王兄肯交帅印与小王兄,朕即加封为天下九省四郡都招讨平辽大元帅之职。"尉迟恭道:"某这颗帅印,秦府中所得,不知吃了多少亏,就是自己儿子也不放心付他执掌。今看小将军一则武艺精通,本事高强,二来一定前生有缘,我心情愿交付与你,安然在小将军标下听用。"仁贵推辞道:"这个不敢。老元帅乃开国功勋,到底掌兵权,道理明白,小臣不过一介寒儒,略知些韬略,自应在老元帅麾下执鞭垂镫,学些智谋,深感洪恩,怎执掌兵权起来?"天子道:"朕今为主,小王兄不必再奏。就此当殿披红,掌挂帅印。钦赐御酒三杯,就此谢恩。"仁贵不敢再逊,口称:"愿我王万爷、万万岁。"薛仁贵如今为了元帅,心中欢悦不过。有底下这些武职官,一个个上前参见一番。周青、李庆先、王心鹤八人,走将进来,叫声:"元帅哥哥,小将兄弟们参见。"仁贵道:"啊呀,兄弟们不消了。你们因何得知为兄在此,从哪里寻来的?"众弟兄说:"哥哥,我们那日打猎回到藏军洞,不见了哥哥,害得我们满山寻遍,忽遇那婆子到来,说起哥哥保驾干功立业去了,那时兄弟们要见哥哥,相随婆子来的。"仁贵道:"啊,原来如此,可笑张环父子,把我们埋没,冒夺功劳,不想原有出头日子,今张环父子性命尽不保了。"八人说:"便是。"说罢,众人原退两旁。

如今有秦怀玉、罗通、程铁牛、尉迟宝林、宝庆,这一班小爵主,上来参见。仁贵叫:"当不起。"心下不安,连忙跪下说:"陛下在上,臣有言陈奏。"天子说:"王兄有何事奏闻?"仁贵道:"臣乃山西绛州一介贫民,蒙陛下龙宠,又承尉迟老千岁大恩,将帅印交与臣执掌,在尔虽是臣小,出兵号令最大。今尉迟老千岁也在麾下听用,臣哪里当得起,意欲拜认老千岁为继父,未知陛下龙心如何?"天子说:"小王兄既有此心,朕今做主,将你过继尉迟王兄。"敬德心中也觉欢喜,假意推辞说:"这个某家再当不起的。"仁贵道:"说哪里话来。"就当殿拜了四拜,认为继父。尉迟恭从今待仁贵一条心的了,比自己亲生儿子还好得多。薛仁贵又与众爵主结拜为生死之交，朝廷准了奏，就在驾前，各府内公子爷们上前插血为盟。大家立了千金重誓，生同一处，死同一块，一十八人患难相扶到底。信盟已毕，朝廷赐宴，金銮殿上，大排筵席，款待这班小英雄。饮过数杯，把筵席扯开，仁贵讲究破东辽关寨用兵之法。甚般直讲到黄昏时候，元帅方才辞驾，回往帅府安歇。一宵晚话，不必细言。

一到了明日清晨，元帅进殿，朝过天子。军师茂功开言叫声："薛元帅，你既掌兵权，东辽兵将未晓汝名，快提兵马，去破了摩天岭，前来缴旨。"仁贵应道："是。"回营吩咐，把聚将鼓打动，传令五营四哨，偏正牙将。左右忙传令道："呔！元帅爷有令，传五营四哨，偏正牙将，各要披挂整齐，结束停当，在教场伺候。"又要说元帅哨动三通聚将鼓，有爵主们、总兵官无不整束，尽皆披甲上营说："元帅在上，末将们打拱。未知帅爷有何将令？"仁贵道："诸位将军，兄弟们，本帅今日第一次得君王龙宠，叨蒙圣恩，加封平辽元帅，今又奉旨出兵，前去攻打摩天岭，奈摩天岭难破，为此本帅要往教场祭旗一番。烦诸位将军同往教场，乃本帅头阵掌兵，故而传汝等到教场助兴，祭旗一番。往摩天岭攻打，自有八员总兵在此，不劳诸位爵主将军去的。"众爵主齐回言道："元帅说哪里话来，今往摩天岭攻打，理应末将们随去，在标下听用。"元帅说："这个不消。"众将出营，上坐骑，端了兵刃，后面元帅坐了赛龙驹，同到教军场。这一班偏正牙将、大小三军，尽行跪接。偷眼看仁贵好不威风。怎见得，但见他：

头戴白绫包巾金扎额，朝天二翅冲霞色。双龙蟠顶抓红球，额前留块无情铁。身穿一领银丝铠，精工造就柳银叶。上下肚帯牢拴扣，一十八紏轰轰烈。前后鸳鸯护心镜，亮照赛得星日月。内衬暗龙白蟒袍，千丝万缕蚕吐出。五色绣成龙与凤，沿边波浪人功织。背插四杆白绫旗，金龙四朵朱缨赤。右边悬下宝雕弓，弓弦逼满如秋月。左首插逢狼牙箭，凭他法宝能射脱。腰间挂根白虎鞭，常常渴饮生人血。坐下一骑赛风驹，一身毛片如白雪。这条画杆方天戟，保得江山永无失。后张白旗书大字，招讨元帅本姓薛。

这仁贵为了总兵大元帅，面上觉得威光，杀气腾腾，凭他强兵骁将，见了无不惊慌。这班人马中，向在张环手下的也尽多有在内，知道仁贵细底，向为火头军，与我们同行同坐，威气全元，今日他做了元帅：

何等风光满面生，腾腾杀气赛天神。

不知薛仁贵去打摩天岭，如何得胜，且看下回分解。

第四十五回

卖弓箭仁贵巧计　逞才能二周归唐

诗曰：

　　摩天高岭如何破，赖得英雄智略能。
　　赚上番营夸逞技，周家兄弟有归心。

　　不表众三军暗相称赞，单说元帅祭旗已毕，众将拜过，奠酒三杯。元帅说："诸位将军，请各自回营。本帅只带八员总兵，去破了摩天岭，回来相会吧。"众将道："元帅兴兵出战，末将们理当同去听用。"元帅说："不消，保驾要紧，城内乏人，请回吧。"众将道："元帅既如说，末将们从命便了。"众爵主各自回营，我且慢表。
　　单讲薛仁贵传令，发炮起兵，点齐十万大队雄兵，八员总兵护住，出了三江越虎城，竟往摩天岭大路进发。一路上旗幡招转，号带飘摇，好不威风。在路耽搁二三天，这一日早到摩天岭，离山数箭，传令安营。炮响三声，齐齐扎下营盘。元帅带马到山脚下，往摩天岭一看，只见岭上半山中云雾迷迷，高不过的，路又壁栈，要破此山，原觉烦难。周青道："元帅哥哥，看起这座摩天岭来，实难攻破。当初取这座天山，尚然费许多周折，今日此座山头，非一日之功可成，须要慢慢商量，智取此山的了。"仁贵说："众位兄弟，我们且山脚下传令，三军们震声呐喊，发炮哨鼓，叫骂一回，或者有将下山，与他开兵交战一番如何？"周青道："元帅又来了，前日天山下尚然叫骂不下，今摩天岭高有数倍，我们纵然叫破喉咙，他们也不知道的。"元帅道："兄弟们，随我上山去，探他动静。看来此山知有几能多高。"周青说："不好，有滚木打下来，大家活不成。"仁贵道："依你们之言，摩天岭怎生能破？待本帅冲先领头，你们随后上来。倘有滚木，我叫一声，你们大家往山下跑就是了。"八员总兵不敢违逆，只得听了仁贵之言，各把丝缰扣紧，随了仁贵，往山路上去。一直到了半山，才见上面隐隐旗幡飘荡，兵丁虽然不见，却听得有人喊叫打滚木。唬得仁贵浑身冷汗，说："啊呀，不好了，有滚木了！兄弟们快些下去。"那班总兵听说，打滚木下来，尽皆魂不在身，带转马头，往山下拼命地跑了。薛仁贵骑的是赛风驹宝马，走得快，不上几纵，先到山下，数根滚木来着总兵们马足上扫下来，却逃得七条性命。一个姜兴本，马迟得一步，可怜尽打为肉泥。美兴霸放声大哭，七员总兵尽皆下泪。仁贵说："众位兄弟，事已如此，不必悲伤，且回营去，慢慢商议。"八人回往帅营，排酒设席，饮到午夜，各自回营。

　　过了一宵，明日营中商议，全无计较。看看日已沉西，忽然记起无字天书，凡有疑难事，可以拜告。今摩天岭难破，也算一件大事，不如今夜拜看天书，就能得破了。薛仁贵算计已定，到了黄昏，打发七员总兵先回营帐，他就把天书香案供奉，三添净水炉香，拜了二十四拜，取天书一看，上边显出二七一十四个字，乃九天玄女所赠。这两句："卖弓可取摩天岭，反得擎天柱二根。"仁贵全然不解，暗想：这两句实难详解。"卖弓可取摩天岭"，或者要我到山顶上卖这张震天弓，行刺守山将士也未可知。后句"反得擎天柱二根"，怎样解说？且上山去卖弓，自有就验后文。

其夜薛仁贵全不合眼，直思想到天明，有众兄弟进营来了。仁贵说道："兄弟们，本帅昨夜拜见天书，上显出两句诗来，说'卖弓可取摩天岭，反得擎天往二根'。不知什么意思，本帅全然详解不出。"周青开言叫声："元帅哥哥，此事分明玄女娘娘要你扮作卖弓人，混上山去。别寻机会，或者破了此山，也未可知。"仁贵说："本帅也是这等详解，宜可信其有，不可信其无。兄弟们，且在此等候，待本帅扮作卖弓模样，混上山去看。"周青说："哥哥须要小心。"仁贵说："这个不妨。"

薛仁贵扮作差官一般，带了震天弓，好似张仙打弹模样，静悄悄出了营盘，往摩天岭后面转过去，思想要寻别条路上去。走了十有余里，才见一条山路，有数丈开阔，树木深茂，乃番将出入之处。上落所在，好走不过的。薛仁贵放着胆子，一步步走将上去。东也瞧，西也观，并没有人行。走到了半山，抬头望见旗幡飘荡，两边滚木成堆，寨口有把都儿行动。心中暗想："我若正走上去，犹恐打下滚木，反为不美，我不如从半边森林中，掩将上去，使他们不见。"仁贵正在晴想，忽听见山下有车轮推响之声，响上山来。仁贵往下一看，只见有一个人头戴一顶烟毡帽，身穿一领补旧直身，面如纸灰相同，浓眉豹眼，招风大耳，腮边长长几根须髯，年纪约有四五十岁，推了一轮车子，往山上行来。仁贵暗想，必定是番将差下来的小卒，不知推的是货物呢是财宝，不免躲过一边，看他作为。就往左边掩在一株大槐树背后，偷眼看他。哪晓这人一步步推将上来，到得半山槐树边，薛仁贵往上下一看，并没有人走动，飞身跳将出来，把推车的夹领毛一把拖倒在地，一脚踹在腰间，拔刀就要砍了。吓得这人魂不附体，叫声："啊唷，将军啊，饶命！可怜小的是守本分经纪小民，营生度日，并不做违条犯法之事，为何将军要杀起我来？"仁贵说："住了，你且不必慌张，我且问你，你哪处人氏，姓甚名谁？既说经纪小民，谅不是番邦手下之卒，从何处来，车子内是什么东西，推上去与哪个番将的,你且细细讲明,饶你回去。"那人道:"将军听禀,小人姓毛,别号子贞,只得老夫妻,并无男女,住在摩天岭西首下荒郊七里之遥,开弓箭店度日。不瞒将军说,小人做的弓箭有名的,此处一邦要算我顶好手段,因此山上有两位将军,名唤周文、周武,频频要我解四十张宝雕弓上去,奈因今年天邦人马来征剿,各关撩乱,多来定弓箭,忙得紧,没有空,所以直到今朝,解这四十张弓上去。"薛仁贵道:"你不要慌言,待我来看。"就把车子上油单扯开一看,果然多是弓。点一点,也不多,也不少,准准四十张。仁贵方才醒悟,天书上这一句:卖弓可取摩天岭,原来非为我卖这张震天弓,却应在他身上。就叫毛子贞:"你一人推上去,偶被小番们拦住,或者道你奸细,打下滚木来,如之奈何?"那人道:"这个年年解惯的,摩天岭上,时常游玩。乃小人出入之所,从幼上来,如今五十岁了。番兵番将无有不认得我,见了这一轮车子,就认得的,再不打滚木下来。若走到上边,小番还要接住替我推车,要好不过。就是二将周将军,待我如同故旧一般,哪个敢拦阻我。"薛仁贵道:"好,你这人老实,我也实对你说个明白。你看我是谁?"那人说:"小人不认得将军。"仁贵道:"我乃大唐朝保驾征东统兵招讨大元帅薛仁贵,白袍小将就是本帅。"那人说:"啊呀!原来是天朝帅爷,小人该死,冒犯虎威,望帅爷饶命。"仁贵道:"你休得害怕,若要性命,快把山上诸事讲与本帅听。守将有几员,姓甚名谁?番兵有多少,可有勇可有谋?说得明白,放你一条生路。"说:"帅爷在上,待小的讲便了。""快些讲来。"那人道:"帅爷,这里上去便有寨门,紧闭不通内的。里边有个大大的总衙门,守将周文、周武弟兄二人,有万夫不当之勇。后半边是个山顶,走上去又有二十三里足路,最高不过的。上有五位大将,一个名唤呼哪大王,左右有两员副将,一名雅里托金,一名雅里托银,也是同胞兄弟,骁勇异常。这两个还算不得狠,还有猩猩胆元帅,膀生两翅,在空中飞动,一手用锤,一手用砧,好像雷公模样打人的。还有一个乃高建庄王女婿，驸马红幔幔，马上一口大刀，有神仙本事，力大无穷。小人句句真言，并不隐瞒，望帅爷放我上去。"仁贵一一记清在心，取出宝剑说："天下重事，杀戒已开，何在你个把性命？"说罢，嚓的一剑，砍作两段。上前把他衣帽剥下，将尸首撇在树林中，自把将巾除下，戴了烟毡帽；又把白绫跨马衣脱落，将旧青布直身穿好，把自己震天弓也放在车子内，推上山来。

有上面小番在寨门看见了说："哥啊！那上来的好似毛子贞。"那一个说："啊，兄弟。不差，是他。为什么这两天才解弓上来？"看看相近寨口下了，那人说："兄弟，这毛子贞是乌黑脸有须的，他是白脸无须，不要是个奸细，我们打滚木下去。"仁贵听见打滚木，便慌张了，叫声："上边的哥，我不是奸细，是解弓之人。"番军喝道："呔！解弓乃有须老者，从来没有后生无须的。"仁贵说："我是有须老者的儿子，我家父亲名唤毛子贞，皆因有病卧床，所以今年解得迟了。奈父病不肯好，故打发我来的，若哥们不信，看这轮车子，是认得出的，可像毛家之物？"小番一看道："不差，是毛子贞的车子，快快进来。"那仁贵答应，走进寨门。小番接住车子说："待我们去报，你在那里等一等。"仁贵道："晓得。"小番往总衙府来，说："启上二位将军，毛家解弓到了。"周文道："毛子贞解弓来了么？为何今年来得迟，唤他进来。"小番道："启将军，那解弓的不是毛子贞。"周文道："不是他，是哪一个？"小番禀道："那毛子贞有病卧床，是他的儿子解来的。"周文说："他在此解弓，走动也长久了，从不曾说起有儿女的，今日为甚有起儿子来？不要是奸细，与我盘问明白，说得对放他进来。"小番道："我们多已盘问过了，说得对的，车子也认清毛子贞的。"周文道："既如此，放他进来。"小番往外来道："将军爷传你进去，须要小心。"仁贵道："不妨事。"将身走到堂上，见了周文、周武，连忙跪下："二位将军在上，小人毛二叩头。"周文道："罢了，起来。你既奉父命前来解弓，可晓得我们有多少大将，叫什么名字，你讲得不差,放你好好回去,若有半句不对,看刀伺候。"两下一声答应,吓得仁贵魂魄飞散,便说:"家父对我说明,原恐盘问。小人一一记在心中,但这里将爷尊讳,小人怎敢直呼乱叫?"周文道:"不妨,恕你无罪讲来。"仁贵道:"此地乃二位将军守管,上边有五位将军为首,是呼哪大王、雅里托金、雅里托银、元帅猩猩胆、驸马红幔幔,通是有手段厉害的。兵马共有多少,小人一一记得明白。"周文道:"果然不差。你父亲有什么病,为甚今年解得迟?"仁贵道:"小人父亲犯了伤寒,卧床两月,并不肯好,况关关定下弓箭,请师十位,尚且做不及,忙得紧,所以今年解得迟了。"周文说:"你今年多少年纪了?"仁贵说:"小人二十岁了。"周文说:"你今年解多少弓来?"仁贵道:"车子中四十张在内。"周文说叫手下,外边把弓点清收藏了。

小番应去了。一会儿前来禀道:"启上将军,车子中点弓,有四十一张。"周文、周武因问道:"你说四十张,如何多了一张出来?"仁贵心中一惊,当真我的这张震天宝弓也在里边,若说了四十一张,怎把宝弓撇在他手,如何是好?眉头一皱,计上心来。原算能人,随机应变,说道:"二位将军在上,小人力气最大,学得一手弓箭,善开强弓箭,能百步穿杨,所以小人带来这张弓,也就在车子中,原不在内的,望将军取来与小人。"周文、周武听见此言,心中欢喜,说:"果然你有这等本事,你自快去,拿你这张震天弓来与我看。"仁贵就往外走,车子内取了震天弓进来,与周文、周武说道:"二位将军来,请开一开看,可重么?"周文立起身来接在手中,只开得一半,哪能有力扯得足?说:"果然重,你且开与我看。"仁贵立起身,接过弓来,全不费力,连开三通,尽得扯足。喜得周文、周武把舌伸伸说:"好本事,我们为了摩天岭上骁将,也用不得这样重弓,你倒有这样力气,必然箭法亦高。我且问你,那毛子贞是一向在此间走动的人,他从不曾说起有儿子,哪晓你反有这个好本事,隐在家中,倒不如在此间学学武艺吧。"仁贵说:"不瞒二位将军,但小人在家不喜习学弓箭手艺,曾好六韬三略，所以一向投师在外，操演武艺，十八般器械，虽不能精，也知一二。今承将军既然肯指点小人武艺，情愿在此执鞭垂镫，服侍将军。"

周文、周武听他说武艺多知，尤其欢喜，说道："我将军善用两口大砍刀，你既晓十八般器械，先把刀法耍与我们看看好不好？待我提调提调。"仁贵道："既然如此，待毛二使起来。"就往架上拿了周文用的顶重大刀，说："好轻家伙，只好摆威，上阵用不着的。"就在大堂上使将起来，神通本事显出，只见刀不见人，撒头不能近肌肤，乱箭难中肉皮身。好刀法，风声响动。周文见了，口多张开，说："好好，兄弟，再不道毛子贞有这样一个儿子在家，可惜隐埋数年，才得今朝天赐循环，解弓到此，知道他本事高强。幸喜今日相逢，真算能人。我们刀法哪里及得他来？"周武道："便是这样刀法，世间少有的，我们要及他，万万不能。看他一刀也无破绽可以批点得的。"那仁贵使完，插好了刀说："二位将军，请问方才小人刀法之中，可有破绽，出口不清，望将军指教。"周文、周武连声赞道："好！果然刀法精通。我们倒不如你，全无批点。有这样刀法，何不出仕皇家，杀退大唐人马，大大前程，稳稳到手。"仁贵假意道："将军爷，休要谬赞。若说这样刀法倒好，无眼睛的了。小人要二位将军教点，故而使刀，为什么反讲你不如我，太谦起来。若说这样刀法，与大唐打仗，只好去衬刀头。"周文不觉惊骇，心下暗想："他年纪虽轻，言语到大。"便说："果然好，不是谬赞你，若讲这个刀法与唐将可以交战得了。"薛仁贵笑道："二位将军这大刀，我毛二性不喜他，所以不用心去习练它的。我所最好用者是画杆方天戟，在常常使它，日日当心，时刻求教名师，这个还自觉倒好些。"周文、周武道："我们架上有顶重方天戟在那里，一发耍与我们瞧瞧。"那仁贵就在架上取了方天戟，当堂使起来。这事不必说起，日日用戟惯的，虽然轻重不等，但觉用惯器械，分外精通，好不过的了。周文道："兄弟，你看这样戟法，哪里还像毛子贞的儿子，分明是国家梁栋，英雄大将了。"周武说："正是，哥哥，这怕我们两口刀赶上去，不是他的对手哩。"周文说："兄弟，这个何消讲得，看起来倒要留他在上，教点我们的了。"二人称赞不绝。仁贵使完戟法，跪下来说道："二位将军，这戟法比刀法可好些么？"周文大喜说："好得多。我看你本事高强，不如与你结拜生死之交，弟兄相称。一则讲究武艺，二来山下唐兵讨战甚急，帮助我们退了人马，待我陈奏一本，你就：

腰金衣紫为官职，荫子封妻作贵人。"

不知薛仁贵怎生攻破摩天岭，且看下回分解。

第四十六回

猩猩胆飞砧伤唐将　红幔幔中戟失摩天

诗曰：

天使山河归大唐，东洋番将枉猖狂。
征东跨海薛仁贵，保驾功勋万古扬。

那周文、周武又说："我们保奏你出仕皇家，为官作将，未知你意下如何？"仁贵听言，满心欢喜，正合我意。便说："二位将军乃王家梁栋，小人乃一介细民，怎敢大胆与将军结拜起来？"周文、周武道："你休要推辞过谦，这是我来仰攀你，况你本事高强，武艺精通，我弟兄素性最好的是英雄豪杰，韬略精熟，岂来嫌你经纪小民出身？快摆香案过来。"两旁小番摆上香案，仁贵说："既如此，从命了。"三人就在大堂拜认弟兄，愿结同胞共母一般，生同一处，死同一埋。若然有欺兄灭弟，半路异心，天雷击打，万弩穿身。发了千斤重誓，如今弟兄称呼。吩咐摆宴。小番端正酒筵，三人坐下饮酒谈心。言讲兵书、阵法、弓马、开兵，头头有路，句句是真。喜得周文、周武拍掌大笑，说："兄弟之能，愚兄们实不如你，吃一杯起来。如今讲究日子正长，我与你今夜里且吃个快活的。"仁贵大悦道："不差，不差。"三人猜拳行令，吃得高兴，看看三更时候，仁贵有些醺醺大醉，周文、周武送他到西书房安歇去了。于今弟兄二人在灯下言谈仁贵之能，周武不信毛家之子，一定大唐奸细，故而有这本事。周文也有些将信将疑，其夜二人不睡，坐到鼓打四更。

又要讲到书房中薛仁贵吃醉了，一时醒来，昏昏沉沉，还只道是唐营中，口内发燥，枯竭起来，喊叫道："哪一个兄弟，取杯茶来与本帅吃。"这一句叫响，不觉惊动周文、周武，亲听明白。周武便说："哥哥，如何！既是毛家儿子，为何称起本帅来，难道他就是唐朝元帅？"周文方才醒悟道："兄弟，一点不差。我看他戟法甚好，我闻说大唐穿白用戟小将厉害，近来又闻掌了兵权，敕封天下都招讨平辽大元帅，名唤薛仁贵。想他一定就是，故此口称元帅。"周武说："哥哥，如此我们先下手为强，快去斩了他，有何不可。"周文说："兄弟差矣，不可。我们一家总兵职分，与元帅结为兄弟，也算难得的，立了千斤重誓，怕他不来认弟兄？况且我们又不是东辽外邦之人，也是祖贯中原，山西大隋朝百姓，有些武艺，漂洋做客，流落东辽，狼主有屈我们在摩天岭为将。况发心已久，不愿在外邦出仕，情愿回到中原，在唐朝为民。奈无机会，难以脱身。今番邦社稷十去其九，难得大唐元帅在山，正合我意，不如与他商议，投顺唐朝，反了东辽，取了摩天岭。一来立了功劳，二来随驾回中原，怕少了一家总兵爵位，岂不两全其美。兄弟意下如何？"周武道："哥哥言之有理，不免静悄悄进去，与他商议便了。"兄弟二人移了灯火，推进书房说道："薛元帅，小将取茶来了。"仁贵在床中听见，坐起身一看，见了周文、周武，吓得魂飞魄散，暗想事露机关，我命该死了。心内着了忙，跳下床来，一口宝剑抽在手中，说："二位哥哥，小弟毛二，好好睡在此，未知哥哥进来有何话讲？"周文、周武连忙跪下说："元帅不必隐瞒，小将们尽知。帅爷不是毛家之子，乃大唐平辽元帅薛仁贵，欲取摩天岭，冒认上来的。"仁贵说道："二位哥哥休要乱道，小弟实是毛家之子，蒙二位哥哥抬举，结为手足，岂是什么大唐元帅。"周文道："我看你武艺精通，戟法甚好，方才又听得自称元帅，怎说不是起来？若元帅果是唐邦之将，我们弟兄二人也不是东辽出身，原是中原山西太原府百姓，后因漂洋为客，流落在此。狼主屈我们为总兵，镇守摩天岭的，心向中国已久，奈无机会脱身。今元帅果然是唐朝之将，弟兄情愿投降唐邦，随在元帅标下听用，共取东辽地方，班师回家乡去，全了我二人心愿，望帅爷说明。"

仁贵听他有投降之意，料想瞒不过，只得开言叫声："二位哥哥请起，本帅与你们今已结拜生死弟兄，患难相扶到底，并无异心。难得二位心愿投降唐朝，我也不得不讲明，本帅果是大唐朝薛仁贵，叨蒙圣恩，加封招讨大元帅，食君之禄，理当报君之恩，故而领兵十万，骁将千员，奉旨来取摩天岭。现今扎营在山下，不道此山高大，实难破取，故而本帅闲步散闷，偶遇毛子贞解弓上山，只得将计就计，冒名上山。谁道二位哥哥眼法甚高，识出其情，不如同反摩天岭，帮助本帅立功。到中原出仕，岂不显宗耀祖。"周文、周武道："元帅肯收留，末将情愿在山接应。元帅快去，领人马杀上山来，共擒五将。略立头功，好在帐下听令。"

说话之间，东方发白。仁贵道："我下去领兵上山，倘小番不知，打下滚木来，如何抵挡。"周文说："这滚木是小将叫他打，他们才敢打下山来，若不叫他打，他们就不敢打。元帅放心，冲杀上来，决无大事。"薛仁贵满心欢喜，闲话到了天明，薛仁贵原扮作毛家之子，出了总府衙门，周文、周武送到后寨，竟下山去了，此言慢表。

单讲周总兵回衙，吩咐偏正牙将小番们等说："东辽地方，十去其九，不久就要降顺大唐的了。方才下去这解弓之人，乃天邦招讨元帅薛仁贵冒名上来的，我总爷本事平常，唐将十分骁勇，谅不能保守此山，故今投顺大唐。与他商议，今日领兵杀上山来，我们接应，竟上山顶,保全汝等性命,你们肯投唐,在中原做官出仕,不肯降顺,尽作刀头之鬼,未知众等心下如何?"那些偏正将官小番们等,见主子已经投顺,谁敢不遵!多有心投顺。大家结束起来,端正枪刀马匹,候大唐人马上山,共杀上山顶。周文、周武都打扮起来,头上大红飞翠扎巾,金扎额;二翅冲天阴阳带,左右双分。身穿大红绣蟒袍,外罩绦链赤铜甲,上马提刀,在总府衙门等候。

再讲薛仁贵下山,来到自己营中。周青与众兄弟接见,满心欢喜,说:"元帅哥哥回来了么?"仁贵道:"正是。"进入中营,周青问道:"事情怎么样了,可有机会?这两句天书,应得来么?"仁贵说:"众兄弟,玄女娘娘之言,不可不信,如今有了机会,你等快快端正,即速兴兵,杀上摩天岭,自有降将在上面救应。"周青道:"元帅,到底怎样,就应了天书上的两句说话?且讲与小将们得知,好放心杀上去。"仁贵就把顶冒毛子贞卖弓,混上后山,如此恁般,降顺了周文、周武弟兄,岂不是又得擎天柱二根。周青与众弟兄听见,心中不胜大喜。大家各自端正,通身结束,上马提兵。薛仁贵头顶将盔,身上贯甲,跨了赛风驹,端了画杆方天戟,领了十万雄兵,先上摩天岭,后面众兄弟排列队伍,随后上山。一到了寨口,有周文、周武接住道:"元帅,待末将二人诈败在你马前,跑上山峰。你带众将随后赶上山来,使他措手不及,就好成事了。"仁贵道:"不差,不差,二位兄长快走。"周文、周武带转丝缰,倒拖大砍刀,望山顶上乱跑。薛仁贵一条戟逼住,在后追上山峰。后面七员总兵,带领人马,震声呐喊,鼓哨如雷,炮声不绝,一齐拥上山去。

再讲周文、周武跑上山,相近寨口,呼声大叫:"我命休矣!要求救救,休待来追。"这番惊动上面小番们听见,往下一看,连忙报进银安殿去了。这座殿中有位呼哪大王,生来面青红点,眉若丹朱,凤眼分开,鼻如狮子,兜风大耳,腮下一派连鬓胡须,身长一丈,顶平额阔。两位副将生得来面容恶相,扫帚乌眉,高颧骨,古怪腮,铜铃圆眼，腮下一派短短烧红竹根胡，身长多有九尺余外。驸马红幔幔，面如重枣，两道浓眉，一双圆眼，口似血盆，腮下无须，刚牙阔齿，长有一丈一尺，平顶阔额。其人力大无穷，本事高强。元帅猩猩胆生来面如雷公，四个獠牙抱出在外，膊生二翅，身长五尺，厉害不过。这五人多在银安殿上讲兵法，一时说到大唐人马，势如破竹，大元帅屡次损兵折将，狼主银殿尚被唐王夺去，为今之计怎么样，呼哪大王说："便是，今又闻唐朝穿白将掌了帅印，统兵来取摩天岭，不是笑他，若还要破此山，如非日落东山。千难万难，断断不能的了。"众人说："这个何消说得，凭他起了妖兵神将，也是难破这里。"口还不曾闭，小番报进来了，报："启上大王、驸马、元帅爷，不好了。"众人连忙问道："为何大惊小怪起来，讲，什么事？"小番道："如此恁般，唐将带领人马，杀上山来。二位周总兵，杀得大败，被他追上山来了。"

　　五人听见此言，定心一听，不好了。只闻得山下喊杀连天，鼓炮如雷，说："为何不打滚木，快传令打滚木下去。"说道："滚木打不得下去，二位周总兵也在半山中，恐伤了自家人马。"那番急得五将心慌意乱，手足无措，披挂也来不及了，喝叫带马抬刀拿枪来。一位元帅猩猩胆连忙取了铜锤铁砧，飞到半空中去了。这里上马的上马，举刀的举刀，提枪的提枪，离了殿廷，来到山寨口。呼哪大王冲先，后面就是雅里托金、雅里托银，两条枪忙急，劈头撞着周文、周武假败上山来，说："大唐将骁勇，须要小心，且让他上山斗战吧。"两人说了这一句，就溜在呼哪大王背后去了，倒抵住雅里弟兄不许放他到寨口接应，不由分说，两口刀照住托银、托金，乱斩乱剁，这二人不防备地说："周总兵，怎么样敢是杀昏了。"连忙把枪招架，四人杀在一堆。后面驸马举起忽扇板门刀，一骑马冲上前来喝道："周文、周武，你敢是反了，为什么把自家人马来乱杀？"二人应道："正是反了，我弟兄领唐兵来，生擒活拿你们。"驸马听言，心中大怒，说："把你这奸贼碎尸万段！狼主有何亏负于你，怎么一旦背主忘恩，暗保大唐，诱引人马杀上山来！"说罢，一马冲上前来，不战而自心虚。

单说呼哪大王见周文、周武反了身要取他性命，正欲回身，却被薛仁贵堵到寨口，说："你往哪里去，照戟吧。"插一戟，直往呼哪大王面门上刺将过去。他喊声："不好！"把手中枪噶啷一架，这一个马多退后十数步，在雕鞍上坐立不牢。仁贵又用力挑一戟进去，这位大王招架也来不及，贴身刺中咽喉，阴阳手一泛，把一位呼哪大王挑到山下去了，差不多跌得酱糟一般。又要说仁贵冲上一步，直撞着驸马红幔幔，喝声："穿白将不要走，照刀吧。"亮起手中板门刀，往仁贵顶梁上砍将下来。这薛仁贵说声："来得好。"把手中方天戟往刀上噶啷一声响，架在旁首。两膊子振只一振，原来得厉害，冲过去，圈得马转，薛仁贵手中方天戟紧一紧，喝声："照锋戟吧。"插这一戟，直往驸马劈前心刺将过去。红幔幔说声："来得好。"把刀噶啷一声响，枭在旁边，全然不放在心上。二人贴正，杀个平交。半空中元帅见驸马与仁贵杀个对手，不能取胜，飞下来助战了。周文晓得猩猩胆会飞，一头战，一头照顾上面，留心地看见飞到薛仁贵那边去，遂叫："元帅！防备上面此人，要小心。"仁贵应道："不妨。"左手就扯起白虎鞭，往上面架开，遂即要打，又飞开去了。又往周文、周武顶梁打下去。周氏弟兄躲过，又往薛仁贵这里飞来。他如今只好抵住红幔幔这口刀，哪里还有空工夫去架上面，倒弄得胆脱心虚。

又要讲这周青、王心鹤七人，领兵到得山上，把这些番邦人马围在居中好杀。王新溪一条枪使动，杀往南山，李庆先一口刀舞起乱斩乱剁，竟往东首杀去。薛贤徒抡动射苗枪，催马杀往西山。姜兴霸在北营杀得番兵番将死者不计其数，哭声大震。周青两条铜好不厉害，看见仁贵杀得气喘吁吁，连忙上前说："元帅，我来助战了。"把马催到驸马马前，提起双铜就打。红幔幔好不了当，把手中刀急架忙还，一人战一个，红幔幔原不放在心上。仁贵说："周兄弟，你与我照顾上面猩猩胆的砧锤，本帅就好取胜了。"周青答应，正仰面在此，专等猩猩胆飞来，提铜就打。如今这猩猩胆在上，见周青在那里招架，倒不下来了。正往周文、周武那边去打浑了。周氏弟兄与托银、托金杀了四十余回合，枪法越发高强，刀法渐渐松下来，战不过来。那一头李庆红、王心鹤见周文、周武刀法渐渐乱了，本事欠能，带马上前，帮了周文，提刀就砍。托金、托银忙架相还，四口大刀逼住两条枪，不管好歹，嚓嚓嚓乱斩下去。这番将哪里招架得及："啊唷，不好，我死矣！"噶啷叮当，叮当噶啷，前遮后拦，左钩右掠，上护其身，下护其马。又战了二十冲锋，番将汗流浃背，呼呼喘气，要败下来了。上面猩猩胆见托金、托银力怯，他就转身飞下来，正照李庆红顶梁上当这一锤砧。庆红说声："不好。"要架也来不及了。打了一个大窟窿，脑浆冲出，坠骑身亡了。王心鹤见庆红被打死，眼中落泪，只好留心在此招架上面猩猩胆。周文、周武两口刀，原不能取胜雅里弟兄，那一首仁贵、周青与红幔幔杀到一百回合，总难取胜。又闻猩猩胆伤了李庆红兄弟，心中苦之百倍，眼中流泪，手中戟法渐渐松下来。又听见满山火炮惊天，真正天昏地暗，刀斩斧劈，吓得神鬼皆惊，滚滚头颅衬马足，叠叠尸骸堆积糟，四面杀将拢来。番邦人马有时运的逃了性命，没时运的枪挑铜打而亡，差不多摩天岭上番兵死尽的了，有些投顺大唐，反杀自家人马。姜兴霸、李庆先、薛贤徒、王新溪举起刀提着枪，四人拥上来帮助仁贵，共杀驸马。把一个红幔幔围绕当中，枪往咽喉就刺，刀往顶梁就砍，戟望分心就挑。那驸马好不厉害，这一把板门刀抢在手中，前遮后拦，左钩右掠，多已架在旁首。薛仁贵叫声："众兄弟，你们小心，我去帮助周兄弟，挑了两员将，再来取这狗番儿性命。"仁贵把戟探下，往东首退去。停住了马，左手取弓，右手拿取一条穿云箭，搭在弓上，照定上面猩猩胆的咽喉嗖的射将上去。猩猩胆喊声："不好。"把头一偏，左翅一遮，伤了膊子："啊呀，是什么箭伤得本帅？凭你上好神箭，除了咽喉要道，余外箭头射不中的。今日反被大唐蛮子射伤我左膊，摩天岭上料不能成事，本帅去也。"带了这支穿云箭，往正西上拍翅就飞。此人少不得征西里边，还要出战。仁贵一见宝箭穿牢猩猩胆左膊，被他连箭带去，心内着忙，可惜一条神箭送掉了。遂催马上前。把戟一起，接战驸马。正是：

　　摩天岭上诸英士，一旦雄名丧海邦。

究竟薛仁贵怎生取胜，且看下回分解。

第四十七回

宝石基采金进贡　扶余国借兵围城

诗曰：

苏文炼宝往山林，借取邻邦百万兵。
复困番城惊帝主，咬金诱贼脱逃行。

薛仁贵叫："众兄弟，去帮周文、周武，取了托金、托银性命，再来助我。"那薛贤徒、姜兴霸、王新溪探出兵刃，连忙答应道："啊！"便向前帮助周文、周武，围住雅里弟兄，刀斩斧劈，杀得他两条枪招架也来不及，雅里托银心中慌乱，那柄枪略松得一松，却被王新溪刺中咽喉，翻下马来，一命呜呼了。托金见同胞已死，泪如雨点交流，心中慌张，被周文用力一刀，砍将过去，托金口说："嘎唷，不好！"闪躲也来不及，连肩带背，着了一刀，跌下马来，呜呼身亡。众人大悦，拥上来把驸马围住，又杀了一回。薛仁贵手中戟逼住红幔幔，杀得他呼呼喘气，刀法混乱，招架也来不及。他往四下一看，并没有自家人马，四将尽皆惨死，多是大唐人马，心中慌张不过，却被仁贵一戟倒将进去，红幔幔喊声："啊呀，我命休矣！"戟正刺中前心，穿了后背，阴阳手反往半边挑去了，自然死的。那些番兵尽行投降。薛仁贵吩咐山前山后，改换了大唐旗号。大家进往银安殿，查点粮草已毕，传令摆酒数桌，众将坐席饮宴。仁贵叫声："二位将军，此座摩天岭乃二位之功，待本帅班师到越虎城，在驾前保举一本，自有封赠。"周文、周武道："多谢元帅。"席上言谈，饮至半夜，各回帐房安歇一宵。

到了明日清晨，元帅传令要回越虎城去，周文、周武上前道："元帅且慢起程，此处殿后宝石基乌金子最多，请到后面去拣择几百万，装载车子，解去献与万岁，也晓得为臣事君之心。"仁贵道："哪里有这许多金子？"周文道："元帅，你道天下间富贵人家的乌金子，是哪里出的？多是我们这里带去，使在中原的。这乌金子乃东辽摩天岭上所出。"仁贵道："有这等事？快到后面去。"众弟兄同往宝石基一看，只见满地通是乌金子，有上号、中号、下号三等乌金。仁贵传令："众兄弟分头去拣选上等的，准备几十车，好奉献陛下，也算我们功劳。"数家总兵奉令，十分欢悦，各去用心寻拣上号乌金，各人腰中藏得够足。从此日日拣兑乌金，也非一日之功。

我且慢表仁贵兵马耽搁摩天岭，如今要讲到番邦元帅盖苏文。他复上朱皮山求木角大仙，又炼了九口柳叶飞刀，拜别师父下山，从扶余国经过，借取雄兵十万，猛将十员，来到贺鸾山，见狼主千岁。说起摩天岭已被大唐仁贵夺取，事在累卵。"幸元帅下山，将何计可退得天兵，复转关寨，孤之万幸。"盖苏文启奏道："狼主龙心韬安，臣下朱皮山，半路上就闻报摩天岭已被大唐夺去，又闻薛仁贵同偏正将，多在山后宝石基兑择乌金子，还要耽搁两个多月，未必就班师下山。趁他不在越虎城内，因此臣就在扶余国借得雄兵十万，猛将十员，请狼主御驾亲行，带领大队，困绕越虎城，谅城中老小将官，也不能冲踹。臣就传令四门攻打，倘侥幸破了城池，捉住唐王，就不怕仁贵恃强了。岂不关寨原归我主，中原亦归我主？中原天下一统而得！"高建庄王龙颜大悦，遂即降旨，拔寨起了大队儿郎，离却贺鸾山，早到越虎城。大元帅传令与我把门围困，按下营来。手下一声号令，发炮三声，分兵四面围困住了，齐齐屯下帐房，有十层营盘，扎得密不通风，蛇钻不透马蹄，鸦飞不过枪尖。按了四方五色旗号，排开八卦营盘，每一门二员猛将保守。元帅同偏正将，保住御驾，困守东城。恐唐将杀出东关，往摩天岭讨救。所以绝住此门要道。今番二困越虎城，比前番不同，更觉厉害，雄兵也广，猛将也强，坚坚固固，凭他通仙手段，也有些难退番兵。

不表城下围困之事，又要讲到城内。贞观天子在银安殿，与诸大臣闲谈仁贵本事高强，计取摩天岭，只怕即日就要回城了。正在此讲，忽听见城外三声大炮，天子只道仁贵回朝，喜之不胜。那一头军士飞报进殿来道："启上万岁爷，不好了！番邦元帅带领雄兵数万，困住四门，营盘坚固，兵将甚多，请万岁定夺。"天子一听此报，吓得冷汗直淋，诸大臣目瞪口呆。茂公启奏道："既有番兵困绕四城，请陛下上城，窥探光景如何，再图良策。"天子道："先生言之有理。"天子带了老将，各府公子，多上东城。往下一看，只见：

征云霭霭冲斗牛，杀气重重漫四门。风吹旗转分五彩，日映刀枪亮似银。鸾铃马上叮当响，兵卒营前番语清。东门青似三春树，西按旌旗白似银。南首兵丁如火焰，北边盔甲暗层层。中间戊己黄金色，谁想今番又困城。

果然围得凶勇，如之奈何。急得老将搔头摸耳，小爵主吐舌摇头。天子皱眉道："徐先生，你看番兵势头凶勇，怎生是好？薛元帅又不在，未知几时回城，倘一时失利，被他攻破城池，怎么处？"茂公道："陛下龙心韬安。"遂传令罗通、秦怀玉、尉迟宝林、尉迟宝庆，各带三千人马，保守四门，务要小心。城垛内多加强弓硬弩，灰瓶石子，日夜当心守城。若遇盖苏文讨战，不许开兵，他有飞刀厉害，宁可挑出免战牌。若有番将四门攻打，只宜四城紧守，决无大事。不要造次，胡乱四面开兵，倘有一关失利，汝四人一齐斩首。四将得令，各带人马，分四门用心紧守。朝廷同老将、军师退回银銮殿，自然计议退兵。

我且分开城内之事，又要说到城外庄王御营盘。其夜，同元帅、军师摆酒畅饮，三更天各自回营。一宵过了，明日清晨，饱餐战饭已毕，大元帅全身披挂，带领偏正将，出营来到护城河边，一派绣绿蜈蚣幡，左右分开，盖元帅坐在混海驹上，摆个拖刀势，仰面呼声高叫："呔！城上的，快报与那唐童知道，说前日曾在本帅马前苦苦哀求，追往东海，陷住沙泥，逼写血表，中原世界已入我手，可恨者穿白薛蛮子，把唐童救去，破人买卖；也是本帅自己不是，留得唐童首级，不早割取，为此心中时时懊悔。所以再上仙洞，炼就飞刀，借得雄兵猛将，今非昔比，眼下四门我兵甚多，谅薛仁贵在摩天岭上，决不能就回。唐童即日可擒，越虎城必定就破，汝等蝼蚁之命，也只在目前化为乌有。"底下厉声喝叫，忽惊动上面罗通，一闻此言，心中大怒，往下大喝道："呔！我把你这狗番奴一枪刺死才好，怎么你自恃飞刀邪术，在城下大呼小叫，耀武扬威，满口夸言，我小爵主因奉军师将令，只要紧守，故不开兵，你今日且好好回营，少不得只在几日内，还你个片甲不留就是了。"苏文说："我认得你是大唐罗蛮子之后，原有几分本事，只是太觉夸能，你还不知我四门兵马骁勇，谅汝城中老少之将，也不能守住越虎城，不如把唐童献出，归顺我邦，重重加封。如有片言不肯，本帅就要四门架起火炮攻打，管教你满城生灵，尽作为灰，那时悔却迟了。"罗通呼呼冷笑道："青天白日，敢是做了春梦？在此说这些鬼话！凭你火炮、水炮打上城来，今日小爵主爷不与你斗战，把免战牌挑出去。"手下兵士一声答应："啊。"东门把免战牌高挑，四门上尽挂了免战牌。盖苏文一见，哈哈大笑回营，将言细说与狼主得知。庄王大悦，称元帅之雄威。其夜话文不表。

一到了次日，大元帅传下令来，四城门一共架起十二枚火炮，各带发五千雄兵，围绕护城河边，又架起连珠火炮，打得四处城楼摇动，震得天崩地裂。齐声喊杀，惊得荒山虎豹慌奔；锣鸣鼓响，半空中鸦鹊不飞。满城外杀气，冲得神仙鬼怪心惊。这番攻城不打紧，吓得那些城中百姓，男女老少，背妻扶长，抱子呼兄，寻爹觅子，哭声大震。街坊上纷纷大乱，众兵丁慌张不过。天子朝廷在殿，听得四处轰天大炮，觉得地上多是震动，浑身发战，心中慌乱，并无主意。又听得城中百姓哭声不绝，惊乱异常，连及众大臣心胆俱碎。茂公十分着急，忙叫："陛下龙心韬安，番兵攻城，虽是厉害，有四位爵主在城上用心抵挡，一日决不能破，料无大事，请陛下宽心，降旨差臣招安黎民要紧。况外面有兵，里边不宜慌乱，若是先使自兵喧嚷，这外将势广，城即就破矣。"天子听了军师之言，遂命尉迟恭、程咬金往四路招安百姓。亏他二人领旨前去各路招安，方使这些百姓哭声略略缓低了些。二人进殿复旨已毕，尉迟恭又上四门叫诸公子抵挡，令三千攒箭手，往番兵队内，嗖嗖嗖地乱射下去；又把火炮、灰瓶、火箭打个不住，一直闹哄到黄昏时候，番兵才得退回营去，方使耳边清静。这一夜马不卸鞍，人不卸甲，只在保守四城。一到第二天，原架起火炮，四门攻打，城中每一门又加二千攒箭手抵挡，自此连攻三天，四位爵主食不甘，夜不寝，人劳马倦，越虎城危于累卵，即日可破。四位公子急得面容憔悴，又不敢亲去见君，各差人报知万岁，说番兵势大，攻城厉害，若再不图良策而退，目前顷刻就有大祸。这番急得天子魂飞魄散，茂公奏道："今夜且过，待臣明早图其计策。"天子许之。

一到明日清晨，天子升殿，武将侍立两班，天子开言叫声："先生，番兵连珠炮可怕，银銮殿尚且震动，想四处城楼独造空中，倘然震塌，城门着火，冲进城来，那时谁人御敌？可叹薛王兄破摩天岭已有五六天，这几日应该回来，不知何故耽搁住了。"茂公说："陛下要退番兵，须当外合里应，内外夹攻，可退得来。"天子说："薛王兄这标人马现在外边，若至城来，天缘凑合，两路夹攻了。如今不知他几时回城，事在危急之处，哪里等得及？"茂公道："依臣阴阳上算起来，薛元帅未必就来，应在此月外方回。"天子听言，面多忧色，说："依先生之言，我等君臣活不成的了。"茂公道："非也，陛下只消降旨，命一大臣踹出番营，往着摩天岭讨救，薛仁贵自然前来，共退番兵，有何难哉。"天子说："先生又来了，城中数万人马，老少英雄尚不敢冲杀番兵，寡人殿前那一个有这本事独踹出营？"茂公道："这个本事的人尽有，只恐他不肯去，若肯去，番兵包可退矣。"天子道："先生，哪一位王兄去得？"茂公笑道："陛下龙心明白，讨救者，昔日扫北的功臣也。"天子心中醒悟，说："程王兄，徐先生保你能冲喘番营，前去讨救，未知可肯与朕效力否？"程咬金听说，心中老大吃惊，连忙跪奏道："陛下在上，老臣应当效力，舍死以报国恩。但臣年纪老迈，疾病满身，况到摩天岭，必从东门而出。盖苏文飞刀厉害，臣若去，只恐有死无生，必为肉泥矣。"天子想想道："先生，当真程王兄年纪老迈，怎生敌得过盖苏文，不如尉迟王兄去走一遭吧。他这一条枪，还可去得。"茂公道："陛下动也动不得，臣算就阴阳，万岁洪福齐天，程家兄弟乃是一员助唐福将。盖苏文虽有飞刀邪术，只好伤害无福之人，有福的不能伤他，故此臣保程兄弟前去，万无一失，大事可成。若说尉迟将军，他本事虽然比程兄弟高几分，怎能避得过番帅的飞刀之患，不但兵不能退，反损一员栋梁。程兄弟当年扫北里头，也保你讨救，公然无事，占取功劳。今日怎么反有许多推三阻四起来？"咬金道："你这牛鼻子道人，前年扫北，番将祖车轮本事低些，用兵之法不精，营帐还扎得松泛，此乃一也；二则还亏谢映登兄弟救护出营，所以全了性命。如今我年纪增添，盖苏文好不厉害，营盘又且坚固，更兼邪法伤人，我今就去，只不过死在番营，去尽其臣节，只恐误了国家大事，自然是你我之罪也。"茂公道："你的说话作得证，为了一生，军师我妙算无差，难道倒将我说话算为乱道？你既有心保天子，我岂无心帮国家，诱你出去，送汝性命？此刻映登在番营内等了半日，又来渡你，所以我保你去讨救立功，岂来害你性命？你若执意不去，限迟日子，须臾打破城池，少不得多是个死。"

咬金听见茂公说谢映登又在营中救渡，喜之不胜，忙问道："二哥，果然谢映登又在营中等我？"茂公说："当真，哪一个哄你。"程咬金说："既有谢兄弟在番营渡我，待臣情愿往摩天岭走遭。"天子说："既是王兄愿去，寡人密旨一道。你带往摩天岭开读，讨了救兵，退得番邦人马，皆王兄之大功也。"程咬金领旨一道，就在殿上妆束起来，按按头上盔，紧紧攀胸甲，辞了天子，手端开山斧，出了午门，跨上铁脚枣骝驹，也不带一兵一卒，单人独骑，同徐茂公来到东城。咬金对茂公道："二哥，我出了城，冲杀番营，营头不乱，你们把城门紧闭，吊桥高扯；若营头大乱，你们不可闭城，吊桥不可乱扯，放我逃进城来。"茂公说："这不消兄弟吩咐，你只放胆前去，我自当心在此。"一面茂公竟上城头，一边放炮开门，吊桥坠落，咬金一马当先，冲出城来。过得吊桥，徐茂公一声吩咐，城门紧闭，吊桥扯起了。程咬金回头看见城门已闭，心中慌张叫声："二哥，我怎样对你讲的。"茂公叫声："程兄弟，你放大胆子，只顾冲营，自有仙人搭救，我这里东门更不开的，休想进城，快往摩天岭讨救吧，我自下城去了。"

不表徐茂公回转银銮殿之事，单讲程咬金坐在马上，怕进番营，只管探头探脑观看，却被营前番军瞧见，多架起弓矢喝道："呔！城中来将，单人独骑，敢是要来送命么？看箭！"话未说完，就是嗖嗖地乱发狼牙弩箭。程咬金好不着忙，那番向前又怕，退后无门，心中一想，说："也罢，千死万死，不过一死，尽其节以报国恩罢。"把手中斧子一举，二膝盖催动，大喝道："营下的，休得放箭，我乃鲁国公程咬金，今日单人独马，来踹你营盘，快些开路，让路者生，挡路者死！"冒箭冲到营前，手起斧落，乱砍乱杀，有几个小番遭瘟，做了无头拆足之鬼，乖巧些逃往帅营去了。咬金冲进头营，砍倒帐房，欲踹第二座营盘，却听见左边一箭远的所在，起一声大炮，咬金在马上吃了一惊，抬头看时，却见一骑马跑来，中有一人，高挑双尾，青面獠牙，红须赤发，提板门样一口赤铜刀。咬金认得是盖苏文，顷刻浑身发抖，暗想："我命休矣！"急转马头要走，也来不及了。正是：

　　一时遇了英雄将，意乱心慌难理论。

不知程咬金逃得出逃不出，且看下回分解。

第四十八回

程咬金诱惑盖苏文　摩天岭讨救薛仁贵

诗曰：

大唐福将鲁国公，满口花言逞英雄。
哄脱番营去讨救，回朝应得赏奇功。

那盖苏文马快，纵到面前，好似天将模样，大叫犹如霹雳交加，喝道："呔！老蛮子，你有多大神仙本事，敢独骑来蹿本帅的营盘，思想往哪里走？"这一声大喝，把个程咬金吓呆了，重复带转马头，往番营内冲进去了。早有偏正将官，一拥上前，阻住咬金去路。后面盖苏文纵一步，马上叫声："老匹夫，你休想活命了，吃本帅一刀。"亮起赤铜刀，瞎绰的望程咬金顶梁上斩将下去。这咬金也来得作怪，呼地里把马一带转，口中只叫："我命死矣！"把手中大斧，用尽周身之力，在这口刀上噶啷噶啷这一抬，把个程咬金险些跌下雕鞍，马多退后十数步，眼前火星直冒。盖苏文又要起刀来砍，程咬金把斧钩住说："呔！盖元帅，休得莽撞，慢来慢来，我有话对你讲。"盖苏文把刀停住，说："你既来冲营，有什么话对本帅讲？"程咬金善为捣鬼，在上欠身，打一拱道："元帅，请住雷霆之怒，暂息虎狼之威，容孤细细告禀。"盖苏文见程知节如此谦逊，只得在马上亦对道："老将军既有话讲，本帅洗耳恭听。说得盈耳贯耳，本帅是当送你回城，若有一句不得盈耳，休怪本帅恃强。"咬金道："这个自然。不瞒元帅说，孤乃唐天子驾前一员开国功臣，名唤程咬金。将军若说到当初少年时，我的本事赫赫有名，也曾干过多少无天大事！曾在中原隋天子，分他一半江山，霸住瓦岗城，杀死隋朝大将数十余员；更兼断王杠、劫龙袍、反山东，老杨林尚不敢除剿，乱隋朝的头儿就是我程老将军为始。你东辽难道不闻得我的大名么？"盖苏文哈哈大笑道："我道你是哪一个有名目的好本事，原来就是大唐朝的程老蛮子。本帅也闻说你是乱隋朝的头儿，你倚仗少年这些本事，单人独骑，来蹿进营头，藐视本帅么？中原由你横行天下，这里却算你不着，今既冲我营盘，有本事早些放出来，不然本帅就要抓你驴头下来了。"咬金也就冷笑道："盖元帅，孤家若是少年本事还在，哪怕一个盖苏文，就是十个盖苏文，也不在我心上，何用善言见你？亏你为了东辽大将，将才也无一些，我邦若有心蹿你营盘，比我狠些老少英雄也尽有在城中，难道不会兴兵，四门冲杀的，单差我年迈老将，独一个来冲你帅营？你看前无开路一卒，后无跟从半人，须发苍白，年纪老迈，鞍鞯上坐立不牢，又且善言求见。盖元帅啊盖元帅，难道我程老将军是这般行径，可是来蹿你营盘的么？"盖苏文道："你既不来冲营，到此何干？"程咬金说："孤奉陛下旨意，有一件紧急事情，要往黑风关去，奈因急促了些，不曾面见元帅，以借道路。今元帅既来究我，我剖心直言，以告明元帅，望元帅放我出营盘。"

盖苏文暗想一回，呼呼冷笑说："老蛮子，本帅心中也知道，哪里是什么紧急事情，分明要往摩天岭讨救，勾引薛仁贵来退我兵马，你哄哪一个？"咬金说："是否你原算一个英雄，心中明白，却被你猜摸着了。我老将军实不瞒你所讲，我城中兵微将寡，今见元帅兵强马壮，枪刀锐利，攻城紧急，所以陛下命孤往摩天岭讨救，情愿的抵死来营中走一遭，不道触怒元帅虎威，拦住去路。若肯开一线之恩，放我出营讨救，则孤深感帅爷厚恩矣。"盖苏文哈哈笑道："老蛮子，只怕你想念差了。这叫作放虎归山终有害，你既要讨救，把不能够截住你去路，岂肯轻易放你？本帅若开恩与你去讨了救兵来，反手缚手，反害我命，此事皆孩童所干，非大将军所为也。老匹夫啊老匹夫，管叫你来时有路，去就无门。本帅今日一刀劈于马下，也除了后患！"程咬金哈哈大笑道："何如？我原说不出我之所料，盖苏文你纵有精通本事，非为大将，真乃废人也！"盖苏文听见此言，就问："老蛮子，不出你口中所料什么事来？"咬金道："你有所不知，孤在城中与军师斗口打手掌来的。"苏文道："打什么手掌？"咬金道："我那军师保我摩天岭讨救，万无一失。孤惧你本事高强，此行自知必死番营，所以不肯前来讨救，屡次驾前辞脱，谁道军师说盖苏文为了一国大元帅，通天本事，名扬流国山川七十二岛，豪杰气性，吃食吃硬，欺人欺强，只要几句善言求恳，他自有宽洪大量，放你出营的。孤家就对军师说，盖苏文枉为大将，在东辽决不比我朝中老将，多有仗义疏财大将军，气性柔弱暴强，素有忠义之心，以尽为人臣大节。他是个狼心狗肺奸滑刁人，虽为国家梁栋，到底倭君蛮将，怎晓人臣关节，只仗自己牛刀本事，妖术伤人，恃强吞弱，专欺善良，最惧高强。况薛仁贵骁勇，世上无双，盖苏文屡次败在他手，阵阵鞭伤，若闻薛仁贵三字，就把他魂魄提散，肯放松我出营，勾引仁贵来，自害自身？料想乘便先杀我程咬金，除了后患。今元帅果不肯放我，提刀要杀，果不出我口中所料。"

那盖苏文听了此番言语，心中大怒，叫一声："老匹夫，本帅为了国家大将，英雄性气，人臣大节，岂可不知？汝邦军师言语还可中听，本帅就放你去讨救来，退我兵也无翻悔。但你这老蛮子，口中不逊，骂着本帅，休想活命了。"咬金说："我在城中就抵桩死的，我死你刀下，不过为国捐躯，但你为了国家良将，坏了一生英雄之名，却被各国元帅耻笑，多说你惧怕薛仁贵厉害，故把一员年老将军杀死，何不揩死了一个蝼蚁？有本事把薛仁贵首级割得下，才为东辽元帅也。"盖苏文却被咬金花言巧语，说得面上无光，厉声叫道："罢了，罢了！我为一生大将，被你这老匹夫十分耻辱我无能，我就斩汝下马与蝼蚁无二。罢！众将闪开一条大路，让他去引了薛蛮子来，少不得一齐割他首级。"程咬金大喜说："妙啊，才算你是个大将，我去了来，把头割与你。"营中让出大路，咬金催马就走，出了营盘，来至一箭之地，心中放落惊慌，回头一看，见盖苏文远远望他，就叫道："你这青面鬼，不必看我，把头候长些，三日内就来取你首级。"说了这一句，把膝盖一催，往摩天岭大路上去了。我且按下不表。

单提盖苏文退进帅营，闷闷不乐，忙传军令传四门守将到帅营，有事相传。这一令传到四门，六员大将飞骑来至东城下马，进往帅营说："元帅在上，传末将等有何军令？"苏文道："诸位将军，你等今番各要用心保守，今早城中有一将冲出我营，讨救兵去了。这摩天岭一支人马，为首是招讨元帅薛仁贵，其人本事高强，十分厉害，他麾下偏正将官一个个能征惯战，若唐兵一到，必有翻江倒海一场混战，汝等小心紧守，不可粗心轻敌，损兵失志。"六将齐声应道："元帅将令，怎敢有违。末将等自当小心。"苏文道："各守汛地要紧，请回吧。"六将辞了元帅出营，跨上雕鞍，分头各守城门去了。这数员将乃扶余国张大王驾下，殿前十虎大将军，力大无穷，骁勇不过。盖苏文故而借来守城。你道十位大将姓甚名谁：

    飞虎大将军张格
    玉虎大将军陈应龙
    雄虎大将军鄂天定
    威虎大将军石臣
    烈虎大将军孙祐

螭虎大将军栾光祖
龙虎大将军俞绍先
越虎大将军梅文
勇虎大将军宁元
猛虎大将军蒯德英

前四员保盖苏文守东城，故不必叮嘱，后六员分守西、南、北三门，所以传谕。

我且休表番营整备之事，单言程咬金不上一天，到了摩天岭，竟大胆往上面走上去。但见寨门口旗幡飘带上书大唐二字，心中欢悦。又见许多小军保守，将近寨口，那些军士嚷道："啊呀，不好了！有奸细上山了，快打滚木下去。"程咬金听见大喝道："谁是奸细，我鲁国公有旨意在身，快报元帅得知，叫他快来接旨。"军士们听见，魂不附体。一面到上面去报元帅，一边就开关放进程咬金，便说："老千岁，帅爷屯兵在山峰上，随小的上去。"程咬金同了军士上山峰，只见薛仁贵冠带荣身，在殿背后闪出，曲躬接进。一座小小银殿，仁贵俯伏，程咬金开读圣旨道："圣旨已到，跪听宣读：

奉天承运皇帝诏曰：今有东辽国番帅益苑文，统雄兵数十余万，战将数百余员，四门重重围困，营盘坚固，守将高强，飞刀妖术伤人；更遭连珠火炮，四城攻打，昼夜不宁，城楼击动，土震山摇。老少将无能冲杀，闭城紧守。奈番兵攻城紧急，使城中百姓慌乱，君臣朝暮不安致极。日不能食，夜不能寝，人不卸甲，马不离鞍，人劳马乏，越虎城危于累卵，即日可破，军民旦夕不保。故而朕今命着鲁国公程知节，杀出番营，前来讨救。小王兄可速急领兵，踹退番营，以救寡人危难，功劳非小，就此钦哉！谢恩。"

"愿吾皇万岁、万岁、万万岁！"请过圣旨，香案供奉。仁贵叫道："程老千岁，本帅见礼了。"咬金说："不敢，元帅，孤也有一礼。"二人见礼已毕，坐下道："本帅奉旨来取摩天岭，不上二月有余，哪晓盖苏文又兴兵困住城池,四门攻打,陛下受惊,不必言之。老千岁这两天在城中也觉辛苦了。"咬金说:"番兵火炮厉害,攻城紧急,数日内原觉不安。前日闻元帅取了摩天岭,番兵还未困城,只道你不久就回城缴旨,哪晓困住在城五六天,竟无信息。为此陛下命我前来讨救,请问元帅在山上还有何事未了?所以耽搁住了。"仁贵道:"老千岁有所不知,本帅得了摩天岭,就想回城。奈殿后宝石基专生乌金子最广,所以我领众弟兄,日日在后面,拣择上好的充足十车,进献朝廷,故而耽搁住了。"

咬金这人生性好色贪财,听见乌金甚广,不觉大喜,忙问:"元帅,如今宝石基在于何处?领我后边去看看。"仁贵起身,同了知节出殿,转到后山,到宝石基所在,见诸位总兵在那里忙忙碌碌地拾金子,他就欲心顿发,也去乱拾乱捡,往腰中乱藏,往怀内乱兜,现出旧时本相了。仁贵叫声:"老千岁,且慢拾金子。本帅有言告禀。"咬金道:"什么?说话请说便了。"仁贵道:"本帅欲兑完十车乌金,然后到城缴旨,谁想只选得六车,还有四车不曾装载,如今越虎城事在危急,救兵如救火,本帅就要连夜点将,兴兵速去,天明就要冲营的,望老千岁且守在此间,得空把上号乌金兑选,装满了四轮空车,凑成十车在山,待本帅退了番兵,奏知陛下,差将来取乌金,献上朝廷,这本帅感戴老千岁深恩矣。"程咬金道:"元帅说哪里话来,臣之事君,人人如此,有什么感戴。"薛仁贵连忙传令殿中排宴,众人多往殿上坐席饮酒。咬金上坐,仁贵侧坐。酒饮至二更,安顿了程咬金,点一万人马,保守摩天岭前后寨门,余者多下岭去,山脚下听调。料理灯球亮子,一起篜蜡高烧,照耀如同白昼,偏正将装束停当,齐下摩天岭,在山脚下等候。大元帅全身披挂,来至山脚下,扎住帅营。仁贵升帐,就点:"周文、周武!"二将答应一声说:"元帅,有何将令?"元帅说:"你二人带正白旗人马二万,前往越虎城西门,离番营一箭之地,且扎营头,听东门放号炮,然后冲进营盘,遇将截住斗战,不得有违,去吧。"周文、周武一声:"得令!"接了令箭,带领白旗人马二万竟往西城前进。再讲薛仁贵又传将令,命姜兴霸、李庆先往南城冲杀,也听号炮,领兵踹营。"得令!"二人接了令箭,带正红旗兵马二万,离了帅营,往南城进兵。我且慢表。再讲仁贵又传王心鹤、王新溪,带领黑旗兵二万,往越虎城北门进扎,听号炮然后冲营。"得令!"二人接了令箭,出帅营带领黑旗兵二万,往北门前进。再讲薛仁贵点将,按了三处城门,如今传令拔寨起兵。三声炮响,元帅上马,前面周青、薛贤徒跨上雕鞍,各执兵刃,随了元帅,带领二万绣旗兵马,前后高张亮子,咬金送一里程途,方回摩天岭安顿不表。

单说大元帅人马,黑夜赶到三江越虎城了,元帅吩咐安营,埋锅造饭,三军饱餐已毕,扯起帐房,往东城而来。太阳东升,高有二丈,薛仁贵坐在马上,往番营前一看,但见一派绣绿旗幡飘荡,营前小番扣定弓箭,排开阵势,长枪手密层层布住。那番薛仁贵按按头上盔,紧紧攀胸甲,吩咐开炮。

只听轰隆括喇括喇,这一声号炮不打紧,四门都知道了,也打点冲营不表。仁贵喝声:"兄弟们,随我来!大小三军冲营头哩。"把二膝一催,舞动一条方天戟,后面人马齐声呐喊,锣鸣鼓响,叫杀上来。仁贵在前领头,冒着乱箭,冲到营门首,挺戟乱刺,挑掉了几名小番,左右攒箭手长枪手,也闻白袍将厉害,一见魂不在身,大家弃弓撒枪,各自要命,多逃散了。仁贵一马冲进番营,把座牛皮帐房挑倒,冲进第二座营头,有偏正牙将、平章胡腊,持斧端刀,挺枪执戟,拦上前来,围住仁贵,一场厮杀。但见明枪耀眼,劈斧无光,仁贵哪里放在心上,手中戟好比蛟龙一般,护住马,遮住身,如执一条活龙在手,数般兵器,哪里近得仁贵之身,却落得空被仁贵连捣三戟,挑翻了二员番将,纵出圈子,手起戟落,番将招架不定,损伤落马不计其数,有几员脱逃性命。薛仁贵踹到三座营盘,后面周青、薛贤徒亮起兵刃，两旁各冲杀番营，乱伤番兵，死者甚多。二万多人马混杀。番营炮声不绝，喊杀连天。东门番营纷纷绕乱，苏文在御营听得外边喧闹，明知救兵到了，站起身来，叫四位将军："外面唐兵已到，料想仁贵必冲此地营盘，快些上马，随本帅前去迎敌，须当小心。他标下之将，皆本事高强，不可失利与他。"四虎将答应："不妨。"按下头盔，系紧攀胸甲，跨上雕鞍，各执器械，先出御营，奔杀过去了。盖苏文连忙提刀，抢出营去。这里高建庄王与军师雅里贞，也上坐骑，立在营前。八员随驾将军，保护两旁，张望元帅退唐兵。或有失利，就好逃命，所以也坐马在外。

单言盖苏文五骑马，冲出营前，劈头就遇薛仁贵，便大叫一声："薛蛮子，你太觉眼里无人，看得本帅平常了。你救护唐童，破人买卖，使本帅恨如切齿，今领兵困绕四门，又被你领兵前来，与你势不两立！"正是：

排成截海擒龙计，管取唐王入掌中。

不知薛仁贵如何杀退盖苏文，且看下回分解。

第四十九回

薛招讨大破围城将　盖苏文失计飞刀阵

诗曰：

枉去扶余借救兵，苏文难获大唐君。
飞刀失去雄师丧，天意谁能谋得成。

"你领兵好好退转摩天岭，万事全休。如若执意要冲我营盘，放马过来，与你决一雌雄！管叫你带来蝼蚁片甲不留，自然反悔在后。"薛仁贵呼呼冷笑道："我把你这番狗奴，本帅屡次把你这颗颅头寄在颈上，不思受恩报恩，献表归顺，反起祸端，兴兵侵犯城池，此一阵不挑你个前心透后背，也算不得本帅厉害。照戟吧！"嗖的一戟，分心就刺。盖苏文赤铜刀赴面交还。二人战到十合，不分败胜。左右飞虎将军张格，玉虎将军陈应龙，二骑马冲将过来助战。苏文见有帮助，一发胆壮。那仁贵旁边，周青飞马上来相助，把双铜往二人兵器上一分，二将觉得膊子震动，明知仁贵标下将士十分厉害也不通名答话，截住了，斧刀并举，双战周青。周青好了当，使起铁铜，护身招架，三人大战，并无高下。右手赶上雄虎将军鄂天定，威虎将军石臣。鄂天定善使飞口青铜刀，石臣使两柄亮银锤，多有万夫不当之勇，来助盖苏文。只见仁贵旁边，又冲出薛贤徒，挺枪迎住。三将战在一旁，没有输赢。二位元帅战到四十个冲锋，杀个平交。苏文手下偏正将甚多，喝声快上来，就有二十余员番将，把个薛仁贵围在核心，刀斩斧劈，铜打枪挑，仁贵虽然厉害，却也寡不敌众，少了接战将官，也有些难胜番兵。

我且按下东城交战之事，另言南门姜兴霸、李庆先，听得东城起了号炮，连忙吩咐扯起营盘，也放一声号炮，带二万人马，冲杀番营。庆先舞动大砍刀，冲到番营前，乱斩乱斫，杀了几名小番，踹进营盘，砍倒帐房，姜兴霸手中枪胜比蛟龙相似，杀进营盘，手起枪落，小番逃散不计其数。冲到第二座营盘中，忽听一声炮起，杀出两员将官，大叫道："唐将有多大本事，敢冲我南营汛地，前来送死么！"二人抬头一看，但见这两员番将，怎生打扮：

　　头上边多是大红飞翠包巾，金扎额二翅冲天，阴阳带打结飘左右。面如重枣，两道青眉，一双豹眼，狮子大鼻，口似血盆，海下一派连鬓长须。身穿一领猩猩血染大红蟒服，外罩一件龙鳞砌就红铜铠。左悬弓，右插箭，脚蹬一双翘脑虎尖靴，踹定踏凳，手端一条紫金枪，坐下胭脂马，直奔过来了。

李庆先喝道："番将少催坐骑，俺将军刀下不斩无名之辈，快留下名来。"番将说："蛮子听着，我乃大元帅盖麾下，加为烈虎大将军、姓孙名祐。"又一个说："我乃螭虎大将军栾光祖便是。不必多言，放马过来。"孙祐晃动紫金枪，往庆先面门劈刺进去，李庆先把大砍刀噶啷一声，枭在旁首。姜兴霸挺枪上前，那一首栾光祖持生铜棍，坐下昏红马，纵一步上前，迎住兴霸，枪棍并举，二人大战番将，不分胜败。

我且按下南门交战之事，单表西城周文、周武，听南城发了号炮，也起炮一声，带领二万人马，冲杀进营。里面炮响一声，冲出两

员将官,你道他怎生打扮,但见那:

> 头戴的多是亮银盔,身穿的尽是柳叶银条甲,内衬白绫二龙献爪蟒。左边悬下宝雕弓,右边插着狼牙箭,手端浑铁鞭两条,坐银鬃马。面如银盆,两道长眉,一双秀眼,兜风大耳,海下长须,飞身上前来。

周文喝道:"来将留名,敢来送死么。"番将喝道:"呔!蛮子听着,我乃大元帅标下龙虎大将军俞绍先。"周文道:"我也认得,你是张仲坚驾下大将,有本事,放马过来,看将军一刀!"把大砍刀直取番将,绍先舞起双鞭,敌住周文,来往交锋,各献手段。又要讲到周武冲进番营,手起刀落,把那些番邦人马杀散奔跑,劈头来了一员番将,便问道:"来的番将,快留名字,好枭你首级。"那员番将大喝道:"呔!蛮子听着,我乃越虎将军梅文便是。奉元帅将令,来拿你反贼,明正其罪,不要走,照打吧!"把坐下雪花驹催一步上,举起两根金钉狼牙棒,往周武顶上就打。周武手中刀急架忙迎,相斗一处。马分上下战住。

西城输赢未定,又要讲北门王心鹤、王新溪,闻号炮一响,带二万人马,两条枪直杀进番营,挑倒帐房,番兵四路奔走,见两员番将直冲过来,你道他怎生打扮,但只见他:

> 头上多戴开口镔铁獬豸盔,面如锅底一般,高颧骨,古怪腮,兜风耳,狮子鼻,豹眼浓眉,连鬓胡须,身穿一领锁子乌油甲,内衬皂罗袍,左右挂弓插箭,手端一口开山大斧,催开坐下乌鬃马,赶上前来。

大叫:"唐将有多大本事,敢冲踹我这里营盘!"王心鹤喝道:"来将慢催坐骑,我枪上从不挑无名之辈,快留姓名来。"番将道:"蛮子,你要问我之名么,洗耳恭听:我乃大元帅盖麾下,加为勇虎大将军,姓宁名元。""我乃猛虎将军蒯德英便是,快放马过来!"把坐下黑毫驹一纵，手中大砍刀一举，直往王心鹤劈面斩来。心鹤把枪架住在一边，马打冲锋过去，英雄闪背回来。王心鹤提起枪直刺面门，蒯德英大刀护身架住，两人战斗在营，全无高下。王新溪纵马摇枪来战，那边宁元使动斧子迎住。心鹤尽力厮杀，一来一往，四手相争，雌雄难定。

不表东南西北四门混战，喊杀连天，番兵四散奔逃。又要讲到城上，四门公子看见城下番营内乱哄哄鼓炮不绝，声声大振，明晓元帅救兵已到，多下城来，到银銮殿奏其缘故。天子龙心大悦，众将放下惊慌。茂功当殿传令："汝等快快结束，整备马匹，带齐队伍，好出城救应，两路夹攻，使番兵片甲不留。"众爵主齐声得令，各各回营，忙忙结束，整备马匹，端好兵刃，传齐大队人马，在教场中等候。众公子上银銮殿，听军师调点。当下茂功先点罗通、秦怀玉："你二将领本部人马一万，开东城冲杀，接应元帅，共擒盖苏文。"罗通、怀玉一声："得令！"出银銮殿上马，至教场领兵一万，往东门进发不表。茂功又点尉迟宝林、程铁牛："你二人带兵一万，往南门冲营，须要小心。"二将口称："不妨！"就奉令出殿，跨上雕鞍，前往教场，领本部人马一万，往南城前进。再表茂功又点尉迟宝庆、段林："你二人带兵一万，往西门冲营，不得有违。"二将答应，上马端兵，领人马往西城进发不表。再讲茂功又点尉迟恭："你可独带兵马五千，开兵接应北门。"敬德一声接应，上马挺枪，领兵五千往北城而来。放炮一声，城门大开，吊桥放平，一马当先，冲到番营前，手起一枪，把番兵尽行杀散。尉迟恭一条枪踹进二座营盘，五千兵混杀开去，番兵势孤，不来对敌，弃营逃走。敬德催马，无人拦阻，直进营头，见王心鹤弟兄大战番将二员，有二十余回合不分胜败。恼了尉迟恭，把乌骓马纵一步上，喝声："去吧！"手起一枪，把个蒯德英挑在他方去了。宁元看唐将多了，心内着忙，斧子一松，却被王心鹤一枪刺中咽喉，坠骑身亡。三人大踹番营，喊杀连天。番兵逃亡不计其数。北门已退，营盘多倒。

又要讲西门开处，挂下吊桥，冲出一标人马，踹踏营来。尉迟宝庆、段林各执一条枪，杀散小番，冲进营盘，只见周氏弟兄大战二将，数十回合不定输赢。宝庆把枪一挺，拣个落空所在，嚓一声响，挑将进去，把个俞绍先穿透后背，死于非命。梅文见伤了一将，叫声："啊呀，不好！"却被周武就拦腰一刀，砍为两段，结束了性命。两条枪在左乱伤性命，两口刀在右乱砍小卒，尸骸堆积，倒幡旗衬满地，坍皮帐践踏如泥，西城之围又得破了。

单表尉迟宝林、程铁牛带兵冲出南门，杀进番营，见李庆先、姜兴霸与番将战有三十冲锋，未分胜败。恼了程铁牛，纵马上前，手起开山斧，把栾光祖连头劈到屁股下，战马皆伤，身遭惨死。孙祐心中又苦又慌，被庆先一刀将头砍落尘埃，一命归天去了。这番乱杀番兵，大踹辽营，番人料想不能成事，多抛盔卸甲，弃鼓丢锣，四散逃命。三门帐房，踹为平地。骸骨头颅，堆拦马足。血水成河，到处涌流，尸身马踹，踏为泥酱，四下里哭声大震，多归一条总路，逃奔东行。唐朝人马鸣锣擂鼓，紧紧追杀。

又要讲到罗通、秦怀玉，领人马到东门，发炮一声，开城堕桥，卷杀番营，两条枪胜比蛟龙一般，番兵不敢拦阻，让唐将直踏进营。抬头看见盖苏文同偏正将，围住了薛仁贵厮杀，番兵喝彩。明知元帅不能取胜，正欲要接应，但见左右两旁，杀声大震，战鼓不绝。罗通一马冲到，左边见二员番将，战住周青，足有数十回合，番将渐渐刚强，恼了罗通，一马冲到，手中攒竹梅花枪，嗖的一枪刺将进去，把个陈应龙挑下马来，一命休矣。张格见了，魂不在身，手脚一乱，周青亮起铁锏，照头一下，可怜一员猛将，脑浆迸裂，死于非命。右首怀玉见番人双战薛贤徒，不问根由，纵马上前，把提炉枪一紧，到将过去，石臣架在一边，怀玉手快，左手把枪捺住，右手提起金装神锏，喝声："去吧！"当夹背上一下，石巨大叫一声："我命休矣！"翻鞍坠马，鲜血直喷。复一枪刺死在地，马踏为泥。鄂天定见了，心中惨伤，兵器略松，贤徒紧一枪，挑中咽喉，阴阳手一反，扑通响跌在苏文圈子内。吓得偏将心慌意乱，却被怀玉、罗通上前，不是枪挑，就是铜打，可怜二十余员将官，遭其一劫，逃不多几名，死者尽为灰泥。竟把盖苏文围住居中，杀得他马仰人翻，呼呼喘气。一口刀在着手中，只有招架之功，并无还兵之力。苏文被五位大将逼住，自思难胜，若不用法，必遭唐将所伤。苏文计定，把刚牙一挫，赤铜刀往周青短铜上一按，周青马退后一步，闪得一闪，却被苏文混海驹一催，纵出圈子，远了数步，把刀放下，念动真言，一手掐诀，揭开背上葫芦盖，一道青光，飞出一口三寸柳叶刀，直往唐将顶上落下来。罗通、周青等一见，心内惊慌，往后边乱退。仁贵纵上前来，放下戟，左手取震天弓，右手拿穿云箭，搭在弦上，往青光内一箭射去，一道金光冲散青光，空中一响，飞刀化为灰尘。把手一招，箭复飞回手中。恼了盖苏文，连起八口飞刀，阵阵青光散处，仁贵也便一把拿了神箭四条，望上一齐撩去，万道金光一冲，括喇括喇一声响，八口飞刀尽化灰尘，影迹无踪，青光并无一线，把手一招，收回穿云箭，藏好震天弓，执戟在手，四将才得放心，一齐赶上。盖苏文见飞刀已破，料想不能成事，大叫："薛蛮子，你屡屡破我仙法，今番势不两立，与你赌个雌雄。"纵马摇刀，直杀过来。仁贵舞戟战住，四位爵主围上前来，使枪的分心就刺，用戟的劈面乱挑，混铁铜打头击顶，大砍刀砍项劈颈。杀得盖苏文遍身冷汗，眼珠泛出，青脸上重重杀气，刀法渐渐慌乱，怎抵挡得住五般兵器。却被仁贵一条戟逼住，照面门、两肋、胸膛、咽喉要道，分心就刺。苏文手中刀只顾招架方天戟，不防罗通一枪劈面门挑将进来，苏文把头一偏，耳根上着了伤，鲜血直淋，疼痛难熬，心内着忙。周青一铜打来，闪躲不及，肩膊上着了一下。那番慌张，用尽周身气力，往贤徒顶梁上劈将下来。薛贤徒措手不及，肩上被刀尖略着一着，负了痛往半边一闪，盖苏文跳出圈子，拖了赤铜刀，把混海驹一催，分开四蹄，飞跑去了。后面仁贵串动方天戟，在前引路，后面四骑马仗兵器，追杀番兵。高建庄王同雅里贞拍马就走。众番兵一见元帅大败奔走，多弃营撤帐，四下逃亡。唐朝人马拢齐，几处番兵各归总路，往东大败。天朝兵将，渐渐势广，卷杀上前，这一阵可怜番兵：

遭刀的连肩卸背，着枪的血染征衣。鞍鞯上之人战马拖缰，不管营前营后；草地上尸骸断筋折骨，怎分南北东西。人头骨碌碌乱滚，好似西瓜；胸膛的血淋漓，五脏肝花。恨自己不长腾空翅，怨爹娘少生两双脚。高岗尸叠上，底中血水昂。来马连鞍死，儿郎带甲亡。

追到十有余里之外，杀得番邦：

番将番兵高喊喧，番君番帅若黄连。南蛮真厉害，咱们真不济。丢去幡旗鼓，撇下打腊酥。貂裘乱零落，黄毛撒面飞。刀砍古怪脸，枪刺不平眉。标伤兜风耳，箭穿鹰嘴鼻。一阵成功了，片甲不能回。人亡马死乱如麻，败走胡儿归东地。从今不敢犯中华。

这一场追杀又有十多里，番兵渐渐凋零，唐兵越加骁勇，杀得来枪刀耀眼，但只见：

日月无光，马卷沙尘，认不清东西南北。连珠炮发，只落得惊天动地；喊杀齐声，急得那鬼怪魂飞。四下里多扯起大唐旗号，内分五色，轰轰烈烈，号带飘持。何曾见海国蚣幡彩色鲜，闹纷纷乱抛撒摇摇。唐家将听擂鼓，诸军喝彩，领队带伍，持刀斧，仗锤铜，齐心杀上；番国兵闻锣声，众将心慌，分队散伍，拖枪棍，弃戟鞭，各自奔逃。天朝将声声喊杀，催战马犹如猛虎离山勇；番邦贼哀哀哭泣，两条腿徒然丧失望家园。刀斩的全尸堆积，马踏的顿作泥糟。削天灵脑浆迸裂，断手足打滚油熬；开膛的心肝零落，伤咽喉惨死无劳。人人血如河似水，人马头满地成沟。怪自己不生二翅，恨双亲不长脚跑。抛鸣鼓四散逃走，弃盔甲再不投朝；逢父子一路悲切，遇弟兄气得嗷号。半死

第四十九回　薛招讨大破围城将　盖苏文失计飞刀阵

的不计其数,带伤的负痛飞逃。这番踹杀唐兵勇,可笑苏文把祸招。数万生灵送空命,如今怎敢犯天朝。

这一追杀有三十里之遥,尸骸堆积如山。大元帅薛仁贵传令鸣金收兵,不必追了。当下众三军一闻锣声,大队人马,各带转丝缰,众将领回城去。我且慢表。

单讲那番邦人马,见唐军已退,方才住马。苏文传令扎住营头,高建庄王吓得魂飞魄散,在御营昏迷不醒。盖元帅吩咐把聚将鼓哨动,有几名损将投到,点一点,看雄兵损折六万余千,偏正将士,共伤八十七员。就进御营,奏说损兵折将之事。庄王大叹道:"元帅,欲擒唐将,反使损折兵将,这场大败非同小可,也算天绝我东辽,孤之命也。"苏文道:"狼主韬安,臣此番:

管叫大仙仗仙法,减去唐王君与卿。"

究竟盖苏文怎生求救大仙,且看下回分解。

第五十回

扶余国二次借兵　朱皮仙播弄神通

诗曰：

苏文几次上仙山，再炼飞刀又设坛。
怎奈唐王洪福大，机谋枉用也徒然。

庄王道："你有何法破他？"盖苏文道："大唐将士虽多，臣皆不惧怕，但所惧大唐者，薛蛮子厉害非常。臣如今再上仙山，请我师父前来，擒了薛仁贵，哪怕大唐将士厉害，城即可破矣。"庄王大喜，说："事不宜迟，快些前去。"盖苏文辞驾出营，上雕鞍，独往仙山，我且慢表。

单讲唐朝人马，退进城中，四门紧闭，把三军屯扎内教场，点清队伍，损伤二万有余，偏将共折四十五员。遂同众爵主、总兵们等，上银銮殿俯伏尘埃，奏说退番兵大踹营头之事。天子大喜，说："皆王兄们之大功劳，赐卿等各回营卸甲，冠带上朝。"众将口称领旨，回营换其朝服，重上银銮殿。天子不见了程咬金，心内一惊，忙问："薛王兄，可是程王兄到摩天岭讨救，兴兵来的呢？还是薛王兄已班师回城，退杀番兵的？"仁贵说："陛下，若非程老千岁到来，臣焉能得知？还要耽搁在摩天岭。"天子说："既如此，为什么程王兄不见到来？"仁贵就把兑选乌金，看守摩天岭此事，细细奏明。唐王大悦，降旨一道，命尉迟王兄往摩天岭解乌金来缴旨。敬德口称："领旨。"上马提枪，带领家将八员，出了东城，往摩天岭去了。一到次日清晨，尉迟恭、程咬金同解十车金子，到殿缴旨。天子降旨，把乌金入库，又命光禄寺，银銮殿上大排筵宴，赐王兄、御弟、众卿们饮安乐逍遥酒贺功。诸将饮至日落西山，众大臣谢酒毕，扯开筵席，黄昏议论平复东辽之事。仁贵满口应承，说："陛下，此一番若遇番兵交战，必然一阵成功，使他心情愿服归降。"天子大悦，叫声："薛王兄，你的英雄世上无双，但寡人受盖苏文屡次削辱，恨如切齿，若得王兄割他头颅，献于寡人，以雪深恨，功非小矣。"仁贵奏道："若讲别将，臣不敢领旨，若说盖苏文，这有何难？取他首级如在反掌。包取他头颅，以泄陛下仇恨便了。"天子说："前仇得泄，皆赖王兄之为。"君臣讲到三更时候，方各回营安歇，一宵安睡。到明日，薛仁贵升帐，调拨副将四员，带兵五千，看守摩天岭山寨已毕，逍遥无事，安享在城，半月有余。

单讲番邦盖元帅三上仙山，请了木角大仙，又往扶余国借兵二十万，有国主张大王，叫声："盖元帅，那大唐朝薛仁贵，有多大本事，你屡屡损兵折将，把孤一国雄兵，尽皆调空。今日大仙亲自下山，扶助东辽杜稷，谅仁贵必擒。待孤亲领精壮人马，同元帅前去，杀退唐兵。"苏文道："若得如此，只我邦该复兴矣。"这番张仲坚点起雄兵，三声炮发，一路上旗幡招转，号带飘摇。到了东辽国，相近御营，高建庄王早已闻报，远远相迎，道："孤家狭守敝地，并无匡扶邻国之心，敢劳王兄御驾，亲临敝邑，赴我邦难。挽覆之恩，使孤心不安，何以报此大德。"张仲坚连忙下马，挽定庄王之手，笑曰："王兄是首国之君，孤虽有小小敝地，犹是股肱之臣，今天邦有兵侵犯，孤理当左右待劳，未见一线之功，何德之有。"二人谈笑，进御营施礼，分宾主坐定。当驾官献茶毕，庄王道："王兄，大唐薛仁贵骁勇，我邦元帅盖王兄大队雄兵损折，实为惶恐之至。"仲坚答道："王兄，胜败乃兵家常事，打仗交锋，自然有损兵折将之功。盖元帅虽不能取胜，也未必常败；薛仁贵屡屡称威，也未必连胜。今王兄洪福，现有仙人下山，扶助社稷，薛蛮子即日可擒，王兄所失关寨，自然原端复转，有甚烦难。"说话之间，元帅同木角大仙进入御营，说："狼主千岁在上，贫道稽首了。"庄王一见，心中欢悦："大仙平身！孤家苦守越虎城，小小敝邑，谁道天朝起大队人马前来征剿，边关人马十去其九，事在危急，幸得大仙亲自下山救护，孤家深感厚恩不尽。"木角大仙开言道："贫道已入仙界，不入红尘，奈我徒弟二次上山，炼就飞刀，尽被薛仁贵破掉，未知他什么弓箭射落飞刀，因此见进，愤愤不平。今又算狼主天下旺气未绝，仁贵命该如此，所以贫道动了杀戒，下入红尘，伤了薛蛮子，大事定矣。"庄王大喜，御营设宴款待大仙。

次日清晨，元帅进营问："大仙，今日兴兵前去，还是困城，还是怎样？"大仙道："此去不用困城，竟与他交战。贫道只擒了薛仁贵，回山去也。"那番元帅点起大队，同了师父，径往越虎城。不及半天，早到东门下，离城数里，远扎下营头。日已过午，不及开兵，当夜在营备酒待师。席上言谈，饮到半酣，方回营安歇。次日清晨，摆队伍出营。大仙上马端剑，后随二十名钩镰枪，一派绣绿旗幡，一字排开，飘飘荡荡，攒箭手射住阵脚，鼓哨如雷。盖苏文坐马端兵，在营掠阵。木角大仙催开坐骑，相近河边，高声大叫："城上的，快报与那薛蛮子得知，叫他速速出城与贫道打话。"城上军士见了，连忙报入帅府来道："启上元帅，番邦又领了大队人马，扎营在东城。今有一位道人，在那里讨战，口口声声，要请元帅打话。"那薛仁贵立起身来，顶盔贯甲，通身结束，上下拴扣，底下总兵们齐皆妆束停当，候元帅提载，同上东城，往下一看，但见这道人怎生模样：

　　头上青丝挽就螺蛳髻，面如淡紫色，长脸狭腮，黑浓眉，赤豆眼，鼻直口方，两耳冲尖，海下无须。身穿一件金线弦边水绿道袍，脚蹬一双云游棕鞋。坐马仗剑，扬威耀武。

仁贵左首周青叫道："元帅，我看这道人身躯软弱，有何能处，待兄弟出城去取了他性命吧。"仁贵道："兄弟休得胡乱，不可藐视他们，从来僧道不是好惹的。这来者不善，善者不来，本帅看这道人虽然身躯软弱，谅有邪术伤人，故敢前来声声讨战与我，待本帅亲自出马，会他一会。兄弟们随我到城外，掠阵助战。"众弟兄一声答应："是。"元帅吩咐发炮开城，吊桥堕下，二十四对白绫旗左右分开，鼓声哨动。姜兴霸摹旗，李庆先擂鼓，周青坐马端双锏，在吊桥观望。仁贵一马冲上前来，大喝："妖道，请本帅有何话打？"那大仙抬头看时，果然好威武也。但只见薛仁贵怎生模样：

头上白绫包巾金抹额，二龙抢块无情铁。身穿一件白绫蟒袍，条条丝缕蚕吐出；外罩锁子银环甲，攀胸拴口鸳鸯绁。左首悬弓右插箭，三尺银鞭常见血。催开坐下赛风驹，手仗画戟惊人魄。

木角大仙笑道："来者可就是薛仁贵么？"仁贵道："然也！既问本帅大名，你是何方妖道，今请本帅出城，待要怎样？"木角大仙怒道："呔！谁是妖道，我乃朱皮山木角大仙是也。已入仙界，不落红尘。因我徒弟盖苏文屡炼飞刀，被你将何妖术破掉，故而贫道动了杀戒，下落红尘，特来会你。可知贫道本事厉害，见我还不下马归降？投顺狼主，共擒唐王，饶汝性命。若有半句支吾，贫道一剑砍为两段。"仁贵哈哈大笑道："汝不过一妖道，擅敢乱言，藐视本帅。你既说已入仙班，能知天文地理，难道不晓本帅骁勇，何苦落此红尘中，管国家闲事。我劝你好好回山，免其大患。若执意要与本帅比论，可惜你数载修炼，一旦伤我鼓下，悔之晚矣。"木角大仙叫声："放马过来，吃贫道一剑。"往仁贵头上挥将下来。薛仁贵把戟钩在一边，二人相战十余回合，怎杀过薛仁贵的手段。道人本事平常，剑法松了两剑，马退后数步。仁贵哪里知道，只把手中戟逼下来。哪晓这道人把剑按开了戟，口中一喷吐出杯口粗细一粒红珠，往仁贵面门劈打来，光华射目。元帅眼前昏乱，看不明白，把头低得一低，正打中在额角包巾的无情铁上。此铁乃是二龙抢这一面小小镜子，不想这珠打得重了，连镜子嵌入皮肉内，有六七分深，鲜血直冒，染红银甲，喊声："痛杀我也！"马上一摇，扑通一声，翻落尘埃。大仙把口一张，红珠原收嘴内。仗剑纵马，要伤仁贵。不防吊桥边周青见了，魂不附体，大叫："妖道！休伤我元帅。"飞马舞锏，迎住道人厮杀。薛贤徒赶上前来，救回元帅，一竟入城。来至帅府，安寝在床，连忙把药敷好，松了包巾，哪晓仁贵昏迷不醒，只有一线之气在胸中。薛贤徒着忙，急到银銮殿奏说此事。天子大惊，就命茂功前来看视。只见仁贵闭眼合口，面无血色，额上伤痕四围发紫。徐勣问道："此伤必受妖道口中精华打中，毒气追心，无药可救。不知阵上还有何人开兵，断断不可，若受此伤，一定多凶少吉，只可高挑免战牌，保护城池再作道理。你须服事，三天内有救星下临。"众将应道："是。"徐勣后上银銮殿，细奏仁贵受伤，命在须臾。天子闻言，心内牵挂。

　　单讲薛贤徒听了军师之言，忙到东城，把金锣敲动，外面周青与道人战不上八九回合，只听城上鸣锣，就松下双锏，叫声："妖道，欲打你为齑粉，奈城上鸣锣收兵，造化了你，明日出来结果汝的性命。"带转马，往城中去了。吊桥高扯，紧闭城门，薛贤徒吩咐高挑免战牌。木角仙见了，哈哈大笑，回进帅营。盖苏文接到里面坐定，说："师父，今日开兵辛苦了。"吩咐摆酒上来。大仙道："你屡次失利，称赞仁贵之能。起大兵数万，未闻一阵得利。今我一人下山，没有半日交战，就送了薛仁贵性命，又败唐将一员，杀得他免战高挑，闭城不出。"苏文道："薛仁贵方才被师父打落马去，明明唐将救回，未伤性命，怎说已送他残生起来？"大仙道："你有所不知，我口中这一颗红珠，打去不中就罢，若已中在他身上，凭他有什么神仙妙药，也到不得第四天。"盖元帅听言大喜说："师父，此珠这等厉害，万望师父再在此，与徒弟把唐将伤几员，就好灭大唐，兴东辽，取中原天下矣。"大仙道："我一番下山，眷恋红尘，开了杀戒，也非独伤仁贵而来。原有心辅佐狼主，剿灭唐兵，夺取中原花花世界，锦绣江山，做了中华天子，然后上山的了。"盖秀文不胜欢喜，营中摆酒款待。

一到次日天明，大仙出营，在城下厉声喝叫，大骂讨战，唐将只是不理。猖獗回营，下马走进帅营，苏文开言道："师父，今唐将闭城不战，何日得破此城？延挨时日，如之奈何？"大仙道："不妨，今看城上免战高挑，一定唐将十分惧怯，待等三天后，绝了仁贵性命，然后四门架火炮攻城，怕他们君臣插翅腾空，飞回中原去了不成。"苏文道："师父主见甚高。"就依其言，日日营中饮酒，不表。

不想光阴迅速，停兵到了第三天，惊动香山老祖门人李靖，正坐蒲团，忽然心血来潮，遂掐指一算，明知白虎星官有难，即驾起风云，来到越虎城，按落仁贵帅府前，周青在外边，见空中落下一道人，倒吃了一惊，大喝："妖道何来？快些拿下！"李靖道："周青，休得莽撞！我乃香山老祖门人李靖是也。今是薛仁贵有难，特来救他，快报进去。"周青听了李靖二字，倒身下拜，说："原来是恩仙，小将不知，多多有罪。元帅卧床不起，昏迷不省人事，请恩仙同进去看视。"李靖随了周青，来至后堂，走近床前，揭开帐子，李靖看了额上伤痕，就知是朱皮山这妖道作怪。忙取葫芦中仙水，搽药伤所；又取一粒丸药，将汤灌于口中，登时落腹。肚中响了三声，仁贵悠悠醒转，说："嘎唷，好昏闷人也。"两眼睁开，身上觉得爽快，忽然坐起床上。周青、薛贤徒欢喜不过，叫声："元帅，李恩师在此救你。"仁贵见李靖坐在旁首，即下床整顿衣冠，拜伏在地，说："蒙恩师大人屡救薛礼性命，无恩可报。"吩咐摆素斋款待。李靖说："不必设斋，贫道已不食烟火，今有朱皮山妖道在此横行，阻逆天心，故此下山收服妖畜，除其大患，好待你剿平东辽，奏凯班师。"薛仁贵大喜，连忙传令，摆队出城，与这妖道开兵。各营总兵全身打扮，薛元帅披挂完备，随李靖来至东城，炮声一起，城门开处，吊桥坠下，冲出一彪人马，攒箭手射住阵脚，薛贤徒摹旗，周青掠阵，战鼓哨动。薛仁贵坐马端戟，在吊桥观望。

只见李靖手中不端寸铁，唯有拂尘一个，飘飘然步行至番营，喝道："营下的，快报与朱皮山泼道得知，叫他早早出营会我。"营前小番看见，连忙报进营来道："启元帅，唐邦也有一个道人，在外面请大仙打话。"盖苏文听报，便问道："师父，他们不知往哪处也请了道人来，谅必法术高强，所以擅敢前来讨战。"师父木角大仙道："不妨，谅这班蠢俗莽夫，怎到得名山圣界，访请高人。不过荒山庙宇，请其邪法妖道，投入罗网，自送残生。快摆队伍出营，取他性命。"盖苏文传令，摆一支人马，旗门开处，大仙提剑上马，营前摇旗擂鼓，冲将上来。李靖喝住道："来者朱皮山龟灵洞道友，少催坐骑，可认得贫道么？"那木角大仙听叫"龟灵洞"三字，不觉惊得浑身冷汗，心下暗想："'龟灵'二字，原是暗名。凭他相交道友，得爱徒弟，从不知我'龟灵'暗号，哪晓这个道人，竟猜破我名，谅他定是道术精高。"遂问曰："道友何处名山，哪方洞府，今至红尘，乱入阵中，有何高见，敢来会我贫道？"李靖笑曰："我乃香山老祖门人李靖便是。那高建庄王不过外邦小国之主，盖苏文虽有本事，只好镇压番国海岛之君，扶兴社稷，该依理顺行，年年进贡中国，岁岁朝拜君王，保护边关才是。如今他横行无忌，倚仗道友九口飞刀，伤害上邦名将，眼底无人，藐视中国，以逆天理，反打战书，将圣天子十分羞辱。故而大唐起雄兵来征剿，理上应该。盖苏文屡伤大唐开国国老，及将官数十多员，得罪天子，在凤凰山下，上苍已定走，不久死于薛仁贵之手，顺了天心。今朝又得一位道友精华珠打伤仁贵，幸亏贫道早知，救了他性命，不然一旦归阴，谁除苏文大患？此罪却归道友，只怕难上仙山，修其正果了。为此特请你出来，有言相告：你虽是朱皮山学修截教，也有数千年功德，不入红尘，以成正果。然而上天爻象，该当知道，为何一时昏乱道心，助恶违逆天道，其罪难逃。故我贫道劝你好好去红尘，回仙山，可免灾殃。若有半声不肯，献你原形，悔之晚矣。"木角大仙听李靖一番言语，口虽不信，心中着忙。但被他羞辱不好意思，便大喝："李靖，你仗香山老祖之势，欺负贫道无能，我是截教，法力不弱于你，今既落红尘，开了杀戒，谅也无妨。但你既是正教，怎的也入红尘，管国家闲事？贫道今已下山，不擒唐王，誓不归山。你休恃：

　　香山门下神通广，惹我朱皮道力仙。"

　　究竟龟灵洞主与李靖开战如何，且看下回分解。

第五十一回

香山弟子除妖法　唐国元戎演阵图

诗曰：

龟灵妖法仗红珠，千载精华功不殊。
指望威名成海国，哪知一旦露形躯。

那木角大仙说罢，仗手中剑纵马上前，往李靖一剑挥来。李靖闪过，把手中拂尘往剑上一拂，大仙手便震痛，仗剑不牢，落于地下，李靖便大步上前。木角仙看了，把口一张，就吐出红珠一颗，精华射目，黑李靖面门打来。李靖全无惧色，把手中拂尘轻轻一拂，这颗红珠拂落于地，拾起手中，往怀内藏过。大仙一见红珠收去，料想不能复回朱皮山去，吓得面如土色，慌忙下马拜伏于地，高叫："大仙，可怜念我弟子千年修炼苦功，得受此珠。今一旦被大仙收去，难成正果。望大仙还珠复口，感戴甚深，恩重如山。从今回山去，再不敢胡为了。"李靖笑道："我方才劝言在前，你偏偏不肯听我，今哀求贫道，事已迟了。若要还珠，快快现出原形。"木角仙听言，心下十分懊悔。要此红珠，无奈何只得现了原形，乃是一个簸箩大的乌龟，受日月精华,采天地之气,修成这颗红珠,才炼人形,哪晓被李靖猜破,要他现形,把符咒画在龟背,要复人像,且待五千年之后。便说:"孽畜,贫道助你风云一阵,去你吧。若执迷不悟,要还此珠,便赏你一刀。"那龟精料哀求无益,便借风云而去,影迹无踪,引得吊桥边兵将,笑声大震。番营前盖苏文,气得面如土色,来取李靖。仁贵一见,催开战马,舞戟上前迎住。苏文算计已定,把赤铜刀架住画戟,说:"住着,本帅有言对你讲。"薛仁贵收住坐骑,问道:"有什么话对本帅讲?"苏文应道:"我是番邦元帅,你为中国大臣,必然眼法甚高,能识万样阵图。今本帅刀法平常,实不如你。我有一个阵图在此,汝能识得否?"仁贵笑道:"由你摆来,自当破你阵图。"苏文传令,就调数万大队儿郎,分开五色旗幡,登时列成一阵,果然摆得厉害。苏文道:"薛蛮子,你在天朝为帅,可能识此阵否?"仁贵抬头一看,但见此阵,有诗为证:

一派白旗前后飘,分排五爪捉英豪。
银枪作尾伸头现,中有枪刀胜海潮。

薛元帅看罢,哈哈大笑说:"盖苏文,你排此阵难我,明明藐视本帅,此乃一字长蛇阵,我邦小小孩童也会识破,难着甚人?"苏文道:"你休得夸口,只怕能识不能破。"仁贵道:"就是要破也不难。你还未摆完全,限你三日后摆完了,待本帅领兵从七寸中杀将进去,管教你有足难逃。"盖苏文听见此言,明知仁贵能破此阵,传令儿郎散了此阵。又说:"薛蛮子,你既然识此阵图,本帅还有异阵排与你看。"仁贵道:"容你摆来。"盖苏文就分开旗号,顷刻演成一阵,叫声:"薛蛮子,你可识此阵否?"元帅看时,但见此阵,有诗为证:

红白大旗按后前,居中幡子接云天。
刀剑枪戟寒森森,英雄入阵丧黄泉。

仁贵道："此乃是三才阵，只消按天地人三才，用三队人马，往红白黄三门旗内杀入，此阵立可破矣。"苏文见仁贵识破，不足为奇，传令儿郎散了三才阵，又复分列旗幡，摆成一阵。说："薛蛮子，你可认得此阵否？"仁贵看见，微微冷笑，便叫声："盖苏文，你有幻想异奇之阵，摆一座来难我，怎么却摆这些千年古董之阵，谁人不识，哪个不知！本帅既在天朝为帅，都是依靠实力而来，就是这些兵书战册，阵法多也看得精熟的。若说这十座古阵，你也不要摆了，我念与你听，头一座乃一字长蛇阵，第二座乃二龙取水阵，第三座乃天地三才阵，第四座名曰四门斗底阵，就是你摆在此的，还有第五座五虎攒羊阵，第六座六子连芳阵，那第七座七星斩将阵，第八座八门金锁阵，第九座九曜星官阵，第十座便是十面埋伏阵。总也不足为奇，你既作东辽栋梁，要摆世上难寻，人间少有，异法幻阵，才难得倒人。今本帅为中国元戎，倒学得一个名阵在此，若汝识得出此阵之名，也算你番邦真个能人了。"苏文道："既如此，容你摆来。"那薛仁贵退往城中，调出七万雄兵，自执五色旗号，吩咐周青、薛贤徒擂鼓鸣金，按住八卦旗幡，霎时摆下一个阵图。仁贵在黄旗门下大叫："盖苏文，你摆三阵，我俱能识破。本帅只摆一阵，你可识否？是什么阵。"苏文听说，便抬头一看，但见此阵好不异奇，十分厉害。焉见得有许多厉害呢？有诗为证：

一派黄旗风卷飘，金鳞万光放光毫。刀枪一似千层浪，阵图九曲像龙腰。炮声行走金声歇，不怕神仙阵里逃。五色旗下头伸探，露出长牙数口刀。一对银锤分左右，当为龙眼看英豪，双双画戟为头角，四腿束取攒箭牢。二把大刀分五爪，后面长枪摆尾摇。苏文哪有神通广，不识龙门魂胆消。

盖苏文见此阵摆得奇异，半晌不动，口呆目定。暗想我在东辽数十年，战策兵书阵法，看过多多少少，也从来不见此阵。叫道："薛蛮子，凭你稀奇幻术，异名阵图，也见过多少，从来没有此阵。你分明欺我番邦之将，把这座长蛇阵装得七颠八倒，疑惑我心，前来难着，本帅不知你杜造的什么阵。"仁贵哈哈大笑，说："盖苏文，料你是个匹夫，怎识本帅这座异阵，你既道我自己杜造长蛇阵，改调乱阵，三天之后，你敢兴人马破我阵么？"苏文道："既为国家栋梁，开兵破阵，是本帅分内之事，容汝三天摆完全了，待我兴兵破你。"薛仁贵传下令来，令散了龙门阵。当日即又点大队雄兵十万，调出城来，扎住营头，一共十七万兵，安营在外，旌旗飘荡。仁贵同八员总兵，屯扎帅营左右，前后帐房安得层层密密，坚坚固固。不觉日已向西，城上唐王同诸将闭了东门，径往银銮殿升登龙位，饮了御酒，专等第三天看盖苏文破龙门阵。这话慢表。

单讲城外盖苏文退进御营，来见狼主。庄王先传令设酒，御营中掌灯点烛，大排筵席。二位王爷坐在上边，苏文坐在旁首，底下数席文武大臣。共饮三杯之后，庄王问道："元帅，你三阵唐将尽皆识破，他摆得一阵，你就目定口呆，岂不被大唐兵将耻笑么？"苏文奏道："有所不知，臣摆三阵，是阵书有的；他或者也看熟在肚中，故而被他识破。这仁贵摆的，书上不载，自己杜造次乱长蛇阵图，分明疑难于我，所以臣回他不识，待三天后臣调遣人马，容我破阵，那时杀他们血溅成河，尸骸堆积，何必识他阵名。"张大王笑道："倒也说得有理。元帅能人，待破阵之日，孤家发八员猛将，雄兵十万你带去，阵即破矣。"苏文称谢，酒散回营安歇，不必去表。

再进唐营中薛仁贵，同八员总兵，在营饮酒席上，开言叫声："八位兄弟，本帅在山西县苦楚不堪，三次投军，张环奸诈，把我隐藏前营为火头军，虽承数位兄弟不愿为旗牌，愿做火头军，同居一处，一路上立功，尽被奸臣冒去，害你们不早见君王，享荣华富贵，受苦多年，单只为我。今天幸蒙圣恩封天下招讨，才为本帅。尔等也得受总兵爵禄，我九人干功立业，征剿番邦，尽心报国，从来不烦老少众将之力。今盖苏文要破我龙门阵，是他命该休矣。我前番在中原探地穴，曾受玄女娘娘法旨，说要复青龙一十二年，可平靖矣。今算将起来，足足十二年了，况今朝仙师李大人又说欲复青龙，定摆龙门阵，正应在三日后。龙门阵中多要用心擒捉，好成功班师，我九人功非小矣。明日须听本帅调遣。"八人大喜说："这个自然。若能平复东辽，我等俱听哥哥号令，用心擒捉，立功标下。"言谈半夜，各归营帐安歇一宵。次日清晨，元帅传令二将，对番营高搭五座龙门，不消半日，完成整备。火炮火箭，强弓硬弩，钩镰短棍，长枪大刀，端正锐利，盔甲新鲜，又忙了半日。第二天众军兵饱食一顿，调开队伍，扯起营盘，忙忙打扮，顶明盔，披亮甲，旌旗招转，内按五色冲天大纛旗领队分班，八总兵妆束坐马，两旁站立，仁贵执旗一面，领队分排四面八方，鸣锣击鼓，调东南，按西北，顷刻摆完全了。五坐龙门，按金、木、水、火、土旗幡。

到了第三天，仁贵在阵内用了些暗计，四周长枪剑戟，火炮、火球架起，八员总兵分四门而立，中门薛仁贵，手中拿白旗，对番营叫道："快唤盖苏文出营看阵。"早有番营前小卒，飞报进御营来说道："大唐薛仁贵请元帅看阵。"盖苏文听言，同二位大王一齐上马，排开队伍出营，带同诸将，至阵前一看。呵唷，好座厉害阵图也！但只见：

  五座龙门高搭，对联金字惊人。左边写：踹杀番兵、血染东辽；右首书：活捉庄王、头悬太白。摆攒箭手、长枪手、火炮手、鼓旗手、擎幡手，密密层层护定；龙门首上，按着绣绿旗、大红旗、白绫旗、皂貂旗、杏黄旗，风飘飘一派五色旗。东发炮，龙头现出，专吞大将；西鸣金，摆尾身旁，进阵难逃。满阵白旗如银雪，霎时变作火龙形。其中幻术无穷尽，内按刀枪连转身。五色绣旗一刻现，神仙设此大龙门。专为东辽难剿灭，故把龙门建策勋。

盖苏文见前日不完全龙门阵，随口应承说破得此阵，如今见了这座完全阵图，倒惊得呆了半个时辰。方才开言道："薛仁贵，你既摆全阵图,本帅明日兴兵来破。"仁贵道:"若能破者,必遣能将进我的阵。"

不表盖苏文回进帅营,打点破阵之日。另言讲薛仁贵按了龙门阵,带领总兵进入城中,来至银銮殿上,见朝廷奏道:"陛下在上,臣欲擒盖苏文,灭东辽,奏凯班师,所以摆座龙门大阵。待明日必捉番邦元帅,大事可成矣。"天子大悦,降旨排筵,钦赐仁贵饮酒。言谈至三更方散,回帅府安歇一宵。次日五更,炮声一响,遂将鼓哨动,各营将官满身披挂,结束停当,饱食战饭。大元帅顶盔贯甲,整顿齐备,上马端戟,离了帅府,同诸将出城,升帐而坐,众将侍立两旁听调。薛仁贵传罗通、秦怀玉二将,领五千人马,速往西行,离阵四五里,埋伏山林深处,等盖苏文败来,发炮拦阻去路,赶他转来。罗、秦二将一声得令,接了令箭,齐出营门,上马端兵,领五千人马,前往西边埋伏,我且慢表。再讲仁贵又点周青、薛贤徒,你二人也带五千兵马,北路而行,埋伏树林深处,等候盖苏文逃到,赶他转来,不得有违。二将一声得令,接了令箭,出营上马,带领五千铁骑,径往北路埋伏不表。那仁贵又点王心鹤、王新溪,你二将领五千兵马,往南方绿树林中埋伏,拦截盖苏文去路,不得有违。二将一声得令,接了令箭,出营上马,带领飞骑五千,前往埋伏。仁贵发遣三路精兵已毕,只见东方发白,番营无人知觉。那元帅起身,吩咐扯开帐房,摆开龙门大阵,按定当阵门守将,点姜兴霸、李庆先守住左首二门;周文、周武守住右首二门;仁贵自执红旗,守住中门。走出走进,演此活阵。锣鸣鼓响,只等破阵擒将,此言慢表。

单讲盖苏文也是五更起身,众将齐集两旁,站立听令。多是英雄强壮,气宇轩昂之辈。苏文心下踌躇:"我看这数员战将,几万雄兵,破阵也尽够有余了,然而此阵中,决定厉害,故敢口出大言,摆与我破。未知此阵何名,书上并不置载,看看稀稀奇奇,似此阵图十分幻异,叫我怎生点兵调将,将何令发使他门进阵,怎样破法?"正是:

恨无黄石奇谋术，难破亚夫幻异功。

盖苏文坐在帅营，无计可施，不敢发兵调将，前去破他异阵。哪晓高建庄王同扶余国张大王，带一支御林军出营，看元帅发兵破阵。但只见自家人马明盔亮甲，排队分班，只不见元帅动静，不觉心中焦闷起来，降旨一道，传元帅出营破阵。左右得令，就传旨意前往帅营。苏文接旨，来到御营见驾，说："狼主，召臣前来，有何旨意？"庄王说："元帅，你看唐朝阵中，杀气冲天，称威耀武，为何元帅全不用心调兵遣将，前去破他，反是冰冰冷冷，坐在营内呆看，岂不长他门志气，灭自己威风么？"苏文奏道："狼主在上，唐朝摆此阵图，臣日夜不安，岂不当心？但阵书上历来所载，有名大将阵图，臣虽不才，俱已操练精明熟透，分调人马，按发施行，或东或西，自南自北，出入之路，相生相克，方能破敌，得逞奇功。如今他们所摆之阵，十分幻异，虽不知那阵中厉害如何，今看他摆得活龙活见，稀稀奇奇，连阵名臣多不曾识得，就点将提兵去破，竟不知从何门而入，从何路而出；又不知遇红旗而杀，还不知遇白旗而跑。"庄王叫声："元帅，他摆五个龙头，俱有门入，必然发五标人马，进他阵门的。"苏文道："进兵自然从五门而入，臣也想来如此，但愿得五路一直到尾还好破他，倘然内有变化，分成乱道，迷失中心，那时不得生擒，就是肉酱了。"张大王笑道："若是这等讲，歇了不成？"

盖苏文听见张大王取笑了他，只得无奈，点起五万人马，五员战将，分调五路进兵，按了四足后尾，听号炮一齐冲入。传孙福、焦世威带兵五万冲左首二门；又调徐春、杜印元领兵五万，冲右首二门。四将答应去讫。盖苏文按按头上金盔，紧紧攀胸银甲，带五千兵马，催开坐骑，摇手中赤铜刀，往中门杀过来。后面号炮一起，左首有孙福、焦世威纵马摇枪，杀上阵门。里边姜兴霸、李庆先上前敌住，斗不数回合，唐将回马往阵中而去。孙、焦二将随后追进阵中，外面锣声一响，大炮、火箭乱发，如雨点相同，打得五万番兵，不敢近前。欲出阵门无路，里面二将往绿旗兵中追杀，忽一声炮响，兵马一转，二员唐将影迹无踪，四下里尽是刀枪剑戟，裹二将在心，乱砍乱挑，回望看时，前后受敌，心下着忙，叫救不应，二将兵器架不及，刀山剑岭之危，作为肉酱而亡。料想不免那姜兴霸、李庆先有暗号在内，纵绿旗引走，转出龙门外去了。右边有徐春、杜印元纵马端兵，冲到阵前，内有周文、周武舞动大砍刀接住番将，厮杀一阵，唐将拍马诈败入阵，徐春、杜印元不知分晓，赶入阵门：

  正是英雄无敌将，管取难进刀下亡。

不知二将追入阵中死活如何，且看下回分解。

第五十二回

盖苏文误入龙门阵　薛仁贵智灭东辽帅

诗曰：

龙门阵岂凡间有，原出天神幻化工。
灭取苏文东海定，唐王方见是真龙。

那徐春、杜印元随起入阵，忽听阵中锣声一响，阵门就闭，乱打火炮，乱发火箭。五万番兵在后者逃其性命，在前者飞灰而死，不得近前。单说阵中徐、杜二将，追杀白旗人马，忽放炮一声，二员唐将不知去向，前路不通，后路拥塞，眼前多是鞭、剑、锏、棍，前后乱打。二将抵挡不住，心内一慌，措手无躲，料想性命自然不保的了，只怕难免马踹为泥。正所谓：瓦罐不离井上破，将军难免阵中亡。周文、周武转出龙门阵，又去救应别将，我且不表。

单讲盖苏文拍马摇刀，至阵前大叫道："本帅来破阵也！"薛仁贵一手拿旗，一手提戟，出阵说道："盖苏文，你敢亲自来入我阵么？放马过来吃我一戟！"往苏文直刺，苏文也忙把手中刀急架还。二人战不上六回合，仁贵拖戟进阵，苏文赶进阵中。外边大炮一响，中门紧闭，满阵中鼓啸如雷，龙头前大红旗一摇，练成一十二个火炮，从头上打起，四足齐发，后尾接应，连珠炮起，打得山崩地裂，周围满阵烟火冲天，只打得五路番兵灰焦身丧，又不防备，只剩得数百残兵，还有翘脚折手逃回番营。高建庄王见阵图厉害，有损无益，元帅入阵，又不知死活存亡，料难成事，见火炮不绝，恐防打来，反为不妙，随传令扯起营盘，退下去有十里之遥，方扎住营头。只留盖苏文一人一骑，在阵中追薛仁贵。

不一时，锣响三声，裂出数条乱路，东穿西走，引盖苏文到了阵心，轰隆一声炮起，不见了薛仁贵，前后无路，乱兵围住，刀枪密密，戟棍层层。乱兵杀得苏文着忙，一口刀在手中，前遮后拦，左钩右掠，上下保护。哪晓此阵是九天玄女娘娘所设，其中变化多端，幻术无穷。但见黑旗一摇，拥出一层攒箭手，照住苏文面门四下纷纷乱射。盖元帅虽有本事，刀法精通，怎禁得乱兵器加身，觉得心慌意乱，实难招架，又添攒箭手射来，却也再难躲闪，中箭共有七条，刀伤肩尖，枪中耳根，棍扫左腿，锏打后心。这番盖苏文上天无路，入地无门，有力难胜，有足难逃，叫救不应，满身着伤，气喘吁吁，汗流浃背。心下暗想："我此番性命休矣！"把钢牙坐紧，用力一送，赤铜刀亮起手中，拼着性命，手起刀落，杀条血路，往西横冲直撞，逃出阵去了。薛仁贵见苏文逃走，忙传令散了龙门阵，带四员总兵，随后追杀。

那苏文逃出阵图，往西而走。有五六里之路，忽听树林中一声号炮，冲出一支人马，内有二员勇将，挺枪纵马，大叫："盖苏文，你往哪里走？我将军们奉元帅将令在此，等候多时，还不下马受缚！"苏文一见，吃惊道："我命休矣。唐将少要来赶！"兜回马便走。只见南首又来了一支人马，内中有姜兴霸、李庆先，伏兵齐力大叫："不要走了盖苏文！"追上前。忽西首炮声响处，冲出王心鹤、王新溪，带领一支人马，纷纷卷杀过来，大叫："不要放走了盖苏文！我奉元帅将令，来擒捉也。"盖苏文见三路伏兵杀到，心中慌张不过，催急马往东大败。只见有二将横腰冲出，却是周青、薛贤徒，提枪舞铜，追杀前来。只杀得盖苏文离越虎城，败去五里路之遥，但见自己营前有庄王站立，欲要下马说几句言语，又见唐兵四路追赶，薛仁贵一条戟紧赶后边，全不放松。遂泣泪叫曰："狼主千岁，臣一点忠心报国，奈唐势大，杀得我犹如破竹，追赶甚急，臣生不能保狼主复兴社稷，死后或者阴魂暗助，再整江山。今日马上一别，望千岁再不要想臣见面日期了。"哭奏之间，冲过御营，往东落荒，拼命奔路。薛仁贵催开坐骑，紧紧追赶，喝声："盖苏文，你恶贯满盈，难逃天数了。今日命已该绝，还不早早下马受死，却往哪里走！如今决不饶你，怕汝飞上焰摩天，终须还赶上。"豁喇喇一路追下来。

苏文只顾上前逃遁，不觉追至五十里，却往前一看，但见波浪滔天，长江滚滚，并无一条陆路，心中大悦，暗想："如今性命保得完全的了。"到得海滩，把混海驹往水中一跳，四足踏在水面，摆尾摇头，一径到水中去了。从又回头，对岸上仁贵哈哈笑道："薛蛮子，你枉用心机，如今只怕再不能奈何我了。岂知本帅命不该绝，得这匹坐骑龙驹宝马，今逃命去了。谅汝中原只有勇将，决无宝马，你若也下得海来，本帅把首级割与你；你若下不得海，多多得罪，劝你空回越虎城去吧，不必看着本帅。料想要取我的性命，决定不能了。"薛仁贵立马在海滩上，听见此言，微微冷笑道："盖苏文，你有龙驹宝马，下得海去，笑着本帅没有龙驹宝马，下不得海么？我偏要下海来，取你之命，割你颅头，以献我主。"说罢，把赛风驹一纵，跳下海中，四蹄毫毛散开，立在水面上，把戟晃动，随后追赶。苏文坐下马，在水游得不快，仁贵的坐骑浮于水面，四蹄奔跑，好不速快，犹如平地一般而走。这苏文见了，大叫一声："啊呀！此乃天数规定，合该丧于仁贵之手了！"遂把马扣定，开言叫道："薛元帅，我与你往日无仇，今日无怨，只不过两国相争，各为其主，所以有这番杀戮，尽与主上出力夺江山，以兴社稷，立功报效，至此极矣。今我盖苏文自恨无能，屡屡损兵折将，料想难胜唐王，故败入海来，以将东辽世界与汝立功，也不为过。难道我一条性命，不肯放松，又下海来必竟要取本帅首级？"薛仁贵说道："非本帅执意要你性命，不肯放松，只是你自己不是，不该当初打战书到中原，得罪大唐天子，大话甚多，十分不逊。天子大恨，此句牢记在心，恨之切骨，包在本帅身上，要你这颗首级，非关我事，只得要送你之命了。"盖苏文听了这些言语，心中懊悔无极，大叹一声："罢了，罢了！我虽当初自夸其能，得罪了大唐天子。薛元帅，你可救得本帅一命么？"仁贵道："盖苏文，你岂不知道么，古语说得好：

  阎王判定三更死，并不相留到四更。

我若容情放你逃身，岂不自己倒难逃逆旨之罪也。"盖苏文道："也罢，你既不相容，且住了马，拿这头去吧。"便把赤铜刀往颈项内一刎，头落在水。仁贵把戟尖挑起，挂于腰中。但见苏文颈上呼一道风声，透起现出一条青龙，望着仁贵，把眼珠一闭，头一搭，竟往西方天际腾云而去。鲜血一冒，身子落水，沉到海底。这匹坐骑游水前行，去投别主，不必去表。可怜一员东辽大将，顷刻死于非命，正是：

  瓦罐不离井上破，将军难免阵中亡。
  苏文一旦归天死，高建庄王霸业荒。

  薛仁贵得了盖苏文首级，满心欢喜，纵在岸上，即同诸将领兵回来，把苏文首级高挂大纛旗上，齐声喝来，打从番营前经过。有小番们抬头，早已看见元帅头颅，挂在旗竿之上，连忙如飞一般，报进御营。我且慢表。

  先讲薛仁贵回上三江越虎城中，安顿了大小三军，上银銮殿奏道："陛下在上，臣摆龙门阵，杀伤番将番兵不计其数，把盖苏文追落东海，勒逼其头，他已自刎，现取首级在此缴旨。东辽灭去大将，自此平复矣。"天子听奏，龙颜大悦，降旨把首级号令东城，又传旨意，命薛王兄明日兴兵，一发把庄王擒来见朕。仁贵口称领旨。其夜各回，安歇一宵。到次日，仁贵欲点人马去捉庄王，有军师徐茂功急阻道："元帅，不必兴兵。庄王即刻就来降顺我邦也。"仁贵依了军师之言，果不发兵，我且慢表。

再说番邦高建庄王，在御营内闻报盖元帅已死，放声大哭，仰天长叹道："孤家自幼登基，称东辽国国之主，受三川海岛朝贡，享乐太平，未常有杀戮伤军之事。哪晓近被天朝征剿，兴师到来，一阵不能取胜，被他杀得势如破竹，关寨尽行失去，损折兵将，不计其数，阵阵全输。今盖元帅归天，料不能再整东辽，复还故土，有何面目再立于人世，不如自尽了吧。"扶余国大王张仲坚，在旁急忙劝阻道："王兄，何必志浅若此。自古道胜败乃兵家之常事，况大唐天子有德有仁。四海闻名，天下共晓，因王兄殿下元帅盖苏文，自矜骁勇，复夸飞刀，惹此祸端。今已自投罗网，有害东辽，这场杀戮也是无数。如今元帅已死，王兄何不献表称降，免了死罪，再整海东，重兴社稷，有何不可？"高建庄王叹息道："王兄，又来了。大唐势广，兵马辛苦，跋涉多年，才服我邦，岂肯又容孤家重兴社稷？"张大王道："王兄，不妨。唐天子乃仁德之君，决不贪图这点世界。王兄肯献降表，待孤与你行唐邦见天子，说盟便了。"庄王大喜。就写降表一道，付与仲坚。张大王连忙端正停当，辞了庄王出番营，跨上雕鞍，带领亲随将官八员，往着三江越虎城而来。到了东门，往上叫道："城上军士听着，快报与大唐天子得知。说今有扶余国王张仲坚，有事要见万岁。"城上军士听见，连忙禀与守城官，即便进朝，上银銮殿见驾，奏道："陛下，城外有扶余国国王张仲坚，有事要见万岁。"天子道："他有何事来见寡人？"茂功道："他来见驾，不过为东辽国投降之事，

第五十二回　盖苏文误入龙门阵　薛仁贵智灭东辽帅　413

陛下快宣他进来朝见。"天子便着宣张仲坚见驾。守城官领旨出朝，来到东城，放琉球千岁入城。进朝上银銮殿，俯伏上奏道："天朝圣主龙驾在上，臣扶余国张仲坚朝见，愿我王圣寿无疆。"天子道："王兄平身。"张仲坚口称："领旨。"扶笏当胸，立于底下。王问道："未知王兄见朕，有何奏章？"仲坚低首称臣，说："陛下在上，臣无事不敢轻蹈银銮，今时有事来，冒奏天颜，罪该万死，望圣天子赦罪。"天子道："王兄既有事来，何罪之有。奏上来。"仲坚道："陛下在上，今因高建庄王虽有欺君大罪，皆因误听盖苏文之言，故而有今日之事。今苏文已被我王名将杀入东海，身已灭亡，庄王追悔莫及，所以臣冒犯天威，大胆前来说盟，陛下若肯容纳，现有高建庄王降表在此，请圣上龙目亲瞻。"天子说："王兄既献呈他的降表，取上来待朕观看。"近侍领旨，接来铺展龙案之上。天子龙目细看，只见上写道：

南朝圣主驾前：小邦罪臣庄王顿首朝拜，天朝皇爷圣寿无疆。臣不才，误听盖苏文之言，浑乱天心，失其国政，十分欠礼，得罪天颜。故使我王亲临敝邑，跋涉圣心。臣又不率令文武到边装驾，早早招安，献表归顺，以免后患。窃听众臣逸言，一旦藐视圣主，屡屡纵将士作横，欺负我主，全不尽其天理，所以有这场杀戮。天网恢恢，致使臣文武官尸骸暴露，军兵将剑戟刀伤。苏文虽保护国家，由然助纣为虐，使我江山败落，文武惨亡，到如今虽被我皇名将薛元帅取其首级，臣还痛恨在心。自思滔天之罪不小，乱刀剁酱之危难免。臣闻我王向有仁政好生之德，所以邦邦感戴。臣罪虽在不赦，理当献过头颅，以赎前罪。然奈臣实无欺君之心，陛下龙心明白，可肯恕臣之罪，容其复兴社稷，重整乾坤，则臣感戴不尽，情愿年年进贡，岁岁来朝，以后再不兴兵侵犯。望主容纳，深感仁德矣。

贞观天子看表，十分欢悦："既蒙王兄不避斧钺，前来讲和，寡人无有不准之理。"收下降表。张仲坚谢恩已毕，退出午门，竟回番营相见庄王，回复言语不表。

再说次日，唐王留兵马三十余万，偏正将八十二员，降旨一道，命使臣送到庄王帐下，掌管东辽，重开社稷，复转江山不必细表。如今打点黄道吉日，就要班师。徐茂功算定阴阳，选一吉日，大元帅薛仁贵把尽数人马统出越虎城，调点整齐，各位大臣，诸老将、爵主们，皆满身妆束，打扮新鲜，在外伺候。底下这一班总兵、先锋、游击、千把总、百户、守备，一应武职，大小官员，多是顶明盔，披亮甲，骑骏马，端兵刃，分班侍立。贞观天子头上闹龙金冠，身披绛黄蟒服，腰围金镶玉带，坐下日月骍骝马，出了越虎城。降旨宰杀牛羊，祭旗已毕，主上亲奠御酒三杯，众将拜旗过了，正欲起兵班师，早有高建庄王同张大王飞骑而来，拜伏在地。说："南朝圣上，今日班师，臣无物进献，特贡金银二十四车，略表臣心。愿陛下一路平安，竟到长安。"天子大喜道："蒙二位王兄之德，又献金银与朕，使寡人欢悦班师，真乃寡人之幸也。不消远送，各守社稷去吧。"庄王与张大王口称："愿我王万岁、万万岁。"二王谢驾，退回三江越虎城，坐银銮殿，聚集两班文武，传旨各路该管官员，调兵点将，镇守地方。张仲坚自回扶余国，料理国政，永为霸主。庄王子孙兴复，东辽至唐没，不敢侵犯中原。这些后话，不必细表。

单讲大元帅薛仁贵，带领大队人马，分列队伍起程，后有程咬金、尉迟恭、徐茂功三人，保定龙驾。罗通、秦怀玉、尉迟宝林、尉迟宝庆、程铁牛、段林，各管五营四哨。前后左右营军卒，摆齐队伍，放炮三声，离却越虎城，一路上旗幡招转号带飘，齐声喝彩，马卷沙尘，纷纷然出东辽边界。沿海关逾山过岭走荒僻，往崎岖险地行虎穴，日起东方行路，日西沉落停兵。朝行夜宿，饿食渴饮，在路耽搁数月有余，早到中原山东登州府。有地方官闻报，忙忙整备，接天子御驾扎住登州城内。连发三骑报马，往大国长安报知。有殿下千岁同丞相魏征料理国事，传旨巡城都御史禁约告示，张挂京师，使百姓人等知悉。天子大军，这一日离了山东，穿州过府，一路上子民香花灯烛迎送回朝。不够三天，早到大国长安。元帅薛仁贵传令，大小三军屯扎外教场，遂令偏正将，同天子进了光大门，但见城中百姓，家家上锦，户户关门，挂灯结彩，锣鼓喧天。文武衙门，搭台唱戏，称颂天子。

再表殿下李治，同魏征出午门，迎接上金銮，身登龙位，先有殿下上前朝过，然后魏征朝拜三呼。随有这一班三阁、六部、九卿，各文武一众大臣，朝参过了。然后大元帅薛仁贵俯伏阶下道："陛下龙驾在上，臣薛礼朝见，愿我王万岁、万万岁。"天子说："王兄平身。"底下有周青、薛贤徒、王心鹤、李庆先、姜兴霸、周文、周武、王新溪八员总兵，齐跪金阶。朝贺已毕，天子传旨，宰杀牛马，令元帅带众将复往外教场，祭奠太平旗纛：

只见祥云呈瑞色，显教兵甲洗春波。

祭献过了，备酒犒赏大小三军，且听下回分解。

第五十三回

唐天子班师回朝　张士贵欺君正罪

诗曰：

圣驾回銮万事欢，京城祥瑞众朝观。
万年海国军威震，全仗元戎智勇兼。

那征东将士个个受朝廷恩典，多是欢心。犒赏已毕，元帅传令散队回家。于今枪刀归库，马散山林，众军各散回返家乡故土，真个夫妻再聚，子母重圆，安享快乐，太平食粮，不必细表。

再表贞观天子临朝，那日正当天气晴和，只见：

旌旗日暖龙蛇动，宫殿风微燕雀高。

两班文武上朝，山呼已毕，传旨分立两班，有大元帅薛仁贵同诸将上朝，当金銮殿卸甲，换了朝王公服，盔甲自有官员执掌。天子命光禄寺大排筵宴，钦赐功臣。天子坐一席九龙御宴，左有老公爷们等坐席，右有众爵主饮酒，欢乐畅饮，直至三更，酒散抽身，谢恩已毕，散了筵席，龙袍一转，驾退回宫。珠帘高卷，群臣散班。天子回宫，有长孙娘娘接驾进入宫中，设宴献酒。天子将东辽之事，细说一遍，皇后也知薛仁贵功劳不小，我且慢表。再讲众爵主回家，母子相见，也有一番言语；老公爷回府，夫妻相会，说话情长；八位总兵自有总府衙署安歇。薛仁贵元帅自有客寓公馆，家将跟随服侍。当夜将将欢心，单有马、段、殷、刘、王五姓公爷，五府夫人，苦恨不已，悲伤哭泣。但见随驾而去，不见随驾而回。这话不过交待个清楚。到了次日清晨，天子登位，文武朝过，降旨下来，所有阵亡公爷、总兵们，在教场设坛追荐，拜七日七夜经忏。天子传旨，满城中军民人等，俱要戒酒除荤，料理许多国事，足足忙了十余日。

不想这日天子驾坐金銮，文东武西，天子降下旨意，往天牢取叛贼张环父子对证。早有侍卫武士口称领旨前去，顷刻，下天牢取出张环父子女婿六人，上殿俯伏阶前。天子往下一看，但见他父子披枷带锁，赤足蓬头，龌龊不过。左有军师徐茂功，吩咐去了枷锁，右有尉迟恭，即将功劳簿揭开。薛仁贵连忙俯伏金阶。天子喝问道："张士贵，朕封你三十六路都总管，七十二路总先锋，父子翁婿多受王封，荫子封妻，享人间富贵，也不为亏负了你。你不思以报国恩，反生恶计，欺朕逆旨，将应梦贤臣埋没营中，竟把何宗宪搪塞，迷惑朕心，冒他功劳。幸亏天意，使寡人君臣得会，今平静东辽，奏凯回朝，薛仁贵现今在此，你还有何辩？"士贵泣泪道："陛下在上，此事实情冤枉，望我王龙心详察。臣当年征鸡冠刘武周之时，不过是七品知县出身，叨蒙皇爷隆宠，得受先锋之职，臣受国恩，杀身难报，敢起欺心灭王之心？若讲前番月字号内火头军，实叫薛礼，并无手段，又不会使枪弄棍，开兵打仗，何为应梦贤臣？所以不来奏明。况且破关得寨，一应功劳，皆臣婿宗宪所立。今仁贵当面在此，却叫臣一面不会，从未有认得，怎陷臣藏匿贤臣，功劳冒称己有，反加逆旨之罪？臣死不足惜，实情冤屈，怎得在九泉瞑目。"薛仁贵闻言大怒，说："好个刁巧奸臣，我与你说为火头军之事，料然争论你不过，你既言宗宪功劳甚多,你且讲来,哪几功自你们女婿得的?"张士贵心中一想说:"陛下在上,第一功就是天盖山活擒董逵,第二乃山东探地穴有功,第三是四海龙神免朝,第四是献瞒天过海之计。"却忘了龙门阵,做《平辽论》二功。竟说到第五箭射番营,戴笠蓬鞭打独角金睛兽,第六功飞身直上东海岸,又忘记了得金沙滩,智取思乡岭二功。竟说到三箭定天山,箭中凤凰城,凤凰山救驾之事,尽行失落,不说起了。明欺尉迟恭上的功簿不写字迹,只打条杠子为记色的。讲到枪挑安殿宝,夺取独木关,正说得高兴,就记得不清,竟住了口。

谁知仁贵心中到记得清楚明白,一事不差。便说,"张环,这几功就算是你女婿何宗宪得的么?"张环道:"自然,多是我们的功劳。"仁贵笑道:"亏你羞也不羞,分明替我说了这几功。你女婿虽在东辽,还是戟尖上挑着一兵一卒,是亲手擒捉了一将一骑,从无毫末之力,却冒我如许之大功,今日肉面对肉面在此,还不直说,却在驾前强辩。我薛仁贵功劳也多,你哪里一时记得清楚?你可记得在登州海滩上,你还传我摆龙门大阵,又叫我做《平辽论》,东海岸既得了金沙滩、思乡岭,难道飞过去,不得功劳的么。还有冒救尉迟千岁,夺囚车,还有凤凰山救驾,割袍幅,可是有的么。为什么落了这几桩功劳,不说出来?"张环还未开口,尉迟恭大怒,叫道:"呵唷,张环奸贼,你欺我功劳簿上不写字,却瞒过了许多功劳,欺负天子罪之一也。"茂功亦奏道:"陛下,这张士贵狼心狗肺,将驸马薛万彻打箭身亡,无辜死在他手,又烧化白骨,巧言诳奏君王,罪之二也。"天子听言,龙颜大怒,说:"原来有这等事!我王儿无辜,惨伤奸贼之手。你又私开战船,背反寡人,欲害寡人的殿下,思想篡位长安。幸有薛仁兄能干,将你擒入天牢,如今明正大罪,再无强辩。十恶大罪,不过如是而已。"降旨锦衣武士,将士贵父子绑出午门,踹为肉酱,前来缴旨。锦衣武士口称:"领旨。"就来捆绑张环父子女婿。

单说尉迟恭,原来得细心,仔细睁眼看绑,却见张环对东班文武班内一位顶龙冠，穿黄蟒的眼色斜丢。侍卫扎绑不紧，明知成清王王叔李道宗与张环有瓜葛之亲，在朝堂卖法，暗救张环，连忙俯伏金阶奏道："陛下，张环父子罪在不赦，若发侍卫绑出，恐有奸臣卖法，放去张环，移调首级，前来缴旨，哪里知道？不如待臣亲手将先王封赠的鞭，押出张家父子到午门外打死，谁敢放走张环。"天子依了敬德之奏，只吓得张环面如土色，浑身发抖，急得王叔李道宗并无主意，只得大胆出班俯伏金阶，奏道："陛下龙驾在上，老臣有事冒奏天颜，罪该万死。"天子道："王叔有何事奏闻？"李道宗奏："张环父子屡有欺君之罪，理当斩草除根，但他父子也有一番功劳在前，开唐社稷，辅助江山，数年跋涉，今一旦尽除，使为人臣者见此心灰意冷，故而老臣大胆冒奏，求陛下宽洪，放他一子投生，好接张门后代，未知我王龙心如何？"天子见王叔保奏，只得依准，说："既然王叔行德，保他一脉接宗。"降下旨意，将张环四子放绑，发配边外为民，余者尽依诛戮。侍臣领旨，传出午门外，放了张志豹，哭别父兄，配发边外。后来子孙在武则天朝中为首相，与薛氏子孙作对，此言不及细表。先讲尉迟恭将张环父子女婿五人打死，割落首级，按了君法，成清王李道宗将他父子五人尸骸埋葬。王叔宠妃张氏，容貌超群，已经纳为正室，闻父兄因与薛仁贵作对，打死午门，痛哭不已，怨恨仁贵在心，必要摆布，好与父兄报仇。王叔十分解劝，方得逍遥在宫，不表。

　　单言尉迟恭缴过旨意，仁贵侍立在旁，有黄门接了湖广汉阳荒本一道，奏达天子。天子看本，顿发仁慈，说："湖广如此大荒，不去救济，民不能生，恐有变乱之患。"便对茂功说："徐先生，你往湖广走遭吧。寡人开销钱粮，周济子民，招安百姓，要紧之事，非先生不可。"徐勣领旨。当日辞驾，离了长安，径往湖广救荒而去，此非一日之功。

　　当夜驾退回宫，群臣散班。其夜天子睡至三更，梦见一尊金身罗汉，到来说："唐王，你曾许下一愿，今日太平安乐，为何不来了偿此愿？"天子梦中惊醒，心中记得，专等五更三点，驾登龙位，文武朝见，三呼已毕，侍立两旁。天子开言说："寡人当初继位时，天下通财，铸国宝不出，曾借湖广真定府宝庆寺中一尊铜佛，铸了国宝，通行天下。曾许复得辽邦，班师回朝，重修庙宇，再塑金身，不想今日安享班师，国事忙忙，朕心忘怀此愿。幸菩萨有灵，昨宵托梦于朕。今开销钱粮，铸此铜佛，其功洪大。尉迟王兄，你与朕往湖广真定府，一则了愿，二则督工监铸铜佛，完工回朝缴旨。"敬德领了旨意，辞驾出午门，带家将上马，趁早离了大国长安，竟往湖广铸铜佛去了。此言不表。

如今单言那薛仁贵，俯伏尘埃奏道："陛下在上，臣有妻柳氏，苦守破窑，候臣衣锦荣归，夫妻相会。不想自别家乡，已有一十二年，到今日臣在朝中受享，未知妻在破窑如何度日。望陛下容臣到山西私行察访，好接来京，同享荣华。"天子听奏，心中欢悦，说道："薛王兄功劳浩大，朕当加封为平辽王之爵，掌管山西，安享自在，不必在长安随驾，命卿衣锦还乡，先回山西。程王兄，你到绛州龙门县督工，开销钱粮，起造平辽王府，完工之日，回朝缴旨。"程咬金当殿领了旨意，打点往山西督工造王府。薛仁贵受了王位，心中不胜之喜。三呼万岁，谢恩已毕，退出午门。其夜安歇公馆，一到了次日清晨，端正船只，百官相送出京。下落舟船，放炮三声，掌号开船。离了大国长安，一路上威风凛凛，号带飘飘，耽搁数天，已到山西，炮响三声，泊住号船。合省府州县大小文武官员，献脚册手本，纷纷乱乱，兵马层层，明盔亮甲，戎装结束，多在马头迎接。仁贵见了，暗想：当初三次投军的时节，人不知鬼不觉，何等苦楚，到今日身为王爵，文武俱迎，何等风光。我欲乘轿上岸，未知妻在破窑度日如何？不免此地改装，扮作差官模样，上岸到绛州龙门县大王庄，私行探听妻房消息，然后说明，未为晚也。薛仁贵算计已定，传令大小文武官员尽回衙署理事。只听一声答应，纷纷然各自散去，我且不表。

单言薛仁贵扮了差官，独自上岸，只带一名贴身家将，拿了弓箭，静悄悄往龙门县去。天色已晚，主仆歇宿招商，过了一宵。明日清晨早起，离了龙门县，下来数里，前面相近大王庄，抬眼看时，但见：

丁山高隐隐，树木旧森森。那破窑，依然凄凄惨惨；这世态，原是碌碌庸庸。满天紫燕，飞飞舞舞；路上行人，联联续续。别离十余载，景况未相更，当年世界虽然在，未晓窑中可是妻。

仁贵看罢，一路行来，心中疑惑。我多年不在家，必定我夫人被岳父家接去，这窑中不是我家，也未可知，且访个明白。只听得前面一群雁鹅飞将起来，忙走上前，抬头一看，只见丁山脚下，满地芦荻，进在那边，有一个金莲池。仁贵见了凄然泪下，我十二年前出去，这里世界依然还在。只见一个小厮，年纪只好十多岁，头满面白，鼻直口方，身上穿一件青布短袄，白布裤子，足下穿双小黑布靴，身长五尺，手中拿条竹箭，在芦苇中赶起一群雁鹅，在空中飞舞。他向左边取弓，右手取了竹箭，犹如蜡烛竿子模样，搭上弓对着飞雁一箭，只听得呀的一声，跌将下来，口是闭不拢的。一连数只，一般如此，名为开口雁。仁贵想："此子本事高强，与本帅少年一样，但不知谁家之子。待我收了他，教习武艺，后来必有大用。"正要去问，只听得一声响，芦林中一个怪物跳出来，生得可怕：独角牛头，口似血盆，牙如利剑，浑身青色，伸出丁耙大的手来拿小厮。仁贵一见大惊，可惜这小厮，不要被怪物吞了去，待我救了。他忙向袋中取箭搭弓，弓开如满月，箭去似流星，嗖的一声，那怪物却不见了，那箭不左不右，正中小厮咽喉，只听得啊呀一声，仰面一跤，跌倒尘埃。唬得仁贵一身冷汗，说道："不好了，无故伤人性命，倘若有人来问，怎生回答他来。自古说：'王子犯法，庶民同罪。'管什么平辽王。"欲待要走，又想夫人不知下落，等待有人来寻我，多把几百金子，他自然也就罢了。不言仁贵胸内之事，原来这个怪物，有个来历的，他却是盖苏文的魂灵青龙星，他与仁贵有不世之仇，见他回来，要索他命，因见仁贵官星盛现，动他不得，使他伤其儿子，欲绝他的后代，也报了一半冤仇。故此径自避去，此话不讲。

再说云梦山水帘洞王敖老祖，驾坐蒲团，忽有心血来潮，便掐指一算，知其金童星有难，被白虎星所伤。但他阳寿正长，还要与唐朝干功立业，还有父子相逢之日。忙唤洞口黑虎速去，将金童星驮来。黑虎领了老祖法旨，驾起仙风，飞到丁山脚下，将小厮驮在背上，一阵大风，就不见了。仁贵看见一只吊睛白面黑虎，驮去小厮，倒大惊失色，茫然无措。再讲黑虎不片时工夫，就到洞口缴令。老祖一看，将咽喉箭杆拔出，取出丹药敷好箭伤，用仙药灌入口中，转入丹田，须臾苏醒。拜老祖为师，教习枪法，后来征西，父子相会白虎山，误伤仁贵之命，此是后话慢表。

再讲仁贵叹气一声说："可怜，尸骸又被虎衔去，命该如此。"慢腾腾原到窑前，没门的，是一个竹帘挂的，叫一声："有人么？"只见走出一个女子来，年纪不多，只好十二三岁的光景，生得眉清目秀，瓜子脸儿，前发齐眉，后发披肩，青布衫，蓝布裙，三寸金莲，倒也清清楚楚，斯斯文文，好一个端严女子，口中说道："我道是哥哥回，原来是一个军官。"问道："这里荒野所在，尊官到此怎么？"仁贵说道："在下自京中下来的，要问姓薛的这里可是么？"金莲说："这里正是。"仁贵就胆大了，连忙要走上来，金莲说："尊官且住，待我禀知母亲。"金莲说："母亲，外面有一人，说是京中下来的，要寻姓薛的，见还是不见，好回复他？"柳金花听得此言，想丈夫出去投军，已久没有信息。想必他京中下来，晓得丈夫消息，也未可知，待我去问他，说："长官到此，想必我丈夫薛仁贵，有音信回来么？"为何问这一声？仁贵去后，那小姐无日不想，无刻不思，转身时，亏周青赠的盘费，自己也有些银子，又有乳母相帮，王茂生时常照管，生下一双男女，不致十分劳力。今见了仁贵，难道不认得？投军一别，仁贵才年二十五岁，白面无须，堂堂仪表。今日回家，隔了十三年，海风吹得面孔甚黑，三绺长髯，所以认不得。仁贵见娘子花容月貌，打扮虽然布衣布裙，十分清洁，今见他问，待我试他一试，说道："大娘，薛官人几时出去的，几年不曾回来？"金花道："长官有所未知，自从贞观五年，同周青出去投军，至今并无下落。"仁贵说："你丈夫姓甚名谁？为何出去许多年，没有信么？"金花道："我丈夫姓薛名礼，字仁贵。极有勇力，战法精通，箭无虚发。"仁贵欲要相认，未知他心洁否，正是：

　　欲知别后松筠操，可与梅花一样坚。

不知怎生相认夫人，且看下回分解。

第五十四回

平辽王建造王府　射怪兽误伤婴儿

诗曰：

紫蟒金冠爵禄尊，夫人节操等松筠。
甘将冰雪尝清苦，天赐恩荣晚景声。

那仁贵开言道："原来就是薛礼。他与我同辈中好友，一同投军。他在海外征东，在张大老爷帐下，充当一名火头军。今圣上班师回朝少不得就要回家。我闻大娘十多年在窑中凄凉，怎生过得日子？我有黄金十锭，送与大娘请收好了。"金花一听此言，大怒说："狗匹夫，你好大胆，将金调戏。我男人十分厉害，打死你这狗匹夫才好，休得胡言，快走出去。"仁贵看见小姐发怒，只是嘻嘻地笑道："大娘不必发怒。"金莲也便喝一声："叫你去不肯去，哥哥回来，怎肯甘休！"顾氏乳娘看见仁贵举止端庄，出言吐语，依稀声音，像当年薛礼无二，便上前叫声："小姐，不要动气，待我问他。"说："尊官，你悉知薛官人怎么样了，不要糊糊涂涂，说个明白。"仁贵听了乳母问他之言，欲待说明，这一双男女从何而来？莫不是窑中与人苟合生出来，也要问个明白;若不说明,夫人十多年苦楚,叫我哪里放心得下。我今特地来访,难道不说明不成,待我将平辽王三字隐藏,明白一双男女,果然不妙,我一剑分为两段。算计已定,开言说:"娘子,鄙人就是薛礼,与你同床共枕,就不认得了?"金花闻言,气得满面通红说:"狗匹夫,尤其可恶,一发了不得。女儿,等哥哥回来,打这匹夫。"乳母说:"小姐且住发怒,待我再问个明白。尊官,你把往年之事细细讲明,不要小官回来斗气。"仁贵说:"我自从到府做小工,蒙小姐见我寒冷,相赠红衣,不道被岳父知道,累及小姐,亏岳母救了,在古庙殿中相遇,蒙乳母撺掇,驮回在破窑中成亲,亏了恩兄王茂生夫妻照管,天天在丁山脚下射雁度日,蒙周青贤弟相邀,同去投军,在总兵张大老爷帐下月字号内,做了一名火头军。今班师回来,与娘子相会。"说了一遍,金花说:"我官人左膊上有朱砂记的,有了方信是薛礼。"薛礼脱下衣服,果然朱砂记。金花方信是实,一点也不差,抱头大哭,叫女过来,也拜了父亲。金花叫声:"官人,你今日才晓得你妻子之苦,指望你出去寻得一官半职回来,也与父母争气,也表你妻子安享。如今做了火头军回来,不如前年不去投军,在家射雁,也过得日子。也罢,如今靠了孩儿射雁,你原到外边做些事业做做,帮助孩儿过了日子吧。"仁贵听了,叫声:"娘子,我出门之后,并无儿女,今日回来,又有甚么男女,还一个明白。"金花说:"官人,你去投军之后,我身怀六甲,不上半年,生下一双男女,孩儿取名丁山,女儿取名金莲,都有十分本事,与你少年一般。孩儿出去射雁,不久就回。见了他十分欢喜。"仁贵说:"不好了,不要方才射死的小厮,就是孩儿。待我再问一声:'娘子,孩儿身上怎样,长短如何,说与我知道。'"金花道:"孩儿身长五尺,面如满月,鼻直口方,身穿青布袄,青布裤儿。"仁贵说:"坏了,坏了!"双足乱踹说:"娘子,不好了,方才来访娘子,丁山脚下果见一个小厮射开口雁,不想芦林之中,跳出一个怪物,正要把孩儿擒吞,我见了要救他,被我一箭射死,倏然不见，却误射死了孩儿，如今悔也迟了。"金花一听此言，大哭说道："冤家，你不回来也罢，今日回来，倒把孩儿射死，我与你拼了命罢。"一头大哭，一面乱撞。金莲叫声："爹爹，哥哥射死，尸骸也要埋葬。"仁贵说："那尸首被虎衔去了，叫我哪里去寻。"金花母女尤其大哭。仁贵见了，也落了几点眼泪。上前叫一声："夫人、女儿，不必啼哭，孩儿无福，现现成成一个爵主爷送脱了。"金花听了说："呸！在此做梦，人贫志短，一名火头军妻子，做了夫人，正军妻子做王后？"仁贵道："夫人不信，如今绛州起造王府，是哪个？"金花道："这是朝廷有功之臣。"仁贵叫声："夫人，你道王爷姓什么？""闻得王家伯伯说姓薛，名字不晓得。"仁贵道："却又来，我同尉迟老将军，跨海征东，海滩救驾，早定东辽，班师回来，皇上恩封平辽王，在山西驻扎，管五府六州一百零三县地方，都是下官执掌，一应文武官员，先斩后奏。如今访过了夫人，接到王府中，受享荣华富贵，不想孩儿死了，岂不是他无福，消受不起？目下府州官公子也要有福承受，况我一介藩王的世子，不是他无福么？夫人哭也无益。"

金花一听此言，心中一悲一喜，悲的是孩子死了，喜的是丈夫坐了王位。便回嗔作喜，开口问道："你做了平辽王，可有什么凭据，莫非射死孩儿，巧将此言哄骗我们？"仁贵道："夫人，你果然不信，还你一个凭据。"便向身边取出五十两重一颗黄金印，放在桌上，说声："夫人，还是骗你不骗你？"金花看见黄金宝印，方信是真，叫声："相公，你果然做了藩王，不差的么？"仁贵说："金印在此，决不哄夫人。"金花嘻嘻笑道："谢天地，我这样一个身上，怎好进王府做夫人？"仁贵说："夫人不必心焦，到明日自有鲁国公程老千岁，同着文武官员来接。但不知我出门之后，岳父家中有信息么？"夫人说："呀，相公。家中只有我父亲，道我真死，母亲、兄嫂放走我的，不晓得住在窑中，十余年没有音信，如今不知我爹爹、母亲怎样了。"仁贵点点头说："夫人，你这一十三年怎生过了日子？"金花说："相公不问犹可，若问你妻子，苦不可言。亏了乳母相依，千亏万亏，亏了王家伯伯夫妻，不时照管，所以抚长了儿女一十三年。"仁贵说："进衙门少不得要接恩哥、恩嫂过去，报他救命之恩，一同受享荣华，还要封他官职。夫人，如今原到岳父家中去，他有百万家财，高堂大厦，鲁国公到来，也有些体面。若住在破窑里面，怎好来接夫人，岂非有玷王府，笑杀绛州百姓。下官先回绛州，夫人作速到岳丈家中，去等程老千岁来接，就是恩哥恩嫂，不日差官相迎，我要去到任要紧，就此别去。"夫人说："相公，我与你远隔十多年，相会不多时，怎么就要去了？"仁贵道："夫人，进了王府，少不得还要细谈衷曲。"依依不舍，出了窑门，到了山冈，上了马，看了山脚下，想起儿子，好不伤心。几次回头，不忍别去。说也罢，长叹一声，径往绛州而去，此话不表。

单讲金花小姐看见丈夫去后，母女双双晓得仁贵坐了王位，不胜之喜。便对乳母说："方才相公叫我到父母家中去，好待程千岁来接，这窑中果然不便，但回到家中，父母不肯收留，将如之何？"乳母说："小姐放心，这都在我身上。同了王家伯伯前去，对员外说小姐不死，说了薛官人如今他征东有功，坐了平辽王位，哪怕员外不认？况且院君、大爷、大娘，都知道叫我同小姐逃走的，只不晓得住在窑中，只要院君、大爷对员外讲明白，定然相留。"金花说："乳母言之有理。就去请王家伯伯到来，一同去说。"乳母依言，报与王茂生。那王茂生闻言薛仁贵坐了王位，满心大悦，对毛氏大娘说知："不枉我结义一番，救了他性命，如今这桩买卖做着了。"毛氏大娘说知："看薛官人面上官星现发，后来必定大发。"茂生说："不必多言，快快同去。"夫妻二人茫茫然来到破窑中，说："弟媳恭喜，兄弟做了大大的官，带累我王茂生也有光彩。"金花将仁贵来访之事，说了一遍："还要报答大恩，不日差官来请，相烦伯伯同乳母到我家中报知消息，好待来接。"王茂生满口应承，口称当得，便同了乳母，来到柳员外家中报喜，此言慢表。

再讲那柳员外那年逼死了女儿，院君日日吵闹，柳大洪与田氏相劝不休，那员外倒有悔过之心。这一日乳母同王茂生到来报喜，员外难寻头路，茫然不晓。那番柳大洪说起："妹子不死。当初做成圈套，瞒过爹爹，放走妹子逃生的。今日乳母、王茂生所说，薛仁贵做了大官，要接妹子回家，好待明日鲁国公来接妹子到任。爹爹，如今事不宜迟，做速整备，差人去接妹子到来，等候程千岁相迎。"柳员外说："到底怎么，讲得不明不白，叫我满腹疑心。"柳大洪说："爹爹不知，向年薛礼在我家做小工，妹子见他身寒冷，要将衣服赏他，不想暗中错拿了红衣，被爹爹得知，要处死妹子。孩儿同母亲放走，至今十有余年，不知下落。今乳母回来报喜，果有其事。"员外听言说："此事何不早讲，直到今日，我倒受了你母亲几年吵闹。既是你们放走，后来我气平之时，早该差人寻取，到家安享，却使他在窑中受这多年的苦。"叫声："乳母，你同我进去见了院君，羞他一羞。"说罢，同乳母进内，叫声："院君，你做的好事，把老汉瞒得犹如铁桶一般。"哈哈大笑。院君见了，又好笑又好气，吵声："老杀才，还我女儿来。"员外说："乳娘，你去对院君细细讲明，我有心事，要去外边料理。没有工夫与他讲。"就把十个指头轮算，这件缺不得，那件少不得。不表员外之事，再言院君对乳娘说："这老杀才在那里说什么鬼话？"乳娘说："有个缘故，待老身对院君说。"院君道："我正要问你，你自从那日同小姐出门之后，十有余年，到底怎么样了，快说与我知道。"乳娘说："自从出门，走到古庙，遇着了薛礼，同到破窑中成亲，不一年薛礼出去投军，救驾有功，封本省平辽王。昨日来访，说明此事，窑中不便迎接，明日要到员外家中。护国一品太夫人，为此员外在此喜欢。"院君听了满心喜欢。对员外说："如今打点先去接女儿回家，明日好待程千岁到来迎请。"员外说："我都晓得。"吩咐庄客挂红结彩，端正轿子二乘，差了丫环、妇女、家人们先去，接了小姐回来。筵席要丰盛，合族都请到，嫁妆要端正。女儿一到，明日等老程千岁，忙得不得了。乳娘同茂生先去报知小姐，然后接迎家人妇女数十名，两乘大轿，来到窑前。小姐晓得乳娘先来报知，与女儿打扮，忽听得一班妇女来到，取出许多新鲜衣服送与金花，说："奉员外、院君之命来接小姐。"金花大喜，打扮停当，然后上轿，回转家中。见了父母，谈说十余年之苦。院君听了，心中不忍，反是大哭，员外在旁相劝。当夜设酒款待女儿，自有一番细说，不必细表。

再讲仁贵离了窑中，一路下来，来到绛州，进了城门，不知王府造在哪里，待我问一声。上前见一钱庄，问一声道："店官，借问一声，如今平辽王府造在哪里？"那店官抬头一看，见马上军官十分轩昂，相貌不凡，忙拱手说："不敢，那里直过东下北就是。"仁贵说："多谢。"果然不多路，来到辕门，好不威势：上马牌、下马牌、马台、将台、鼓亭、东辕门、西辕门，巡风把路，朝房、节度司房、府县房、奏事房、简房。仁贵把马扣住，下了马，将马拴在辕门上，那巡风一见，兜头一喝："把你这瞎眼的，这里什么所在，擅敢将你祖宗拴在这里。好一个大胆的狗才，还不拴在别处去，不要着老爹嗔怪！"仁贵道："不要噜苏，我是长安下来，要见程老千岁的。快些通报，前来接我。"巡风听了，对旗牌说："我们不要给他说。听得平辽王不日来到，莫不是私行走马上任，也未可知。"旗牌说："说得不错。"对巡风说："不要被他走了，连累我们。程千岁性子不好，不是好惹的。"巡风道："晓得的，不必费心。"那旗牌来到里面对着中军说知，中军忙到银銮殿报与程千岁。

哪道那程咬金正坐在殿上，低头在那里算鬼账，造了王府开销之后，只好落银一万，安衙家伙等项，只落得五千两头，仪门内外中军、旗牌官、传宣官、千把总、巡风把路、各房书吏上了名字，送来礼仪不上三千头，共二万之数。我想这个差事可以摸得三万，如今共止有一万八千，还少一万二千，再无别入凑数。正在乱郁郁，听得中军跪下报说:"启老千岁,外面有一人,说长安来的,要老千岁出去迎接。"程咬金不提防的倒弄得心里一跳,这一边说:"呔!死狗才,长安下来的与我什么相干,要本藩出去迎接,倘长安下来的官,难道我去跪迎,放屁!叫他进来见我,待我问他。倘有假冒,不要难为你们。"那中军不敢回言,诺诺连声而退。对巡风说:"叫他进去。"巡风见了仁贵说:"程老千岁唤你进去,须要小心。"仁贵想:"这怪他不得,他是前辈老先生,怎么要他出来接我,自然待我进去见他。"便说:"你们这班人看好了我的马,厮见过了程老千岁就出来的。"巡风听了他言语好个大模样,看他进去见了程千岁怎生发落,此话不表。

再讲薛仁贵走到银銮殿,见了程咬金,叫声:"程老先生辛苦了。"程咬金抬头一看,见了仁贵,立起身来说:"平辽公,老夫失迎了。"仁贵道:"不敢。"上前见礼,宾主坐下,说:"老千岁督工监造,晚侄儿未曾相谢,今日走马到任,望恕不告之罪。"咬金说:"老夫奉旨督造,倘有不到之处,还要平辽公照顾。今日到任,应该差人报知,好待周备衙迎接才是。今日不知驾临,有罪,有罪。"仁贵说:"老千岁说哪里话来,晚侄有件心事要烦老千岁说明。"咬金听了"心事"两字,便立起身来,同仁贵往后殿书房中去讲话了。吓得外面这些各官等都说:"我等该死,今日王爷走马到任,方才言语之中得罪了他,便怎么处?"旗牌道:"想起来也不妨事的。自古道不知不罪,若王爷不问便罢了,若有风声,求程千岁,只要多用几两银子,这老头儿最要钱的。"众人都道:"说得是。"

少表众位官员说话。再言文武各官都知道了,行台、节度司、提督、总兵以下文武官员差人在那里打听。听得此言,飞报去了。次日清晨,都在辕门外侍候。听得三吹三打,三声炮响,大开辕门,薛爷吩咐文武官回衙理事,各守汛地。下边一声答应退出。少时传出一令来,着军士们候程千岁到柳家庄接护国夫人。传令已出,外面都知道，文武官员不敢散去。只听炮响，里面鲁国公程千岁果然八抬大轿，前呼后护出来。外面备齐了全副执事，半朝銮驾，五百军士，护送薛爷家眷亲至辕门。府县官不得不随在后面，好不威势。百姓观者如堵，三三两两说："王爷就是本地人，做本地官，古今罕见。"

少表百姓评论，再讲程千岁来到柳家庄，把兵马扎住，三声大炮，惊动了柳员外，鼓乐喧天，同儿子大洪出来迎接。那些文武各官俱在墙门外跪候。正是：

寒梅历尽雪霜苦，一到春来满树香。

不知柳家父子出迎如何，且听下回分解。

第五十五回

王敖祖救活世子　平辽王双美团圆

诗曰：

金绣双花福分高，赤绳缘巧配英豪。
一朝得受藩王爵，鸾凤和鸣瑞圣朝。

再说那程咬金下了轿见了柳刚父子，呵呵笑道："亲翁不必拘礼，今日来迎侄媳，快快请令爱上轿。"那员外父子连声答应，迎进大厅，父子下拜，咬金扶起。叙及寒温，三盏香茗，柳刚父子在傍相陪，柳刚说："承老千岁下降，只恐小女消受不起，请回銮驾，老夫亲送小女到王府，还有薄仪相送。"咬金大悦，说："这也不必费心。本藩先回，致意令爱，舍侄候令爱到王府团圆。"说罢，起身别了员外，大门上轿，吩咐各官同护国夫人送归王府。各官跪下说："是。"咬金先自回去。然后各官同柳刚到大厅见过礼，一面小姐转身，本宅家人妇女，半副銮驾，前呼后拥，兵丁护从，放炮起身。然后那各官同员外起身，离了柳家庄，来绛州城。一路风光，不必细说。来到辕门，三通奏乐，一声炮响，两旁各官，跪接夫人。进了王府，直到后殿下轿，仁贵接见，然后出轿拜见父亲，夫妻相见。柳员外过来陪罪，仁贵说："岳父，何出此言，少不得一同受享荣华，小婿命内所招。"员外辞别出府，回家去了。平辽王与夫人后堂设宴共酌，叙其久阔之情，不必细讲。少刻传令出来，令文武官各回衙署，不必伺候。外面一声答应，回衙不表。

　　再讲员外回去，与院君商议，整备银子三千两与程千岁，各官送银三百两，兵丁各役，俱有赏赐。嫁妆备不及，折银一万两。程咬金见了礼单，对仁贵说："令岳送我三千银子，再不敢受。"仁贵说："有劳贵步，自然请收，不必过谦。"咬金说："又要令岳费心，老夫只得收了。"再讲王茂生见金花出门之后，窑中剩下这些破家伙，收拾好了，顾氏乳娘跟随小姐也进王府去了，弄得冷冷清清，回到自己家中，对毛氏说："薛礼无恩无义，坐了王位，忘记了我王茂生。他说着人前来接我，怎么今日还不见人来？"走门出户，东一望，西一望。毛氏大娘见了他倒也好笑，说："官人，他不来，我们倒要去贺他。"王茂生道："这也说得有理。拿甚东西去贺他？也罢，将两个空酒坛放下两坛水，只说送酒与他，他眼睛最高，决不来看，就好进去见他，自然有好处的。"

　　夫妻二人商议已定，次日果然挑了两坛水，同了毛氏，径往绛州来。到辕门，只见送贺礼纷纷不绝，都到号房挂号，然后禀知中军，中军送进里面，收不收，里面传出来。王茂生夫妻立在辕门外，众人睬也不去睬他，理也不去理他，却被巡官大喝一声，说："这什么所在，把这牢担放在这里，快些挑开去。"王茂生道："将爷，我与千岁爷是结义弟兄，烦通报一声，说我王茂生夫妻要见。"巡风听见说："瞎眼的奴才，难道我千岁爷与你这花子结义，不要在这里讨打，快快挑开去。"王茂生无可奈何，今日才晓得做官这样尊重。只得将担子挑在旁首，叫妻子看守，自己来到签房，看见投帖子甚多，不来细查，茂生就将帖子混在当中。签房送与中军，中军递与里面去了。仁贵正与咬金言谈，相谢接夫人之事。传宣官禀上说："外面各府行台、节度，族中具有手本帖子礼单，送上千岁爷观看。"仁贵看了，对传宣说："各府等官三日后相见，族中送礼，原帖打还。你去对他说，千岁不是这里人，是东辽国人，没有什么族分，回复他们这班人去。"咬金说："住着，平辽公，这些都是盛族，礼也不受，说什么东辽国人，不明不白，说与我知道。"仁贵说："老千岁不知，晚侄未遇之时，到叔父家中借五斗米，都不肯的，反叫庄客打我转身。亏了王茂生夫妻，救了性命，与他结义在破窑中。"受苦之事，说了一遍。咬金道："这也怪你不得，老夫少年时，也曾打死了人，监在牢中，没有亲人看顾。后来遇赦出来，结义哥哥尤俊达，做成事业。这势利的人，我就不睬他，如今贵族中也有势利人，礼物不要收他，传他进来，每人罚他三碗粪清水，打发他回去。"仁贵道："礼物不收就够了，粪清水罚他，使不得的。"传令一概不收。咬金说："你拿帖子再看一看，内中也有好的，也有歹的，难道一概回绝不成。"仁贵见说："老千岁高见。"就将帖子看过，内中有一帖，上写着："眷弟王茂生，拜送清香美酒二坛。"仁贵见了帖子大喜，对咬金说："方才晚侄说恩哥恩嫂，正要去接他，不想今日倒来拜我。"咬金说："如何。我说好歹不同。"

　　仁贵一面传令，回绝合族众人；一面吩咐开正门，迎接王老爷。这一声传话，外面都知道了。巡风把总听得千岁出来接王老爷，大家都吓得胆战心惊，走上前见了王茂生，跪下说："小人们不知，多多得罪。求王老爷，千岁面前不要提起。"竟乱磕头，一连磕了几个头。王茂生说："请起，我说结义弟兄，你不信呀，磕头无益。"巡风看来不答对，连忙袖子里拿出一封银子，送与茂生。茂生接了，放在身边，说："发利市了。"只听得里边击鼓三通，报说："千岁出来，接王老爷。"王茂生摸不着头路，黑漆皮灯笼，冬瓜撞木钟，迎将进去。仁贵一见，叫声："恩哥，兄弟正要差官去接，不想哥哥先到，恕兄弟失接之罪。"茂生说："不敢。"同进银銮殿，到后堂见过了礼。茂生说:"你嫂嫂毛氏,也在外面。"吩咐打轿,有数名妇女随轿来,在外面上轿,来到后堂。这两坛酒也挑进来。仁贵夫妻拜谢哥嫂,请嫂嫂里面去。金花同毛氏去到里面不表。

再讲仁贵吩咐,将王老爷酒取上来。王茂生看见,满面通红,想道:"这不是酒,是两坛清水,不打开便好。"好似天打一般。仁贵吩咐家将,将王老爷酒打开来。家将答应,将泥坛打开一看,没有酒气,是水。禀道:"不是酒,是水。"仁贵呵呵大笑,说:"取大碗来,待本藩立饮三碗。叫作'人生情义重,吃水也清凉'。"仁贵忙将水喝了,王茂生置身无地,看仁贵吃完水,封王茂生辕门都总管,一应大小事情,以下文武官员,俱要手本禀明王茂生,然后行事。如今王茂生一脚踏在青云里,好不快活。请程千岁相见,王茂生见了咬金,跪将下去。咬金说:"如今平辽王恩哥,就是我子侄一样,以后不必行此礼。"吩咐设酒,与哥哥贺喜。此话不表。

另回言说那传宣官到外面,对送礼人说千岁不是这里人,是东辽国人,礼物一概不收。请回,不必在此伺候。薛氏族中一闻此言,大家没兴,商议送银三千与程千岁,不知此事允否。又听得传宣官言是东辽国人,礼单一概不收,将信将疑,听得击鼓开门,接王茂生,薛雄员外说:"他是卖小菜背篓子,妻子做卖婆,倒开正门出接,无疑是我侄儿。我是他嫡亲叔父,怕他不认?"内中有一人姓薛名定,开言说:"王小二夫妻尚然接见,叔父头顶一字,无有不见之理。"员外想起前事,懊悔不已,只得要央王茂生了。忙打点三千银子,到次日用衙门使费,央传宣官先送银子给王茂生,然后送礼单进去。传宣官说:"这个使不得,王爷出令如山,不敢再禀。"巡风道:"昨日王老爷得罪了他,几乎弄出事来。他是千岁的叔父,就是通报也无妨。现今王老爷得了银子,怕他则甚。"

却说王茂生是个穷人,不曾见过银子面的,今见了许多银子,心中想道:"我没有这宗胆量得这注财喜,必要与程千岁商议;况且他是前辈老先生，与仁贵合得来的。"算计已定，来到咬金面前，说："程老千岁，我有句说话上达。"咬金道："茂生，你有什么话，说便了。"茂生道："那薛雄员外要认侄儿，送礼来庆贺不收；如今特地请我，送银子三千两，要我在千岁面前帮衬。我一人得不得许多银子，特来与老千岁计议。"咬金说："老王不要哄我。这银子要对分，不要私下藏过，有对会的。"茂主道："若要独吞，我不来对老千岁说了。"那番一同来见仁贵。那仁贵正在大怒，说："狗官，昨日已经发还，今日又拿礼单来。混账，要斩，要打！"传宣官在地磕头。咬金说："平辽王为何大气？"仁贵说："老柱国不知，昨日寒族来送礼，要认本藩。已经将礼单发出，不认他们这班势利小人。今日又来混禀，你道可恼不可恼。"咬金说："世态炎凉，乃是常事。如今做了王位，族中不相认，觉得量小了些。"仁贵说："这是无情无义之物，那恩哥送来水，吾也吃三碗，这官儿一定要正法。"茂生跪下说："这个使不得，要说兄弟不近人情，做了藩王，欺灭亲族，这是一定要受的。"仁贵连忙扶起，说："既承老千岁、哥哥二位指教，吩咐将礼物全收了，与我多拜上各位老爷，千岁爷改日奉谢。""是，得令！"传宣官传出外面去，那薛氏舍族见收了礼，大家欢喜回家。这是仁贵明晓咬金、茂生二人在内做鬼，落得做人情，此话不表。

那王茂生做了辕门都总管，冠带荣身，这些大小文武官员，哪一个不奉承，个个称他王老爷，千岁言听计从，文武各官要见，必先要打关节与茂生，然后进见，足足撮了几万余金。咬金完工复命，仁贵送程仪三千两，设酒送行。次日清晨，送出十里长亭，文武百官都送出境外，满载而归。一路风光，径往长安而去，不必细表。

再讲风火山樊家庄樊洪海员外，对院君潘氏说："你我年纪都老了，膝下无儿，只生女儿绣花，十三年前被风火山强盗强娶，被薛仁贵擒了三盗，救了女儿。我就将绣花许配他，说投军要紧，将五色鸳带为定，一去许久，并无音信。我欲将女儿另对，后来有靠。女儿誓不重婚，终身守着薛礼，这也强他不得。若没有薛礼相救，失身于盗，终无结局，所以忍耐到今。但是老来无靠，这两天闻得三三两两说薛仁贵跨海征东，在海滩救驾有功，平了东辽，班师回朝，封为山西全省平辽王之职，上管军，下管民，文武官员，先斩后奏。手下雄兵十万，镇守绛州。前日程千岁到家中，接取护国夫人，难道忘记了我女儿不成？"院君听了大喜说："此言真的么？"员外说："我不信，差人到绛州打听，句句是真。指望他来接到任，半月有余，不来迎接，却是为何？"院君说："员外不要想痴了，前年薛礼原说有妻子的，你对他说愿做偏房，故将鸾带为定。只有女儿嫡亲一脉，你我两副老骨头，要他埋葬，做了王府偏房，决非辱了你。不要执之一见，要他来接到绛州，路又不远，备些妆奁，亲送到王府，难道他见了鸾带，不收留不成？"员外点头说："此言倒有理。"吩咐庄客备齐嫁妆，叫了大船，一面报与小姐。绣花闻知大喜，连忙打扮，果然天姿国色，犹如月里嫦娥。打扮停当，员外取了五色鸾带，同了院君、小姐下船，一路前来径到绛州，泊船码头。在馆驿安顿，扯起了旗："王府家眷"四字。府县闻知，忙来迎接。员外说起因由，府县官好不奉承。一同员外来到辕门，只见弓上弦，刀出鞘，扯起二面大黄旗，上书"平辽王"三字，有许多官员来往。员外心中倒觉害怕，不敢向前。府县官说："你到奏事房中坐坐，待我禀知都总管王老爷，然后来见，你将鸾带待吾拿去。"员外将鸾带付与府县官。府县官见了，连忙来到总管房内禀明，说："樊家庄樊洪海，向年有女绣花，曾与千岁爷有婚姻之约，现有五色鸾带为定，如今亲送到此，未知是否有因。卑职们不敢擅专，求总管老爷转达千岁。"王茂生听了，说："二位请回，待本总见千岁便了。"府县官打一拱辞出，回复员外，此话不表。

单讲王茂生拿了鸾带，径到里面见了仁贵，叫声："千岁恭喜，今有樊家庄樊洪海员外夫妻，亲送小姐到此，与兄弟成亲。"仁贵竟忘怀了，听了此言，便叫："恩哥，哪一个樊员外送小姐到此，此话从何而来?"王茂生说:"向年在樊家庄降了大盗三人,员外将女绣花许配,现有五色鸾带为定,方才府县官说,果有此事么?"仁贵低头一想:"啊,果有其事。出去十多年,此事竟忘了。如今员外在哪里?"茂生说:"大船泊在码头,员外在奏事厅相候,兄弟差人去接。"仁贵说:"我道他年远另行改嫁,到任之后,自有原配夫人,所以不在心上。今日他亲送小姐到此,难道不去接他么?须要与夫人商议,夫人若肯收留,差官前去相接,若不收留,只好打发他们回去。"叫声:"哥哥,待我见过夫人,然后对你讲。"仁贵来到后堂,叫声:"夫人,下官有一件事,要与夫人商议。"夫人说:"相公有甚言语,要与妾身商议?"仁贵说:"夫人不知,那年出门投军不遇,回来打从樊家庄经过,员外相留待饭,问起因由说是风火山强盗三人,内有一个姜兴霸,要逼他女儿成亲。我因路见不平,降了三寇。那三人见我本事高强,结为兄弟,员外竟将女儿许配与我,我彼时原说家中已有妻房,不好相允。他说救了我女儿,愿为偏房,我将鸾带为定,只道年远,自然改嫁,不料樊员外夫妻,亲送女儿到来。夫人,你道好笑不好笑,我今欲要打发他回去,夫人意下如何?"夫人说:"相公,你说哪里话来。既定下樊小姐,员外夫妻亲送到此,岂有不接之理。就是妻子,一当姊妹相称,相公不差官去接待,妾身自去相接。"吩咐侍女们打轿,同我去接樊小姐。左右答应一声,仁贵说:"不劳夫人贵步,烦恩哥同府县官前接便了。"王茂生带了千百户把总执事,先到奏事厅叫道:"府县官在么?"那绛州府龙门县立起身来说:"卑职在。""千岁有令,着你二位同我去接樊小姐。"府县答应道:"是。"员外抬头一看,这人是王小二,肩篓子的阿好阔绰,圆翅乌纱,圆领红袍,随了数十名家丁,昂昂然。员外叫声:"王茂生,你认得我么?"茂生回转头一看,说:"是员外,小官不知,多多得罪。"茂生做生意时,常到樊家庄去买卖,所以认得。

闲话休讲,再言王府差出许多衙役,两乘大轿,丫环妇女,不计其数。王茂生带了兵丁千百户府县官,多有执事,员外也乘了轿子,好不闹热。一路行来,已到码头,府县官侍立两旁,然后院君上轿,随后小姐上轿,放炮三声,一路迎来。前呼后拥,百姓看者如市,来到辕门,放炮一声,开了正门,三吹三打,抬到银銮殿下轿。姊妹相见,又过来见了院君。樊小姐再三不肯,上前说:"夫人在上,贱妾樊氏拜见。"夫人见小姐样貌如花,满心大悦,说:"贤妹,何出此言。"正是姊妹相称,同拜了。选定吉日,看历本说,今日正当黄道天喜,忙唤宾相,就在后殿成亲。仁贵大悦,好一个贤德夫人,成就好事。分为东西两房,修表进京,旨下封为定国夫人,拜谢圣恩,此言不表。次日清晨,拜见恩哥、恩嫂,请员外、院君相见。仁贵称为岳父、岳母,留在王府养老终身,受享荣华。又接柳员外夫妻到来,仁贵夫妻同了樊氏一同拜见,吩咐设宴庆贺。外面文武官都来贺喜,此话不表。

再讲柳员外夫妻,在王府三日,告拜回家。仁贵夫妻再三留不住,只得送出辕门。你道柳员外夫妻为何不肯住在王府?他有万贯家财,又有儿媳侍奉,在家安享,可以过得,所以必欲回去。这樊老夫妻单生小姐,无有子媳,故靠女婿、女儿养老。薛雄员外同了合族也来贺喜,薛爷此番留进私衙,款待筵席,尽醉而散别去。来日千岁出了关防告示,不许亲族往来,恐有嫌疑人情。禁约已出,谁人敢进来混扰,就是钦差察院衙门,有了关防禁约,尚不容情出入,何况这是王府,非当小可。管下有五百多员文武,难道倒不要谨密的么。

不表仁贵山西安享之事,再说程咬金进京复旨,君臣相会,朝见已毕,天子自有一番言语,也不必细表。单言咬金退朝回府,有裴氏夫人接见,夫妻叙礼已毕,分宾坐定。夫人说:"相公,皇事多忙,辛苦了。"咬金笑道:"夫人有所说的,若无辛苦事,难赚世间财。方才这桩差使做着了,果然好钦差,赚了三万余金的银子,这样差使再有个把便好。"夫人亦笑道:"相公,有所说有利不可再往。你如今年纪高大，将就些罢了。"吩咐备酒接风。程铁牛过来拜见父亲，孙儿程立本也来拜见祖父，他年纪只得十三岁，倒也勇力非凡。今日老夫妻同了儿孙家宴，也算十分之乐。此话不表。

次日有各位公爷来相望，就是秦怀玉、罗通、段林等这一班，那徐茂公往河南赈饥去了，不在京中；尉迟恭真定府铸铜佛，也不在京。唯有魏丞相在朝，他是文官，不相往来。唯有程咬金是长辈，坐满一殿，上前相见。咬金一一答礼，程铁牛出来相陪，把平辽王事细说一遍，众小公爷相辞起身，各归府中，又有周青辈八个总兵官，一同到来问安。问起薛大哥消息，咬金道："那平辽公好不兴头，他有两个老婆，两个丈人都有万贯家财，发迹异常，不须你们挂念。"周青对姜兴霸、李庆红、薛贤徒、王新溪、王心鹤、周文、周武说："如今我们在长安伴驾，不大十分有兴，薛大哥在山西镇守，要老柱国到驾前奏知，保举我们往山西，一同把守，岂不是弟兄不时相叙手足之情，好不快活么。"咬金说："好弟兄聚首，最是有兴的事。我老千岁也是过来的人，当初秦大哥在日，与三十六家弟兄猜拳吃酒，好不闹热，如今他们都成仙去了，单留我一个老不死在此，甚觉孤孤冷冷，不十分畅快，这是成人之美，老夫当得与你们方便方便。"各人大悦起身，叩谢辞去。

次日五更三点上朝，天子驾坐金銮，文武朝见已毕，传旨有事启奏，无事退班。咬金上殿俯伏，天子一见，龙颜大悦，说："程王兄，有何奏闻？"咬金说："老臣并无别奏，单奏周青等八总兵，愿与薛仁贵同守山西等处；就是薛仁贵欲请封柳、樊二夫人，贞静、幽娴、淑德，王茂生夫妻之义侠。"天子说："悉依程王兄所奏。"卷帘退班，龙袖一转，驾退还宫，文武散班。咬金出朝，周青等闻知，大家不胜之喜，到衙门，收拾领凭，八个总兵官，辞王发程，文武送行，离了长安，竟到绛州王府，与薛大哥相会。王茂生奉旨实授辕门都总管，妻毛氏夫人封总管夫人；柳、樊二氏，原封护定一品贞静夫人。仁贵领众谢恩，王府备酒，弟兄畅饮，自有一番叙阔之情，不必细表。次日传令八总兵各分衙门地方镇守，自有副总、参将、都司、千把等官，迎接上任，好不威武。平辽王到任之后，果然盗贼宁息，全省太平，年丰岁稔，百姓感德。正是：

　　圣天子百灵相助，大将军八面威风。

此回书单讲罗通定北奇功，薛仁贵跨海征东，平定大唐天下，四海升平，满门荣贵团圆，还有《薛丁山征西传》唐书再讲。诗曰：

　　凤舞麟生庆太平，唐王福泽最为深。
　　每邦岁岁奇珍献，宇内时时祥瑞生。
　　治国魏征贤宰相，靖边薛礼小将军。
　　英豪屡见功勋立，天赐忠良辅圣君。